10
18
12, AVENUE D'ITALIE. PARIS XIIIe

Sur l'auteur

Lilian Jackson Braun est née à Chicopee Falls, dans le Massachusetts. Durant ses études à Detroit, elle publie des « Spoems » – poèmes sportifs consacrés au base-ball – dans un quotidien local, puis dans plusieurs magazines nationaux. Après avoir envisagé d'enseigner, elle fait finalement carrière dans la publicité et la communication. Dans le même temps, elle vend ses premières nouvelles félines à divers magazines, dont le prestigieux *Ellery Queen's Mystery Magazine*. En 1966, Lilian Jackson Braun écrit la première intrigue de la série policière qui met en scène Jim Qwilleran et ses chats détectives. Malgré l'engouement du public, elle interrompt la série jusqu'en 1985 où, à l'âge de soixante-dix ans, elle publie *Le chat qui voyait rouge*, qui rencontre alors un succès retentissant jamais démenti depuis. Le tome 28, *Le chat qui jetait des peaux de banane*, a reçu en 2005 le prix de la Fondation 30 millions d'amis. Lilian Jackson Braun a également publié deux recueils de nouvelles, *Légendes du comté de Moose* et *La Vie secrète du chat qui…* Elle est décédée en 2011 en Caroline du Nord.

LILIAN JACKSON BRAUN

LE CHAT QUI MANGEAIT DE LA LAINE ET AUTRES ENQUÊTES DE JIM, KOKO ET YOM YOM

Le chat qui lisait à l'envers – Le chat qui mangeait de la laine – Le chat qui aimait la brocante

Traduit de l'anglais (États-Unis)
par Marie-Louise Navarro

10/18

Grands détectives

créé par Jean-Claude Zylberstein

ISBN 978-2-264-07394-5
Dépôt légal : octobre 2018

LE CHAT QUI LISAIT À L'ENVERS

CHAPITRE PREMIER

Jim Qwilleran, dont le nom avait déconcerté les linotypistes et les correcteurs d'épreuves durant deux décennies, arriva quinze minutes avant l'heure fixée pour son rendez-vous avec le directeur du *Daily Fluxion*.

Dans la salle d'attente, il trouva le dernier numéro du journal et se mit à en étudier la première page. Il passa rapidement sur les prévisions météorologiques (très optimistes pour la saison), sur le tirage du jour (427 463 exemplaires) et sur la devise de la maison prétentieusement libellée en latin (*Fiat Flux*).

Il lut l'article principal consacré à un procès d'assises et le compte rendu sur les courses locales de chevaux, dans lesquels il releva deux erreurs typographiques. Il nota que le musée de la ville n'avait pu obtenir la subvention d'un million de dollars, mais passa sur les détails. Il sauta l'histoire d'un petit chat qui s'était fait coincer dans une tuyauterie, mais lut tout le reste : *Un agent blessé dans la poursuite d'un cambrioleur. Enquête sur un règlement de comptes entre stripteaseuses. Les démocrates irrités par la montée en flèche des cours de la Bourse*.

À travers le panneau vitré, lui parvenaient des bruits familiers, claquement de machines à écrire, ronronnement des télétypes, sonneries de téléphone. Dans cette atmosphère retrouvée, sa grosse moustache sel et poivre tressaillait d'aise et il la caressa d'un revers de main. Curieux de voir l'agitation qui s'emparait de l'équipe lors de la première édition, il s'approcha de la vitre.

À sa surprise, il découvrit que si les bruits étaient authentiques, la scène ne l'était pas. Les stores vénitiens, convenablement relevés, permettaient d'apercevoir les tables bien rangées. Les feuilles de papier froissées qui auraient dû joncher le sol avaient été ramassées et jetées dans les corbeilles à papier. Comme il regardait ce spectacle avec consternation, un son insolite vint frapper ses oreilles. C'était un bruit qui ne s'harmonisait pas avec le fond sonore de toutes les salles de rédaction qu'il avait connues. Il remarqua, alors, un jeune garçon occupé à introduire des crayons jaunes dans un petit appareil mural. Qwilleran ouvrit de grands yeux : un taille-crayon électrique ! Jamais il n'aurait pensé que cela serait possible un jour. Ce modeste incident lui rappela combien il avait perdu le contact.

Un garçon de course chaussé de baskets sortit de la salle de rédaction et lui dit :

— Mr Qwilleran ? Voulez-vous me suivre ?

Il fut conduit dans un bureau où un jeune directeur l'accueillit la main tendue, un sourire de bienvenue sur les lèvres :

— Ainsi, vous êtes Jim Qwilleran ? J'ai beaucoup entendu parler de vous.

Qwilleran se demanda jusqu'à quel point et de quelle façon. Le curriculum vitae qu'il avait adressé au *Daily Fluxion* montrait un tracé incertain : journaliste sportif, chroniqueur judiciaire, correspondant de guerre, lauréat du Trophée des Journalistes, auteur d'un livre sur la criminalité dans les villes. Venaient ensuite une succession d'emplois à court terme dans des journaux de moins en moins importants, puis une longue période de chômage, avec quelques travaux peu dignes d'être mentionnés. Le directeur reprit :

— Je me souviens du reportage sur le procès criminel qui vous a valu le Trophée des Journalistes. J'étais jeune reporter, à l'époque, et je vous admirais beaucoup.

À son âge et à ses manières policées, Qwilleran reconnut en lui la nouvelle génération, celle qui abordait le journalisme comme une science plutôt que comme un sacerdoce. Lui-même avait toujours fait partie de l'ancienne école, la vieille garde prête à partir en croisade en toute occasion.

— Avec votre passé, poursuivit le directeur, peut-être serez-vous déçu par notre proposition. Tout ce que nous pouvons vous offrir est un poste dans la rubrique Spectacles qui englobe également Beaux-Arts et Expositions. Nous aimerions que vous acceptiez jusqu'à ce que quelque chose de plus important se présente.

— Et jusqu'à ce que j'aie prouvé que j'étais capable de garder un emploi, répondit Qwilleran, en regardant son interlocuteur dans les yeux.

— Cela va de soi. Comment vous portez-vous ?

— Bien pour l'instant. L'important est de me remettre en selle. Je me suis grillé dans plusieurs villes de province, avant de retrouver mon équilibre. C'est pourquoi je suis venu ici où j'ai découvert de nouveaux horizons, de nouvelles perspectives. Je crois que cela devrait marcher.

— J'en suis convaincu, affirma le directeur, d'un ton jovial. Voici ce que nous vous proposons : il nous faut des articles sur le monde artistique.

— Quoi ! s'exclama Qwilleran en composant dans sa tête la manchette *Un vétéran du journalisme se met au vert*.

— Avez-vous des connaissances dans ce domaine ?

Impossible de ne pas répondre honnêtement à une question aussi directe.

— Je ne reconnaîtrais pas la *Vénus de Milo* de la statue de la Liberté.

— C'est exactement ce que nous souhaitons. Moins vous en saurez, plus votre point de vue sera spontané. Les Beaux-Arts se développent dans notre ville et nous désirons élargir notre champ d'investigation. Notre critique d'art écrit une colonne deux fois par semaine, mais nous cherchons un journaliste pour rédiger des articles sur les artistes. La matière ne manque pas. De nos jours, comme vous le savez, les artistes sont plus nombreux que les chats et les chiens…

Qwilleran se frotta la moustache avec circonspection, tandis que l'autre reprenait :

— Vous dépendrez du chef de la rubrique Spectacles, mais vous choisirez vous-même vos sujets. Nous souhaitons que vous sortiez, que vous rencontriez des gens, que vous serriez quelques mains et que vous vous fassiez des amis utiles au journal.

Qwilleran composa mentalement une autre manchette : *Un journaliste sombre dans le rôle de vil courtisan*, mais il avait besoin de cet emploi. Nécessité fait loi.

— Eh bien, je ne sais…

— Vous évoluerez dans un milieu agréable. Cela vous changera de la pègre et des voyous dont vous devez avoir eu votre content.

La moustache susceptible de Qwilleran essayait de le pousser à demander ce qu'était un milieu agréable, mais il préféra garder un silence diplomatique. Le directeur consulta sa montre et se leva :

— Pourquoi ne monteriez-vous pas au premier discuter avec Arch Riker ? Il vous dira…

— Arch Riker ? Que fait-il ici ?

— Il est le chef de notre rubrique Spectacles. Le connaissez-vous ?

— Nous avons travaillé ensemble à Chicago, il y a des années.

— Tant mieux. Il vous donnera tous les détails et j'espère que vous déciderez de vous joindre à nous.

Le directeur tendit la main avec un sourire mesuré.

Qwilleran traversa à nouveau la salle de rédaction. Il nota au passage les rangées de chemises blanches aux manches retroussées et les têtes penchées sur les machines à écrire. Il croisa l'inévitable femme reporter. Elle fut la seule à lui jeter un regard inquisiteur. Il redressa sa haute taille en rentrant son ventre pour faire disparaître les cinq kilos superflus qui alourdissaient sa ceinture et passa la main dans ses cheveux. Comme à sa lèvre supérieure, il y avait trois fils noirs pour un gris.

Au premier, il trouva Arch Riker trônant dans un vaste bureau garni de meubles, machines à écrire et téléphones dans une même nuance de vert pomme.

— Curieux, hein ? lança Arch, sur un ton d'excuse, il paraît que le vert est lénifiant. Tout le monde a besoin de calmant, aujourd'hui. Personnellement, je trouve l'effet plutôt… bilieux !

Le bureau était une répétition de la salle de rédaction, en plus petit et sans l'activité qui régnait au rez-de-chaussée. Une sorte de sérénité remplissait la pièce. Tout le personnel paraissait dix ans de plus que l'équipe d'en bas et Arch lui-même semblait plus rond et plus chauve qu'autrefois.

— Jim ! qu'il fait bon vous revoir ! dit-il, écrivez-vous toujours votre nom avec ce W ridicule ?

— C'est une orthographe écossaise des plus respectables !

— Et je constate que vous avez toujours cette moustache provocante.

— C'est mon seul souvenir de guerre, protesta Qwilleran, en caressant affectueusement l'ornement de sa lèvre supérieure.

— Comment va votre femme, Jim ?

— Mon ex-femme.

— Oh ! j'ignorais. Pardonnez-moi.

— N'en parlons plus. Qu'est-ce que ce travail que vous auriez pour moi ?

— C'est un boulot facile. Vous pourriez nous donner un article dimanche si vous commenciez aujourd'hui.

— Je n'ai pas encore dit que j'allais accepter.

— Mais si. C'est exactement ce qu'il vous faut.

— Eu égard à ma récente réputation ?

— Allez-vous vous montrer susceptible ? Ce serait ridicule.

Qwilleran tira pensivement sur sa moustache.

— Je suppose que je peux toujours faire un essai.

— Bravo ! s'exclama Riker, en prenant une feuille de papier rose. Que vous a dit le patron ?

— Il ne m'a pas expliqué grand-chose, sauf qu'il souhaitait me voir dégager le côté humain des artistes.

— Il nous a adressé une note rose à propos d'un article à rédiger sur Cal Halapay.

— Et alors ?

— Pour votre gouverne, nous avons une sorte de code en couleurs, au *Flux*. Une note bleue signifie à *titre d'information*. Une note jaune : *Nous vous suggérons* et une note rose : *Foncez, les gars, foncez !*

— Qu'est-ce que ce Halapay a de si urgent ?

— Vu les circonstances, il est inutile que vous connaissiez le fin mot de l'histoire. Arrangez-vous pour rencontrer Cal Halapay en personne et écrivez-nous un article valable. Je ne vais pas vous apprendre votre métier.

— Où puis-je trouver le bonhomme ?

— Téléphonez à son bureau. Il dirige une agence très prospère de dessins publicitaires et il peint à ses moments perdus. Ses tableaux représentent des enfants et ils ont beaucoup de succès. Personnellement, je trouve que ces gosses aux cheveux frisés et aux joues roses ont l'air apoplectique, mais les gens les achètent. Voulez-vous déjeuner avec moi au Club de la Presse ?

La moustache de Qwilleran frémit imperceptiblement. Il y avait eu un temps où les Clubs de la Presse avaient représenté sa vie, ses amours, sa maison, son inspiration. Celui-là se trouvait en face du nouveau quartier général de la police dans une forteresse en granit avec des fenêtres à barreaux. C'était autrefois la prison du comté. Les marches de pierre usées étaient recouvertes d'une sorte de gadoue due à la fonte des neiges de ce mois de février exceptionnellement clément. Dans l'entrée, les lambris de bois luisaient sous d'innombrables couches de vernis.

— Nous pouvons déjeuner au bar, dit Riker, ou bien nous pouvons monter au premier étage dans la salle de restaurant où il y a des nappes et des serviettes.

— Allons au bar, répondit Qwilleran.

La pièce était sombre et bruyante. Les conversations se poursuivaient sur un mode aigu avec, de temps à autre, des inflexions confidentielles en mineur. Qwilleran les reconnaissait. Ici, les rumeurs circulaient, ailleurs un débat s'ouvrait et là des énigmes se trouvaient résolues, entre un verre de bière et un sandwich au jambon.

Ils choisirent deux tabourets libres au bar et firent face au barman en veste rouge, arborant un sourire conspirateur. Qwilleran se souvint que naguère certains de ses meilleurs tuyaux émanaient des confidences du barman d'un Club de la Presse.

— Scotch et soda, dit Arch.

— Jus de tomate *on the rocks*, commanda Qwilleran.

— Tom-Tom *on the rocks*, suggéra le barman, un soupçon de bitter et une larme de Worcerstershire, c'est ainsi que je le sers au maire, quand il nous honore de sa visite.

— Non, merci.

— Avec une goutte de Tabasco alors, pour relever le goût ?

— Non, nature.

La bouche du barman s'affaissa en une courbe désapprobatrice et Arch se hâta d'intervenir :

— Voici Jim Qwilleran, un de nos nouveaux collaborateurs. Il ignore que vous êtes un artiste. Jim, je vous présente Bruno. Il se flatte d'ajouter une note personnelle à ses mélanges.

Derrière eux s'éleva une voix claironnante :

— Pour moi, ce sera un peu moins de personnalité et un peu plus d'alcool. Eh ! Bruno, servez-moi un martini sec, sans olive ou zeste de citron.

Qwilleran se retourna et se trouva confronté à un énorme cigare, disproportionné par rapport à la taille du mince jeune homme qui le fumait. Le cordon noir qui pendait de sa poche-poitrine retenait une cellule photo-électrique. Rieur, suffisant, bon vivant, l'homme plut à Qwilleran.

— Ce clown est Odd Bunsen, de l'équipe des photographes, dit Arch. Odd, voici Jim Qwilleran, un de mes vieux amis. Nous espérons qu'il va entrer au *Flux*.

Le photographe tendit spontanément la main :

— Heureux de vous connaître, Jim. Voulez-vous un cigare ?

— Je fume la pipe. Merci quand même.

— Odd est un homme plus utile qu'il n'y paraît. Il possède davantage de renseignements que nos fiches de références. Il pourra, sans doute, vous parler de Cal Halapay.

— Bien sûr, dit le photographe. Halapay a une fort jolie femme. Mensurations : 90-60-90.

— Et lui ? Quel genre a-t-il ?

— Il dirige une grosse boîte de publicité. Lui-même vaut plusieurs millions de dollars. Il habite Lost Lake Hills, dans une belle maison avec un grand atelier et deux piscines. Oui, vous avez bien entendu, DEUX piscines. En été, quand l'eau se fait rare, il en remplit probablement une de champagne.

— Situation familiale ?

— Il a deux ou trois enfants et, comme je vous l'ai dit, une des plus jolies femmes de la région. Il possède une île aux Caraïbes, un ranch dans l'Oregon et deux avions privés. Tout ce que l'argent peut acheter, il se l'offre et il n'est pas regardant. C'est un brave type.

— Que faut-il penser des tableaux qu'il peint ?

— Ils sont très bons. J'en ai un chez moi. La saison dernière, j'ai eu l'occasion de photographier sa femme et il m'a offert un tableau. Deux gosses avec des cheveux frisés. Bon, eh bien, il faut que j'aille déjeuner. J'ai un reportage tout à l'heure.

Quand il fut parti, Arch termina son verre et déclara :

— Convenez d'un rendez-vous et voyez s'il est possible de prendre des photos. Nous lui enverrions Odd. C'est notre meilleur spécialiste. Il pourrait tirer quelques clichés en couleurs pour illustrer votre article.

— Cette note rose paraît vous préoccuper. Quel lien y a-t-il entre Halapay et le *Daily Fluxion* ?

— Je vais prendre un autre verre. Voulez-vous un second jus de tomate ?

Qwilleran n'insista pas sur le sujet, mais demanda :

— Parlez-moi franchement, Arch, pourquoi m'offre-t-on ce poste, à moi en particulier ?

— Parce que c'est ainsi que vont les choses dans un journal. On désigne un expert en base-ball comme critique dramatique et un spécialiste des questions religieuses pour se charger des boîtes de nuit. Je ne vous apprends rien.

Qwilleran hocha la tête en tirant tristement sur sa moustache.

— Parlez-moi de ce critique d'art qui fait partie du journal. Si j'accepte cet emploi, aurai-je à travailler avec lui ou elle, si c'est une femme ?

— C'est un homme. Il écrit uniquement des comptes rendus sur les expositions et vous effectuerez des reportages sur des personnalités. Je ne pense pas que vous ayez le moindre conflit.

— Travaillerons-nous dans le même bureau ?

— Non. Il ne vient jamais au journal. Il enregistre ses articles chez lui sur bandes magnétiques et nous les envoie par messager, deux fois par semaine. Cela nous oblige à les transcrire, ce qui est un sérieux inconvénient.

— Pourquoi ne vient-il pas ? Il n'aime pas le vert pomme ?

— Ne me le demandez pas. Il a un arrangement avec la direction.

— Comment est-il ?

— Distant. Intransigeant, d'abord difficile.

— Bigre ! Jeune ou vieux ?

— Entre deux âges. Il vit seul avec un chat, vous voyez un peu le genre. Bien des gens pensent que le chat écrit les articles et ils n'ont peut-être pas tort.

— Ses critiques sont-elles bonnes ?

— Il le pense et le conseil d'administration aussi… On prétend que le *Flux* l'a fait assurer pour une forte somme.

— Qu'est-ce qui vaut si cher chez un critique d'art ?

— Celui-ci possède un don magique dans notre métier : il est controversé. Ses critiques nous valent des centaines de lettres par semaine.

— Quel genre de lettres ?

— Furieuses, enthousiastes, hystériques. Certains lecteurs le détestent, d'autres pensent qu'il a du génie et ils se disputent entre eux. Savez-vous ce que notre dernier sondage a prouvé ? La page artistique a une plus grande audience que celle des sports et nous savons tous les deux que ce n'est pas normal.

— Il doit y avoir beaucoup d'amateurs d'art dans cette ville.

— Vous n'avez pas besoin d'aimer l'art pour prendre plaisir à la rubrique artistique. Il suffit d'aimer la bagarre.

— Mais pour quel motif se bat-on ? Je comprends la controverse en politique, à la rigueur en sport, mais l'art est l'art.

— C'est ce que je croyais. Quand j'ai pris la direction de ce service, j'imaginais, en ma candeur naïve, que l'art était quelque chose de délicat et de précieux, réservé à une élite intellectuelle dotée de nobles pensées. Eh bien, mon vieux, j'ai perdu mes illusions en vitesse ! L'art est devenu démocratique. C'est le jeu qui passionne le plus la ville depuis l'invention de la canasta… et tout le monde veut y jouer. Les gens préfèrent acheter des tableaux que des piscines.

— Au fait, dit Qwilleran, comment s'appelle votre fameux critique ?

— George Bonifield Mountclemens.

— Voulez-vous me répéter cela ?

— George Bonifield Mountclemens III.

— C'est une blague ! Signe-t-il réellement de tous ces noms ?

— Les trois noms, neuf syllabes, vingt-sept lettres, sans compter les chiffres. Deux fois par semaine nous nous efforçons de faire tenir sa signature dans une colonne standard. On n'y parvient pas, sauf en biais et il ne tolère aucune abréviation, contraction ou amputation.

— Vous ne l'aimez guère, hein ?

— Il m'est indifférent. Je ne le rencontre jamais. En revanche, je vois les artistes qui viennent à mon bureau dans l'intention de lui casser la figure.

— George Bonifield Mountclemens III, répéta Qwilleran, en secouant la tête.

— Son nom lui-même met en colère certains de nos lecteurs. Ils veulent savoir pour qui il se prend.

— Je crois que ce travail commence à m'intéresser. Vous prétendiez que c'était un boulot facile, je craignais d'avoir à travailler pour des dames patronnesses.

— Ne vous y trompez pas, Jim, tous les artistes de cette ville se détestent et leurs admirateurs prennent parti. Ensuite chacun s'en donne avec brutalité. Cela ressemble à un match de football américain en moins franc et tous les coups sont permis. Venez, allons manger un hot-dog.

Le sang de plusieurs générations de vétérans de la guerre qui circulait dans les veines de Qwilleran se mit à couler plus vite. Sa moustache parut presque souriante :

— D'accord, dit-il, je vais prendre ce travail.

CHAPITRE DEUX

C'était le premier jour de travail de Qwilleran au *Daily Fluxion*. Il s'installa devant l'un des bureaux vert pomme et s'assura une réserve de crayons jaunes. Il remarqua la recommandation inscrite sur le cadran téléphonique : *soyez aimable*, essaya ensuite la machine à écrire vert pomme et écrivit : « La plupart des crimes sont commis après minuit », puis il appela le garage du journal pour demander une des voitures de service, afin de se rendre à Lost Lake Hills où un rendez-vous avait été préalablement fixé.

Avant d'atteindre cette banlieue élégante, à sept kilomètres de la ville, Qwilleran traversa des faubourgs résidentiels et une campagne couverte de neige. Il avait eu le temps de penser à son entrevue avec Cal Halapay et il se demandait si son ancienne méthode, le système Qwilleran, marcherait encore.

Autrefois, il avait été réputé pour sa manière de mettre les gens à leur aise. Son attitude était faite de deux cinquièmes de sympathie, deux cinquièmes de curiosité professionnelle et d'un cinquième de basse tension artérielle. Cette technique lui avait valu indifféremment des confidences de vieilles dames, de délinquants juvéniles, de jolies filles, de politiciens et de bandits. Néanmoins, il était inquiet. Il y avait longtemps qu'il n'avait pas procédé à une interview et les artistes n'étaient pas sa spécialité. Il les soupçonnait de parler un langage secret. D'autre part, Halapay était aussi un homme d'affaires et il se présenterait peut-être avec un papier préparé à l'avance par son bureau de relations publiques. À cette idée, la moustache de Qwilleran se hérissa.

Il s'était toujours efforcé de rédiger par avance le premier paragraphe de ses articles. Cela n'avait jamais marché, mais il s'y astreignait toujours comme à une sorte d'exercice d'assouplissement. Tout en roulant en direction de Lost Lake Hills, il fit un essai : « Quand il retire sa défroque de P.-D.G., en fin de journée, Cal Halapay oublie l'âpreté particulière des compétitions publicitaires et trouve une détente en… »

Non, c'était plat.

Il fit une autre tentative : « Le multimillionnaire de la publicité qui selon la légende possède une jolie femme (90-60-90) et deux piscines dont une remplie de champagne, reconnaît qu'il mène une double vie. En peignant des portraits d'enfants il s'évade… »

Non, c'était mélodramatique.

Se souvenant de son bref passage dans un magazine d'actualité, il fit un dernier essai dans le style croustillant prisé par cette publication : « Un foulard passé dans l'échancrure de sa chemise de sport, le séduisant quinquagénaire d'un mètre quatre-vingts, aux tempes grisonnantes, qui préside aux destinées d'un empire publicitaire, se repose en… »

Qwilleran interrompit ses réflexions en se disant qu'un homme dans la situation de Halapay devait, en effet, être grand et solennel. Son teint hâlé devait mettre en valeur sa chevelure argentée… La route de Lost Lake Hills se termina brusquement sur une grille massive encastrée dans un mur de pierre qui paraissait garder une propriété à la fois imprenable et coûteuse. Qwilleran freina et regarda autour de lui, en quête d'un concierge. Presque aussitôt une voix manifestement enregistrée dit avec amabilité :

— Voulez-vous vous placer en face du pilier, à votre gauche, en énonçant clairement votre nom.

Jim baissa la vitre de sa portière et dit :

— Jim Qwilleran du *Daily Fluxion.*

— Merci, murmura la voix.

La porte s'ouvrit. Le journaliste entra dans la propriété et suivit une route qui serpentait dans une pinède. Elle aboutissait à un jardin d'hiver constitué par des allées de gravier, bordées de plantes grasses et de galets. Des monts miniatures enjambaient des ruisseaux gelés. Dans ce décor froid mais pittoresque, se dressait une maison japonaise de style contemporain avec un toit en pagode et des murs en verre opaque ressemblant à du papier de riz.

Qwilleran révisa son opinion sur son hôte. Halapay ne devait pas porter une chemise de sport mais un kimono de soie. Sur la porte d'entrée, qui semblait taillée dans de l'ivoire, il distingua quelque chose qui ressemblait à une sonnette. Il s'apprêtait à s'en servir, mais, avant que son doigt l'ait touché, une lumière bleue s'alluma et un son argentin retentit à l'intérieur. Aussitôt éclatèrent des aboiements de chiens. Une voix leur imposa silence et la porte s'ouvrit.

— Bonjour. Je suis Jim Qwilleran du *Daily Fluxion*, dit-il à un tout jeune homme qui avait des cheveux frisés, un visage rose et était vêtu d'un pull-over et de blue-jeans.

Avant que Qwilleran ait pu ajouter : « Votre père est-il là ? », le jeune homme lui dit, en souriant :

— Entrez, monsieur, voici votre passeport.

Il lui tendit une photographie représentant un visage orné d'une épaisse moustache, se penchant avec anxiété à la portière d'une voiture.

— Mais c'est moi ! s'écria Qwilleran.

— Pris à la grille, avant que vous n'entriez, lui expliqua le jeune homme, avec une visible fierté. Formidable, n'est-ce pas ? Donnez-moi votre pardessus. J'espère que les chiens ne vous dérangent pas. Ils sont très gentils. Ils adorent les visites. Aimez-vous les terriers irlandais ?

— Je…

— Tout le monde préfère les teckels, aujourd'hui, mais moi, j'aime mieux les terriers irlandais. Ils ont une plus jolie fourrure. Avez-vous trouvé la route facilement ? Je crois qu'il va neiger. Je l'espère. Nous n'avons guère pu faire de ski, cette année.

Qwilleran, qui se flattait de pouvoir mener une interview sans prendre de notes, faisait un inventaire mental de la maison : hall d'entrée dallé de marbre blanc, garni d'un aquarium et d'arbres tropicaux mesurant au moins deux mètres cinquante. Dôme vitré deux étages plus haut. Le living-room était recouvert d'une moquette blanche. Dans un mur d'un noir brillant – probablement de l'onyx – s'encastrait une cheminée. Il nota aussi que le jeune garçon avait un trou dans sa manche gauche et qu'il se promenait en chaussettes. Le flot de paroles continuait :

— Aimeriez-vous entrer au salon, Mr Qwilleran ? Ou préférez-vous aller directement dans l'atelier ? Vous y seriez mieux, si l'odeur ne vous gêne pas. Certaines personnes sont allergiques à la térébenthine. Les allergies sont des phénomènes curieux. Personnellement, je suis allergique aux crustacés, ce qui m'agace car je raffole du homard.

Qwilleran attendait de pouvoir placer un mot pour demander : « Votre père est-il là ? » quand le jeune homme déclara :

— Mon secrétaire m'a fait part de votre désir d'écrire un article sur moi. Allons faire un tour dans mon atelier. Voulez-vous me poser des questions ou préférez-vous que je parle ?

— Franchement, dit le journaliste, après être revenu de son étonnement, je ne m'attendais pas à vous trouver si jeune.

— Je suis un prodige, reconnut l'autre, sans sourire. J'ai gagné mon premier million de dollars avant d'être majeur. J'ai vingt-neuf ans et je possède une sorte de génie pour faire de l'argent. Croyez-vous au génie ? C'est hallucinant, vraiment. Voici une photographie de moi, quand je me suis marié. Vous remarquerez que ma femme a le type oriental. Elle est sortie, mais vous la verrez, après déjeuner. Nous avons fait construire cette maison pour qu'elle s'harmonise avec mon épouse. Voulez-vous du café ? Oui, je le reconnais, je parais très jeune.

L'atelier sentait la peinture. Une grande verrière surplombait un lac gelé. Halapay pressa un bouton, et un store descendit du plafond pour atténuer la luminosité. Un autre mécanisme fit glisser deux panneaux dans un mur et révéla un bar mieux pourvu que la réserve du Club de la Presse. Qwilleran ayant indiqué qu'il préférait du café, Halapay donna des instructions dans un micro dissimulé derrière une grille.

Il tendit aussi à Qwilleran une bouteille de forme bizarre qu'il tira du bar :

— C'est une liqueur que j'ai ramenée d'un voyage en Amérique du Sud, dit-il. On n'en trouve pas ici, permettez-moi donc de vous l'offrir. Comment trouvez-vous la vue ? Sensationnelle, n'est-ce pas ? C'est un lac artificiel. À lui seul, il m'a coûté un demi-million de dollars. Voulez-vous de la crème avec votre café ? Voici mes tableaux. Qu'en pensez-vous ?

Les murs étaient couverts de toiles représentant des enfants, garçonnets et fillettes aux cheveux frisés et aux joues comme des pommes d'api.

— Choisissez-en un et emportez-le avec les compliments de l'artiste. Les plus grands se vendent cinq cents dollars. Avez-vous des enfants ? Nous avons deux petites filles. Leur photo est sur le meuble stéréo. Cindy a huit ans et Susan six.

Qwilleran étudia les photographies des filles de Halapay. Comme leur mère, elles avaient des yeux en amande et des cheveux raides.

— Pour quelle raison ne peignez-vous que des enfants aux cheveux frisés et aux joues roses ? s'enquit Qwilleran.

— Irez-vous au bal de la Saint-Valentin, samedi prochain ? C'est le bal annuel donné par le Club des Beaux-Arts. Nous serons tous déguisés en couple célèbre. Vous n'êtes pas obligé de vous travestir, surtout si vous venez seul. Les billets se vendent vingt dollars. Permettez-moi de vous en offrir deux.

— Pour en revenir à votre peinture, je serais curieux de savoir pourquoi vous vous êtes spécialisé dans les portraits d'enfants ?

— Je pense que vous devriez parler de ce bal dans votre article. Je dois le présider et ma femme est très photogénique. Aimez-vous les beaux-arts ? Tout ce que la ville compte d'artistes sera là.

— Y compris George Bonifield Mountclemens III, je suppose ?

— Cet imposteur ? S'il s'avisait de se présenter à la porte, il serait jeté dehors ! J'espère qu'il n'est pas de vos amis. Il ignore tout de l'art, bien qu'il passe pour une autorité. Votre journal tolère qu'il profane la réputation des artistes les plus reconnus. Il a corrompu le climat artistique de la ville. On aurait dû le mettre au ban de la société.

— Je ne suis pas ici depuis longtemps, avoua Qwilleran, en profitant de ce que Halapay s'était arrêté pour reprendre son souffle. De toute façon, je n'ai aucune expérience en ce domaine.

— Cet individu est un charlatan. C'est lui qui a sacré Zoé Lambreth grande artiste. Avez-vous jamais vu ce qu'elle peint ? De la fumisterie. Allez voir ses tableaux à la galerie Lambreth et vous comprendrez. Aucune galerie digne de ce nom n'aurait accepté ses œuvres, alors elle a épousé un marchand de tableaux qui se prête à ce racket, et je pèse mes mots. Ah ! voici Tom avec le café.

Un jeune serviteur, vêtu d'un pantalon de toile maculé de peinture et d'une chemise déboutonnée jusqu'à la ceinture, posa un plateau sur la table, en lançant un regard malveillant au visiteur.

— Que voulez-vous savoir sur ma peinture ? N'hésitez pas à me poser des questions. Ne prenez-vous pas de notes ?

— Puis-je vous demander pour quelle raison vous vous êtes spécialisé dans des portraits d'enfants ?

L'artiste s'abîma dans un silence profond. Le premier depuis l'arrivée du journaliste. Finalement, il releva la tête et dit :

— Zoé Lambreth semble être très liée avec Mountclemens, si vous voyez ce que je veux dire. Pourquoi n'approfondiriez-vous pas la question ? Vous pourriez déterrer un scandale qui obligerait le journal à se séparer de lui et vous prendriez sa place.

— Je ne tiens nullement…

— Si des dispositions ne sont pas prises dans ce sens… et rapidement, on verra de quel bois je me chauffe. Aimeriez-vous un hot-dog avec votre café ?

À cinq heures et demie, ce même après-midi, Qwilleran retrouva Arch Riker dans le chaud sanctuaire du Club de la Presse.

— Un jus de tomate nature, commanda-t-il à Bruno et, se tournant vers Arch, il ajouta : Merci beaucoup pour la célébration de bienvenue.

— Que voulez-vous dire ?

— De quoi s'agissait-il ? D'un bizutage ?

— Je ne sais pas de quoi vous voulez parler.

— Je parle de mon entrevue avec Halapay. Faites-moi part de la plaisanterie pour que je rie avec vous. Ce ne pouvait être sérieux. Ce type est cinglé.

— Bah ! Vous savez ce que sont les artistes. Que s'est-il passé ?

— Rien. En tout cas, rien dont je puisse tirer quelque chose. Il m'a fallu deux heures pour en arriver à cette conclusion. Halapay vit dans une caserne de style japonais avec des boutons électriques commandant toutes sortes de manœuvres. À l'intérieur, il y a un mur couvert de morceaux de verre qui pointent sur différentes longueurs ; quand vous passez à côté, cela vibre comme un xylophone qui aurait besoin d'être accordé.

— Pourquoi pas ? Il faut bien qu'il dépense sa galette.

— Ce n'est pas tout. Dans ce décor dispendieux et commercial se promène un Cal Halapay en chaussettes et pull-over troué. Et il a l'air d'un adolescent.

— Oui. J'ai entendu dire qu'il paraissait très jeune… pour un millionnaire.

— Il n'arrête pas de vous parler de son argent et de vouloir vous faire des cadeaux. J'ai dû me battre pour refuser cigare, liqueur, tableau à cinq cents dollars, dinde surgelée de son ranch de l'Oregon et chiot irlandais. Après le déjeuner sa femme est arrivée et j'ai redouté que sa générosité naturelle ne l'entraînât au-delà des bornes de l'hospitalité. Incidemment, Mrs Halapay est vraiment une très jolie personne.

— Vous me mettez l'eau à la bouche. Qu'avez-vous eu pour déjeuner ?

— Des hot-dogs servis par un garçon qui avait tout d'un ours mal léché.

— Vous n'avez rien payé, de quoi vous plaignez-vous ?

— De Halapay. Il n'a pas répondu à mes questions.

— Il a refusé ?

— Il les a ignorées. Sa conversation est allée du jazz progressiste aux masques primitifs qu'il a ramenés du Pérou. J'ai eu plus de chance avec sa porte électronique qu'avec cet enfant prodige.

— N'avez-vous vraiment rien trouvé ?

— J'ai vu ses peintures et j'ai appris que samedi soir il y aurait un bal costumé au Club des Beaux-Arts. Je compte y aller.

— Que pensez-vous de ses tableaux ?

— Ils sont monotones, mais j'ai fait une découverte : dans tous ses portraits d'enfants, c'est lui-même que Cal Halapay reproduit. Son physique l'enchante : cheveux bouclés, teint frais et rose.

— Je reconnais que ce n'est pas le genre d'article que désire le patron. On dirait un conte des *Mille et Une Nuits*.

— Faut-il vraiment écrire un article ?

— Vous avez vu la note rose.

Qwilleran tira sa moustache. Au bout d'un moment, il remarqua :

— La seule réaction que j'ai obtenue, c'est quand j'ai mentionné George Bonifield Mountclemens.

— Qu'a-t-il dit ?

— Il a explosé – d'une manière bien contrôlée. En bref, il prétend que Mountclemens n'est pas qualifié pour parler d'art.

— Ce n'est pas surprenant. Halapay a fait une exposition, il y a quelques mois et notre critique l'a descendu en flammes. Les lecteurs étaient ravis d'apprendre qu'un homme à qui tout réussit sur le plan financier peut connaître un échec, mais ce fut un coup dur pour Halapay. Il a découvert que son argent lui permettait d'acheter tout sauf une bonne critique.

— Mon cœur saigne pour lui. Et les autres journaux, l'ont-ils jugé aussi sévèrement ?

— Ils ne se compromettent pas. Ils ne disposent que d'une vieille dame qui se rend aux vernissages et s'extasie sur tout ce qu'elle voit.

— Alors, Halapay est mauvais perdant ?

— Oui, vous ne croyez pas si bien dire. Depuis cet incident, il a tout essayé pour couler le *Fluxion*. Il nous a retiré la quasi-totalité de sa publicité et cela fait d'autant plus de bruit qu'il contrôle presque tout ce qui concerne les produits alimentaires et la mode. Il s'est également efforcé de nous brouiller avec les autres firmes de publicité. L'affaire est sérieuse.

Qwilleran fit la grimace.

— Suis-je censé écrire un article pour amadouer ce mauvais coucheur ?

— Franchement, cela nous aiderait. Tout ce que l'on vous demande, c'est d'écrire un papier sur un type qui, une fois chez lui, porte de vieux vêtements, marche pieds nus, élève des chiots et mange des hot-dogs pour son déjeuner.

— Cela ne me plaît pas.

— Je ne vous demande pas de mentir, Qwill. Montrez-vous sélectif. Oubliez le mur en glace, le lac artificiel et tenez-vous-en à la dinde provenant de sa ferme et à ses adorables bambins.

— C'est ce que l'on appelle du journalisme réaliste, je suppose.

— Cela aide à payer les notes.

— Je n'aime toujours pas ça, mais si vous êtes vraiment ennuyé, je vais voir ce que je peux faire.

Il leva son verre de jus de tomate en disant :

— Halapay ou à la paix.

— Je vous en prie, ne faites pas d'esprit. J'ai eu une rude journée.

— J'aimerais lire quelques articles de Mountclemens. Est-ce possible ?

— Bien sûr. Vous les trouverez dans la salle des archives.

— Je voudrais savoir ce qu'il a écrit sur une artiste appelée Zoé Lambreth. Halapay insinue qu'il y aurait quelque chose entre eux. Êtes-vous au courant ?

— Je me contente de passer la copie de Mountclemens. Je ne regarde pas par le trou de la serrure de sa chambre à coucher, déclara Riker, en se levant.

CHAPITRE TROIS

Ayant revêtu le plus sombre et le plus neuf de ses deux costumes, Qwilleran se rendit au bal de la Saint-Valentin, au Club des Beaux-Arts, plus connu, découvrit-il, sous le nom de *La Palette et le Burin*. Ses membres étaient nombreux et se recrutaient parmi l'élite de la ville. Les jeunes artistes bohèmes et fauchés qui avaient fondé l'association étaient devenus vieux, collet monté et riches.

Né quarante ans plus tôt dans l'arrière-salle d'un mastroquet, le club occupait aujourd'hui le dernier étage du plus bel hôtel de la ville. Le journaliste profita de son incognito pour faire le tour du propriétaire. Il parcourut un salon somptueux, une salle à manger de nobles proportions et un bar très animé. Une salle de jeux offrait toutes sortes de distractions, des fléchettes aux dominos. Dans la salle de bal, les tables étaient garnies de nappes rouge et blanc et un orchestre jouait des airs insignifiants.

Qwilleran demanda la table des Halapay et fut accueilli par Sandra Halapay, enveloppée dans un kimono blanc. Un maquillage spécial exagérait encore ses yeux en amande.

— Je craignais que vous ne veniez pas, lui dit-elle, en retenant sa main plus qu'il n'était nécessaire et en ponctuant sa phrase d'un petit rire perlé.

— L'invitation était irrésistible, Mrs Halapay, répondit Qwilleran en s'inclinant galamment.

— Appelez-moi Sandy. Êtes-vous venu seul ?

— Oui, je suis déguisé en Narcisse.

— Vous autres journalistes êtes si astucieux ! s'exclama-t-elle, en riant.

Quelle femme charmante ! se dit Qwilleran. Surtout ce soir où elle paraissait détendue, comme le sont souvent les femmes quand leur mari est absent.

— Cal préside le bal. Il a mille occupations, aussi j'aimerais que vous soyez mon cavalier, ajouta-t-elle, avec un regard appuyé.

Puis, changeant de ton, elle se retourna pour le présenter aux autres invités de sa table. Mr et Mrs Riggs, ou Biggs, portaient un costume Louis XV. Un couple d'un certain âge, travesti en paysans, semblait s'ennuyer. Enfin, la dernière personne était May Sisler, la critique d'art attachée à l'autre journal. Qwilleran lui adressa un sourire confraternel, tout en estimant qu'elle avait dépassé de dix bonnes années l'âge de la retraite. Elle lui tendit une main potelée et déclara, en minaudant :

— Votre Mr Mountclemens est un très méchant garçon, mais vous me semblez un bon jeune homme.

— Merci, dit Qwilleran qui n'avait pas été gratifié de ce qualificatif depuis vingt ans.

— Vous allez aimer votre nouveau travail, prédit-elle. Vous rencontrerez des gens charmants.

Se penchant vers lui, Sandra chuchota :

— Cette moustache vous donne un air si romantique ! J'aurais voulu que mon mari se laisse pousser la moustache pour paraître plus viril, mais il s'y refuse. Il paraît si juvénile, ne trouvez-vous pas ? dit-elle, ponctuant sa question d'un rire musical.

— Il est vrai qu'il fait très jeune, dit Qwilleran.

— À bien des égards, je pense qu'il est un peu attardé. Au train où il va, dans quelques années, on le prendra pour mon fils.

Levant vers lui un regard implorant, elle demanda :

— N'allez-vous pas m'inviter à danser ?

— Volontiers, mais ce costume ne va-t-il pas vous gêner ?

Son kimono en soie blanche était noué en son milieu par une large obi noire. Un autre carré de soie blanche était drapé sur ses cheveux noirs et raides.

— Oh ! Non, dit-elle, en pressant le bras de Qwilleran et en se levant pour se diriger vers la piste de danse. Savez-vous ce que mon costume représente ?

— Non, pas du tout, dit Qwilleran.

— Cal porte un kimono brodé en soie noire. Nous sommes censés représenter « Les deux jeunes amants dans un paysage de neige ».

— Ah ? Qui sont-ils ?

— Oh ! Vous les connaissez sûrement ! Le célèbre tableau d'Harunobu !

— Pardonnez-moi, dit Qwilleran, mais je suis ignare en matière de peinture.

Il consentait à l'admettre parce qu'au même moment il entraînait Sandra dans un fox-trot endiablé.

— Vous êtes un danseur extraordinaire, le félicita-t-elle. Il faut vraiment avoir le sens de la coordination pour danser un fox-trot sur un air de cha-cha. Mais nous pourrions prendre en main votre éducation artistique. Aimeriez-vous que je vous donne quelques leçons particulières ?

— Je ne sais pas si mon salaire me le permettra.

Un petit rire argentin lui répondit. Il demanda :

— La petite dame de l'autre journal est-elle une autorité reconnue ?

— Son mari était expert en camouflage durant la première guerre mondiale. Je pense que sa vocation vient de là.

— Qui sont les autres invités, à votre table ?

— Riggs est sculpteur. Il expose des statues émaciées et filiformes à la galerie Lambreth. On dirait des sauterelles. Riggs aussi, quand on y songe. L'autre couple, les Buchwalter, sont censés représenter les fameux « amants » de Picasso.

Sandra fronça son joli petit nez, avant d'ajouter :

— Je ne peux pas la souffrir. Elle se prend pour une intellectuelle. Son mari est professeur à l'École Penniman. Il a actuellement une exposition à la galerie Westside. Ce n'est pas une lumière, mais il peint de jolies aquarelles. J'espère que les journalistes ne sont pas tous des intellectuels. Lorsque Cal m'a dit que… Oh ! rien. Je parle trop. Dansons.

Peu après, un jeune homme vint s'interposer. Il portait une chemise à col ouvert et ses manières étaient aussi disgracieuses que sa personne. Son visage parut vaguement familier à Qwilleran. Un moment plus tard, Sandra lui expliqua :

— C'était Tom Leblanc. Vous l'avez rencontré à la maison. Il est supposé représenter Stanley, un personnage de la pièce de Tennesse Williams. Sa cavalière est par là, vêtue d'un déshabillé rose. Lui-même est un véritable ours, mais Cal pense qu'il a du talent et il l'envoie à l'École Penniman. Mon mari fait beaucoup de bien autour de lui. Vous allez écrire un article sur lui, paraît-il ?

— Si j'arrive à réunir suffisamment d'informations. Il est difficile à interviewer. Peut-être pourriez-vous m'aider ?

— Avec joie. Savez-vous que Cal est président du conseil des Beaux-Arts de notre État ? Je pense qu'il désire être le premier artiste non professionnel à travailler pour la Maison Blanche. Il y arrivera. Rien ne l'arrête.

Elle fit une pause et parut songeuse.

— Vous devriez écrire un article sur le vieil homme assis à la table voisine.

— Qui est-ce ?

— On l'appelle Oncle Waldo. C'est un ancien boucher qui peint des animaux. Il n'avait jamais touché un pinceau avant l'âge de soixante-huit ans. Il possède un authentique talent, n'en déplaise à Georgie.

— Qui est Georgie ?

— Votre précieux critique d'art.

— Je n'ai pas encore eu l'occasion de le rencontrer. À quoi ressemble-t-il ?

— Il est infect ! Son compte rendu sur l'exposition de l'Oncle Waldo était d'une cruauté sans nom.

— Que disait-il ?

— Il a écrit que le pauvre homme devrait retourner à son étal et laisser les vaches, les veaux et les moutons aux enfants des écoles maternelles qui dessinaient avec plus d'imagination et d'honnêteté que lui. Il a ajouté que l'Oncle Waldo avait massacré plus de bétail sur ses toiles que durant toute sa vie professionnelle. Ce fut un tollé général. Des tas de gens ont écrit au journal pour protester, mais ce fut terrible pour l'Oncle Waldo. Il a cessé de peindre et c'est un crime. Je comprends son petit-fils, celui qui est conducteur de camion. Il est allé au journal menacer de flanquer une correction à George Bonifield Mountclemens, qui ne l'aurait pas volée. C'est un irresponsable. On devrait l'enfermer.

— A-t-il jamais fait de critique sur les œuvres de votre mari ? demanda Qwilleran, d'un ton innocent.

— Il a écrit les choses les plus basses sur Cal. Uniquement parce que mon mari gagne de l'argent, Mountclemens le qualifie d'« artiste commercial » et le confond avec les peintres en bâtiment et les dessinateurs de papiers peints. En fait, Cal a bien plus de talent que ces prétendus artistes de la nouvelle vague qui se nomment « Expressionnistes abstraits ». Ils sont incapables de dessiner le moindre verre d'eau.

Sandra fronça les sourcils et demeura silencieuse.

— Vous êtes beaucoup plus jolie lorsque vous souriez, constata Qwilleran.

— Oh ! regardez ! s'écria-t-elle, en éclatant de rire, Cal danse avec Marc Antoine !

Qwilleran suivit son regard et vit Cal Halapay, en kimono japonais, dansant un slow avec un robuste guerrier romain. Sous le casque de Marc Antoine, le visage offrait des traits réguliers.

— C'est Butchy Bolton, expliqua Sandra. Elle enseigne la sculpture et la soudure sur métal à l'École des beaux-arts. Elle est venue avec une amie déguisée en Cléopâtre. Butchy a fabriqué sa propre armure. On dirait des pare-chocs de camion !

— Le journal aurait dû envoyer un photographe.

— Zoé Lambreth était chargée de prévenir la presse, dit sèchement Sandy, je présume qu'elle ne s'intéresse qu'à sa propre publicité.

— Je vais aller téléphoner pour que l'on dépêche quelqu'un.

Une demi-heure plus tard, Odd Bunsen arrivait, un appareil photographique avec un objectif de trente-cinq millimètres en bandoulière, son éternel cigare aux lèvres. Qwilleran vint le rejoindre au foyer et lui recommanda de prendre les couples ensemble : Othello et Desdémone, Lolita et Humbert Humbert, Adam et Ève…

— Ri-di-cu-le ! grogna Bunsen, en préparant l'appareil. Êtes-vous obligé de rester encore longtemps, Jim ?

— Juste assez pour savoir qui gagnera le concours de costumes et téléphoner le résultat au journal.

— Voulez-vous que nous nous retrouvions au Club de la Presse pour boire un dernier verre ?

— Entendu.

Quand il regagna la table de ses hôtes, Sandy le présenta à une femme distinguée vêtue d'une robe de soie perlée.

— Mrs Duxburry possède la plus belle collection d'œuvres d'art de notre région, expliqua-t-elle. Vous devriez écrire un article sur sa galerie de tableaux qui compte des Gainsborough, des Reynolds et autres peintres anglais du XVIIIe siècle.

— Je n'ai aucun désir de faire de la publicité à ma collection, sauf si cela vous aidait dans votre nouvelle situation, Mr Qwilleran, dit Mrs Duxburry. Franchement, je suis très heureuse de vous accueillir parmi nous.

— Merci infiniment. J'avoue que c'est un domaine nouveau pour moi.

— Je suppose que votre présence signifie que le *Daily Fluxion* a, enfin, assez de bon sens pour se séparer de Mountclemens.

— Non. Nous pensons seulement élargir cette rubrique. Mountclemens continuera ses critiques.

— Quel dommage ! Nous espérions tous que le journal allait se débarrasser de cet horrible individu.

Sur la scène, une fanfare de trompettes annonça la présentation du concours de costumes. Sandra se pencha vers Qwilleran pour dire :

— Il faut que j'aille rejoindre Cal. J'espère vous retrouver tout à l'heure.

— Hélas, je dois porter ma copie au journal, mais n'oubliez pas que vous devez m'aider à écrire un article sur votre mari.

— Je m'inviterai à déjeuner, un de ces jours, lui chuchota-t-elle, avec un sourire plein de promesses.

Qwilleran se faufila au fond de la salle, après avoir pris note des gagnants. Il cherchait le téléphone, quand une voix de femme, grave et douce, s'éleva :

— N'êtes-vous pas le nouveau journaliste du *Daily Fluxion ?*

La moustache de Qwilleran frémit. Certaines voix de femmes avaient cet effet sur lui et celle-ci ressemblait à une caresse.

— Je suis Zoé Lambreth et je crains d'avoir manqué à tous mes devoirs. Je devais adresser une communication aux journaux au sujet de ce bal. J'ai complètement oublié. Je prépare une exposition et je travaille beaucoup, aurez-vous la gentillesse de m'excuser ? J'espère que vous avez pu récolter toutes les informations que vous désiriez.

— Il me semble. Mrs Halapay s'est occupée de moi.

— Oui, je l'ai remarqué, dit Zoé, en pinçant un peu les lèvres.

— Vous n'êtes pas déguisée, Mrs Lambreth, remarqua Qwilleran.

— Non. Mon mari n'a pas voulu m'accompagner et je ne fais qu'une courte apparition. J'aimerais que vous veniez à la galerie, un de ces jours et que vous rencontriez mon mari. Nous serions l'un et l'autre heureux de vous aider.

— Effectivement, j'ai grand besoin d'aide, car ce monde est tout nouveau pour moi. Mrs Halapay m'a offert de superviser mon éducation artistique.

— Oh ! Mon Dieu ! gémit Zoé, d'un ton apitoyé.

— N'approuvez-vous pas ce choix ?

— Eh bien, Sandra n'est pas la plus indiscutable autorité en la matière, c'est le moins que je puisse dire. Pardonnez-moi, tôt ou tard vous vous apercevrez que les artistes sont de véritables égocentriques.

Le regard de Zoé Lambreth était d'une désarmante franchise et Qwilleran se perdit dans ses profondeurs, pendant un moment. Elle reprit :

— Mais je suis sincère en ce qui vous concerne. Il serait regrettable que vous soyez mal informé. La plupart des œuvres produites aujourd'hui sont des plagiats dans les pires des cas ou sinon pèchent par la médiocrité. Vous devriez insister pour connaître la valeur de vos conseillers.

— Que dois-je faire ?

— Venez visiter la galerie Lambreth, proposa-t-elle, avec un petit sourire.

Qwilleran bomba le torse, en jouant avec l'idée de se mettre au régime – dès demain – pour perdre quelques kilos. Puis il essaya une nouvelle fois de trouver le téléphone. La parade était terminée et les gens commençaient à circuler. La présence d'un nouvel envoyé du *Daily Fluxion*, reconnaissable à sa moustache proéminente, avait été signalée, en conséquence de quoi de nombreux étrangers l'abordaient et se présentaient, chacun lui souhaitant la bienvenue, en ajoutant un mot désagréable à l'adresse de Mountclemens.

La réunion s'animait. Qwilleran fut attiré par des rires provenant de la salle des jeux. Il s'approcha. Debout sur une chaise, Marc Antoine haranguait la foule. Sans son casque, la jeune femme paraissait plus féminine, avec son visage rond et ses cheveux courts, légèrement ondulés.

— Entrez, braves gens, venez tenter votre chance !

Le journaliste se glissa dans la pièce et découvrit des joueurs qui essayaient leur habileté en lançant des fléchettes sur une silhouette d'homme, grandeur nature, dessinée sur le mur du fond.

— Allez-y, mes amis, psalmodiait la femme guerrier, cela ne vous coûtera pas un cent. Tentez votre chance, qui veut jouer à Tuer le Critique ?

Qwilleran en eut brusquement assez. Il battit discrètement en retraite, téléphona son compte rendu au journal et partit rejoindre Odd Bunsen au Club de la Presse.

— Mountclemens doit être un véritable croque-mitaine, dit-il au photographe. Avez-vous jamais lu ses articles ?

— Qui s'amuse à lire un journal ? Je regarde les illustrations et j'encaisse mon chèque.

— Connaissez-vous le musée des Beaux-Arts ?

— Bien sûr, il y a une jolie petite poulette au vestiaire et des nus étonnants au deuxième étage.

— Intéressant, mais ce n'est pas ce que je voulais dire. Le musée vient de perdre une subvention d'un million de dollars, ce qui a provoqué le renvoi du directeur et j'ai entendu raconter, ce soir, que tout cela était le résultat des articles de Mountclemens.

— Ça ne m'étonne pas. Ce type cause des ennuis à tout le monde. La semaine dernière, je suis allé deux fois à la galerie Lambreth, pour prendre des photographies. J'ai gâché de la pellicule pour rien. Les tableaux étaient peints en bleu marine sur fond noir, mes photos ressemblaient à une mine de charbon par une nuit sans lune et le patron a prétendu que c'était ma faute. Ce sacré Monty se plaint continuellement de notre travail. Je lui casserais volontiers un trépied sur le crâne !

CHAPITRE QUATRE

Le dimanche matin, Qwilleran acheta un exemplaire du *Daily Fluxion* au marchand de journaux de l'hôtel. Il habitait un vieil hôtel, récemment modernisé par le remplacement des tapis et des peluches fanées qui avaient cédé la place à du Bulgomme et du tissu en matière synthétique. Tout en mangeant ses œufs brouillés, Qwilleran ouvrit le journal. George Bonifield Mountclemens III rendait compte de l'exposition de Franz Buchwalter. Qwilleran se souvint du nom : c'était celui de cet homme tranquille qu'il avait rencontré à la table de Halapay et qui, selon les dires de Sandy, peignait de charmantes aquarelles.

Deux des tableaux de l'artiste avaient été photographiés pour illustrer l'article. Ils représentaient des marines et Qwilleran les trouva bons. Il lut :

Tout amateur d'art appréciant la dextérité manuelle ne doit pas manquer de se rendre à l'exposition de Franz Buchwalter, qui se tient, ce mois-ci, à la galerie Westside. Cet aquarelliste distingué, professeur à l'École Penniman des Beaux-Arts, présente une fort intéressante collection de cadres.

Même pour l'œil le moins exercé, il est évident que l'artiste a beaucoup travaillé sa technique. Les moulures sont soigneusement appliquées et les coins méticuleusement assemblés.

La collection se distingue aussi bien par sa variété – on trouve des cadres larges, moyens, étroits, ornés de feuilles sculptées, dorées, argentées – que par les matières employées, noyer, cerisier, ébène et jusqu'à du plâtre peint dans un blanc sale qui est supposé représenter une contrefaçon élégante du blanc antique.

L'un des meilleurs cadres est en chêne mangé aux vers. Il est difficile, pour un visiteur occasionnel, de décider si les trous sont provoqués par des vers authentiques de la Caroline du Nord ou par des machines électriques de Kansas-City. Cependant, nous nous devons de reconnaître qu'il est douteux qu'un homme aussi intègre que Mr Buchwalter se serve de matériaux inférieurs et nous sommes enclin à penser qu'il s'agit de trous causés par de véritables vers.

L'exposition est bien présentée. Nous accordons une mention spéciale au goût qui a présidé au choix des couleurs et des éclairages. L'artiste a garni l'intérieur de ses cadres de marines et de quelques autres sujets insignifiants qui ne déparent pas l'excellente présentation de l'ensemble.

Après un nouveau coup d'œil aux illustrations que décidément, il trouvait à son goût, Qwilleran plia son journal et sortit.

Il fit, alors, quelque chose qu'il n'avait pas fait depuis l'âge de onze ans et, à l'époque, c'était une corvée. Bref, il passa l'après-midi au musée.

Les collections artistiques de la ville étaient rassemblées dans un édifice de marbre, remarquable combinaison d'un temple grec, d'une villa italienne et d'un château français. Il résista à l'envie de monter directement au deuxième étage pour voir les nus recommandés par Odd Bunsen, mais il se rendit au vestiaire pour jeter un coup d'œil sur la jolie poulette. Il trouva une jeune fille au visage rêveur et aux longs cheveux, qui paraissait s'ennuyer au milieu de ses portemanteaux. Après un regard sur la moustache de son visiteur, elle lui dit :

— Je vous ai vu au Club de *La Palette et le Burin*, hier soir.

— Ne portiez-vous pas un déshabillé rose ?

— Nous avons gagné un prix, Tom Leblanc et moi.

— Je le sais. C'était une belle soirée.

— Un peu froide. Je croyais que ce serait plus animé.

Qwilleran retourna dans le hall et s'approcha d'un gardien pour lui demander où il pourrait rencontrer le directeur.

— Habituellement, il n'est pas là le dimanche, mais je l'ai aperçu, tout à l'heure. Vous savez, sans doute, qu'il va nous quitter.

— C'est regrettable. J'ai entendu dire que c'était un homme sympathique.

— Tout est la faute de ce polichinelle qui écrit dans les journaux et la politique s'en est mêlée. Si vous voulez voir Mr Farhar, vous le trouverez dans son bureau, à gauche, au bout de ce couloir.

Noël Farhar était seul dans son bureau. Penché sur un tiroir, il sursauta en voyant entrer le journaliste. Il avait l'air jeune pour son poste, bien qu'une excessive maigreur le fît probablement paraître moins âgé qu'il ne l'était réellement.

— Que désirez-vous ? demanda-t-il, avec nervosité.

— Pardonnez-moi de vous déranger. Je suis Jim Qwilleran, du *Daily Fluxion*. Je voulais seulement me présenter car je suis un nouveau venu.

— Si l'on vous a envoyé pour essayer d'arranger les choses, dit l'autre, avec froideur, il est trop tard. Le mal est fait.

— Je crains de ne pas bien comprendre ?

— Asseyez-vous, Mr Qwilleran. Je suppose que vous savez que le musée n'a pas obtenu la subvention d'un million de dollars sur laquelle nous comptions.

— Je l'ai entendu dire, en effet.

— Cette subvention nous aurait donné le prestige nécessaire pour prétendre aux cinq millions supplémentaires offerts par des donateurs privés. Nous aurions pu, ainsi, compléter une remarquable collection d'art mexicain préhistorique que nous aurions abritée dans une nouvelle aile du musée. Mais votre journal a bouleversé tout ce programme. Par ses critiques aussi incessantes qu'injustifiées, votre chroniqueur attitré a présenté le musée sous un jour tellement défavorable que l'on nous a retiré toute aide et considération. Inutile d'ajouter que cet échec, venant après les attaques de Mountclemens sur mon administration, m'a contraint à offrir ma démission.

Farhar s'exprimait avec force, en dépit de sa visible émotion.

— C'est là une grave accusation.

— Il est incroyable qu'un homme qui ne connaît rien à l'art puisse, à lui seul, polluer l'atmosphère artistique de toute une ville. Mais vous n'y pouvez rien. Je perds mon temps en vous parlant. J'ai écrit à votre directeur pour lui demander qu'un terme soit mis aux agissements de Mountclemens, avant qu'il n'ait complètement détruit notre héritage culturel. Maintenant, j'ai du travail, vous voudrez bien m'excuser.

— Je déplore toute cette affaire, monsieur. Ignorant les faits, il m'est impossible d'en tirer aucune conclusion.

— Je n'ai rien à ajouter, répondit Farhar, mettant ainsi un terme à l'entretien.

Qwilleran se promena de salle en salle, mais son esprit ne parvenait pas à se fixer sur les Renoir, ou les Canaletto. La culture Toltèque ou Aztèque ne retint pas davantage son attention. Seules, les armes préhistoriques ou médiévales suscitèrent son intérêt. Poignards italiens, couteaux de chasse allemands, massues cloutées, stylets et rapières espagnoles. Mais, sans cesse, ses pensées revenaient vers ce critique que tout le monde haïssait.

Tôt le lendemain matin, Qwilleran se rendit dans la salle de références au troisième étage du journal. Il demanda les articles de Mountclemens.

— Voilà, dit l'employé avec un clin d'œil amusé. Quand vous aurez terminé, l'infirmerie est au cinquième étage, au cas où vous auriez besoin d'un sédatif.

Qwilleran passa en revue douze mois de critique artistique. Il trouva un article incendiaire sur les portraits d'enfants de Cal Halapay, qualifiés de « peinture de drugstore » et cette phrase cruelle sur les « primitifs » de l'Oncle Waldo : « l'âge n'est pas un substitut au talent ». Il y avait aussi une attaque, ne comportant aucun nom, sur les collectionneurs privés, qui « sont moins intéressés à préserver des chefs-d'œuvre artistiques, qu'à échapper au fisc ».

Mountclemens ne mâchait pas ses mots pour fustiger les sculptures métalliques de Butchy Bolton qui rappelaient « les armures portées dans les écoles de province, pour une représentation de *Macbeth* ». Il déplorait le système éducatif de l'École Penniman qui « formait des artistes de troisième ordre, dont les œuvres seraient tout juste bonnes à illustrer le catalogue d'une usine d'automobiles de Detroit ».

Il complimentait ironiquement les petites galeries de banlieue pour leur rôle de centre social, remplaçant le club de bridge et les réunions de dames patronnesses, tout en leur déniant la moindre valeur culturelle. Enfin, il se déchaînait contre le musée, sa politique, ses expositions permanentes, son conservateur et la couleur des uniformes portés par les gardiens.

Intercalés au milieu des diatribes, figuraient cependant quelques articles élogieux sur différents artistes – principalement sur Zoé Lambreth. Mais le jargon employé déconcerta Qwilleran « La complexité du dynamisme fondamental dans la texture organique », « les impulsions subjectives intérieures exprimées par une linguistique compatissante ».

Il trouva aussi un article qui n'avait rien à voir avec la peinture ou la sculpture, mais qui traitait des chats (*Felix domestica*) en tant qu'objets d'art.

Qwilleran retourna le dossier et chercha une adresse dans l'annuaire. Il voulait savoir pourquoi Mountclemens pensait que les œuvres de Zoé Lambreth étaient si bonnes et celles de Cal Halapay si mauvaises.

La galerie Lambreth était installée à proximité du quartier des affaires, dans un vieil immeuble écrasé par la tour d'un édifice voisin. La boutique avait de la classe. L'enseigne était libellée en lettres dorées et la vitrine n'offrait que deux peintures, mais des kilomètres de velours gris. L'une des toiles était composée de triangles bleu marine sur fond noir. L'autre était un mystérieux amalgame de peinture épaisse dans des tons tristes de brun et de pourpre. En regardant mieux, une paire d'yeux semblait émerger de ses profondeurs. Comme Qwilleran les fixait, leur expression parut changer et passer de l'innocence à la sauvagerie.

Il ouvrit la porte et entra. La galerie était une pièce toute en longueur, meublée comme un salon luxueux, dans un style moderne peu compromettant. Sur un chevalet, Qwilleran avisa une autre combinaison de triangles – gris sur fond blanc – qu'il préféra aux premiers. La toile était signée « Scrano ». Sur un piédestal, un tuyau coudé, hérissé de rayons de bicyclette était intitulé « Chose 17 ».

Une sonnette avait tinté, quand il était entré et des pas se firent entendre sur les marches d'un escalier en colimaçon, à l'extrémité de la galerie. Un homme guindé et hautain apparut. Il était difficile de croire qu'Earl Lambreth pût être le mari d'une femme aussi chaleureuse et féminine que Zoé. Beaucoup plus âgé que son épouse, il avait l'air compassé d'une gravure de mode.

— Je suis le nouveau rédacteur du *Daily Fluxion*. Mrs Lambreth m'a demandé de venir visiter votre galerie.

L'homme esquissa quelque chose qui ressemblait à un sourire et se reprit pour dire sur un ton pincé :

— En effet, Mrs Lambreth m'a parlé de vous. Mountclemens a dû vous dire que cette galerie était la plus importante de la ville.

— Je n'ai pas encore eu le plaisir de rencontrer Mr Mountclemens, mais je sais en quelle haute estime il tient les œuvres de votre femme. J'aimerais en voir.

Les mains derrière le dos, le marchand indiqua de la tête un rectangle brun sur un mur.

— Voici un des tableaux les plus récents de Mrs Lambreth. Il possède la richesse de matière qui caractérise son style.

Qwilleran étudia la toile dans un silence prudent. Elle offrait la texture d'un épais gâteau au chocolat et, machinalement, il se passa la langue sur les lèvres. En même temps il eut de nouveau l'impression qu'un regard surgissait des profondeurs de la toile. Peu à peu un visage de femme apparut.

— Elle emploie beaucoup de peinture, dit-il, enfin, cela doit être long à sécher.

— Mrs Lambreth utilise la couleur pour capter l'attention et surprendre sensuellement, avant d'exprimer clairement son propos. Son but est toujours intangible, nébuleux. Elle tend à forcer l'attention et à faire virtuellement participer les autres à son interprétation.

Qwilleran hocha la tête, sans se compromettre.

— C'est une grande humaniste, poursuivit Lambreth. Malheureusement, nous n'avons que très peu de ses toiles en ce moment, car elle prépare une exposition. Cependant nous avons en vitrine une de ses œuvres les plus lucides et les plus disciplinées.

— Peint-elle toujours des visages de femmes ?

— Mrs Lambreth ne s'en tient à aucune formule. Elle possède une imagination versatile. Du reste, le tableau en vitrine n'évoque aucune association humaine. C'est une étude de chat.

— Oh ! dit Qwilleran.

— Vous intéressez-vous à Scrano ? C'est l'un de nos meilleurs artistes contemporains. Vous avez pu voir une de ses toiles en vitrine. En voici une autre.

Le journaliste loucha vers les triangles gris sur fond blanc et remarqua :

— Il semble obsédé par les triangles. Si vous suspendiez le tableau à l'envers, vous auriez trois voiliers dans le brouillard.

— Le symbolisme de ces angles aigus me paraît évident. Scrano exprime succinctement la nature essentiellement libidineuse et polygame de l'homme. La toile en vitrine est spécifiquement incestueuse.

— Eh bien, voilà qui met ma théorie en déroute. J'espérais avoir découvert des voiliers. Que pense Mountclemens de Scarno ?

— S-c-r-a-n-o, corrigea Earl Lambreth. Dans ces œuvres, Mountclemens saisit une virilité intellectuelle qui va au-delà de toute autre considération artistique et qui se concentre sur un concept de pureté et une sublimation du médium.

— Ces toiles valent très cher, sans doute ?

— Un Scrano atteint, en général, cinq chiffres.

— Oh ! Et les autres artistes ? Je ne vois aucun prix indiqué.

— On peut difficilement imaginer qu'une galerie de cette qualité affiche des prix comme dans un supermarché. Nous publions un catalogue à l'occasion de nos principales expositions.

— J'ai été surpris de trouver votre galerie dans ce quartier.

— Nos collectionneurs les plus avisés sont des hommes d'affaires.

Qwilleran fit le tour des lieux en s'abstenant de tout commentaire. La plupart des toiles étaient des peintures abstraites dans des coloris explosifs. Il remarqua des terres cuites rouges qui évoquaient des sauterelles, mais certains renflements le persuadèrent qu'il s'agissait d'êtres humains sous-alimentés. Deux pièces en métal tourmenté portaient les noms « Chose 14 » et « Chose 20 ». Le mobilier lui plut davantage. Profonds fauteuils modernes en forme de conque, tables basses à dessus de marbre blanc.

— Avez-vous des tableaux de Cal Halapay ?

— Vous plaisantez, je suppose ! Ce n'est pas le genre de la maison.

— Je croyais que ses tableaux avaient beaucoup de succès.

— Des gens n'ayant aucun goût se laissent facilement abuser. En fait ce genre de peinture n'est rien d'autre qu'un dessin publicitaire offert présomptueusement dans un cadre. Cela n'a pas la moindre valeur artistique. Pour tout dire, cet homme rendrait service au public s'il oubliait ses prétentions et concentrait ses activités dans le domaine où il réussit tellement bien : faire de l'argent. Je n'ai rien contre les peintres du dimanche qui passent leur temps devant un chevalet, à condition qu'ils ne se prennent pas pour des artistes et ne contribuent pas à dégrader le goût du public.

L'attention du journaliste se porta vers l'escalier en spirale.

— Avez-vous une autre galerie au-dessus ?

— Non, seulement mon bureau et un atelier. Voulez-vous le voir ? Vous le trouverez peut-être plus intéressant que ces sculptures et ces peintures.

Après avoir gravi l'escalier, Lambreth lui fit traverser une réserve où étaient stockés des tableaux. Dans l'atelier flottait une odeur de colle et de vernis. Il y avait également un établi en désordre.

— Qui confectionne vos cadres ?

— Un très bon professionnel. Nous faisons toujours appel aux meilleurs artisans de la ville.

Toujours immobile, les mains derrière le dos, Lambreth désigna de la tête une moulure posée sur l'établi :

— Ce modèle se vend trente-cinq dollars le mètre.

Le regard de Qwilleran fut attiré par un petit bureau encombré, contigu à l'atelier. Il aperçut un tableau contre le mur représentant une ballerine dans une robe en tulle bleu léger, sur fond de feuillage.

— Voilà quelque chose que je comprends. Cela me plaît beaucoup.

— Vous n'êtes pas difficile. C'est un Ghirotto, comme vous pouvez le voir à la signature.

Qwilleran fut impressionné :

— J'ai vu un Ghirotto au musée, hier. Ce tableau doit avoir une grande valeur.

— Il en aurait une s'il était complet.

— Que voulez-vous dire ? Il n'est pas terminé ?

Lambreth eut un soupir d'impatience :

— Ce n'est là que la moitié de l'œuvre originale. Le reste a été abîmé. Je n'aurais jamais pu m'offrir un Ghirotto en bon état.

Qwilleran remarqua, alors, une liasse de coupures de presse.

— J'ai vu que le *Daily Fluxion* vous accordait beaucoup d'attention.

— Votre journal possède un excellent critique d'art, répondit le marchand. Mountclemens en connaît plus en matière artistique que n'importe qui d'autre en ville – y compris les soi-disant experts. En outre, il est d'une intégrité à toute épreuve.

— Hum… fit Qwilleran.

— Vous entendrez sans nul doute des gens dénoncer Mountclemens de tous les côtés parce qu'il déblaie le terrain et élève le goût esthétique. Récemment, il a rendu un grand service à la ville en délogeant Farhar du musée. Une nouvelle direction pourra redonner vie à une institution décadente.

— Mais le musée a perdu une importante subvention dans l'affaire.

Lambreth eut un geste dédaigneux de la main pour balayer l'objection :

— Bah, l'année prochaine, il y aura une autre subvention et cette fois le musée saura l'employer utilement.

Pour la première fois, Qwilleran remarqua les mains du marchand. Leur aspect rugueux et les ongles coupés ras ne correspondaient pas à son costume élégant. Le journaliste changea de sujet :

— Mountclemens a une haute opinion des œuvres de Mrs Lambreth.

— Il a été très bon. Beaucoup de gens pensent qu'il favorise cette galerie, mais la vérité demeure : nous recevons les meilleurs artistes.

— Le type qui peint les triangles, est-ce un artiste local ? Pourrais-je le rencontrer ?

Lambreth parut scandalisé :

— Tout le monde sait que Scrano est européen. Il vit en reclus, en Italie, depuis des années. Il a eu des ennuis politiques, je crois.

— Comment l'avez-vous découvert ?

— Mountclemens a attiré mon attention sur ses œuvres et nous a mis en contact avec l'agent américain de l'artiste. Nous lui en sommes très reconnaissants, car nous sommes devenus les représentants exclusifs de Scrano pour le Middle West. La peinture de Scrano possède une virilité intellectuelle et…

— Je ne veux pas abuser de votre temps, coupa le journaliste, avant de prendre congé.

Qwilleran quitta la galerie Lambreth en se posant différentes questions : comment pouvait-on distinguer ce qui était bon en matière artistique de ce qui ne l'était pas ? Si Mountclemens était un aussi bon critique d'art que Lambreth le prétendait, pourquoi restait-il dans cette ville où l'art était si peu apprécié ? Avait-il une véritable vocation de missionnaire, comme Lambreth le prétendait, ou était-il le monstre que tout le monde dénonçait ?

En arrivant au bar du Club de la Presse où il avait rendez-vous avec Arch Riker, Qwilleran demanda à Bruno :

— Le critique d'art du *Fluxion* vient-il parfois ici ?

— Je le voudrais bien, je verserais de l'arsenic dans son verre.

— Diable ! Pourquoi ? Que vous a-t-il fait ?

— Je vais vous le dire : il est en train de ruiner la réputation de tous les artistes de la ville. Regardez ce qu'il a fait à ce pauvre Oncle Waldo et, hier encore, dans son article, voyez la façon dont il a traité Franz Buchwalter. Les seuls artistes qu'il apprécie sont ceux qui exposent à la galerie Lambreth. Ma parole, on dirait qu'elle lui appartient !

— Certains pensent que son avis est hautement autorisé.

— D'autres pensent le contraire. Attendez seulement qu'il vous ait pris pour cible. Et ça ne tardera pas, dès qu'il s'apercevra que vous fouinez dans ses parages…

Le barman brandit une flèche imaginaire.

— Vous semblez bien connaître le climat artistique de la ville, remarqua Qwilleran.

— Bien sûr. Je suis moi-même un artiste. Je fais du collage. J'aimerais vous montrer mes œuvres pour avoir votre opinion.

— Je ne tiens cette rubrique que depuis deux jours, répondit Qwilleran, j'ignore même en quoi consiste le collage.

Bruno eut un sourire supérieur :

— C'est une forme d'art. Je décolle les étiquettes des bouteilles de whisky, puis je les découpe en petits morceaux et je les recolle pour faire des portraits de présidents des États-Unis. Je travaille actuellement sur un Van Buren. Cela ferait une exposition formidable.

Soudain son expression changea et il dit sur un ton plein d'espoir :

— Vous pourriez peut-être m'aider à trouver une galerie. Si l'occasion se présente, pensez à moi.

— Je ne sais pas s'il y a beaucoup d'amateurs de portraits de présidents tirés d'étiquettes de whisky, mais je verrai ce que je peux faire… Et maintenant, je vous serais reconnaissant de me servir mon verre habituel…

— Un de ces jours, vous aurez un ulcère de l'estomac à force de boire tous ces jus de tomate.

Quand Arch vint rejoindre le journaliste, il le trouva tirant mélancoliquement sur sa moustache.

— Alors, comment s'est passée votre journée ?

— Bien, dit Qwilleran. Au début j'étais un peu embarrassé pour savoir ce qui était de l'art et ce qui ne l'était pas. Maintenant je n'y comprends plus rien du tout.

Il avala une gorgée de jus de tomate et ajouta :

— Mais je suis enfin arrivé à une conclusion au sujet de Mountclemens III, dit-il.

— Vraiment ?

— C'est un mythe. Il n'existe pas. Il ne peut être qu'une légende, un concept, une vue de l'esprit.

— Et, à votre avis, qui donc écrit ces articles que nous publions sous cette signature prétentieuse ?

— Un comité fantôme. Probablement un Mr George, un Mr Bonifield et un Mr Mountclemens. Aucun homme ne peut susciter à lui seul autant de haine.

— Vous ne connaissez pas les critiques d'art, voilà tout. Vous avez la fâcheuse habitude de jouer au gendarme et au voleur.

— J'ai une autre suggestion, si celle-ci ne vous convient pas. Nous nous trouvons devant un phénomène de l'âge électronique. Les articles de Mountclemens émanent d'un ordinateur de Manchester.

— Qu'est-ce que Bruno a versé dans votre jus de tomate ?

— Je ne croirai en l'existence de George Bonifield Mountclemens que lorsque je l'aurai vu.

— Très bien. Voulez-vous que je vous prenne un rendez-vous pour demain ou mercredi ? Il était absent, mais il est de retour en ville.

— Pour déjeuner ici, alors ? Nous pourrons monter au premier étage, là où il y a des nappes et des serviettes.

— Il ne viendra pas au Club de la Presse. Il ne se rend jamais en ville. Vous serez sans doute obligé d'aller le voir chez lui.

— Entendu. Mais je vais peut-être suivre le conseil de Bruno et revêtir un gilet pare-balles !

CHAPITRE CINQ

Le lundi matin, Qwilleran passa une heure à l'Institut pédagogique pour voir une exposition de dessins d'enfants. Il espérait y trouver matière à un article d'humour tendre sur des bateaux qui flottaient dans le ciel, des maisons rouges avec des cheminées vertes, des cheveux bleus qui ressemblaient à des moutons et des chats, des chats, des chats…

Après cette incursion dans le monde sans complication de l'art puéril, il revint à son bureau dans un état mental de détachement satisfaisant.

À son arrivée, un silence inhabituel se produisit. Les machines à écrire s'arrêtèrent de crépiter, les têtes se dressèrent et les téléphones vert pomme eux-mêmes restèrent silencieux.

— J'ai des nouvelles pour vous, Jim, dit Arch Riker. J'ai téléphoné à Mountclemens pour fixer un rendez-vous. Il vous invite à dîner demain soir.

— Hein ?

— Vous n'allez pas vous trouver mal, au moins ? Tout le service en est resté coi.

— J'imagine déjà la manchette, dit Qwilleran, *Le critique empoisonne la soupe du reporter*.

— Il a la réputation d'être un fin gourmet. Avec un peu de chance, j'espère qu'il n'utilisera le poison qu'au dessert. Voici son adresse.

À six heures, le mercredi soir, Qwilleran prit un taxi pour se rendre au 26, place Blenheim, dans un vieux quartier qui avait abrité, naguère, l'élite de la cité. La plupart des hôtels particuliers avaient été transformés en pensions de famille à bon marché et un certain nombre de commerces en voie de disparition y avaient trouvé refuge. Qwilleran nota un réparateur de porcelaine, qui devait dissimuler un bookmaker, un marchand de pièces anciennes qui servait probablement de paravent à un autre trafic. Quant au costumier, la nature réelle de son commerce faisait peu de doute dans l'esprit de Qwilleran.

Au milieu de ces immeubles sordides, se détachait une solide demeure bourgeoise à l'aspect des plus respectables. Elle affichait une élégance victorienne jusque dans la décoration de sa grille en fer forgé portant le n° 26.

Qwilleran évita deux clochards qui s'éloignèrent en titubant, une bouteille de vin à la main et disparurent dans une ruelle voisine. Il gravit quelques marches de pierre pour atteindre un petit portique où trois boîtes aux lettres attestaient que la maison avait été divisée en appartements. Il lissa sa moustache et sonna. Un mécanisme ouvrit la porte et il pénétra dans un vestibule dallé où une autre porte ne s'ouvrit que lorsqu'il eut pressé un second bouton.

Il pénétra, alors, dans un hall princier, mais assez obscur. Il eut conscience de la présence de lourds cadres dorés, de miroirs, de statues et d'une console supportée par des lions dorés. Un tapis rouge recouvrait le sol et l'escalier, en haut duquel se tenait un homme qui dit d'une voix bien timbrée :

— Voulez-vous monter, Mr Qwilleran ?

Très grand et d'une élégante minceur, Mountclemens portait une veste en velours rouge foncé et son visage parut au journaliste éminemment poétique, peut-être à cause de la mèche de cheveux retombant sur le front haut. Un léger parfum de citronnelle l'environnait.

— Vous excuserez ce contrôle, avant d'ouvrir la porte, dit le critique, mais dans ce quartier, on n'est jamais assez prudent.

Il tendit la main gauche à Qwilleran et le fit entrer dans un salon qui ne ressemblait à rien qu'il eût jamais vu. La pièce était à la fois obscure et encombrée. La lumière provenait d'un feu de bois allumé dans la cheminée et de lampes qui baignaient d'un éclairage indirect des œuvres d'art. Qwilleran dénombra des bustes en marbre, des vases chinois, de nombreux cadres dorés, un bronze représentant un guerrier et quelques anges en bois sculpté. L'un des murs de la pièce à haut plafond était couvert d'une tapisserie médiévale, avec des personnages grandeur nature. Au-dessus de la cheminée, pendait un tableau que même Qwilleran identifia comme un Van Gogh.

— Ma petite collection semble vous impressionner, Mr Qwilleran, à moins que vous ne soyez surpris par mes goûts éclectiques. Laissez-moi vous débarrasser de votre pardessus.

— Vous avez là un véritable musée, remarqua Qwilleran, avec un respect mêlé de crainte.

— C'est toute ma vie et j'admets, sans aucune modestie, que je crois avoir réussi à créer une certaine atmosphère.

La cheminée était flanquée d'importantes étagères chargées de livres. Les autres murs étaient ornés de tableaux, jusqu'au plafond.

— Permettez-moi de vous servir un apéritif. Avant le dîner j'évite quelque chose de plus fort qu'un sherry ou un vin cuit, car je suis assez fier de mes talents culinaires et je m'en voudrais de paralyser vos papilles.

— Je ne bois jamais d'alcool, répondit Qwilleran, aussi mes glandes gustatives sont-elles en excellente condition.

— Un tonic, peut-être ?

Mountclemens sortit de la pièce et Qwilleran en profita pour relever d'autres détails. Un dictaphone sur une table. Deux fauteuils profonds placés face à la cheminée, avec un canapé entre les deux. Il s'installa dans un des fauteuils et s'enfonça dans les coussins moelleux. Posant la tête sur le dossier, il éprouva une agréable sensation de confort à laquelle une musique distillée par des haut-parleurs dissimulés derrière un paravent japonais, venait ajouter une impression lénifiante. Il se prit à souhaiter que Mountclemens ne revînt pas trop vite.

— Aimez-vous cette musique ? demanda celui-ci en plaçant un plateau à la portée de son visiteur, je trouve Debussy reposant à cette heure de la journée. Voici quelques amandes salées pour accompagner votre boisson. Je vois que vous avez été attiré par le fauteuil le plus convenable.

— Ce siège est une invitation au repos. En quoi est-il recouvert ? Il me rappelle un tissu dont on faisait les genoux des pantalons dans mon enfance.

— Du velours de bruyère, indiqua Mountclemens, un tissu miracle que les savants n'ont pas encore découvert. Leur souci d'inventer des tissus synthétiques relève du blasphème.

— Je vis dans un hôtel où tout est en matière plastique, c'est vous dire si un homme de mon âge peut s'y sentir dépassé.

— Comme vous pouvez le constater en regardant autour de vous, j'ignore tout de la technologie moderne en matière d'ameublement.

— J'avoue que vous me surprenez, dit Qwilleran. Dans vos articles, vous prônez l'art moderne et pourtant, ici, tout est…

Il s'interrompit faute de trouver le mot juste.

— Permettez-moi de vous contredire, protesta Mountclemens. (D'un geste de la main, il indiqua une double porte à claire-voie.) Dans ce cabinet se trouve une petite fortune en tableaux du XXe siècle, conservés dans des conditions idéales de température et d'hygrométrie. Cela représente mes investissements, mais les peintures que vous voyez sur les murs sont mes amis. Je crois en l'art contemporain comme en l'expression de son époque et je choisis de vivre dans la douceur du temps passé. Pour la même raison, j'essaie de préserver cette belle demeure ancienne de la ruine.

Avec sa veste de velours, ses escarpins vernis et son verre en cristal entre ses longs doigts fuselés, Mountclemens avait l'air à la fois sûr de lui et irréel. La musique, le fauteuil confortable, la chaleur ambiante engourdissaient Qwilleran. Il éprouva le besoin de bouger.

— Puis-je fumer ? demanda-t-il.

— Vous avez des cigarettes dans cette boîte en laque de Chine.

— Je fume la pipe, dit Qwilleran, en sortant de sa poche une pipe et une blague à tabac.

Comme la flamme de son allumette jaillissait dans la pièce sombre, il tourna la tête et vit briller une lumière rouge sur les étagères. Était-ce un signal ? Mais non, il distinguait deux points lumineux, brillants, vivants. Son allumette s'éteignit, les lumières rouges disparurent

— Qu'est-ce que c'est ? s'enquit-il, j'ai vu briller quelque chose sur l'étagère.

— Ce n'est que le chat. Il aime se cacher derrière les livres. Il vient apparemment de terminer sa sieste entre deux biographies. Il semble les apprécier particulièrement.

— Je n'ai jamais vu de chat avec des yeux rouges.

— C'est là une des particularités des chats siamois. Faites briller une lumière et leurs yeux deviennent rubis.

Ordinairement, ils sont du même bleu que ce Van Gogh. Vous pourrez vérifier, s'il décide de vous honorer de sa présence. Pour l'instant, il vous étudie. Il a déjà appris plusieurs choses à votre sujet.

— Comment cela ?

— Vous ayant observé, il sait que vous ne ferez probablement pas de gestes brusques et c'est un point en votre faveur. Votre pipe aussi. Il aime l'odeur du tabac et il savait que vous fumiez la pipe, avant même que vous ne l'ayez sortie de votre poche. Il a également compris que vous apparteniez à un journal.

— Allons donc !

— L'encre. Il a un flair particulier pour renifler l'encre d'imprimerie.

— Est-ce tout ?

— En ce moment il m'adresse un message. Il me dit de servir le premier plat ou bien il n'aura pas son propre dîner avant minuit.

Mountclemens se leva et revint avec un plateau de tartes au fromage.

— Si vous n'y voyez pas d'inconvénient, nous prendrons l'entrée ici. Je n'ai pas de domestique et vous excuserez le service.

La pâte feuilletée de la croûte était légère et croustillante. La garniture, constituée par une crème au fromage, se révéla onctueuse et fondante à souhait. Qwilleran en savoura chaque bouchée.

— Cela vous étonne peut-être que je préfère me passer de toute aide ménagère, reprit le critique, mais j'ai une peur morbide des voleurs et je ne tiens pas à ce que des étrangers viennent dans la maison et découvrent la valeur des objets qu'elle contient. Je vous prierai de ne pas en parler en ville.

— Certainement, si vous le préférez.

— Je connais votre façon de procéder, à vous autres journalistes. Vous êtes des pourvoyeurs de nouvelles par instinct et par habitude.

— Vous voulez dire que nous sommes une bande de bavards incorrigibles, dit Qwilleran en dégustant sa dernière tarte au fromage et en se demandant ce qui allait suivre.

— Admettons simplement qu'un grand nombre d'informations, vraies ou fausses, circulent sur mon compte au Club de la Presse. Mais je crois que je peux vous faire confiance.

— Merci.

— Quel dommage que vous ne buviez pas de vin ! J'avais l'intention d'ouvrir une bouteille de Château Cos d'Estournel 1945. Un grand cru, lent à atteindre sa maturité, supérieur même au 1928.

— Ouvrez la bouteille, dit Qwilleran, j'aurai plaisir à vous regarder la boire.

— Je n'ai pas besoin d'autre encouragement. Je vais vous servir un verre de jus de raisin de Catawba. J'en ai toujours pour lui.

— Pour qui ?

— Pour Kao K'O Kung.

Qwilleran regarda son hôte d'un air interrogatif.

— Le chat. Pardonnez-moi de ne pas vous l'avoir présenté de façon plus protocolaire. Il aime beaucoup le jus de raisin, surtout le blanc et rien que du meilleur. C'est un connaisseur.

— Il m'a l'air d'un chat assez extraordinaire.

— C'est un animal remarquable. Il apprécie certaines périodes artistiques et, bien que je n'approuve pas toujours son choix, j'admire l'indépendance de son goût. Il lit aussi les gros titres des journaux. Vous le verrez, quand on livrera la dernière édition. Et maintenant, nous pouvons passer à table.

Le critique écarta une tenture en velours rouge. Un arôme de homard vint agréablement chatouiller les narines de Qwilleran. Des assiettes à soupe, remplies d'un liquide épais et crémeux, étaient disposées sur une table nue qui semblait avoir plusieurs siècles. De grosses bougies brûlaient dans des candélabres en bronze doré.

Comme il prenait place sur une chaise à haut dossier sculpté, il entendit un bruit étouffé venant de la pièce voisine. Un grognement guttural suivit. Le parquet craqua et un chat beige, avec des pattes et un masque sombre, fit son entrée.

— Voici Kao K'O Kung, dit Mountclemens. Il porte le nom d'un artiste du XIIIe siècle et il possède lui-même la grâce et la dignité d'un objet d'art chinois.

Immobile, Kao K'O Kung regarda Qwilleran et Qwilleran regarda Kao K'O Kung. Le journaliste vit un chat long et mince, tout en muscles, avec une fourrure soyeuse, des yeux bleus et une indiscutable assurance.

— S'il pense ce que je pense qu'il pense, il vaut mieux que je m'en aille, dit Qwilleran.

— Il vous évalue et il a toujours l'air sévère quand il se concentre. Il vous inspecte avec ses yeux, ses oreilles, son nez et ses moustaches. Ces quatre moyens d'investigation seront centralisés pour faire une synthèse et selon le verdict, il vous acceptera ou non. Il vit en ermite et craint les étrangers.

Le chat prit son temps et quand il eut fini d'inspecter le visiteur, calmement et sans effort apparent, il sauta sur le haut d'un bonheur-du-jour.

— Oh ! s'exclama Qwilleran, avez-vous vu ça ?

Du haut de son perchoir, Kao K'O Kung prit une pose avantageuse et surveilla la scène au-dessous de lui avec intérêt.

— Un bond de deux mètres cinquante n'est pas rare pour un siamois, dit Mountclemens. Les chats ont des facultés que ne possèdent pas les humains et nous avons tort de les juger selon nos propres critères. Pour comprendre un chat, vous devez savoir qu'il a ses dons, son point de vue et même sa moralité. Le fait qu'il ne parle pas ne constitue nullement une infériorité. Les chats méprisent les discours. Pourquoi parleraient-ils alors qu'ils peuvent communiquer sans utiliser de mots ? Ils s'arrangent très bien pour se comprendre entre eux et ils essaient patiemment de nous faire part de leurs pensées. Mais pour comprendre un chat, vous devez vous-même vous montrer détendu et réceptif.

Les manières du critique frappaient par leur sérieux et leur érudition.

— La plupart du temps, les chats ont recours à la pantomime. Kao K'O Kung utilise un code qu'il est aisé de traduire. Il griffe des objets pour attirer l'attention. Il renifle pour indiquer la suspicion. Il se frotte sur vos chevilles lorsqu'il désire un service et il montre les dents pour manifester sa désapprobation. Il a aussi une façon féline d'exprimer son mépris.

— J'aimerais bien voir cela.

— C'est très simple. Quand ce chat qui est un modèle de grâce et d'harmonie se roule soudain dans une pose disgracieuse et se gratte les oreilles, il vous dit, monsieur, d'aller au diable.

Mountclemens enleva les assiettes à soupe et apporta une terrine de poulet dans une sauce sombre et mystérieuse. Un miaulement sonore s'éleva du meuble.

— Nul besoin d'antenne pour comprendre ce message, déclara Jim.

— Le défaut d'antenne dans l'anatomie humaine m'a toujours semblé une grave lacune. Avec quelques dispositifs de ce genre, imaginez ce qu'un homme pourrait gagner en matière de communication et de pronostics ! Ce que nous appelons de la perception extrasensorielle est une expérience normale pour un chat. Il sait ce que vous pensez, ce que vous allez faire et d'où vous venez. J'échangerais volontiers une de mes oreilles ou un bras pour une paire de moustaches félines en bon état de fonctionnement.

Qwilleran posa sa fourchette et s'essuya soigneusement les lèvres à sa serviette.

— Ceci est intéressant, dit-il, puis il toussota deux ou trois fois avant de poursuivre. Puis-je vous confier quelque chose ? Il m'arrive quelque chose de curieux avec mes moustaches. Je n'en ai jamais parlé à personne, mais depuis que je les ai laissées pousser, j'ai l'idée étrange que je suis plus… réceptif. Comprenez-vous ce que je veux dire ?

Mountclemens hocha la tête d'un air encourageant.

— C'est là un propos que je n'aimerais pas que l'on répande au Club de la Presse… mais j'ai à présent le sentiment de voir les choses plus clairement. Parfois, je sens ce qui va arriver et je me trouve là où il faut, au bon moment. C'est à la fois inquiétant et mystérieux.

— Kao K'O Kung éprouve cela, lui aussi.

Le chat poussa un miaulement rauque, se leva, s'étira, bâilla et sauta à terre d'un bond souple.

— Observez-le bien, dit le critique, dans trois ou quatre minutes, la sonnette va retentir, ce sera le livreur de journaux. Il doit être en route et Kao K'O Kung sait qu'il arrive.

Le chat traversa le salon et le vestibule pour aller se poster en haut de l'escalier. Presque aussitôt, la sonnette carillonna.

— Voulez-vous être assez aimable pour descendre chercher le journal ? demanda Mountclemens. Il aime lire les nouvelles, quand elles sont fraîches. Pendant ce temps, je vais remuer la salade.

Avec un air digne et poliment intéressé, le chat surveilla les mouvements de l'invité.

— Posez le journal par terre, Kao K'O Kung va lire les gros titres.

Le chat suivit attentivement le processus. Ses narines frémirent par avance, ses moustaches s'agitèrent de haut en bas, deux fois, puis il baissa la tête sur la manchette de la première page et, touchant chaque lettre de son nez, il traça les mots : ÉTÊRRA TIDNAB NU.

— Est-ce qu'il lit toujours à l'envers ?

— Il lit de droite à gauche. À propos, j'espère que vous aimez la salade César ?

C'était une salade croquante et aromatisée, à laquelle succéda un gâteau au chocolat, moelleux, fondant, recouvert d'une crème veloutée. Qwilleran se sentait miraculeusement en harmonie avec un monde où les critiques d'art cuisinaient comme des chefs français et où les chats savaient lire.

Un peu plus tard, ils burent un café turc, au salon et Mountclemens demanda :

— Aimez-vous vos nouvelles fonctions ?

— Je rencontre des personnalités intéressantes.

— Les artistes de cette ville ont plus de personnalité que de talent, je regrette de le constater.

— Ce Cal Halapay est difficile à cerner.

— C'est un fumiste. Sa peinture est tout juste bonne à illustrer une marque de shampooing. Sa femme est décorative, je vous l'accorde, à condition qu'elle se taise, mais c'est malheureusement un exploit impossible pour elle. Halapay joue aussi les mécènes auprès de Tom Leblanc, un jeune serviteur ou protégé – quel que soit le mot charitable – qui a l'insolence, à l'âge de vingt et un ans, d'annoncer une exposition rétrospective de ses œuvres. Avez-vous rencontré d'autres représentants du monde artistique ?

— Earl Lambreth. Il paraît…

— Son cas est pathétique. Il n'a pas le moindre talent mais il espère atteindre la célébrité en s'accrochant aux basques de sa femme. La grande chance de sa vie a été d'épouser une artiste. Comment il a réussi à gagner les faveurs d'une créature aussi remarquable dépasse l'imagination.

— Mrs Lambreth est une personne très séduisante.

— Et une grande artiste, bien qu'elle ait besoin d'épurer sa palette. Elle a fait quelques études de Kao K'O Kung et a su exprimer le mystère, la sauvagerie et la loyauté reflétés dans une seule paire d'yeux félins.

— J'ai rencontré Mrs Lambreth à *La Palette et le Burin*. Il y avait un bal costumé, samedi soir.

— Est-ce que ces adultes étaient retombés en enfance au point de se déguiser ?

— C'était le bal de la Saint-Valentin. Chaque couple représentait des amoureux célèbres. Le premier prix a été attribué à une femme sculpteur nommée Butchy Bolton. La connaissez-vous ?

— Oui, et le bon ton m'interdit de risquer le moindre commentaire. Je suppose que Mrs Duxburry était là, elle aussi, drapée dans ses zibelines et ses Gainsborough.

Qwilleran sortit sa pipe et mit quelque temps à l'allumer. Kao K'O Kung arriva de la cuisine et s'arrêta au milieu de la pièce pour se faire admirer pendant qu'il procédait à sa toilette rituelle d'après dîner. Avec une studieuse concentration, il passa sa langue rose sur ses moustaches. Puis il lécha sa patte droite à fond et s'en servit pour se laver l'oreille droite. Ensuite, il changea de patte et répéta le même procédé. Une fois sur la joue, deux fois sur l'œil, une fois sur les sourcils, une fois derrière l'oreille. Une fois derrière la tête.

— Vous pouvez vous sentir complimenté, dit Mountclemens, quand un chat se lave devant vous, c'est qu'il vous admet dans son univers... Où comptez-vous habiter ?

— Je cherche un appartement meublé. J'ai hâte de quitter cet hôtel.

— J'ai un logement vacant au rez-de-chaussée. C'est petit mais confortable et plutôt bien meublé. Il y a un radiateur à gaz et quelques bons impressionnistes de second ordre. Le loyer serait insignifiant. Je tiens surtout à ce que ce local soit occupé.

— Cela paraît tentant, murmura Qwilleran des profondeurs de son fauteuil, le souvenir du potage à la bisque de homard encore présent dans son esprit.

— Je voyage beaucoup et dans ce quartier assez mal fréquenté, il vaut mieux que la maison n'ait pas l'air abandonnée.

— J'aimerais jeter un coup d'œil à cet appartement.

— En dépit de ma fâcheuse réputation, vous aurez en moi un propriétaire agréable. Tout le monde déteste les critiques et j'imagine que la rumeur publique fait de moi une sorte de Belzébuth cultivé, chargé de prétentions artistiques. J'ai peu d'amis et, Dieu merci, aucune famille, à l'exception d'une sœur qui habite Milwaukee et refuse de me désavouer. Je vis en reclus.

Qwilleran hocha la tête, d'un air compréhensif.

— Un critique ne peut se permettre de frayer avec des artistes et quand vous refusez toutes les invitations, vous vous attirez la jalousie et la haine. Tous mes amis sont dans cette pièce. Ma seule ambition est de posséder des objets d'art et dans ce domaine, je ne suis jamais satisfait. Saviez-vous que Renoir avait peint des stores à une époque de sa vie ? J'en possède deux.

Soudain Kao K'O Kung, qui était assis devant le feu, poussa un miaulement du fond de la gorge. C'était un commentaire siamois que Qwilleran ne sut interpréter, mais il ressemblait à un présage de mauvais augure.

CHAPITRE SIX

Le premier article de Qwilleran, intitulé « Profil d'un artiste », parut le jeudi. Il avait pris pour sujet l'Oncle Waldo. Évitant tout commentaire sur le plan artistique, il avait bâti son récit autour de la philosophie de ce boucher qui avait passé sa vie à vendre des rôtis et des biftecks aux ménagères du quartier. La façon dont l'histoire était contée raviva l'intérêt sur ses tableaux et le vendredi, une petite galerie qui exposait ses œuvres vendit toutes les toiles poussiéreuses représentant bœufs et moutons et demanda au vieil homme de se remettre à peindre.

Des lettres élogieuses sur l'article de Qwilleran arrivèrent au journal et le petit-fils de l'Oncle Waldo – celui qui était conducteur de camion – vint au bureau du *Daily Fluxion*, avec un cadeau pour le journaliste : cinq kilos de saucisse que l'ancien boucher avait confectionnée lui-même dans sa cuisine.

Le vendredi soir, Qwilleran s'attira quelque considération de ses collègues en distribuant des morceaux de saucisse au Club de la Presse où il retrouva Arch Riker et Odd Bunsen. Il commanda son habituel jus de tomate.

— Vous devez être un sérieux connaisseur de ce breuvage, ironisa Riker.

Qwilleran passa le verre sous son nez comme pour en apprécier l'arôme…

— Un millésime sans prétention, dit-il, rien de mémorable, mais il possède un charme naïf. Malheureusement le bouquet est masqué par la fumée du cigare de Mr Bunsen. Je dirais que la tomate vient du nord de l'Illinois. De toute évidence, une récolte qui a reçu le soleil du matin à l'est et le soleil du soir à l'ouest.

Il avala une gorgée et enchaîna :

— Mon palais me dit que ces tomates ont été cueillies tôt le matin – un mercredi ou un jeudi – par un aide-jardinier qui portait un pansement à la main. L'odeur de mercurochrome est encore sensible.

— Vous paraissez d'humeur badine, ce soir, constata Arch.

— Oui, je vais quitter mon palace capitonné de matière plastique. J'ai loué un appartement meublé très confortable à Mountclemens et le loyer n'est que de cinquante dollars par mois.

— Cinquante ? Et combien de reprise ? demanda Odd Bunsen.

— Aucune reprise. Il ne veut pas que la maison reste vide, quand il s'absente.

— Il doit y avoir une reprise, insista Odd. Ce vieux Monty est trop près de ses sous pour rien laisser perdre. Êtes-vous sûr qu'il ne va pas vous demander de servir de nourrice à son chat, lorsqu'il partira en voyage ?

— Cessez de jouer les photographes de presse cyniques, le rabroua Qwilleran. Ignorez-vous que c'est un personnage démodé ?

— Odd a raison, dit Arch, quand nous envoyons un commissionnaire chercher l'enregistrement de ses articles, il le charge d'un tas de courses, sans jamais lui donner le moindre pourboire. Est-il exact que sa maison est remplie d'objets d'art ?

— Il a beaucoup de vieux meubles, mais qui peut en dire la valeur ? répondit Qwilleran, en se gardant de mentionner le Van Gogh. Sa grande attraction est son chat. Il a un nom chinois qui sonne comme Koko. Mountclemens prétend que les chats aiment la répétition de deux syllabes, quand on s'adresse à eux et que leurs oreilles sont particulièrement sensibles aux consonnes palatales et vélaires.

— Ce gars est piqué, dit Odd.

— Son chat est un siamois. Il a un miaulement qui ressemble à une sirène d'ambulance. Connaissez-vous les siamois ? Ce sont de superchats, très intelligents. Celui-là sait lire.

— *Lire ?*

— Il déchiffre les manchettes des journaux, à condition qu'ils sortent des presses.

— Et que pense ce superchat de mes photographies ? demanda Odd Bunsen.

— D'après Mountclemens, on ignore si les chats distinguent une image picturale, mais il pense qu'ils peuvent en saisir le sens. Koko préfère l'art moderne aux vieux maîtres. Mon explication est qu'une peinture plus fraîche chatouille davantage son odorat. Il en est de même pour l'encre d'imprimerie.

— Comment est la maison ? demanda Arch.

— Vieille, dans un quartier en plein déclin, mais Mountclemens y est attaché comme à une relique sacrée. On démolit partout autour de lui et il affirme que rien ne lui fera abandonner sa maison. C'est une belle demeure garnie de panneaux de bois lambrissés et de hauts plafonds avec des pâtisseries en plâtre.

— Des nids à poussière, grogna Odd.

— Mountclemens vit au premier étage. Le rez-de-chaussée a été divisé en deux appartements. J'ai loué celui de devant. C'est un endroit tranquille, sauf quand le chat se met à miauler.

— Comment était le dîner, mercredi soir ?

— Quand vous goûtez la cuisine de Mountclemens, vous lui pardonnez de s'exprimer comme un personnage de Noël Coward. Je me demande comment il fait de tels prodiges avec son handicap.

— Vous voulez parler de sa main ?

— Oui. Que lui est-il arrivé ?

— C'est une main artificielle.

— Sérieusement ? On ne le croirait pas. Elle paraît seulement un peu raide.

— C'est pour cela qu'il dicte ses articles, il ne peut plus se servir d'une machine à écrire.

— À certains égards je le plains, dit Qwilleran, après un petit silence, il vit comme un ermite. Il affirme qu'un critique ne doit pas fréquenter d'artistes et cependant son principal intérêt dans la vie est l'art et la préservation de cette vieille maison.

— De quoi avez-vous discuté ? demanda Arch.

— C'est curieux, la conversation n'a guère roulé sur l'art. Nous avons surtout parlé de chats.

— Là, qu'est-ce que je vous disais ? reprit Odd. Monty prépare le terrain pour que vous teniez compagnie à son chat, et ne comptez pas sur un pourboire !

Le temps, doux pour la saison, changea à la fin de la semaine. Le thermomètre descendit et Qwilleran s'acheta un lourd pardessus en tweed avec son premier chèque.

Il passa le week-end chez lui, prenant plaisir à son nouvel appartement. Il se composait d'un living-room avec une alcôve pour le lit, d'une salle de bains, d'une petite cuisine et de ce que Mountclemens qualifiait d'« atmosphère » et que le journaliste considérait comme de vieux meubles. Cependant, il en appréciait l'effet. Il se sentait chez lui. Les fauteuils étaient confortables, le chauffage efficace. Selon les dires de son propriétaire, le tableau placé au-dessus de la cheminée était une œuvre mineure d'un impressionniste.

Le seul reproche de Qwilleran s'adressait au manque d'éclairage. Des ampoules de faible voltage semblaient être l'une des mesquineries de Mountclemens. Le samedi matin, en allant faire ses achats, Jim ramena des ampoules de soixante-quinze watts. Il avait aussi emprunté à la bibliothèque du journal un livre d'initiation à l'art moderne et, dans l'après-midi, il s'attaquait au chapitre huit, traitant du dadaïsme, quand il entendit un appel impératif. Bien que le miaulement émanât clairement d'un chat siamois, le cri était divisé en syllabes, avec un accent tonique bien placé, comme si l'ordre était « ouvre-moi ».

Qwilleran obéit et se trouva en face de Kao K'O Kung. Pour la première fois, il voyait le chat en pleine lumière. La fourrure claire de son corps contrastait avec son masque sombre illuminé par des yeux en amande, d'un bleu intense. Son corps élancé, porté par des pattes longues et fines, plus hautes derrière que devant, se teintait de touches obscures sur le bout des pattes et la queue effilée. L'angle écarté de ses oreilles, qu'il portait comme une couronne, ajoutait à son allure souveraine.

Kao K'O Kung n'était pas un chat ordinaire, Qwilleran ne savait comment s'adresser à lui. Sahib ? Votre Altesse ? Une soudaine impulsion le poussa à traiter le chat en égal.

— Veux-tu entrer ? dit-il, en faisant un pas en arrière et en s'inclinant inconsciemment.

Kao K'O Kung avança sur le pas de la porte et examina attentivement la pièce, avant d'accepter l'invitation. Cela lui prit quelque temps. Puis il traversa le tapis d'une démarche hautaine pour se livrer à une rapide investigation : la cheminée, un cendrier rempli de reste de fromage, sur la table basse, la veste de Qwilleran, pendue au dossier d'une chaise, le livre d'art moderne et une tache non identifiée et presque invisible sur le tapis. Apparemment satisfait de cet examen, il choisit une place, au milieu du tapis – à distance convenable du radiateur à gaz – et s'installa dans une pose de lion au repos.

— N'as-tu besoin de rien ? demanda Qwilleran.

Le chat ne répondit pas, mais il cligna des yeux en regardant son hôte avec une expression qui semblait indiquer la satisfaction.

— Koko, tu es un bon garçon, dit Qwilleran, mets-toi à ton aise. Permets-tu que je continue ma lecture ?

Kao K'O Kung resta une demi-heure et Jim, qui goûtait le tableau qu'ils formaient : un homme, une pipe, un livre et un chat de luxe, fut déçu quand son invité se leva, s'étira, murmura un adieu guttural et retourna dans ses appartements.

Le journaliste passa le reste du week-end dans l'attente du déjeuner, fixé pour le lundi, avec Sandra Halapay.

Il avait trouvé un biais pour écrire un « profil » de Cal Halapay, « vu à travers sa famille et ses amis ». Sandy devait lui présenter les gens qu'il fallait et elle avait promis de lui apporter quelques photographies de son mari jouant avec leurs enfants au ski et nourrissant les dindes dans leur ranch de l'Oregon.

Tout le dimanche, Qwilleran eut la sensation que sa moustache lui adressait des messages – ou peut-être avait-elle seulement besoin d'être rafraîchie. Il pressentait que la semaine serait importante pour lui, bien qu'il ne pût définir en quoi.

Le lundi arriva et avec lui un message inattendu. Qwilleran s'habillait et choisissait une cravate qui avait des chances de plaire à Sandy (un tartan écossais vert et bleu), quand il remarqua une feuille de papier glissée sous la porte. Il la ramassa. L'écriture ressemblait à un gribouillage enfantin. Le texte était concis et abrégé :

« Mr Q. pourriez-vs, S.V.P. porter ceci au D.F. pr m'éviter déplacement. GBM. »

Qwilleran n'avait pas vu son propriétaire depuis le vendredi soir, quand il avait transporté ses deux valises de l'hôtel et avait réglé un mois de loyer. Le vague espoir que Mountclemens pourrait l'inviter à déjeuner, le dimanche, avait été déçu. Seul le chat semblait disposé à se montrer sociable.

Après avoir déchiffré le message, il ouvrit la porte et trouva le paquet dans le hall. Il le remit à Arch Riker, tout en pensant que cette requête était saugrenue. Les coursiers du *Fluxion* passaient leur temps à bayer aux corneilles.

Arch lui demanda si son « profil » de Halapay avançait.

— J'ai invité Mrs Halapay à déjeuner aujourd'hui. Le *Flux* me remboursera-t-il l'addition ?

— Bien sûr. Sans problème.

— Connaissez-vous un bon restaurant où je puisse emmener mon invitée ? Quelque chose d'un peu spécial ?

— Adressez-vous aux photographes qui s'occupent de la rubrique gastronomique. Ils se font sans cesse rembourser leurs notes de frais.

Au laboratoire photographique, Qwilleran trouva six paires de pieds posés sur les tables, dans l'attente d'une mission ou des épreuves sortant de la chambre noire.

— Pouvez-vous me conseiller un bon restaurant où emmener quelqu'un pour une interview, les gars ? demanda-t-il.

— Qui paie ?

— Le *Flux*.

— À *La Côte de bœuf*, répondirent les photographes à l'unisson.

— Le filet de bœuf pèse une livre, dit l'un.

— Les doubles côtelettes sont tendres comme la rosée, renchérit un autre.

Le conseil parut judicieux. Il emmena donc Sandra dans ce restaurant à la mode qui parut amuser la jeune femme, mais pour sa part, il le trouva décevant. Les côtelettes d'agneau étaient sans saveur et la serveuse, vêtue comme une infirmière, s'avérait plus efficace que cordiale. Le repas ne fut pas un succès. En outre, Sandra avait oublié la liste des gens qu'il devait rencontrer et les photographies de son mari étaient inutilisables.

De retour à son bureau dans l'après-midi, il eut à répondre aux plaintes de lecteurs sur l'article de Mountclemens, publié la veille. Le critique avait traité un aquarelliste de « décorateur refoulé » et les amis de l'artiste téléphonaient pour protester et mettre fin à leur abonnement au journal.

À la fin de cette pénible journée, il se rendit au Club de la Presse pour dîner. Odd Bunsen fit une brève apparition, juste assez longue pour lui permettre de dire, avec un sourire entendu :

— On m'a raconté que ce vieux Monty vous chargeait déjà de ses courses ?

En rentrant chez lui, Qwilleran n'était pas d'humeur à apprécier ce qu'il trouva. Un nouveau message avait été glissé sous sa porte :

« Mr Q. vs m'obligeriez en prenant bil. avion pr N.Y. merc. 3 P.M. ci-j. chèq. GBM. »

La moustache de Qwilleran en frémit d'indignation. Il était exact que le bureau de la compagnie aérienne se trouvait en face de l'immeuble du *Daily Fluxion* et retirer une place d'avion ne représentait qu'un petit service, ce qui l'irritait, c'était la sécheresse et la désinvolture de la demande. Ou était-ce un ordre ? Mountclemens se prenait-il pour son patron ?

De mauvaise grâce, il retint néanmoins la place d'avion, le lendemain matin, en se rendant au bureau. Un peu plus tard, il rencontra Odd Bunsen dans l'ascenseur :

— Partez-vous en voyage ? demanda celui-ci.

— Non, pourquoi ?

— Je vous ai vu sortir de la compagnie aérienne. Je pensais que vous partiez en mission.

Avec un sourire sardonique, il ajouta :

— Ne me dites pas que vous faites encore les commissions de Monty !

En lissant ses moustaches, Qwilleran s'efforça de se convaincre que la curiosité et le sens de l'observation étaient des qualités pour un bon photographe de presse.

Quand il rentra chez lui, ce soir-là, une troisième note l'attendait sous sa porte. Il l'apprécia davantage.

« Mr Q. S.V.P. venez déj. av. moi merc. à 8.30 GBM. »

Le mercredi matin, il monta au premier, avec le billet d'avion et frappa à la porte de Mountclemens.

— Bonjour, Mr Qwilleran, dit le critique en lui tendant la main gauche. J'espère que vous n'êtes pas pressé. Je prépare des œufs à la crème dans des ramequins. Je vais les mettre au four. Ensuite, si vous pouvez attendre, il y aura des foies de volaille et du bacon en brochette.

— Pour cela, je suis prêt à attendre.

— La table est dressée dans la cuisine. Nous pourrons commencer par des tranches d'ananas frais. J'ai eu la chance de trouver des ananas femelles au marché.

Mountclemens portait un pantalon en soie et une veste orientale attachée par une ceinture souple. Le parfum familier de citronnelle flottait autour de lui.

Les murs du couloir étaient complètement recouverts de tapisseries, de parchemins et de dessins encadrés. Qwilleran fit une remarque sur leur quantité.

— Et aussi leur qualité, dit Mountclemens, en indiquant un groupe de dessins, en passant : Rembrandt… Holbein… un très bon Millet.

La cuisine était grande et avait trois hautes fenêtres. Des stores en bambou donnaient une lumière tamisée, mais en regardant à travers les lames, Qwilleran aperçut un escalier de service, conduisant à un patio entouré d'un mur de briques. Dans une allée, au-delà du mur, on distinguait le toit d'une camionnette.

— Est-ce votre voiture ?

— Cette charrette ? s'étonna l'autre, avec un haussement d'épaules méprisant, non, elle appartient à un brocanteur. Si j'avais une voiture, je la choisirais pour l'élégance de ses lignes, une Karmann Ghia, ou une Alfa Romeo. Vu les circonstances, je me ruine en taxis.

La pièce offrait un savoureux mélange de vieux ustensiles en cuivre et de bouquets d'herbes sèches.

— Je fais sécher mes herbes moi-même, expliqua Mountclemens. Aimeriez-vous un brin de menthe marinée avec l'ananas ? Je trouve que cela donne au fruit une autre dimension. L'ananas est parfois un peu trop *direct*. Je fais pousser la menthe dans un pot, sur le bord de la fenêtre. Surtout pour Kao K'O Kung. Son jouet préféré consiste en un bouquet de menthe sèche cousu dans un bout de chaussette. Dans un moment d'inspiration, nous l'avons baptisé « Menthy-Mouse ».

Tout en parlant, il plaçait les ramequins un par un dans le four, avec sa main gauche.

— Où est Koko, ce matin ? s'enquit Qwilleran.

— Ne l'avez-vous pas remarqué ? Il vous observe du haut du réfrigérateur. Le seul à être recouvert d'un coussin à l'ouest de la rivière Hudson ! C'est son lit. Il refuse de dormir ailleurs.

L'odeur mêlée du bacon, des herbes, du café commençait à remplir la cuisine et Koko, sur son coussin bleu, assorti à ses yeux, leva le nez et renifla. Qwilleran aussi.

— Que faites-vous de votre chat, quand vous vous absentez ? demanda-t-il imprudemment.

— Ah ! ça, c'est un problème ! Il réclame une certaine attention. Serait-ce abuser de votre amabilité que de vous prier de vous occuper de ses repas, en mon absence ?

Je serai de retour à la fin de la semaine. Il prend deux repas par jour et son menu est simple. Il y a du bœuf dans le réfrigérateur. Vous n'avez qu'à le couper en petits morceaux gros comme des haricots et à les mettre dans une casserole avec une pincée de sel. Un brin de sauge ou de thym seront aussi appréciés, dans le bouillon.

— Eh bien, mais… dit Qwilleran, en avalant sa dernière cuillerée d'ananas.

— Pour faciliter votre tâche, le matin, vous pouvez lui donner une tranche de « pâté maison » pour son déjeuner. Cela lui apportera un changement bienvenu. Voulez-vous votre café maintenant ?

— Plus tard, commença Qwilleran avant de se raviser… non, je vais le prendre tout de suite.

— Enfin, il y a la question de ses commodités.

— Qu'entendez-vous par là ?

— Son plat. Vous le trouverez dans la salle de bains. Il ne vous donnera aucun mal. Kao K'O Kung est un chat immaculé. Il suffit de changer son plat tous les jours. Deux fois. La sciure est dans le dernier tiroir du meuble chinois, au pied de la baignoire. Voulez-vous de la crème et du sucre ?

— Nature, merci.

— Si le temps le permet, il peut prendre un peu d'exercice dans le patio, à condition que vous l'accompagniez. Normalement, il se dépense assez en courant dans l'escalier. Je laisse la porte de mon appartement ouverte pour lui permettre d'entrer et de sortir, mais pour être plus tranquille, je vous confierai aussi une clef. Puis-je faire quelque chose pour vous, pendant que je serai à New York ?

Qwilleran venait juste de goûter sa première bouchée de foie de poulet roulé dans du bacon, relevé d'une pointe de basilic, quand il rencontra le regard de Kao K'O Kung, perché sur le réfrigérateur. Lentement, délibérément, le chat eut un clin d'œil complice.

CHAPITRE SEPT

— J'ai à me plaindre, dit Qwilleran à Arch Riker, le mercredi soir, au Club de la Presse.

— Je suis au courant. Votre nom a été écrit avec un U, mais nous avons rectifié, dans la deuxième édition. Vous savez ce qui va arriver, n'est-ce pas ? À la prochaine réunion syndicale des typographes, l'orthographe de votre nom sera l'un des objets de leurs revendications.

— Ce n'est pas tout. Je n'ai pas été engagé pour être au service de votre critique d'art, mais c'est pourtant ce qu'il s'imagine. Il est parti en voyage, cet après-midi.

— Je m'en doutais, son dernier enregistrement est assez long pour donner matière à trois articles.

— D'abord, il m'a demandé de vous porter ses cassettes, puis il m'a chargé de prendre son billet d'avion et maintenant je dois nourrir son chat, deux fois par jour, changer son eau et m'occuper de ses commodités. Savez-vous en quoi cela consiste ?

— Je m'en doute un peu.

— C'est nouveau pour moi. Je croyais que les chats allaient dans la cour. C'est bien la première fois, depuis la guerre, que je suis de corvée de latrines !

— Attendez qu'Odd apprenne ça !

— Ne lui en dites surtout rien ! Ce fouinard le saura toujours assez tôt.

— Pourquoi n'avez-vous pas refusé ? Rien ne vous obligeait à accepter.

— Mountclemens ne m'a pas donné une chance. J'étais dans sa cuisine, hypnotisé par un ananas frais, des brochettes de foie de volailles et des œufs à la crème. Bien mieux, il s'agissait d'un ananas femelle ! Que pouvais-je faire ?

— C'est simple : il vous fallait choisir entre l'orgueil et la gloutonnerie. N'aimez-vous pas les chats ?

— Bien sûr, j'aime les bêtes et ce chat est plus humain que bien des gens que je connais, mais il me donne le sentiment désagréable d'en savoir plus long que moi.

— Nous avons des chats à la maison, les gosses en ramènent tout le temps. Aucun ne m'a jamais donné un complexe d'infériorité.

— Vous n'avez jamais eu de chat siamois.

— Vous pouvez bien le supporter trois ou quatre jours. Si c'est au-dessus de vos forces, je vous déléguerai un de nos jeunes agrégés. Il devrait venir à bout d'un siamois.

— Parlons d'autre chose, voilà Bunsen, murmura Qwilleran.

Avant même que le photographe n'ait fait son apparition, on sentait l'odeur de son cigare et sa voix le précédait, maugréant contre la température. Il administra une tape amicale sur l'épaule de Qwilleran en demandant :

— Sont-ce là des poils de chat ou bien aviez-vous rendez-vous avec une blonde à cheveux particulièrement courts ?

Le journaliste but son jus de tomate sans répondre. Odd reprit :

— Quelqu'un veut-il dîner avec moi ? Je suis de service, cette nuit.

— Je suis votre homme, dit Qwilleran.

Ils trouvèrent une table et consultèrent le menu. Odd choisit un châteaubriant aux pommes, complimenta la serveuse sur la minceur de sa taille et dit :

— Alors, Jim, avez-vous réussi à vous faire une opinion sur ce vieux Monty ? Si je m'amusais à insulter tout le monde, comme lui, je me ferais renvoyer – ou même assigner en justice. Comment s'en tire-t-il ?

— Les critiques jouissent d'une immunité. En outre, les gens aiment les controverses.

— D'où lui vient tout son argent ? Il vit largement, voyage beaucoup, conduit des voitures de luxe. Ce n'est pas le *Fluxion* qui lui offre tout cela.

— Mountclemens ne conduit pas.

— Bien sûr que si ! Je l'ai vu au volant d'une voiture, pas plus tard que ce matin.

— Il m'a dit qu'il ne possédait pas d'automobile et qu'il circulait en taxi.

— Il ne possède peut-être pas de voiture, mais il lui arrive de se tenir derrière un volant.

— Comment le pourrait-il avec son handicap ?

— Aucun problème. Il existe des directions assistées. Du reste, ne vous est-il jamais arrivé de conduire d'une seule main, quand vous étiez jeune et que vous aviez une jolie fille à côté de vous ?

— Moi aussi, j'ai quelques questions à poser, dit Qwilleran. Les artistes locaux sont-ils aussi mauvais que le prétend Mountclemens ? Ou bien est-il l'imposteur que voient en lui les artistes ? Mountclemens affirme que Halapay est un charlatan. Mais Halapay prétend que les tableaux de Zoé Lambreth sont de la fumisterie. Zoé dit que Sandy Halapay n'a aucune compétence artistique. Sandy affirme que Mountclemens est irresponsable. Mountclemens accuse Farhar d'incompétence et Farhar rétorque que Mountclemens ignore tout en art. Mountclemens trouve le cas d'Earl Lambreth pathétique et Lambreth porte Mountclemens aux nues en affirmant qu'il est un parangon de goût et d'intégrité. Alors, qui a tort, qui a raison ?

— Écoutez ! Je crois que l'on me demande, dit Odd Bunsen.

Une voix faisait une annonce au micro, difficilement audible, dans le brouhaha de la pièce.

— Oui, c'est bien pour moi. On a dû faire sauter l'hôtel de ville !

Il se rendit au téléphone, pendant que Qwilleran réfléchissait aux complexités du grand art. Quand il revint, Odd avait l'air surexcité.

— J'ai des nouvelles pour vous, dit-il, un crime vient d'être commis à la galerie Lambreth.

— Quoi ! s'exclama Qwilleran, en se levant, qui est-ce ? Pas Zoé ?

— Non. Son mari.

— Qu'est-il arrivé ?

— Il paraît qu'il a été poignardé. Voulez-vous venir avec moi ? Kendall est sur une autre affaire et il n'y a personne pour le remplacer à cette heure-ci au journal. On serait heureux que vous vous en chargiez.

— Volontiers. Je vous accompagne.

Quand ils arrivèrent devant la galerie Lambreth, la rue était anormalement calme. Après cinq heures et demie, le quartier se vidait et même un meurtre n'avait pas réussi à attirer les gens. Un vent froid soufflait et seuls quelques rares passants attardés se hâtaient de rentrer chez eux.

Les deux journalistes se présentèrent au policier en faction devant la porte. L'intérieur offrait un spectacle insolite. Quelques policiers se trouvaient là. Un photographe s'activait sur des tableaux qui avaient été rageusement tailladés. Bunsen s'approcha de l'inspecteur du quartier et de Hames, un détective du bureau des homicides. Ce dernier leur indiqua l'escalier en colimaçon.

Les deux hommes se dirigèrent vers le fond de la galerie et s'effacèrent pour laisser passer un inspecteur qui venait de relever des empreintes. Il parlait tout seul et disait : « Comment diable vont-ils pouvoir descendre un brancard par là ? Ils vont être obligés de le faire passer par la fenêtre. »

D'en haut, une voix leur cria :

— Vous pouvez monter !

— C'est Wojcik, un collègue de Hames, rien ne lui échappe, chuchota Odd.

L'atelier était approximativement tel que Qwilleran se le rappelait. Un agent se tenait à l'entrée du bureau de Lambreth. Par-dessus son épaule, Qwilleran vit que la pièce était en désordre. Le corps était étendu par terre, près du bureau. Il s'approcha de Wojcik, un crayon à la main.

— Connaît-on le meurtrier ?

— Non.

— La victime n'est-elle pas Earl Lambreth, le directeur de la galerie ?

— Exact.

— Méthode ?

— Poignardé avec un outil provenant de l'atelier.

— Où l'a-t-on frappé ?

— À la gorge.

— Qui a découvert le crime ?

— La femme de la victime, Mrs Zoé Lambreth.

— Aucun signe de lutte ?

— Le bureau a été pratiquement mis sens dessus dessous.

— À quelle heure est-ce arrivé ?

— La pendule électrique, tombée sur le bureau, est arrêtée à six heures quinze.

— La galerie n'est-elle pas fermée à cette heure-là ?

— En effet.

— Aucun signe d'effraction ?

— Non.

— Alors, le meurtre doit avoir été commis par quelqu'un qui avait un accès légitime dans les lieux.

— C'est possible. Nous avons trouvé la porte d'entrée fermée. Nous ignorons si l'entrée de service était ouverte quand Mrs Lambreth est arrivée.

— Y a-t-il eu vol ?

— Apparemment non. Ce sera tout.

— Encore une question : avez-vous des suspects ?

— Non.

En bas, tandis que Bunsen s'escrimait à prendre des photographies, Qwilleran étudia la nature des actes de vandalisme. Le mot n'était pas trop fort. Deux toiles avaient été lacérées diagonalement, au moyen d'un instrument pointu. Un sous-verre gisait sur le sol, le verre brisé, comme s'il avait été piétiné. Une des sculptures semblait avoir été jetée à terre. Il se souvint d'avoir remarqué cette terre cuite, lors de sa première visite. La forme émaciée avait apparemment représenté un corps de femme, le titre de l'œuvre figurait encore sur le piédestal vide : « Ève », par B. H. Riggs, terra cotta. En revanche, les tableaux de Zoé Lambreth et de Scrano étaient tous intacts.

Qwilleran ne se souvenait pas d'une aquarelle qui attira son attention. Elle représentait une sorte de puzzle de différentes couleurs, assez agréables à l'œil. Le tableau était intitulé « Intérieur ». Il était signé Mary Ore. L'étiquette indiquait qu'il s'agissait d'une gouache.

Le journaliste examina ensuite deux peintures à l'huile. L'une et l'autre étaient composées de traits verticaux colorés, tracés sur fond blanc, au moyen d'un large pinceau. Les couleurs étaient violentes, rouge, pourpre, orange et la peinture semblait vibrer comme une corde trop tendue. Qwilleran se demanda qui pouvait acheter ce genre de tableaux ? Il préférait décidément son Monet de second ordre. S'approchant pour lire les indications, il vit que l'un des tableaux représentait une « Scène sur la plage n° 2 » par Multon Ore, tandis que l'autre était intitulé « Scène sur la plage n° 3 » par le même artiste. En un certain sens, le titre permettait de mieux apprécier les toiles qui évoquaient à Qwilleran des vagues de chaleur émanant du sable chaud.

— Regardez ces peintures, dit-il à Bunsen, auriez-vous pensé que c'était des scènes au bord de la mer ?

— J'aurais cru que l'artiste était ivre.

Qwilleran recula de quelques pas, en clignant des yeux. Soudain, il vit des silhouettes se détacher. Les lignes verticales, blanches suggéraient les contours de corps féminins, abstraits, mais reconnaissables. Des corps de femmes dans ces lignes blanches, un buste de femme dans cette terre cuite, pensa-t-il, voyons à nouveau cette aquarelle… En sachant ce qu'il cherchait, il n'était pas difficile de trouver. Dans cette composition géométrique, les plans superposés s'imbriquaient les uns dans les autres, représentant ainsi les objets sous différents angles. Il distingua une fenêtre, une chaise, un lit sur lequel était étendu une forme humaine. Femelle.

— Je vais aller chez les Lambreth pour essayer de voir Zoé Lambreth, dit-il à Odd Bunsen, elle aura peut-être une photographie de son mari. Pouvez-vous m'y conduire ?

Quelques minutes plus tard, après avoir téléphoné au journal, il se glissa, non sans difficulté, dans la petite voiture à deux places de Bunsen et ils partirent vers le 3434, Sampler Street.

La maison des Lambreth était une bâtisse moderne dans un nouveau quartier. Le journaliste sonna à la porte et attendit. Les doubles rideaux des larges fenêtres étaient tirés, mais on apercevait de la lumière dans toutes les pièces. Quand la porte s'ouvrit, enfin, la femme en pantalon qui se présenta, avec un air belliqueux, parut vaguement familière à Qwilleran. Elle était grande et forte.

— Oui ? dit-elle, avec arrogance.

— Je suis un ami de Mrs Lambreth, je voudrais lui offrir mon aide. Jim Qwilleran. Voici Odd Bunsen.

— Vous êtes journalistes, n'est-ce pas ? Elle ne veut voir personne.

— Nous ne sommes pas là en visite professionnelle. Nous rentrions, quand nous avons pensé pouvoir lui être utiles. N'êtes-vous pas Miss Bolton ?

De l'intérieur, une voix grave demanda d'un ton las :

— Qui est-ce, Butchy ?

— Qwilleran et un journaliste du *Fluxion*.

— C'est bien. Laisse-les entrer.

Ils pénétrèrent dans une pièce résolument moderne. Les meubles étaient peu nombreux, mais beaux. Appuyée au chambranle d'une porte, Zoé Lambreth, vêtue d'un pantalon de soie pourpre et d'une blouse bleu lavande, paraissait sombre et désemparée.

— Elle devrait monter se reposer, dit Butchy.

— Non. C'est inutile. Je suis trop nerveuse pour prendre du repos. Voulez-vous vous asseoir, messieurs ?

Le visage de Qwilleran reflétait la compréhension sympathique dans laquelle il excellait. Sa moustache elle-même exprimait la sollicitude.

— Je n'ai pas besoin de vous dire ce que je ressens, commença-t-il. Bien que je n'aie guère connu votre mari, j'éprouve une perte personnelle.

— C'est terrible, vraiment terrible, murmura Zoé, en prenant place sur le bord du divan.

— Je suis allé à la galerie la semaine dernière, comme vous me l'aviez suggéré.

— Je le sais. Earl me l'avait dit.

— Je comprends quel choc cela a dû être pour vous.

— Elle ne devrait pas en parler, intervint Butchy.

— Mais si, il vaut mieux que je m'extériorise ou bien je vais devenir folle, protesta Zoé, en regardant Qwilleran de ses grands yeux tristes.

— Aviez-vous l'habitude d'aller à la galerie, après la fermeture ?

— Non, pas du tout. Je m'y rendais rarement. Il n'est pas bon pour une artiste de se promener dans la galerie qui expose ses œuvres, surtout dans mon cas, la galerie appartenant à mon mari.

— Comment se fait-il donc que vous y soyez allée, ce soir ?

— En fait, je m'y suis rendue deux fois. La première, juste avant la fermeture. J'avais passé la journée à faire des courses et je suis entrée pour voir Earl et lui demander s'il voulait que nous restions en ville pour dîner. Il m'a répondu qu'il ne serait pas libre avant sept heures, au plus tôt.

— Quelle heure était-il, alors ?

— La porte de la galerie était encore ouverte, il ne devait donc pas être cinq heures et demie.

— Vous a-t-il expliqué pourquoi il ne pouvait sortir plus tôt ?

— Je crois qu'il travaillait à la comptabilité, pour des déclarations d'impôts ou quelque chose de ce genre. Alors, je suis rentrée à la maison et j'ai décidé de prendre une douche et de me changer, avant de retourner chercher mon mari à sept heures.

— Lui avez-vous téléphoné pour le prévenir que vous alliez revenir à la galerie ?

— Je crois l'avoir fait, mais je n'en suis pas sûre. J'en ai eu l'intention. Je me suis dépêchée de me préparer et finalement, je ne me rappelle pas si je lui ai téléphoné ou non.

— Quand êtes-vous arrivée à la galerie pour la seconde fois ?

— Vers sept heures. Earl avait laissé la voiture au garage, pour la révision du moteur. J'ai appelé un taxi qui m'a conduite en ville. J'ai une clef de la porte de service.

— Était-elle fermée ?

— De cela non plus, je ne suis pas sûre. J'ai mis la clef dans la serrure et j'ai tourné la poignée, sans bien penser à ce que je faisais. C'est un geste machinal, auquel on n'attache pas d'importance.

— Avez-vous remarqué quelque chose au rez-de-chaussée ?

— Non. Les lumières étaient éteintes. Je suis montée directement. Dès que je suis arrivée en haut, j'ai eu l'impression qu'il se passait quelque chose d'anormal. Tout était silencieux et j'ai eu peur, avant même d'entrer dans le bureau… d'abord, j'ai vu… les papiers et tout ce qui était par terre…

Elle se couvrit le visage de ses mains et un silence plana dans la pièce. Au bout d'un moment, Qwilleran demanda avec douceur :

— Voulez-vous que je prévienne Mountclemens ? Je sais qu'il vous est attaché à tous deux.

— Si vous voulez.

— Nous allons nous retirer, mais je vous en prie, Mrs Lambreth, s'il y a la moindre chose que je puisse faire pour vous, n'hésitez pas à me le signaler.

— Je suis là pour m'occuper d'elle, dit Butchy.

— Encore un détail, Mrs Lambreth. Auriez-vous une bonne photographie de votre mari ?

— Non. Je n'ai qu'un portrait de lui que j'ai peint l'année dernière. Il est dans l'atelier. Butchy va vous le montrer. Je crois que je vais monter.

Sans rien ajouter, elle sortit de la pièce. Butchy les conduisit dans l'atelier, derrière la maison. Sur le mur, se détachait le portrait d'Earl Lambreth, froid, hautain, méprisant, peint sans amour.

— Une parfaite ressemblance, constata Butchy, avec fierté, elle a vraiment su capter sa personnalité.

Presque inaudible, la caméra d'Odd Bunsen crépita.

CHAPITRE HUIT

Après s'être installés dans la voiture, les deux hommes restèrent un moment silencieux, puis Odd remarqua :

— Les Lambreth semblent avoir bien réussi sur le plan financier. Je souhaiterais vivre sur ce pied-là. Je parie que le divan à lui seul vaut une petite fortune. Qui était ce dragon ?

— Butchy Bolton. Elle enseigne la sculpture sur métaux à l'École Penniman.

— Elle paraît décidée à prendre la situation en main. Et s'en réjouir.

— Oui, convint Qwilleran, la mort d'Earl Lambreth n'a pas l'air de l'accabler. Je me demande ce qu'elle vient faire là-dedans ? C'est une amie de la famille, sans doute.

— Si vous voulez mon avis, je ne crois pas que cette poupée de luxe soit submergée par la douleur, elle non plus.

— Zoé est une femme intelligente, répondit Qwilleran, même si elle ressemble à une poupée de luxe, elle n'est pas du genre à tourner de l'œil.

— Si ma femme me trouve mort, dans une mare de sang, avec un poignard planté dans la gorge, j'entends bien qu'elle s'évanouisse pour de bon. Je ne veux pas qu'elle rentre à la maison pour se refaire une beauté afin de recevoir des visiteurs. Drôle de phénomène qui ne se souvient pas si oui ou non elle a téléphoné à son mari et qui ne sait pas si la porte était ou non fermée à clef.

— C'est le choc. Cela lui reviendra demain ou plus tard. Que pensez-vous du portrait qu'elle a peint de son mari ?

— Parfait. Il n'aurait pas été plus ressemblant sur une photographie.

— Je pensais que ces artistes modernes peignaient des tableaux abstraits parce qu'ils ne savaient pas dessiner, maintenant, je n'en suis plus aussi sûr. Zoé a vraiment du talent.

— Si elle est si douée, pourquoi perd-elle son temps avec ces inepties ? s'étonna le photographe.

— Probablement parce que cela se vend. À propos, j'aimerais connaître notre reporter criminel.

— Lodge Kendall ? Ne l'avez-vous jamais rencontré ? Il déjeune presque tous les jours au Club de la Presse. Voulez-vous que je vous le présente ?

— Volontiers. Où allez-vous ?

— Je retourne au journal.

— Si cela ne vous fait pas un trop grand détour, pouvez-vous me déposer chez moi ?

— Entendu.

— Dix heures et demie, dit Qwilleran, en consultant sa montre, et j'ai oublié de nourrir le chat !

— Ah ! Ah ! Ah ! fit Odd, avec un gros rire, je vous avais bien prévenu que Monty vous aurait au tournant ! Comment diable acceptez-vous de vivre dans un tel quartier ? On me paierait cher pour rentrer, le soir, dans un pareil coupe-gorge, conclut-il, en arrêtant sa voiture.

Qwilleran haussa les épaules, sans répondre et descendit. Un journal du soir avait été glissé sous la porte. Il le ramassa, ouvrit, referma la porte sur lui, heureux de se retrouver à l'abri du froid. Prenant la seconde clef, il l'introduisit dans la serrure. Au moment où il allait entrer, il recula, épouvanté. De l'obscurité un cri sauvage avait jailli. Pétrifié, le cœur battant, la moustache hérissée, il serra instinctivement le journal dans sa main comme un bâton dérisoire.

Puis il se rendit compte de la nature de ce cri. Koko l'attendait. Un Koko affamé, furieux et qui lui disait son fait. Qwilleran s'appuya contre le mur et reprit sa respiration en dénouant sa cravate :

— Ne refais plus jamais cela ! dit-il au chat.

Juché sur la console supportée par deux lions dorés, Koko répondit par un torrent de reproches.

— Très bien, très bien, rétorqua Qwilleran, je te présente mes excuses. J'avais oublié. J'ai eu une journée chargée.

Koko poursuivit sa tirade.

— Veux-tu attendre une seconde que j'enlève mon pardessus ?

Dès que Qwilleran commença à monter l'escalier, le chat se tut. Bondissant devant lui, il le conduisit dans l'appartement de Mountclemens qui était plongé dans l'obscurité. À tâtons, Qwilleran chercha l'interrupteur. Cette attente irrita Koko qui se mit à miauler de plus belle. Maintenant ses cris avaient des accents gutturaux exaspérés, chargés de menaces.

— J'arrive, j'arrive, dit Qwilleran, en suivant le chat, le long du couloir menant à la cuisine.

Koko le conduisit directement au réfrigérateur où un morceau de bœuf attendait dans une assiette en verre. On aurait dit du filet. Qwilleran plaça la viande sur une planche et regarda autour de lui.

— Où diable range-t-il ses couteaux ? dit-il, en ouvrant les tiroirs, les uns après les autres.

Avec légèreté, Koko sauta sur un meuble et renifla une planche contre le mur, sur le bois étaient fixés des couteaux de différentes tailles.

— Merci, dit Qwilleran.

Il se mit à découper la viande, s'émerveillant de la qualité de la lame. Un vrai outil de chef cuisinier. Comment Mountclemens avait-il dit de couper la viande ? En morceaux gros comme des pois ou comme des haricots ? Il fallait faire chauffer la viande dans du bouillon. Où était donc ce bouillon ?

Assis sur la table, le chat surveillait ses gestes avec impatience.

— Et si tu mangeais la viande crue, pour une fois, mon garçon ? Il est si tard.

Koko fit entendre un son rauque que Qwilleran prit pour un acquiescement. Dans un buffet, il trouva une assiette en porcelaine blanche avec une bordure dorée dans laquelle il disposa la viande de façon attrayante, jugea-t-il, puis il plaça l'assiette par terre, près du bol en céramique avec le mot « chat » écrit en trois langues.

Avec un grognement, Koko sauta par terre et se dirigea vers l'assiette pour en examiner le contenu. Il releva la tête et regarda Qwilleran, une expression d'incrédulité dressait ses oreilles frémissantes.

— Vas-y, régale-toi, dit Qwilleran, d'un ton encourageant.

Koko baissa à nouveau le nez, flaira la viande, la toucha de la patte et se recula d'un air dégoûté. Il secoua la tête et s'en alla, la queue dressée, toute droite en direction de l'étoile polaire.

Un peu plus tard, quand Qwilleran eut trouvé le bouillon dans le réfrigérateur et qu'il eut préparé le repas convenablement, Kao K'O Kung consentit, enfin, à dîner.

Le lendemain, le journaliste raconta cette aventure en déjeunant au Club de la Presse, avec Arch Riker et Lodge Kendall.

— Mais ce matin, je me suis admirablement acquitté de ma tâche, conclut-il. Koko m'a réveillé à six heures et demie, en venant miauler à ma porte. Je suis monté lui préparer son déjeuner à son entière satisfaction et je crois qu'il me gardera à son service jusqu'au retour de Mountclemens.

Le reporter criminel était un homme jeune, sérieux, fermé à tout humour.

— Vous ne voulez pas dire que vous vous laissez régenter par un chat ?

— Je crois qu'il me fait pitié : le pauvre petit chat riche, condamné au filet de bœuf et au pâté maison. J'aimerais lui attraper une souris.

Arch expliqua à Kendall :

— Vous comprenez, c'est un siamois, descendant d'un dieu égyptien. Non seulement il parle et vous explique ce qu'il veut, mais il lit les journaux. Un chat qui sait lire est évidemment supérieur à un journaliste qui n'attrape pas de souris.

— Il vole aussi, renchérit Qwilleran. Quand il veut grimper en haut d'un meuble, il met ses oreilles en arrière et bondit comme un Jet. Il possède une sorte de principe aérodynamique que les chats ordinaires n'ont pas.

Kendall dévisagea ces deux hommes d'âge mûr, en se demandant s'ils se moquaient de lui.

— Après ce réveil matinal, j'ai eu le temps de réfléchir au meurtre d'Earl Lambreth, poursuivit Qwilleran. Quoi de neuf, du côté de la police ?

— Le quartier général n'a fait aucune déclaration officielle, ce matin, dit Kendall.

— J'ai remarqué quelque chose qui me paraît intéressant. Les tableaux et la sculpture qui ont été endommagés sont des représentations féminines plus ou moins dévêtues. La police s'en est-elle aperçue ?

— Je l'ignore, dit Kendall, je poserai la question.

— Ce n'est pas facile à voir. Il s'agit d'œuvres abstraites, un simple coup d'œil ne révèle rien.

— Alors, le vandale doit être quelqu'un qui est initié à l'art moderne, un de ces obsédés qui déteste sa mère.

— Voilà qui restreint déjà le champ des investigations, déclara Arch.

Qwilleran était dans son élément, en marge de la police où il avait appris son métier. Ses yeux brillaient d'un éclat inhabituel, sa moustache elle-même paraissait plus heureuse. Les trois hommes mangèrent pendant un moment, en silence, puis Kendall demanda à Qwilleran :

— Connaissiez-vous bien Earl Lambreth ?

— Je ne l'avais rencontré qu'une seule fois. C'était une sorte de snob artistique.

— La galerie a-t-elle du succès ?

— Difficile à dire. L'installation est luxueuse, mais cela ne prouve rien. Certains tableaux valent une petite fortune, même si je n'en donnerais pas cinq *cents*. Je suppose cependant que les spéculateurs achètent ce genre de peinture et c'est la raison pour laquelle Lambreth s'était installé dans ce quartier.

— Un client s'est peut-être aperçu qu'il avait été roulé et la discussion a mal tourné.

— Cela ne cadre pas avec l'acte de vandalisme.

— Croyez-vous que le choix de l'arme soit significatif ? demanda Arch.

— Il s'agit d'un burin qui provient de l'atelier, dit Kendall.

— Le meurtrier a pu s'en saisir au cours de la discussion, mais il pouvait aussi savoir à l'avance qu'il le trouverait là.

— Qui travaille dans cet atelier ?

— En dépit de l'attitude prétentieuse qu'il adoptait à l'égard de ses clients, je pense que Lambreth confectionnait lui-même ses cadres, répondit Qwilleran. Le jour où je suis allé le voir, j'ai remarqué qu'un travail était en cours, mais il n'y avait aucun ouvrier. Quand je lui ai posé la question, il a eu une réponse évasive. Ensuite, je me suis aperçu que ses mains étaient abîmées, rugueuses, comme s'il se livrait à un travail manuel.

— La galerie n'est peut-être pas aussi florissante qu'elle le paraît.

— D'un autre côté, il vivait dans un quartier résidentiel et sa maison est luxueuse.

— Je me demande si Lambreth a ouvert lui-même la porte à son assassin ? murmura Kendall, songeur. Ou bien, le tueur s'est-il introduit avec une clef ?

— Je suis persuadé que Lambreth connaissait son agresseur, répondit Qwilleran. Je pense que la prétendue bagarre a été mise en scène, après le meurtre.

— Qu'est-ce qui vous fait croire cela ?

— La position du corps. Lambreth semblait être tombé de son fauteuil. S'il était assis, c'est que son meurtrier l'a frappé par surprise. Il ne se serait pas engagé dans une discussion pour retourner s'asseoir paisiblement.

— Bon, eh bien, c'est là le travail de la police, nous avons d'autres chats à fouetter, dit Arch, en se levant.

Comme les hommes quittaient leur table, le barman appela Qwilleran :

— J'ai appris le meurtre de Lambreth, lui confia-t-il. Je connais la galerie. Lambreth était un escroc.

— Comment le savez-vous ?

— Je fréquente beaucoup d'artistes. N'importe lequel vous dira comment Lambreth opérait. S'il vendait une toile huit cents dollars, il en donnait cent cinquante au peintre.

— Pensez-vous qu'un de vos petits copains l'ait descendu ?

— Je n'ai pas dit cela, protesta Bruno, avec dignité. Je pensais que vous aimeriez savoir quel genre de gars il était.

— Eh bien, merci beaucoup.

— Et sa femme ne vaut pas mieux.

— Que voulez-vous dire ?

— Tout le monde sait qu'elle s'est payé du bon temps. On doit lui rendre cette justice : elle a toujours su où était son intérêt.

— C'est-à-dire ?

— Par exemple, j'ai entendu raconter que dans la maison où vous habitez, il existe un appartement bien commode. Elle y est allée, sous prétexte de peindre le portrait du chat.

Sans répondre, Qwilleran hocha la tête ; il se préparait à partir quand Bruno ajouta :

— Il y a autre chose encore, Mr Qwilleran. J'ai appris qu'un objet d'art a disparu du musée et que l'on s'efforce d'étouffer l'affaire.

— De quoi s'agit-il ?

— D'un poignard exposé dans la salle florentine. Un de mes amis, qui est gardien au musée, s'est aperçu que le poignard manquait. Il l'a signalé, mais personne ne veut rien faire.

— Merci du renseignement, je vais m'en occuper.

Qwilleran devait certains de ses meilleurs tuyaux au barman des Clubs de la Presse. Certains des plus mauvais également.

Avant de sortir du bâtiment, il s'arrêta dans la hall pour acheter des livres à un stand où les journalistes de la presse féminine vendaient des livres d'occasion au bénéfice d'une œuvre charitable. Pour un demi-dollar il acheta un exemplaire de *Comment rendre votre chat heureux*. Pour moitié moins il acheta aussi *Une étude sur le marché des affaires en Amérique de 1800 à 1850*.

De retour à son bureau, il téléphona à Mrs Lambreth. Butchy lui répondit. Non, Zoé ne pouvait venir à l'appareil. Oui, elle avait pu dormir. Non, Qwilleran ne pouvait rien pour l'aider.

La journée se termina sans rien apporter de notable et il rentra chez lui de bonne heure, le col de son pardessus relevé pour se préserver de la neige qui commençait à tomber. Quand il arriva, Koko l'attendait. Le chat l'accueillit non avec des cris de reproche, mais avec un miaulement de bienvenue. La façon dont il retroussait ses moustaches lui donnait un air d'expectative. Le journaliste se sentit flatté.

— Alors, mon garçon, as-tu passé une bonne journée ?

Koko répondit par un murmure indistinct et Qwilleran en conclut qu'il avait eu une journée moins intéressante que la sienne. Il se dirigea vers l'escalier pour aller lui préparer son repas et s'aperçut que Koko ne bondissait pas devant lui. Au lieu de cela, le chat marchait sur ses talons et se faufilait entre ses jambes.

— Attention ! Tu vas me faire tomber !

Il prépara le bœuf, selon les instructions et plaça l'assiette sur le sol, puis il s'assit pour regarder Koko manger. Qwilleran ne pouvait s'empêcher d'admirer les formes harmonieuses du siamois, l'élégante proportion de son corps, les muscles jouant sous la fourrure, l'exquise délicatesse de ton allant du blanc pur au brun sombre, en passant par le beige pâle. À sa surprise, le chat ne manifesta aucun intérêt pour la nourriture. En revanche, il vint se frotter contre les chevilles du journaliste en prononçant un « Yao ! » plaintif.

— Qu'y a-t-il, Koko ? Tu es difficile à contenter, sais-tu ?

Le chat le regarda avec une expression suppliante au fond de ses yeux bleus et se mit à ronronner en se dressant pour appuyer une patte contre le genou de l'homme.

— Je parie que tu t'ennuies ! Tu as l'habitude d'avoir de la compagnie toute la journée et maintenant tu te sens seul et négligé.

Prenant l'animal dans ses bras, il le posa sur son épaule et Koko ronronna plus fort contre son oreille, avec un air d'extrême satisfaction.

— Je crois que je vais rester à la maison, ce soir, lui dit-il. Il fait froid, dehors. Il y a déjà beaucoup de neige et j'ai laissé mes caoutchoucs au bureau.

Cherchant quelque chose à manger, il se servit une tranche de « pâté maison » qui se révéla un des meilleurs qu'il eût jamais goûtés. Comprenant que c'était jour de fête, Koko se mit à courir d'un bout à l'autre de l'appartement. Il semblait voler ; galopant au ras du sol, il sautait sur la table d'un seul bond, puis s'élançait de la chaise sur la bibliothèque et hop ! sur un guéridon, de là sur une autre chaise pour atterrir en haut du bonheur-du-jour, le tout à une allure folle. Qwilleran comprit pourquoi il n'y avait aucune lampe posée sur une table. Il fit lui-même le tour de l'appartement. Il ouvrit la porte du couloir et vit une chambre à coucher avec un lit à baldaquin et des rideaux en velours. Dans la salle de bains, il remarqua un flacon vert, portant une étiquette « essence de citronnelle » et reconnut le parfum. Il se promena ensuite dans le salon, mains dans les poches, passant en revue les trésors de Mountclemens. Sous les tableaux, des plaques en cuivre indiquaient les noms : *Hals*, *Gauguin*, *Eakins*.

Ainsi, ce serait là un nid d'amoureux, s'il fallait en croire Bruno ? Force était d'avouer que le décor s'y prêtait : lumière tamisée, musique douce, souper aux chandelles, vins délicats, fauteuils profonds, tout vous incitait à l'amour.

Et maintenant Earl Lambreth était mort. Il n'était pas difficile d'imaginer Mountclemens en séducteur. Le critique avait un charme suave auquel les femmes devaient être sensibles. Son autorité en imposait sans doute aux cruelles. Séducteur, oui. Meurtrier, non. Mountclemens était trop élégant, trop délicat pour cela.

Qwilleran retourna chez lui, suivi par un Koko plein d'entrain. Pour amuser le chat, il attacha un morceau de papier lié à un bout de ficelle et le balança.

À neuf heures, la dernière édition du *Daily Fluxion* arriva et Koko déchiffra les gros titres. Lorsque le journaliste s'installa finalement dans son fauteuil favori, le chat grimpa sur ses genoux, sa fourrure soyeuse attestant son contentement. Ce fut avec un regret visible que Koko prit congé, à minuit, pour monter se coucher sur son coussin bleu, en haut du réfrigérateur.

Le lendemain matin, Qwilleran raconta sa soirée à Arch Riker :

— Koko avait du vague à l'âme, hier soir, alors je suis resté à la maison pour lui tenir compagnie. Nous avons joué à moineau-vole.

— Est-ce là un nouveau jeu de société ?

— C'est un jeu que nous avons inventé. Cela ressemble au tennis, avec un seul joueur et pas de filet. Je fabrique un moineau avec un morceau de papier attaché à une ficelle et je le balance afin que Koko le renvoie de la patte. Il a un joli coup droit. Chaque fois qu'il touche le moineau, il marque un point. S'il le manque, c'est moi qui marque. Un jeu se joue en vingt et un points. Après cinq jeux, hier soir, Koko menait par cent huit points contre quatre-vingt-douze pour moi.

— J'aurais juré qu'il fallait parier sur le chat, dit Arch, en se penchant pour prendre une feuille de papier rose. Je sais que cet animal consume une grande partie de votre temps et de votre énergie, mais j'aimerais que vous songiez un peu à ce « profil de Halapay ». Une nouvelle note rose vient de me parvenir, ce matin.

— Vous l'aurez, dès que j'aurai rencontré Mrs Halapay, répondit Qwilleran.

De retour à son bureau, il appela Sandy et lui proposa de déjeuner avec lui le mercredi suivant.

— Plutôt dîner, dit-elle, Cal est au Danemark et je suis seule. J'aimerais aller dans un endroit où il y a un orchestre, vous êtes un si merveilleux danseur !

Son rire ôta quelque crédit à ce compliment douteux. *Soyez aimable*, ordonnait le slogan qui figurait sur le cadran téléphonique. Il répondit :

— Cela me plairait beaucoup, mais cette semaine je travaille la nuit. Commençons par déjeuner ensemble mercredi pour discuter des activités civiques et familiales de votre mari.

— Comme vous voudrez. Je viendrai vous chercher et nous irons dans une auberge. Nous avons mille choses à nous raconter. Je veux tout savoir sur le meurtre d'Earl Lambreth.

— Je crains de ne pas en savoir grand-chose.

— Mais voyons, c'est clair comme de l'eau de roche ! Il s'agit d'un crime passionnel, naturellement. Vous êtes au courant de ce qui se passait, je présume ?

— Non, pas du tout.

— Je ne veux pas discuter de cela au téléphone. Je vous verrai mercredi, à midi.

Qwilleran passa le reste de la matinée à préparer des sujets pour les semaines à venir. Il terminait un court article humoristique sur un lithographe local qui s'était converti à l'aquarelle, après s'être fait tomber une pierre lithographique de cinquante kilos sur le pied, quand le téléphone sonna. Il décrocha et une voix grave et mélodieuse le fit tressaillir.

— Zoé Lambreth à l'appareil, je ne peux parler plus fort. M'entendez-vous ?

— Oui. Que se passe-t-il ?

— Je voudrais vous voir, mais pas chez moi, en ville.

— Voulez-vous venir me retrouver au Club de la Presse ?

— Je préférerais un endroit moins public.

— Accepteriez-vous de venir chez moi ?

— Ce serait mieux. Vous habitez chez Mountclemens, je crois ?

— 26, place Blenheim.

— Oui, je connais.

— Demain après-midi vous conviendrait-il ? Prenez un taxi, le quartier n'est pas très reluisant.

— D'accord pour demain à quatre heures. Merci beaucoup. J'ai besoin d'un conseil. Excusez-moi, je dois raccrocher, maintenant.

Il y eut un déclic. La moustache de Qwilleran se mit virtuellement à danser, tandis que la manchette se composait dans sa tête : *La veuve du marchand de tableaux révèle la vérité sur le meurtre de son mari au journaliste du* Daily Fluxion.

CHAPITRE NEUF

Il y avait longtemps que Qwilleran n'avait pas reçu de femme chez lui et il sortit le samedi matin, dans un état de préoccupation intense. Il avala une tasse de café dans un bar voisin, en se demandant s'il devait servir quelque chose à Zoé ? Le café était le plus indiqué, mais avec quoi ? Des petits fours semblaient trop frivoles, des gâteaux trop prétentieux. Des biscuits ?

L'épicerie la plus proche ne lui offrit qu'un choix limité de paquets douteux. Un peu plus loin se trouvait une boulangerie dont les produits semblaient plus frais. Il écarta les gâteaux à la crème – trop écœurants –, les brioches – trop lourdes – et choisit des tuiles au chocolat dont il acheta deux livres.

Il y avait un vieux percolateur démodé dans sa cuisine, mais son fonctionnement était un mystère. Zoé devrait se contenter de café instantané. Il se dit qu'elle prendrait peut-être du sucre et de la crème et il retourna à l'épicerie pour acheter une livre de sucre, un pot de crème et des serviettes en papier.

Il était, alors, midi et un pâle soleil de février commençait à briller dans l'appartement, révélant la poussière sur la table, des moutons sous le lit et des poils de chat sur le divan. Tant bien que mal, Qwilleran essuya les meubles avec une serviette en papier et se hâta de monter chez Mountclemens en quête d'un aspirateur. Il en trouva un dans le placard de la cuisine.

À une heure, il était prêt, quand il s'avisa qu'il n'avait pas de cigarettes. Il courut chez un buraliste et choisit des cigarettes longues, douces, sans filtre. Zoé n'était pas la femme des compromis.

À une heure et demie, il alluma le radiateur à gaz et s'assit pour attendre.

Zoé arriva ponctuellement à quatre heures. Qwilleran vit une jolie femme dans un somptueux manteau de fourrure descendre d'un taxi, regarder à droite et à gauche et monter les marches du perron en courant. Il sortit pour l'accueillir.

— Merci beaucoup d'avoir accepté de me revoir, dit-elle, d'une voix un peu essoufflée, Butchy me surveille comme une duègne et j'ai dû me sauver de la maison... Du reste, j'ai tort de me plaindre. Dans un moment pareil, on a besoin d'une amie telle que Butchy.

Elle posa son sac en crocodile sur une chaise avant d'ajouter :

— Pardonnez-moi, je suis si bouleversée !

— Remettez-vous, dit Qwilleran, désirez-vous prendre une tasse de café ?

— Non, merci, le café me rend nerveuse et je le suis déjà bien assez sans cela.

Elle retira son manteau, s'installa sur une chaise à haut dossier et croisa ses jolies jambes.

— Puis-je vous demander de fermer la porte ?

— Volontiers, bien qu'il n'y ait personne dans la maison.

— J'ai eu la désagréable impression d'être suivie. J'ai appelé un taxi et me suis fait conduire à une galerie marchande que j'ai traversée, puis j'ai pris un autre taxi. Croyez-vous que l'on ait pu me suivre et que ce puisse être la police ?

— Je ne vois pas pourquoi vous seriez sous surveillance. Qu'est-ce qui a bien pu vous donner cette idée ?

— Deux inspecteurs sont venus à la maison, hier. Ils ont été parfaitement bien élevés, mais certaines de leurs questions m'ont paru bizarres. Pensez-vous qu'ils risquent de me suspecter ?

— Non. Mais naturellement, ils envisagent toutes les hypothèses.

— Butchy était là. Elle s'est montrée agressive, ce qui a produit mauvais effet.

— Qu'ont-ils dit, en partant ?

— Ils m'ont remerciée de ma coopération et ont ajouté qu'ils pourraient avoir besoin de me revoir. C'est après leur départ que je vous ai téléphoné, pendant que Butchy était à la cuisine. Ne croyez-vous pas que la police est capable de surveiller mes mouvements ? Je n'aurais pas dû venir.

— Pourquoi pas, Mrs Lambreth ? Je suis un ami de la famille. Professionnellement, j'appartiens au milieu artistique qui est le vôtre et je ne demande qu'à vous aider à prendre certaines dispositions, notamment en ce qui concerne la galerie. Que pensez-vous de cette explication ?

Elle eut un petit sourire triste :

— Je commence à me sentir coupable. J'imagine que tout le monde doit avoir ce sentiment en ayant affaire à la police. Il faut toujours se méfier dès que l'on parle à un policier et ne pas employer un mot impropre ou donner une intonation spéciale à sa voix. Ils ont l'œil sur tout.

— Eh bien, essayez de ne plus penser à cet épisode et détendez-vous. Ne seriez-vous pas mieux assise dans un de ces fauteuils ?

— Non, je garde un meilleur contrôle de mes nerfs quand je me tiens bien droite.

Elle portait une robe en laine bleu pâle qui la faisait paraître douce et fragile. Qwilleran essaya de ne pas regarder la jupe relevée de façon un peu provocante au-dessus des jambes croisées.

— J'aime beaucoup cet appartement, lui confia Qwilleran. Comment avez-vous su que j'y habitais ?

— Oh ! ce genre de nouvelles se répand rapidement.

— Vous êtes déjà venue ici, je crois ?

— Mountclemens nous a invités à dîner, deux ou trois fois.

— Vous devez le connaître mieux que la plupart des artistes.

— Nous sommes assez bons amis. J'ai fait plusieurs études de son chat. L'avez-vous prévenu de…

— Je ne suis pas parvenu à découvrir où il descendait à New York. Connaissez-vous son hôtel ?

— Il est près du musée d'Art moderne, mais je ne me souviens plus du nom.

Qwilleran alla chercher l'assiette avec les tuiles au chocolat.

— Puis-je vous offrir un de ces petits biscuits ?

— Non, merci. Il faut que je surveille ma ligne.

Il la sentit tendue, préoccupée et demanda :

— Et si vous me disiez ce qui vous tracasse ?

— Je ne sais par où commencer.

— Voulez-vous une cigarette ?

— Je ne fume plus depuis quelques mois…

Elle resta silencieuse un moment, puis elle déclara brusquement :

— Je n'ai pas tout dit à la police.

— Non ?

— J'ai peut-être eu tort, mais je n'ai pu me résoudre à répondre à certaines questions.

— Lesquelles ?

— Ils m'ont demandé si Earl avait des ennemis. Comment pouvais-je prononcer un nom ? Que serait-il arrivé si j'avais commencé à citer des confrères, des relations, des gens importants ? Je pense que c'était une question terrible à me poser.

— C'est surtout une question inévitable. J'allais moi-même vous la poser. Votre mari avait-il donc beaucoup d'ennemis ?

— Je le crains. Bien des gens ne l'aimaient pas. Je peux vous parler à cœur ouvert, n'est-ce pas ? J'étouffe en gardant tout cela pour moi. Je suis sûre que vous n'êtes pas de ces journalistes qui…

— De tels personnages n'existent qu'au cinéma, lui assura-t-il, sur un ton vibrant de sympathie et d'intérêt.

Zoé soupira et reprit :

— Dans notre métier, il y a beaucoup de rivalité et de jalousie.

— Cela se produit dans tous les milieux.

— C'est encore pire dans le domaine de l'art, croyez-moi. Les directeurs de galerie, par exemple. Les autres directeurs avaient l'impression qu'Earl leur enlevait toutes les célébrités.

— Était-ce vrai ?

— Eh bien, naturellement, tous les artistes souhaitent exposer dans la galerie la plus renommée. En conséquence, Earl présentait de meilleures œuvres et obtenait de meilleures critiques. De plus, mon mari était souvent obligé de refuser certains artistes de deuxième ordre et cela lui attirait d'autres inimitiés. Des gens comme Cal Halapay et Franz Buchwalter – ou plutôt Mrs Buchwalter, devrais-je dire – ont toujours tenu des propos désagréables sur nous. C'est pourquoi Earl n'allait jamais à *La Palette et le Burin*.

— Jusqu'ici, remarqua Qwilleran, vous ne parlez qu'en général… Votre mari s'était-il fait des ennemis de façon plus précise ?

Zoé hésita, puis elle avoua sur un ton d'excuse :

— Je crois que personne ne l'aimait vraiment. Il était d'un abord fort distant. Ce n'était qu'une façade, mais peu de gens s'en rendaient compte.

— Il semblerait aussi que le crime ait été commis par quelqu'un qui avait une clef de la galerie ou que votre mari aurait introduit lui-même, donc, de toute façon, quelqu'un qu'il connaissait.

— C'est ce que dit Butchy.

— En dehors de vous, quelqu'un d'autre possède-t-il une clef ?

— N-non, dit Zoé, en agitant nerveusement ses mains.

— Ne voulez-vous vraiment rien prendre ? demanda Qwilleran, plein de sollicitude.

— Peut-être un verre d'eau avec de la glace. Il fait un peu chaud ici.

Il baissa la flamme du radiateur et apporta un verre d'eau glacée.

— Parlez-moi de votre amie Butchy. Je crois qu'elle est sculpteur ?

— Oui, sculpteur sur métal.

— Je pourrais peut-être écrire un article sur elle. Sa spécialité est assez rare pour une femme.

— Oh ! oui, n'hésitez pas ! Butchy le mérite et psychologiquement, cela lui ferait tant de bien ! Dernièrement, une commande de cinquante mille dollars lui a échappé et ce fut un coup très dur pour elle. Vous comprenez, elle est professeur à l'École Penniman et cette commande aurait renforcé son prestige.

— Comment a-t-elle perdu cette commande ?

— Elle a été pressentie pour exécuter une statue ornementale qui devait être placée devant un nouveau centre commercial et au dernier moment, Ben Riggs, qui expose à la galerie Lambreth, lui a été préféré.

— Ce choix était-il justifié ?

— Oui, certainement. Riggs est un meilleur artiste. Il fait des moulages en terre cuite et les coule ensuite dans du bronze, mais pour Butchy, ce fut pénible. J'aimerais pouvoir l'aider. Écrirez-vous cet article ?

— Est-elle une de vos amies ? s'enquit Qwilleran, en comparant mentalement l'attirante Zoé à l'autre femme, si masculine.

— Oui et non. Nous avons grandi ensemble et nous sommes entrées aux Beaux-Arts la même année. Durant mon enfance, Butchy était ma meilleure amie, mais on dirait qu'elle n'est jamais devenue adulte. Elle a toujours été grande et forte pour une fille et elle accentue encore ce genre en se conduisant comme un garçon. Je la plains, mais nous n'avons plus grand-chose en commun, à part de vieux souvenirs.

— Comment se fait-il qu'elle se soit trouvée chez vous, mercredi soir ?

— Elle est la seule à qui j'ai pensé. J'étais tellement désemparée que je ne savais que faire. J'avais besoin de quelqu'un et je l'ai appelée. Elle est venue aussitôt me chercher à la galerie et m'a ramenée à la maison, en disant qu'elle allait rester quelques jours auprès de moi. Maintenant, je ne sais plus comment faire pour m'en débarrasser. Elle adore ce rôle. Elle aime que l'on ait besoin d'elle. Butchy n'a pas beaucoup d'amis et elle s'accroche à ceux qu'elle a.

— Que pensait d'elle votre mari ?

— Il ne l'aimait pas du tout. Il aurait voulu que je cesse de la fréquenter. Mais il est difficile de rompre avec quelqu'un que vous avez connu toute votre vie, surtout quand vos chemins se croisent. Pardonnez-moi de vous raconter tous ces détails personnels. Je dois vous ennuyer.

— Pas du tout. Vous êtes…

— J'avais besoin de me confier à quelqu'un de désintéressé et de sympathique. Je me sens mieux. Il est facile de vous parler. Est-ce une caractéristique des journalistes ?

— Nous savons écouter, reconnut Qwilleran, en caressant sa moustache avec le tuyau de sa pipe et en se rengorgeant intérieurement. Je suis heureux d'avoir pu…

— Cherchez-vous des sujets pour vos articles ? l'interrompit-elle soudain, sur un ton plein d'espoir.

— Naturellement, je suis toujours…

— J'aimerais vous parler de Ciseau…

Elle prononçait « Cise-Oh ».

— Qui est Ciseau ?

— C'est un Chosiste. Certains l'appellent « le Ferrailleur ». Il construit son œuvre à partir de morceaux de ferraille et crée d'étranges compositions, toujours empreintes d'un incontestable sens plastique, qu'il appelle des « Choses ».

— J'en ai vu à la galerie. L'une d'elles était constituée par un tuyau en plomb, piqué de rayons de bicyclette.

Zoé eut un sourire lumineux.

— C'est « Chose 27 ». N'est-ce pas éloquent ? Il affirme la vie tout en répudiant le pseudo-monde qui nous entoure. N'avez-vous pas été frappé par le magnétisme de sa prestation ?

— Pour être franc… non, soupira Qwilleran, j'ai surtout vu un tuyau et des rayons de bicyclette.

Elle lui adressa un sourire de commisération :

— Votre œil n'est pas encore fait à l'expression de l'art contemporain, mais vous apprendrez à l'apprécier avec le temps. Ciseau est mon protégé, poursuivit-elle avec enthousiasme. Notre bonne ville possède des artistes de talent, mais je dois honnêtement reconnaître que Ciseau est le plus doué. Il a du génie. Vous devriez aller le voir.

— Comment s'appelle-t-il ?

— Six-O, deux, quatre, six, trois… ou bien est-ce cinq ? J'oublie toujours le dernier chiffre. Nous l'appelons « Ciseau » en abrégé.

— Voulez-vous dire qu'il porte un numéro au lieu d'un nom ?

— Ciseau est rebelle à toute affiliation, expliqua-t-elle. Il ne souscrit à aucune convention de la société ordinaire.

— Je suppose qu'il porte également une barbe et qu'il a les cheveux longs ?

— Oui, en effet, comment l'avez-vous deviné ? Il a aussi inventé un langage à lui. Le génie ne saurait être conformiste. Employer un numéro en guise de nom fait partie de sa protestation à l'égard du monde extérieur. Je pense que seules sa mère et la Sécurité sociale connaissent son véritable nom.

— Et où loge ce phénomène ?

— Il habite et travaille dans un hangar situé au n° 12 à Sommers, derrière une fonderie. Son atelier vous déconcertera peut-être.

— On ne me déconcerte pas facilement.

— Je veux dire que sa collection d'objets trouvés est étonnante.

— De la ferraille ?

— Il n'y a pas que de la ferraille. Il a quelques très belles pièces. Dieu sait où il se les est procurées. Il a aussi de magnifiques morceaux de ferraille. Le talent de Ciseau pour les dénicher tient du miracle. Si vous allez lui rendre visite, essayez de comprendre la nature de sa vision artistique. Il met de la beauté là où il n'y avait que déchets et rebuts.

Qwilleran regarda Zoé avec fascination. Il admirait son animation et son évidente conviction. Il ne comprenait pas de quoi elle parlait, mais il avait plaisir à être sous son charme.

— Je crois que Ciseau vous plaira, dit-elle. Il est élémentaire et vrai. Par certains côtés, il est à plaindre… ou peut-être vous et moi sommes-nous à plaindre d'être taillés sur un modèle convenu.

— Puis-je vous poser une question personnelle ? Pour quelle raison peignez-vous des tableaux aussi incompréhensibles, alors que vous êtes capable d'exécuter des œuvres représentant de véritables objets et des personnages réels ?

Zoé le dévisagea et lui sourit avec douceur :

— Que vous êtes naïf, Mr Qwilleran ! C'en est rafraîchissant ! Représenter de vrais objets, un appareil photographique peut le faire. Je peins pour explorer l'esprit de notre temps. Nous n'avons pas les réponses à toutes les questions et nous ne l'ignorons pas. Parfois, je suis effrayée par mes propres créations, mais elles expriment ma conception artistique de l'univers, tel que je me le représente aujourd'hui. L'art véritable est toujours l'expression de son époque.

— Je vois.

Il désirait être convaincu, mais il n'était pas certain que Zoé y fût parvenue.

— Un jour, il faudra que nous allions au fond des choses, conclut-elle.

Un silence tomba entre eux. Qwilleran le rompit en offrant une cigarette.

— J'ai cessé de fumer, lui rappela-t-elle.

— Un biscuit ?

— Non, merci, dit-elle en soupirant.

Montrant le tableau, au-dessus de la cheminée, il demanda :

— Qu'en pensez-vous ?

— S'il était bon, Mountclemens ne l'aurait pas laissé dans un appartement en location, répondit-elle, sur un ton sec qui étonna Qwilleran.

— De toute façon, le cadre est très beau. Au fait, qui confectionne les cadres pour la galerie Lambreth ?

— Pourquoi cette question ?

— Pure curiosité. J'ai été frappé par leur qualité.

C'était un mensonge, mais le genre de mensonge qui attirait toujours les confidences.

— Je peux aussi bien vous l'avouer : c'était Earl. Il les a toujours fabriqués lui-même, bien qu'il n'ait jamais voulu qu'on le sût. Cela aurait porté préjudice au prestige de la galerie.

— Il travaillait beaucoup. Ces cadres, la comptabilité, la direction de la galerie…

— Oui, la dernière fois où je l'ai vu en vie, il se plaignait d'être surchargé de besogne.

— Pourquoi ne se faisait-il pas aider ?

Zoé hocha la tête avec un petit haussement d'épaules. C'était une réponse peu satisfaisante.

— Vous êtes-vous souvenue d'autre chose qui pourrait aider l'enquête ? Votre mari ne vous a-t-il rien dit d'important, lors de votre première visite ?

— Non. Il m'a montré quelques dessins qui venaient d'arriver et je lui ai dit…

Elle s'interrompit brusquement et reprit :

— Il y a eu cet appel téléphonique. Je n'y ai pas prêté attention, mais maintenant, je me souviens d'une phrase qu'Earl a prononcée et qui n'avait aucun sens. C'était au sujet de la camionnette.

— Votre mari en avait-il une ?

— Oui. C'est indispensable pour son métier. Il a parlé de mettre les tableaux dans la camionnette pour les livrer. Il a ajouté que la camionnette se trouvait dans l'allée. Il l'a répété à plusieurs reprises… Je n'y ai pas attaché d'importance sur le moment, mais c'est étrange.

— Pourquoi ?

— Earl avait conduit la camionnette au garage, le matin, pour une révision complète. Elle ne pouvait donc pas être là et il insistait au téléphone en assurant qu'elle se trouvait dans l'allée.

— Savez-vous à qui il parlait ?

— Non, mais je pense que c'était un appel interurbain. Les gens ont tendance à hausser la voix, quand leur correspondant est loin, même si la communication est bonne.

— Votre mari a peut-être fait un mensonge diplomatique.

— Je ne sais pas.

— Avez-vous vu un véhicule garé dans l'allée ?

— Je suis entrée par la porte principale et repartie de même. Lorsque je suis revenue à sept heures, il n'y avait aucune voiture dans l'allée. Pensez-vous que cet appel téléphonique ait un rapport avec… ce qui est arrivé ?

— Vous devriez en faire part à la police. À propos, Mountclemens a-t-il une voiture ?

— Non, dit-elle, d'un air absent.

Qwilleran prit sa pipe et commença à la nettoyer, tapant bruyamment le culot sur le bord du cendrier pour le vider. Comme pour répondre à ce signal, un long miaulement plaintif retentit derrière la porte de l'appartement.

— C'est Koko, dit-il, il déteste les portes fermées. Permettez-vous que je le laisse entrer ?

— Oh ! oui, j'adore Kao K'O Kung !

Qwilleran ouvrit et après une brève inspection, le chat entra, sa queue se balançant en gracieuses arabesques. Il venait de se réveiller et n'avait pas encore détendu ses muscles. Il bomba le dos, puis étendit ses pattes de devant, l'arrière-train dressé. Il termina en étirant ses pattes de derrière.

— Il fait des exercices d'assouplissement, comme une danseuse, remarqua Zoé.

— Voulez-vous le voir danser ? proposa Qwilleran.

Il froissa un morceau de papier qu'il attacha à une ficelle. Trépignant d'impatience, Koko fit quelques pas de gauche à droite, puis se dressa sur ses pattes de derrière au moment où le jouet commençait à se balancer. Il était tout grâce et rythme, dansant sur ses pointes, sautant, exécutant un véritable numéro acrobatique, bondissant, touchant terre avec légèreté pour mieux s'élever plus haut.

— Je ne l'avais jamais vu accomplir pareille performance ! s'écria Zoé, c'est un véritable Nijinsky !

— Mountclemens s'absente souvent et quand il est là, il se consacre à ses occupations intellectuelles, dit Qwilleran. Ce chat passe trop de temps sur les étagères de la bibliothèque. J'espère élargir son champ d'intérêt. Il a besoin d'un peu plus d'exercice.

— J'aimerais faire quelques croquis, déclara Zoé, en fouillant dans son sac. Ses pirouettes sont dignes d'une grande ballerine.

Une ballerine. *Une ballerine*. Le mot éveilla une image dans l'esprit de Qwilleran. Un petit bureau et une peinture sur un mur. La deuxième fois qu'il avait vu ce bureau, par-dessus l'épaule d'un policier, un corps gisait à terre. Où était le tableau ? Il était certain que le mur était nu.

— Il y avait un tableau représentant une ballerine à la galerie Lambreth, dit-il à Zoé.

— Le fameux Ghirotto d'Earl, répondit-elle, en dessinant rapidement sur son bloc-notes. Ce n'est que la moitié de l'œuvre originale. Sa grande ambition aurait été de découvrir l'autre moitié. Cela lui aurait apporté une fortune, croyait-il.

— Qu'entendez-vous par là ?

— Une fois les deux moitiés réunies et le tableau convenablement restauré, il aurait valu environ cent cinquante mille dollars. Il y a un singe sur l'autre moitié. Ghirotto a peint beaucoup de danseuses, mais il n'a représenté une ballerine et un singe que dans une seule de ses compositions. C'est une pièce unique. Après la guerre, le tableau avait été expédié à un marchand de New York et la toile a été endommagée en son milieu, pendant son transport. Le marchand a encadré les deux moitiés et les a vendues séparément. Earl a acheté celle où figurait la signature de l'artiste, en espérant retrouver l'autre partie.

— Beaucoup de gens connaissent-ils l'existence de ce Ghirotto ?

— Oh ! oui, on en a énormément parlé. Plusieurs personnes ont voulu acheter la ballerine, par pure spéculation. Earl aurait pu la vendre et réaliser un joli bénéfice, mais il s'y est toujours refusé.

— Avez-vous vu ce tableau, le soir du meurtre ? insista Qwilleran.

— Je crains de ne pas avoir remarqué grand-chose, ce soir-là.

— Je suis moi-même allé à la galerie et je suis presque certain que ce tableau avait disparu.

— Disparu ?

— Il était pendu au-dessus du bureau, lors de ma précédente visite, et je viens de me souvenir que la nuit où la police était là, il n'y avait rien sur ce mur.

— Que dois-je faire ?

— Prévenez la police. Cette toile a peut-être été volée. Parlez aussi de cet appel téléphonique. Dès que vous serez chez vous, téléphonez au bureau des homicides et demandez l'inspecteur Hames ou l'inspecteur Wojcik.

Se frottant nerveusement les mains, Zoé murmura :

— Vraiment, ce Ghirotto m'était complètement sorti de l'esprit !

CHAPITRE DIX

Quand Zoé l'eut quitté – en le laissant avec un flacon de café, une livre de sucre, un pot de crème, un paquet de cigarettes et deux livres de tuiles au chocolat – Qwilleran fit le bilan des informations qu'elle lui avait communiquées. Sa nervosité indiquait qu'elle était inquiète. Lorsqu'il lui avait demandé si quelqu'un d'autre avait une clef de la galerie Lambreth, elle avait bredouillé. En outre, elle reconnaissait ne pas avoir tout dit à la police et elle prétendait avoir oublié l'existence d'une peinture d'une valeur assez considérable pour fournir un éventuel motif au meurtre.

Il monta au premier étage préparer le dîner de Koko et découpa lentement la viande en pensant aux autres implications de l'affaire Lambreth. Qu'avait voulu insinuer Sandra en prétendant qu'il s'agissait d'un « crime passionnel » ? et comment relier cela avec la disparition du Ghirotto ? Il y avait aussi le vandalisme à prendre en compte et Qwilleran s'avisa que le tableau manquant tombait dans la même catégorie que les œuvres endommagées : il représentait également une femme.

Il ouvrit la porte de la cuisine et regarda dehors. La nuit était sombre. Il alluma la lampe extérieure, diffusant une faible lueur jaune sur l'escalier de service. Qu'avait donc son propriétaire contre un éclairage convenable ? Il se souvint d'avoir vu une torche électrique dans un placard. C'était une torche puissante, à long manche chromé. Tout ce que possédait Mountclemens était de première qualité. Sous les faisceaux lumineux, il constata que les marches étaient gelées et décida de remettre au lendemain la suite de ses investigations. Quand il ferait jour, il pourrait emmener Koko avec lui.

Le soir venu, il sortit pour dîner dans un restaurant italien voisin où la serveuse brune lui rappela Zoé. Il revint à la maison jouer à moineau-vole avec Koko et les sauts du chat lui rappelèrent la danseuse de ballet. Il alluma le radiateur à gaz et feuilleta un livre d'économie politique qu'il avait acheté d'occasion au Club de la Presse. Les statistiques qui y figuraient lui firent penser à Six-O, deux, quatre, six, huit, trois… ou était-ce cinq ?

Le dimanche matin, il alla rendre visite à Ciseau. L'atelier de l'artiste était aussi triste que son environnement le laissait prévoir. Le dernier occupant avait maculé de graisse les murs et le sol de la bâtisse. Un tas de ferraille encombrait l'entrée.

Après avoir frappé sans obtenir de réponse, Qwilleran se fraya un chemin au milieu des articles de rebut les plus hétéroclites : vieux pneus, morceaux de verre, fragments architecturaux, boîtes de conserve de toutes tailles et de toute nature, portes et fenêtres démontées, tuyaux de plomb. En outre, il remarqua une voiture d'enfant sans roue, une grille de jardin rouillée et une tête de lit en bois peint, dans le style à la mode en 1930.

Suspendu au plafond, un réchaud à charbon dispensait chaleur et fumée, tandis qu'un courant d'air glacé vous gelait les pieds. Également suspendu au plafond se trouvait un lustre en cristal d'une incroyable beauté.

Enfin, Qwilleran vit l'artiste. Sur une estrade, à l'extrémité de l'atelier, se dressait une Chose monstrueuse, constituée de vieux morceaux de bois, de plumes d'autruche et de petites lamelles de métal brillant. Ciseau fixait deux roues de voiture d'enfant à la tête du monstre.

Il fit tourner ces roues et recula. Sous un éclairage adéquat, les rayons se mirent à briller et se transformèrent en des yeux malveillants.

— Bonsoir, dit Qwilleran, je suis un ami de Zoé. Vous devez être Ciseau ?

Le visage illuminé par le feu de la création, l'artiste paraissait en transe. Sa chemise et son pantalon étaient couverts de taches de graisse et de peinture. Sa barbe avait besoin d'être taillée et ses cheveux étaient hirsutes. Néanmoins, c'était une belle brute, avec des traits réguliers et un physique enviable. Son regard de braise balaya Qwilleran sans le voir et se retourna vers la Chose.

— Lui avez-vous donné un nom ? demanda le journaliste.

— Trente-six, dit Ciseau qui se prit la tête entre les mains et éclata en sanglots.

Qwilleran attendit patiemment qu'il se calmât, puis il reprit :

— Comment créez-vous ces œuvres d'art ? Quelle est votre technique ?

— Je les vis, dit Ciseau. « Trente-six » est ce que je suis, étais et serai. Hier n'est plus et qui s'en soucie ? Si je mets le feu à cet atelier, je vis... dans chaque flamme, flambante, fumigène, fulgurante...

— Avez-vous une assurance contre l'incendie ?

— Si j'en ai une, tant mieux. Si je n'en ai pas, qu'importe ? Tout est relatif. L'homme aime, hait, pleure, joue, mais que peut faire un artiste ? Boom-Boom ! C'est ainsi que tout finit. Le monde de l'au-delà, le monde de l'au-delà !

— Un concept cosmique, approuva Qwilleran, mais les gens comprennent-ils vos idées ?

— Ils usent leur cervelle à essayer, mais je sais, vous savez, nous savons tous… que savons-nous ? Rien !

Dans son exaltation, Ciseau se rapprocha du journaliste et Qwilleran recula discrètement.

— Ciseau, vous semblez pessimiste, mais votre succès à la galerie Lambreth ne vous a-t-il pas aidé à prendre une attitude positive à l'égard de la vie ?

— Femme, fausse, folâtre et faible ! Je lui ai parlé. Elle m'a répondu. Nous avons communiqué.

— Savez-vous que son mari est mort assassiné ?

— Nous sommes tous morts. Morts, comme des poignées de porte !

Il bondit sur ses pieds et se mit à hurler :

— *Morts comme des poignées de porte !*

Puis il commença à fouiller fébrilement au milieu d'un tas de ferraille.

— Merci de m'avoir reçu dans votre atelier, lui lança Qwilleran, en se dirigeant vers la sortie.

Comme il passait près d'une étagère encombrée, un éclair doré attira son regard et il se retourna pour dire :

— Voici des poignées de porte, si c'est là ce que vous cherchez.

Sur l'étagère, se trouvaient deux poignées de porte qui paraissaient en or pur. À côté, il y avait d'autres objets en métal, ainsi que des ivoires sculptés et des jades, mais Qwilleran ne s'arrêta pas pour les examiner.

La fumée émanant du réchaud lui donnait mal à la tête et il avait hâte de se retrouver à l'air libre. Il désirait rentrer chez lui et passer la fin de la journée avec Koko. Il s'attachait à ce chat et regrettait le prochain retour de Mountclemens. Il se demanda si Koko appréciait vraiment le climat culturel du premier étage ? Le plaisir de lire les manchettes de journaux et de flairer de vieux maîtres était-il supérieur à une passionnante partie de moineau-vole ? Après quatre jours, le score était de 471 pour le chat, contre 409 pour lui.

Lorsqu'il arriva à la maison, espérant recevoir un accueil chaleureux, il fut sévèrement déçu. Koko ne l'attendait pas. Il monta chez Mountclemens et trouva la porte fermée. On entendait de la musique. Il frappa.

Il fallut un long moment avant que le critique, vêtu d'une robe de chambre, répondît.

— Je vois que vous êtes de retour, dit Qwilleran, je voulais m'assurer que le chat avait eu son dîner.

— Il vient de terminer son repas et se régale maintenant d'un jaune d'œuf poché, en guise de dessert. Merci de vous être occupé de lui. Il paraît heureux et en bonne santé.

— Nous nous sommes bien amusés ensemble.

— J'ai souvent souhaité pouvoir lui apprendre à jouer au mah-jong.

— Avez-vous appris les tragiques nouvelles concernant la galerie Lambreth ?

— S'il y a eu le feu, ils ne l'ont pas volé. Cette construction en bois est une véritable boîte d'allumettes.

— Ce n'est pas un incendie, mais un meurtre.

— Vraiment ?

— Earl Lambreth. Sa femme l'a trouvé mort, dans son bureau, mercredi soir. Il avait été poignardé.

— Quelle inconvenance ! s'exclama Mountclemens, d'une voix ennuyée – ou peut-être lasse.

Il recula comme s'il se préparait à fermer la porte.

— La police n'a pas encore trouvé le coupable, reprit Qwilleran. Avez-vous une théorie ?

— Je suis occupé à défaire mes valises, déclara sèchement Mountclemens, et je me prépare à prendre un bain, rien n'est plus éloigné de mes préoccupations que l'identité de l'assassin d'Earl Lambreth.

Qwilleran redescendit, en tirant sur sa moustache, tout en se disant que Mountclemens avait le don de se montrer odieux, quand cela lui plaisait.

Un peu plus tard, il se rendit dans un restaurant de troisième ordre où il mangea mélancoliquement des boulettes de viande et une salade flétrie. À son irritation contre l'attitude de son propriétaire s'ajoutait une cruelle déception : Koko n'était pas venu pour le saluer.

En rentrant, il sentit le parfum de citronnelle, avant même d'avoir ouvert la porte et il ne fut pas surpris de trouver Mountclemens dans l'entrée, vêtu d'une veste en velours et d'escarpins italiens.

— Oh ! vous voilà, dit aimablement le critique, je descendais justement pour vous inviter à prendre une tasse de Lapsang-Souchong. J'ai rapporté une tarte Dobos d'une excellente pâtisserie viennoise de New York.

Il n'en fallut pas davantage pour que le soleil perçât les nuages qui assombrissaient l'horizon psychique de Qwilleran et il suivit son hôte.

Tout en versant le thé, Mountclemens décrivit les expositions qu'il avait vues à New York, pendant que Qwilleran laissait fondre sur sa langue, avec délices, l'onctueuse crème au chocolat du gâteau.

— Et maintenant, j'attends les détails macabres, dit le critique, du moins, je suppose qu'ils le sont. Je n'ai entendu parler de rien à New York. Permettez-moi d'ouvrir mon courrier, pendant que vous parlez.

Mountclemens avait devant lui une pile de lettres et de journaux. Plaçant chaque enveloppe sur la table, il posa sa main droite dessus, pendant qu'avec sa main gauche, il glissait le coupe-papier pour l'ouvrir et en extraire le contenu ; la plus grande partie finissait dans la corbeille à papier.

Qwilleran lui relata brièvement les circonstances qui avaient entouré le meurtre de Lambreth.

— Voilà toute l'histoire, conclut-il, avez-vous une idée sur le mobile ?

— Personnellement, je n'ai jamais compris que l'on commette un meurtre par vengeance. Infiniment plus séduisant me paraît le crime qui rapporte, mais je vois mal qui pourrait trouver profit à la disparition d'Earl Lambreth.

— J'ai cru comprendre qu'il s'était fait beaucoup d'ennemis.

— Tous les marchands de tableaux et les critiques en ont. Dans ce cas particulier, le premier nom qui me vient à l'esprit est celui de ce dragon femelle, du nom de Bolton.

— Quelle rancune pourrait-elle nourrir à l'encontre de Lambreth ?

— Il l'a frustrée d'une commande de cinquante mille dollars – ou du moins, le prétend-elle.

— Cette sculpture qui devait orner un centre commercial ?

— En fait, Lambreth a rendu un grand service au public en convainquant les architectes de confier la commande à un autre artiste. La sculpture sur métal est une mode stupide. Si nous avons de la chance, elle ne durera guère… et sera mise à mort par des praticiens tels que cette Bolton.

— Quelqu'un m'a suggéré d'écrire un article sur elle.

— Mais certainement ! Allez interviewer cette femelle, dit Mountclemens, ne serait-ce que pour votre propre édification. Portez des chaussures de tennis. Si elle a un de ses furieux accès de colère, vous serez peut-être obligé de fuir pour sauver votre vie ou esquiver les morceaux de métal en fusion.

— Elle ferait un bon suspect.

— Elle a un mobile et le tempérament, mais elle n'a pas commis le crime, je peux vous l'assurer. Elle serait incapable de rien accomplir avec succès, surtout un meurtre qui réclame une certaine finesse.

— Je me suis interrogé sur ce sculpteur appelé Ciseau. Que savez-vous de lui ?

— Brillant, odoriférant et sans danger, décréta Mountclemens, au suivant ?

— Quelqu'un a suggéré qu'il s'agissait d'un crime passionnel.

— Mrs Lambreth a trop de goût pour se laisser entraîner dans une aventure aussi vulgaire. À la rigueur, un coup de revolver avec une de ces élégantes petites armes féminines à crosse de nacre, mais certainement pas un coup de poignard.

— Avez-vous jamais vu le portrait qu'elle a peint de son mari ? Il est aussi ressemblant qu'une photographie, sans grande complaisance.

— Je remercie le ciel de m'avoir épargné cette épreuve. Non, Mr Qwilleran, je crains que votre meurtrier ne soit pas un artiste. L'expérience matérielle de plonger un instrument pointu dans la chair répugnerait à un peintre. Un sculpteur aurait une plus grande connaissance de l'anatomie, mais exprimerait son hostilité d'une manière plus acceptable pour la société : en malmenant l'argile, en frappant la pierre, en torturant le cuivre. Non, vous feriez mieux de chercher parmi les clients irrités, les concurrents jaloux ou une maîtresse abandonnée.

— Tous les actes de vandalisme que j'ai découverts ont été perpétrés à l'encontre de symboles féminins.

— Un joli sens de la discipline, dit le critique, en continuant à ouvrir son courrier. Je commence à pencher pour une maîtresse jalouse.

— Avez-vous jamais eu une raison de supposer qu'Earl Lambreth était indélicat en affaires ?

— Mon cher garçon, ricana Mountclemens, tout bon marchand de tableaux possède toutes les qualités requises pour faire un excellent voleur de bijoux. Earl Lambreth avait choisi d'employer ses talents dans une voie plus orthodoxe, mais je ne suis pas en état de vous en dire plus. Vous autres, journalistes, vous êtes tous les mêmes, une fois que vous tenez une nouvelle à sensation, vous ne lâchez prise que lorsque mort s'ensuit. Une autre tasse de thé ?

Ayant reposé sa théière en argent, il retourna à son courrier.

— Voici une invitation qui pourrait vous intéresser, dit-il, avez-vous jamais eu l'infortune d'assister à un « Événement » ?

— Non. De quoi s'agit-il ?

— C'est une soirée d'un ennui mortel, perpétrée par des artistes et infligée à un public assez jobard pour payer son entrée. Cependant, cette carte vous permettra de vous y rendre sans bourse délier et vous y trouverez probablement matière à un article. Vous vous amuserez même, peut-être. Qui sait ? Je vous conseille de porter de vieux vêtements.

L'Événement avait un nom. Il s'intitulait « Lourd, Lourd Au-Dessus De Votre Tête ». Il devait avoir lieu le lendemain soir, à l'École Penniman des Beaux-Arts. Qwilleran déclara qu'il irait.

Avant qu'il ne se retirât, Koko condescendit à faire une brève apparition. Surgissant de derrière le paravent japonais, il jeta un regard indifférent à Qwilleran et, après avoir bâillé longuement, il quitta la pièce sans se retourner.

CHAPITRE ONZE

Le lundi matin, Qwilleran téléphona au directeur de l'École Penniman pour demander l'autorisation d'interviewer l'un des professeurs. Le directeur parut flatté. Dans le ton de sa réponse, le journaliste reconnut celui d'un homme heureux de bénéficier d'une publicité gratuite.

À une heure, Qwilleran fut introduit dans un atelier scintillant de morceaux de métal et d'angles aigus, bien que l'on ne pût dire s'il s'agissait d'œuvres achevées ou non. Tout semblait prêt à érafler la chair ou déchirer les vêtements de l'imprudent qui s'approcherait trop près. Le long des murs, on apercevait des tuyaux à gaz et des longueurs de tube en caoutchouc ainsi que plusieurs extincteurs.

Formidable et un peu grotesque dans sa combinaison de travail, Butchy Bolton était assise, seule, devant un sandwich qu'elle venait d'extraire d'un sac en papier.

— Voulez-vous un sandwich ? demanda-t-elle, avec une brusquerie qui dissimulait mal le plaisir qu'elle éprouvait à cet entretien.

Elle débarrassa le coin d'un établi des clefs anglaises, pinces, tenailles et briques cassées qui l'encombraient et servit deux tasses de café noir comme de la poix.

Bien qu'il eût déjà déjeuné, une heure plus tôt, Qwilleran mangea et but. Il connaissait les avantages de cette situation. La conversation devenait plus aisée et ne se bornait pas à un échange de questions et de réponses.

Ils parlèrent de leurs restaurants favoris et de la meilleure façon de préparer le jambon. De là, ils dérivèrent sur les régimes et l'exercice. Pendant que Qwilleran croquait une pomme rouge, Butchy mit un masque, ajusta des lunettes de protection et enfila des gants. Elle lui montra comment corroyer une barre de métal et travailler le liquide en fusion.

— Le premier trimestre, nous avons de la chance si nous arrivons à apprendre à nos élèves à ne pas se brûler.

— Pourquoi travaillez-vous le fer plutôt que la pierre ou l'argile ? demanda Qwilleran.

— Vous devez avoir parlé à ce Mountclemens, répliqua Butchy, avec colère.

— Non, simple curiosité. Pour mon édification personnelle, je désire en savoir plus.

Butchy lui jeta un regard aigu, avant de se décider à répondre :

— Entre vous et moi, c'est parce que cela va plus vite et revient moins cher. Mais dans votre article, vous pouvez dire que c'est un art qui appartient au XXe siècle. Nous avons découvert un nouvel outil de sculpteur : le feu.

— Je suppose que cet art attire surtout les garçons ?

— Mais non, pas du tout. Certaines filles suivent également les cours.

— Est-ce que Ciseau a été un de vos élèves ?

Butchy le toisa par-dessus son épaule, d'un air méprisant :

— Je l'ai eu dans ma classe, en effet. Mais je n'ai rien pu lui apprendre.

— J'ai cru comprendre qu'on le considérait plus ou moins comme un génie.

— Certains l'ont prétendu. Je pense que c'est un imposteur. Il est difficile d'imaginer comment la galerie Lambreth a accepté d'exposer ses œuvres.

— Mrs Lambreth a une très haute opinion de lui.

Pour toute réponse, Butchy poussa un soupir.

— Earl Lambreth partageait-il son enthousiasme ? insista le journaliste.

— Peut-être. Je l'ignore. Earl Lambreth n'était pas un expert. Il avait seulement su convaincre habilement des tas de gens qu'il en était un.

— D'après ce que j'ai entendu dire, beaucoup de personnes partageaient cette opinion.

— Mais bien sûr ! Et c'est nous qui avons raison. Earl Lambreth était un charlatan, comme Ciseau. Ils formaient une jolie paire de larrons, chacun essayant de posséder l'autre.

Elle eut un sourire méchant, avant d'ajouter :

— Naturellement, tout le monde savait comment Lambreth opérait.

— Que voulez-vous dire ?

— Aucun prix d'affiché, aucun catalogue, sauf le jour de l'inauguration de l'exposition. Cela faisait partie du prétendu prestige de la galerie. Si un objet d'art plaisait à un client, Lambreth pouvait en demander ce qu'il voulait et quand l'artiste touchait son pourcentage, il n'existait aucune preuve du véritable prix de vente.

— Pensez-vous vraiment que Lambreth se livrait à ce genre de tripotage ?

— Naturellement. Il s'en tirait parce que la plupart des artistes sont des jobards. Ciseau est le seul qui ait ouvertement accusé Lambreth de l'avoir spolié. Il faut un escroc pour démasquer un autre escroc !

D'un air suffisant, Butchy se passa la main dans les cheveux.

Qwilleran retourna à son bureau et demanda que l'on dépêchât un photographe pour prendre des clichés de la femme soudeur à l'ouvrage. Il prépara aussi un brouillon de l'entrevue – en passant sur les allusions à Lambreth et à Ciseau – et se donna le temps d'y réfléchir. Il était satisfait de lui-même. Il avait l'impression d'être sur une piste.

Ensuite, il décida d'aller au musée pour enquêter sur la disparition du poignard florentin, puis il se rendrait à cet « Événement ». Pour un lundi, cette journée semblait devoir être intéressante.

Le calme régnant au musée en ce lundi après-midi le frappa. À l'entrée, il acheta le catalogue de la collection florentine et apprit que la plus grande partie provenait des dons généreux de la famille Duxburry. Percy Duxburry faisait partie du conseil d'administration du musée et sa femme s'occupait des collectes de fonds.

Au vestiaire, où Qwilleran laissa son pardessus et son chapeau, il demanda à la petite amie de Tom Leblanc où se trouvait la collection florentine.

Elle lui indiqua l'extrémité du corridor d'un geste vague :

— Pourquoi aller y perdre votre temps ?

— Parce que je n'ai jamais vu cette collection. Ce qui me paraît être une excellente raison, dit-il, avec jovialité.

Elle le regarda à travers une longue mèche de cheveux qui tombait sur un de ses yeux.

— Il y a une exposition d'objets d'art suédois contemporains. C'est beaucoup plus stimulant.

— Très bien, je verrai les deux.

— Vous n'aurez pas le temps. Le musée ferme dans une heure, dit-elle. L'exposition suédoise est vraiment super et elle se termine la semaine prochaine.

Pour une employée du vestiaire, elle prenait un intérêt suspect à diriger le visiteur dans une seule direction. Il se rendit dans la salle florentine.

Les dons de la famille Duxburry formaient un mélange de tableaux, de tapisseries, de bronzes, de statues en marbre, de manuscrits et de petits objets en argent et en or. Certains étaient disposés dans des vitrines fermées, d'autres trônaient présentés sur des piédestaux couverts d'un dôme en verre qui paraissait fixé de façon permanente.

Il repéra l'article qui l'intéressait sur le catalogue : un poignard de vingt centimètres de long, avec un manche ciselé, attribué à Benvenuto Cellini. Le poignard ne se trouvait pas dans la vitrine concernée, au milieu de calices et de statues religieuses.

Qwilleran se rendit au bureau du directeur et demanda à voir Mr Farhar. Une secrétaire d'un certain âge lui répondit timidement qu'il était sorti mais que le conservateur-adjoint, Mr John Smith, le remplaçait.

Introduit auprès de ce dernier, le journaliste se trouva devant un homme jeune, beau garçon, avec des cheveux noirs, un teint mat et des yeux verts. Qwilleran se souvint de l'avoir rencontré sous le déguisement de Humbert Humbert, comme cavalier de Lolita, au bal de la Saint-Valentin. L'homme avait aussi un regard fuyant et il était facile de le soupçonner de cacher quelque chose. En outre, il se prénommait John. Le nom de John Smith était propre à éveiller des doutes chez les gens les moins soupçonneux.

— J'ai appris qu'un objet de valeur avait disparu de la salle florentine, dit le journaliste, après s'être présenté.

— Qui vous a raconté cela ?

— C'est un bruit qui est venu jusqu'à mon journal et dont j'ignore la source.

— Cette rumeur est sans fondement et vous perdez votre temps à vouloir la vérifier. Cependant, si vous cherchez matière à un article, nous pouvons vous montrer une collection de jades qu'un donateur privé vient de nous remettre.

— Merci. Ce sera pour une autre fois. Aujourd'hui, je m'intéresse à un poignard du XVIe siècle, dont le manche est attribué à Cellini.

Smith eut une moue désapprobatrice :

— Le catalogue a tendance à exagérer. Nous possédons très peu d'œuvres de Cellini, mais les Duxburry se flattaient que ce poignard fût de lui et nous n'avons pas voulu les désabuser.

— C'est le poignard lui-même que je voudrais voir, insista Qwilleran, quel qu'en soit l'auteur. Voudriez-vous être assez bon pour me le montrer ?

— Pour tout vous dire, soupira Smith, ce poignard a été temporairement égaré, mais nous ne tenons pas à ce que l'affaire s'ébruite. Cela pourrait donner lieu à une psychose de vol. Ce sont des choses qui arrivent, vous savez.

— Quelle valeur a ce poignard ?

— Je préfère ne rien dire, grommela sèchement Smith, qui n'avait toujours pas offert de siège à son visiteur.

— Ce musée appartient à la ville, répliqua Qwilleran. Le public a le droit d'être tenu au courant. Avez-vous prévenu la police ?

— Si nous avertissions la police et la presse chaque fois qu'un objet est déplacé, nous n'en finirions plus.

— Quand vous êtes-vous aperçu de sa disparition ?

— Un des gardiens l'a signalée, la semaine dernière.

— Et vous n'avez rien fait !

— Un rapport a été placé sur le bureau de Mr Farhar, mais, comme vous le savez sans doute, il nous quitte et il a des problèmes plus importants à régler.

— À quelle heure le gardien s'est-il aperçu de cette disparition ?

— Le matin, en faisant sa première tournée.

— Quand avait-il vu le poignard pour la dernière fois ?

— La veille au soir, juste avant la fermeture.

— Ainsi, il a disparu pendant la nuit.

— On le dirait.

John Smith répondait du bout des lèvres, visiblement à contrecœur.

— A-t-on relevé des traces d'effraction ou des bris de verre ?

— Non.

— Autrement dit, ce serait une affaire intérieure. Comment ouvre-t-on la vitrine qui renferme ce poignard ? J'ai regardé sans pouvoir le deviner.

— L'ouverture se fait au moyen d'un mécanisme dissimulé dans le piédestal.

— Le poignard a donc été retiré par quelqu'un qui était au courant de ce mécanisme et à une heure où le musée était fermé au public. Ne pensez-vous pas qu'il s'agit d'une affaire curieuse ?

— Je n'aime pas ces insinuations, Mr Qwilleran. Vous autres, journalistes, pouvez vous montrer extrêmement nuisibles, comme le musée l'a appris à ses dépens. Je vous défends de publier quoi que ce soit sur cet incident, sans l'autorisation de Mr Farhar.

— Un journaliste n'a pas besoin de votre permission pour faire paraître une nouvelle, répondit calmement Qwilleran.

— Si vous divulguez cette affaire, nous serons obligés d'en conclure que le *Daily Fluxion* fait partie de la presse à scandale. D'abord vous répandez une fausse nouvelle, ensuite vous risquez d'encourager une épidémie de vols, enfin vous empêchez la restitution de ce poignard, si celui-ci a vraiment été dérobé.

— Mon rédacteur en chef décidera ce qu'il convient de faire, répondit Qwilleran. À propos, allez-vous monter en grade, après le départ de Mr Farhar ?

— Son successeur n'a pas encore été désigné, répondit Smith, en pâlissant.

Qwilleran alla dîner dans un restaurant appelé *Artistes et Modèles*, niché au fond d'une impasse et fréquenté par une élite cultivée. La musique de fond était classique, le menu français. Les murs s'ornaient de tableaux et autres objets décoratifs, à vrai dire peu visibles dans la pénombre qui poussait à parler bas et incitait aux confidences.

Qwilleran se rendit compte, avec un certain dépit, qu'il était seul à ne pas être accompagné. Il regretta d'être venu et songea qu'il aurait mieux fait de rentrer chez lui manger un morceau de « pâté maison » et disputer une partie de « moineau-vole » avec Koko. Puis, il se souvint, non sans amertume, que Koko l'avait abandonné.

Il commanda un « sauté de bœuf à la bordelaise » et se mit à penser au poignard doré : pourquoi avait-on volé une telle arme ? Ce n'était pas le genre d'objet que l'on pouvait revendre facilement et des voleurs professionnels ne se seraient pas contentés d'un seul larcin. Quelqu'un avait-il convoité ce poignard pour sa seule beauté ?

C'était une hypothèse bien poétique et Qwilleran attribua cette humeur romantique à l'ambiance qui régnait dans le restaurant. Il laissa ses pensées vagabonder complaisamment sur Zoé Lambreth, se demandant dans combien de temps il pourrait l'inviter à dîner sans choquer les convenances. Une veuve, qui ne songeait pas à porter le deuil et qui arborait un pantalon de soie pourpre, ne se souciait apparemment pas des conventions.

Autour de lui les couples riaient et bavardaient. À plusieurs reprises, une femme éclata d'un rire perlé qu'il reconnut. Sandra Halapay avait, semblait-il, trouvé un chevalier servant pour l'escorter pendant que son mari était au Danemark.

En quittant le restaurant, Qwilleran jeta un coup d'œil vers la table de Sandy et vit une chevelure brune penchée vers la jeune femme. Celle de John Smith.

Enfonçant ses deux mains dans les poches de son pardessus, Qwilleran se rendit à pied à l'École Penniman. Ses réflexions allaient du poignard de Cellini au regard fuyant de John Smith, en passant par l'aguichante Sandy, de Cal Halapay à son protégé Tom Leblanc pour revenir au poignard. Cette gymnastique mentale finit par lui donner le vertige et il s'efforça de penser à autre chose. Après tout, cela ne le regardait pas. Aucun d'eux n'était le meurtrier d'Earl Lambreth. Que la police se débrouille !

À l'École Penniman, un autre mystère l'attendait. L'« Événement » réunissait dans une même pièce une foule de gens, d'objets, de sons et d'odeurs qui semblaient n'avoir aucun lien commun, aucun plan, aucune raison d'être.

L'école était princièrement agencée. Mrs Duxburry avait été une Penniman, avant son mariage. Parmi les avantages offerts, se trouvait un atelier de sculpture impressionnant. Dans un de ses articles, Mountclemens l'avait décrit comme étant « aussi vaste qu'une grange et aussi artistement productif qu'une meule de foin ». C'était dans cet atelier qu'avait lieu l'« Événement ». Les étudiants payaient un dollar pour y assister et le grand public trois dollars. Le bénéfice de la soirée allait à la caisse de l'école.

Lorsque Qwilleran arriva, la salle était dans l'obscurité, sauf quelques points lumineux sur les murs. Des projecteurs révélaient aussi un mur en verre opaque et un plafond à solives apparentes auquel un échafaudage était temporairement fixé. Peu à peu, on s'habituait à cette pénombre.

Au-dessous, sur le sol cimenté, des personnes, de tous âges, se tenaient en groupes ou se promenaient au milieu d'énormes piles formées par des cubes de cartons vides, entassés les uns au-dessus des autres, en équilibre instable, transformant la pièce en un véritable labyrinthe. Ces pyramides de couleurs criardes menaçaient sans cesse de s'écrouler à la plus légère sollicitation.

D'autres menaces provenaient de l'échafaudage. Un poignard était suspendu à un fil invisible. On voyait également des ballons rouges, des pommes attachées à une branche, des pots en matière plastique jaune et un arrosoir qui versait des gouttes d'eau sur la foule en se balançant doucement. Allongée dans un filet, une femme nue, avec de longs cheveux verts, répandait un parfum bon marché à l'aide d'une bombe insecticide. Au centre de l'échafaudage, présidant la réunion, comme un dieu malveillant, la « Chose 36 » se dressait, avec ses yeux mobiles. Qwilleran remarqua que la Chose portait maintenant une couronne faite avec des poignées de porte, symbole de mort selon Ciseau.

Bientôt des sons discordants de musique électronique remplirent la pièce et des taches de lumière commencèrent à tourner en coordination avec le son, courant sur le plafond à une vitesse vertigineuse, balayant les visages levés.

Le temps d'un éclair, Qwilleran aperçut, près de lui, Mr et Mrs Franz Buchwalter, dont les vêtements ordinaires ressemblaient fort aux costumes paysans qu'ils portaient lors du bal de la Saint-Valentin. Ils le reconnurent aussitôt à sa moustache.

— Quand le spectacle va-t-il commencer ? demanda-t-il.

— Il a commencé, lui apprit Mrs Buchwalter.

— Voulez-vous dire que c'est cela ?

— D'autres « Événements » vont se produire au cours de la soirée.

— Que sommes-nous supposés faire ?

— Vous pouvez simplement attendre ou vous pouvez provoquer l'« Événement », selon votre philosophie. Je vais probablement bousculer quelques cartons. Franz attendra qu'ils lui tombent dessus.

— J'attendrai qu'ils me tombent dessus, confirma gravement Franz.

Au fur et à mesure que les gens arrivaient, la foule était obligée de circuler. Certaines personnes paraissaient sérieuses, d'autres semblaient s'amuser, d'autres, enfin, masquaient leur déception sous un air de bravade.

— Quelle est votre opinion sur tout ceci ? demanda Qwilleran aux Buchwalter.

— C'est une démonstration intéressante de la création et du développement d'un thème, déclara Mrs Buchwalter. L'« Événement » doit avoir une forme, un mouvement, un point dominant d'intérêt, de variété, d'unité. Tous les éléments d'un bon dessin. Si vous recherchez ces qualités, cela aide au plaisir de la compréhension.

— Cela aide au plaisir de la compréhension, répéta Franz, en écho.

Dans des éclairs de lumière, Qwilleran aperçut trois ombres qui grimpaient sur une échelle. Il distingua la lourde silhouette de Butchy Bolton, en combinaison de travail, suivie de Tom Leblanc et de Ciseau, toujours aussi mal attifé qu'à son ordinaire.

— Le jeune homme qui porte une barbe est un ancien élève de l'école, annonça Mrs Buchwalter. Il réussit très bien. L'autre est un étudiant et vous connaissez certainement Miss Bolton. C'est elle qui a eu l'idée de cette « chose » aux yeux flamboyants. Franchement, cela nous a surpris, étant donné son jugement sur ce genre de composition, mais elle a, sans doute, voulu suivre le goût du jour.

— Je crois que vous êtes vous-même professeur à l'École Penniman, dit Qwilleran, en se tournant vers Franz.

— Oui, répondit sa femme. Il enseigne l'aquarelle.

— J'ai vu que vous aviez une exposition à la galerie Westside, Mr Buchwalter, j'espère que vous obtenez du succès.

— Nous avons presque tout vendu, affirma l'épouse de l'artiste, et cela en dépit de l'étonnante critique de George Bonifield Mountclemens. Cet homme est incapable de comprendre le symbolisme attaché à l'œuvre de mon mari. Quand Franz peint un voilier, il fait, en réalité, le portrait d'une âme qui essaie d'échapper à la grisaille de la vie quotidienne, pour émerger dans l'azur des lendemains qui chantent. Mountclemens a employé un habile subterfuge pour masquer son ignorance, nous avons beaucoup ri.

— Beaucoup ri, répéta l'artiste.

— Alors, vous n'avez pas été offensés par ce genre de critique ?

— Pas le moins du monde. Ce pauvre homme a ses limites, comme nous tous. Nous comprenons ses problèmes. Il est plus à plaindre qu'à blâmer.

— De quel problème parlez-vous ?

— Il souffre d'un complexe de frustration. Vous savez, naturellement, qu'il porte une prothèse, remarquablement réalisée par un sculpteur du Michigan. Sa vanité est ainsi satisfaite, mais il ne peut plus peindre.

— J'ignorais qu'il avait été peintre. Comment a-t-il perdu sa main ?

— Nul ne le sait. C'est arrivé avant sa venue ici. De toute évidence, cet accident a eu des conséquences sur son psychisme et nous devons apprendre à vivre avec ses excentricités. Il est ici pour toujours, jamais il n'abandonnera sa chère maison victorienne.

Quelques cris interrompirent Mrs Buchwalter. L'arrosoir suspendu au-dessus des têtes venait soudain de se déverser sur un certain nombre de spectateurs.

— Le meurtre d'Earl Lambreth a été une surprise pour tout le monde, dit Qwilleran. Avez-vous une théorie à ce sujet ?

— Nous ne nous appesantissons pas sur ce genre de chose.

Un éclat de rire général s'éleva. Un ballon rempli de duvets venait d'éclater, tandis qu'un ventilateur électrique faisait voltiger les plumes blanches, comme des flocons de neige.

— Ce n'est pas bien méchant, dit Qwilleran.

Il devait changer d'avis quelques minutes plus tard, quand un nuage nauséabond d'acide sulfhydrique se répandit dans la salle.

— Tout cela est symbolique, expliqua Mrs Buchwalter, vous n'êtes pas obligé d'approuver cette mise en scène fataliste, mais vous devez reconnaître que ces jeunes pensent et savent s'exprimer.

Sur l'échafaudage, la petite équipe se mit à faire éclater les ballons rouges, libérant une pluie de confettis.

— J'espère qu'ils n'ont pas l'intention de faire tomber l'épée de Damoclès, murmura Qwilleran.

— Rien de vraiment dangereux n'arrive jamais au cours d'un « Événement », assura Mrs Buchwalter.

La foule augmentait et les tours de cartons commençaient à basculer. Des nuées de serpentins descendaient des cintres. Puis des volées de boules de coton de toutes les couleurs tombèrent des seaux en plastique jaune.

— Du sang ! hurla une femme, d'une voix stridente que Qwilleran reconnut non sans anxiété.

Il se fraya difficilement un passage dans la foule pour rejoindre Sandra Halapay, les mains et le visage barbouillés de rouge. Près d'elle, John Smith s'efforçait gauchement de l'essuyer avec un mouchoir. Elle éclata de rire : c'était de la sauce tomate !

La foule bruyante s'agitait, jetant les boules de coton sur l'échafaudage où le petit groupe les renvoyait à son tour. La musique s'accélérait à un rythme endiablé et les projecteurs suivaient le mouvement.

— Visez le monstre ! cria quelqu'un et une grêle de boules frappa la « Chose » aux yeux brillants.

— Non ! cria Ciseau, arrêtez !

À travers les rayons lumineux, on vit la « Chose » se balancer dangereusement sur son perchoir.

— Arrêtez !

Les planches craquèrent.

— Attention !

Un cri de femme s'éleva, plein de terreur. La foule s'écarta, en refluant sur les côtés. La « Chose » s'écroula dans un fracas étourdissant, entraînant avec elle un corps qui plongea dans le vide.

CHAPITRE DOUZE

Deux articles attiraient l'attention à la première page du *Daily Fluxion*, dans l'édition du mardi matin. L'un relatait la disparition d'un poignard en or, dont le manche ciselé était attribué à Benvenuto Cellini, du musée des Beaux-Arts. Bien que son absence ait été signalée par un gardien, une semaine plus tôt, soulignait-on, l'affaire n'avait pas été rapportée à la police avant qu'un reporter du *Fluxion* n'eût découvert que cet objet précieux manquait dans la salle florentine. Les représentants officiels du musée n'avaient pu fournir d'explications satisfaisantes sur la lenteur de ce délai.

L'autre article rendait compte de l'accident fatal survenu la veille :

Un artiste a fait une chute mortelle dans la nuit de lundi, à l'École Penniman des Beaux-Arts, au cours d'une soirée intitulée « Événement ». La victime est un jeune sculpteur connu sous le pseudonyme de SIX-O DEUX QUATRE SIX HUIT CINQ *et dont le véritable nom est Joseph Hibber.*

L'artiste était perché en haut d'un échafaudage dans une pièce plongée dans l'obscurité, quand les mouvements de la foule, en dessous, déséquilibrèrent l'une des sculptures métalliques présentées. Des témoins racontent que Hibber tenta d'empêcher l'objet de tomber sur les spec-

tateurs. Dans ses efforts, il perdit pied et s'écrasa sur le sol, neuf mètres plus bas.

Mrs Sadie Buchwalter, épouse de Franz Buchwalter, professeur à l'École Penniman, a été blessée par une poignée de porte qui s'est détachée de la sculpture où elle était fixée. L'état de Mrs Buchwalter n'inspire pas d'inquiétude.

Quelque trois cents personnes, étudiants, professeurs et invités ont assisté, impuissants, à ce malheureux accident.

Qwilleran jeta le journal sur le bar du Club de la Presse, quand Arch Riker vint l'y retrouver, ce soir-là, vers cinq heures et demie.

— Accident ? lui lança Qwilleran en haussant les épaules, ou bien quelqu'un l'a-t-il poussé ?

— Vous avez un esprit bien tortueux. Est-ce qu'un crime dans votre secteur ne vous suffit pas ?

— Vous ne savez pas ce que je sais.

— Allez-y. Qui était ce phénomène ?

— Un beatnik qui aimait Zoé Lambreth. De son côté, elle avait un faible pour lui, ce qui est assez difficilement concevable, quand on connaissait le type : un garçon primaire sorti tout droit des bas quartiers de la ville.

— Les femmes sont imprévisibles.

— Cependant je dois reconnaître que dans son genre, c'était un bel animal.

— Et qui l'aurait poussé, selon vous ?

— Eh bien, cette femme sculpteur nommée Butchy Bolton se trouvait à côté de lui. De notoriété publique, elle ne l'aimait pas. Je pense qu'elle était jalouse, à la fois de l'amitié de Zoé pour ce garçon et du succès qu'il remportait sur le plan professionnel. En outre, Butchy éprouve une sorte d'amitié particulière pour Zoé.

— Elle a bien le genre à ça.

— Zoé essayait de l'écarter, subtilement, mais Butchy a la subtilité d'un bull-dog. Il y a autre chose encore, Butchy et Ciseau, la malheureuse victime, nourrissaient tous deux une rancune tenace à l'égard d'Earl Lambreth. Supposez que l'un d'eux l'ait tué. Butchy n'aurait-elle pas considéré Ciseau comme un rival susceptible de lui ravir l'affection de Zoé ? Elle aurait eu, hier soir, une magnifique occasion de se débarrasser de lui, sans être incriminée.

— Vous semblez en savoir plus long que la police.

— Je n'ai aucune certitude, seulement des hypothèses. En voici une autre : qui a volé le tableau représentant une ballerine dans le bureau d'Earl Lambreth, la semaine dernière ? Je me suis soudain avisé de la disparition de cette toile, la nuit du crime. Je l'ai dit à Zoé qui en a fait part à la police.

— Je vois que vous avez été très occupé. Je ne m'étonne plus que vous n'ayez pas encore terminé ce « profil » de Halapay.

— Une dernière question : qui a dérobé le poignard au musée et pourquoi les autorités se sont-elles montrées si réticentes à ce sujet ?

— Avez-vous d'autres hypothèses à me soumettre ou puis-je rentrer chez moi retrouver ma femme et mes enfants ?

— Allez-vous-en, vous constituez un mauvais auditoire, de toute façon. Voici venir des gens plus intéressés par l'énigme.

Odd Bunsen et Lodge Kendall venaient d'apparaître.

— Eh ! Jim, dit Odd, avez-vous fait passer cette information sur le poignard volé au musée ?

— Oui, dans le numéro de ce matin.

— L'arme a été retrouvée. Je suis allé prendre des photographies, après tout le tintouin que vous avez provoqué.

— Où était le poignard ?

— Dans le coffre du musée. L'un des professeurs prépare un article sur l'art florentin, pour un magazine et il a sorti le poignard de la vitrine, afin de l'examiner. Puis, il a été appelé pour une conférence et il l'a placé dans le coffre.

— Oh ! s'exclama Qwilleran, dont la moustache s'affaissa tristement.

— Voilà qui résoud vos problèmes, lui dit Arch. Rien de nouveau dans l'affaire Lambreth ? ajouta-t-il, en se tournant vers le reporter criminel.

— Une piste vient de s'effondrer, annonça Kendall. La police a retrouvé une peinture de valeur dont la femme de Lambreth avait signalé la disparition.

— Où l'a-t-on retrouvée ? demanda Qwilleran.

— Dans la réserve de la galerie Lambreth.

— Oh ! fit encore Qwilleran.

Arch Riker lui administra une tape amicale sur le dos, en déclarant :

— Comme détective, Jim, vous êtes un grand critique d'art ! Pourquoi ne vous en tenez-vous pas à ce « profil » de Halapay et ne laissez-vous pas la police résoudre les crimes ? Décidément, je rentre chez moi.

Il quitta le bar, bientôt suivi par Bunsen et Lodge Kendall, tandis que Qwilleran méditait sur son jus de tomate.

Bruno se pencha sur le bar et proposa, avec un sourire complice :

— Voulez-vous que je vous serve un autre bloody mary sans vodka, sans zeste, ni Worcestershire, ni tabasco ?

— Non, dit sèchement le journaliste.

Le barman s'attarda en essuyant le dessus du bar. Il tendit une autre serviette en papier à Qwilleran. Finalement, il proposa :

— Voulez-vous que je vous montre deux de mes portraits de présidents des États-Unis ?

Qwilleran lui jeta un regard de travers.

— J'ai terminé celui de Van Buren, dit Bruno, et j'ai son portrait ainsi que celui de John Quincy Adams sous le bar.

— Pas ce soir, grommela Qwilleran, je ne suis pas d'humeur à m'intéresser à l'art.

— Je ne connais personne d'autre qui fasse des portraits tirés d'étiquettes de bouteilles de whisky, insista Bruno.

— Écoutez, je me soucie peu que vous fassiez des portraits en mosaïque, à base de noyaux d'olives. Je ne veux pas les voir ce soir !

— Vous commencez à ressembler à Mountclemens, déclara Bruno qui essuya deux verres et sursauta quand Qwilleran l'apostropha :

— J'ai changé d'avis pour ce verre, servez-moi un scotch sec. Et pressez-vous un peu.

Bruno haussa les épaules et s'exécuta, sans hâte. Au même moment un murmure indistinct s'éleva dans le haut-parleur.

— Mr Qwilleran, dit Bruno, je crois que l'on vous demande.

Après avoir écouté l'annonce, le journaliste essuya sa moustache et se leva de mauvaise grâce pour aller répondre au téléphone.

— J'espère que je ne vous dérange pas, dit une voix douce. Avez-vous des projets pour ce soir ?

— Non. Aucun.

— Voulez-vous venir dîner avec moi ? Je suis si seule. J'ai besoin de bavarder avec quelqu'un qui me comprenne. Je vous promets de ne pas m'appesantir sur mes ennuis. Nous parlerons de choses agréables.

— Je prends un taxi et j'arrive !

Avant de partir, il jeta un dollar à Bruno, en disant :

— Vous pouvez boire le scotch !

Quand il retourna chez lui après avoir quitté Zoé, à minuit passé, Qwilleran était d'humeur joyeuse. Malgré le froid intense, il avait chaud. Il lança une pièce de monnaie à un clochard à demi frigorifié qui errait place Blenheim et il sifflotait gaiement, en mettant la clef dans la serrure du n° 26.

Avant même d'avoir ouvert la seconde porte, il entendit miauler Koko dans le hall.

— Ah ! te voilà, ami des beaux jours, dit-il au chat. Tu m'as snobé, hier, ne compte pas sur une partie de moineau-vole, ce soir, mon garçon.

Très droit, Koko était assis sur la dernière marche de l'escalier. Il ne se livra à aucune manifestation amicale ou joyeuse. Il affichait le plus grand sérieux. Avec insistance, il prononça un nouveau miaulement. Qwilleran consulta sa montre. À cette heure tardive, le chat aurait dû être couché sur son coussin, en haut du réfrigérateur, dans l'appartement de Mountclemens. Mais il était là, bien éveillé, s'exprimant à haute et intelligible voix. Ce n'était pas le ton de reproche, qu'il émettait quand son repas était en retard, ni les vives récriminations proclamées lorsqu'il estimait qu'on l'avait oublié. C'était un long cri de désespoir.

— Sois sage, Koko, tu vas réveiller tout le voisinage, lui ordonna Qwilleran à voix basse.

Koko baissa le ton mais insista sur l'urgence de son message. Il fit quelques pas en se frottant à la rampe.

— Qu'y a-t-il ? Qu'essaies-tu de me dire ?

Qwilleran se baissa pour le caresser et fut frappé de constater combien sa fourrure était devenue étrangement rêche. Au contact de sa main, le chat bondit en avant et grimpa cinq ou six marches, puis il baissa la tête et se frotta les oreilles contre la marche supérieure.

— Es-tu enfermé dehors, Koko ? Allons voir.

Aussitôt, le chat s'élança en haut de l'escalier, suivi par le journaliste.

— La porte est ouverte, chuchota Qwilleran, rentre, va dormir.

Le chat se glissa dans l'entrebâillement de la porte et Qwilleran était à moitié redescendu lorsqu'un miaulement déchirant retentit. Koko reparut et se frotta vigoureusement la tête contre le chambranle.

— Tu ne vas pas continuer cette comédie toute la nuit. Viens chez moi, je te trouverai un endroit confortable pour dormir.

Prenant le chat sous le ventre, il l'emporta dans son propre appartement, mais à peine l'eut-il posé sur le divan que Koko s'élança à toute allure dans le hall pour gravir l'escalier en miaulant désespérément.

Au même instant la moustache de Qwilleran frémit imperceptiblement. Que signifiait tout cela ? Sans plus tergiverser, il suivit le chat au premier étage. Il frappa d'abord à la porte et n'obtenant pas de réponse, il entra.

Le salon était plongé dans l'obscurité. Quand il appuya sur l'interrupteur, la lumière douce éclaira les tableaux et les objets d'art. Koko était calmé, maintenant. Il suivait les mouvements du journaliste qui traversait la pièce, pénétrait dans la petite salle à manger et revenait sur ses pas. Comme il hésitait, Koko bondit dans le couloir menant à la cuisine. Qwilleran le suivit. Les portes de la chambre et de la salle de bains étaient ouvertes. Il éclaira la cuisine.

— Que veux-tu donc, petit démon ?

Le chat se dressa contre la porte, ouvrant sur l'escalier de service.

— Si tu m'as fait venir jusque-là parce que tu as envie d'aller te promener dehors, je te tords le cou !

Debout sur ses pattes de derrière, le chat se mit à gratter la poignée de la porte.

— Non, je ne vais pas t'ouvrir. Où est le maître de ces lieux ? C'est à lui de te sortir. D'ailleurs, il fait beaucoup trop froid dehors pour un chat siamois.

Il éteignit la lumière et se dirigea vers le corridor. Aussitôt, Koko poussa un grognement et courut après lui en se jetant dans ses jambes.

La moustache de Qwilleran frémit à nouveau. Il retourna dans la cuisine, alluma, prit la torche électrique dans le débarras et ouvrit la porte de service qui n'était pas fermée à clef, ce qui lui parut bizarre.

Un vent violent le frappa au visage. L'ampoule extérieure donnait une faible lueur jaune. Qwilleran se servit de la torche qu'il promena sur le patio, explorant les trois murs de son puissant faisceau. Passant rapidement sur la grille fermée, il s'immobilisa soudain devant un corps étendu sans mouvement.

Avec précaution, Qwilleran descendit les marches gelées aussi vite qu'il le put. Il se pencha sur le corps, éclaira le visage et reconnut George Bonifield Mountclemens. Aucun doute n'était possible : il était mort.

Tout était silencieux. Dans la nuit tranquille flottait un léger parfum de citronnelle. Près du journaliste, une ombre pâle se mouvait lentement, dessinant des cercles autour du corps étendu. C'était le siamois accomplissant une sorte d'étrange rituel, le dos arqué, la queue gonflée, les oreilles couchées en arrière. Kao K'O Kung tournait, tournait, tournait…

Prenant le chat dans ses bras, Qwilleran remonta les marches glissantes. Au téléphone, son doigt hésita un instant, mais il appela d'abord la police, puis le reporter de garde au *Daily Fluxion*. Ensuite, il s'assit pour attendre, composant déjà dans sa tête sa propre version des faits pour l'édition du matin.

Les premiers à arriver furent deux officiers de police dans une voiture de patrouille.

— Vous ne pouvez entrer dans le patio par le devant de la maison, leur expliqua Qwilleran. Il faut monter au premier étage et prendre l'escalier de service. La porte qui se trouve de l'autre côté de la maison dans l'allée, est fermée à clef.

— Qui habite l'appartement de derrière, au rez-de-chaussée ? demanda l'un des policiers.

— Personne.

Les deux hommes suivirent Qwilleran au premier étage.

— J'ai d'abord cru qu'il avait pu glisser dans l'escalier, leur dit-il, les marches sont traîtres, mais c'est impossible, le corps est trop loin.

— On dirait qu'il a reçu un coup de couteau, constata l'un des policiers, en se relevant.

En haut dans la cuisine, faisant toujours le gros dos, dressé sur ses pattes, le chat se remit à tourner en formant des cercles de plus en plus petits.

CHAPITRE TREIZE

Le lendemain de l'assassinat de Mountclemens, un seul sujet défrayait les conversations au *Daily Fluxion*.

Chacun s'arrêtait au bureau de Qwilleran pour bavarder avec lui. Son téléphone sonnait sans arrêt. Des lectrices l'assourdissaient de leurs cris en commentant la nouvelle. Plusieurs correspondants anonymes se déclarèrent satisfaits. L'un d'eux suggéra au journal d'offrir une récompense au meurtrier. Dix galeries de tableaux téléphonèrent pour demander qui rendrait compte de leurs expositions en mars. Une fillette de douze ans postula l'emploi de critique d'art.

La femme de chambre de Sandra Halapay appela pour annuler le rendez-vous avec Qwilleran, sans donner d'explication, aussi, à midi, se rendit-il au Club de la Presse avec Arch Riker, Odd Bunsen et Lodge Kendall.

Ils prirent une table pour quatre et Qwilleran leur narra l'histoire à partir de l'étrange comportement de Koko. Mountclemens avait reçu un coup de poignard dans le ventre. L'arme du crime avait disparu. Aucun signe d'effraction n'avait été relevé. La porte donnant sur l'allée était fermée à clef.

— Le corps de Mountclemens sera envoyé à Milwaukee. Il m'avait dit qu'il avait une sœur et la police a retrouvé son adresse ; elle a également confisqué ses derniers enregistrements.

— Les inspecteurs ont fait des recherches dans ses derniers articles, annonça Arch. Je me demande ce qu'ils espéraient trouver. Ce n'est pas parce qu'il s'en est pris à la moitié des artistes de la ville qu'ils sont tous suspects.

— Beaucoup de gens détestaient Mountclemens, affirma Qwilleran. Pas seulement les artistes, mais des marchands de tableaux, des directeurs de musée, des professeurs, des collectionneurs et au moins un barman de ma connaissance. Odd lui-même voulait lui casser un trépied sur la tête.

— Le central téléphonique a sauté, déclara Arch, tout le monde veut savoir qui est le meurtrier. Il m'arrive de penser que nos lecteurs sont devenus fous.

— Mountclemens ne portait pas sa main artificielle quand il a été tué, dit Odd, je me demande pourquoi ?

— Cela me rappelle que j'ai eu une émotion, ce matin, dit Qwilleran. Je suis monté chez Mountclemens pour aller chercher la viande du chat et j'ai trouvé cette main sur le plateau supérieur du réfrigérateur. Quel choc !

— Que pense le chat de tous ces bouleversements ?

— Il est très nerveux. Je le garde chez moi et il sursaute au moindre bruit. Après le départ de la police, la nuit dernière, j'ai mis une couverture sur un fauteuil et j'ai essayé de le coucher, mais il a sauté par terre. Je crois qu'il s'est promené toute la nuit, comme une âme en peine.

— Je voudrais bien savoir ce que sait ce chat.

— Que pouvait bien faire Mountclemens dans le patio par une nuit aussi froide ? reprit Qwilleran. Il portait une veste d'intérieur en velours et un gant à sa main gauche. Cependant, on a trouvé un pardessus dans un coin du patio et l'on pense qu'il est à lui. Le vêtement est à sa taille et porte une griffe de New York. En outre, il est garni d'une pèlerine. Qui d'autre que lui pourrait s'affubler de ce genre de pardessus ?

— Où exactement avez-vous découvert le corps ?

— Au fond de la cour, près de la porte conduisant dans l'allée. Il semblerait qu'il avait le dos au mur, quand on lui a plongé le poignard dans le ventre.

— Maintenant, il va nous falloir un nouveau critique d'art. Voulez-vous du poste, Jim ? demanda Riker.

— Qui ? Moi ? Êtes-vous devenu fou ?

— Cela me donne une idée, dit Lodge. Cherchons à qui le crime profite. Y a-t-il quelqu'un en ville qui désirerait prendre la place de Mountclemens ?

— Ce n'est pas une situation assez lucrative pour courir le risque d'une condamnation pour meurtre.

— Oui, mais elle offre un prestige certain, observa Qwilleran. Un expert en art pourrait y voir une chance de jouer au grand Manitou. Un critique peut faire ou défaire la réputation d'un artiste.

— Qui aurait des qualifications pour un tel emploi ?

— Un professeur, un conservateur de musée, quelqu'un qui ferait partie d'un journal spécialisé dans les questions artistiques.

— Il faudrait aussi savoir écrire. La plupart des artistes s'imaginent qu'ils le peuvent, alors qu'ils en sont incapables.

— Il sera intéressant de voir qui se présentera pour ce poste.

— Savez-vous qui ferait un bon critique ? lança tout à coup Qwilleran, un spécialiste de notoriété publique et qui est actuellement sans emploi.

— Qui donc ?

— Noël Farhar.

— Pensez-vous que ce poste l'intéresserait ? dit Arch, je devrais peut-être l'appeler.

Après le déjeuner, Qwilleran passa le reste de l'après-midi à répondre au téléphone et à la fin de la journée, la tentation de retourner au Club de la Presse pour dîner fut moins forte que celle de rentrer voir Koko. Le chat, se disait-il, était orphelin, à présent. Les siamois avaient particulièrement besoin de compagnie. Ce malheureux petit animal avait été enfermé toute la journée dans l'appartement de Qwilleran. Qui pouvait savoir ce qu'il éprouvait ?

Lorsqu'il ouvrit la porte de son appartement, il ne vit Koko nulle part. Il l'appela par son nom, se mit à quatre pattes pour regarder sous les meubles, chercha derrière les rideaux, sous le lit et jusque dans la cheminée. Peine perdue. L'avait-il enfermé par inadvertance dans un placard ou une armoire ? Une recherche frénétique de tous les meubles et tiroirs se révéla vaine. Cependant, la porte était restée fermée, aucune fenêtre n'était ouverte, il devait donc être dans l'appartement.

En désespoir de cause, le journaliste décida de préparer le dîner, espérant que l'odeur ferait sortir le chat de sa cachette. Il se dirigea vers la cuisine et en s'approchant du réfrigérateur, il se trouva nez à nez avec Koko qui le dévisageait d'un œil calme.

— Là, je mesure toute ta coquinerie ! s'écria Qwilleran, stupéfait. Ne pouvais-tu répondre ?

Koko parut se recroqueviller sur lui-même, sans rien dire.

— Qu'y a-t-il, mon garçon, es-tu malheureux ?

D'un air irrité, le chat changea de position et s'allongea sur le dessus émaillé du réfrigérateur.

— Tu es mal installé, voilà ce que tu as. Après dîner, nous monterons chercher ton coussin, d'accord ?

— Yao, approuva Koko.

Qwilleran se mit à découper la viande.

— Quand ce morceau de bœuf sera épuisé, il faudra que tu te contentes d'une nourriture que j'aie les moyens de t'offrir, ou alors je t'expédie à Milwaukee. Tu vis plus somptueusement que moi.

Quand Koko eut avalé son repas et que Qwilleran eut terminé son sandwich au salami, ils montèrent ensemble chercher le coussin bleu.

Koko entra dans l'appartement avec hésitation. D'un air désemparé, il se promena dans le salon, sentit le tapis ici et là, s'approcha peu à peu du cabinet fermé par des portes à claire-voie qu'il se mit à flairer, avec une concentration appliquée.

— Que cherches-tu, Koko ?

Se dressant sur ses pattes de derrière, le chat griffa la porte, puis tourna la tête pour regarder Qwilleran.

— Tu veux entrer là-dedans ? Pourquoi ?

Koko se mit à carder le tapis, devant la porte, avec une vigueur remarquable et Qwilleran ouvrit.

Autrefois, ce cabinet devait avoir été une lingerie ou un petit bureau. Maintenant, la fenêtre en était condamnée et le réduit était rempli de tableaux placés verticalement ; certains encadrés, d'autres étaient de simples toiles.

Koko furetait le nez à terre. S'arrêtant devant une toile, il essaya de glisser la patte en dessous.

— Je voudrais bien savoir où tu veux en venir ?

— Yao ! répondit Koko, tout excité.

De nouveau, il s'efforça de passer une patte, puis l'autre sous la toile, prenant le temps de se frotter aux chevilles de Qwilleran, avant de reprendre ses recherches.

— Tu veux que je t'aide, je suppose ? demanda Jim, en soulevant le tableau.

Aussitôt, Koko sauta sur un petit objet sombre qu'il tint sous ses pattes. Qwilleran le lui retira pour l'examiner. Qu'est-ce que ce pouvait bien être ? Léger, doux, parfumé… Koko miaula avec indignation.

— Pardonne-moi, lui dit le journaliste, simple curiosité de ma part. Ainsi voilà Menthy-Mouse !

Il lança le jouet au chat qui l'attrapa avec ses deux pattes de devant, puis se roula sur le côté en pédalant avec ardeur avec ses pattes de derrière.

— Viens, sortons de là, dit Qwilleran, en remettant la toile à sa place, non sans y avoir jeté un rapide coup d'œil.

Elle représentait un paysage de rêve, avec des corps sans tête et des têtes sans corps. Il rangea le tableau, en faisant la grimace. Si c'était là les œuvres sur lesquelles Mountclemens comptait spéculer, il ne l'enviait guère. Poussé par la curiosité, il regarda les autres. L'une des toiles était couverte de peinture grise. Uniquement de la peinture grise et la signature dans un coin. Puis il découvrit une sphère d'un rouge violent sur un fond cramoisi qui lui donna un début de migraine.

La toile suivante lui inspira une sensation particulière à la racine des moustaches. Impulsivement, il reprit Koko dans ses bras et retourna chez lui.

Saisissant le téléphone, il composa un numéro qu'il commençait à connaître par cœur.

— Zoé ? C'est Jim. J'ai trouvé quelque chose que je voudrais vous montrer. Je suis monté chez Mountclemens avec Koko et il m'a conduit dans ce cabinet où sont rangés les tableaux. Il a beaucoup insisté. Vous ne devinerez jamais ce que nous avons trouvé ! Un singe ! Oui, une peinture représentant un singe. Pouvez-vous venir la voir ?

Une demi-heure plus tard, Zoé arriva en taxi. Elle avait enfilé son manteau de fourrure sur un pantalon et un sweater. Qwilleran la guettait. Il avait descendu la toile et l'avait placée sur la cheminée, au-dessus du tableau impressionniste.

— C'est bien lui ! s'écria Zoé. C'est l'autre moitié du Ghirotto d'Earl.

— En êtes-vous sûre ?

— Certaine. De toute évidence, c'est un Ghirotto. Sa manière est inimitable. Le fond est du même vert-jaune.

Du reste, remarquez comme le sujet est mal équilibré. Le singe est trop à droite et, tenez, on aperçoit même un morceau du tutu de la danseuse, dans ce coin.

Ils contemplèrent tous les deux la toile en silence.

— Ainsi, c'est la moitié qui manque, répéta lentement Zoé… et Mountclemens savait que mon mari la recherchait. Il était parmi ceux qui ont offert d'acheter la danseuse, ce n'est pas étonnant, il avait découvert l'autre moitié du tableau !

Qwilleran tirait sur sa moustache, en se demandant si Mountclemens aurait été capable de tuer pour s'approprier la ballerine ? Mais si tel était le cas, pour quelle raison ne pas avoir emporté le tableau ? Parce qu'il avait été déjà décroché et rangé dans la réserve ? Ou parce que… insidieusement, les ragots que le journaliste avait entendus, à propos de Zoé et de Mountclemens, lui revinrent en mémoire.

Comme si elle avait senti peser sur elle le regard inquisiteur de Qwilleran, Zoé leva les yeux, en disant :

— Je le détestais ! C'était un homme arrogant, mesquin, vindicatif. Je le méprisais. Oh ! comme je le méprisais ! Et pourtant, j'étais bien obligée de le supporter.

— Pourquoi ?

— Ne le voyez-vous pas ? Ma peinture avait l'heur de lui plaire. En me le mettant à dos, je risquais ma carrière. Il n'aurait pas davantage hésité à ruiner mon mari. Que pouvais-je faire ? J'ai flirté discrètement avec lui, parce que je pensais que c'était ce qu'il désirait, mais il s'est soudain mis en tête de me faire quitter Earl pour venir vivre avec lui.

— Qu'avez-vous répondu à cette proposition ?

— Ce fut une manœuvre délicate. J'ai dit, ou plutôt, je lui ai laissé entendre que j'aimerais accepter son offre, mais qu'un sentiment démodé de loyauté me liait encore à mon mari. Quelle pitié ! J'avais l'impression d'être l'héroïne d'un mauvais feuilleton.

— Est-ce que cela a suffi pour le décourager ?

— Hélas non ! Il a continué à me harceler. J'ai vécu un véritable cauchemar, contrainte à mentir continuellement.

— Votre mari savait-il ce qui se passait ?

Zoé poussa un soupir :

— Pendant longtemps, il n'a rien soupçonné. Earl était tellement préoccupé lui-même par ses propres problèmes, qu'il était sourd et aveugle à toute autre considération. Finalement, cela s'est su et le bruit est venu jusqu'à lui. Nous avons eu une horrible scène, mais j'ai réussi à le convaincre que j'étais dans une situation inextricable. Bien sûr, nous n'étions plus très liés l'un à l'autre, si vous voyez ce que je veux dire, mais je lui étais encore très attachée. Et il était tellement seul ! La réussite de sa vie a été d'acheter ce tableau de Ghirotto et sa grande ambition était de retrouver l'autre moitié pour devenir riche.

— Vous ne pensez tout de même pas que Mountclemens a tué votre mari ?

— Je n'en sais rien, soupira Zoé, en le regardant d'un air désolé. Il n'aurait pas accompli un geste aussi définitif pour m'avoir, de cela, je suis certaine. Il était incapable d'aimer une femme avec une telle passion, mais il aurait été capable de tuer pour m'avoir moi et l'autre moitié du Ghirotto.

— Mountclemens avait une passion pour l'art, remarqua Qwilleran.

— Parce que pour lui c'était une forme d'investissement. Il ne partageait ses trésors avec personne. Il ne voulait même pas que l'on sût qu'il possédait des richesses fabuleuses.

— D'où tirait-il l'argent pour se les procurer ? Certainement pas en écrivant des articles pour le *Daily Fluxion*.

Zoé ne répondit pas tout de suite. Elle se passa la main sur le front, en murmurant :

— Je suis fatiguée. Je voudrais rentrer chez moi. Je n'aurais pas dû parler ainsi.

— Ne vous inquiétez pas, tout s'arrangera. Voulez-vous que j'appelle un taxi ?

— Oui. Merci de vous montrer aussi compréhensif.

— C'est moi qui suis flatté de votre confiance.

Zoé se mordit les lèvres.

— Je crois que je peux encore vous confier ceci : quand Earl a été tué, j'ai éprouvé plus de peur que de chagrin. Je me suis sentie à la merci de Mountclemens et je redoutais ce qui pourrait arriver, quelles seraient ses exigences. Maintenant seulement, je me sens soulagée, délivrée…

Qwilleran regarda le taxi de Zoé disparaître dans la nuit en se demandant si elle avait soupçonné Mountclemens depuis le début ? Considérait-elle le critique comme un ennemi de son mari, un de ceux qu'elle craignait de mentionner à la police ?

D'un autre côté, un homme comme Mountclemens, menant une vie facile, ayant tout à perdre dans une pareille aventure, prendrait-il le risque considérable de commettre un meurtre pour obtenir une femme et un tableau de prix ? Qwilleran en doutait.

Ses pensées revinrent sur le singe posé au-dessus de la cheminée de son appartement. Qu'allait-il en advenir, maintenant ? Avec les dessins de Rembrandt et de Van Gogh, le singe de Ghirotto reviendrait-il à cette femme de Milwaukee ? Selon toute probabilité, elle en ignorerait la valeur. Il serait si facile de…

Une idée commença à germer dans son esprit : « Garde-le. Tais-toi. Donne-le à Zoé. »

Il retourna dans son appartement pour regarder le singe. Sur la cheminée, au pied de la toile, dans le rôle de sentinelle, se tenait Kao K'O Kung. Il fixa Qwilleran d'un air que ce dernier jugea plein de reproche.

— C'est bon. Tu as gagné, dit le journaliste. Je vais prévenir la police.

CHAPITRE QUATORZE

Le mercredi matin, Qwilleran téléphona à Lodge Kendall, à la salle de presse du Quartier Général de la police.

— J'ai quelques renseignements sur les meurtres de Lambreth et de Mountclemens, dit-il. Pourquoi n'inviteriez-vous pas les gars du bureau des homicides à déjeuner au Club de la Presse ?

— Plutôt à dîner, alors. Hames et Wojcik sont de service de nuit.

— Croyez-vous qu'ils soient disposés à discuter de ces deux affaires ?

— Oh ! certainement, surtout Hames. Il est très ouvert sous ses airs nonchalants. Ne le sous-estimez surtout pas. Il possède un cerveau comme un ordinateur.

— J'irai au club de bonne heure, afin de réserver une table pour six heures.

— Disons six heures et quart. Je ne vous promets rien, mais je vais essayer de les emmener avec moi.

Qwilleran nota l'heure sur son carnet et envisagea la possibilité de se remettre au travail. Il tailla plusieurs crayons, rangea son classeur, remplit un pot de colle, redressa sa réserve de papiers, puis il reprit son article sur Butchy Bolton et le reposa. Il n'y avait pas urgence. Les photographies pour illustrer l'article n'avaient pas encore été prises. Sans beaucoup d'effort, il trouva des excuses analogues pour renvoyer la plupart de ses tâches à plus tard. Il avait l'esprit ailleurs. Il se demandait avec anxiété comment le *Daily Fluxion* réagirait à la perspective d'avoir un criminel parmi les membres de son personnel et dans l'équipe culturelle, par-dessus le marché. Il imaginait l'embarras du rédacteur en chef, si la police accusait Mountclemens du meurtre de Lambreth et il voyait déjà la réaction des autres journaux qui en feraient des gorges chaudes. Non. C'était impensable. Un journaliste rendait compte d'un crime, il n'en commettait pas.

Assez curieusement, Qwilleran avait éprouvé de la sympathie pour Mountclemens. L'homme était un hôte charmant et un écrivain de qualité. Il ne cachait pas son égoïsme forcené. Il aimait les chats et avait son franc-parler. Il faisait des économies de bouts de chandelle – c'était vraiment le cas de le dire – sur le voltage de ses ampoules électriques et se montrait sentimental envers une vieille maison. À tous égards, il était imprévisible. Brusque et cassant, une minute, affable et sincère l'instant d'après, comme il l'avait montré le soir où il avait appris le meurtre de Lambreth.

Le journaliste feuilleta son carnet de rendez-vous. Il n'avait rien de prévu jusqu'à six heures et quart.

Six heures et quart, l'heure à laquelle la pendule s'était arrêtée, dans le bureau d'Earl Lambreth. Six heures et quart… Qwilleran sentit ses moustaches frémir. Six heures et quart… mais, alors, Mountclemens avait un alibi !

Il était six heures vingt, ce soir-là, lorsque Kendall arriva en compagnie des deux policiers : Hames, tout sourire, Wojcik plus sévère.

— N'est-ce pas vous qui avez un chat qui sait lire ? demanda Hames, en s'asseyant.

— Non seulement il lit, répondit Qwilleran, mais il lit à l'envers ! Ne riez pas. Je compte l'envoyer au F.B.I., un de ces jours et il prendra votre place.

— Je ne serais pas surpris qu'il accomplisse du bon travail. Les chats sont des fouineurs-nés. Il ferait un excellent flic… ou un bon journaliste !

Hames examina le menu :

— Avant de commander, dites-nous qui paie ce dîner, le *Daily Fluxion* ou les gardiens de l'ordre public sous-payés ?

— Il paraît que vous avez quelque chose à nous communiquer au sujet de ces meurtres, ajouta Wojcik, en dévisageant Qwilleran.

— J'ai récolté quelques faits. Voulez-vous les entendre ou préférez-vous passer la commande, d'abord ?

— Nous vous écoutons.

— Eh bien, voici. La veuve d'Earl Lambreth m'a pris pour confident. Elle m'a ainsi précisé certains points après que j'ai fait une découverte dans l'appartement de Mountclemens.

— Pourquoi y étiez-vous retourné ?

— Je cherchais le jouet du chat. Il s'agit d'une vieille chaussette remplie de menthe séchée. Il en raffole et il l'avait perdue.

— Notre chat raffole aussi d'herbe à chat, confirma Hames.

— Ce n'est pas de l'herbe à chat. C'est de la menthe fraîche que Mountclemens faisait pousser dans un pot, au bord de sa fenêtre.

— C'est la même chose, dit Hames, l'herbe à chat est une plante voisine de la menthe.

— Qu'avez-vous trouvé chez Mountclemens ? demanda Wojcik, non sans agacement.

— Un tableau représentant un singe. J'ai téléphoné à Mrs Lambreth pour qu'elle vienne l'authentifier.

— Et alors, que vient faire ce singe là-dedans ?

— Il fait partie d'une toile de Ghirotto représentant une ballerine qui se trouve à la galerie Lambreth.

— Nous avons à la maison une de ces lithographies de Ghirotto représentant une danseuse, dit Hames, ma femme l'a achetée pour quatorze dollars quatre-vingt-quinze chez Sears.

— Ghirotto a peint beaucoup de danseuses, reprit Qwilleran, et ses reproductions sont courantes, mais cette toile est unique. Ce n'est que la moitié du tableau. La toile a été endommagée et les deux moitiés séparées. Lambreth en possédait une moitié avec la signature de Ghirotto et il cherchait l'autre, représentant le singe. Convenablement restaurée, la toile vaudrait cent cinquante mille dollars, au bas mot.

— On demande des prix ridicules pour les tableaux, de nos jours, constata Hames. Qui veut une tranche de salami ?

— Et vous avez mis la main sur la moitié de la toile manquante ? insista Wojcik, avec impatience. Où l'avez-vous trouvée ?

— Elle était dans un placard servant de réserve, précisa Qwilleran.

— Il fallait vraiment de la bonne volonté pour la dénicher là.

— Je vous ai expliqué que je cherchais le jouet du chat, dit Qwilleran, en tirant nerveusement sur sa moustache.

— Bien, bien. Ainsi, il semblerait que Mountclemens ait tué un homme pour s'approprier le portrait d'une demoiselle court-vêtue. Que savez-vous de plus ?

Agacé par la brusquerie de Wojcik, Qwilleran sentit s'émousser son esprit de coopération. D'assez mauvaise grâce, il répondit :

— Apparemment Mountclemens courtisait Mrs Lambreth.

— Est-ce elle qui vous l'a dit ?

Qwilleran acquiesça.

— J'y suis, s'écria gaiement Hames, ce vilain personnage est rentré chez lui pour se faire hara-kiri dans la cour de sa maison, après quoi, il a avalé le couteau pour effacer la preuve de son suicide et jeter le discrédit sur la pauvre veuve. Qui veut me passer le beurre ?

Wojcik jeta un regard mécontent sur son collègue.

— Quoi qu'il en soit, déclara Qwilleran glacial, Mountclemens a un alibi.

Il s'interrompit pour attendre la réaction des trois autres. Kendall était tout yeux et tout oreilles, Wojcik jouait avec sa fourchette et Hames beurrait tranquillement une tranche de pain.

— D'après la pendule électrique qui s'est arrêtée au cours de la bagarre, Lambreth a été assassiné à six heures et quart, reprit Qwilleran. Or, Mountclemens a pris l'avion de trois heures pour New York. Je le sais : c'est moi qui ai retenu sa place.

— Vous avez peut-être retenu sa place, dit Hames, mais êtes-vous certain qu'il soit parti ? Il a pu changer son billet et prendre l'avion de sept heures, après avoir tué Lambreth à six heures et quart. Du reste, il est curieux que cette pendule se soit arrêtée de cette façon-là. Elle n'était pas endommagée, mais seulement débranchée. S'il y avait vraiment eu lutte et que la pendule soit tombée accidentellement, elle aurait probablement été détériorée. Dans ce cas, on pourrait plutôt penser que le meurtrier avait une raison particulière pour fixer l'heure du crime au moyen de cette pendule, afin de se créer un alibi, par exemple.

— Nous contrôlerons les passagers de cet avion de trois heures, décida Wojcik.

Après le départ des détectives, Qwilleran prit une tasse de café en compagnie de Kendall.

— Je crois que Hames a raison, dit ce dernier. Mountclemens vous a intentionnellement chargé de retenir sa place, afin que vous puissiez témoigner de son départ dans l'avion de trois heures. Il se sera sans doute embarqué sur le vol suivant. Lambreth l'a probablement fait entrer sans méfiance et Mountclemens l'a pris complètement par surprise.

— Avec une seule main ?

— Il était grand. Il a pu immobiliser Lambreth de son bras droit et le frapper avec le burin de sa main gauche.

Qwilleran hocha la tête d'un air dubitatif :

— Je me représente mal Mountclemens dans un tel rôle.

— Avez-vous une meilleure théorie ?

— J'en envisage une. Elle n'a pas encore pris forme, mais elle expliquerait ces trois morts. N'oubliez pas Ciseau. Au fait, qu'avez-vous dans ce paquet ?

— Les enregistrements saisis par la police. Ils n'ont rien apporté. Ce sont des critiques d'art. Les voulez-vous ?

— Je vais les rendre à Arch. J'écrirai peut-être un article nécrologique pour accompagner la dernière chronique de Mountclemens.

— Prenez garde à ce que vous direz. Vous risquez de prononcer l'éloge funèbre d'un assassin.

— J'ai l'impression que vous allez apprendre que Mountclemens était bien dans l'avion de trois heures.

Lorsque Qwilleran arriva chez lui, les enregistrements sous le bras, il était près de huit heures et Koko l'accueillit à la porte avec d'impatientes clameurs. Manifestement Koko n'appréciait pas les horaires irréguliers de Qwilleran.

— Si tu apprenais à parler, je n'aurais pas besoin de perdre mon temps au Club de la Presse et tu aurais ton dîner à l'heure, lui expliqua-t-il.

Pour toute réponse, Koko se passa une patte sur l'oreille droite et se donna deux rapides coups de langue sur l'épaule gauche. Qwilleran le regarda pensivement :

— Je suppose que tu sais parler, à ta façon, mais que je ne suis pas assez subtil pour te comprendre.

Koko s'étant restauré, l'homme et le chat montèrent au premier étage pour utiliser le magnétophone de Mountclemens. La voix distinguée de feu George Bonifield Mountclemens s'éleva :

Pour être publié dimanche 8 mars

Il nous revient que de sérieux collectionneurs d'art contemporain achètent actuellement, sous le manteau, tous les tableaux disponibles sur le marché du célèbre peintre italien Scrano.

En raison de son grand âge et de son mauvais état de santé, l'artiste, qui vit depuis plus de vingt ans en reclus dans les collines d'Ombrie, n'est plus en état de produire les œuvres qui l'ont placé, à juste titre, parmi les premiers maîtres modernes.

Selon les déclarations de son agent new-yorkais, les dernières toiles de Scrano sont en route pour les États-Unis et l'on s'attend à une forte hausse des prix. Dans notre modeste collection personnelle figure un petit tableau de Scrano, peint en 1958, dont on nous a déjà offert vingt fois le prix original. Inutile de préciser que ce chef-d'œuvre n'est pas à vendre.

Il y eut un arrêt durant lequel la bande se déroula en silence, puis la voix reprit :

Rectification. Rayez les deux dernières phrases.

Nouvelle pause, puis :

Les œuvres de Scrano sont vendues par la galerie Lambreth dont on annonce la prochaine réouverture. En effet, la galerie avait fermé ses portes à la suite de la tragédie du 25 février dernier. Nous tenons à souligner ici que le monde des arts tout entier est en deuil... rectifica-

tion ; le monde des arts de notre ville est en deuil, après la disparition d'un homme justement respecté et écouté.

L'âge et la maladie n'ont en rien altéré les qualités de Scrano. Il combine la technique des vieux maîtres, l'enthousiasme de la jeunesse et la profondeur de pensée d'un homme qui a beaucoup vécu.

Assis sur la table, Koko regardait d'un œil fasciné se dérouler la bande magnétique et ronronnait bruyamment.

— Reconnais-tu la voix de ton vieux compagnon ? demanda Qwilleran, d'une voix attristée.

Lui-même se sentait ému et il se lissa la moustache.

Comme la bande magnétique s'enroulait rapidement, Koko baissa la tête et se frotta le menton, avec ferveur, contre le bord du magnétophone.

— Qui l'a tué, Koko ? Tu es supposé être capable de sentir ces choses…

Le chat était assis très droit sur le bord de la table. Il fixait Qwilleran de ses grands yeux. Le bleu parut disparaître, on ne voyait plus que les deux cercles noirs de ses pupilles dilatées.

— Tu as dû assister à la scène qui a eu lieu dans la cour, mardi soir. Tu as certainement tout vu de la fenêtre. Les chats voient la nuit, n'est-ce pas ?

Koko remua les oreilles et sauta par terre. Le journaliste le regarda se promener dans la pièce, sans but d'abord, examinant le sol, là, sous une chaise, ici dans le foyer de la cheminée éteinte, touchant un fil électrique d'une patte languissante. Puis, il secoua la tête et partit d'une démarche zigzagante vers le couloir, suivi par Qwilleran.

Le chat s'arrêta au seuil de la cuisine, en murmurant quelque chose du fond de la gorge. Ensuite, il rebroussa chemin et se mit à faire ses griffes sur une tapisserie qui recouvrait une partie du mur, face à la porte de la chambre. Cette tapisserie, au petit point, représentait une scène de chasse, avec des chevaux, des faucons, des chiens et du petit gibier. L'usure, aussi bien que la demi-obscurité, rendaient le dessin assez confus, mais Koko parut trouver un intérêt particulier à un lapin qui batifolait dans un coin de la toile. Était-il exact que les chats devinaient le contenu d'un dessin ?

Koko le toucha comme pour l'évaluer. Il se dressa sur ses pattes de derrière, en essayant de soulever l'un des côtés, puis se laissant tomber sur ses quatre pattes, il renifla le bas de la tapisserie, à l'endroit où elle rejoignait le sol.

— Y a-t-il quelque chose derrière ? demanda Qwilleran, en tirant sur l'épais tissu.

Mais il ne vit que le mur nu. Cependant, Koko poussa un miaulement joyeux et le journaliste souleva un peu plus le pan qu'il tenait, tandis que le chat se glissait derrière, en proclamant sa satisfaction en termes éloquents.

— Attends une minute.

Qwilleran alla chercher la torche électrique et éclaira l'espace vide entre le mur et la tapisserie. Il aperçut le chambranle d'une porte et Koko se mit à renifler, avec beaucoup d'excitation.

Non sans difficulté, Jim parvint jusqu'à la porte qui s'ouvrit sur un escalier étroit. C'était, sans doute, un ancien passage intérieur conduisant à une cuisine.

Sa torche à la main, il descendit lentement. Si cet escalier aboutissait à l'appartement situé à l'arrière de la maison – qui selon les dires du critique servait de garde-meubles – on ne pouvait prévoir quel trésor y serait caché.

Koko était déjà arrivé en bas et attendait avec impatience, tête levée. Qwilleran le prit dans ses bras et ouvrit la porte. Il se trouva dans une grande cuisine démodée dont les persiennes étaient closes. Il y régnait une odeur de renfermé. Pourtant la pièce paraissait chauffée. En l'examinant mieux, elle ressemblait davantage à un atelier qu'à une cuisine. Il y avait un chevalet, une table, une chaise, un lit de camp. De nombreuses toiles étaient posées, retournées, contre le mur.

Une porte conduisait au patio, une autre donnait vers le devant de la maison, dans une salle à manger. Qwilleran fit courir sa lampe sur une cheminée en marbre et un vieux buffet sculpté. Autrement, cette pièce était vide.

Koko se débattait pour se libérer, mais il y avait de la poussière partout et Qwilleran resserra son étreinte en retournant dans la cuisine. Était-il exact que les vieilles maisons sécrétaient leur propre poussière ?

L'une des peintures, posée sur l'évier, attira son attention. C'était le portrait d'un homme au visage carré, peint dans des tons métalliques qui le faisaient ressembler à un robot et pourtant étrangement réel. Couvert de poussière, le tableau portait la signature de l'artiste : O. Narx.

Sur la table, maculée de taches de peinture multicolores, il y avait un assortiment de pinceaux, un couteau à palettes et quelques tubes de peinture écrasés.

Sur le chevalet placé près de la fenêtre se trouvait une toile inachevée, représentant le même homme au visage de robot. Une coulée blanche qui zébrait le tableau le défigurait.

Koko se mit à miauler en se débattant de plus belle.

— Remontons, dit Qwilleran, il n'y a que de la poussière ici.

Il referma la porte derrière lui et souleva la tapisserie pour sortir.

— Fausse alerte, dit-il à Koko, tu perds ton flair. Il n'y avait aucune piste, en bas.

Kao K'O Kung le foudroya du regard, avant de se retourner pour se lécher avec ardeur.

CHAPITRE QUINZE

Le vendredi matin, Qwilleran s'assit devant sa machine à écrire et contempla la rangée de lettres qui formaient le mot AZERTYUIOP, mot qu'il détestait, car il signifiait que son esprit était vide. Il aurait dû écrire un article brillant et il n'avait pas la moindre inspiration.

Il y avait maintenant trois jours qu'il avait trouvé le corps de Mountclemens, dans le patio, quatre que Ciseau s'était tué, en tombant de l'échafaudage et neuf qu'Earl Lambreth avait été assassiné.

Sa moustache continuait à lui adresser des signaux. Elle prétendait que ces trois morts étaient liées. Une même personne avait tué le marchand de tableaux, poussé Ciseau et poignardé Mountclemens.

Et cependant, comme pour détruire cette belle argumentation, il était également possible que Mountclemens eût commis le premier crime.

La sonnerie du téléphone retentit trois fois sur son bureau, avant qu'il ne répondît :

— Je pensais que vous aimeriez savoir ce que la police a appris de la compagnie aérienne, dit la voix de Lodge Kendall.

— Hein ? Ah ! Oui, qu'a-t-on trouvé ?

— L'alibi tient. La liste des passagers indique que Mountclemens était bien dans l'avion, ce jour-là à l'heure indiquée.

— L'appareil a-t-il décollé sans retard ?

— Exactement selon l'horaire prévu. Saviez-vous que les compagnies aériennes enregistraient la liste des passagers sur microfilms et la conservaient trois ans ?

— Non… enfin, oui. C'est bien ce que je pensais. Merci de me tenir au courant.

Ainsi, Mountclemens avait un alibi qui renforçait Qwilleran dans son hypothèse. Une seule personne, se dit-il, avait à la fois un mobile pour commettre ces trois meurtres, la force de plonger une arme dans le corps d'un homme et l'occasion de pousser Ciseau : Butchy Bolton. Néanmoins, c'était un peu trop simple. Cette solution lui semblait vraiment d'une facilité suspecte.

Retournant à sa machine, il regarda la feuille de papier blanc et les dix touches vert pomme : AZERTYUIOP !

Butchy, il en avait conscience, avait un sérieux motif d'animosité envers Earl Lambreth. Elle pensait qu'il l'avait frustrée d'une commande lucrative et d'un prestige considérable. Bien plus, Lambreth poussait son épouse à rompre toute relation avec Butchy. Des griefs de ce genre pouvaient se cristalliser dans l'imagination d'une femme qui avait déjà un problème de personnalité et qui possédait un caractère violent. Lambreth écarté, Zoé redeviendrait « sa meilleure amie », comme au bon vieux temps. Mais un autre obstacle avait surgi : Zoé portait un intérêt inconsidéré à Ciseau. L'accident fatal de celui-ci résolvait le problème.

En sifflotant entre ses dents, Qwilleran se souvint d'un autre détail : selon Mrs Buchwalter, c'était Butchy qui avait eu l'idée de placer cette sculpture métallique sur l'échafaudage.

Après la mort de Ciseau, Butchy s'était trouvée devant d'autres complications. Mountclemens constituait une menace pour le bonheur et la carrière de Zoé et Butchy, avec son instinct protecteur forcené, avait pu y voir une raison supplémentaire d'éliminer le critique… AZERTYUIOP !

— Avez-vous toujours l'air aussi sévère lorsque vous travaillez ? demanda une voix mélodieuse.

Pris au dépourvu, Qwilleran sursauta et bondit sur ses pieds.

— Pardonnez-moi, dit Zoé, je n'aurais pas dû venir sans vous prévenir, mais j'étais chez mon coiffeur, à côté, et j'ai pensé que je vous trouverais peut-être ici. À la réception, on m'a dit que je n'avais qu'à monter. Est-ce que je vous dérange ?

— Pas le moins du monde. Je suis enchanté de vous voir. Voulez-vous déjeuner avec moi ?

Comme toujours, Zoé était d'une élégance raffinée, il s'imaginait déjà entrant au Club de la Presse avec la jeune femme à son bras sous l'œil envieux de ses confrères. Mais elle répondit :

— Pas aujourd'hui, merci. J'ai un autre rendez-vous. Je suis seulement venue bavarder quelques minutes.

Qwilleran lui avança une chaise. Elle la tira près de celle du journaliste et poursuivit à voix basse :

— Il y a quelque chose que j'aimerais vous confier, cela me pèse sur la conscience, mais c'est un sujet difficile à aborder.

— Est-ce susceptible de faire avancer l'enquête ?

— Je ne le sais vraiment pas.

Elle regarda autour d'elle avant d'ajouter :

— Puis-je parler ici ?

— Personne ne s'occupe de nous. Le critique musical passe un disque, avec un casque sur les oreilles, dans le bureau voisin, quant à mon autre collègue, il est dans le brouillard depuis trois jours : il rédige un article sur l'impôt sur le revenu.

Zoé eut un petit sourire.

— Vous m'avez demandé comment Mountclemens pouvait s'offrir tous ces objets d'art qu'il possédait, reprit-elle. Et j'ai éludé votre question. À la réflexion, j'ai décidé de vous mettre au courant parce que, indirectement, votre journal est concerné.

— Comment cela ?

— Mountclemens tirait ses revenus de la galerie Lambreth.

— Voulez-vous dire que votre mari lui versait une prébende ?

— Non, non, pas du tout. Mountclemens était le propriétaire de la galerie.

— Le propriétaire ?

— Oui. Earl n'était que son employé.

Qwilleran émit un long sifflement.

— Quelle astucieuse combinaison ! Mountclemens pouvait ainsi faire de la publicité gratuite pour sa propre galerie, dénigrer les concurrents… et le *Flux* le payait pour cela. Pourquoi me l'avoir caché ?

Zoé eut un petit haussement d'épaules :

— J'avais honte de la participation de mon mari à ce marché. J'espérais que le secret mourrait avec lui.

— Votre mari discutait-il des affaires de la galerie, à la maison ?

— Depuis quelque temps seulement. Je n'ai appris le véritable rôle de Mountclemens dans la galerie qu'au moment où Earl et moi avons eu cette explication au sujet des assiduités de Mountclemens. Ce fut un véritable choc pour moi.

— Je le crois volontiers.

— J'ai surtout été atterrée de l'implication de mon mari dans la combinaison. Par la suite, il m'a parlé de plus en plus souvent de ce qui se tramait à la galerie. Il avait été soumis à une terrible contrainte et il était surchargé de besogne. Mountclemens ne voulait pas – ou n'osait pas – prendre d'autres employés. Earl faisait tout. En plus de recevoir les clients et de traiter avec les artistes, il organisait les expositions, il fabriquait les cadres et tenait la comptabilité. Il était très capable dans ce domaine. Il a travaillé chez un expert-comptable.

— Oui, je l'ai entendu dire.

— Earl était obligé de jongler avec les chiffres à cause du fisc.

— Qu'entendez-vous par là ?

Zoé eut un sourire amer :

— Vous ne supposez pourtant pas qu'un homme comme Mountclemens déclarait ses véritables revenus ?

— Que pensait votre mari d'un tel trafic ?

— Il prétendait que c'était Mountclemens qui encourait les risques. Earl se contentait de faire ce qu'on lui demandait. Il n'était pas responsable.

Zoé se mordit les lèvres avant de reprendre :

— Mais il possédait le détail complet des véritables comptes.

— Vous voulez dire qu'il tenait une comptabilité en partie double ?

— Oui. Pour sa propre information.

— Avait-il l'intention de se servir de ces renseignements ? demanda Qwilleran.

— Earl était acculé. Il lui fallait prendre d'autres accords… ensuite, il y a eu cette désagréable histoire à mon sujet. C'est alors qu'il a décidé d'avoir une explication avec Mountclemens.

— Avez-vous assisté à l'entretien ?

— Non, mais Earl me l'a raconté. Il a menacé Mountclemens de le dénoncer, s'il ne cessait de m'importuner.

— Je ne pense pas que notre homme se soit laissé facilement intimider.

— Oh ! mais si ! dit Zoé, il a eu peur. Il savait que mon mari ne plaisantait pas. Earl lui a déclaré qu'il allait s'adresser au service de la répression des fraudes, montrer les livres de comptes pour prouver la fraude fiscale. Il pouvait même prétendre à une prime !

Qwilleran s'adossa à son fauteuil :

— Un pareil scandale aurait ruiné toute l'affaire.

— Le propriétaire de la galerie aurait été démasqué et le *Daily Fluxion* se serait trouvé dans une situation délicate, déclara Zoé.

— C'est peu dire, les autres journaux auraient fait leurs gorges chaudes d'une affaire pareille. Et Mountclemens…

— Il aurait eu un procès sur les bras. Selon Earl, il risquait la prison.

— Cela aurait été la fin de George Boifield Mountclemens III.

Ils se regardèrent un moment en silence, puis Qwilleran constata :

— Quel personnage complexe !

— Oui, murmura Zoé.

— Avait-il de véritables connaissances en matière artistique ?

— C'était un critique remarquable. En dépit de ses escroqueries, il n'a jamais rien écrit d'injustifié. Tout ce qu'il louait était digne d'éloges.

— Et Scrano ?

— Ses concepts sont obscènes, mais sa technique est sans défaut. Ses œuvres sont d'une grande beauté classique.

— Tout ce que j'y vois, ce sont des triangles.

— Oui, mais les proportions, le dessin, le rapport des valeurs, les volumes, la profondeur et le mystère tirés d'une plate composition géométrique ! C'est superbe ! Presque trop beau pour être vrai.

Qwilleran la défia carrément :

— Vos propres œuvres sont-elles aussi bonnes que Mountclemens le prétendait ?

— Non. Mais elles le deviendront. Les couleurs sombres dont je me servais n'étaient que le reflet de mon tourment intérieur. C'est fini aujourd'hui.

Elle eut un regard étrange, avant d'ajouter, avec un petit sourire froid :

— Je ne sais pas qui a tué Mountclemens, mais c'est ce qui pouvait arriver de mieux.

Ses yeux eurent une expression sauvage tandis qu'elle poursuivait :

— Je ne crois pas qu'il y ait le moindre doute à ce sujet : c'est lui qui a assassiné mon mari. Le soir où Earl est resté au bureau, pour travailler à ses comptes… je suis sûre qu'il attendait Mountclemens.

— Mais la police prétend qu'il est parti pour New York par l'avion de trois heures, objecta Qwilleran.

— Je pense qu'il est allé à New York par la route avec cette camionnette qui attendait dans l'allée, mais on ne pourra jamais le prouver, maintenant qu'il est mort.

Comme Qwilleran se levait pour la reconduire, elle lui tendit une main gantée de peau fine et dit sur un ton presque joyeux :

— Je suis pressée. J'ai rendez-vous à l'École Penniman. On m'engage comme professeur.

Le journaliste la regarda s'éloigner en se disant qu'elle était libre et heureuse. Qui l'avait délivrée ? Il repoussa une idée monstrueuse qui venait de germer dans son esprit. Pourtant, même si Butchy avait agi, le plan ne venait pas d'elle.

Pendant un moment, l'Inclination Personnelle se battit contre la Suspicion Professionnelle :

— *Zoé est une femme délicieuse, incapable de fomenter une aussi ténébreuse affaire.*

Ce à quoi la Suspicion Professionnelle ripostait :

— Elle révèle un vif désir de voir attribuer le meurtre de son mari à un homme qui n'est plus là pour se défendre. En outre, elle distille ses informations au compte-gouttes et s'arrange pour noircir Mountclemens.

— *Une femme si douce, possédant tellement de talent et d'intelligence. Et cette voix de velours !*

— C'est une futée. Deux hommes poignardés et elle tire les marrons du feu. Il serait intéressant de découvrir comment ces manœuvres ont été orchestrées. Butchy a pu faire la sale besogne, mais qui lui a donné la clef de la galerie ? Qui lui a dit de saccager les tableaux pour orienter les recherches sur un obsédé ? Butchy n'intéresse pas Zoé, celle-ci se sert seulement d'elle.

— *Zoé a un regard si profond, si honnête !*

— On ne peut faire confiance à une femme qui a de tels yeux. Voyons plutôt ce qui s'est passé la nuit du meurtre de Mountclemens : Zoé lui a téléphoné pour lui fixer un rendez-vous, en disant qu'elle emprunterait l'entrée de service. Elle en avait probablement l'habitude. Mountclemens est descendu pour ouvrir la porte du patio et ce n'est pas Zoé qui s'est présentée, mais Butchy, une arme à la main.

— *Non, c'est impossible ! Zoé est incapable d'une pareille infamie !*

— Qwilleran, tu es bien naïf ! Souviens-toi comme elle t'a fort opportunément invité à dîner, la nuit de l'assassinat de Mountclemens !

Après être rentré chez lui, Qwilleran s'assit dans un fauteuil, en songeant à l'expression féroce qu'il avait lue dans les yeux de Zoé, juste avant qu'elle ne le quittât. C'était la même expression qu'elle avait exprimée dans cette étude de chat, exposée à la galerie Lambreth. Décidément, les artistes faisaient toujours leur autoportrait.

Dans le silence de la pièce, Koko miaula pour signaler sa présence.

— Excuse-moi, mon garçon, je ne suis pas très sociable, ce soir.

Se redressant dans son fauteuil, il se demanda si Mountclemens était bien parti pour New York en camionnette et à qui celle-ci pouvait appartenir ?

Koko parla encore, cette fois à partir du hall d'entrée. Sa conversation était une succession mélodieuse de sons félins qui ne manquaient pas de distinction. Qwilleran se rendit dans le hall et trouva Koko qui gambadait dans l'escalier. Les longues pattes du chat, terminées par de petits pieds noirs, ressemblaient à des notes de musique. Le chat se fit les griffes avec énergie sur le tapis du hall. Quand il vit Qwilleran, il bondit dans l'escalier et se retourna au sommet des marches, comme s'il l'invitait à le suivre. Qwilleran se sentit soudain plein d'indulgence pour ce petit animal amical. Koko pouvait se montrer plus distrayant qu'un spectacle et parfois plus utile qu'un tranquillisant. Il donnait beaucoup et réclamait peu.

— Souhaites-tu retourner visiter ton ancien domaine ? demanda Qwilleran.

Il suivit Koko et ouvrit la porte de l'appartement du critique. Plein d'entrain, le chat entra pour explorer tous les coins et recoins du logis.

— Profites-en, Koko, cette femme du Milwaukee va bientôt venir. Elle vendra la maison et t'emmènera avec elle. Il te faudra, alors, apprendre à vivre de bière et de bretzels.

Comme s'il comprenait, Koko s'arrêta pour regarder Qwilleran d'un air consterné. Puis il s'assit pour relever une patte et se lécher les parties intimes.

— Je suppose que tu préférerais rester avec moi ?

Le chat partit vers la cuisine, grimpa sur le réfrigérateur, ne trouva pas son coussin, s'en plaignit et sauta par terre. Plein d'espoir, il chercha dans le coin où se trouvaient habituellement son assiette et son bol. Déçu, il monta sur la cuisinière, enjamba rapidement les brûleurs, pour atteindre le meuble au-dessus duquel étaient suspendus les couteaux de cuisine, encore empreints du souvenir des rôtis, côtelettes et volailles qu'ils avaient servi à découper. Koko les flaira et délogea une lame de la patte.

— Attention ! Tu vas te couper.

Tandis qu'il redressait le couteau pour le mettre dans l'alignement des trois autres, Qwilleran sentit, à la base de sa moustache, un frémissement si fort qu'il le poussa à se rendre dans le patio, toutes affaires cessantes.

S'étant muni de la torche électrique, il se demanda pour quelle raison Mountclemens ne l'avait pas utilisée ce soir-là ? Allait-il rejoindre Zoé ? Avait-il simplement jeté un pardessus sur ses épaules pour descendre ? Avait-il pris un couteau à la place de la torche ? Le cinquième manquait, en effet, à la panoplie.

Mountclemens ne portait pas sa prothèse. Jamais un homme aussi vaniteux ne l'aurait laissée pour aller retrouver une femme, mais il n'en aurait pas eu besoin, s'il avait l'intention de la tuer.

Remontant le col de sa veste de velours côtelé, Qwilleran descendit avec précaution les marches verglacées suivi par un chat curieux, mais sans enthousiasme. La nuit était froide. L'allée silencieuse à cette heure tardive.

Il tenait à découvrir comment s'ouvrait la porte du patio et dans quelle direction se projetaient les ombres. Il examina la solide porte de bois, avec sa lourde serrure espagnole. Mountclemens aurait pu aisément se cacher derrière la porte pendant qu'elle s'ouvrait. Un simple mouvement du visiteur l'aurait aplati contre le mur.

Cependant, il n'avait pas réussi à prendre sa victime par surprise. L'autre avait eu le dessus.

Tandis que Qwilleran s'attardait, faisant courir le rayon lumineux de sa lampe sur les murs du patio, Koko découvrit une tache sombre sur le sol en brique et se mit à la renifler avec une grande concentration.

— Arrête, Koko ! C'est dégoûtant !

Il retourna vers l'escalier en tenant le chat sous le ventre. Koko se débattit et grogna comme si on lui infligeait une torture.

Qwilleran remonta néanmoins l'escalier, le chat dans les bras. Quand il l'eut déposé au milieu de la cuisine, Koko s'assit et se mit à procéder à un travail de pédicure. Sa brève promenade avait sali le dessous de ses pattes. Écartant les doigts comme les pétales d'une fleur, il les lécha longuement.

Soudain, il s'interrompit au milieu de sa toilette, langue sortie, doigts écartés. Une légère protestation sortit de sa gorge. Il se redressa, tendu, en alerte et délibérément, il marcha vers la tapisserie du couloir.

— Il n'y a que de la poussière dans cette vieille cuisine, dit Qwilleran, effleuré pourtant par l'impression que le chat en savait plus que lui.

Reprenant la torche, il souleva la tapisserie et ouvrit la porte. Immobile, Koko le regardait, sans rien manifester, mais en le soulevant, Qwilleran sentit qu'il se raidissait.

En bas, il éclaira les murs de la cuisine avec la torche. Rien ne semblait expliquer la visible appréhension de l'animal. À nouveau, le journaliste fit jouer la lampe sur le chevalet, la table, les toiles contre le mur et… subitement, il se rendit compte qu'il n'y avait plus autant de toiles que la veille. Pour comble, le chevalet était vide et le portrait du robot placé sur l'évier avait disparu !

La surprise lui fit relâcher Koko qui en profita pour sauter par terre. Qwilleran alla jusqu'à la salle à manger. Elle était toujours vide.

Dans la cuisine, Koko marchait à grands pas précautionneux. Il bondit sur l'évier en se tenant en équilibre sur le bord, pour en examiner l'intérieur. Puis il se laissa tomber lourdement sur une chaise, avant de grimper sur la table. Il flaira le dessus et quand il en vint au couteau à palette, il montra les dents et cracha en grattant autour, avec une patte.

Debout, au milieu de la pièce, Qwilleran essayait de rassembler ses idées. Il se passait ici quelque chose de bizarre. Qui donc était venu dans cette cuisine ? Qui avait enlevé les tableaux manquants et pourquoi ? Les deux tableaux représentant le robot avaient disparu. Qu'avait-on enlevé d'autre ?

Il posa la torche au bord de la table en sorte que la lumière éclairât les toiles et alla en retourner une. C'était un Scrano ! Des triangles orange et jaune, peints dans le style particulier de l'artiste. Une impression de profondeur s'en dégageait et incita Qwilleran à en effleurer la surface. En bas, dans le coin droit, on pouvait lire la signature fameuse.

Délaissant ce tableau, il en tourna un autre, à nouveau des triangles vert et bleu et derrière cette toile, il en trouva d'autres encore : gris et brun, brun et noir, blanc et crème. Les volumes, la composition variaient, mais les triangles étaient toujours des Scrano.

Un miaulement guttural de Koko fit se retourner Qwilleran. Le chat reniflait les triangles orange sur fond jaune. Combien valait ce tableau ? Dix mille, vingt mille dollars ? Davantage peut-être, maintenant que Scrano ne peindrait plus. Comment Mountclemens s'était-il approprié ces toiles ? Ou était-ce des faux ? Et dans tous les cas, qui les volait ?

Koko sentait toujours le tableau en détail, comme s'il évaluait la texture de la toile sous la peinture. Quand il arriva à la signature, son cou se tendit et il balança la tête, d'un côté à l'autre, avant de flairer les lettres d'encore plus près.

Son nez remua de droite à gauche, traçant d'abord le O, puis il étudia le N, longea le A, suivit le R avec insistance, passa rapidement sur le C pour examiner les volutes du S.

— Remarquable ! s'écria Qwilleran, vraiment remarquable.

Fasciné, il entendit à peine la clef tourner dans la serrure, mais Koko s'immobilisa. Qwilleran se retourna tandis que la porte s'ouvrait lentement.

Sur le seuil, la silhouette ne bougea pas. Dans la pénombre, Qwilleran distingua de larges épaules, sous un lourd pull-over de laine, il vit une mâchoire carrée, des sourcils épais.

— Narx ! s'exclama-t-il.

L'homme parut se réveiller. Sans quitter Qwilleran des yeux, il bondit en avant, en direction de la table. D'un geste prompt, il saisit le couteau à palette et s'élança.

Zim ! Boum ! Bang !

En un instant, la pièce parut remplie d'une horde sauvage volante, bondissant du mur à la table, de la chaise à l'évier. Surpris, l'homme recula, en hésitant, tandis que l'animal en folie tourbillonnait de plus en plus vite, en poussant des glapissements de harpie. Étourdi par cette ronde infernale, Narx tourna la tête. Dans un éclair, Qwilleran brandit sa torche et l'abattit avec force sur le crâne de l'homme qui s'écroula par terre.

CHAPITRE SEIZE

Il était cinq heures de l'après-midi au Club de la Presse et Qwilleran racontait son histoire pour la centième fois.

Durant toute la journée de lundi, le personnel du *Daily Fluxion* avait défilé dans son bureau pour entendre les détails de sa bouche.

Au bar du Club de la Presse, Odd Bunsen dit :

— J'aurais voulu être là avec mon matériel pour prendre un cliché de notre héros, tenant l'appareil téléphonique d'une main et son pantalon de l'autre !

— J'ai dû attacher Narx avec ma ceinture, expliqua Qwilleran. Il avait perdu connaissance, mais je craignais qu'il ne revînt à lui pendant que j'appelais la police. Je lui avais ligoté les poignets avec ma cravate – ma chère cravate écossaise – et je n'avais que ma ceinture sous la main pour lui attacher les chevilles.

— Comment saviez-vous que c'était Narx ?

— Quand j'ai vu ce visage carré et ces larges épaules, j'ai aussitôt reconnu ces portraits de robot. Les peintres, m'a-t-on dit, font toujours leur propre portrait, qu'ils représentent des enfants, des chats ou des voiliers, mais c'est surtout Koko qui m'a ouvert les yeux en lisant la signature de Scrano à l'envers.

— Quelle impression éprouve-t-on à être le Dr Watson d'un chat ? demanda Arch.

— Que signifie cette signature ? s'étonna Odd. Je ne suis pas au courant.

— Koko a déchiffré la signature sur le tableau, expliqua Qwilleran. Il l'a lue à l'envers, comme il le fait toujours.

— Oh ! naturellement, c'est une vieille coutume siamoise.

— C'est alors que j'ai compris que Scrano, le peintre des triangles, était également O. Narx, l'auteur des robots. La surface de la peinture offrait la même texture métallique et quelques minutes plus tard le robot en personne s'introduisait dans la pièce et marchait sur moi, un couteau à la main. Il m'aurait atteint si Koko n'était pas venu à la rescousse.

— On dirait que ce chat va se présenter pour recevoir la médaille du courage civique. Qu'a-t-il fait ?

— Il est devenu fou furieux et un siamois pris de panique fait autant de ravages qu'une meute de chats sauvages. On aurait dit qu'il y avait six chats dans la pièce et Narx a été aussi abasourdi que moi.

— Ainsi Scrano n'existe pas ? dit Arch.

— Non. Il n'y a pas de reclus italien se cachant dans les collines d'Ombrie, répondit Qwilleran, il y a seulement Oscar Narx qui fabriquait ces triangles que Mountclemens pouvait célébrer dans les colonnes du *Fluxion* et vendre à la galerie Lambreth.

— Il est curieux qu'il n'ait pas utilisé son propre nom, remarqua Odd Bunsen.

— Dans son dernier article, Mountclemens annonçait que Scrano ne pouvait plus peindre, répondit Arch.

— Je pense que Mountclemens avait l'intention d'éliminer Narx, dit Qwilleran. Il en savait peut-être trop. Je soupçonne notre critique de ne pas avoir pris l'avion de trois heures, le jour du meurtre de Lambreth. Il devait avoir un complice qui a utilisé le billet de voyage et pris la place de Mountclemens. Je parie que ce complice était Narx.

— Alors, Mountclemens aurait pris un autre avion, plus tard ?

— Ou bien, il serait allé à New York par la route, dans cette mystérieuse camionnette garée dans l'allée, près de la galerie. Zoé Lambreth a entendu son mari en parler au téléphone.

— Mountclemens était fou de prendre un complice, dit Odd, je l'ai toujours dit : si vous voulez commettre un meurtre, agissez seul !

— Il n'était pas si fou que cela, déclara Qwilleran, il avait certainement préparé un alibi, mais quelque chose n'a pas dû marcher.

Arch, qui avait écouté des fragments de l'histoire toute la journée, demanda :

— Pourquoi êtes-vous aussi certain que Mountclemens allait retrouver quelqu'un dans le patio avec l'intention de commettre un meurtre ?

— Pour trois raisons, répondit complaisamment Qwilleran, en s'exprimant avec autorité et en faisant de larges gestes : d'abord, un homme aussi orgueilleux que lui ne serait pas descendu rencontrer quelqu'un sans sa prothèse. Mais il n'allait pas attendre un invité, aussi n'en avait-il pas besoin. Ensuite, il n'avait pas pris sa torche électrique, bien que les marches fussent gelées et dangereuses, enfin je le soupçonne d'avoir emporté un couteau de cuisine. Il en manque un chez lui.

L'auditoire de Qwilleran était suspendu à ses lèvres.

— Apparemment, poursuivit-il, il n'a pas réussi à prendre Narx par surprise et faute de cela, il y avait de grandes chances pour que l'autre homme, plus jeune et plus robuste, l'emportât. Narx est un adversaire sans scrupules et il a deux mains.

— Comment savez-vous que Mountclemens est descendu pour rencontrer quelqu'un ?

— Il portait une veste d'intérieur. Pendant qu'il attendait Narx, Mountclemens avait probablement son pardessus sur les épaules ; il s'en est débarrassé, au moment d'entrer en action. Normalement, Narx aurait dû pousser la porte du patio, sans méfiance, permettant à Mountclemens de se tenir caché derrière, prêt à poignarder son visiteur dans le dos. Il aurait, alors, simplement déposé le corps dans l'allée et le meurtre aurait été imputé à un vagabond, ce qui n'aurait surpris personne, dans ce quartier.

— Si Narx est aussi redoutable que vous le prétendez, comment Monty pouvait-il espérer réussir avec une seule main ? s'enquit Arch.

— Encore une fois, par vanité. Mountclemens se comportait toujours avec superbe. Cela lui donnait une impression de puissance et je crois connaître la raison pour laquelle il a échoué. Ce n'est qu'une supposition, mais je pense qu'en ouvrant la porte, Narx a été alerté par le parfum de citronnelle que Mountclemens employait toujours et qui a trahi sa présence.

— C'est extravagant, soupira Odd, j'ai toujours dit que ce type était piqué.

— Narx s'en serait tiré s'il n'était revenu chercher ces tableaux, constata Arch. Eh ! Bruno, servez-nous deux autres martinis et un jus de tomate, disons même trois autres martinis, voici Lodge Kendall.

— Oubliez ce jus de tomate, dit Qwilleran, je vais m'en aller.

— J'arrive du Quartier Général de la police, annonça Kendall, et j'ai des nouvelles. Narx a tout avoué. C'est bien ce que Qwill supposait : Narx est l'auteur des tableaux signés Scrano. Chaque fois qu'il venait dans notre bonne ville, il campait dans l'appartement vacant de Mountclemens, mais il travaillait surtout à New York.

Il apportait ses tableaux dans une camionnette et se faisait passer pour l'agent new-yorkais de Scrano.

— A-t-il parlé de l'avion de trois heures ?

— Oui, c'est bien lui qui a utilisé le billet de Mountclemens.

— Alors, il était au courant de tout ? insista Odd.

— Non, pas à ce moment-là. Voyez-vous, il arrivait tout juste en ville avec la camionnette et Mountclemens lui a demandé de repartir immédiatement pour New York par avion, pour rencontrer un acheteur de Montréal. Il a prétendu qu'il venait d'organiser le rendez-vous, par téléphone. Narx devait rencontrer le client à cinq heures. Il n'avait que le temps de sauter dans l'avion. Narx n'y a rien vu d'anormal, après tout, il était l'homme de paille de l'opération. Mountclemens lui a donc remis son propre billet d'avion et l'a conduit à l'aéroport pour prendre l'avion à sa place.

— Comment se fait-il que le nom de Mountclemens se soit trouvé sur la liste des passagers ?

— D'après Narx, on n'a pas eu le temps de contrôler le nom au moment du départ. On s'est seulement borné à poinçonner le billet. Mountclemens a raconté à Narx qu'il allait partir lui-même aussitôt avec la camionnette et qu'il s'arrêterait à Pittsburgh pour y passer la nuit, afin d'arriver à New York, le mercredi matin.

— Je devine ce qui n'a pas marché, dit Qwilleran.

— Cet acheteur de Montréal voulait toutes les toiles disponibles, expliqua Kendall, Narx a téléphoné à Earl Lambreth pour lui demander d'envoyer tout le stock qui restait.

— C'est la conversation que Zoé a entendue.

— Lambreth lui a répondu qu'il lui enverrait ces toiles avec la camionnette. Narx lui a dit que c'était impossible parce que Mountclemens était déjà en route pour Pittsburgh avec le véhicule. Mais Lambreth a insisté, en affirmant que la camionnette était encore garée dans l'allée, près de la galerie.

— Et Narx a eu des soupçons ?

— Pas avant d'apprendre le meurtre de Lambreth et de se rendre compte que Mountclemens lui avait menti. Alors, il a décidé de profiter de l'occasion. Il détestait Mountclemens depuis toujours, car il avait l'impression d'être un jouet, un véritable robot, entre les mains de l'autre. Il a exigé une part plus importante du gâteau.

— Narx était fou de penser qu'il pourrait faire chanter un vieux renard comme Monty, dit Odd.

— C'est ainsi que Mountclemens lui a tendu un piège et l'a attendu dans le patio, poursuivit Kendall, mais Narx a renversé la situation à son avantage.

— A-t-il dit pour quelle raison il était revenu ?

— Principalement pour enlever les toiles qui portaient sa propre signature. Il craignait que la police ne fît le rapprochement. Mais il a également pris quelques toiles de Scrano et il revenait en chercher d'autres lorsqu'il est tombé sur Qwill… et ce chat !

— Quelle valeur vont avoir les toiles de Scrano, maintenant que la supercherie est découverte ? demanda Arch. Nombre de spéculateurs vont prendre une jolie culotte !

— Eh bien, je vais vous avouer une bonne chose, dit Qwilleran, j'ai vu beaucoup de peintures au cours de ces dernières semaines et si j'en avais les moyens, je crois que j'achèterais un de ces tableaux avec des triangles gris et blanc de Scrano.

— Mon pauvre vieux, vous êtes fichu ! s'exclama Odd.

— J'ai oublié de vous confier le plus beau de l'histoire, dit Kendall. Narx a avoué que ces triangles étaient le résultat d'une collaboration. Il les dessinait sous les directives de Mountclemens.

— Quelle habile combinaison ! s'écria Qwilleran, avec admiration, Mountclemens avait perdu une main et ne pouvait plus peindre. Narx possédait une grande technique, mais il lui manquait l'imagination créative.

— Je parie que beaucoup de peintres sont hantés par des artistes fantômes, murmura Odd, pensif.

— Allons, Qwill, prenez un dernier jus de tomate, célébrons dignement cet heureux dénouement ! suggéra Arch.

— Non merci. Je dîne avec Zoé Lambreth et je dois passer à la maison pour changer de chemise.

— Avant que vous ne partiez, dit Odd, je devrais peut-être vous expliquer pourquoi je n'ai pas pris de photographies de votre femme soudeur.

— Ce n'est pas urgent.

— Je me suis présenté à l'École Penniman, mais elle n'y était pas. Elle est chez elle, une main dans le plâtre.

— Que lui est-il arrivé ?

— Vous vous souvenez de ce type qui s'est tué en tombant d'un échafaudage ? La Bolton a essayé de le retenir, mais il a glissé et elle a eu le poignet brisé. Elle sera de retour dans une semaine et j'irai prendre ces photographies.

— J'espère que vous les réussirez. Essayez de la flatter un peu.

Quand il arriva chez lui pour nourrir le chat, il trouva Koko étendu au milieu du tapis, occupé à faire sa toilette des grands jours.

— Tu te prépares pour aller dîner ? lui demanda Qwilleran.

La langue rose passait activement sur la patte brune avant de caresser les oreilles de velours sombre. Koko avait l'air d'un chat parfaitement ordinaire et ne ressemblait en rien à la créature surnaturelle qui lisait les pensées, savait ce qui allait arriver et pressentait ce qu'il ne pouvait ni voir ni sentir.

— Tu mériterais de figurer à la une des journaux, lui dit Qwilleran.

« *Le chat détective découvre la vérité sur un double meurtre.*

« Tu avais raison sur toute la ligne et j'avais tort depuis le début. Personne n'a volé le poignard de Cellini au musée, Mountclemens n'a pas pris l'avion de trois heures. Butchy n'a commis aucun crime. Ciseau n'a pas été assassiné et Zoé n'a pas menti.

Sans répondre, Koko se mit à se lécher activement l'épaule droite.

— Mais je n'ai toujours pas toutes les réponses. Pourquoi m'as-tu conduit à ce cabinet, chez Mountclemens ? Pour chercher Menthy-Mouse ou pour me faire découvrir le singe de Ghirotto ? Pourquoi as-tu attiré mon attention sur les couteaux, vendredi soir ? Voulais-tu me montrer qu'il en manquait un ou désirais-tu que je te découpe du filet de bœuf ? Et pourquoi, ensuite, as-tu tellement insisté pour descendre à la cuisine ? Savais-tu que Narx allait venir ? Pourquoi as-tu senti ce couteau à palette, avec une telle répugnance ? Parce qu'il avait une odeur de peinture ou prévoyais-tu ce qui allait arriver ?

Sans sourciller, Koko poursuivit sa toilette.

— Et enfin, quand Narx a marché sur moi, as-tu vraiment été pris de panique ? Étais-tu un chat affolé ou as-tu essayé de me sauver la vie ?

Ayant terminé ses soins de beauté, Koko jeta un regard lointain sur Qwilleran, comme si une réponse divine se formait dans sa petite tête brune. Puis il se coucha sur le dos en se tortillant, releva la tête en louchant et se gratta l'oreille avec sa patte de derrière, dans une expression extasiée de pur ravissement félin.

LE CHAT QUI MANGEAIT DE LA LAINE

CHAPITRE PREMIER

Jim Qwilleran préparait son petit déjeuner de célibataire, avec une expression d'ennui et de dégoût accentuée par la courbe désapprobatrice de son épaisse moustache.

L'eau chaude du robinet ne parvint pas à dissoudre complètement le café instantané et les biscottes qu'il retira d'un paquet, entamé depuis longtemps, commençaient à sentir le moisi. Il posa sa tasse sur une serviette en papier, près de la fenêtre, à travers laquelle perçait un pâle rayon de soleil, rendant plus apparente la tristesse de cet appartement meublé.

Il déjeuna sans penser à ce qu'il faisait et en réfléchissant aux quatre problèmes qui se posaient à lui. 1. Pour le moment, il se trouvait sans femme dans sa vie. 2. Il venait de recevoir une lettre de congé, et dans trois semaines il serait sans logement. 3. À la vitesse à laquelle les mites les attaquaient, il serait bientôt sans cravates et, enfin 4. si, cet après-midi, il disait à son directeur ce qu'il avait sur le cœur, il serait sans travail. Chômeur à plus de quarante-cinq ans, charmante perspective !

Heureusement, il n'était pas sans amis. Sur la table, à côté d'un gros dictionnaire, de quelques livres brochés et d'une blague à tabac, se tenait Koko, le chat siamois.

Qwilleran gratta l'oreille de son ami, en disant :

— Je parie que tu n'avais pas la permission de t'asseoir sur la table du petit déjeuner, quand tu vivais là-haut.

Le chat retroussa ses moustaches d'un air satisfait, en disant :

— Yaô !

Le journaliste l'avait recueilli six mois plus tôt, à la suite du décès du locataire du premier étage. Qwilleran le nourrissait bien, lui tenait des conversations et inventait des jeux qui plaisaient à cet animal extraordinairement intelligent. Tous les matins, Koko occupait un coin de table, assis bien droit, sa queue entourant ses pattes brunes. Dans ce rayon de soleil, ses yeux étaient d'un bleu intense et sa fourrure paraissait encore plus soyeuse.

— Tu transformes cet appartement en un véritable capharnaüm, lui dit Qwilleran, avant de se replonger dans ses pensées.

Le jour était venu où il s'était promis d'affronter le directeur pour lui demander une nouvelle affectation. C'était une démarche risquée. Au *Daily Fluxion*, on n'aimait guère le changement. Persée, le directeur, prêchait un travail d'équipe, un esprit d'équipe, une discipline d'équipe. Épaule contre épaule, jouez le jeu, un pour tous, tous pour un !

— Voilà où nous en sommes, reprit-il, si je vais voir Persée dans son bureau pour lui demander un autre poste, je risque de me retrouver à la rue, et le chômage est un luxe que je ne peux pas me permettre actuellement.

Koko écoutait de toutes ses oreilles.

— Si le pire devait arriver, je suppose que je pourrais toujours me faire embaucher au *Morning Rampage*, mais travailler pour cette feuille de chou ne me tente guère.

— Yaô ! approuva doucement Koko.

— J'aimerais avoir une conversation en tête à tête avec Persée, mais ce diable d'homme est insaisissable. Son attitude semble toujours être commandée à l'avance par un ordinateur. Un jour, il vous sourit très aimablement, vous serre la main avec chaleur, en vous complimentant, et, le lendemain, il vous ignore en vous rencontrant dans l'ascenseur : vous ne figurez pas dans son programme de la journée.

Koko changea de position.

— Il n'a même pas l'air d'être un directeur de journal. Il s'habille comme une gravure de mode. Quand je suis avec lui, j'ai toujours l'impression d'avoir acheté mes vêtements au « décrochez-moi-ça »... ce qui me rappelle que j'ai besoin de me faire couper les cheveux.

Là-dessus, Qwilleran se leva pour aller se raser et s'habiller. Puis il prépara le déjeuner de Koko – des morceaux de bœuf, chauffés dans une petite boîte de sauce aux champignons.

Cependant, le chat ne s'intéressa pas à la nourriture. Il suivit son ami, en miaulant de sa voix claironnante de siamois, tira sur la serviette de toilette et sauta avec légèreté sur une étagère de l'armoire, lorsque le journaliste l'ouvrit.

— Quelle cravate vais-je mettre ?

La plupart étaient des tartans écossais à prédominance rouge. Elles parsemaient l'appartement sur des poignées de porte et des dossiers de chaise.

— Je devrais peut-être porter quelque chose de sobre, pour impressionner favorablement Persée. Aujourd'hui, tout le monde devient conformiste. Vous autres, chats, êtes les seuls à sauvegarder votre indépendance.

Il prit une cravate en laine bleu marine et l'examina, avec attention.

— Encore une autre mangée par ces satanées mites, grogna-t-il.

Koko émit un miaulement de sympathie tandis que Qwilleran, après avoir réfléchi, décidait de la porter, malgré tout.

— Si tu veux te rendre utile, dit-il au chat, tu ferais mieux de chasser les mites, au lieu de perdre ton temps avec les toiles d'araignée.

Ayant dissimulé l'extrémité endommagée de sa cravate dans son pantalon, Qwilleran ramassa sa pipe et sa blague à tabac, adressa en guise d'adieu une caresse hâtive sur la tête de Koko, et quitta son appartement de la place Blenheim.

Quand il arriva dans le hall du *Daily Fluxion*, ses cheveux étaient coupés, sa moustache légèrement rafraîchie et ses souliers rivalisaient d'éclat avec les murs de marbre noir. Ayant aperçu son profil dans l'une des vitres, il rentra le ventre et se redressa. Depuis quelque temps, il prenait de l'embonpoint.

Son arrivée ne passa pas inaperçue. Depuis son engagement au *Daily Fluxion*, sept mois auparavant, Qwilleran – avec sa haute stature, sa grosse moustache et le mystère qui entourait son passé – était un sujet de conjectures. Tout le monde savait qu'il avait derrière lui une brillante carrière de reporter spécialisé dans les affaires criminelles à New York et Chicago, et l'on s'étonnait qu'après une éclipse de quelques années il ait accepté d'écrire des articles sur les beaux-arts pour un journal du Middle West.

La porte de l'ascenseur s'ouvrit. Un certain nombre de femmes du magazine féminin en sortirent. L'une d'elles était âgée, une autre laide. Il savait que celle chargée de la chronique mondaine était mariée et il remarqua l'élégance de la spécialiste de la mode. Ce fut elle qui lui adressa un sourire complice en disant :

— Ce sont toujours les mêmes qui ont de la chance ! Je vous déteste !

Tandis que les portes de l'ascenseur se refermaient, Qwilleran se demanda ce qu'elle avait bien pu signifier par là. Près de lui, une secrétaire blonde du service de publicité lui sourit :

— Je viens d'apprendre la nouvelle, mes félicitations, dit-elle, en descendant au premier étage.

Un grand espoir pointa dans le cœur de Qwilleran et il entra dans son bureau d'un pas plus allègre.

— Ne vous éloignez pas, lui dit Arch Riker, le rédacteur en chef, Persée a décidé une réunion à dix heures trente. Il veut probablement discuter de ce W ridicule dans votre nom. Avez-vous vu la première édition ? ajouta-t-il, en poussant le journal à travers son bureau.

Une manchette portait en gros titre :

LE JUGE QWITTE LA SALLE APRÈS AVOIR DONNÉ SON QWITUS

— Personne ne s'est aperçu de rien, avant la sortie des journaux, reprit Riker, vous embrouillez tout le monde avec votre orthographe !

— C'est un nom écossais des plus respectables, protesta Qwilleran, puis il se pencha au-dessus de son bureau vert pomme, en ajoutant : Je viens d'entendre d'intéressantes rumeurs, ce matin. Il paraît que Persée va me désigner pour un nouveau poste.

— Si c'est exact, vous me l'apprenez.

— Depuis six mois, je suis le journaliste le plus incongru de toute la profession : un chroniqueur judiciaire égaré dans le monde de l'art !

— Il ne fallait pas accepter ce travail s'il ne vous plaisait pas.

— J'avais besoin d'argent, vous le savez bien. Du reste, on m'avait promis une autre affectation dès que l'occasion s'en présenterait.

— Eh bien ! je vous souhaite bonne chance.

— Quoi qu'il en soit, nous paraissons être les deux seuls à ne pas être au courant.

— C'est un axiome bien connu de notre métier que les personnes le plus directement concernées sont toujours les dernières informées, répondit Riker, avec philosophie.

En pénétrant dans le bureau directorial avec Qwilleran, un moment plus tard, Arch Riker lança :

— Bonjour Harold.

Car on n'appelait le patron « Persée » que derrière son dos.

Le chef du service de publicité était déjà là, en compagnie du directeur du service photographique. La rédactrice en chef du magazine féminin était également présente, avec un chapeau hardi, en fourrure de zèbre. Elle jeta un regard appuyé vers Qwilleran, ce qui embarrassa ce dernier. Fran Unger avait un charme sirupeux dont il se méfiait. En outre, il n'aimait pas les femmes d'affaires. Il avait été marié à l'une d'elles, autrefois.

Quelqu'un ferma la porte et le directeur fit tourner son fauteuil pour dévisager Qwilleran.

— Qwill, je vous dois des excuses, dit-il, j'aurais dû vous parler de cela il y a une dizaine de jours. Les rumeurs sont probablement venues jusqu'à vous et j'ai eu tort de vous laisser dans le noir. Je le regrette. J'ai été appelé par le maire, afin de participer à un comité de citoyens sur les problèmes de sécurité, mais ce n'est pas une excuse *per se*.

Ce n'est pas un mauvais bougre, songea Qwilleran.

— Nous vous avions promis un autre poste dès que l'occasion se présenterait, poursuivit le directeur, et nous avons, aujourd'hui, un projet intéressant pour toute l'industrie journalistique et qui devrait être, j'ose le dire, un véritable filon pour le *Daily Fluxion per se*.

Qwilleran commença à comprendre pourquoi tout le monde appelait le patron « Persée ».

— Notre ville a été choisie pour une expérience tendant à déterminer si la publicité paraissant dans des magazines à l'échelon national peut être pratiquée par les journaux régionaux.

Le chef de la publicité leva la tête.

— Si cela marche, nous doublerons facilement notre chiffre d'affaires. Le revenu pour une seule année expérimentale se montera à plus d'un million de dollars.

— Le *Morning Rampage* aura sa part du gâteau, mais avec nos nouvelles presses et notre procédé de reproduction en couleurs, nous pouvons fournir une qualité nettement supérieure.

Qwilleran tira nerveusement sur sa moustache.

— Il vous appartiendra, mon cher Qwill, de diriger le supplément du dimanche pendant cinquante-deux semaines. Ce numéro sera tiré sous forme de magazine en couleurs.

Aussitôt, Qwilleran se mit à envisager les possibilités : importante chronique judiciaire, débats parlementaires, exposés politiques, rubrique sportive et même, peut-être, quelques articles de nouvelles internationales. Se raclant la gorge, il demanda :

— Ce nouveau magazine, je suppose qu'il sera d'intérêt général ?

— Dans sa présentation, certainement, répondit Persée, mais un peu particulier quant à son contenu. Nous voulons que vous dirigiez un magazine hebdomadaire sur la décoration d'intérieur.

— Sur quoi ? s'exclama Qwilleran, d'une curieuse voix de fausset.

— Sur les installations de maisons et d'appartements. L'expérience est financée par l'industrie du meuble.

— Mais une femme serait plus indiquée pour ce genre de travail !

— En effet, le magazine féminin désirait vivement se voir assigner cette tâche, Qwill, dit Fran Unger, mais Harold prétend que, de nos jours, beaucoup d'hommes s'intéressent à la question et il veut éviter la note féminine, pour encourager davantage de lecteurs masculins à acheter *Le Gai Logis*.

— *Le Gai Logis* ? Est-ce le nom de la chose ?

Persée acquiesça.

— Je pense que c'est exactement ce qui convient, charme, gaieté, bon goût. Vous pourrez écrire des articles sur les demeures luxueuses, les appartements coûteux, les résidences secondaires fastueuses et sur la façon de vivre des plus riches P.-D.G.

— Harold, balbutia Qwilleran, en se penchant avec inquiétude, êtes-vous certain que je sois qualifié pour ce travail ? Vous connaissez mon passé, je n'ai rigoureusement aucune expérience en matière de décoration.

— Vous avez fort bien réussi comme chroniqueur artistique, sans rien savoir sur l'art, répondit Persée, sans s'émouvoir. Dans notre métier, l'expérience est parfois néfaste. Ce qu'il nous faut, pour ce poste, c'est un journaliste expérimenté, possédant un esprit imaginatif et plein de ressources. Si vous avez des difficultés, au début, Fran se fera un plaisir de vous aider.

— Mais bien sûr, Qwill, nous pourrons collaborer tous les deux, dit la jeune femme, d'une voix suave. Je vous aiguillerai dans la bonne direction. Par exemple, vous pourriez commencer par le studio Arts déco. Il y a aussi Lyke et Starkweather, c'est la maison de décoration la plus cotée de la ville. Vous verrez, David Lyke est absolument adorable !

— Je n'en doute pas, grommela Qwilleran, qui avait déjà son opinion sur les décorateurs, mâles ou femelles.

— Je vous présenterai aussi Mrs. Middy, elle installe de charmants intérieurs en style colonial. Enfin, je connais un nouveau magasin appelé *Laical*, spécialisé dans la laideur calculée.

Persée fit, alors, une remarque qui jeta une autre lumière sur la proposition.

— Ce poste comporte davantage de responsabilités, dit-il à Qwilleran, et, naturellement, vous serez rémunéré en conséquence. Vous passerez de l'échelon rédacteur senior à celui d'éditeur junior.

Immédiatement, Qwilleran se livra à un rapide calcul mental et le chiffre qui en résulta lui permit d'envisager l'avenir d'un œil plus serein. Il pourrait, à tout le moins, vivre décemment et éteindre quelques dettes.

— Je suppose que je peux toujours essayer, dit-il. Quand dois-je commencer ?

— Votre affectation date d'hier. Nous avons appris que le *Morning Rampage* allait sortir son supplément le 1er octobre et nous aimerions le coiffer au poteau.

La perspective d'entrer en compétition avec un autre journal enleva les derniers scrupules de Qwilleran. Sa réaction horrifiée devant *Le Gai Logis* se transforma en un soudain instinct de propriété, et quand Fran Unger lui adressa un sourire, en disant :

— Vous verrez, nous allons bien nous amuser.

Il eut envie de répondre :

— Ne touchez pas à *mon magazine*, ma chère !

Ce jour-là, à l'heure du déjeuner, Qwilleran sortit pour célébrer son augmentation. Il acheta une boîte de crabe pour Koko et une cravate neuve pour lui, encore une cravate écossaise, en laine rouge.

CHAPITRE DEUX

Arborant sa nouvelle cravate et le plus neuf de ses deux costumes, Qwilleran se mit en route, avec quelque appréhension, pour sa première visite à un atelier de décoration, s'apprêtant à pénétrer dans un univers précieux et ésotérique.

Il découvrit le magasin de Lyke et Starkweather, dans un quartier exclusivement réservé aux boutiques spécialisées, galeries d'art, antiquaires et salons de thé. La devanture était impressionnante. Grande double porte en bois exotique, avec des poignées en argent aussi grosses qu'une balle de base-ball.

L'intérieur offrait diverses conceptions de pièces, et il fut heureux de trouver un bureau tapissé d'un papier assorti à sa cravate. Des bois de cerf décoraient une cheminée monumentale, face à un divan recouvert de pécari.

Un mince jeune homme s'approcha ; il lui demanda de voir Mr. Lyke ou Mr. Starkweather.

Après une attente qui lui parut de mauvais augure, un homme à cheveux gris surgit de derrière un paravent oriental placé au fond du magasin. Il avait un aspect mielleux.

— C'est Mr. Lyke que vous devriez voir, s'il s'agit de publicité, mais il est occupé avec une cliente. Voulez-vous jeter un coup d'œil sur nos installations, en attendant ?

— Êtes-vous Mr. Starkweather ?

— Oui, mais c'est Mr. Lyke qui…

— J'aimerais que vous me parliez de ce que vous lancez.

— Il n'y a pas grand-chose à en dire.

— Qu'est-ce qui se vend le plus, en ce moment ?

— À peu près tout.

— Y a-t-il des couleurs à la mode ?

— Non, pas spécialement.

— Je vois que vous avez des meubles modernes.

— Nous avons de tout.

— Comment appelez-vous ce meuble ? demanda Qwilleran.

Il désignait une table-bureau, avec des pieds galbés et des incrustations dans le bois représentant des oiseaux des îles.

— Une table, répondit platement Starkweather, dont le visage impassible s'éclaira une fraction de seconde pour ajouter : Voici, Mr. Lyke.

Derrière l'écran oriental parut un bel homme d'une trentaine d'années. Il avait à son bras une femme d'un certain âge, portant un chapeau excentrique. Elle souriait, en rougissant de plaisir.

— Rentrez chez vous, ma chère, dit Lyke, d'une voix grave et chaude, et annoncez à votre époux qu'il vous faut ce divan de huit places. Il ne lui en coûtera pas un cent de plus que sa dernière voiture. Et souvenez-vous, ma chère amie, que vous devez m'inviter à dîner, la prochaine fois que vous ferez ce délicieux gâteau au chocolat. Ne chargez pas votre cuisinière de le préparer. Je veux qu'il sorte de vos mains, pour David !

Tout en parlant, il accompagna la cliente jusqu'à la porte où il s'arrêta pour lui baiser le bout des doigts. Lorsqu'il se retourna, son visage passa brusquement d'une expression de ravissement à une froideur professionnelle.

Mais il ne pouvait changer ses yeux qui étaient grands, avec des paupières lourdes et de longs cils. Le trait le plus frappant de sa personne était son abondante chevelure blanche, contrastant avec la jeunesse de son visage hâlé.

— Je suis David Lyke, dit-il, en tendant spontanément la main. Venez dans mon bureau, nous pourrons parler.

Le journaliste le suivit dans une pièce aux murs gris perle. Une peau de léopard gisait sur le parquet ciré. Des fauteuils carrés, très masculins, étaient couverts d'un tissu maïs. Sur le mur, une toile représentait une femme nue dans des tons lumineux.

Qwilleran ne put s'empêcher d'admirer.

— J'aime ce bureau.

— Je suis heureux qu'il vous plaise. Ne trouvez-vous pas que le gris est une couleur terriblement civilisée ? J'appelle ce ton « graine de coquelicot ». Les fauteuils sont « figue sèche ». Je suis fatigué du « blanc cassé » ou du « coquille d'œuf ». Voulez-vous boire quelque chose ?

Qwilleran refusa et demande la permission de fumer la pipe. Puis il exposa la raison de sa visite.

— J'aurais préféré que vous n'appeliez pas votre magazine *Le Gai Logis*, dit Lyke, cela me fait penser à une cage avec des colibris.

— Dans quel genre de décoration vous spécialisez-vous ?

— Tous les genres. Si des clients veulent vivre comme des conquistadors, des barons anglais ou des roitelets français, nous ne discutons pas.

— Si vous aviez une maison intéressante à nous signaler, nous pourrions la choisir pour illustrer la couverture de notre premier numéro.

— Personnellement, cette publicité ne me déplairait pas, mais j'ignore comment nos clients réagiront. Vous savez ce qu'il en est : lorsque les gars de Washington apprennent qu'un contribuable a fait poser de la moquette dans sa salle de bains, ils vérifient ses déclarations de revenus des trois dernières années. Je viens de terminer une magnifique maison de style colonial, mais les cantonnières ne sont pas encore placées. Nous avons aussi décoré un appartement avec un mobilier Chippendale de toute beauté, mais nous avons eu des ennuis avec les rideaux. Nous n'avons pu nous procurer les franges assorties en temps opportun.

— Ne pourrait-on prendre les photos à partir d'un angle où les fanfreluches ne seraient pas visibles ?

Lyke parut interloqué, puis il se ressaisit et secoua la tête :

— Non. Il faut que l'on voie les fenêtres.

Choisissant une carte dans un classeur, il enchaîna :

— Voici une maison que j'aimerais vous faire visiter. Connaissez-vous G. Verning Tait ? J'ai exécuté une décoration de style Empire pour son salon, avec des niches encastrées pour sa collection de jades.

— Qui est Tait ?

— Vous ne connaissez pas les Tait ? C'est l'une des plus vieilles familles vivant dans les pseudo-châteaux de Muggy Swamp. Vous avez entendu parler naturellement de Muggy Swamp, une banlieue très sélecte. Malheureusement, les clients les mieux nés sont, en général, les plus mauvais payeurs.

— Les Tait sont-ils très mondains ?

— Ils l'étaient, mais ils sortent peu, maintenant que Mrs. Tait est invalide.

— Pensez-vous que l'on nous permettra de prendre des photographies ?

— Ces gens-là évitent la publicité, mais dans ce cas particulier, je crois que je pourrai user d'arguments persuasifs.

Ils envisagèrent d'autres possibilités, mais en vinrent à la conclusion que la maison des Tait serait parfaite. Nom connu, décor spectaculaire, et la collection de jades comme attrait supplémentaire.

En outre, dit Lyke, d'un ton satisfait, c'est le seul travail que j'ai réussi à retirer au studio Arts déco et je ne serais pas fâché de voir la maison Tait sur la couverture du *Gai Logis*.

— Si vous réussissez à mettre l'affaire sur pied, téléphonez-moi aussitôt. J'entreprends une course contre la montre pour la sortie du premier numéro. Je vais vous laisser mon adresse personnelle.

Il inscrivit son adresse et son numéro de téléphone sur une carte du *Daily Fluxion* et se leva pour partir. David Lyke lui donna une poignée de main franche et cordiale.

— Je vous souhaite bonne chance avec votre nouveau magazine, mais puis-je me permettre de vous donner un petit conseil amical ?

Qwilleran regarda ce jeune homme d'un œil anxieux.

— N'appelez jamais des franges des fanfreluches !

Le journaliste retourna à son bureau en méditant sur la complexité de son nouveau métier. Il trouva un message lui demandant d'appeler Fran Unger. Il composa le numéro, avec appréhension.

— J'ai travaillé sur nos projets, dit-elle, et j'ai quelques tuyaux à vous communiquer. Avez-vous un crayon sous la main ? D'abord, il y a une ancienne ferme grecque, transformée en salon de thé japonais. Ensuite, on m'a signalé un appartement avec des moquettes sur les murs et le plafond, et un aquarium sous le sol vitré. Enfin, je sais où trouver une chambre à coucher entièrement décorée dans trois nuances différentes de noir, avec un lit en cuivre. Cela devrait vous suffire, pour remplir le premier numéro.

Qwilleran sentit sa moustache frémir d'indignation.

— Merci beaucoup, mais j'ai tout ce qu'il me faut pour ce premier magazine, affirma-t-il, avec impudence.

— Vraiment ? Pour un débutant, vous vous débrouillez bien. Qu'avez-vous en projet ?

— C'est une longue histoire.

— J'aimerais l'entendre. Déjeunez-vous au Club de la Presse ?

— Non, dit-il, après une courte hésitation, je déjeune avec un décorateur.

Fran Unger n'était pas femme à se laisser démonter facilement.

— Dans ce cas, voulez-vous que nous nous retrouvions au bar du Club de la Presse, à cinq heures et demie ?

— Je suis navré, dit Qwilleran, j'ai un autre rendez-vous en ville.

À cinq heures et demie, il partit pour son propre domicile, avec un morceau de saucisse et des oignons pour dîner. Il aurait préféré aller au Club de la Presse, car il aimait l'atmosphère du Club, l'épaisseur de ses biftecks et la compagnie de ses confrères, mais depuis deux semaines il évitait de s'y rendre. Tout avait commencé quand il avait dansé avec Fran Unger, au bal des photographes. Apparemment, son fox-trot démodé avait un charme qu'il ne soupçonnait pas. Depuis lors, elle n'avait cessé de le poursuivre.

— Je ne peux plus me débarrasser de cette femme, expliqua-t-il à Koko, en découpant la saucisse. Elle n'est pas mal, mais ce n'est pas mon type. En outre, je n'apprécie la fourrure de zèbre que sur le dos de l'animal.

Il coupa un petit morceau de saucisse pour Koko, en guise d'apéritif, mais le chat était trop occupé à enlever une toile d'araignée sous une chaise pour s'en soucier. Il fallut que le téléphone se mît à sonner, un peu plus tard, pour le faire réagir.

Depuis quelque temps, Koko manifestait des signes de jalousie à l'égard du téléphone. Chaque fois que Qwilleran tenait le récepteur à la main, Koko venait lui délacer ses souliers ou mordait le fil téléphonique. Parfois, il essayait d'écarter l'appareil de son oreille. Le journaliste venait justement de décrocher et disait :

— Allô ? Quelle bonne nouvelle m'apportez-vous ?

Aussitôt, Koko grimpa sur la table et commença à se montrer insupportable. Qwilleran le repoussa.

— Bravo ! Quand pourrons-nous y aller ?

Koko allait et venait, cherchant quelque sottise à faire. S'étant pris la patte dans le fil, il miaula, avec indignation.

— Pardonnez-moi, je ne vous entends pas ! cria Qwilleran. Le chat est en colère… non, je ne le bats pas… Ne coupez pas.

Il démêla Koko du fil téléphonique et le posa par terre, puis il écrivit l'adresse que David Lyke venait de lui donner.

— Je vous verrai donc, lundi matin, à Muggy Swamp, dit Qwilleran, merci infiniment.

Un moment plus tard, le téléphone carillonna à nouveau et la voix amicale de Fran Unger retentit :

— Allô, vous êtes donc chez vous, Jim ?

— Oui, en effet, avoua Qwilleran, en surveillant Koko qui s'était empressé de remonter sur la table.

— Je croyais que vous aviez un rendez-vous important, ce soir ?

— J'ai pu me libérer plus tôt que je ne le pensais.

— Je suis au Club de la Presse, pourquoi ne viendriez-vous pas nous rejoindre ? Nous sommes tous là.

— Fiche-moi le camp ! dit Qwilleran à Koko qui essayait de former un numéro sur le cadran avec son nez.

— Qu'avez-vous dit ?

— Je parlais au chat, dit-il en repoussant Koko qui revenait à la charge.

— À propos, quand allez-vous m'inviter pour me présenter Koko ?

— Yaô-ô-ô ! fit Koko, poussant son miaulement assourdissant directement dans l'oreille droite de Qwilleran.

— Oh ! assez !

— Comment ?

— Fiche-moi la paix ! hurla Qwilleran, au comble de l'exaspération, tandis que Koko se sauvait en renversant un cendrier.

— Eh bien ! dit Fran Unger, d'une voix subitement glacée, votre courtoisie me confond !

— Écoutez-moi, Fran, ce n'est pas ma faute... commença-t-il.

Mais un déclic se produisit.

— Allô ? Allô ?

Il y eut un silence. La communication avait été coupée par Koko qui avait posé sa patte sur le coupe-circuit et qui toisait, maintenant, Qwilleran, d'un air impertinent.

CHAPITRE TROIS

Le lundi matin, lorsqu'il se présenta aux laboratoires pour emmener avec lui un des photographes à Muggy Swamp, Qwilleran trouva Odd Bunsen occupé à placer une pellicule dans son appareil tout en vociférant de véhémentes protestations. Bunsen était le spécialiste des reportages sur les faits divers et il venait de recevoir son affectation permanente au *Gai Logis*.

— C'est un travail de vieux, confia-t-il à Qwilleran, je ne suis pas assez mûr pour en arriver là.

Bunsen, qui avait récemment grimpé sur la grande échelle des pompiers pour prendre une photographie d'un incendie sous son meilleur angle, possédait un caractère exubérant qui amusait Qwilleran. Pour parler de lui, il fallait toujours employer le superlatif. Parmi les photographes, il était le plus audacieux. C'était lui qui avait la voix la plus tonitruante et qui fumait les plus longs cigares. Au Club de la Presse, c'était encore lui qui mangeait et buvait le plus. Enfin, dernières caractéristiques : il avait une famille nombreuse et son portefeuille était toujours à sec.

— Si je n'étais pas fauché, je donnerais ma démission, confia-t-il à Qwilleran, tandis qu'ils se dirigeaient ensemble vers le parking. Entre nous, je vous informe que j'espère que ce stupide magazine aura la vie brève.

Avec beaucoup de difficulté, et en jurant comme un sapeur, il plaça son appareillage photographique dans sa petite voiture à deux places. Tout en s'efforçant de calmer son compagnon, Qwilleran se glissa, tant bien que mal, dans l'espace restreint qui restait.

— Quand allez-vous, enfin, vous décider à changer cette boîte à sardines contre une véritable voiture ? demanda-t-il.

— Je n'ai encore rien trouvé qui consomme moins.

— Vous autres photographes êtes trop radins pour payer votre essence.

— Si vous aviez six gosses, le prêt sur la maison à rembourser et les notes d'orthodontiste à payer…

— Pourquoi ne supprimez-vous pas vos cigares ? Je parie qu'ils vous coûtent au moins trois cents la pièce.

Comme ils tournaient dans Downriver Road, Bunsen demanda :

— Qui vous a organisé ce rendez-vous ? Fran Unger ?

— Je suis assez grand pour me débrouiller tout seul.

— D'après ce que racontait Fran, hier soir, au Club de la Presse, on pourrait croire que c'est elle qui mène la danse.

Qwilleran grommela entre ses dents.

— Elle parle beaucoup, après deux cocktails, ajouta Bunsen. Samedi soir, elle insinuait à qui voulait l'entendre que vous n'aimiez pas les femmes. Vous devez l'avoir vexée.

— Ce n'est pas moi. C'est mon chat. Koko a coupé la communication pendant que Fran me téléphonait.

— Ce chat va vous attirer des ennuis.

Ils arrivèrent à l'autoroute et roulèrent en silence jusqu'à la bifurcation de Muggy Swamp. La voie sinueuse qui traversait cette banlieue résidentielle permettait de découvrir des répliques de châteaux français et de vieux manoirs anglais, dans leurs parcs plantés d'arbres séculaires.

La maison des Tait était une demeure en stuc, de style espagnol, avec une grille en fer forgé, ouvrant sur une cour d'honneur. David Lyke accueillit les visiteurs à la porte et les fit entrer dans un foyer dallé de marbre blanc et noir. Un sphinx en bronze supportait un candélabre à dix-sept branches.

— Je suppose que vous désirez de l'aide pour votre attirail, dit Lyke, en faisant signe à un jeune domestique. Paolo sera ravi de vous donner un coup de main. Ces messieurs prendront peut-être une photo de vous, pour l'envoyer au Mexique, dans votre famille, Paolo.

Le jeune garçon se précipita pour porter le lourd appareil photographique de Bunsen et une collection de lampes et de trépieds.

— Allons-nous rencontrer Tait ? demanda Qwilleran.

Le décorateur baissa la voix :

— Le cher vieux garçon est terré quelque part, occupé à compter ses coupons ou à soigner son dos douloureux. Il ne sortira que si nous prononçons le mot « jade ». C'est un drôle d'oiseau.

— Et sa femme ?

— On la voit rarement, nous ne nous en plaindrons pas.

— Avez-vous eu des difficultés pour obtenir son accord ?

— Non. Il s'est même montré étonnamment aimable et coopératif.

David Lyke ouvrit des doubles portes et conduisit les journalistes dans un salon vert, or et ivoire, coloris typiques du style Empire qui avait présidé à sa composition. Une méridienne et des fauteuils « retour d'Égypte », recouverts de soie ivoire, étaient groupés autour d'un guéridon orné de bronze doré. Sur un secrétaire en ébène se trouvait un téléphone ancien, sur un piédestal doré. Contre le mur du fond se dressait une grande armoire en bois précieux.

— L'armoire Biedermeier, expliqua Lyke. C'est un héritage de famille et nous avons été obligés de l'utiliser. Je vous signale que les murs et les tapis sont vert pistache. Vous pouvez également indiquer que les sièges sont recouverts de satin champagne. La maison elle-même est espagnole, style 1925. Nous avons dû agrandir les arches, défoncer le sol et tout recrépir.

Pendant que le décorateur circulait dans la pièce, redressant un abat-jour, rectifiant le drapé d'un rideau, Qwilleran regardait autour de lui, ébloui par la magnificence du décor.

— Si les Tait vivent aussi retirés, à quoi bon tout cela ?

Lyke sourit :

— Je suis un excellent vendeur. Ce que Tait désirait, c'était un cadre pour mettre en valeur sa fabuleuse collection de jades. Elle est évaluée à trois quarts de million de dollars, ceci entre nous, bien entendu.

La décoration des murs était, en effet, l'attraction principale du salon. Dans des niches encastrées, tapissées d'une exquise soie ancienne, des objets délicatement sculptés, noirs ou d'un blanc translucide, bénéficiaient d'un éclairage artistique qui créait une aura de mystère.

— Voilà donc des jades ? murmura Bunsen, on dirait du savon.

— Je pensais que les jades étaient toujours verts, dit Qwilleran.

Le photographe commença à installer son trépied et les projecteurs pendant que le décorateur fournissait d'autres précisions à Qwilleran. Bunsen se mit au travail, avec une concentration appliquée. Il prit des clichés en couleurs et en noir et blanc. Plusieurs fois, il modifia la lumière et l'angle de prise de vue, poussant un meuble de quelques centimètres et prenant son temps pour régler l'objectif.

Paolo, le jeune domestique, se montrait un assistant un peu trop empressé et gênait plutôt qu'il n'aidait.

Finalement, Bunsen se laissa tomber dans un fauteuil, en déclarant :

— Il faut que je respire une minute. Je vais fumer un cigare.

David Lyke fit la grimace, en regardant vers la porte.

— Gardez-vous-en bien ! Voulez-vous nous faire tous fusiller ? Mrs. Tait a horreur de l'odeur du tabac et elle la sent à des kilomètres à la ronde.

— Bon, eh bien, voilà qui règle la question.

— Il faudrait prendre des gros plans de ces jades, suggéra Qwilleran.

— Je ne peux le faire à travers la vitre.

— On peut ouvrir les niches, dit Lyke. Paolo, voulez-vous aller demander les clefs à Mr. Tait, s'il vous plaît ?

Le collectionneur, un homme d'une cinquantaine d'années, vint aussitôt, le visage rayonnant de plaisir.

— Désirez-vous voir mes jades de plus près ? Quelle vitrine dois-je ouvrir ? Ces photographies seront en couleurs, n'est-ce pas ?

Son visage poupin était tout rouge et les coins de sa bouche se relevaient en un sourire hésitant. Il avait l'air d'un homme dévoré par une passion qui le rendait un peu fou. Sa chemise de sport découvrait des bras très velus et, pourtant, il était complètement chauve.

La fermeture des vitrines était aménagée de façon si astucieuse que l'on ne distinguait aucune serrure. Tait ouvrit lui-même en mettant des gants pour ne pas laisser de traces de doigts. Lyke profita de cette diversion pour entamer un petit discours sur un ton affecté :

— Messieurs, Mr. Tait a la générosité de nous permettre de faire profiter vos lecteurs de sa merveilleuse collection. Il pense, en effet, qu'un collectionneur, en accumulant des œuvres d'art qui se trouveraient autrement dans un musée, a une obligation envers le public, et il vous autorise à photographier ces pièces rares pour l'édification et le plaisir esthétique de tous.

— Puis-je vous attribuer ces paroles dans mon article ? demanda Qwilleran.

Le collectionneur ne répondit pas. Il était trop absorbé par ses objets précieux. Avec respect, il prit une théière en jade et la souleva en disant, d'une voix tremblante :

— C'est ma plus belle pièce. Le blanc pur est le plus rare. Je n'aurais peut-être pas dû vous la montrer en premier. Il aurait fallu la réserver pour la fin, mais je suis si fier de cette théière ! Le jade est aussi délicat qu'un pétale de rose et c'est le blanc le plus immaculé que j'aie jamais vu.

Il reposa la théière et souleva d'autres objets.

— Voici une cloche chinoise. Elle a près de trois cents ans. Cette idole mexicaine est supposée guérir certaines maladies. Pas les maux de reins, malheureusement.

— Ces objets sont très différents les uns des autres, remarqua Qwilleran.

— Certains artistes ont passé leur vie entière à sculpter une seule de ces pièces, mais tous mes jades ne sont pas des objets d'art.

S'approchant du secrétaire, il ouvrit un tiroir et révéla son contenu :

— J'ai là des outils primitifs en jade : une hache, une tête de lance, un harpon. Avez-vous déjà vu du jade à l'état brut ? Voici un morceau de néphrite. Touchez-le, ajouta-t-il, en tendant un médaillon gravé.

— C'est froid, constata Qwilleran.

— Non. C'est doux comme de la chair. Quand je touche un jade, mon sang circule plus vite.

— Existe-t-il des livres sur les jades ?

— Venez dans ma bibliothèque, je possède tout ce qui a pu être écrit sur ce sujet.

Retirant les livres les uns après les autres d'une étagère, il les posa sur le bureau : livres techniques, mémoires, aventures, fiction, tous traitaient d'un seul et même sujet.

— Vous pouvez en emporter quelques-uns, si vous le désirez. Vous me les rendrez quand vous les aurez lus.

Ouvrant un tiroir, il en sortit un objet rond, ressemblant à un bouton, et le mit dans la main de Qwilleran :

— Tenez, je vous offre ceci, pour vous porter chance.

— Oh non ! Je ne peux accepter un présent d'une telle valeur, dit le journaliste, en passant les doigts sur la surface lisse de la pierre qui était verte, comme il pensait que le jade devait l'être.

Tait insista :

— Mais si, gardez-le, sa valeur intrinsèque n'est pas grande et il vous aidera peut-être à écrire un bon article sur ma collection. Qui sait s'il ne vous communiquera pas le virus et si vous ne deviendrez pas collectionneur de jades vous-même ?

Tait s'exprimait avec une ferveur religieuse et Qwilleran, qui caressait toujours la pierre, sentit son sang circuler plus vite.

Bunsen photographia plusieurs groupes de jades et il commençait à replier son équipement, quand Lyke s'écria :

— Attendez, il y a une autre pièce que j'aimerais vous montrer : le boudoir de Mrs. Tait. Qu'en pensez-vous ? dit-il, en se tournant vers son client.

Qwilleran surprit un regard de connivence entre les deux hommes.

— Ma femme est souffrante, cependant, je vais voir…

Il sortit de la pièce et revint quelques minutes plus tard, son visage et son crâne chauve plus rouges que jamais.

— Elle va vous recevoir, mais prenez les photographies le plus rapidement possible.

Paolo aidant à transporter le matériel, le petit groupe suivit Tait dans un long corridor recouvert de moquette, qui conduisait dans une autre aile de la maison.

Princièrement décoré, le boudoir était en réalité une sorte de chambre-salon. Chaque détail était choisi avec un goût raffiné. Tout ici s'harmonisait dans des tons bleus en camaïeu, du lit capitonné surmonté d'un baldaquin en soie gris-bleu à la chaise longue en velours bleu de Prusse. Seule note discordante, dans la baie vitrée, un fauteuil roulant sur lequel était assise une femme maigre, aux traits accusés, le visage crispé, soit de douleur, soit de mauvaise humeur. Elle répondit aux salutations des trois hommes par un bref signe de tête, tout en essayant de calmer un élégant chat siamois, assis sur un coussin, sur ses genoux. Le chat avait de grands yeux bleu lavande qui louchaient un peu. Pour se montrer sociable, Busen s'écria :

— Oh ! regardez le joli minet que nous avons là ! Miaou-miaou !

— Cessez ces pitreries, répliqua sèchement Mrs. Tait, vous lui faites peur.

D'une voix assourdie, son mari remarqua :

— Ce chat s'appelle Yu. C'est un vieux mot chinois pour désigner le jade.

— Cette chatte ne s'appelle pas Yu, protesta l'invalide, en jetant un regard venimeux à son mari, son nom est Freya.

Dans sa colère, elle frappa le petit animal qui s'aplatit sur le coussin.

Bunsen se retourna en sifflotant, pour régler son appareil.

— Il vous faut bien longtemps pour prendre quelques clichés, dit la femme d'une voix rauque, particulièrement désagréable.

Aussitôt sur la défensive, Bunsen riposta :

— Un autre aurait mis deux jours pour faire le travail que j'ai accompli en une seule matinée.

— Si vous prenez une photographie de cette pièce, je veux que mon chat y figure.

Un silence prolongé suivit cette déclaration, tandis que tout le monde regardait le photographe.

— Je regrette, mais votre chat ne pourrait garder la pose assez longtemps.

— Vos problèmes techniques ne m'intéressent pas. Je veux Freya sur cette photo.

— Si le chat bouge, l'image sera gâchée.

— Cette photographie sera prise comme je le veux ou pas du tout, dit Mrs. Tait, d'une voix stridente de colère.

— Calmez-vous, Signé, soupira son mari, en invitant les autres à sortir.

Lorsqu'il quitta Muggy Swamp, Bunsen déclara à Qwilleran :

— N'oubliez pas de me faire régler un supplément pour ce travail. J'ai dû opérer en restant trois heures sans fumer. Et cette toquée, dans son fauteuil roulant, pour couronner le tout ! Du reste, je n'aime pas photographier les chats.

— Cet animal était anormalement nerveux.

— En revanche, Paolo est un brave garçon. Je lui ai glissé une pièce. Il a le mal du pays et met de l'argent de côté pour retourner au Mexique. Je parie que Tait le paie avec un élastique.

— Lyke prétend que sa collection de jades est estimée à sept cent cinquante mille dollars.

— Ça me rend malade ! Un type comme Tait dépense des millions pour une théière et moi j'ai du mal à payer le crémier !

— Vous autres, hommes mariés, vous vous imaginez être les seuls à avoir des problèmes. Au moins, vous avez une maison. Je vais bientôt me retrouver à la rue.

— N'avez-vous encore rien en vue ?

— Je n'ai pas encore eu le temps de m'en occuper.

— Pourquoi n'en chargez-vous pas votre chat ? Donnez-lui une liste d'annonces et dites-lui de téléphoner.

Se drapant dans sa dignité, Qwilleran ne répondit pas.

CHAPITRE QUATRE

Le premier numéro du *Gai Logis* sortit des presses sans anicroches. Arch Riker prétendit que c'était mauvais signe. Il n'y eut pas de résiliation de publicité au dernier moment et le tirage était si parfait que c'en était extraordinaire. Le magazine fut mis en vente le dimanche matin. Sur la couverture figurait la résidence de Muggy Swamp, en vert pistache et soie champagne. Les pages d'éditoriaux étaient habilement placées entre des publicités pour des matelas pneumatiques et des machines à laver. La deuxième page présentait une photographie du rédacteur en chef, avec une moustache languissante et un regard vide de toute expression. Le dimanche matin, David Lyke téléphona à Qwilleran.

— Vous avez fait du bon travail. Votre éditorial est remarquable et je vous remercie de m'avoir mis en avant, mais où avez-vous déniché cette photographie ? Vous ressemblez à un chien basset.

Ce fut une journée agréable pour le journaliste qui reçut de nombreux appels d'amis qui le félicitaient. Dans la soirée, il se mit à pleuvoir. Néanmoins, il sortit pour aller dîner dans un restaurant spécialisé en crustacés, après quoi il rentra chez lui.

Le lundi matin, Qwilleran fut réveillé par la sonnerie du téléphone. Il se frotta les yeux, avant de constater qu'il était à peine six heures et demie.

— Allô ? dit-il, d'une voix ensommeillée.

— Qwill ? C'est Harold.

Le ton pathétique du directeur paralysa les cordes vocales de Qwilleran.

— Qwill ? Êtes-vous là ?

— Oui, je vous écoute.

— Avez-vous appris la nouvelle ? Vous a-t-on appelé ?

— Non. Que se passe-t-il ? dit-il, bien réveillé cette fois.

— La police vient de me téléphoner à l'instant. La couverture de notre magazine… la maison Tait… elle a été cambriolée !

— Quoi ! Qu'a-t-on volé ?

— Des jades. Pour plus d'un demi-million de dollars, à vue de nez. Et ce n'est pas le pire. Mrs. Tait est morte… Qwill ? Êtes-vous là ? M'entendez-vous ?

— Je vous entends. Je n'arrive pas à le croire.

— C'est une tragédie *per se*. Et nous sommes implicués dans l'affaire.

— S'agit-il d'un meurtre ?

— Non. Dieu merci ! Ce n'est pas si terrible. Apparemment, elle a succombé à une crise cardiaque.

— Elle était malade. Je suppose qu'elle aura entendu les voleurs.

— La police veut vous voir, ainsi qu'Odd Bunsen. On a besoin de vos empreintes digitales.

— Bigre ! Pourquoi ?

— Simple routine. Cela permettra d'éliminer certaines empreintes. Quand y êtes-vous allé ?

— Lundi dernier, voici juste une semaine.

Qwilleran énonça, alors, ce que tous deux pensaient.

— La publicité faite autour de cette affaire ne vaudra rien pour le magazine.

— Cela risque de le ruiner ! Avez-vous des projets pour le prochain numéro ?

— Une étable transformée en habitation. Elle appartient à un marchand de voitures d'occasion qui aime bien voir son nom dans les journaux. J'ai trouvé de très belles demeures, mais les propriétaires ne veulent pas que leur nom soit publié, pour une raison ou pour une autre.

— Et à présent, ils vont avoir une raison supplémentaire !

Qwilleran raccrocha, en regardant fixement devant lui. Koko n'avait pas cherché à intervenir. Il dévisageait son ami avec intensité, comme s'il comprenait la gravité de la situation.

Qwilleran prévint Bunsen et, deux heures plus tard, ils se retrouvèrent au quartier général de la police. Ils expliquèrent comment ils avaient été amenés à se rendre dans cette maison et comment Tait avait ouvert les vitrines avec une clef pour permettre de photographier les objets les plus rares.

— Qui était avec vous, à ce moment-là ?

— Le décorateur de Tait, David Lyke, et un jeune serviteur, Paolo. J'ai aussi aperçu une domestique, à la cuisine.

— Avez-vous eu des contacts avec ce Paolo ?

— Oh oui ! dit Bunsen. Il m'a aidé pendant trois bonnes heures.

Après ce bref interrogatoire, ils repartirent et Bunsen soupira :

— Je suis content que ce soit terminé. J'ai craint que nous ne figurions parmi les suspects.

— Notre profession est au-dessus de tout soupçon. On n'entend jamais parler d'un journaliste qui devient criminel. Les médecins tuent leur femme, les avocats tirent sur leurs associés, les banquiers vous roulent avec leurs agios, mais les journalistes vont au Club de la Presse et y noient leurs mauvais instincts.

En arrivant à son bureau, le premier geste de Qwilleran fut de téléphoner à David Lyke.

— Avez-vous appris la nouvelle ? demanda-t-il, sur un ton funèbre.

— Oui. Je l'ai entendue à la radio, dans ma voiture, en venant. C'est un sale coup pour vous.

— Et Tait ? Il doit être dans tous ses états. Vous savez mieux que personne ce que représentait cette collection pour lui.

— Vous pouvez être certain qu'elle était bien assurée. Il va découvrir le plaisir de recommencer une autre collection.

Le manque de sympathie du décorateur surprit Qwilleran.

— Oui, mais il a perdu sa femme.

— Bah ! C'était une infirme, à la merci de n'importe quelle émotion : une baisse en bourse, un combat de catch à la télévision. En outre, elle était clouée dans son fauteuil depuis des années et, durant tout ce temps, elle a fait marcher son mari et tout le monde à la baguette. Non, ne versez pas une larme sur la disparition de Mrs. Tait. Vous avez assez de vos propres soucis. Quelle conséquence cette histoire peut-elle avoir sur *Le Gai Logis* ?

— Je crains que les gens ne refusent dorénavant de laisser photographier leur maison.

— Ne vous en faites pas, je m'arrangerai pour vous procurer de la copie. La profession a besoin d'un magazine comme le vôtre. Pourquoi ne viendriez-vous pas chez moi prendre un cocktail, ce soir ? Je réunis quelques amis.

— Volontiers. Où habitez-vous ?

— Villa Véranda. C'est le nouvel immeuble qui ressemble à un soufflé au fromage.

Au moment où Qwilleran raccrochait, un garçon de bureau lança un journal sur sa table. C'était une édition du *Morning Rampage*. Le concurrent du *Fluxion* avait fait de l'affaire Tait sa première page et mentionnait insidieusement « la collection de jades, dont une description détaillée a paru dans un magazine, la veille du vol ».

Qwilleran se frotta les moustaches avec vigueur et se rendit chez le directeur, mais celui-ci était en conférence. Mélancoliquement, il revint s'asseoir à son bureau et contempla sa machine à écrire. Il aurait dû se mettre au travail, mais quelque chose le tracassait : la rapidité du vol. Le magazine avait été distribué le samedi soir et c'était au cours de la nuit suivante que le vol avait eu lieu. Il fallait donc admettre que, en vingt-quatre heures, quelqu'un avait eu le temps a) de lire la description des jades, b) de songer à les voler, c) d'élaborer un plan qui nécessitait une certaine préparation – entrer dans la maison sans alerter personne, imaginer une méthode pour retirer les jades des vitrines et prévoir un mode de transport. Tout cela exigeait une organisation remarquablement efficace… à moins que les voleurs connussent de longue date l'existence des jades ; si tel était le cas, s'étaient-ils délibérément arrangés pour faire coïncider le vol avec la parution du *Gai Logis* ?

Tandis que Qwilleran réfléchissait, la première édition du *Daily Fluxion* sortit des presses, et un autre garçon de bureau lui en déposa un exemplaire.

L'affaire Tait était discrètement reléguée en page quatre. Qwilleran lut d'une traite les courts paragraphes. L'article était signé Lodge Kendall, le chroniqueur judiciaire attitré du journal. Il se gardait de toute allusion au *Gai Logis*, la valeur des jades n'était pas mentionnée, mais il y avait une déclaration émanant de la police. Qwilleran la relut, en fronçant les sourcils. Il se leva, mit son pardessus et partit pour le Club de la Presse.

Au bar, les discussions allaient bon train. Un vol d'objets d'art était un délit que les journalistes civilisés pouvaient apprécier, en toute bonne conscience. L'énigme leur semblait intellectuellement séduisante et, en général, personne n'était lésé.

Qwilleran trouva Odd Bunsen à l'extrémité du bar, traditionnellement réservée au personnel du *Fluxion*. Il le rejoignit et commanda un double jus de tomate on the rocks.

— Avez-vous lu la nouvelle ?

— Oui. Ils sont cinglés.

Ils parlaient à mi-voix. De l'autre côté du bar, les journalistes du *Morning Rampage* s'exprimaient avec une jubilation non dissimulée. Qwilleran adressa un regard furibond à l'équipe rivale.

— Qui est ce type en costume clair ? Celui qui rit si fort ?

— Il tient la rubrique des faits divers. Il nous a joué un vilain tour, l'été dernier. Croyez-moi sur parole, c'est un filou.

— Il m'agace. Une femme est morte et cela le fait rire.

— Voici Kendall, dit le photographe. Voyons ce qu'il pense de la théorie de la police.

Le chroniqueur judiciaire était un homme jeune, compétent, heureux dans son travail. Il affichait un air d'ennui distingué.

— Qu'y a-t-il de vrai dans ce que vous avez écrit, ce matin ?

— Selon la police, il n'y a pas le moindre doute. Ce vol n'a rien à voir avec la publication du magazine. C'est une affaire interne. Le voleur connaissait les lieux.

— C'est ce que je pensais, mais je n'aime pas le choix du suspect. Je ne crois pas que ce soit le domestique mexicain qui ait fait le coup.

— Alors, comment expliquez-vous sa disparition ? Si Paolo n'a pas volé les jades et ne s'est pas enfui au Mexique, où est-il ?

— Oh non ! protesta Bunsen, ce n'est pas lui. Paolo est un bon gars, un peu trop zélé mais serviable. Le vol n'est pas son affaire.

— Vous autres, photographes, vous vous prenez pour des grands juges de caractères, ricana Kendall, et pourtant vous vous trompez. Selon Tait, ce garçon était paresseux, sournois et menteur. À plusieurs reprises, il a voulu le renvoyer, mais Mrs. Tait a pris sa défense et, en raison de son état de santé, il a préféré ne pas la contrarier.

Bunsen et Qwilleran échangèrent un regard incrédule, et Kendall s'éloigna pour aller s'entretenir avec un reporter de la télévision. Pendant un moment, Qwilleran joua avec la pierre en jade que Tait lui avait donnée. Il la gardait dans sa poche, avec de la petite monnaie. Finalement, il dit :

— Ce matin, j'ai appelé Lyke. Il n'a pas semblé très affecté. Il prétend que les jades étaient couverts par une assurance et que Mrs. Tait rendait la vie infernale à son mari.

— Je le crois volontiers. C'était une véritable mégère, affirma Bunsen.

Quand il fut parti, Bruno, le barman, s'approcha et dit :

— J'ai vu votre magazine. Il nous a donné des idées de décoration à ma femme et moi. Nous attendons le prochain numéro avec impatience.

— Après ce qui vient d'arriver, je ne sais pas s'il y en aura d'autres.

— Je pourrais peut-être vous aider, suggéra Bruno, d'un ton protecteur. Vous n'auriez qu'à venir voir ma maison. Nous avons veillé nous-mêmes à la décoration dans ce que l'on appelle un thème monochrome : moquette chartreuse, murs chartreuse, rideaux et fanfreluches chartreuse.

— Tout à fait ce qui convient à un membre de votre profession. Mais permettez-moi de vous reprendre sur un petit détail : jamais nous n'appelons des franges des fanfreluches !

CHAPITRE CINQ

Avant de se rendre à la réception de David Lyke, Qwilleran retourna chez lui pour se changer et donner une tranche de corned-beef au chat.

Pour manifester sa joie de le revoir, Koko s'élança dans une course effrénée autour de la pièce, sautant au-dessus des chaises, passant sous les tables, volant autour des guéridons, grimpant au sommet de la bibliothèque avec des miaulements éperdus. Les lampes et les bibelots tremblaient, les cendriers se renversaient. Finalement, il atterrit sur le dictionnaire et se mit à faire ses griffes, postérieur en l'air, queue dressée. Il s'arrêta pour regarder Qwilleran et se remit laborieusement à l'ouvrage.

— Je n'ai pas le temps de jouer, lui dit Jim, je vais à un cocktail. Si tu es sage, je te rapporterai une olive.

Ayant enfilé un pantalon qui revenait de chez le teinturier, il mit une chemise neuve et chercha sa nouvelle cravate. Il la trouva enroulée sur le bras d'un fauteuil. Il y avait un trou au milieu. Il jura entre ses dents. Il ne lui restait plus qu'une seule cravate en bon état. Pendant qu'il s'habillait, Koko était resté assis sur le dictionnaire, se préparant, manifestement, à jouer.

— Pas ce soir, lui répéta Qwilleran, mange ta viande et fais un somme.

En se rendant à son rendez-vous, trois sujets le préoccupaient : il espérait prendre des contacts utiles, il était curieux de voir cette Villa Véranda dont on parlait tant et il se réjouissait de retrouver Lyke. L'attitude irrévérencieuse de cet homme lui plaisait. Il ne ressemblait pas à l'image que Qwilleran se faisait d'un décorateur. Il n'était ni précieux ni snob, et son physique avantageux ne le rendait pas vaniteux.

La Villa Véranda était un immeuble de dix-huit étages, construit en arc de cercle, dans un parc. Chaque appartement avait un balcon-terrasse. Un bourdonnement de voix et un tintement de verre, sur fond de musique douce, accueillirent le journaliste.

— Est-ce la première fois que vous venez ici ? lui demanda Lyke. Nous appelons l'immeuble « La Vengeance des architectes ». L'exposition des balcons est telle qu'il y a trop de soleil, trop de vent et trop de poussière, mais c'est une bonne adresse. L'élite de la ville habite dans le coin.

Il ouvrit une porte-fenêtre coulissante et montra le balcon. Des meubles en métal avaient les pieds dans l'eau et le vent ridait la surface humide de la table.

— Les terrasses se transforment en mare aux canards après la moindre averse, reprit Lyke, et lorsqu'il fait du vent, l'édifice vibre dans toute sa structure. Enfin, remarquez notre unique point de vue : un panorama de quatre-vingt-douze autres balcons-terrasses !

L'appartement lui-même offrait une chaude atmosphère due à l'éclairage aux chandelles, aux belles reliures, aux plantes vertes, aux tableaux dans leurs cadres dorés et aux innombrables coussins. Dans un angle, une fontaine gargouillait. Enfin, une tapisserie ornait les murs, la plus somptueuse que Qwilleran eût jamais vue. La note prédominante était orientale. Il remarqua un paravent en laque de Chine, plusieurs tables basses et un magnifique tapis chinois, dans la salle à manger. Quelques très belles sculptures en ivoire se dressaient dans un éclairage indirect qui les mettait en valeur.

— Nous pourrions photographier cette pièce pour le magazine, remarqua Qwilleran.

— J'allais vous proposer autre chose dans cet immeuble, répondit Lyke. J'ai fait l'installation de l'appartement d'Harry Noyton. Pour lui ce n'est qu'un pied-à-terre, dont il se sert pour ses rendez-vous d'affaires, mais c'est une réussite dans le genre. Les couleurs sont très harmonieuses. J'ai utilisé des tons aubergine, vert bouteille et melon trop mûr.

— Qui est Harry Noyton ? Son nom ne m'est pas inconnu.

— Je n'en suis pas surpris. Harry a des intérêts dans les plus importantes sociétés de la ville. Il possède deux hôtels et sa voix est prépondérante au conseil municipal.

— J'aimerais le rencontrer.

— Il doit venir ce soir. Je voudrais qu'il vous autorise à publier des photographies de sa maison de Lost Lake Hills, pour démontrer tout le parti que l'on peut tirer du moderne, mais, pour l'instant, il est dans une situation familiale délicate. Venez, je vais vous présenter à mes invités. Starkweather est là, avec sa charmante épouse. Elle est en train de sombrer dans l'alcool et je la comprends.

L'associé de Lyke était tranquillement assis sur un sofa, mais sa femme se promenait, un verre à la main. Son visage vieillissant exprimait une gaieté empreinte de nervosité. Elle se pendit au bras de Lyke, quand il lui présenta Qwilleran, et dit, avec un sourire ambigu :

— Je suis amoureuse de David. N'est-il pas séduisant ? Regardez ses yeux de velours. Et comment résister à cette voix câline ?

— Du calme, ma chère, la réprimanda Lyke, d'un ton léger. Voulez-vous que votre époux me trucide ?

Se tournant vers le journaliste, il commenta :

— Ce sont les risques du métier : nous sommes si aimables !

Lyke s'étant éclipsé, la dame s'empara du bras de Qwilleran :

— Les décorateurs donnent de merveilleuses réceptions, n'est-ce pas ? Il y a beaucoup d'hommes et le buffet est toujours parfait. David a d'excellents fournisseurs, mais les boissons sont trop fortes.

Elle rit, se tut un instant et reprit :

— Connaissez-vous beaucoup de décorateurs ? Ils sont très amusants, tous si bien habillés et si parfaits danseurs. Mon mari n'est pas un vrai décorateur. Il avait une affaire de tapis en gros. Chez Lyke et Starkweather, c'est lui qui s'occupe de la partie financière. David se contente d'avoir du talent. Je l'adore !

Qwilleran découvrit que la plupart des invités étaient des décorateurs. Tous les hommes étaient beaux, presque tous jeunes. Les femmes l'étaient un peu moins, mais ce qui leur manquait en jeunesse et en beauté était compensé par l'élégance de leur toilette et la vivacité de leur esprit. Chacun félicita Qwilleran pour son nouveau magazine ou pour sa moustache luxuriante.

Les conversations sautaient d'un sujet à l'autre, voyages, mode, beaux-arts, spectacles et la valeur douteuse d'autres décorateurs. Le nom d'un certain Jacques Boulanger fut prononcé à plusieurs reprises sur un ton dédaigneux.

Personne ne paraissait s'intéresser aux prochaines élections ou à la situation internationale pourtant tendue. Nul ne semblait ému par le vol des jades. La plupart avaient l'air amusés qu'une chose pareille fût arrivée à un client de David.

Un jeune homme au visage aristocratique et aux épais sourcils se présenta à Qwilleran comme étant Bob Orax.

— Habituellement, je ne m'intéresse pas aux faits divers, dit-il, mais ma famille connaît bien les Tait et j'ai été surpris par cette nouvelle. Je ne me doutais pas que Georgie avait rassemblé autant de jades. Lui et Siggy ne recevaient plus depuis des années. Ma mère a été en pension en Suisse avec Siggy, lorsqu'elles étaient jeunes.

— Vraiment ?

— La famille de Siggy possède plus de dons intellectuels que de fortune. Ce sont tous des professeurs, des architectes ou des savants, et ce fut une surprise quand Siggy épousa un riche Américain. Georgie avait des cheveux, à l'époque, à en croire ma mère.

— Comment les Tait ont-ils acquis leur fortune ?

— D'une façon curieuse et charmante. Le grand-père de Georgie s'est enrichi en fabriquant des fouets de bogheis, ces petits cabriolets découverts, à la mode au début du XIXe siècle. Ma mère assure que Georgie ne s'est jamais intéressé aux affaires.

— Tait avait une passion pour sa collection de jades. Ce vol a dû être un coup dur pour lui.

— Ce sont des choses qui arrivent, lorsqu'on emploie n'importe qui. Quand mon père vivait, il engageait toujours des maîtres d'hôtel anglais et des femmes de chambre irlandaises. Ma famille a été très riche, autrefois. Maintenant, nous vivons grâce à nos relations. J'ai une petite boutique dans River Street qui nous aide à joindre les deux bouts.

— J'aimerais vous rendre visite, un de ces jours. Je cherche des sujets pour mon journal.

— Franchement, je doute que vos lecteurs soient prêts à m'apprécier. Je suis spécialisé dans la laideur calculée. C'est une idée assez révolutionnaire. Mais venez me voir, cela vous amusera peut-être.

— À propos, qui est ce Jacques Boulanger dont tout le monde parle ?

— Boulanger ? Il travaille pour les Duxbury, les Penniman et d'autres vieilles familles de Muggy Swamp.

— Il doit être très capable.

— Dans notre profession, le succès n'est pas forcément une preuve de talent. Dieu me pardonne, vous n'avez rien à boire ! Puis-je vous apporter quelque chose du bar ?

Ce n'était pas le bar qui intéressait Qwilleran, mais le buffet. Celui-ci était garni de canapés de caviar, crevettes, champignons à la grecque, de barquettes de cœurs d'artichauts farcis, de pointes d'asperges et de petites saucisses chaudes. En remplissant son assiette pour la troisième fois, il jeta un coup d'œil vers la cuisine où il aperçut le réchaud en acier chromé d'un traiteur. Un Asiatique souriant le salua. Au même instant un homme grand et fort, avec un visage sympathique et des traits accusés, se précipita vers le buffet.

— J'aime beaucoup ces décorateurs, affirma-t-il, la bouche pleine, ils m'invitent souvent. Je me demande de quoi ils vivent, ils n'ont pas les pieds sur terre. Je suis un homme d'affaires et je vous garantis que tous mes investissements sont profitables. Les affaires ne sont pas de la rigolade, comme cette bande d'écervelés semble le croire. Vous êtes journaliste, je crois ?

— Jim Qwilleran, du *Daily Fluxion*

— Dans votre profession, on est réaliste. Je connais les directeurs des deux principaux quotidiens, ainsi que les chefs des rubriques financières et sportives. Ils viennent souvent chasser avec moi. Aimez-vous la chasse et la pêche ?

— Je dois avouer que…

— Pour tout vous dire, c'est surtout un prétexte pour nous réunir et faire un bon gueuleton. À propos, mon nom est Harry Noyton.

Ils se serrèrent la main et Qwilleran reprit :

— David m'a dit que vous aviez une maison qui mériterait un article dans notre nouveau magazine de décoration.

Noyton fit une pause, avant de répondre :

— Venez dans une autre pièce, nous serons plus tranquilles.

Ils entrèrent dans un petit salon-fumoir et s'installèrent dans des fauteuils de cuir fauve.

— Tout ce que l'on a pu vous dire au sujet de ma maison est vrai. C'est une belle réalisation et je la dois à David et à ma femme. Elle a du goût. Je ne m'occupe pas de ces choses moi-même, car je n'en ai pas le temps. Mais Nathalie est une artiste. Je suis fier d'elle.

— J'aimerais voir cette maison.

— Eh bien, voilà le problème : nous allons la vendre. Nathalie et moi sommes en instance de divorce.

— Je regrette de l'apprendre. Je suis moi-même passé par là.

— Oh ! nous n'avons eu aucun dissentiment, mais elle s'est mis en tête de faire une carrière artistique. C'est incroyable ! Elle a tout ce qu'une femme peut désirer, mais elle préfère tirer le diable par la queue. Elle prétend que cela aiguillonnera son esprit créatif ! Je vous demande un peu ! Elle désire cela au point d'abandonner les garçons. Je ne comprends pas cette maladie qui s'empare des femmes, aujourd'hui.

— Avez-vous des enfants ?

— Deux fils superbes. Je ne sais comment elle peut accepter de se séparer d'eux. Mais ce sont mes conditions. Je prends la charge complète des enfants et le divorce sera irrévocable. Elle ne pourra pas changer d'avis et revenir au bout de deux mois. Personne ne se moquera de moi et surtout pas une femme !

Qwilleran regarda cet homme agressif, riche et solitaire.

— J'enverrai les garçons dans une école militaire, bien entendu.

— Mrs. Noyton est peintre, sans doute ?

— Pas du tout. Elle possède de grands métiers à tisser et elle veut fabriquer des étoffes pour des décorateurs.

J'ignore comment elle fera pour vivre. Elle ne veut pas de la maison. Vous ne connaissez personne qui souhaiterait acheter une propriété de deux cent cinquante mille dollars, par hasard ?

— Ce doit être une demeure magnifique.

— À la réflexion, si vous écriviez un article à ce sujet, cela aiderait peut-être à la vendre.

— Y a-t-il quelqu'un là-bas ?

— Uniquement le gardien. Nathalie est à Reno et j'habite un appartement que David a décoré. Il a vraiment des idées. Le parquet est en bois importé du Danemark. Il y a un bar et une moquette en fourrure.

— Il faudra me montrer ça.

— Venez y jeter un coup d'œil. C'est au même étage.

Ils sortirent et se dirigèrent dans l'autre aile de l'immeuble pour s'arrêter devant la porte n° 15 F. Noyton ouvrit, pressa un bouton. Une musique douce se fit entendre. La première impression était donnée par des couleurs vives et chaudes. L'ensemble était à la fois harmonieux et confortable.

— Aimez-vous ces installations modernes ? C'est beau, si on y met le prix.

Sur un ton empreint de respect, Qwilleran déclara :

— Vraiment, cela me plaît beaucoup.

Un épais tapis blanc recouvrait en partie un parquet ciré constitué par de petits carrés de bois sombre.

— Véritables poils de chèvres grecques, précisa Noyton.

Le tapis était entouré sur trois côtés par des divans en daim naturel. Un fauteuil en forme de conque était tapissé d'une matière incroyablement douce.

— Vicuana, dit Noyton, ou, si vous préférez, vigogne. Mais essayez plutôt le fauteuil vert, c'est mon préféré.

Lorsqu'il fut installé dans le fauteuil vert bouteille, les jambes allongées sur une ottomane assortie, une expression de béatitude se peignit sur les traits de Qwilleran.

— J'aimerais un appartement semblable à celui-ci, déclara-t-il, avec conviction.

— Avez-vous remarqué le bar ? La stéréo est installée dans ce vieux bahut espagnol, le seul meuble ancien de la pièce. Il vaut une fortune.

Ayant pris place dans le fauteuil en vigogne, Noyton poursuivit :

— Le loyer n'est pas donné, mais l'immeuble est bien habité.

Il cita deux juges, un banquier et un savant célèbre.

— Je les connais tous. J'ai beaucoup de relations en ville. Votre directeur est un de mes bons amis.

Qwilleran considéra, avec envie, un mur tapissé de livres et la garniture de bureau en cuir fauve. Un moment plus tard, les deux hommes retournèrent chez le décorateur et Qwilleran le félicita.

— Je voudrais pouvoir m'offrir un appartement comme celui-là. Ce n'est pas dans mes moyens, mais à titre de curiosité, combien peut coûter une installation de ce genre ?

— Beaucoup trop cher. Si vous aviez, un jour, besoin de quelque chose, je vous le procurerais à prix coûtant.

— Ce que je recherche actuellement, c'est un appartement meublé. La maison où j'habite va être démolie et je dois déménager dans dix jours.

— Pourquoi n'utiliseriez-vous pas l'appartement d'Harry pendant quelques semaines, puisqu'il vous plaît tant ? Il va partir en Europe et sera absent un mois.

— Croyez-vous qu'il serait disposé à me le sous-louer à un prix raisonnable ?

— Demandons-le-lui.

La question posée, Noyton répondit :

— Non, je ne veux pas sous-louer, mais si vous avez envie d'occuper les lieux pendant mon absence, l'appartement est à votre disposition. Votre journal m'a assez bien traité, en diverses occasions, ce sera une façon de le remercier.

Lyke se mit à rire, en disant :

— Il y a un os, naturellement, il va vous demander de faire suivre son courrier et de prendre ses messages téléphoniques.

— Il y a un autre os, ajouta Qwilleran, j'ai un chat.

— Amenez-le donc, dit Noyton, il aura sa chambre, avec salle de bains.

— Je peux vous promettre qu'il ne fera pas ses griffes sur les meubles.

— Eh bien, c'est convenu. Je pars mercredi. Je laisserai les clefs au gardien. Servez-vous du bar et ne vous étonnez pas si je vous téléphone deux fois par jour d'Europe !

Un peu plus tard, Lyke confia au journaliste :

— Merci de me retirer cette épine du pied. Harry allait me demander de lui servir de secrétaire, en son absence. Je ne sais pas pourquoi, mais ces gens-là se figurent toujours qu'ils ont engagé une nourrice pour la vie, quand ils ont fait appel, une fois, à vos services.

Tout s'était passé si vite que Qwilleran n'arrivait pas à croire à sa chance. Se réjouissant intérieurement, il retourna encore deux fois au buffet, avant de prendre congé.

CHAPITRE SIX

— Koko, mon garçon, nous allons déménager, annonça gaiement Qwilleran, le mardi matin, en préparant le petit déjeuner pour lui et le chat.

Se remémorant les événements de la veille, il dut admettre que son nouveau travail offrait des avantages. Jamais il n'avait reçu autant de compliments, fait de meilleurs repas, sans parler de cet appartement qui lui tombait du ciel.

Koko était couché en haut du réfrigérateur, sur son coussin bleu qui représentait son lit, son trône, son olympe. Il avait l'air mal à l'aise.

— Cet appartement de la Villa Véranda te plaira, lui assura Qwilleran. Il y a des tapis moelleux, une grande bibliothèque et tu pourras t'installer sur le balcon, au soleil. Mais il faudra te tenir convenablement et t'abstenir de courir partout, en renversant les lampes.

Koko se déplaça. Ses yeux bleus luisaient d'un regard incertain.

— Nous emporterons ton coussin et nous le placerons sur le réfrigérateur, ainsi tu te sentiras chez toi.

Une heure plus tard, au *Daily Fluxion*, il racontait sa bonne fortune à Odd Bunsen.

— Si vous voyiez les salles de bains à la Villa Véranda, il y a des robinets en or !

— Vous avez de la veine. Comment s'est passée cette réception chez Lyke ? A-t-on parlé du vol ?

— Assez peu, mais j'ai appris certaines choses sur les Tait. Aviez-vous remarqué que Mrs. Tait avait un léger accent étranger ? Je crois qu'elle était suisse. Apparemment, elle a épousé Tait pour sa fortune, bien qu'il ait dû être assez bel homme, avant de perdre ses cheveux.

Lodge Kendall arriva et dit au photographe :

— La police voudrait avoir une série de photos que vous avez prises chez les Tait, principalement les gros plans sur les jades.

— Entendu.

— Avez-vous du nouveau sur cette affaire ? demanda Qwilleran.

— Tait a signalé la disparition de deux grandes valises. Il va partir en voyage après les funérailles. Il paraît assez touché. C'est en préparant ses bagages qu'il s'est aperçu que les valises manquaient. Paolo a dû les prendre pour emporter les jades.

— Je me demande comment il a pu transporter deux grosses valises jusqu'à l'aéroport.

— Il devait avoir un complice avec une voiture. Avant que la police se mette à sa recherche, il a eu le temps de s'envoler pour le Mexique et de disparaître. Je doute que l'on puisse jamais retrouver les jades. À la rigueur, on découvrira une pièce de temps à autre, mais personne ne pourra remonter jusqu'à la source.

— Je suppose que la police a contrôlé le trafic aérien.

— La liste des passagers, partant dans la nuit de dimanche, comporte plusieurs noms mexicains ou espagnols. Naturellement, Paolo aura utilisé un faux nom.

— Il est regrettable que je n'aie pas pris sa photographie, comme Lyke l'avait suggéré, soupira Bunsen.

— Quand Tait s'est-il aperçu de la disparition des jades ? s'enquit Qwilleran.

— Vers six heures du matin. Il se lève toujours tôt. Il est allé dans la chambre de sa femme, pour voir si elle n'avait besoin de rien, et l'a trouvée morte. Il a téléphoné à son médecin, puis il a sonné Paolo et, ne le voyant pas venir, est allé à sa recherche. Dans sa chambre, il y avait des signes d'un départ précipité. Tait a fait le tour de la maison et s'est, alors, aperçu du vol.

— Après quoi il a appelé la police. La police a appelé Persée, lequel m'a appelé à six heures et demie, compléta Qwilleran. Tout s'est donc passé très rapidement. Lorsque Tait a téléphoné à la police, a-t-il signalé l'article paru dans *Le Gai Logis* ?

— Il n'a pas eu à le faire. Les policiers avaient déjà remarqué votre article et s'interrogeaient sur l'opportunité de décrire des objets de prix avec un tel luxe de détails.

— Où était la cuisinière des Tait, pendant ce remue-ménage ?

— Le dimanche est son jour de sortie, elle ne rentre que le lundi matin.

— Comment a-t-on expliqué la mort de Mrs. Tait ?

— On présume qu'elle a voulu se lever au milieu de la nuit, en entendant du bruit. Évidemment, la frayeur qu'elle a ressentie a été suffisante pour la tuer. Elle avait le cœur faible.

— Il y a quelque chose que je m'explique mal, dit Qwilleran. Sa chambre se trouve dans une autre aile de la maison, loin du salon. Comment se fait-il que Mrs. Tait ait entendu Paolo et que son mari, qui était beaucoup plus près, n'ait rien remarqué ?

Kendall haussa les épaules :

— Certaines personnes ont le sommeil plus léger que d'autres. Les invalides souffrent souvent d'insomnies. Bon. Eh bien, j'attends ces agrandissements, Odd, à bientôt.

Après son départ, Qwilleran dit au photographe :

— Je me demande où Tait va partir pour se reposer ? Ne serait-ce pas au Mexique, par hasard ?

— Décidément, cette histoire vous turlupine. J'ai du travail. Au revoir.

Qwilleran n'aurait pu préciser quand ses premiers soupçons prirent une direction définie. Il termina son café et s'essuya la moustache avec une serviette en papier. Ce fut peut-être à ce moment-là que ses réflexions se tournèrent vers G. Verning Tait.

Comme il arrivait à son bureau, le téléphone se mit à sonner. C'était un appareil vert, assorti aux tables et aux machines à écrire. Soudain, Qwilleran vit la combinaison des couleurs d'un autre œil. Le bureau était vert pomme, les murs vert roquefort et le sol, en vinyle, était sable doré.

— Qwilleran à l'appareil, dit-il après avoir décroché.

— Oh ! est-ce bien Mr. Qwilleran lui-même ? Je n'espérais pas avoir le plaisir de vous parler en personne, gazouilla une voix haut perchée.

— Que puis-je pour vous ?

— Vous ne me connaissez pas, Mr. Qwilleran, mais je lis tous ce que vous écrivez et je pense que votre nouveau magazine de décoration est tout simplement merveilleux.

— Merci beaucoup.

— Maintenant, voici mon problème. J'ai des moquettes vert amande dans ma salle à manger et des toiles de Jouy caramel aux murs. Dois-je peindre les lambris caramel ou amande ? Et les lambrequins…

Quand Qwilleran parvint à se débarrasser de son interlocutrice, Arch Riker lui annonça :

— Le patron désire vous parler. C'est urgent.

— Il veut, sans doute, mon avis autorisé sur la teinte de ses lambris, dit Qwilleran, en se levant.

Il trouva le directeur la mine préoccupée.

— Des ennuis, Qwill. Ce vendeur de voitures d'occasion refuse de nous laisser rien publier sur sa maison. J'ai essayé de le persuader. Il a été intraitable.

— Pourtant, il était bien décidé, la semaine dernière.

— Personnellement, il n'y verrait pas d'objection, mais sa femme est malade de peur. Il a menacé de nous poursuivre si nous publiions un seul mot.

— C'est une tuile. Je ne sais pas ce que je vais trouver pour remplacer cet article, à la dernière minute.

— Pourquoi ne voyez-vous pas Fran ? Elle aura peut-être une idée.

Qwilleran prit son courage à deux mains :

— Écoutez, Harold, je crois que nous devrions passer à l'offensive.

— Que voulez-vous dire ?

— Nous devrions mener notre propre enquête. Je n'accepte pas la théorie de la police. Prendre le domestique comme bouc émissaire, c'est trop facile. Pour autant que nous le sachions, il pourrait aussi bien se trouver au fond d'une rivière, une pierre au cou.

Il s'interrompit pour voir la réaction du directeur. Persée se contentait de le dévisager.

— Il ne s'agit pas d'un petit larcin, reprit Qwilleran, en élevant la voix, cette collection fabuleuse sera difficile à écouler. Ce n'est pas le genre d'objets que pourrait convoiter un garçon simple, venant d'un pays sous-développé. Non, il y a autre chose derrière tout cela. Harold, pourquoi ne me chargez-vous pas de cette affaire ? Je suis certain de déterrer quelque chose d'important.

Persée eut un geste d'impatience.

— Je ne suis pas opposé à une enquête journalistique, mais nous avons besoin de vous pour ce magazine. Nous n'avons pas de temps à perdre pour jouer les policiers amateurs.

— Je peux m'occuper des deux. Donnez-moi l'autorisation de m'adresser à la police et de poser des questions à droite et à gauche.

— Non. Vous avez suffisamment de travail comme cela, Qwill. Nous devons concentrer nos efforts sur le lancement de ce magazine.

Comme s'il n'avait pas entendu, Qwilleran enchaîna :

— Il y a quelque chose de suspect dans le minutage de ce vol. Quelqu'un a voulu, délibérément, nous mêler à cette affaire. Et ce n'est pas la seule coïncidence. Tout s'est déroulé trop vite, hier matin. Vous m'avez téléphoné à six heures et demie. À quelle heure la police vous a-t-elle appelé ? À quelle heure la police a-t-elle été alertée par Tait ? Si Mrs. Tait a entendu du bruit au salon, pourquoi n'a-t-elle pas prévenu son mari ? Pouvez-vous croire qu'il n'y a pas d'interphone dans cette maison ? Toute cette luxueuse installation et pas seulement une sonnette, près du lit de cette femme invalide ? Allons donc !

— S'il existe des points suspects, répliqua Persée, avec froideur, les policiers les découvriront. Ils connaissent leur métier. Ne vous en mêlez pas.

Qwilleran garda le silence, en s'efforçant de se dominer.

— Dois-je assister aux funérailles de Mrs. Tait, demain ?

— Ce ne sera pas nécessaire. Nous déléguerons un représentant.

De retour à son bureau, il décrocha d'un geste brusque le téléphone inoffensif portant sur le cadran le slogan « soyez aimable » et appela le service photographique.

— Odd ? En faisant ces agrandissements des jades, voulez-vous en tirer également une série pour moi ? Je crois que j'ai une idée.

CHAPITRE SEPT

L'article principal sur la maison du marchand de voitures étant supprimé, Qwilleran s'inquiéta de trouver un autre sujet. Ce matin-là, il avait rendez-vous avec une décoratrice, mais il doutait que cette entrevue pût lui procurer un article de fond, à si brève échéance.

— Oh ! mon Dieu ! mon Dieu ! mon Dieu ! s'était écriée Mrs. Middy, quand il avait essayé de lui en toucher deux mots, au téléphone.

Il se rendit chez elle, sans beaucoup d'espoir. Situé dans le quartier élégant d'Happy View Woods, le magasin offrait une devanture pleine d'attraits. Les larges vitrines garnies de rideaux en peluche jaune d'or avaient des carreaux en verre biseauté, et la porte danoise, flanquée de pittoresques lanternes de fiacre, était ornée d'un heurtoir en cuivre ciselé. À l'intérieur régnait un charme douillet suffocant, mais indéniable.

En entrant, Qwilleran entendit tinter un carillon de Westminster, puis une grande jeune femme surgit de l'arrière-boutique. Ses longs cheveux noirs pendaient tout raides sur ses épaules, cachant son front, ses sourcils, ses tempes et ses joues. On ne voyait qu'une paire d'yeux verts, un joli petit nez, une bouche espiègle et un menton volontaire. Le moral de Qwilleran remonta.

— J'ai rendez-vous à onze heures avec Mrs. Middy. Je ne pense pas que ce soit vous.

— Je suis son assistante. Mrs. Middy est un peu en retard, ce matin. Elle l'est toujours. Voulez-vous vous asseoir ? Je peux vous offrir un choix de chaises : une Chippendale, une Sheraton, pur dix-huitième, ou une Mammy Settle de style colonial. Toutes sont inconfortables. Si vous le désirez, je peux bavarder pour vous faire oublier les affres de l'attente.

— Bavardons, je vous en prie, répondit Qwilleran, en prenant place dans la Mammy Settle, sorte de fauteuil à bascule en bois.

La jeune femme s'assit sur la Sheraton, en tirant sur sa jupe.

— Quel est votre nom ? questionna Qwilleran, après avoir demandé l'autorisation de fumer la pipe.

— Alacoque Wright et vous devez être le rédacteur en chef du *Gai Logis*.

— En effet. Vous occupez-vous de décoration ?

— Oui. Bien que ce ne soit pas exactement mon métier. Je suis architecte. Les femmes ne sont pas très bien vues dans cette branche, et c'est en désespoir de cause que j'ai pris cet emploi auprès de Mrs. Middy. Je crains que ces huches en faux vieux bois, mangé aux vers, n'affectent ma personnalité. Je préfère un style reflétant l'esprit de notre temps. À d'autres les siècles passés, le colonial portugais et le baroque swahili !

— Vous voulez dire que vous préférez les installations modernes ?

— Il faudrait d'abord s'entendre sur ce mot. Il peut être tellement ambigu ! Il y a des motels modernes à faire peur, le Miami Beach, sans parler du Borax Danois et autres horribles subdivisions. J'aime les grands classiques du XXe siècle, les œuvres de Saarinen, Mies Van der Rohe, Breuer et tous les autres de la même école. Mrs. Middy ne me permet pas de rencontrer ses clients. Elle craint que je ne sabote son travail… J'en serais probablement capable, ajouta-t-elle avec un sourire félin, j'ai une nature sournoise.

— Si vous ne rencontrez pas les clients, que faites-vous ?

— Des relevés de plans, des réassortiments de couleurs. Je réponds au téléphone… mais parlez-moi de vous. Aimez-vous les meubles modernes ?

— J'aime tout, du moment que c'est confortable et que je peux poser les pieds sur les sièges.

La jeune femme sourit.

— Vous êtes mieux au naturel que sur la photographie parue dans le journal. Vous avez l'air sérieux, responsable, mais aussi intéressant. Êtes-vous marié ?

— Pas pour le moment.

— C'est une sale histoire qui vous est arrivée la semaine dernière.

— Vous voulez parler du vol de Muggy Swamp ?

— Croyez-vous que Mr. Tait va poursuivre le *Daily Fluxion* ?

Qwilleran secoua la tête :

— Nous n'avons rien publié de faux ou de diffamatoire et, naturellement, le propriétaire nous avait autorisés à utiliser ces photographies.

— Cependant, ce vol va porter atteinte à l'esprit même de votre magazine…

À cet instant, la porte s'ouvrit et une voix s'écria :

— Oh ! mon Dieu ! mon Dieu ! mon Dieu ! Suis-je en retard ?

Une femme rondelette entra, hors d'haleine, et se confondit en excuses. Des mèches de cheveux gris s'échappaient de son chapeau de feutre informe.

— Servez-nous du café, ma chérie, dit-elle à son assistante. Je suis bouleversée. Ma voiture a été arrêtée pour excès de vitesse. Heureusement, l'agent s'est montré compréhensif.

Elle se laissa tomber lourdement sur un rocking-chair et dit :

— Pourquoi n'écririez-vous pas un article sur nos agents de police, Mr… Mr…

— Qwilleran, Jim Qwilleran. Je crains que ce ne soit pas ma spécialité, mais j'aimerais écrire un article sur vous.

— Oh ! mon Dieu ! mon Dieu ! mon Dieu ! Et moi qui ne suis même pas coiffée !

Le café fut servi dans des tasses rococo et Miss Wright le versa ; à ses sourcils arqués, on devinait sa désapprobation. Puis la décoratrice et le journaliste discutèrent des sujets qui conviendraient au *Gai Logis*.

— J'ai fait quelques délicieux intérieurs dernièrement, dit Mrs. Middy. La maison du Dr. Mason est ravissante, mais elle n'est pas terminée. L'installation du professeur Dewitt sera très bien dès que nous aurons posé les rideaux.

— Vous avez, sans doute, du mal à assortir les franges.

— Oui, comment l'avez-vous deviné ?

— Le foyer ? suggéra son assistante.

— Oh oui. La maison Allison est vraiment charmante. Seriez-vous intéressé par un foyer de jeunes filles, Mr. Quillum ? Vous verriez ce que l'on peut tirer d'une pension meublée. C'est une des maisons du début du siècle, dans Merchant Street. C'était triste et laid, avant que Mrs. Allison fît appel à mes services. J'ai changé les tapisseries du salon et j'ai mis des baldaquins dans les chambres des jeunes filles. Dans la salle à manger, au lieu de la grande table si conventionnelle, j'ai installé de petits guéridons, comme dans un café.

Jusque-là, Qwilleran n'avait envisagé que des résidences privées, mais il était, maintenant, disposé à utiliser tout ce qui pourrait être photographié rapidement.

— Quelle est la couleur dominante ?

— Rouge cerise, avec quelques variantes. Au premier étage, nous avons du rose cerise. Oh ! cela vous plaira, j'en suis sûre.

— Pourrait-on y aller cet après-midi ?

— Oh ! mon Dieu, si vite ? Les gens aiment être prévenus à l'avance.

— Demain, alors ?

— Je vais appeler Mrs. Allison tout de suite.

Pendant que Mrs. Middy prenait le rendez-vous, Qwilleran invita Miss Wright à le retrouver mercredi, à six heures, sous la pendule de l'hôtel de ville.

Ce soir-là, il emballa ses livres dans trois cartons à lessive qu'il avait ramenés de l'épicerie voisine, puis il sortit deux valises. Koko le regardait. Il s'approcha, avec méfiance, pour renifler les cartons et proféra un long miaulement lugubre.

— Es-tu inquiet ? l'interrogea Qwilleran. Opposé à ce déménagement ? Viens, nous allons faire une partie pour te changer les idées.

Prenant le chat dans ses bras, il le posa sur le dictionnaire ouvert. Le jeu consistait pour Koko à planter ses griffes entre les pages du livre. Qwilleran consultait l'endroit indiqué et lisait les deux premiers mots. S'il n'en connaissait pas le sens, le chat marquait deux points. Dans le cas contraire, le score était en sa faveur.

Avec enthousiasme, Koko plongea ses griffes entre les feuilles.

— *Chaume* et *chauve*, lut Qwilleran, élémentaire. Deux points pour moi. Essaie de faire mieux.

Koko s'exécuta à nouveau.

Kolinski et *koolokamba*.

Qwilleran connaissait la définition du premier mot, qui désignait la fourrure d'un putois sibérien, mais il dut regarder celle de koolokamba.

— « Singe anthropoïde à tête presque chauve et à mains noires », lut-il. Bravo ! Voilà un mot nouveau à ajouter à mon vocabulaire quotidien. Merci beaucoup.

À la fin des neuf essais, Qwilleran gagna par 14 à 4. Koko avait tiré des mots faciles, comme *escroquerie*, *escrime*, *cadre* et *cadran*.

— Tu perds la main, lui dit Qwilleran, et Koko répondit par un long miaulement contestataire.

Le mercredi matin, Qwilleran et Bunsen se rendirent à la pension Allison. Qwilleran dit qu'il espérait que certaines jeunes filles seraient là, et Bunsen ajouta qu'il aimerait bien prendre une photographie des lits à baldaquin avec une jeune personne dedans.

La maison était un monstre victorien, mais elle était fraîchement repeinte et les fenêtres garnies de rideaux pimpants. Mrs. Middy les reçut à la porte, son chapeau de feutre en bataille.

— Où sont ces demoiselles ? s'écria Bunsen.

— Oh ! elles ne sont pas là, durant la journée, répondit Mrs. Middy. Elles travaillent toutes. Par où voulez-vous commencer ?

— Ce que j'aimerais voir, dit le photographe, ce sont ces lits à baldaquin.

La décoratrice les introduisit dans le salon et une femme surgit du fond de la maison. Le visage blême, elle avait des rouleaux dans les cheveux et un filet pour tenir sa mise en plis. Elle portait un peignoir défraîchi, mais elle se montra accueillante.

— Bonjour, messieurs, vous êtes ici chez vous. Si vous désirez boire quelque chose, j'ai ouvert le buffet.

— Il est trop tôt pour l'apéritif, dit Bunsen, même pour moi.

— Voulez-vous du café ? demanda Mrs. Allison qui se tourna vers la porte du fond en criant : Elsie ! Apportez le café.

— Vous avez une bien jolie maison, constata Qwilleran.

— On s'y retrouve en dirigeant un établissement convenable, et Mrs. Middy s'y entend pour faire régner le confort. Elle est chère, mais on en a pour son argent.

— Pourquoi avez-vous choisi le style colonial pour décorer votre maison ?

Au lieu de répondre, Mrs. Allison se tourna vers la décoratrice :

— Pourquoi ai-je choisi ce style ?

— Parce que c'est intime et coquet et parce que cela rappelle notre patrimoine national.

— Vous pouvez prendre note, dit Mrs. Allison. Êtes-vous sûr que vous ne voulez rien boire ? Je crois que je vais m'offrir un petit remontant, ajouta-t-elle, en se dirigeant vers le buffet.

Elle se versa un double whisky, pendant que Mrs. Middy faisait visiter la maison aux journalistes. Qwilleran remarqua les tapisseries décorant le salon et les candélabres dans le style de la reine Anne. Le photographe s'intéressa à une figure de proue qui ornait le dessus de la cheminée du salon et représentait un buste de femme en bois sculpté.

— Elle évoque pour moi une fille que j'ai connue avant mon mariage.

— Regardez ces petites tables, Mr. Quillum ! s'exclama Mrs. Middy. Ne sont-elles pas adorables ? Vous me direz qu'elles sont d'inspiration victorienne, mais Mrs. Allison tenait surtout à un ensemble harmonieux.

— C'est très joli, reconnut Qwilleran. Je suppose que vous êtes exigeante pour l'admission de vos pensionnaires, ajouta-t-il en se tournant vers Mrs. Allison qui était venue les rejoindre.

— Ça, vous pouvez le dire. Elles doivent fournir des références et posséder au moins deux années de collège.

Les chambres étaient traitées en rose vif. Murs roses, tapis roses. Les lits avaient des montants d'acajou soutenant un dais incurvé agrémenté d'un double volant plissé en mousseline rose.

Bunsen photographia une chambre, le salon, un coin de la salle à manger et fit un gros plan de la figure de proue. Il termina peu avant midi.

— Revenez un de ces soirs, proposa Mrs. Allison, en les raccompagnant jusqu'à la porte.

— Avez-vous des blondes parmi vos pensionnaires ? demanda Bunsen.

— Vous n'avez qu'un mot à dire, répondit Mrs. Allison en riant.

— Entendu. Un soir où j'aurai terminé la vaisselle de bonne heure et où les enfants auront fini leurs devoirs, je viendrai vous réclamer un verre.

— N'attendez pas trop, vous n'êtes plus si jeune, lui conseilla Mrs. Allison.

Comme ils transportaient l'équipement photographique à la voiture, Mrs. Middy vint les rejoindre en courant.

— Oh ! mon Dieu ! J'ai oublié de vous prévenir. Mrs. Allison ne veut pas que vous indiquiez son nom et son adresse.

— Mais nous le faisons toujours, protesta Qwilleran.

— Oh ! mon Dieu ! C'est ce que je craignais. Elle a pensé que les jeunes filles seraient harcelées de coups de téléphone et elle veut l'éviter.

— Notre journal a pour principe de donner ces précisions.

— Alors, nous serons obligés de renoncer à cette publication. Quel dommage !

— C'est impossible, nous ne pouvons plus reculer, nous sommes à la dernière limite pour la publication de ce reportage.

— Dans ce cas, vous devrez le passer sans nom et adresse, conclut gaiement Mrs. Middy.

Elle n'avait plus du tout l'air d'une petite femme replète, mais d'un bloc de granit.

— Vous êtes coincé, chuchota Bunsen, acceptez ses conditions.

— Croyez-vous que je puisse ?

— Nous n'avons plus le temps de trouver un sujet de remplacement.

— Indiquez simplement qu'il s'agit d'une résidence pour jeunes filles qui travaillent et n'oubliez pas de mentionner le nom de la décoratrice, lança encore Mrs. Middy.

En démarrant, Bunsen constata :

— Vous ne pouvez pas gagner tout le temps.

Cette philosophie ne consola pas Qwilleran et ils gardèrent le silence jusqu'à ce que le photographe reprît :

— L'enterrement de Mrs. Tait a eu lieu ce matin. Le journal y a envoyé deux photographes. C'est beaucoup. Il n'y en avait qu'un pour les courses internationales de canots automobiles, la semaine dernière... Êtes-vous installé à la Villa Véranda ?

— Je déménage cet après-midi. J'ai rendez-vous pour dîner avec l'assistante de Mrs. Middy.

— J'espère qu'elle a des références et au moins deux années de collège !

— C'est une jolie fille, très intelligente.

— Méfiez-vous des filles qui ont de l'esprit, lui conseilla le photographe. Celles qui n'en ont pas sont plus sûres.

En fin d'après-midi, Qwilleran rentra chez lui pour faire ses valises. Ensuite, il s'efforça d'introduire Koko dans une boîte en carton avec des trous d'aération de chaque côté. Subitement, le chat parut avoir vingt pattes qui s'accrochaient et se débattaient toutes en même temps. Ses véhémentes protestations ajoutaient à la confusion.

— Je sais, je sais, dit Qwilleran, mais c'est ce que j'ai trouvé de mieux.

Quand les vingt pattes, neuf oreilles et trois queues furent enfermées, le couvercle rabattu et la boîte ficelée, Koko se retrouva dans un abri sombre et chaud où il se tut. Le seul signe de vie était un œil brillant que l'on apercevait à travers l'un des trous.

Au cours du bref trajet jusqu'à la Villa Véranda, le taxi donna un coup de volant pour éviter un autobus et une protestation outragée s'éleva du siège arrière.

— Bon sang ! s'écria le chauffeur en freinant brusquement, qu'est-il arrivé ?

— Ce n'est que mon chat, expliqua Qwilleran, il est enfermé dans un des cartons.

— J'ai cru que j'avais renversé un piéton. Qu'est-ce que c'est, un chat sauvage ?

— C'est un siamois. Il est enclin à avoir son franc-parler.

— Ouais, j'en ai vu à la télé. De sales bêtes.

Qwilleran ne répondit pas. Il n'était jamais très généreux pour les pourboires, mais il décida de l'être encore moins avec ce chauffeur.

Dans l'ascenseur de la Villa Véranda, Koko se répandit en miaulements déchirants, mais dès qu'il fut libéré dans l'appartement de Noyton, il redevint muet. Pendant un moment, il s'immobilisa, une patte en l'air, et la pièce sembla remplie par le silence, puis sa tête remua de gauche à droite, tandis qu'il prenait une vue d'ensemble ; traversant, avec précaution, le parquet ciré, il flaira le bord de l'épais tapis, le toucha même de la patte et recula précipitamment. Il renifla ensuite le coin des divans, examina l'ourlet des rideaux et regarda dans la corbeille à papier, près du bureau.

Qwilleran lui montra l'emplacement de son plat garni de sciure et lui donna sa vieille souris, constituée par un bouquet de menthe sèche cousu dans un bout de chaussette.

— Ton coussin est sur le réfrigérateur, lui dit-il, mets-toi à l'aise.

Une sonnerie fit sursauter Koko.

— Ce n'est que le téléphone, le rassura Qwilleran, en décrochant.

— J'ai un appel transatlantique pour Mr. James Qwilleran.

— Lui-même à l'appareil.

— Copenhague, parlez.

La voix d'Harry Noyton retentit :

— Le croirez-vous ? Je suis déjà à Copenhague ! Comment allez-vous ? Êtes-vous bien installé ?

— Je viens juste d'arriver. Comment s'est passée la traversée ?

— Quelques turbulences à l'est de Gander, mais le voyage a été bon dans l'ensemble. Ne me faites pas suivre le courrier avant que je ne vous le dise. Je vous préviendrai. Je vais avoir une nouvelle pour le *Daily Fluxion*.

— Vraiment ?

— Une histoire fantastique ! Je ne peux vous en dire plus. Voici pourquoi je vous appelle : aimez-vous le base-ball ? J'ai des places pour le match de samedi prochain. Vous trouverez les billets dans mon agenda, sur le bureau. Il serait dommage de les laisser perdre, surtout à trente dollars chaque !

— Je vais probablement travailler samedi.

— Alors, faites-en profiter quelqu'un.

— Merci. Comment est Copenhague ?

— Très propre et tranquille. Il y a beaucoup de bicyclettes.

— Quand pourrez-vous me communiquer cette nouvelle dont vous parlez ?

— Avec un peu de chance, avant une semaine. Je vous en réserve la primeur.

Après avoir raccroché, Qwilleran regarda sur le bureau et trouva les deux billets dans un agenda, relié en cuir, avec un calendrier d'un côté et un index téléphonique de l'autre. Les billets – des places de tribune – étaient glissés entre les pages du 26 et 27 septembre. Il se demanda si Alacoque Wright aimait le base-ball.

— Koko, veux-tu laisser ce livre !

Le chat avait silencieusement grimpé sur le bureau et plantait ses griffes entre les feuillets de l'index téléphonique. De toute évidence, il voulait jouer au jeu du dictionnaire. La moustache de Qwilleran se hérissa. Il ne put résister au désir de voir ce que Koko avait choisi.

L'agenda s'ouvrit à la lettre T. Il lut le nom de Tappington, l'agent de change bien connu, suivi par le numéro de téléphone de Toledo, le restaurant le plus chic de la ville. À la fin de la liste, il y avait le nom de Tait, pas George Verning Tait, mais Signé Tait, son épouse.

Qwilleran fixait le nom hâtivement griffonné, comme s'il voyait le fantôme de la morte. Pourquoi Noyton avait-il noté le nom de Signé et pas celui de son mari ? Qu'est-ce qu'un important promoteur comme lui avait à faire avec l'épouse invalide d'un riche et oisif collectionneur de jades ?

Qwilleran se souvint de sa conversation avec Noyton, à la soirée de David. Le vol des jades avait été évoqué, mais le promoteur n'avait pas dit qu'il connaissait Mrs. Tait. Et pourtant, il se vantait volontiers de ses relations.

Ayant refermé l'agenda, Qwilleran l'ouvrit et vérifia tous les rendez-vous de Noyton entre le 1er janvier et le 20 septembre. Le nom de Tait ne figurait nulle part. Cependant, la couleur de l'encre changeait à partir du 1er septembre. Tout au long de l'année, elle avait été bleue, ensuite elle était noire. Le numéro de téléphone de Signé Tait était écrit en noir. Il avait donc été ajouté au cours des trois dernières semaines.

CHAPITRE HUIT

Avant de partir pour se rendre à son rendez-vous avec Alacoque Wright, Qwilleran téléphona à David Lyke, afin de lui demander comment s'étaient passées les funérailles de Mrs. Tait.

— Vous auriez dû venir, dit le décorateur. Le gratin de la ville était là. Toute la vieille garde, au grand complet, jusqu'aux bisaïeuls ! Je n'ai jamais vu autant de pince-nez et de hauts-de-forme !

— Comment Tait s'est-il comporté ?

— J'aimerais vous dire qu'il était pâle et défait, mais avec ce teint florissant, il a toujours l'air de venir de remporter un tournoi de tennis. Pourquoi n'êtes-vous pas venu ?

— J'avais un reportage à faire, et cet après-midi je me suis installé chez Harry Noyton.

— Tant mieux. Nous voilà voisins. Venez donc chez moi, samedi soir. Vous rencontrerez Nathalie Noyton. Elle vient de rentrer de Reno et je reçois quelques amis en son honneur.

Se souvenant de la magnificence du buffet, Qwilleran accepta l'invitation sans hésiter. Après quoi il prépara rapidement le dîner de Koko, une demi-boîte de saumon, enrichi d'un jaune d'œuf.

— Sois sage, je vais rentrer tard, mais tu auras droit à un petit supplément à mon retour.

À six heures tapantes, il retrouva Alacoque sous l'horloge de l'hôtel de ville. La ponctualité de la jeune fille avait une précision architecturale. Elle portait un ensemble original, composé d'une jupe verte et d'une blouse turquoise sous une cape bleue, dans un tissu qui rappela à Qwilleran des chaises de salle à manger qu'il avait eues, autrefois.

— J'ai tout fait moi-même, avec des échantillons de tissu d'ameublement, expliqua-t-elle, en le regardant sous son casque de cheveux qui descendait jusqu'à ses épaules et enveloppait une partie de son visage.

Il l'emmena dîner au restaurant du Club de la Presse, conscient d'être le point de mire de tous les regards. Néanmoins, il ne pouvait aller ailleurs. Là, du moins, il disposait d'un large crédit et il ne toucherait pas son chèque avant vendredi. Dès qu'ils furent assis, elle lui demanda de l'appeler Cokey.

— Voulez-vous un apéritif ? Moi, je suis au régime sec, mais je prendrais volontiers un tonic au citron, pour vous tenir compagnie.

— Pourquoi ne buvez-vous pas d'alcool ?

— C'est une longue histoire dont je préfère ne pas parler.

— Je suis moi-même une adepte du yoga et je ne touche pas aux boissons alcoolisées, ni à la viande, mais je peux vous confectionner un cocktail de santé, si vous voulez bien commander les ingrédients et deux coupes de champagne.

Quand le plateau arriva, elle versa un peu de crème dans chaque verre qu'elle remplit de ginger-ale, puis elle ouvrit son sac.

— J'ai toujours de la noix muscade sur moi, afin de pouvoir en râper, dit-elle, en couvrant la surface de la boisson avec l'épice. La noix muscade est stimulante. Les Allemands en mettent partout.

Qwilleran goûta avec prudence. Le mélange avait du piquant, comme Cokey elle-même. La saveur était fraîche et douce, avec un goût poivré inattendu.

— Comment êtes-vous devenue architecte ? s'enquit-il.

— Je ne sais pas si vous l'avez remarqué, mais il y a plus d'architectes nommés Wright que de juges appelés Murphy. Nous semblons graviter autour d'une planche à dessin. Toutefois, cela ne m'a pas menée à grand-chose. Je serai peut-être contrainte d'abandonner la lutte et de me chercher un mari.

— Ce ne sera pas difficile.

— Votre confiance me flatte.

Elle serra les dents et râpa un peu plus de noix muscade sur son cocktail.

— Dites-moi ce que vous pensez du métier de décorateur, après deux semaines passées dans cette jungle de velours ?

— Ce sont des gens fort aimables, admit Qwilleran.

— Ce sont de vrais enfants. Ils vivent dans un monde irréel et, comme des enfants, ils peuvent se montrer cruels.

Un homme qui passait près de la table la salua :

— 'soir, Cokey.

Elle leva les yeux et lança, sur un ton chaleureux :

— Oh ! Bonsoir !

— Vous le connaissez ? dit Qwilleran avec surprise.

— Nous nous sommes rencontrés. Mais je commence à avoir faim. Pas vous ?

Elle étudia le menu et choisit une truite avec une salade verte. Qwilleran compara la svelte silhouette avec son propre tour de taille et se sentit coupable en commandant une soupe aux haricots et un gros bifteck frites.

— Où habitez-vous ? demanda Cokey.

— Je viens de m'installer à la Villa Véranda.

Il attendit que cette déclaration eût fait son effet, avant d'ajouter, dans un élan de sincérité, qu'il s'agissait de l'appartement d'un de ses amis qui était à l'étranger.

— Aimez-vous vivre seul ?

— Je ne vis pas seul. J'ai un chat siamois.

— J'adore les chats ! s'exclama Cokey, comment s'appelle-t-il ?

Ravi, Qwilleran lui sourit. Les gens qui aiment vraiment les animaux demandent toujours leur nom.

— Son véritable nom est Kao K'O Kung, mais je l'appelle Koko. Je me suis toujours considéré comme un homme à chien, jusqu'au jour où j'ai rencontré Koko. C'est un animal remarquable. Vous avez peut-être entendu parler du meurtre de la place Blenheim qui a eu lieu au printemps dernier ? Koko est le chat qui s'y est trouvé mêlé. Si je vous racontais certains de ses exploits, vous ne me croiriez pas.

— Oh si ! Je croirais n'importe quoi d'un chat. Ils ont des dons surnaturels.

— Parfois, j'ai l'impression que Koko devine ce qui va arriver.

— C'est vrai, les chats pressentent tout, grâce à leurs moustaches.

— C'est ce que l'on dit, reconnut Qwilleran, en lissant distraitement sa propre moustache. Koko me donne souvent l'impression qu'il en sait plus long que moi. Il a une manière très habile de s'exprimer. Il ne fait rien qu'un autre chat ne ferait, mais il parvient à livrer ses pensées. Je ne m'explique pas très bien.

— Je vois parfaitement ce que vous voulez dire.

Qwilleran enveloppa Cokey d'un regard admiratif. Il ne pouvait avoir ce genre de discussion avec ses amis du *Fluxion*. Habitués à leur boxer et leur briquet, comment pourraient-ils comprendre les chats ? Sur ce sujet particulier, il se sentait très solitaire. Cokey partageait ce sentiment. Ses yeux verts, habituellement moqueurs, avaient pris une expression tendre.

— Avez-vous jamais vu un chat manger des toiles d'araignée et de la colle ? Koko a pris l'habitude de lécher les enveloppes. Un jour, il a mangé pour près d'un dollar de timbres-poste.

— J'ai eu un chat qui buvait de l'eau savonneuse. Ce sont des individualistes. Où Koko fait-il ses griffes ? Votre ami a du courage de vous accepter dans son appartement avec un chat !

— Il fait ses griffes sur un vieux dictionnaire, affirma Qwilleran, avec une note de fierté.

— Quel chat intellectuel !

— En réalité, ce n'est pas un vieux dictionnaire. L'homme qui vivait avec Koko avait acheté ce dictionnaire, puis il avait préféré l'ancienne édition et il avait donné la nouvelle à Koko, comme griffodrome.

— J'admire les hommes qui apprécient les chats.

Baissant la voix, Qwilleran reprit, sur un ton confidentiel :

— Nous avons inventé un jeu avec le dictionnaire. Il est profitable pour chacun de nous. Koko fait ses griffes et j'ajoute quelques mots à mon vocabulaire. C'est là une chose que je n'aimerais pas voir colporter.

Cokey le regarda d'un air rêveur.

— Je pense que vous êtes un homme merveilleux. J'aimerais jouer à ce jeu du dictionnaire, un jour…

Lorsque Qwilleran retourna chez lui, ce soir-là, il était très tard et il était fourbu. En sortant avec des femmes comme Cokey, il se rendait compte qu'il avait vieilli.

Il ouvrit la porte de son appartement et, comme il cherchait l'interrupteur, il vit briller deux points rouges.

Ce n'était pas la première fois qu'il les voyait et il savait d'où ils provenaient, mais cela lui causait toujours un choc.

— Koko, est-ce toi ?

Il appuya sur l'interrupteur et les mystérieuses lumières rouges s'éteignirent dans les yeux de Koko.

Le chat s'approcha en faisant le gros dos, la queue hérissée en point d'exclamation, les moustaches retroussées en signe de haute désapprobation. Il poussa un miaulement de véhément mécontentement.

— Je suis désolé, murmura Qwilleran. As-tu pensé que je t'avais abandonné ? Tu ne le croiras pas, mais nous sommes allés faire une longue promenade. C'est ce que les femmes architectes aiment faire, quand elles ont un rendez-vous.

Il se laissa tomber dans un fauteuil et retira ses chaussures, sans les délacer.

— Nous avons marché dans les rues pendant trois heures, en discutant architecture, urbanisme mal compris, planification. Je suis vanné !

Près de lui, Koko miaula avec impatience et Qwilleran le mit sur son épaule, en caressant sa fourrure soyeuse. Il sentait les muscles jouer sous le pelage. Koko se débattit et sauta par terre.

— Qu'est-ce qui ne va pas ?

— Yaô-ô-ô ! répondit Koko.

Il alla se poster devant le bahut espagnol qui contenait les appareils de stéréo. C'était un meuble massif, reposant sur quatre pieds ronds, très près du sol. Koko s'allongea et glissa une patte pour essayer d'atteindre quelque chose sous le meuble. En vain.

Qwilleran grommela entre ses dents. Il savait que le chat avait perdu Menthy-Mouse, sa souris. Il savait aussi qu'il n'aurait pas de répit tant qu'il ne l'aurait pas retrouvée.

Il chercha autour de lui un objet pour le glisser sous le meuble. Un manche à balai ? Il n'en avait vu aucun dans le placard de la cuisine. Un tisonnier ? Il n'y avait pas de cheminée à la Villa Véranda. Un parapluie ? Si Noyton en avait un, il l'avait emporté en Europe avec lui. Une canne à pêche ? Un club de golf ? Une raquette de tennis ? Ce type ne pratiquait-il donc aucun sport ?

Koko toujours sur ses talons, Qwilleran fit le tour de l'appartement. En désespoir de cause, il s'aplatit sur le sol, afin de passer un bras sous le meuble. Péniblement, il parvint à extraire une pièce de monnaie, une boucle d'oreille en or, un noyau d'olive, un morceau de papier froissé et enfin le jouet familier.

Le chat bondit sur sa souris, la flaira sans beaucoup d'intérêt, lui donna un coup de patte distrait qui la renvoya sous le bahut et s'en alla boire de l'eau dans son bol, avant de se retirer sur son coussin pour la nuit.

Mais Qwilleran resta un moment à fumer une dernière pipe en réfléchissant. Cokey et ses cocktails à la noix muscade. *Le Gai Logis* et le chapeau en bataille de Mrs. Middy. Les fouets des bogheis et la situation de Muggy Swamp. Finalement, il se pencha et ramassa la feuille de papier froissée qu'il avait trouvée sous le bahut espagnol. Il y avait un nom écrit dessus : Arne Thowaldson. Il jeta le papier. Quant à la boucle d'oreille en or, il la fit sauter dans sa main et la rangea dans le tiroir du bureau.

CHAPITRE NEUF

Le lendemain matin, Qwilleran téléphona à Tait pour lui demander s'il pouvait lui rapporter les livres sur les jades. Tait acquiesça avec indifférence.

— Comment avez-vous eu mon numéro ? s'enquit-il.

Qwilleran se passa la main sur le front et prit une aspiration, avant de répondre :

— Je crois que… Oui, c'est David Lyke qui me l'a donné.

— Voilà qui est curieux. C'est un numéro privé qui ne figure pas sur l'annuaire.

Après avoir rangé le carnet d'adresses de Noyton et gratté l'oreille de Koko pour que cela lui porte chance, Qwilleran partit pour Muggy Swamp, dans une des voitures du journal. Il ne savait pas exactement ce qu'il espérait trouver, mais il découvrirait peut-être quelque chose qui renforcerait ses vagues soupçons. Selon une technique qui lui était chère, il n'avait rien préparé à l'avance. En vingt-cinq ans de journalisme, il avait obtenu, grâce à cette méthode, d'étonnants succès auprès de criminels – réputés bouches cousues –, de vieilles dames – timides –, de politiciens – prudents – et de cow-boys – taciturnes. Dans toutes ces occasions, il ne posait pas de questions. Il fumait simplement sa pipe en arborant une expression de sympathie et d'intérêt, renforcée par le sobre aspect de sa moustache.

Tait ouvrit lui-même la porte au visiteur. Qwilleran jeta un regard inquisiteur vers le salon, mais les doubles portes étaient closes. Le collectionneur l'invita à entrer dans la bibliothèque.

— Avez-vous aimé ces livres ? Commencez-vous à sentir le charme des jades ? Allez-vous devenir collectionneur ?

— Je crains que ce ne soit au-dessus de mes moyens, pour le moment, dit le journaliste, qui se crut obligé d'ajouter ce demi-mensonge : J'ai sous-loué l'appartement d'Harry Noyton à la Villa Véranda et cette petite folie me laisse sans un sou vaillant.

Le nom ne parut susciter aucune réaction. Tait reprit :

— On peut commencer une collection de façon modeste. Je connais un marchand qui aime aider les débutants. Avez-vous conservé la pierre que je vous ai donnée ?

— Elle ne me quitte pas, affirma Jim, en faisant sonner le contenu de la poche de son pantalon. Mrs. Tait partageait-elle votre enthousiasme pour les jades ?

Les coins de la bouche de Tait s'affaissèrent.

— Hélas ! ma femme ignorait la fascination qu'inspire le jade. En revanche, cette collection a été pour moi une source de joie et de réconfort pendant plus de quinze années. Aimeriez-vous voir mon atelier ?

Il conduisit Qwilleran derrière la maison et descendit un escalier.

— Vous avez une bien grande demeure, constata le journaliste. J'imagine qu'une installation téléphonique intérieure est utile.

— Je vous prie d'excuser l'état de mon atelier. Il n'est pas aussi bien rangé que je le souhaiterais. J'ai renvoyé la cuisinière et je me prépare à partir en voyage.

— Je suppose que vous allez vous rendre dans un pays producteur de jade ?

Une fois encore, la question resta sans réponse.

— Avez-vous jamais visité la boutique d'un lapidaire ? C'est étrange, mais quand je suis ici, occupé à polir ou à meuler des pierres, j'oublie tout. Mon dos douloureux ne me fait même plus souffrir et je suis un homme heureux.

Il montra un petit dragon sculpté et ajouta :

— Voilà ce que la police a trouvé derrière le lit de Paolo, quand on a fouillé sa chambre. Le dessin en est simple. J'essaie de le recopier.

— Vous devez éprouver beaucoup d'amertume, à propos de ce garçon.

— L'amertume n'arrange rien, soupira Tait, en détournant les yeux.

— Franchement, j'ai été surpris qu'il soit impliqué dans une affaire pareille. Il avait l'air franc et ouvert.

— Les gens ne sont pas toujours ce qu'ils paraissent.

— Paolo pourrait n'être qu'un jouet entre les mains des véritables instigateurs de ce vol, n'est-ce pas ?

— C'est possible, naturellement, mais cela ne me rend pas mes jades.

— Mr. Tait, pour autant que vaille une pareille assertion, je veux que vous sachiez que j'ai le sentiment profond que ces objets seront retrouvés.

— J'aimerais partager votre optimisme… mais qu'est-ce qui vous fait croire cela ?

— Une rumeur court au journal, selon laquelle la police est sur une piste.

Ce n'était pas la première fois que Qwilleran répandait une rumeur née de son imagination. Ce procédé amenait, parfois, un résultat.

— Il est curieux que je n'en aie pas été informé, grommela Tait, en le reconduisant.

— Je n'aurais peut-être pas dû en parler, dit Qwilleran.

Négligemment, il demanda :

— À propos, votre cuisinière accepterait-elle un emploi temporaire en votre absence ? Un de mes amis cherche quelqu'un pour s'occuper de sa maison, pendant que sa femme est à l'hôpital.

— Je n'ai pas l'intention de reprendre Mrs. Hawkins à mon retour. Son travail est satisfaisant, mais elle a mauvais caractère. Cependant, je peux vous donner son adresse.

Il alla dans son bureau pour écrire le renseignement sur une feuille de papier.

— J'ai aussi noté le nom de ce marchand de jades, à Chicago, au cas où vous changeriez d'idée.

En passant devant les portes du salon, Qwilleran demanda :

— Paolo a-t-il causé des dégâts en ouvrant les vitrines ?

— Non, aucun, dit Tait. Je me plais à penser que mes jades ont été volés par quelqu'un qui les aime.

En retournant en ville, Qwilleran se dit qu'il avait perdu sa matinée et sept litres d'essence du *Daily Fluxion*. Pourtant, tout au long de cette visite, il avait eu l'impression que quelque chose sonnait faux dans l'attitude du collectionneur. Il aurait dû être plus affecté ou plus furieux. Que signifiait cette dernière phrase : « Je me plais à penser que mes jades ont été volés par quelqu'un qui les aime » ?

Sa curiosité étant aiguisée, il décida d'aller voir quelqu'un qui pourrait lui apporter des réponses à certaines questions. Il se rendit à la boutique appelée *Laical*, dans River Street.

L'endroit était curieusement choisi pour un tel commerce. Parmi les devantures délabrées de magasins spécialisés dans les fournitures de plombier ou les machines à calculer d'occasion, la boutique de Bob Orax avait l'air particulièrement pimpante. En vitrine, la marchandise était artistiquement présentée sur un fond de toile cirée à dessins naïfs. On voyait des vases, avec des plumes d'autruche, des morceaux de béton cassé peints de couleurs phosphorescentes et des bols remplis d'œufs ornés de sequins. Les étiquettes étaient petites et raffinées, convenant à un commerce de luxe. Cinq dollars pour un œuf, quinze pour un morceau de béton.

Il tourna la poignée de la porte qui représentait la statue de la Liberté en miniature. Une sonnette annonça sa présence en distillant les premières notes de *Il pleut bergère*. Aussitôt, un paravent, recouvert des vieilles couvertures du *Reader's Digest*, s'écarta et le génial propriétaire des lieux, Bob Orax, apparut, l'air encore plus blasé que d'ordinaire, au milieu de ses oripeaux. Qwilleran regarda autour de lui et remarqua des fleurs en papier sous verre, des cendriers décorés de bandes de cigares, des chandeliers taillés dans des défenses de rhinocéros. Un mur était tapissé d'une mosaïque de capsules d'eau minérale, un autre affichait les réclames de supermarchés, un troisième était recouvert de papier Cellophane, tressé avec des rubans de velours rouge, encadré de papier doré.

— Ainsi, voici votre spécialité ? Qui achète ces choses ?

— Tous ceux qui sont fatigués de la Beauté, du Bon Goût et du Fonctionnel, dit gaiement Orax. On se lasse de tout, c'est humain. Ce nouveau mouvement est une révolte contre la sophistication intellectuelle. La bourgeoisie conventionnelle le rejette.

— Vous occupez-vous également des installations d'appartements ?

— Certainement. Je viens de terminer un bureau, pour un de mes clients. J'ai construit un panneau en tôle ondulée, provenant d'une vieille cabane à outils, avec sa rouille d'origine. La couleur de base est cannelle, avec des touches de céleri et des accents de fenouil.

Qwilleran examina un piège à rats, transformé en cendrier.

— Vous voyez là des articles de boutique, pour acheteurs impulsifs, dit Orax, qui ajouta, avec un sourire entendu : J'espère que vous comprenez que je ne me sens pas directement concerné par ce mouvement. Il est exact que cela nécessite certaines connaissances, mais je suis surtout là pour gagner de l'argent.

Le journaliste médita un moment en silence, puis il dit :

— J'ai passé une agréable soirée, lundi, chez David. Il paraît qu'il en donne une autre, samedi, en l'honneur de Mrs. Noyton.

— Je ne pourrai pas y aller, soupira Orax. Ma mère a un dîner auquel je suis obligé d'assister, mais vous aurez plaisir à rencontrer Nathalie. Elle possède tout le charme mystérieux d'une glace à la guimauve.

Jouant distraitement avec une fleur en plastique, Qwilleran s'enquit :

— Les Noyton et les Tait étaient-ils très liés ?

Orax parut amusé :

— Je doute qu'ils aient jamais évolué dans le même milieu.

— Ah vraiment ? Je croyais avoir entendu dire que Noyton connaissait Mrs. Tait.

— Cela m'étonnerait. Je les vois mal ensemble. À la rigueur Georgie et Nathalie formeraient un couple plus vraisemblable. Ma mère prétend que Georgie a été un grand amateur de femmes, dans son jeune temps.

— Depuis quand Mrs. Tait était-elle confinée dans son fauteuil d'invalide ?

— Il paraît que c'est arrivé après le scandale et cela doit bien remonter à seize ou dix-huit ans. J'étais à Princeton, à l'époque, mais l'histoire a fait du bruit, et c'est alors que Siggy a manifesté les premiers symptômes de sa maladie.

Qwilleran se lissa la moustache, avant de demander :

— Quel scandale ?

— Oh ! Vous n'êtes pas au courant ? Ce fut une histoire assez savoureuse. Vous devriez chercher dans les vieux numéros du *Fluxion*, le journal s'en est beaucoup occupé, et vous y trouverez des détails piquants.

Prenant son plumeau qu'il promena sur le plateau rempli de petits objets, il expliqua :

— Ce sont des primes offertes par des marques de biscuits, cuvée 1930 ; ceux-ci sont en fer-blanc véritable, mes clients les plus avisés les collectionnent.

En revenant au journal, Qwilleran se précipita aux archives et demanda le dossier de la famille Tait. L'employé disparut au milieu d'une rangée de hauts casiers et revint les mains vides.

— Il n'est pas là.

— Quelqu'un l'a-t-il pris ?

— Je l'ignore.

Un autre employé s'approcha :

— Est-ce le dossier de G. Verning Tait que vous cherchez ? dit-il. C'est un gros dossier. Un policier est venu le consulter. Il voulait l'emporter au quartier général, mais nous lui avons signifié qu'il ne pouvait sortir de l'immeuble.

— Il a dû s'arranger pour le prendre quand même, remarqua Qwilleran. Certains de ces flics n'ont pas le moindre scrupule. Où est votre chef de service ?

— C'est son jour de congé.

— Voulez-vous lui dire de prendre contact avec la police pour se faire restituer ce dossier ? Du reste, je vais rédiger moi-même une note à ce sujet.

CHAPITRE DIX

Le samedi après-midi, Qwilleran emmena Alacoque Wright au match de base-ball. Elle portait un tailleur qu'elle s'était confectionné dans un dessus-de-lit refusé par un client, un velours côtelé vert, au relief irrégulier évoquant des rangées de chenilles.

— C'est très original, dit Qwilleran.

— C'est surtout supposé être sexy.

Après avoir dîné dans un petit restaurant – Cokey choisit une patte de crabe et une compote de fruits, Qwilleran le plat du jour qui était toujours copieux –, il déclara :

— Nous sommes invités à une soirée et je vais commettre une imprudence : je vais vous présenter un jeune homme qui est la coqueluche de toutes les femmes.

— Ne vous inquiétez pas, dit Cokey, en lui lançant une œillade provocante, je préfère les hommes plus âgés.

— Mais je ne suis pas si vieux que ça !

— Vous êtes mûr et c'est ce qui compte pour moi.

Ils allèrent à la Villa Véranda en taxi en se tenant par la main. À l'entrée de l'immeuble, ils furent salués par le portier à qui Qwilleran avait glissé une pièce, au début de l'après-midi. Ce n'était pas un gros pourboire, eu égard au standing de la Villa Véranda, mais suffisant pour obtenir un dollar d'attention de la part d'un homme vêtu comme un général prussien d'opérette.

Ils pénétrèrent dans le hall de l'immeuble, tout en marbre blanc et acier chromé, et Cokey eut un signe de tête approbateur. Elle était devenue soudain bien silencieuse. En montant en ascenseur, Qwilleran l'embrassa.

Un Asiatique en veste blanche ouvrit la porte. Son regard s'éclaira à la vue du journaliste. Personne n'oubliait jamais sa moustache. Lyke s'approcha aussitôt et Cokey glissa la main sous le bras de Qwilleran. Il sentit son étreinte se renforcer quand leur hôte les salua de sa voix chaude et de sa prunelle assassine.

L'appartement était rempli d'invités, clients de David bavardant entre eux, confrères discutant de l'exposition espagnole qui venait de s'ouvrir et du nouveau restaurant grec.

— Il y a une merveilleuse Isabellina Vargueno du dix-huitième.

— La cuisine vous rappellera ce petit caboulot, au pied de l'Acropole, à Athènes, vous savez lequel.

Qwilleran conduisit Cokey au buffet.

— Quand je suis avec des décorateurs, lui confia-t-il, je me crois toujours au pays des merveilles. Ils ne parlent jamais de choses sérieuses ou désagréables.

— Les décorateurs ont deux graves problèmes : le réassortiment des franges et des galons et la lenteur des livraisons.

— Votre ironie ne peut être purement professionnelle. Vous avez dû être déçue par un décorateur.

— Un ou deux, avoua-t-elle en secouant ses longs cheveux. Essayez ces petits canapés au crabe. Ils sont parfaitement assaisonnés.

Bien que Qwilleran eût confortablement dîné, peu avant, il n'eut aucune difficulté à faire honneur à la salade de homard, aux pommes soufflées, aux tranches de bœuf parfumées au gingembre, présentées sur des feuilles de bambou et aux croque-monsieur sortant du four.

Dans un état de béatitude euphorique, il considéra Cokey avec satisfaction. Il aimait son esprit vif, son visage amusant et sa silhouette élégante. Puis il regarda par-dessus l'épaule de la jeune femme, en direction du salon, et Cokey lui parut fade. Nathalie Noyton venait d'arriver.

L'ex-épouse d'Harry Noyton avait un corps pulpeux, avec des rondeurs bien placées et une taille, des attaches d'une finesse exceptionnelle. Ses cheveux blonds dessinaient un halo autour de son joli visage aux traits délicats.

— Avez-vous aimé l'Ouest sauvage, Nathalie ? lui demanda-t-on.

— Je n'en ai pas vu grand-chose, dit-elle d'une voix douce, je me suis installée dans une pension de famille à Reno et j'ai travaillé à une couverture. J'ai recopié à l'aiguille un modèle danois. Quelqu'un désire-t-il acheter un ouvrage fait à la main ?

— Vous avez grossi, Nathalie.

— Croyez-vous ? Je n'ai fait que travailler à cette couverture, en mangeant du beurre de cacahuète.

Elle portait une robe assortie à ses cheveux, un simple fourreau en laine tissée très lâche, semée de fils d'or. Une écharpe, en même tissu, garnie de longues franges, couvrait ses épaules.

Cokey, qui observait Nathalie à la dérobée, murmura :

— Elle doit avoir fabriqué cette étoffe elle-même, entre deux sandwiches au beurre de cacahuète. Ce serait mieux sans ces fils métalliques.

— Comment un décorateur qualifierait-il cette couleur ?

— Je dirai que c'est jaune rosé, obtenu par longue saturation.

— Vous manquez d'imagination. Que pensez-vous de « crème de carotte » ?

Lorsque tout le monde eut salué et complimenté Nathalie, David la présenta à Qwilleran et à Cokey, en précisant :

— Le *Daily Fluxion* aimerait photographier votre maison, Nathalie.

— Le désirez-vous, David ?

— C'est votre maison, ma chère, à vous de décider.

— Je dois déménager, dès que j'aurai trouvé un atelier, dit-elle, et mon mari ou plutôt mon ex-mari va vendre la propriété.

— J'ai entendu dire qu'elle est superbe, remarqua Qwilleran.

— Oui, elle est magnifique. David a tant de talent, affirma-t-elle en regardant le décorateur avec adoration.

— J'ai corrigé quelques erreurs d'architecture et changé les fenêtres, afin de mettre en valeur les rideaux que Nathalie a tissés, expliqua le décorateur. À sa manière, c'est une artiste.

La jeune femme sourit à Qwilleran :

— Si cela vous fait plaisir, vous pourrez montrer la maison dans votre journal.

— Laissons d'abord Mr. Qwilleran la visiter, suggéra Lyke.

— Entendu. Voulez-vous venir lundi matin ? J'ai rendez-vous chez le coiffeur, dans l'après-midi.

— Avez-vous un métier à tisser ?

— Oh ! oui, j'en ai deux grands et un plus petit. J'adore ce travail. David chéri, montrez donc à vos amis cette veste de sport que je vous ai faite.

Lyke hésita une fraction de seconde :

— Elle est au nettoyage.

Un peu plus tard, il confia au journaliste :

— J'ai utilisé quelques métrages de sa production par pure amitié, car son travail laisse beaucoup à désirer. On ne peut la considérer que comme un amateur, sans don ni talent, aussi n'insistez pas sur les rideaux quand vous publierez l'article.

La soirée se poursuivit agréablement. Buffet bien garni, boissons abondantes, musique de danse jouée un peu trop fort et dix conversations en cours simultanément, il y avait là tous les éléments d'un succès, mais Qwilleran était préoccupé par la dernière remarque de David. À la première occasion, il invita Nathalie à danser.

— J'ai appris que vous aviez l'intention de vous lancer dans le tissage en professionnelle.

— Oui, je vais fabriquer des tissus d'ameublement, répondit-elle de sa voix émouvante qui la rendait vulnérable et pathétique. David adore mon travail, il a promis de me trouver des tas de commandes.

Tandis qu'elle continuait à bavarder, l'esprit de Qwilleran se mit à vagabonder. Si cette femme comptait faire carrière grâce à l'aide de David, elle allait au-devant d'une cruelle déception. Elle émit une réflexion à propos des balcons de la Villa Véranda, trop exposés au vent. Il répondit que, pour sa part, il venait d'emménager, mais se garda de préciser chez qui. Il spécula, à haute voix, sur les chances de dérober quelques friandises au buffet pour Koko.

— Oh ! vous avez un chat ! s'exclama Nathalie, aime-t-il la langouste ?

— Il aime tout ce qui est cher. Je pense qu'il se tient au courant des prix.

— Pourquoi n'allez-vous pas le chercher ? Nous lui offririons un festin.

Qwilleran doutait que Koko appréciât cette réunion bruyante, mais l'idée de l'exhiber ne lui déplut pas et il partit le chercher. Le chat dormait sur son coussin, en haut du réfrigérateur. Il était l'image de la détente, étalé sur le dos, dans une pose d'abandon, une patte pendue dans le vide, l'autre enroulée autour d'une oreille. Il regarda

Qwilleran, la tête à l'envers, un petit bout de langue rose pointant et un éclair de malice dans ses yeux mi-clos.

— Lève-toi, dit Qwilleran, et ne prends pas cet air idiot. Nous allons dans le monde.

Quand il fit son entrée, agrippé à l'épaule du journaliste, Koko avait retrouvé sa dignité. Le bruit qui avait paru atteindre un crescendo s'éteignit brusquement. Koko regarda autour de lui, la mine condescendante, tel un potentat honorant ses sujets de sa présence. Il ne cilla pas, ne remua pas une moustache. Ses marques brunes formaient un contraste si harmonieux avec son corps clair, sa fourrure était si subtilement nuancée et ses yeux bleu saphir avaient un tel éclat que les invités de David Lyke parurent tous ternes et mal habillés.

Quelqu'un poussa une exclamation et tout le monde s'approcha pour caresser le pelage soyeux.

— Oh ! on dirait de l'hermine !

— Il me donne envie de jeter mon manteau de vison !

Impassible, Koko tolérait ces hommages, mais quand Nathalie lui adressa la parole, il tendit le cou et se frotta contre sa main.

— Puis-je le prendre, une minute ? demanda-t-elle.

À la surprise de Qwilleran, Koko changea volontiers de bras, se câlinant contre son écharpe de laine, la flairant, avec une sérieuse concentration, tout en ronronnant.

Cokey entraîna Qwilleran à l'écart :

— Quand je pense à tout le mal que je me donne pour rester mince, avoir les cheveux raides et améliorer ma conversation et que cette femme n'a qu'à paraître en babillant, avec quinze kilos de trop et ses cheveux frisottés, pour que tout le monde tombe à genoux, y compris le chat, cela me rend furieuse !

— Je ne vais pas laisser Koko trop longtemps parmi ces étrangers, déclara Jim dans un élan de sympathie. Venez avec moi, je vous montrerai l'appartement.

— J'ai apporté de la noix muscade, avez-vous de la crème et du ginger-ale ?

Qwilleran récupéra Koko et conduisit Cokey le long du corridor menant à l'autre aile. Quand la porte s'ouvrit, la jeune femme resta un instant immobile sur le seuil :

— C'est splendide ! s'écria-t-elle, en courant vers le salon.

— Harry Noyton appelle cela Scandihoovian.

— Le fauteuil vert est danois ainsi que le parquet, remarqua Cokey, les chaises sont finlandaises. L'appartement tout entier semble avoir été créé par les décorateurs du Vestibule de la Gloire ! Bertoia, Wegner, Aalto, Mies, Nakashima ! C'est trop beau ! Je ne peux y croire.

Tandis qu'elle se laissait tomber sur les coussins du divan en daim, Qwilleran alla chercher des coupes de champagne dans lesquelles il avait versé un liquide crémeux. Cokey râpa solennellement de la noix muscade.

— À Cokey, mon amie préférée, dit-il, en levant son verre.

— Je me sens mieux, dit-elle, en retirant ses souliers pour plonger ses pieds aux orteils frémissants dans l'épais tapis.

Il lui montra le nouveau numéro du *Gai Logis*, avec le salon de la maison Allison, sur la couverture. Ils discutèrent de l'effet des différentes nuances de rouge et de rose et de la figure de proue, dans la salle à manger.

Koko était assis sur la table, le dos tourné, ignorant la conversation, avec ostentation. La courbe de sa queue, dont l'extrémité se retroussait, était la quintessence du dédain, cependant, l'angle de ses oreilles indiquait qu'il ne perdait pas un mot de la conversation.

— Bonjour, Koko, dit la jeune fille, est-ce que je te plais ?

Le chat ne bougea pas. Il n'y eut pas même l'ombre d'un frémissement dans ses moustaches.

— J'ai perdu un magnifique chat roux appelé Franklin, dit-elle, avec tristesse. J'ai toujours sa photo dans mon sac.

Elle sortit un paquet de photographies de son portefeuille et les tria sur le divan.

— Le voici. Les couleurs ont passé. C'est tout ce qui me reste de Frankie. Il est mort à quinze ans. Son pedigree était incertain et…

— Koko ! cria Qwilleran, descends de là !

Le chat était monté sur le divan et léchait une épreuve.

— Oh ! dit Cokey, en faisant prestement disparaître le cliché.

Mais Qwilleran eut le temps de voir l'image d'un homme. Il fronça les sourcils, tandis qu'elle continuait à faire l'éloge des chats, tout en râpant de la noix muscade sur leurs cocktails.

— Et maintenant, parlez-moi de votre moustache. Je suppose que vous savez qu'elle est terriblement séduisante !

— Je l'ai laissée pousser en Angleterre, pendant la guerre.

— Elle me plaît.

Il fut heureux qu'elle n'ait pas demandé « Quelle guerre ? », comme tant de jeunes femmes étaient enclines à le faire.

— À vrai dire, je crains de la raser. J'ai l'étrange sentiment qu'elle me permet de deviner les choses, comme si j'avais des antennes.

— C'est merveilleux ! Juste comme les chats.

— Je n'ai jamais confié cela à personne et je n'aimerais pas que cela se sache, surtout au Club de la Presse.

— Je comprends… Mon Dieu, l'heure tourne. Il faut que je rentre.

— Encore un verre, Cokey ?

Pendant qu'il préparait le cocktail, elle parcourut la pièce, en l'admirant sous tous ses angles.

— Où que l'on regarde, tout est beau et bien composé, reconnut-elle la mine ravie. J'aime ce mélange de texture, ces veloutés doux, pelucheux. Et ce tapis profond, moelleux, je l'adore positivement !

Elle se laissa tomber sur le tapis aux longs poils et resta immobile, l'air extasié, les bras ouverts. Qwilleran se frotta nerveusement la moustache. Elle ne prit pas garde au chat qui s'approchait, la queue traînante, le corps aplati. Koko avançait dans l'épaisse fourrure, comme un fauve dans la forêt sauvage. Brusquement, il bondit. Cokey se redressa en poussant un cri.

— Vous a-t-il fait mal ?

Cokey se passa les doigts dans les cheveux.

— Non. Il ne m'a pas touchée, mais il avait l'air si… hostile ! Qwill, pourquoi Koko a-t-il fait une chose pareille ?

CHAPITRE ONZE

Qwilleran aurait dormi jusqu'à midi, ce dimanche-là, si Koko n'en avait décidé autrement. Grimpant sur le lit avec légèreté, il effleura de ses moustaches le nez et le menton de l'homme endormi. Qwilleran souleva une paupière languissante et grogna en se rendormant :

— Va-t-en.

De nouveau, les moustaches le frôlèrent, cette fois, en des points plus sensibles, les joues et le front. Il sursauta et se redressa dans son lit. Koko bondit à terre et sortit de la pièce, satisfait.

En bâillant, le journaliste enfila sa robe de chambre écossaise et partit à la recherche de sa pipe. Il jeta un coup d'œil au salon. Les coupes à champagne de la nuit dernière étaient encore sur la table, avec le magazine. À côté, Koko procédait à sa toilette.

— Tu as été très méchant, hier soir, dit Qwilleran. Pourquoi as-tu voulu mordre cette jolie fille qui aime tant les chats ? Tu es très mal élevé.

Koko se roula sur le dos, en jouant avec sa queue, et l'attention de Jim fut attirée par l'empreinte du corps mince de Cokey qui restait marquée dans le tapis de haute laine. Koko considérait l'homme d'un air angélique.

— Petit démon, je voudrais bien lire dans tes pensées. Cette photographie que tu as léchée…

La sonnerie du téléphone l'interrompit et il alla décrocher, avec un plaisir anticipé. Il se souvenait des félicitations que lui avait values le précédant numéro du *Gai Logis*. Le nouvel exemplaire avait maintenant été distribué.

— Allô-ô, dit-il d'une voix aimable.

— Qwill ? C'est Harold…

Le ton était pressant et Qwilleran sentit son estomac se serrer.

— Qwill, avez-vous appris la nouvelle ?

— Non. Je viens de me lever.

— Votre article sur ce foyer de jeunes filles, avec des photographies sur la couverture du magazine…

— Oui. Qu'est-il arrivé ?

Il avait une affreuse vision d'un meurtre collectif, une pleine maison d'innocentes jeunes filles assassinées dans leur lit.

— Il y a eu une descente de police. C'est une maison… hospitalière !

— Quoi ?

— La brigade mondaine est arrivée, avec un mandat, et l'établissement a été fermé.

Les genoux en coton, Qwilleran se laissa tomber sur une chaise.

— Comment cela a-t-il pu se produire ? Qui vous a donné l'adresse de cette maison ?

— Mrs. Middy, la décoratrice, une aimable vieille dame. Elle est spécialisée dans les maisons meublées et foyers de jeunes filles. Celui-ci était supposé être un foyer de luxe, pour jeunes femmes exerçant une profession

— Des professionnelles, en quelque sorte, c'est bien le mot ! Voilà qui va nous ridiculiser complètement. Attendez que le *Morning Rampage* ait vent de la chose !

— Je ne sais que dire.

— Vous ne pouvez plus rien faire, maintenant, mais vous devriez prendre contact avec cette Mrs. Biddy.

— Middy.

— Peu importe son nom. Dites-lui bien ce que nous pensons de cet incident hautement embarrassant. C'est une situation incroyable *per se*, et venant après l'histoire de Muggy Swamp, c'est le bouquet !

Persée raccrocha. Qwilleran s'efforça de rassembler ses souvenirs. Il devait y avoir une explication. Saisissant le téléphone, il composa un numéro.

— Oui ? dit une voix ensommeillée.

— Cockey ? Avez-vous appris la nouvelle ?

— Quelle nouvelle ? Je dors encore.

— Alors, réveillez-vous et écoutez-moi. Mrs. Middy m'a mis dans un drôle de pétrin. Pourquoi ne m'avez-vous pas prévenu ?

— À quel sujet ?

— À propos de la maison de Mrs. Allison.

— Que voulez-vous dire ?

— N'êtes-vous pas au courant ?

— De quoi parlez-vous ? Je n'y comprends rien.

Serrant le récepteur, Qwilleran étouffa un soupir.

— Je viens d'apprendre qu'il y a eu une descente de police dans le prétendu foyer de Mrs. Allison. C'est maintenant à double titre ce que l'on appelle une maison close, au présent et au passé.

Cokey éclata de rire.

— Oh ! Qwill, quelle histoire !

— Connaissiez-vous la nature du commerce de Mrs. Allison ?

— Bien sûr que non, mais je trouve cela tellement drôle !

— Eh bien, ce n'est pas mon avis et le *Daily Fluxion* n'appréciera pas davantage le comique de la situation, je vous le garantis. Comment puis-je joindre Mrs. Middy ? Il faut que je lui parle.

— Oh ! la pauvre femme ! Elle va en mourir de honte.

— Savait-elle pour quel genre d'établissement elle travaillait ?

— Je suis certaine qu'elle l'ignorait. Elle a du génie pour installer de charmants intérieurs, mais elle est plutôt…

— Plutôt quoi ?

— Assez naïve, si vous voyez ce que je veux dire. Je vous en prie, ne l'appelez pas. Laissez-moi lui apprendre la nouvelle avec ménagement. Vous ne voulez pas causer la mort de cette pauvre femme, n'est-ce pas ?

— Je crois bien que j'ai envie de tuer quelqu'un !

Le rire de Cokey résonna à nouveau dans l'appareil.

— Et en style colonial, avec tous ces lits à baldaquin !

Qwilleran raccrocha brusquement

— Et maintenant ? dit-il à Koko.

Il se promena de long en large, pendant quelques minutes, puis il composa un autre numéro.

— Allô, dit une voix d'enfant.

— Je voudrais parler à Odd Bunsen.

— Allô ? répéta la voix enfantine.

— Odd Bunsen est-il là ?

— Allô ?

— Qui parle ? Où est ton papa ? Va le chercher.

— Allô ?

Qwillera jura sauvagement, il était sur le point de raccrocher, quand le photographe répondit :

— C'était notre petit dernier. Il n'est pas doué pour la conversation. Que vous arrive-t-il, ce matin ?

Le journaliste annonça la nouvelle et, sans attendre de réaction, il conclut sur un ton sarcastique :

— Je voulais que vous sachiez que vos vœux allaient être comblés. Vous espériez que le magazine ne tiendrait pas. Eh bien ! deux incidents pareils suffiront pour le couler.

— Ne vous fâchez pas. Je n'y suis pour rien.

— Deux numéros du *Gai Logis* et deux mésaventures. Ce ne peut être accidentel. Je commence à trouver cela curieux.

— Vous pensez à un complot ? Le *Rampage* n'a pas assez d'estomac pour faire une saleté pareille.

— Je le sais, mais depuis quelque temps, il y a un nouveau type qui travaille pour eux et il pourrait bien être l'instigateur de cette histoire. Vous savez, ce gars qui parle si fort.

— Mike Bulmer ? C'est un dégonflé.

— La première fois que je l'ai remarqué, au Club de la Presse, son visage m'a rappelé quelque chose. J'ai mis du temps à le situer. Il a été mêlé à un scandale à Chicago, il y a plusieurs années. Une vilaine affaire qui a fait du bruit. Et maintenant, il travaille pour le *Rampage*. Je parie que c'est lui qui a suscité cette descente de police, et les gars de la Mondaine n'ont été que trop heureux d'entrer en action. Vous savez ce qu'il en est : chaque fois qu'un reporter du *Fluxion* est à court de copie, il prend la brigade des mœurs pour cible... De plus, je n'aime pas cette idée, mais je crains que Cokey ne soit mêlée à l'affaire.

— Qui ?

— La fille avec qui j'avais rendez-vous. Elle travaille chez Mrs. Middy. C'est elle qui a suggéré la publication du reportage sur la maison Allison. Enfin, je sais qu'elle connaît Bulmer. Il l'a saluée, l'autre soir, au Club de la Presse.

— Aucune loi ne l'interdit.

— Non. Mais elle l'a regardé d'une drôle de façon. Pour finir, hier soir, après la réception chez David Lyke, j'ai emmené Cokey chez moi...

— Eh ! Eh ! voilà qui devient intéressant !

— … Et Koko a essayé de la mordre.

— Que lui avait-elle fait ?

— Rien du tout. Elle était… bref, elle ne s'occupait pas de lui, quand Koko lui a sauté dessus. Il ne s'est jamais conduit ainsi et je commence à me demander s'il n'essayait pas de me mettre en garde…

Il y eut un silence à l'autre bout du fil.

— Eh ! M'entendez-vous ?

— Je vous écoute. J'allumais un cigare.

— Vous prenez la situation avec un détachement vraiment remarquable. Je pensais que cette vilaine histoire vous intéresserait davantage.

— Quelle vilaine histoire ? Je trouve ça plutôt drôle !

— Le vol d'un demi-million de dollars de jades n'est pas drôle.

— Bulmer ne serait pas allé jusque-là.

— Pourquoi pas ? N'oubliez pas qu'il y a un million de dollars de publicité à la clef. Il a pu voir là l'occasion de se tailler un joli bonus.

— Et faire d'un innocent la victime de cette machination ? Non. Vous voyez trop de films policiers.

— Tait n'est peut-être pas une victime, après tout. Qui sait s'il ne trempe pas lui-même dans la combinaison ?

— Vous avez vraiment des idées bizarres, ce matin, mon vieux !

— Au revoir, dit Qwilleran avec dépit. Excusez-moi de vous avoir dérangé.

CHAPITRE DOUZE

En se rendant, en voiture, à Lost Lake Hill avec Odd Bunsen, le lundi matin, Qwilleran se montra étrangement silencieux. Il avait mal dormi. Toute la nuit, il n'avait cessé de se retourner dans son lit, et le matin son esprit était rempli de pensées nébuleuses.

Il redoutait d'apprendre que Cokey fût mêlée à cette « bonne blague ». Il avait besoin d'une amie comme Cokey. D'un autre côté, il était hanté par l'éventuelle complicité de Tait dans cette affaire, sans que rien de concret ne vînt renforcer cette intuition. Le rôle de Paolo lui paraissait douteux. Était-il une innocente victime ? Un criminel avisé ? Un complice ou un jouet ? La passion de Tait pour ses jades était-elle feinte ou réelle ? Cet homme avait-il été profondément dévoué à sa femme, comme les gens semblaient le croire ? Le nom même de leur chat baignait dans l'ambiguïté. Était-ce Yu ou Freya ?

Les réflexions de Qwilleran se tournèrent vers son propre chat. Une fois, déjà, Koko avait découvert une piste que le bureau des homicides avait été incapable de trouver. L'instinct le conduisait à l'endroit opportun, au bon moment. Ou bien était-ce une coïncidence ? En était-ce une, quand Koko ouvrait les pages du dictionnaire sur les mots *affamé* ou *nourriture* dès que l'heure du déjeuner approchait ?

Plusieurs fois, au cours du dimanche après-midi, il avait essayé de jouer au jeu du dictionnaire, mais Koko n'avait relevé que des mots insignifiants, tels qu'*opposition*, *optimiste*, *cynégétique*, *cypripède* ; Qwilleran ne se sentait nullement optimiste et cypripède – qui se révéla être un type d'orchidée aussi appelée « sabot de Vénus » – lui rappela seulement les pieds nus de Cokey plongeant, avec délices, dans le tapis de haute laine.

— Êtes-vous malade ? s'inquiéta Bunsen. Vous êtes là à ruminer sans dire un mot.

— Il fait froid. J'aurais dû mettre un pardessus.

— J'ai pris mon imperméable. À la façon dont le vent souffle du nord-est, je pense que nous allons avoir un orage.

Le trajet pour se rendre à Lost Lake Hill les conduisit à travers la campagne où les érables commençaient à jaunir. Ils tournèrent dans une route secondaire et Qwilleran lut les instructions inscrites sur une feuille de papier.

— Longer les bords du lac, prendre la première route à gauche, tourner en haut de la colline.

— Quand avez-vous noté ces renseignements ?

— Chez Lyke, samedi soir.

— Hum ! Je n'ai guère confiance en ces promesses adressées au cours d'un cocktail. Nous risquons d'avoir fait tout ce chemin pour rien.

— Ne vous inquiétez pas, Nathalie désire que David bénéficie de la publicité pour la décoration de la maison, et Harry Noyton espère que l'article l'aidera à vendre la propriété qui est évaluée à deux cent cinquante mille dollars.

— J'espère que sa femme n'en verra pas la couleur, riposta Bunsen. Toute femme qui abandonne ses gosses, comme elle l'a fait, est une pas grand-chose.

— J'ai reçu un nouvel appel téléphonique du Danemark, ce matin. Noyton m'a demandé de faire suivre son courrier à Aarhus. C'est une ville universitaire. Je me demande ce qu'il y fabrique.

— Il paraît être un type bien. Comment a-t-il pu épouser une femme pareille ?

— Vous n'avez pas le droit de juger Nathalie, tant que vous ne l'avez pas rencontrée. Elle est sincère. Pas très intelligente, mais sincère. Je crains que les gens n'abusent volontiers de sa crédulité.

Au bout de la route sinueuse, ils trouvèrent la demeure qui était de forme bizarre. Ses murs en briques roses présentaient des angles curieux et son toit en bois partait dans toutes les directions.

— Ça, alors, dit Bunsen, c'est une énigme : où est la porte ?

— Lyke prétend que la maison s'intègre au terrain et que l'ameublement s'intègre à sa structure.

— Eh bien ! ça promet !

Ils finirent par découvrir la porte et sonnèrent. En attendant qu'on leur ouvrît, ils étudièrent la décoration en mosaïque qui ornait l'entrée. Un dessin abstrait, composé de graviers, de verres colorés et de clous en cuivre.

— Ridicule ! déclara Bunsen, d'un air dégoûté.

Ils attendirent un temps considérable, avant de sonner de nouveau.

— Vous voyez ce que je vous disais : il n'y a personne.

— C'est une grande demeure, répondit Qwilleran. Nathalie a probablement besoin de patins à roulettes pour aller de son atelier à la porte.

Finalement, un déclic se fit entendre et la porte s'entrouvrit. Une femme de chambre les dévisagea d'un air hostile.

— Nous sommes des journalistes du *Daily Fluxion*. Mrs. Noyton est-elle chez elle ?

— Madame ne veut recevoir personne.

— Mais nous avons rendez-vous.

— Madame ne reçoit pas, aujourd'hui.

— Nous devions visiter la maison. Voulez-vous demander à Mrs. Noyton si nous pouvons jeter un rapide coup d'œil. Nous ne la dérangerons pas.

— Madame ne veut pas que l'on photographie sa maison. Elle a changé d'avis.

La porte se referma et les deux hommes se regardèrent.

— Cela ne ressemble pas à Nathalie, remarqua Qwilleran. Qu'a-t-il bien pu se passer ? Elle s'est montrée si amicale, samedi soir.

— Les gens se conduisent différemment lorsqu'ils ont bu.

— Nathalie était aussi sobre que moi. Elle est peut-être malade et la femme de chambre a pris sur elle de nous renvoyer.

— Si vous voulez mon opinion, votre Nathalie a perdu la boule.

— Arrêtez-vous à la première cabine téléphonique, je veux appeler quelqu'un.

D'une cabine rurale, le journaliste s'entretint avec David Lyke à qui il exposa la situation.

— Nathalie est folle, dit David. Je m'excuse pour elle. Je vous ferai visiter sa maison moi-même, un de ces jours.

— En attendant, nous devons mettre sous presse, mercredi, et nous n'avons toujours pas d'article de fond.

— Si cela peut vous aider, photographiez mon appartement. Inutile de parler de moi. Montrez seulement une installation à la Villa Véranda.

— Très bien. Cet après-midi vers deux heures vous conviendrait-il ?

— Un peu plus tard, laissez-moi le temps d'acheter des fleurs et de retirer quelques objets d'art. Je ne voudrais pas que l'on sût que je possède certaines choses. Entre vous et moi, je ne devrais même pas les avoir.

Les deux journalistes déjeunèrent rapidement d'un sandwich et, en partant pour la Villa Véranda, Qwilleran demanda à Bunsen de l'arrêter devant un magasin pour animaux, dans State Street.

— Que voulez-vous acheter ?

— Un collier et une laisse pour Koko. Je souhaiterais l'attacher sur le balcon.

— N'achetez que le collier, j'ai une corde en nylon que vous pourrez utiliser comme laisse.

Ils passèrent trois heures dans l'appartement de David à photographier le salon, la salle à manger, avec son tapis chinois, et la chambre à coucher. Le lit était une sorte de plate-forme basse à quelques centimètres du sol, entièrement recouverte de peaux de tigre.

Au salon, le décorateur avait retiré plusieurs objets orientaux et avait disposé des vases de fleurs pour combler les vides.

— Je vous prie à nouveau d'excuser Nathalie, dit-il. Vous voyez maintenant dans quelle situation un décorateur se trouve tout le temps. Un de mes clients a donné le choix à sa femme entre un traitement chez un psychiatre ou la réfection de sa maison. Elle a préféré la dernière solution et passe sa névrose sur moi. Là, ajouta-t-il, en reculant pour juger de l'effet de ses fleurs.

Pressant un bouton, il mit la fontaine en marche, puis il regarda autour de lui, d'un œil critique.

— Savez-vous ce qui manque dans cette pièce ? Un chat siamois sur ce divan.

— Êtes-vous sérieux ? Voulez-vous que j'aille chercher Koko ?

Odd Bunsen protesta :

— Oh ! Non, je vous en prie, pas de chat nerveux quand je prends une photo avec le grand angle !

— Koko n'est pas nerveux, il est même beaucoup plus calme que vous.

Bunsen haussa les épaules, et quelques minutes plus tard, Koko arriva pour se faire photographier. Qwilleran posa le chat sur le divan et l'installa devant l'objectif, en repliant une patte de velours dans une attitude altière et en disposant la queue de soie brune en une courbe photogénique. Durant tous ces préparatifs, Koko ronronna bruyamment.

— Et il va rester comme ça, sans remuer ? s'étonna Bunsen.

— Bien sûr, il ne bougera que si je le lui dis.

Qwilleran caressa une dernière fois Koko, avant de se reculer.

— Très bien. Ne bouge plus.

Et aussitôt, calmement, Koko se leva, sauta à terre et sortit de la pièce, sa queue dressée verticalement, en signe d'indépendance.

— Pour être calme, il est calme, constata Bunsen. C'est même le chat le plus calme que j'aie jamais vu !

Pendant que le photographe terminait son travail, Koko fit le tour du propriétaire. Dans la chambre, il flaira la peau de tigre avec un intérêt fraternel. De son côté, David préparait une collation.

— Il me reste du poulet au curry. Yushi est venu hier soir et m'a préparé un *rijstafel*.

— Est-ce lui qui organise le buffet pour vos réceptions ? C'est un grand chef.

— C'est un artiste.

David servit du ginger-ale pour Qwilleran et un whisky pour Bunsen.

— Personne ne veut dîner au Club de la Presse avec moi, ce soir ? demanda ce dernier. Ma femme a une réunion féminine à la maison et je suis prié de ne pas rentrer avant minuit.

— J'aurais aimé vous accompagner, dit David, mais j'ai un rendez-vous. Je viendrai, un jour, à votre Club. On m'a raconté qu'il avait tout le charme d'une bastille médiévale.

Les deux journalistes se rendirent au bar du Club de la Presse où Bunsen commanda un double whisky et Qwilleran un jus de tomate.

— Ce n'est pas une si mauvaise journée, après tout, bien qu'elle ait mal commencé, dit Bunsen. Ce Lyke est un brave type.

— Il y a une chose que je m'explique mal à son sujet. Il a toujours la dent dure envers ses amis. On pourrait croire que ceux-ci lui en tiendront rancune, mais non, tout le monde le trouve charmant.

— Un beau garçon qui a de l'argent peut tout se permettre.

— Avez-vous jamais entendu parler d'un scandale qui aurait eu lieu dans la famille Tait, il y a une quinzaine d'années ?

— À cette époque-là, je jouais encore aux billes.

Finalement, ils allèrent s'installer à une table et commandèrent deux mixed-grills.

— Laissez votre rognon, dit Qwilleran, je l'emporterai pour Koko.

— Donnez-lui le vôtre. Je ne vais pas partager mon repas avec ce chat suralimenté. Il vit mieux que moi !

— Cette corde en nylon convient parfaitement. J'ai attaché Koko sur le balcon, avant de sortir. Mais j'ai eu du mal avec le collier. Il a fallu que je le serre au maximum sinon il se libérait. Ce chat est un véritable Houdini.

Ils mangèrent une tarte maison, après quoi Qwilleran commanda un café et Bunsen un cognac.

— Je suis inquiet au sujet de Nathalie, dit Qwilleran, en allumant sa pipe. Cette affaire Noyton est déroutante, car, enfin, Nathalie demande le divorce pour des raisons assez faibles. Du moins, selon son mari. J'ai trouvé une boucle d'oreille dans l'appartement de Noyton et il n'est censé l'utiliser que pour des rendez-vous d'affaires. J'ai aussi découvert qu'il connaissait Mrs. Tait. Noyton a quitté le pays bien précipitamment, après sa mort. Au même moment, la collection de jades a été volée et Tait se prépare, lui aussi, à partir en voyage. Qu'en pensez-vous ?

— Je pense que les Yankees vont gagner le tournoi de base-ball.

— Vous êtes ivre ! Allons chez moi. Je vous ferai du café et vous serez peut-être en état de rentrer chez vous, à minuit.

Bunsen vida son verre, sans manifester aucun désir de se lever.

— Il faut que je rentre, insista Qwilleran, je ne peux laisser le chat toute la nuit sur le balcon. Venez. Nous allons prendre votre voiture, mais c'est moi qui conduirai.

— Je peux conduire. Je me sens très bien.

Qwilleran conduisit et Bunsen chanta dans l'ascenseur de l'immeuble, le photographe jugea que la cabine augmentait sensiblement la résonance de sa voix. Il entonna :

« Ah ! Que je déteste me lever tôt le matin. »

— Taisez-vous donc, vous allez faire peur à Koko.

— Pas de danger. Il est calme. C'est le chat le plus calme que je connaisse !

Qwilleran ouvrit la porte et alluma.

— Où est ce chat ? Je veux voir ce chat si calme ! brailla Bunsen.

— Je vais le faire rentrer. Asseyez-vous.

Pendant que son compagnon s'affalait sur un divan, Qwilleran ouvrit la fenêtre et sortit dans la nuit. En moins d'une seconde, il était de retour :

— Il n'est pas là. Koko a disparu !

CHAPITRE TREIZE

Quatre mètres de corde en nylon étaient attachés à la poignée de la fenêtre. À l'autre extrémité, un collier en cuir bleu reposait sur le sol en ciment.

— Quelqu'un a volé ce chat si calme, déclara avec autorité le photographe du fond de son fauteuil.

— Ne plaisantez pas. Je suis inquiet. Je vais appeler le gardien.

— Attendez une minute, voyons d'abord dehors.

Un violent coup de vent les accueillit sur le balcon. Qwilleran examina les balcons voisins.

— Il n'y a pas plus d'un mètre entre les deux balustrades. Koko a très bien pu sauter.

Bunsen eut une autre idée. Il se pencha et regarda quinze étages plus bas.

— Les chats ne tombent jamais par la fenêtre, affirma Qwilleran, sans conviction.

— Le vent a pu l'emporter.

— Ne soyez pas idiot.

Il fixait le vide devant lui, cherchant à percer l'obscurité. La façade de l'aile sud était un échiquier d'ombre et de lumière, avec de nombreux appartements plongés dans la pénombre, et d'autres signalés par des rais de lumière filtrant à travers les rideaux fermés. Un appartement était particulièrement éclairé. Qwilleran le désigna du doigt :

— Voyez-vous ce que je vois ? Regardez cette fenêtre, celle dont les rideaux ne sont pas tirés.

— Mais c'est l'appartement de David Lyke !

— Oui, sa télévision est allumée, et regardez qui s'est installé sur l'appareil, pour se chauffer !

Les portes d'un cabinet en laque de Chine étaient ouvertes et l'on apercevait l'écran allumé du poste de télévision. Au-dessus, Koko était couché, sa poitrine claire se détachant distinctement sur le meuble noir, son masque sombre et ses oreilles se découpant contre les murs pâles.

— Je vais téléphoner à Dave pour lui demander ce que cela signifie.

Qwilleran composa le numéro de l'appartement et écouta longtemps la sonnerie, avant de se convaincre qu'il n'y avait personne.

— On ne répond pas, dit-il.

— Qu'est-ce qui a bien pu se passer ?

— Koko doit avoir sauté de balcon en balcon, après s'être libéré. Ce chat est fou ! Lyke a dû le faire entrer chez lui, puis il est sorti. Il nous a dit qu'il avait un rendez-vous.

— Qu'allez-vous faire ?

— Je vais laisser Koko là-bas jusqu'à demain matin, c'est tout.

— Je peux aller le chercher.

— Comment ? Il n'y a personne chez Lyke. Koko est intelligent, mais pas au point d'ouvrir une porte munie d'un solide verrou.

— Voulez-vous parier que je vous le ramène ?

Se hissant sur la balustrade, il se tint contre le mur.

— Non ! s'exclama Qwilleran, descendez de là !

Il craignait de faire un geste brusque vers l'homme qui se tenait dans un équilibre précaire.

— N'ayez pas peur ! cria Bunsen, en sautant sur le balcon voisin. Ce qu'un chat a fait, Odd Bunsen peut le faire !

— Revenez ! Vous avez perdu la tête. Non ! restez où vous êtes, ne recommencez pas !

— Odd Bunsen dans son rôle de sauveteur ! s'écria le photographe, en prenant son élan pour bondir sur le balcon suivant.

Qwilleran s'effondra dans un fauteuil, en se prenant la tête dans les mains.

— Ya Hou ! Ya Hou ! cria Bunsen.

Ce cri de guerre s'affaiblissait au fur et à mesure qu'il s'éloignait. Ici et là un locataire ouvrait une fenêtre et regardait, sans pouvoir distinguer le numéro acrobatique exécuté dans l'obscurité.

— Ya Hou ! cria encore la voix lointaine.

Qwilleran pensa aux trois doubles scotches et aux deux, non trois cognacs que Bunsen avait consommés. Il pensa aussi à la femme de son ami et à ses six enfants.

Un cri de triomphe retentit. Qwilleran leva la tête et vit Bunsen agiter la main sur le balcon de Lyke. Il se retourna pour faire glisser la porte-fenêtre et pénétrer dans le salon. En le voyant entrer, Koko sauta de son perchoir et se sauva.

— J'espère que cet imbécile va avoir assez de bon sens pour ramener Koko par l'escalier, se dit Qwilleran.

D'où il était, il n'apercevait plus ni Bunsen, ni le chat, aussi préféra-t-il rentrer dans la pièce pour attendre le retour des deux fugitifs. Il prépara deux tasses de café et les mit sur un plateau. Ensuite, il ouvrit la porte. Dans le corridor, tout était silencieux. Il retourna sur le balcon pour surveiller l'aile sud. On ne distinguait toujours rien. Saisissant le téléphone, il appela l'appartement de Lyke. Le numéro était occupé. Ne sachant que faire, il arpentait la pièce, avec exaspération, quand la sonnerie du téléphone le fit sursauter.

— Qwill, dit la voix de Bunsen, sur un ton beaucoup plus calme, nous avons des ennuis ici.

— Koko ? Qu'est-il arrivé ?

— Le chat va bien, mais votre ami, le décorateur, a eu son compte.

— Que voulez-vous dire ?

— On dirait que Lyke est mort.

— Non ! Non ! Ce n'est pas possible !

— Il est froid et tout blanc et il y a une vilaine tache sur le tapis. J'ai appelé la police et le journal. Voulez-vous descendre chercher mon appareil dans la voiture ?

— Je vous ai rendu les clefs de la voiture. Elles sont dans la poche de mon imperméable qui doit se trouver sur une chaise, dans votre salon. Je crois qu'il vaut mieux que je reste là.

— Vous semblez dégrisé, tout à coup.

— Ce que j'ai vu a suffi à me rendre mon sang-froid.

Lorsque Qwilleran arriva chez Lyke, avec l'appareil photographique, une patrouille de police se trouvait déjà là. Il scruta le salon du regard. Tout était dans l'état où il l'avait vu, un peu plus tôt, dans l'après-midi, sauf l'écran allumé de télévision.

— Dès que je suis entré, Koko m'a conduit dans la chambre, dit Bunsen.

Le corps était étendu sur le sol, drapé dans une robe de chambre en soie. Un doigt portait un gros saphir que Qwilleran n'avait pas remarqué auparavant. Le visage avait perdu l'animation qui l'avait rendu attirant. Tout ce qui en demeurait était un masque méprisant et dédaigneux.

Le journaliste regarda autour de lui. Sur le lit, la couverture de fourrure avait été retirée et soigneusement pliée sur une chaise. La pièce paraissait en ordre. Le lit ne semblait pas avoir été occupé. Bunsen arpentait les lieux à la recherche du meilleur angle.

— Je ne vais prendre qu'un seul cliché, dit-il aux policiers, je ne dérangerai rien.

— Où est Koko ? s'enquit Qwilleran, subitement inquiet.

Il le trouva blotti sous la table de la salle à manger. Il ne paraissait ni curieux ni concerné.

Quand les détectives du bureau des homicides arrivèrent, Qwilleran reconnut deux inspecteurs. S'il aimait bien Hames, un homme grand et fort, à l'esprit libéral, il n'appréciait guère la voix nasillarde et les sarcasmes de Vojcik. Du reste, ce dernier demanda aussitôt, sur un ton désagréable :

— Comment se fait-il que la presse soit déjà là ?

Un policier en uniforme répondit :

— Le photographe était dans l'appartement, quand nous sommes entrés. Il nous a ouvert. C'est lui qui a découvert le corps.

Vojcik se tourna vers Bunsen :

— Comment étiez-vous là ?

— J'ai pénétré par la fenêtre.

— Je vois. C'est tout simple. Nous sommes au quinzième étage et vous êtes entré par la fenêtre.

— Bien sûr. Il y a des balcons.

Vojcik alla dans la chambre et revint au salon pour examiner le balcon. Il regarda le sol, quinze étages au-dessous, jaugea la distance entre les balcons et se retourna :

— Parfait. Comment êtes-vous entré ?

— Je viens de vous le dire.

— Je suppose que vous savez que vous sentez l'alcool à plein nez.

Qwilleran intervint.

— Bunsen vous a dit la vérité. Il a sauté de balcon en balcon, depuis mon appartement jusqu'ici.

— C'est, sans doute, une question ridicule, mais puis-je vous demander pourquoi il a fait cela ?

— Eh bien, mais je…

— Il est venu chercher mon chat qui s'était sauvé, coupa Qwilleran.

— Ce doit être ce fameux siamois qui cherche à prendre ma place dans la police, dit Hames. J'aimerais le rencontrer.

— Il est sous la table de la salle à manger.

— Ma femme est folle des siamois. Il faudra que je me décide à lui en offrir un.

Qwilleran suivit cet aimable policier dans la pièce voisine et, lorsqu'ils furent seuls, il déclara :

— Je dois vous dire, Hames, que cet après-midi, nous sommes venus photographier cet appartement pour *Le Gai Logis*. Lyke a enlevé certains objets d'art, avant que nous ne prenions les photographies, je ne sais pas ce qu'il en a fait, mais je ne vois pas ces objets.

Il n'y eut aucune réaction de la part du détective, qui était, maintenant, à quatre pattes, sous la table.

— Pour autant que je m'en souvienne, poursuivit Qwilleran, il y avait un paravent japonais à cinq faces, un panneau décoratif en soie représentant des oies et des canards, un daim sculpté en bois, très ancien à en juger par son état, un grand vase chinois et un bouddha d'environ un mètre de haut.

Sous la table, la voix d'Hames remarqua :

— Sa fourrure est douce comme de la soie. Est-ce que ces chats valent très cher ?

Ce fut Vojcik qui réveilla les voisins. L'appartement d'en face était occupé par une femme âgée, dure d'oreille. Elle leur déclara qu'elle s'était couchée tôt et n'avait rien entendu. À droite, l'appartement était vacant. Celui de gauche, habité par un ménage, fournit un élément d'information.

— Nous ne fréquentons pas Mr. Lyke, dit le mari, mais il reçoit beaucoup et ses réunions sont bruyantes. Cependant, il n'y a rien eu de tel, hier soir. Nous avons entendu sa télévision.

— Cela nous a même paru anormal, confirma sa femme. D'habitude, il fait plutôt marcher la stéréo. Nous avons pensé que le programme était bon et nous l'avons branché, nous aussi. Après quoi, nous n'avons plus rien remarqué.

— Pas de bruit de voix ou d'altercation ?

— Pour tout vous dire, je me suis endormi, avoua l'homme.

— Et vous, madame ?

— Entre la télévision et mon mari qui ronflait, je ne risquais pas d'entendre ce qui se passait chez les voisins !

Quand il revint dans l'appartement, Vojcik demanda à Qwilleran :

— Connaissiez-vous bien le défunt ?

— Je l'ai rencontré pour la première fois, il y a environ deux semaines, en enquêtant pour le *Daily Fluxion*. Je ne sais pas grand-chose sur son compte, sauf qu'il savait recevoir et qu'il semblait très populaire.

— Il était décorateur ? je crois.

— Oui. Un des meilleurs de la ville.

— Quand l'avez-vous vu pour la dernière fois ?

— Cet après-midi, lorsque nous sommes venus pour photographier son appartement. Bunsen et moi l'avons invité à dîner, mais il nous a dit qu'il avait un rendez-vous.

— Savez-vous avec qui ?

— Non. Il ne l'a pas précisé.

— Vivait-il seul ?

— Oui. Du moins, je le crois.

— Avait-il des domestiques ?

— Quand il recevait, il avait deux aides, l'un à la cuisine et l'autre qui faisait le service. L'immeuble fournit du personnel pour l'entretien du ménage.

— Connaissez-vous des membres de sa famille ou des amis ?

— Seulement son associé, Mr. Starkweather.

Les hommes du laboratoire de la police arrivèrent.

— Vous pouvez vous retirer, dit Vojcik aux journalistes.

— J'aimerais attendre la déclaration du médecin légiste, répondit Qwilleran.

— N'est-ce pas vous qui êtes mêlé au vol de la collection Tait ?

— Je ne suis pas *mêlé* à ce vol, protesta Qwilleran. J'ai seulement écrit un article sur la maison de Mr. et Mrs. Tait, quelques jours avant que leur domestique fasse main basse sur les jades.

De la salle à manger, Hames demanda :

— Avez-vous remarqué que les yeux de ce chat deviennent rouges, dans l'obscurité ?

Au bout d'un moment, Vojcik revint pour déclarer :

— La mort a été provoquée par une balle tirée à bout portant, aux environs de vingt-deux heures. L'arme n'a pas été retrouvée. Le vol ne semble pas être le mobile du crime. Maintenant, rendez-moi un service : rentrez chez vous !

Pour emmener Koko, Qwilleran dut ramper sous la table et le tirer de force. Le chat semblait vouloir prendre racine.

Hames les accompagna jusqu'à la porte.

— Votre nouveau magazine me paraît excellent. Ma femme souhaiterait vivre dans une de ces somptueuses demeures.

— Je pense que l'idée de ce magazine n'est pas mauvaise, mais nous avons eu un début malheureux. D'abord l'affaire Tait et…

— Allez-vous vous décider à vous en aller ? l'interrompit Vojcik, avec humeur, nous avons du travail.

— À propos, dit Hames, ma femme aime beaucoup ces lits à baldaquin, savez-vous où je pourrais m'en procurer de semblables ?

— Là encore, nous avons été victimes de fâcheuses circonstances. J'aimerais savoir pourquoi la brigade mondaine a choisi ce week-end pour exécuter cette descente ?

— J'ignore comment l'opération a été décidée, reconnut Hames. Je sais seulement que la caisse des veuves de la police vient de recevoir une donation de la fondation Penniman… Vous disiez qu'il manquait un paravent à cinq faces, un bouddha d'un mètre de haut, un kakemono, avec des canards et des oies, et un vase de Chine. Êtes-vous sûr que le paravent avait cinq volets ? Les paravents japonais en ont généralement un nombre pair.

Pensivement, les journalistes retournèrent à l'appartement 15 F. Bunsen portant son appareil photographique et Qwilleran tenant Koko sur son épaule.

— La fondation Penniman, répéta-t-il.

— Vous savez qui sont les Penniman, n'est-ce pas ?

— Oui. Ils vivent à Muggy Swamp et le *Morning Rampage* leur appartient.

CHAPITRE QUATORZE

Qwilleran téléphona les détails du meurtre de David Lyke au *Fluxion*, et Bunsen appela sa femme.

— Ta soirée s'est-elle bien passée, ma chérie ?... Rien, rien du tout... Non, à peine un verre... Tu sais parfaitement que je ne ferais jamais une chose pareille !

Il quitta la Villa Véranda pour rentrer chez lui, et Qwilleran commença à s'inquiéter de la tranquillité prolongée de Koko. Voulait-il donner une démonstration de sang-froid félin ou était-il sous l'effet du choc ? En revenant, il aurait dû faire le tour de l'appartement et inspecter la cuisine, avant d'aller se coucher sur son coussin, en haut du réfrigérateur. Au lieu de cela, il restait accroupi sous la table, les yeux ouverts, le regard vide. Son attitude suggérait qu'il avait froid. Qwilleran le couvrit de sa veste de sport, en velours côtelé, l'arrangeant comme une tente, au-dessus du chat, sans recevoir le moindre signe de reconnaissance, pas même le frémissement d'une oreille.

Lui-même se sentait épuisé, après l'inquiétude causée par la disparition de Koko, la performance de Bunsen et la découverte du corps de Lyke. Mais lorsqu'il fut dans son lit, il ne parvint pas à trouver le sommeil, l'esprit harcelé de questions sans réponses.

Qui pouvait en vouloir autant à David ? Celui-ci se montrait toujours aimable avec tout le monde, homme ou femme, jeune ou vieux. Certes, il n'hésitait pas à exprimer son opinion, quand les gens avaient le dos tourné. Néanmoins, il les tenait tous sous son charme.

Le mobile pouvait-il être la jalousie ? Lyke avait tout pour lui : un physique avantageux, du talent, de la personnalité, des amis. Il avait un rendez-vous, ce soir-là. Peut-être avec une femme… suivie par un mari jaloux ?

Pourquoi Lyke portait-il une bague ? Pourquoi était-il en robe de chambre ? Pourquoi le dessus-de-lit avait-il été retiré ? Comment expliquer que les voisins n'aient pas entendu le coup de feu ? Où Koko se trouvait-il pendant le drame ? Qu'avait-il fait ? Pourquoi semblait-il, maintenant, frappé de stupeur ?

Pour la centième fois, Qwilleran se retourna dans son lit. Le jour pointait quand il s'endormit, enfin. Il se mit, alors, à rêver de sonnerie de téléphone. Des lecteurs appelaient : Drrrring ! Quelles couleurs faut-il mélanger pour obtenir du jaune rosé ? Drrrring ! Où puis-je me procurer des chaises danoises, fabriquées au Japon ? Drrrring ! Nous allons faire repeindre la salle de rédaction, que pensez-vous d'un brun bourbon ? Drrrring ! Drrrring ! Drrrring !

Lorsque la sonnerie du téléphone le tira finalement de son sommeil, il décrocha machinalement et répondit « allô » dans le récepteur. À l'autre bout du fil, une voix dit simplement :

— Starkweather.

Et se tut.

— Oui, marmonna Qwilleran, comment allez-vous ?

— N'est-ce pas épouvantable ? Je n'ai pas dormi de la nuit.

Les événements de la veille revinrent brusquement à l'esprit du journaliste.

— Ce fut un choc pour tout le monde, répondit-il.

— Y a-t-il… je veux dire… pourriez-vous…

Il y eut une pause.

— Puis-je faire quelque chose pour vous, Mr. Starkweather ?

— Je pensais… Saviez-vous ce que l'on va dire dans les journaux ?

— J'ai téléphoné moi-même au *Fluxion*, la nuit dernière. Je n'ai mentionné que des faits basés sur le rapport du coroner et les déclarations de la police. Cela paraîtra dans la première édition de ce matin. Qu'est-ce qui vous inquiète ? Si je puis vous aider…

— Je ne voudrais pas… je n'aimerais pas que cela nuise… vous voyez ce que je veux dire.

— À propos de votre atelier ?

— Certains clients, vous comprenez… ils sont très…

— Vous craignez que la presse n'en tire une histoire à sensation. J'ignore la position que va prendre le *Morning Rampage*, mais je peux vous assurer que vous n'avez rien à redouter du *Fluxion*. Du reste, je ne vois pas ce que l'on pourrait dire qui porte préjudice à votre commerce.

— Eh bien ! mais… David et ses réceptions… ses amis… il avait beaucoup de… vous savez ce que sont les jeunes célibataires.

Qwilleran était maintenant tout à fait réveillé.

— Avez-vous une idée sur un mobile possible ? La jalousie, peut-être ?

— Je l'ignore.

— Croyez-vous que cela puisse avoir un rapport avec sa collection d'objets orientaux ?

— Je ne sais vraiment pas, dit Starkweather, d'une voix désemparée.

Qwilleran insista :

— Connaissez-vous assez bien sa collection pour établir si quelque chose manque ?

— C'est ce que la police m'a demandé, hier soir. Je me suis rendu aussitôt chez David.

— Qu'avez-vous trouvé ?

— Certaines de ses plus belles pièces étaient enfermées dans un placard. J'ignore pourquoi.

— Je peux vous le dire. Dave les a enlevées hier, avant que nous n'ayons pris des photographies. Vous saviez, sans doute, que nous devions photographier son appartement.

— Oui, il m'en avait parlé.

— Dave m'a dit qu'il ne voulait pas que l'on sût qu'il possédait certains objets. Il a même ajouté qu'il n'aurait pas dû les avoir. Savez-vous ce qu'il entendait par là ?

— Je pense que… c'était, en quelque sorte, des pièces de musée.

— Beaucoup de collectionneurs possèdent des pièces dignes de figurer dans un musée.

— Oui. Mais David avait acheté certains objets qui n'auraient pas dû quitter leur pays d'origine.

— Je vois. Vous voulez dire que ces objets étaient officiellement protégés par le gouvernement de leur pays.

— Quelque chose comme ça.

— Et qu'ils faisaient partie du patrimoine national.

— Je crois que c'est l'expression consacrée.

— Hum… avez-vous révélé cela à la police, Mr. Starkweather ?

— Non.

— Pour quelle raison ?

— On ne me l'a pas demandé.

Qwilleran savoura un moment d'allégresse : il imaginait Vojcik interrogeant le laconique Mr. Starkweather.

— Je me demande… croyez-vous que l'atelier pourrait être tenu pour responsable… je veux dire, s'il y a là quelque chose d'illégal.

— J'en doute fort. Vous devriez vous reposer, Mr. Starkweather et essayer d'oublier cette triste affaire.

— Oh ! non. Il faut que j'aille à l'atelier. Je ne sais pas ce qui va arriver aujourd'hui. C'est affreux. Vraiment affreux !

Quand Starkweather eut raccroché. Qwilleran décida de se faire du café. Il trouva Koko couché sur le réfrigérateur. Le chat était allongé sur le côté, les yeux clos. Le journaliste lui parla, sans obtenir la moindre réaction. Il le caressa. Koko poussa un gros soupir, dans son sommeil, et sa patte de derrière se mit à trembler.

— À quoi rêves-tu, Koko ? À du poulet au curry ? À des gens armés de revolvers qui font un vilain bruit ? J'aimerais savoir ce que tu as vu, hier soir.

Les moustaches de Koko frémirent et il étira une de ses pattes.

Lorsque le téléphone sonna pour la seconde fois, Qwilleran se rasait et il répondit avec brusquerie. Se raser était pour lui un rite sacré, tenant à la fois du culte des ancêtres, de la réaffirmation de sa virilité et de son sens de la respectabilité. Et tous ces devoirs réclamaient une extrême attention.

— C'est Cokey, annonça une voix haletante, je viens d'apprendre la nouvelle à la radio, au sujet de David Lyke. Je ne peux y croire.

— Hélas, c'est exact. Il a été assassiné.

— Mon Dieu ! Qui a bien pu faire cela ?

— Comment le saurais-je ?

— Êtes-vous fâché contre moi ? Pensez-vous toujours que c'est moi qui ai suggéré la publication de la maison Allison ?

— Je ne suis pas fâché, protesta Qwilleran, en s'adoucissant, mais je suis en train de me raser. J'ai du savon à barbe sur tout le visage.

— Pardonnez-moi de vous avoir appelé si tôt.

— Je vous téléphonerai cette semaine. Nous irons dîner ensemble, un soir.

— Comment va Koko ?

— Très bien.

Quand il eut terminé sa toilette, il réveilla Koko et le plaça sur le dictionnaire. Le chat arqua son dos, s'étira longuement et bâilla en montrant trente dents blanches.

— Faisons une partie, proposa Qwilleran, après avoir bâillé à son tour.

Koko tourna trois fois sur lui-même et s'installa sur les pages ouvertes du dictionnaire, dans une pose languissante.

— Jouons, insista Jim, en éraflant les pages du dictionnaire du bout des ongles.

Le chat se roula sur le dos en se tortillant.

— Paresseux ! Qu'est-ce qui te prend ?

Il dut ouvrir une boîte de sardines pour que Koko consentît à coopérer. Mais le jeu se révéla décevant. *Maxillaire* et *mausolée*, *voyages*, *vrille*, *Scandinavie* et *scandium*. Qwilleran avait espéré mieux. Cependant, il devait reconnaître que certains mots suggéraient une idée. La boîte de sardines indiquait : produit de Norvège.

Arrivé à son bureau, il s'attaqua au prochain numéro du *Gai Logis* mais son esprit était ailleurs. Il attendit que Starkweather ait eu le temps d'arriver à l'atelier, pour appeler sa femme chez elle. Mrs. Starkweather fondit en larmes :

— N'est-ce pas affreux, dit-elle, entre deux sanglots ; David, mon cher David ! Qui a pu faire une chose pareille ?

— C'est difficile à imaginer.

— Il était si jeune ! À peine trente-deux ans. Et si plein de vie et de talent. Je ne sais pas ce que Stark va devenir sans lui.

— David avait-il des ennemis, Mrs. Starkweather ?

— Je l'ignore. Je n'arrive pas à réfléchir. Je suis tellement bouleversée !

— Peut-être, son succès faisait-il des jaloux… Quelqu'un gagnerait-il quelque chose à sa mort ?

Elle renifla avant de répondre :

— Personne n'y gagnera grand-chose. David vivait sur un grand pied et dépensait tout son argent. Il n'a pas économisé un penny. Stark le mettait continuellement en garde.

— Que va-t-il arriver à la part de David dans l'affaire ? demanda Qwilleran, sur un ton aussi naturel qu'il le put.

— Oh ! elle ira à Stark, naturellement. C'était dans leurs accords. Stark investissait de l'argent dans l'affaire. David y contribuait par son talent. Et il en avait tant ! ajouta-t-elle, avec un nouveau sanglot.

— Dave avait-il de la famille ?

— Non. Pas une âme. Je pense que c'est la raison pour laquelle il donnait tant de réceptions. Il avait besoin de gens autour de lui et il pensait pouvoir acheter leur affection.

Mrs. Starkweather poussa un gros soupir.

Qwilleran se mordit les lèvres. Il aurait voulu répondre : Oui, mais n'était-il pas cruel ? Ne faisait-il pas des réflexions acerbes sur les gens qui l'entouraient ? Ignoriez-vous, Mrs. Starkweather, que David vous qualifiait de « poivrote d'âge mûr » ? Au lieu de cela, il s'enquit :

— Je me demande ce qui va arriver à sa collection d'objets d'art ?

— Je ne le sais vraiment pas.

Sur un ton plus dur, elle ajouta :

— Cependant, je connais deux ou trois grippe-sous qui aimeraient mettre la main dessus.

— Savez-vous si cette collection est mentionnée dans le testament de David ?

— Non, je l'ignore. Mais je ne serais pas surprise s'il la laissait à ce jeune Japonais qui préparait sa cuisine. C'est juste une hypothèse.

— Qu'est-ce qui vous fait penser cela ?

— Ils étaient très proches. C'est David qui a lancé Yushi dans ce genre d'activités. Et Yushi était très attaché à David. Nous étions tous si attachés à David, reprit-elle, en pleurant. Il est heureux que vous ne puissiez me voir, Mr. Qwilleran, je suis affreuse. Je pleure depuis des heures. Avec David, je me sentais jeune et tout à coup, je me sens si vieille !

Le second appel de Qwilleran fut pour la boutique *Laical*. Il reconnut aussitôt la voix distinguée qui lui répondit.

— Bob ? C'est Qwilleran.

— Ah ! bonjour. C'est fou ce que le téléphone peut sonner, ce matin. Les lignes vont être saturées.

— Que savez-vous du meurtre de Dave ?

— Rien qui vaille la peine d'être répété.

— Je vous appelle à propos de Yushi. Savez-vous s'il serait libre pour un travail occasionnel ? Je dois donner une soirée en l'honneur d'un de mes amis qui se marie.

— Yushi va avoir du temps devant lui, maintenant que David n'est plus là. Vous le trouverez dans l'annuaire sous la rubrique « cuisine internationale ». À propos, allez-vous assister au cocktail posthume ?

— Qu'est-ce que cela ? s'étonna le journaliste.

— Oh ! Vous n'êtes pas au courant ? Quand David a fait son testament, il a prévu l'organisation d'un dernier cocktail pour tous ses amis, au *Toledo*. Pas de pleurs, mais des rires, des danses et à boire jusqu'à plus soif.

— David était un phénomène ! J'aimerais écrire un « profil » de lui, pour le journal. Qui étaient ses meilleurs amis ? Qui pourrait m'en apprendre davantage sur lui ?

Orax réfléchit quelques secondes, avant de répondre :

— Les Starkweather, naturellement. Les Noyton et le cher Yushi. Sans parler de quelques pique-assiette éhontés, dans mon genre.

— Pas d'ennemis ?

— Jacques Boulanger, peut-être… Mais de nos jours, il est difficile de dire, qui est ami ou qui ne l'est pas.

— Et les femmes, dans sa vie ?

— Ah ! oui, les femmes ! Il y a eu Loïs Avery, mais elle s'est mariée et a quitté la ville. Et puis il y a eu cette créature, avec de longs cheveux, qui travaille chez Mrs. Middy, j'ai oublié son nom.

— Je pense savoir de qui il s'agit, répondit le journaliste.

CHAPITRE QUINZE

Qwilleran prit un taxi pour se faire conduire à l'atelier Arts déco qui portait le nom de Sorbonne. Il avait téléphoné pour avoir un rendez-vous et une femme, avec un accent français prononcé, l'avait invité à venir tout de suite, s'il désirait rencontrer Jacques Boulanger.

Chemin faisant, il pensa à Cokey. À présent, il comprenait. Koko avait essayé de le mettre en garde, en sautant sur la jeune femme et en léchant la photographie qui était tombée de son portefeuille.

À qui se fier ! Cockey, apparemment si naïve, si désarmante ! Elle s'était laissé présenter David et le décorateur avait joué le jeu. Avait-il voulu se montrer le parfait gentleman qui ne compromet pas une dame ? Ou bien y avait-il un accord tacite entre eux ? Si Cokey l'avait trompé une fois, elle pourrait recommencer. Était-elle l'instigatrice du petit scandale qui avait touché la maison Allison ? Avait-elle des liens avec le *Morning Rampage* ?

— Est-ce là que vous descendez ? demanda le chauffeur.

Le taxi s'était arrêté devant un petit bâtiment prétentieux, version miniaturisée des « folies » que les monarques français construisaient pour leurs favorites.

L'intérieur de l'atelier Arts déco était un grandiose assemblage de marbre blanc, de tapis blanc, de meubles blancs et de chandeliers en cristal. L'épaisse moquette ressemblait à un gâteau meringué. Qwilleran marcha dessus, avec précaution, impressionné par l'atmosphère capitonnée qui régnait dans le magasin.

Une jeune mulâtresse d'une grande beauté se présenta, en disant, avec un charmant accent français :

— *Bonjour, monsieur*. Que puis-je pour vous ?

— J'ai rendez-vous avec Mr. Boulanger. Je suis journaliste au *Daily Fluxion*.

— Mr. Boulanger est au téléphone, mais je vais lui annoncer votre visite.

Elle s'éloigna en ondulant des hanches et disparut derrière une porte en glace. Un moment plus tard, un Noir fort élégant, portant barbiche, arriva à grandes enjambées de l'arrière-boutique.

— Hello ! dit-il, avec un sourire éclatant. Je suis Jack Baker.

— J'ai rendez-vous avec Mr. Boulanger.

— Je suis votre homme. Jacques Boulanger pour les clients, Jack Baker pour ma famille et l'état civil. Voulez-vous entrer dans mon bureau *s'il vous plaît*[1] ?

Qwilleran le suivit dans une sorte de boudoir bleu pâle. L'épaisse moquette blanche recouvrait toujours le sol, les murs étaient tendus de velours et le plafond disparaissait derrière une soie bleue plissée, retenue, au centre, par une rosace.

— Mon vieux, je sais ce que vous pensez, dit Baker, en riant. Ce style est totalement dépassé. *Mais malheureusement*, c'est ce que les clients attendent de moi. J'ai l'impression d'avoir l'air d'un idiot, mais il faut bien gagner sa vie !

Il avait un regard amusé, et Qwilleran commença à se sentir plus à l'aise.

1. En français dans le texte. *(N.d.T.)*

— Comment trouvez-vous notre salon de réception ? Nous venons de le refaire.

— Je pense qu'il est parfait, si l'on aime le blanc.

— Il n'est pas blanc, protesta Baker, nous appelons ce ton « vichyssoise ». Il y entre un soupçon de vert poireau.

— Est-ce le genre de décoration que vous exécutez pour vos clients ? J'aimerais photographier une de vos installations pour *Le Gai Logis*. Je crois que vous avez décoré de nombreuses maisons à Muggy Swamp.

Le décorateur parut hésiter, avant de reprendre, en continuant à ponctuer ses propos de phrases en français.

— Je ne voudrais pas avoir l'air de refuser de coopérer, *vous savez* mais je crains que mes clients ne recherchent guère ce genre de publicité. Pour être tout à fait franc, je dois ajouter que les installations que je fais à Muggy Swamp ne sont pas – *Comment dit-on ?* – révolutionnaires. Mes clients sont traditionalistes. Ils aiment les vieux clichés, surtout s'ils sont français. Cependant, lorsque je travaille pour les *nouveaux riches* de Lost Lake Hills, je peux donner libre cours à mon imagination et à mon audace. Moins de goût, mais plus d'esprit.

— C'est dommage. J'espérais pouvoir mentionner un nom de la haute société, comme celui des Duxbury ou des Penniman.

— J'aimerais vous être agréable, car j'ai une dette de reconnaissance envers la presse. C'est un journaliste américain de Paris qui m'a présenté à ma première cliente, Mrs. Duxbury. Voulez-vous que je vous raconte cette histoire extravagante ? *C'est formidable !*

— Je vous en prie. Puis-je allumer ma pipe ?

Baker acquiesça et commença son récit avec une évidente satisfaction.

— Je suis né dans un des faubourgs les plus pauvres de cette ville. Pourtant, j'ai réussi à poursuivre mes études et je suis sorti du collège avec un diplôme des Beaux-Arts, ce qui, *ma foi*, m'a permis de travailler pour un atelier de décoration spécialisé dans les installations de rideaux et de tentures. J'ai fait des économies, afin d'aller poursuivre mes études à l'École des arts décoratifs à Paris. C'est là que j'ai été découvert par Mrs. Dexbury. *Incroyable mais vrai !*

— Savait-elle que vous étiez originaire de sa propre ville ?

— *Mais non !* et c'est le plus drôle de l'histoire ! Pour m'amuser, je parlais anglais avec l'accent français et je m'étais laissé pousser la barbe. Les Duxbury sont tombés dans le piège du sortilège exotique et m'ont engagé à venir ici. J'ai décoré leur maison de trente pièces à Muggy Swamp. Je l'ai fait dans des coloris vert pistache et abricot. Après quoi, toutes les familles importantes ont réclamé les services de ce décorateur-nègre de Paris, et j'ai dû cultiver mon accent français, *vous savez* !

— Combien de temps avez-vous pu garder le secret ?

— Ce n'est plus un secret, mais cette situation embarrasserait trop de gens si j'admettais la vérité : aussi continuons-nous ce petit *divertissement* inoffensif. Je prétends toujours être français et ils prétendent ignorer que je ne le suis pas. *C'est parfait !*

La jeune beauté noire entra avec un plateau en vermeil sur lequel étaient disposées de délicates tasses en porcelaine et une théière.

— Voici ma nièce Verna.

— Hello ! dit-elle, en souriant. Thé au lait ou au citron ?

Elle n'avait plus la moindre trace d'accent français. C'était une jeune Américaine à cent pour cent. Elle versa le thé avec une grâce aristocratique.

— Qui était chargé de la décoration des maisons de Muggy Swamp, avant votre arrivée ?

— *Eh bien !* c'était Lyke et Starkweather.

— Voulez-vous dire que vous leur avez soufflé tous leurs clients ?

— *C'est la vie !* Les clients sont infidèles. Ce sont aussi de vrais moutons de Panurge, spécialement à Muggy Swamp.

— Comment se fait-il que vous n'ayez pas réalisé l'installation de George Tait ?

Le décorateur et sa nièce échangèrent un regard, puis celui-ci eut un sourire patelin :

— Oh ! la famille Tait est bourrée de préjugés. *Pourtant*, je dois reconnaître que David s'en est bien tiré. Naturellement, je n'aurais pas employé ce papier à rayures dans le foyer et les candélabres ne sont pas à l'échelle, mais il a fait de son mieux.

Son visage prit, soudain, une expression chagrine :

— Voilà que j'ai perdu mon meilleur concurrent. Sans compétition, ce métier n'est pas drôle !

— Je songe à écrire un « profil » de David Lyke, dit Qwilleran. Que pouvez-vous m'apprendre sur lui ?

— Je le connaissais depuis longtemps. En fait, nous étions ensemble à l'école primaire… c'était avant qu'il ne s'appelle Lyke.

— A-t-il changé de nom ?

— Le sien était imprononçable.

— Aviez-vous de bons rapports ?

— *Tiens !* Nous nous sommes retrouvés au collège. Une paire d'esthètes perdus dans la jungle des joueurs de base-ball ! En secret, je me sentais supérieur à David, parce que j'avais des parents et qu'il n'en avait pas. Puis j'ai terminé mes études et j'ai travaillé pour lui. Je mesurais les fenêtres et posais les tringles, ce qui permettait à David Lyke d'encaisser des factures de cinq mille dollars et d'être introduit dans la bonne société. Pendant que je me torturais les méninges à l'école et faisais la plonge dans les restaurants, le soir, pour pouvoir manger, il se fabriquait une personnalité et se décolorait les cheveux. Cela ne s'oublie pas, *Monsieur*, non, cela vous reste sur le cœur.

Qwilleran bourra sa pipe et considéra son interlocuteur avec sympathie.

— *Dites donc*, j'ai quand même eu ma revanche, remarqua Baker, avec un large sourire. Lorsque je suis revenu de Paris, je lui ai enlevé toute sa riche clientèle de Muggy Swamp et, comble d'outrecuidance, je suis allé m'installer dans le même immeuble que lui, dans un appartement encore plus coûteux, à un étage plus élevé.

— Logez-vous à la Villa Véranda ? Moi aussi.

— Seizième étage, aile sud.

— Quinzième étage, aile nord !

Mais Qwilleran en revint aux faits :

— En tant que concurrent et ancien ami de David avez-vous une idée sur les causes de ce meurtre ?

— *Qui peut le dire ?* C'était un homme sans scrupules, dans sa vie privée aussi bien que dans ses affaires.

— C'était le pire de son espèce, renchérit Verna.

— *Vraiment, chérie !* Il faut reconnaître qu'il avait *de la façade*, mais il n'aurait pas hésité à vous couper la gorge, si son intérêt était en jeu.

— Je crois n'avoir jamais rencontré personne possédant un tel magnétisme, déclara Qwilleran.

Baker ne répondit pas directement.

— *Eh bien !* dit-il en fronçant les sourcils.

— Nous nous retrouverons, probablement autour de son mausolée, dit le journaliste en se levant pour prendre congé.

— Venez me voir au seizième étage, un de ces jours, proposa le décorateur. Ma femme est un fin cordon-bleu.

Qwilleran retourna à son bureau pour corriger les épreuves. Il trouva un message du directeur lui enjoignant de se présenter, sans tarder.

Persée avait l'air déprimé.

— Qwill, je sais que vous n'étiez pas très enthousiaste en acceptant la direction du *Gai Logis* et je pense que j'ai eu tort d'insister.

— Que voulez-vous dire ?

— Je ne vous accuse pas d'être responsable de cette succession de mésaventures, mais on dirait vraiment que ce magazine attire les accidents les plus fâcheux.

— Je n'en ai pas aimé l'idée, au début. Cependant, j'ai changé d'avis. Je trouve qu'il y a là un défi intéressant à relever.

— Et cet horrible meurtre pour couronner le tout, poursuivit Persée, en secouant la tête. Il existe parfois des raisons psychologiques à ce que nous appelons le « mauvais œil ». Peut-être vaudrait-il mieux que nous vous relevions de vos fonctions ? Anderson prend sa retraite le 1er octobre et aurait besoin d'un remplaçant.

— Anderson ! fit Qwilleran, avec une expression horrifiée, le chroniqueur religieux !

— Vous pourriez vous occuper provisoirement des nouvelles églises. *Le Gai Logis* reviendrait au magazine féminin auquel il relevait de plein droit.

La moustache de Qwilleran se redressa.

— Si vous me laissiez m'occuper de ces crimes, comme je vous l'ai suggéré, Harold, je pense que je pourrais découvrir des indices. Par exemple, j'ai appris que la fondation des veuves de la police avait reçu une importante donation des propriétaires du *Morning Rampage*, au moment où la brigade mondaine a fait cette perquisition dans la maison Allison.

— Nous avons fait, nous aussi, une donation, lui confia Persée, d'un air las. En septembre, les deux journaux le font toujours. C'est une tradition.

— Très bien, ce n'était peut-être pas un pot-de-vin, mais je parie que cette descente de police n'était pas accidentelle. Et je soupçonne aussi un complot, dans les événements de Muggy Swamp.

— Sur quoi basez-vous vos soupçons ?

— Je ne peux révéler mes sources, mais en approfondissant…

Le directeur posa la main sur son bureau, d'un geste définitif.

— Laissons cela comme je vous l'ai suggéré, Qwill. Fran Unger va assurer la direction de ce magazine.

— Donnez-moi encore une semaine, avant de prendre une décision. Je vous promets un développement surprenant.

— Je crois que nous avons eu assez de surprises, depuis quinze jours.

Qwilleran ne répondit pas. Il resta immobile, regardant le directeur dans les yeux, dans l'espoir d'une réponse affirmative. C'était un truc qu'il avait appris de Koko.

— Entendu, encore une semaine, soupira Persée. Espérons que personne n'aura l'idée de déposer une bombe dans la salle de rédaction.

L'espoir et le doute se disputant ses pensées, Qwilleran revint à son bureau. Il téléphona au quartier général de la police et demanda à parler à Lodge Kendall.

— Y a-t-il du nouveau sur le meurtre ?

— Non, dit Kendall, on passe au crible le carnet d'adresses de Lyke et la liste est impressionnante.

— A-t-on relevé des empreintes digitales ?

— Oui, pas seulement humaines, félines également.

— Prévenez-moi si vous apprenez quelque chose, ma carrière peut en dépendre.

À six heures, comme il allait dîner, il rencontra Bunsen.

— Attendez-moi cinq minutes, lui demanda celui-ci, je vais aller chercher ces photographies de la maison Tait. Elles traînent dans mon placard, depuis une semaine.

Il revint avec une grande enveloppe et dit :

— Je vous ai fait les mêmes agrandissements que pour la police. Pourquoi les vouliez-vous ?

— Je pensais les donner à Tait.

— C'est ce que je supposais.

Qwilleran se rendit au Club de la Presse et commanda une assiette anglaise au comptoir. En buvant son café, il ouvrit l'enveloppe. Bunsen s'était surpassé. Les photographies étaient d'une qualité exceptionnelle. Le barman s'approcha avec curiosité.

— La maison Tait, lui annonça Qwilleran. Je vais offrir ces clichés au propriétaire.

— Il appréciera ce geste, répondit Bruno, les gens aiment avoir des photos de leur maison, de leurs gosses ou de leurs animaux.

— À propos d'animaux, avez-vous jamais vu un chat lécher des photographies ? C'est ce que fait le mien. Il lèche également les timbres.

— Ce n'est pas bon pour lui. Il ne faut pas le laisser faire.

— Pensez-vous que cela puisse le rendre malade ?

— Ce n'est pas normal. Il doit avoir un grain.

— Il a l'air parfaitement heureux et en bonne santé.

— Ce chat a certainement un problème. Vous devriez le conduire à un psycattriste.

— Un psycattriste ? répéta Qwilleran, je ne savais pas que cela existait.

— Je peux vous en indiquer un.

— Merci bien, si je décide que Koko a besoin d'un lavage de cerveau, je ferai appel à vous.

Il commanda une seconde assiette anglaise, glissa un blanc de dinde et une tranche de jambon dans une serviette en papier et prit un taxi pour retourner à la Villa Véranda.

En sortant de l'ascenseur, il commença à agiter les clefs. C'était un signal pour Koko. Le chat courait toujours à la porte, en poussant des miaulements de bienvenue. Fidèle au rituel, Qwilleran feignit de ne pouvoir ouvrir la porte. D'habitude, plus il tardait à entrer, plus Koko vociférait, mais, ce soir, aucune clameur ne vint l'accueillir. Un rapide coup d'œil lui apprit que Koko n'était dans aucun de ses endroits favoris : l'extrémité du divan, le dessus en verre de la table à thé – quand il faisait chaud – et la troisième étagère de livres, entre un buste en marbre de Sappho et un exemplaire de *Fanny Hill* où Koko se retirait, lorsqu'il faisait froid.

Qwilleran alla voir au-dessus du réfrigérateur, s'attendant à trouver une boule de poils enroulée sur le coussin bleu. Pas de Koko, là non plus. Il appela et n'obtint aucune réponse. Systématiquement, il entreprit des explorations sous le lit, derrière les rideaux, dans les placards et les tiroirs et jusqu'au cabinet de stéréo. Soudain, saisi de panique, il ouvrit le réfrigérateur. Toujours pas de Koko. Il regarda même dans le four de la cuisinière.

Pendant tout ce temps, Koko surveillait ces recherches frénétiques du fauteuil en vigogne où il était installé, bien en vue, mais invisible comme un chat sait l'être, quand il reste immobile et silencieux. Qwilleran poussa une exclamation de surprise et de soulagement, lorsqu'il l'aperçut enfin. Puis il s'inquiéta, Koko était assis dans une pose inconfortable, et le toisait d'un œil trouble.

— Qu'est-ce qui ne va pas, Koko ?

Le chat poussa un grognement indistinct, sans desserrer les lèvres.

— Es-tu malade ?

Koko bougea d'un air mal à l'aise et regarda le coin du fauteuil. À quelques centimètres de son nez se trouvait une sorte de boule verte.

— Qu'est-ce que cela ? Où as-tu trouvé ça ?

Au même moment, son regard fut attiré sur le fauteuil vert. Au milieu du siège, tout un morceau de tissu manquait. On voyait même le crin sortir.

— Koko ! cria Qwilleran, j'espère que tu n'as pas mangé le rembourrage d'un de ces coûteux fauteuils danois !

Koko toussa et rejeta une autre petite boule verte.

— Que va dire Harry Noyton ? s'exclama le journaliste. Il en aura une attaque.

Une idée lui vint à l'esprit et il demanda, avec anxiété :

— Mon Dieu, Koko, est-ce toi qui mangeais mes cravates ?

Le chat leva des yeux expirants pour regarder son ami et se mit à ronronner.

— Et tu oses ronronner ! Tu dois être devenu complètement fou ! Manger du tissu ! Tu as perdu la tête. Seigneur ! J'avais bien besoin de ce nouveau problème !

Koko toussa encore une fois et rejeta une troisième boule verte humide. Qwilleran se précipita sur le téléphone et composa un numéro :

— Bruno ? hurla-t-il, dans l'appareil, ici Qwilleran, comment puis-je joindre ce docteur, ce psycattriste ?

CHAPITRE SEIZE

Le lendemain matin, Qwilleran téléphona à Arch Riker pour lui dire qu'il avait rendez-vous avec un médecin et qu'il serait en retard.

— Des ennuis ? demanda Riker.

— Rien de sérieux. Une sorte de problème digestif.

— Et moi qui ai toujours cru que vous aviez un estomac d'autruche !

— En effet, mais hier soir, j'ai eu une surprise.

— Ne laissez pas traîner cela, conseilla gravement Riker, ce genre d'affection peut mener à quelque chose de plus grave.

Bruno lui ayant communiqué le numéro de téléphone du Dr. Highspight, Qwilleran l'appela. Une voix de femme lui répondit qu'il pouvait venir le jour même, à onze heures. À sa surprise, elle ajouta qu'il n'était pas nécessaire d'amener le malade et lui donna une adresse dans Merchant Street qui le fit sourciller.

Il prépara un repas alléchant pour Koko – consommé en gelée et blanc de dinde, du Club de la Presse – espérant, ainsi, décourager l'appétit du chat pour les tissus danois. Lui ayant dit au revoir, il prit l'autobus pour Merchant Street.

Le numéro du Dr. Highspight se trouvait à quelques mètres de la maison Allison et c'était le même genre de construction. Toutefois, contrairement à la maison Allison, la clinique vétérinaire était franchement délabrée. Qwilleran sonna, avec méfiance. Il n'avait jamais entendu parler d'un psycattriste, et l'idée d'être roulé par un charlatan ne lui souriait guère. Il ne se réjouissait pas davantage à la pensée d'être la victime d'une autre plaisanterie.

La femme qui lui ouvrit la porte était entourée de chats. Il en compta cinq : un tigré, un rouquin, un brun et deux panthères noires. Son regard se porta, alors, sur les pantoufles éculées et sur l'ourlet effrangé de la robe d'intérieur et remonta jusqu'au visage replet de cette femme d'un certain âge qui lui souriait, avec bonté.

— Entrez, mon ami, entrez, avant que ces minets ne se sauvent.

— Mon nom est Qwilleran, dit-il, j'ai rendez-vous avec le Dr. Highspight.

Tout en parlant, il détectait de légers relents de poisson et d'antiseptique. Ses yeux dépistèrent d'autres chats dans le hall spacieux. Plusieurs étaient assis sur une console, d'autres trônaient perchés sur différentes marches de l'escalier ou jetaient des regards inquisiteurs derrière toutes les portes. Un chaton siamois, doté d'un joli petit museau, s'installa, l'air très affairé, dans une boîte remplie de sciure qui occupait un des coins de l'entrée.

— Oh ! doux Jésus, je ne suis pas docteur, mon ami, mais seulement une personne qui aime les chats et qui a un peu de bon sens. Entrez, asseyez-vous pour me raconter ce qui vous amène. Je vais mettre la bouilloire sur le feu.

Le salon à haut plafond était une pièce de nobles proportions, mais l'ameublement avait connu des jours meilleurs. Qwilleran choisit le fauteuil qui lui parut en moins mauvais état. Des chats l'avaient suivi et l'observaient à distance prudente ; il fut émerveillé par l'idée que les chats se faisaient d'une distance prudente : environ un bon mètre, ce qui représentait une large enjambée d'un adulte.

— Maintenant, mon ami, dites-moi ce qui vous préoccupe, demanda Mrs. Highspight, qui revint s'asseoir dans un fauteuil à bascule.

Aussitôt, le chat rouquin sauta sur ses genoux.

— Je m'attendais à voir un jeune garçon, dit-elle. Votre voix est très juvénile au téléphone.

— J'ai des ennuis avec mon chat siamois, lui confia Qwilleran. C'est un animal remarquable, possédant des dons extraordinaires et un caractère amical, mais depuis quelque temps, son comportement est étrange. Il lèche la colle des enveloppes et des timbres-poste.

— Eh bien, pour ma part je ne déteste pas lécher les enveloppes, avoua Mrs. Highspight, en se balançant tout en caressant son chat rouquin. Je suis toujours frappée par le nombre de saveurs qu'ils savent inventer.

— Mais vous n'avez pas entendu le pire. Il s'est mis à manger du tissu. Il ne se contente pas de le mâchonner, il l'avale. Je croyais que mes vêtements étaient dévorés par les mites, mais j'ai découvert que c'était le chat. Il a endommagé mes plus belles cravates en laine et hier soir, il s'en est pris à un fauteuil.

— Voilà déjà un indice. S'attaque-t-il toujours à des lainages ?

— Je le crois, ce fauteuil est recouvert d'un tissu en laine.

— Cela ne peut lui faire de mal. S'il ne le digère pas, il le vomira.

— C'est toujours réconfortant de l'apprendre, mais cette manie pose un problème. Il s'agit d'un siège coûteux et, par-dessus le marché, il ne m'appartient pas.

— Fait-il cela quand vous êtes à la maison ?

— Non. Il s'en garde bien. Il attend d'être seul.

— Le pauvre minet s'ennuie. Les chats siamois ont besoin de compagnie ou bien, ils font des excentricités. Est-il seul toute la journée ?

Qwilleran acquiesça.

— Depuis quand l'avez-vous ?

— Environ six mois. Avant, il vivait avec mon propriétaire qui a été tué, en mars dernier. Vous vous rappelez peut-être du meurtre de la place Bleinhein ?

— Oh ! oui, je m'en souviens fort bien. La victime a été poignardée. Ce chat aimait-il beaucoup l'homme qui a été tué ?

— Ils avaient des affinités et ils ne se séparaient pour ainsi dire jamais.

— Voilà votre explication, mon ami. Votre chat a eu un choc et maintenant, il s'ennuie.

— Il m'aime beaucoup, protesta Qwilleran. Nous nous entendons bien. Il est affectueux et nous jouons ensemble, de temps en temps.

À cet instant, un chat gris entra dans la pièce en miaulant.

— L'eau bout, annonça Mrs. Highspight, Tommy me prévient toujours, quand l'eau commence à bouillir. Attendez une minute, nous allons prendre une tasse de thé.

Les chats tinrent compagnie à Qwilleran jusqu'au retour de Mrs. Highspight, qui apporta sur un plateau des tasses et une grosse théière en faïence brune.

— Votre chat parle-t-il beaucoup ? reprit-elle.

— Il miaule tout le temps, à propos d'une chose ou d'une autre.

— Sa mère l'a sevré trop tôt. Il leur en reste toujours quelque chose et ils ont besoin de plus d'affection que les autres. A-t-il été opéré ?

— Oui. Il est ce que ma grand-mère appelait « un gentleman en retraite ».

— Il n'existe qu'un seul remède : il faut lui trouver un compagnon.

— Deux chats ! s'exclama Qwilleran, vous n'y pensez pas !

— Il est plus facile d'en élever deux qu'un seul. Ils se tiennent mutuellement compagnie. En outre, si votre chat a un compagnon, vous n'aurez pas besoin de lui laver les oreilles avec un coton et de l'acide borique.

— J'ignorais que j'étais supposé faire cela.

— Ne vous tracassez pas pour la nourriture, deux chats heureux ne mangent pas plus qu'un chat qui s'ennuie.

Qwilleran sentit un souffle sur son cou, il tourna la tête et vit la petite siamoise, perchée sur le dossier de son fauteuil, occupée à lui flairer l'oreille.

— Le thé est prêt, annonça Mrs. Highspight, j'aime prendre une bonne tasse de thé bien fort. Vous avez du lait dans ce pot, si vous en désirez.

Penché sur sa tasse, Qwilleran remarqua un poil de chat qui flottait dans le liquide.

— Vendez-vous des chats ? demanda-t-il.

— J'élève des chats de race et je place ceux de gouttière. Ce qu'il vous faut, c'est une jolie petite siamoise – opérée, naturellement. Quel est le nom de votre chat ?

— Koko.

— Tiens, comme dans la comédie musicale de Gilbert et Sullivan où Koko épouse Yom Yom ! remarqua-t-elle, en se mettant à fredonner l'air, d'une voix remarquablement juste.

Tommy le chat gris leva la tête, tandis que le chaton siamois explorait la poche de Qwilleran.

— Ne la laissez pas faire, si elle vous ennuie. C'est une friponne. Les femelles préfèrent toujours les hommes.

Qwilleran caressa la fourrure pâle, presque blanche, et le chaton ronronna doucement, en essayant de lui mordre le doigt.

— Si je devais prendre un autre chat, peut-être que celle-ci…

— Non, je ne peux vous la donner, son cas est particulier, mais je connais une petite orpheline qui a grand besoin d'un foyer. Avez-vous entendu parler de Mrs. Tait qui est morte, la semaine dernière ? Il y a eu un vol chez elle, les journaux ont relaté l'affaire.

— Oui, je crois, en effet, avoir lu quelque chose à ce sujet.

— Une triste histoire. Quoi qu'il en soit, Mrs. Tait avait une chatte siamoise et je ne crois pas que son mari ait l'intention de la garder. Il n'aime pas les chats.

— Comment le savez-vous ?

— Cette chatte provient de mon élevage et Mrs. Tait – Dieu ait son âme ! – avait dû faire appel à moi. La petite bête était si nerveuse qu'elle ne voulait ni manger ni dormir. Maintenant que la pauvre femme n'est plus là, que va devenir cette minette ? Avec ses grands airs, son mari m'a fait attendre pour me régler, moi qui ai toutes ces bouches affamées à nourrir !

Qwilleran réfléchit quelques secondes, puis il déclara qu'étant donné les circonstances, il allait envisager la possibilité d'adopter ce chat. Il se leva et demanda :

— Combien vous dois-je ?

— Estimez-vous que trois dollars soient exagérés ?

— Je pense que je peux supporter cette dépense.

— Si vous voulez ajouter quelque menue monnaie pour la tasse de thé, cela me servira à offrir un festin à mes pensionnaires. Vous n'avez qu'à verser votre obole dans le confiturier, dans le hall.

Suivie de son escorte de chats, Mrs. Highspight l'accompagna jusqu'à la porte. En passant, il jeta deux pièces de monnaie dans le récipient.

— N'hésitez pas à m'appeler, si vous avez besoin d'aide.

— J'ai oublié de vous dire quelque chose. Une de mes amies est venue me voir, dernièrement, et Koko a essayé de la mordre. Il ne l'a pas vraiment attaquée, mais il lui a sauté dessus.

— Que lui avait-elle fait ?

— Cokey ne lui avait rien fait du tout. Elle ne s'occupait pas de lui, quand brusquement Koko s'est jeté sur elle.

— Vous dites que son nom est Cokey ?

— C'est ainsi qu'on l'appelle.

— Alors, il faudra lui trouver un autre nom. Koko a cru que vous lui donniez le sien. Un chat est très jaloux de son nom.

En sortant de chez Mrs. Highspight, Qwilleran se dit que son diagnostic avait de grandes chances d'être juste : la soudaine attaque de Koko pouvait bien être motivée par la jalousie. Il s'arrêta à la première cabine téléphonique.

Une Cokey étrangement douce et aimable lui répondit. Lorsqu'il proposa un rendez-vous, elle l'invita à dîner chez elle. Il n'y aurait qu'un plat et une salade, mais elle lui promit une surprise.

Revenu à son bureau, il entreprit d'écrire un article et les mots vinrent aisément sous sa plume. Il répondit aussi à quelques lettres de lectrices : « Puis-je placer une crédence sous un lanterneau ? » demandait l'une. « Peut-on recouvrir une bergère avec du tissu pékiné ? » s'inquiétait une autre. Dans un état d'esprit subitement euphorique, il répondit à tout le monde : « Mais oui, pourquoi pas ? »

En fin de journée, un garçon de bureau vint lui annoncer que le dossier Tait venait d'être rapporté aux archives et Qwilleran alla le chercher.

Il devait rentrer chez lui pour se raser et nourrir le chat, avant de se rendre chez Cokey. Dès qu'il sortit de l'ascenseur, au quinzième étage, des clameurs de bienvenue parvinrent à ses oreilles et quand il entra dans l'appartement, Koko se lança dans une course éperdue, sautant par-dessus les chaises, passant sous les tables, pour bondir sur le meuble de stéréo et patiner autour de la table de la salle à manger, poussant alternativement des cris de fausset et des grognements de baryton.

— Bravo, dit Qwilleran, c'est ainsi que j'aime te voir !

En allant hacher des foies de poulet qu'il fit sauter au beurre pour les servir à Koko, il se demanda si le chat sentait qu'il allait avoir une compagne de jeu. Attendri, il lui donna aussi un petit morceau de roquefort. Un fin régal. Ensuite, il se changea, mit sa belle cravate écossaise et, à six heures et demie, il était prêt à sortir. Pendant un instant, il hésita en regardant la grosse enveloppe posée sur la table. Sa moustache se hérissa de curiosité mais son estomac décida que Tait pouvait encore attendre quelques heures.

Cokey habitait au dernier étage d'une maison de la vieille ville, et après avoir escaladé cinq étages, Qwilleran était hors d'haleine, quand il arriva à son appartement. Elle ouvrit la porte et il perdit ce qui lui restait de souffle.

La jeune personne qui l'accueillit était une étrangère. Elle avait des pommettes, des tempes, un front et des oreilles. La chevelure qui, jusque-là, avait dissimulé la moitié de son visage, l'encadrait maintenant en une souple masse mouvante. Qwilleran fut fasciné par le long cou de Cokey et par son menton gracieux.

— C'est incroyable ! dit-il, en la suivant.

Dans la pièce régnait une atmosphère de bohème élégante. Les meubles étaient peu nombreux et pittoresques. Fauteuils recouverts de jute. Rideaux en grosse toile d'une honnête couleur sac de pommes de terre. La bibliothèque était constituée par des planches peintes que supportaient des pots de fleurs vides. Cokey avait créé une ambiance de fête, en allumant des chandelles. Il y avait même deux œillets blancs dans une ancienne bouteille de vinaigre.

Cette façon de vivre impressionna favorablement Qwilleran. La pièce avait quelque chose de courageux et de mélancolique pour un locataire de la Villa Véranda. Il en fut touché et, pendant un bref instant, il éprouva le besoin absurde de protéger cette jeune femme pour la vie. Il se ressaisit rapidement.

Tout en s'essuyant le front avec son mouchoir, il fit une remarque sur la musique qui provenait d'un tourne-disque portatif.

— Schubert, dit-elle, avec douceur. J'ai abandonné Hindemith. Il ne convenait plus à ma nouvelle coiffure.

Elle avait préparé un plat de poisson et de riz brun, dans une sauce verte. La salade qui suivit était dure et imposait une longue mastication, ce qui retardait la conversation. Ensuite vint une crème glacée, faite avec des yaourts et des figues, saupoudrée de graines de tournesol.

Après le repas, Cokey servit une infusion, en précisant qu'il s'agissait d'un mélange personnel, composé de luzerne et d'algues. Puis, elle pria son invité de s'installer dans le fauteuil le plus confortable, en étendant les jambes sur un tabouret qu'elle avait confectionné avec un cageot à bière, recouvert d'échantillons de moquette. Pendant qu'il allumait sa pipe, elle se pelotonna sur le lit – un sommier sur quatre pieds – et se mit à tricoter un ouvrage en laine rose.

— Qu'est-ce que c'est ? demanda Qwilleran, qui faillit avaler l'allumette sur laquelle il avait eu l'intention de souffler, tant sa stupéfaction était grande.

— Un pull-over, dit-elle, je tricote toujours mes pull-overs. Aimez-vous cette couleur ? Ce rose indien fera désormais partie de ma nouvelle personnalité, puisque je n'ai pas eu de chance avec l'ancienne.

Qwilleran tira sur sa pipe en s'émerveillant de l'omnipotence des coiffeurs. On dépensait des millions en recherches neurophysiologiques, pour contrôler le comportement humain. Les instituts de beauté revenaient moins cher.

Pendant un moment, il surveilla la grâce anguleuse des mains de Cokey manipulant les aiguilles à tricoter, puis il posa la question qui le hantait.

— Honnêtement, Cokey, étiez-vous au courant de la nature de la maison Allison, quand vous avez suggéré sa publication du reportage la concernant ?

— Honnêtement, je l'ignorais.

— En avez-vous parlé à ce type du *Morning Rampage* ?

— Quel type ?

— Mike Bulmer. Il vous a salué au Club de la Presse.

— Oh ! Celui-là ! Je le connais à peine. Il avait acheté une lampe chez Mrs. Middy, au printemps dernier et signé un chèque sans provision. C'est pour cette raison que je ne l'ai pas oublié.

— Je pensais que vous me cachiez quelque chose, dit-il, avec soulagement.

Cokey s'arrêta de tricoter et poussa un soupir.

— Il y a un secret qu'il vaut mieux que je vous confesse, avant que vous ne le découvriez, tôt ou tard. Vous êtes tellement fouineur.

— Déformation professionnelle.

— Eh bien ! c'est au sujet de David… Lorsque nous sommes allés à sa soirée, je me suis comportée comme si je ne le connaissais pas.

— Et cependant, vous aviez sa photographie dans votre sac.

— Comment le savez-vous ?

— Elle se trouvait parmi d'autres que vous avez fait tomber, chez moi, samedi soir. Koko a choisi l'image de Lyke pour la lécher.

— Vous et votre chat psychique formez une fameuse paire !

— Ainsi, c'est donc vrai !

— J'ai été une des innombrables femmes à tomber amoureuse de cet homme. Bien entendu, cela ne m'a menée à rien. David charmait tout le monde et n'aimait personne.

— Néanmoins, vous conservez sa photographie.

Cokey serra les dents. Ses cils battirent trois ou quatre fois.

— Je l'ai déchirée, il y a quelques jours, affirma-t-elle.

Soudain, elle se leva pour aller se mettre du rouge aux lèvres. Elle en profita pour tourner le disque, éteindre les chandelles et porter le beurre dans le réfrigérateur. Quand elle eut fini de s'agiter, elle revint s'asseoir et reprit son tricot.

— Parlons de vous, dit-elle, pourquoi portez-vous toujours des cravates écossaises rouges ?

— Je les aime bien, avoua-t-il non sans tendresse. Celle-ci est un tartan Mackintosh. J'avais un Bruce et un Mac-Gregor. Koko les a mangés.

— *Mangés ?*

— Je croyais que c'étaient les mites, alors qu'il s'agissait de Koko. Je suis heureux qu'il ne s'en soit pas pris à cette cravate, c'est ma préférée. Ma mère était une Mackintosh.

— Je n'ai jamais entendu parler de chats se nourrissant de cravates !

— Manger de la laine est un symptôme de neurasthénie, déclara-t-il, avec autorité. La question n'en demeure pas moins : pour quelle raison Koko a-t-il épargné ma cravate Mackintosh ?

— Ce doit être un chat plein de considération. A-t-il mangé autre chose ?

Qwilleran se rembrunit.

— Vous souvenez-vous de ce fauteuil danois vert ? Il en a dévoré tout un gros morceau. Je me demande pourquoi il a choisi le fauteuil favori d'Harry Noyton ? Dieu sait combien je vais devoir payer pour faire recouvrir ce meuble !

— Mrs. Middy vous le fera à prix coûtant, mais il faudra commander le tissu au Danemark. Espérons que Koko n'en abîmera pas d'autres.

Il lui exposa le conseil de Mrs. Highspight et le projet d'adopter le chat des Tait.

— Elle prétend que Tait n'aime pas les chats. Elle m'a également raconté qu'il n'était pas pressé de régler ses factures.

— Plus ils sont riches et plus ils sont mauvais payeurs, constata Cokey, avec philosophie.

— Je me demande si Tait est aussi riche qu'on le pense. David a insinué que sa facture était toujours impayée et quand nous avons discuté la possibilité de publier l'article sur la maison Tait, David m'a laissé entendre qu'il possédait des arguments pour faire pression sur son client. En définitive, Tait a accepté très facilement. Pourquoi ? Parce qu'il était vraiment désargenté et enclin à coopérer avec ses créanciers ou pour une raison plus obscure ? Il m'arrive de penser que ce vol est un coup monté. La théorie de la police concernant le domestique me semble hautement improbable.

— Dans ce cas, où serait cet homme ?

— Ou bien il est au Mexique, ou bien il a été assassiné. S'il est au Mexique, il a pu y aller de son propre chef, mais on a aussi pu l'y expédier. Peut-être a-t-il les jades avec lui et, dans ce cas, je vous parie que Tait projette un voyage au Mexique, dans un proche avenir.

— Croyez-vous qu'il aurait pu confier les jades à ce garçon ?

— C'est une question qui se pose. Je pense également que l'on a pu faire partir Paolo dans le dessein de lancer la police sur une fausse piste. De toute façon, nous revenons toujours à notre point de départ : où les jades sont-ils cachés ?

Il y eut une pause durant laquelle Qwilleran frappa sa pipe sur le cendrier. Cokey fit cliqueter ses aiguilles et le tourne-disque passa un nouvel enregistrement. Un concerto de Brahms. Finalement, Qwilleran reprit :

— Vous souvenez-vous de ce jeu du dictionnaire auquel nous jouons, Koko et moi ? Dernièrement, Koko a trouvé des mots ayant un sens… je ne devrais pas en parler, c'est tellement incroyable !

— Vous savez ce que je pense des chats : je croirai n'importe quoi venant d'eux.

— Ce phénomène m'a frappé pour la première fois, samedi dernier. J'avais oublié de lui servir son repas et nous avons joué. Le premier mot qu'il a tiré fut *affamé*.

— Qu'il est malin !

— À la seconde expérience, il m'a donné le mot *nourriture*, mais je n'ai fait le rapprochement que lorsqu'il m'a fourni le mot *mulot*. Apparemment, il devenait désespéré, car je le crois incapable de se nourrir de souris, fussent-elles des champs !

— Qwill, vous me donnez la chair de poule !

— Depuis cette histoire de Muggy Swamp, il trouve des mots qui se rapportent à George Tait, tels que *chauve* et *sacro-iliaque*. Il a même tiré deux fois ce dernier mot, ce qui est une sorte de performance, dans un dictionnaire de trois mille pages.

— Mr. Tait est-il chauve ?

— Il n'a plus un cheveu sur le crâne et il souffre du dos. Savez-vous ce qu'est un koolokomba ?

Cokey secoua la tête.

— C'est un singe chauve, avec des mains noires. Koko a aussi déniché ce mot-là.

— Des mains noires ! Quel symbole poétique ! Y en a-t-il eu d'autres ?

— Tous les mots ne s'appliquent pas à la situation. Par exemple, *entérotome* et *coloricité*, mais, un jour, il a trouvé deux mots significatifs sur la même page : *rubéole*, *rubicond*. Je dois ajouter que Tait a le teint très rouge.

— Oh ! Qwill, ce chat a un flair étonnant. Je suis sûre qu'il est sur une bonne piste. Ne pouvez-vous faire quelque chose ?

— Difficilement, dit Qwilleran, avec une grimace. Je me vois mal aller trouver la police pour dire que mon chat soupçonne le rejeton d'une noble et vieille famille… En outre, il s'agit peut-être d'une illusion. À partir d'associations d'idées qui sait ce qu'il est possible de faire dire au dictionnaire ? Enfin, il existe une autre possibilité.

— Laquelle ?

— Il se peut que la police soupçonne également Tait et que cette piste, au sujet du domestique, ne soit qu'une couverture pour endormir la méfiance du principal suspect.

CHAPITRE DIX-SEPT

Qwilleran rentra chez lui plus tôt qu'il ne l'avait prévu. Prétextant que tous deux travaillaient le lendemain et qu'elle avait un chemisier à repasser, Cokey l'avait mis à la porte.

Lorsqu'il arriva à la Villa Véranda, Koko l'accueillit avec chaleur et le conduisit directement près du téléphone où brillait une lumière rouge – ce qui indiquait que quelqu'un avait appelé. Il composa le numéro du standard de l'immeuble où l'on prenait les communications, en l'absence des locataires.

— Mr. Bunsen vous a téléphoné a vingt et une heures, lui dit l'employée. Il vous fait dire que vous pouvez le rappeler jusqu'à une heure du matin.

Qwilleran consulta sa montre. Il n'était pas encore minuit. Il se préparait à décrocher, puis il changea d'avis, en se disant qu'il y allait de son prestige de célibataire.

Après avoir vidé ses poches, il suspendit sa veste au dossier d'une chaise et s'installa pour feuilleter le dossier Tait. Koko le surveillait, allongé sur la table, dans la pose classique du lion au repos, sa queue enroulée autour d'un presse-papiers en cristal.

Les coupures de journaux étaient de différentes couleurs, allant du jaune pâle au brun, selon l'âge de l'article, chacun portant la date de parution.

D'abord, Qwilleran parcourut rapidement les coupures, espérant qu'un gros titre attirerait son attention. Ne trouvant rien, il se mit à lire systématiquement l'histoire de trois générations de Tait, dans le plus grand désordre chronologique.

Cinq ans plus tôt, Tait avait pris la parole à une assemblée de lapidaires. Son père était mort onze années auparavant. À cette occasion, le *Fluxion* avait publié un long historique de la Société Tait, établissant l'origine de la fabrique de fouets de bogheis, fondée en 1883, et qui produisait, maintenant, des antennes de voitures. De vieilles coupures montraient des photos du grand-père Tait à l'Opéra et à des ventes de charité. Trois ans plus tôt, G. Verning Tait déclarait son intention de fabriquer des antennes de voitures ayant la forme de fouets de bogheis. Un an après, quelques lignes annonçaient que la société faisait faillite et qu'elle était en liquidation. Puis il trouva le faire-part du mariage, remontant à vingt-quatre ans, de George Verning Tait, fils de Mr. et Mrs. Verning Tait, de Muggy Swamp. Toute la famille Tait s'était rendue en Europe pour assister à la cérémonie qui avait eu lieu chez les parents de la mariée, Mr. and Mrs. Victor Thowaldson… Qwilleran dut se frotter les yeux pour lire la suite : Mr. et Mrs. Thowaldson d'Aarhus au Danemark.

Il se cala dans son fauteuil, en réfléchissant.

— Koko, à ton avis, qu'est-ce que Noyton est allé faire à Aarhus au Danemark ?

Le chat ouvrit la bouche pour répondre, mais il n'éleva pas la voix assez fort pour que son commentaire fût audible.

La pendule indiquait qu'il était près d'une heure. Qwilleran se hâta de fouiller dans le dossier et trouva ce qu'il cherchait, après quoi, il composa le numéro de Bunsen.

— J'espère que je ne vous tire pas de votre lit ?

— Comment s'est passé votre rendez-vous, vieux sacripant ?

— Pas mal du tout.

— Que faisiez-vous, ce matin, dans Merchant Street ? Je vous ai vu à l'arrêt de l'autobus, vous dirigeant vers cette rue.

— Pourquoi ne vous êtes-vous pas arrêté ?

— J'allais de l'autre côté. Vous aviez un rendez-vous bien matinal.

— J'ai été consulter un médecin.

— Dans Merchant Street ? Ho Ho HO ! HO HO HO !

— Est-ce pour cela que vous m'avez appelé ? espèce de vieux fouineur.

— Non. J'ai une nouvelle à vous communiquer.

— Eh bien ! moi aussi. J'ai découvert le cadavre qui dormait dans le tiroir des Tait : un procès en reconnaissance de paternité !

— Sans blague ? Qui l'aurait cru de ce vieux bouc ? Qui est la fille ?

— Une des servantes. Elle a obtenu gain de cause. D'après les coupures de journaux, le procès a fait sensation.

— Ça, je n'en doute pas, déclara Bunsen.

— Ce qui m'étonne, c'est qu'une famille ayant la fortune et les relations de Tait n'ait pas trouvé un arrangement amiable, pour éviter le scandale. Au fait, qu'aviez-vous à me dire ?

— Rien de bien important. Si vous voulez envoyer ces photos à Tait, dépêchez-vous, il part dans quarante-huit heures.

— Comment le savez-vous ?

— J'ai rencontré Lodge Kendall. Tait s'en va, samedi matin.

— Pour le Mexique ?

— Non, pas du tout. Vous ne devinerez jamais où il part.

— Eh bien ?
— Il va au Danemark.

Qwilleran se réveilla de bonne heure, le lendemain matin, après une nuit hantée de rêves absurdes auxquels il fut heureux de mettre fin. Dans l'un des épisodes, il rêva qu'il s'envolait pour Aarhus, afin d'être témoin au mariage, dans la haute société, de deux chats stérilisés.

Avant de se rendre à son bureau, il téléphona à Tait pour lui proposer de lui porter les photographies, le lendemain. Il lui parla aussi de la chatte siamoise et fut consterné d'apprendre que Tait l'avait laissée dehors, livrée à elle-même.

— Ne pouvez-vous la retrouver ? demanda-t-il, en s'efforçant de se maîtriser.

Il avait toujours éprouvé un mépris particulier envers les gens qui maltraitaient les animaux.

— Elle est toujours dans le jardin, grommela Tait. Elle a miaulé toute la nuit. Je vais la faire rentrer. Combien avez-vous de photographies ?

Ce jour-là Qwilleran travailla dur et vite à son bureau. Une secrétaire intercepta toutes les communications téléphoniques et répondit qu'il était occupé. Il ne s'interrompit qu'une seule fois, pour appeler la cuisinière des Tait.

— Mrs. Hawkins, dit-il, Mr. Tait a bien voulu me donner votre adresse. Je dois me marier prochainement et je vais avoir besoin d'une cuisinière. Mr. Tait vous a chaudement recommandée.

— Ah ! vraiment ? s'étonna une voix ironique.

— Pourriez-vous venir me voir, ce soir, à la Villa Véranda ? Ma fiancée se trouve actuellement au Japon et je dois me charger de tous les arrangements matériels.

— Entendu. À quelle heure faut-il venir ?

Qwilleran fixa le rendez-vous pour vingt heures. Il était heureux de ne pas avoir besoin d'une cuisinière. Il se demanda si Mrs. Hawkins était un exemple des mauvais investissements de Tait.

À l'heure où elle vint se présenter, la pluie avait commencé à tomber et Mrs. Hawkins arriva avec un parapluie ruisselant et un imperméable trempé. Qwilleran lui offrit un verre de sherry et quand les préliminaires furent terminés – expérience, références, salaire –, Mrs. Hawkins, confortablement installée sur l'un des divans en daim, était prête à bavarder toute la soirée.

— Vous êtes un de ces journalistes qui êtes venus prendre des photos, dit-elle, je me souviens de votre moustache. Je ne savais pas que les reporters gagnaient autant d'argent, ajouta-t-elle, en regardant autour d'elle.

— Permettez-moi de vous servir un autre verre.

— Ne buvez-vous rien ?

— J'ai un ulcère à l'estomac.

— Seigneur ! Je sais ce que c'est. Je faisais la cuisine pour deux personnes qui en souffraient. Parfois, quand Mr. Tait n'était pas là, Mrs. Tait demandait une omelette aux oignons. Et si quelque chose est mauvais pour l'estomac, c'est bien ça. Mais je ne discutais jamais. Personne n'osait lui tenir tête. Lorsqu'elle sonnait, tout le monde se précipitait. Malgré tout, c'était une maison tranquille. Pas de gosses braillards. Et j'avais de l'aide. Paolo était un gentil garçon. Dommage qu'il ait mal tourné, mais c'était un étranger, n'est-ce pas ? Elle aussi était étrangère, même si elle vivait ici, depuis longtemps. Ces derniers mois, elle s'était mise à crier dans sa langue. Contre nous, contre son mari. On peut dire que cet homme avait la patience d'un saint. Naturellement, il avait son atelier. Il était fou de ses pierres. Il a même acheté toute une montagne de ces cailloux, en Amérique du Sud. Il s'imaginait qu'il allait pouvoir récolter des jades à la pelle. Je suppose que ça n'a pas marché. On n'en a plus entendu parler. Il était tout excité, quand vous êtes venu prendre ces photos. J'en ai été surprise, étant donné ses sentiments pour le *Daily Fluxion*.

Elle s'interrompit pour terminer le sherry.

— Que pensait Mr. Tait du *Fluxion* ? demanda Qwilleran, en remplissant le verre de Mrs. Hawkins.

— Oh ! il ne voulait pas en entendre parler. Il n'aurait pas toléré qu'un seul numéro entrât dans la maison. J'ignore pourquoi. Tout le monde a ses petites manies.

Elle se lança, ensuite, dans un discours sur son défunt mari, et Qwilleran l'interrompit pour lui dire qu'il lui donnerait une réponse, dans les plus brefs délais. Puis il descendit avec elle pour la mettre dans un taxi, en lui glissant un billet de cinq dollars, pour couvrir ses frais.

Lorsqu'il revint à l'appartement, Koko émergea de quelque cachette secrète, inspectant les lieux d'un regard prudent.

— Je suis de ton avis, de Qwilleran, faisons plutôt une partie pour voir si nous trouvons quelque chose d'utile.

S'étant installé sur le dictionnaire, Koko se montra particulièrement brillant. Successivement, il coinça Qwilleran avec des mots tels que *ébonite*, *échidna*, *cytodiagnostic*, *czestochowa*, *onychophore* et *oospore*.

Juste comme Qwilleran allait jeter l'éponge, la chance tourna. Koko planta ses griffes et proposa *qualité* et *querelle*.

Satisfait, Jim put aller se coucher.

Le matin suivant la visite de Mrs. Hawkins et l'étonnante performance de Koko avec le dictionnaire, Qwilleran se leva, avant que son réveil n'eût sonné. Les pièces du puzzle commençaient à se mettre en place.

Depuis le procès, Tait devait nourrir une rancune tenace à l'égard du *Daily Fluxion*. La famille avait probablement essayé d'étouffer l'affaire, mais le journal avait prétendu que le public était en droit d'être éclairé. Aucun détail n'avait été épargné. Le *Rampage* s'était probablement montré plus discret. Il était sous la coupe des Penniman qui faisaient partie de la clique de Muggy Swamp. Pendant dix-huit années, Tait avait vécu, avec cette rancœur qui s'était, peu à peu, transformée en obsession. En dépit de son extérieur débonnaire, c'était un homme passionné. Il détestait, sans doute, le *Fluxion* avec autant d'ardeur qu'il aimait ses jades. Son ulcère à l'estomac attestait des tensions qu'il subissait. Aussi, lorsque le *Fluxion* lui avait proposé de publier des photographies de sa maison, avait-il sauté sur cette occasion inespérée de se venger. Rien de plus simple que d'organiser ce prétendu vol, de cacher les jades et de les retrouver, après avoir assisté à la déconvenue du journal. Une question se posait.

— Où pourrait-on cacher une théière dans une matière aussi délicate qu'un pétale de rose ? se demanda-t-il, en préparant le déjeuner de Koko.

Toutefois, Tait serait-il allé aussi loin pour la maigre satisfaction d'embarrasser le journal ? Il fallait qu'il eût un motif plus puissant. Ses initiatives dans le domaine commercial ou industriel avaient lamentablement échoué, provoquant la faillite de l'affaire familiale. La spéculation sur l'extraction du jade avait dû se solder également par un échec. Il lui restait à régler une lourde facture à son décorateur. Avait-il imaginé un plan, afin de toucher l'assurance ? Sa femme et lui en avaient-ils discuté ? S'étaient-ils querellés, la nuit du vol ? La dispute avait-elle été assez violente pour terrasser une femme impotente ?

Qwilleran posa l'assiette de Koko par terre à la cuisine, enfila son veston et commença à rassembler ses objets familiers. Il saisit sa pipe sur une table, sa blague à tabac et ses allumettes sur une autre, un peigne et de la petite monnaie sur un guéridon, mais il chercha en vain le morceau de jade qui se trouvait habituellement avec la monnaie. Il se souvint l'avoir posé sur le bureau.

— Koko, où as-tu mis mon fétiche ?

— Yarcle ! répondit Koko qui était occupé à avaler des rognons de veau à la crème.

Qwilleran ouvrit l'enveloppe contenant les photographies qu'il allait remettre à Tait. Il les étala sur la table : vision panoramique d'une pièce somptueusement meublée, photographie d'un coin du salon, groupant quelques meubles, gros plan sur les jades. Il y avait un cliché parfait de la théière blanche et un autre représentant un oiseau perché sur le dos d'un lion. Gros plans encore du secrétaire en ébène, avec son dessus en marbre noir et ses bronzes dorés, de la console supportée par un sphinx, des fauteuils recouverts de soie champagne.

Koko vint se frotter aux chevilles de son ami.

— Que veux-tu ? Je t'ai préparé ton déjeuner, va le terminer, tu y as à peine touché.

Le chat fit le gros dos, gonfla sa queue en point d'interrogation et marcha sur les pieds du journaliste.

— Tu vas avoir une compagne de jeu. Une jolie petite siamoise qui louche un peu. Peut-être devrais-je t'emmener avec moi ? Veux-tu mettre ton collier et venir faire une promenade ?

Koko se mit à tracer des huit en déambulant sur ses hautes pattes élégantes.

— D'abord, il faut que je fasse un trou supplémentaire à ton collier.

N'ayant trouvé aucun outil adéquat, Qwilleran se servit d'une lime à ongles.

— Là, et maintenant, je te défie bien de t'échapper.

Un bruit mat le fit se retourner. Il vit le chat juché sur le bureau, occupé à lécher une photographie.

— Hé ! s'exclama-t-il.

Koko sauta à terre et détala comme un lapin. Qwilleran examina les épreuves. Une seule avait été touchée.

— Polisson ! Tu as abîmé ces belles images !

Attendant que l'orage passe, Koko se tenait caché sous la table à thé. Il s'en était pris à la photographie représentant l'armoire Biedermeier. Le dommage était à peine visible. On ne le remarquait qu'en présentant la photographie à la lumière, sous un certain angle. Qwilleran l'examina attentivement et s'émerveilla des détails visibles sur le cliché. Le grain du bois ressortait et, par une subtile utilisation de la lumière, le meuble semblait y gagner une troisième dimension. Le métal encastré autour de la serrure paraissait en relief. Dans le bas, une ombre légère accentuait le bord d'un tiroir. On distinguait également une mince ligne sombre qui courait sur l'un des panneaux de l'armoire. Ce trait coupait le grain du bois et… chose curieuse, il ne correspondait pas au dessin ou à l'ébénisterie du meuble.

Soudain, Qwilleran saisit Koko et lui enfila son collier.

— Partons, dit-il, tu viens de me donner une idée.

Ce fut une longue et coûteuse expédition en taxi. Surveillant le compteur avec inquiétude, Qwilleran se demandait s'il pourrait en porter le montant sur sa note de frais. Le chat était assis à côté de lui, mais dès que le taxi tourna dans la rue des Tait, il réagit. Se dressant sur ses pattes de derrière, il s'appuya à la vitre pour regarder dehors.

— Voulez-vous m'attendre pour me ramener en ville ? demanda Qwilleran au chauffeur, j'en ai pour une demi-heure environ.

— D'accord, mais je vais jusqu'au buffet de la gare manger un morceau. J'arrête le compteur.

Le chat sous le bras et la laisse en nylon enroulée autour de sa main, Qwilleran sonna à la porte. En attendant qu'on lui ouvrît, il remarqua des signes d'abandon. La pelouse avait besoin d'être tondue. Des feuilles mortes, les premières de la saison, jonchaient le perron. Aux fenêtres, les vitres étaient sales.

Quand la porte s'ouvrit, ce fut un tout autre homme qui se présenta. En dépit de son teint florissant, Tait paraissait tendu et fatigué. Les vêtements usagés et les chaussures de tennis qu'il portait formaient un contraste absurde avec l'élégance du hall en marbre blanc et noir. Des traces de boue séchée ternissaient les carreaux blancs.

— Entrez, dit Tait, je termine mes préparatifs de départ.

— J'ai amené Koko, annonça Qwilleran, avec froideur, j'ai pensé qu'il pourrait aider à retrouver la chatte.

— Elle est là. Je l'ai enfermée dans la buanderie.

Koko se débattit et Qwilleran le mit sur son épaule, en le caressant. Le chat semblait nerveux et inquiet. Jim sentait sous ses doigts une vibration comme celle d'un courant électrique de faible voltage.

Il tendit l'enveloppe à Tait qui l'invita à pénétrer au salon. L'aspect de la pièce avait considérablement changé. Des housses recouvraient les sièges. Les rideaux étaient tirés et les niches, vides de leurs jades, se réduisaient à des trous sombres. Un éclairage discret tombait d'une lampe posée sur le secrétaire. Apparemment, Tait travaillait à sa collection de jade utilitaire : hache, tête de lance, harpon.

Il avança une chaise pour son visiteur, tandis que lui-même se tenait debout, près du bureau et ouvrait l'enveloppe. Qwilleran jeta un coup d'œil sur le registre ouvert. C'était un catalogue répertoriant la collection de jade, écrit d'une main méticuleuse.

Pendant que le collectionneur étudiait les photographies, Qwilleran l'observa. Il n'avait pas l'air triste ou accablé, mais épuisé. Cet homme dormait mal. Son plan ne devait pas marcher à sa convenance.

Tait compulsa les clichés en serrant les lèvres et en respirant fort.

— Ce sont de bonnes photographies, n'est-ce pas ? dit Qwilleran.

— Oui, murmura Tait.

— Avec des détails surprenants.

— Je ne m'étais pas rendu compte qu'il y en avait autant.

— Nous en prenons toujours plus qu'il n'est nécessaire.

Négligemment, Qwilleran regarda l'armoire. D'où il se trouvait, il ne distinguait pas la ligne sombre qui l'avait intrigué.

— Le secrétaire ressort bien, dit Tait.

— Il présente des contrastes. Il est fâcheux qu'il n'y ait pas de photographies de l'armoire. J'étais persuadé que Bunsen en avait prises.

— C'est une belle pièce. Elle me vient de mon grand-père.

Koko proféra un miaulement de protestation. Jim se leva et fit quelques pas, en le caressant.

— C'est la première fois que ce chat fait une visite. Je suis surpris qu'il se comporte aussi bien.

Tout en parlant, il s'était approché de l'armoire, mais il ne put toujours rien distinguer d'apparent.

— Merci pour ces photographies, dit Tait. Je vais aller chercher la chatte.

Lorsqu'il fut sorti, la curiosité de Qwilleran fut la plus forte. Il s'approcha de l'armoire et examina le panneau de près. Oui, il y avait bien une ligne verticale, courant de haut en bas. Elle était virtuellement invisible. Il passa la main dessus. On la sentait mieux qu'on ne la voyait.

Seul, l'objectif de précision d'un appareil photographique avait pu la déceler.

Koko se débattit à nouveau et Qwilleran le posa sur le sol, en tenant la laisse d'une main. De l'autre il effleura encore le panneau. Il *devait* y avoir un compartiment secret, c'était évident, mais comment s'ouvrait-il ? Il n'y avait rien d'apparent à l'œil nu.

Il se retourna vers la porte, l'oreille tendue, puis il fixa à nouveau son attention sur l'armoire. Y avait-il un ressort caché ? Ce système existait-il autrefois ? Cette armoire avait plus de cent ans.

En pesant sur les côtés du panneau, il perçut un léger craquement. Il appuya plus fort, d'abord à hauteur d'épaule, puis plus bas. Enfin, il fit pression sur le haut et le panneau de l'armoire s'ouvrit de quelques millimètres à peine. Avec précaution, il écarta l'ouverture pour regarder à l'intérieur. Ses lèvres s'arrondirent en une exclamation inarticulée. Pendant un moment, il resta figé et oublia d'écouter.

Les oreilles de Koko pivotèrent. Sur ses chaussures de tennis, Tait revenait sans bruit. Qwilleran ne le vit pas entrer dans la pièce, s'immobiliser et s'élancer… Il entendit seulement un hurlement sauvage et déjà, il était trop tard.

Tout se passa en quelques secondes. Au milieu des glapissements et des grognements furieux, la lampe fut renversée. Dans la pénombre, il aperçut l'éclat d'un pic. Instinctivement, il recula contre l'armoire, conscient de l'homme qui avançait sur lui, l'arme brandie. Il y eut un bruit de chute, au même instant, une douleur fulgurante lui traversa la main. Puis tout se tut.

Qwilleran regarda à ses pieds, tandis que le sang coulait le long de ses doigts. La corde de nylon lui sciait l'autre main. G. Verning Tait s'était pris dans cette corde et s'était écroulé par terre, mais avant de tomber, il avait eu le temps de lancer son arme.

À l'autre extrémité de la corde, Koko se débattait comme un beau diable pour se libérer et, en haut de l'armoire, la chatte siamoise crachait de frayeur.

CHAPITRE DIX-HUIT

Dans la salle de première urgence du *Fluxion*, l'infirmière pansa la main de Qwilleran.

— Vous survivrez, dit-elle, gaiement, la blessure est superficielle.

— Elle a beaucoup saigné, répondit-il. Ce pic de trente centimètres était effilé comme un rasoir. En fait, il s'agissait d'un harpon en jade, utilisé contre les morses dans l'océan Arctique.

— Voilà qui semble tout à fait approprié à la circonstance, remarqua l'infirmière, avec un regard amusé sur la moustache du blessé.

— Il est heureux que je ne l'aie pas reçu dans l'estomac !

— La blessure paraît franche. Néanmoins, si vous sentiez des élancements, appelez un médecin.

Le pansement ne gêna pas Qwilleran pour taper à la machine. En revanche, il augmenta considérablement son prestige en rehaussant l'effet de son récit, sur son auditoire, ce soir-là, au Club de la Presse. De nombreux employés du *Fluxion* se trouvaient réunis au bar, à cinq heures et demie, pour entourer le héros de l'aventure. Son compte rendu personnel avait paru dans l'édition de l'après-midi, mais tous savaient que les détails les plus intéressants n'étaient jamais publiés.

Non sans quelque fierté, Qwilleran déclara :

— C'est Koko qui a attiré mon attention sur cette armoire, en léchant la photographie où l'on pouvait déceler le compartiment secret.

— J'avais utilisé un éclairage de côté, expliqua Bunsen. La source de lumière était placée à gauche de l'appareil, dans un angle de quatre-vingt-dix degrés. C'est ce qui a fait ressortir la coupure dans le bois que l'œil ne pouvait discerner.

— Quand j'ai découvert ce double fond rempli de jades, j'ai été tellement fasciné, que je n'ai pas entendu Tait revenir. Ce qui m'a alerté, ce furent les miaulements des chats. En me retournant, j'ai vu Tait marcher sur moi avec son harpon d'esquimau, aussi long que ça, dit-il, en écartant les bras de soixante bons centimètres.

— Ce harpon s'allonge à chacun de vos récits, remarqua Bunsen, en riant.

— Quoi qu'il en soit, Koko s'était mis à grogner. Au moment où ce fou a brandi son arme, la chatte s'est catapultée dans tous les azimuts. Elle a fait tomber la lampe et, dans l'obscurité, Tait a trébuché sur la corde en nylon qui servait de laisse à Koko. Patatras ! Tait est tombé en avant, mais il avait eu le temps de lancer son pic.

— Racontez-nous donc comment votre chat a ligoté notre homme, demanda Arch Riker.

Qwilleran prit le temps d'allumer sa pipe, tandis que son auditoire attendait la suite de l'histoire.

— Koko était au bout de cette longue laisse et il s'est mis à tourner en rond si vite que je voyais seulement le fil de nylon voler dans l'air, et quand Tait s'est effondré sur le sol, ses jambes se trouvèrent troussées comme celles d'un poulet par quatre mètres de corde.

— C'est extravagant ! s'exclama le photographe. J'aurais voulu être là, avec mon appareil.

— J'ai ramassé le harpon en jade et j'ai achevé de ligoter Tait, avant d'appeler la police, avec ce vieux téléphone plaqué or.

— Quand vous vous y mettez, vous n'y allez pas de main morte, constata Bunsen.

Lodge Kendall, qui revenait du quartier général de la police, vint se joindre à eux.

— Qwill avait parfaitement raison, dit-il, le serviteur est innocent. Tait a avoué qu'il l'avait fait partir pour le Mexique. Après quoi, il a transporté les jades dans le double fond de l'armoire, en gardant une pièce pour la placer derrière le lit de Paolo. Quant aux valises manquantes, il les a données lui-même à ce garçon.

— A-t-il fait tout cela pour toucher l'assurance ?

— C'est la raison principale. Tait s'était révélé un piètre homme d'affaires. Il avait gaspillé la fortune qui lui venait de ses parents et il avait besoin d'une somme importante pour l'investir dans une autre affaire, probablement tout aussi illusoire. Il avait aussi un autre mobile. Il détestait le *Fluxion* en raison de l'importance donnée par le journal à un vieux procès.

— J'aimerais savoir pour quelle raison il n'a pas étouffé l'affaire.

— Il a essayé, mais la politique s'en est mêlée. Il paraît qu'un cousin éloigné, portant le même nom que lui, se présentait aux élections, cette année-là, et le procès a été orchestré de façon que les électeurs ignorent de quel Tait il s'agissait. La manœuvre a réussi. Le cousin n'a pas été élu.

Qwilleran essaya de résoudre l'énigme jusqu'au bout :

— Tait a-t-il dit à la police pourquoi il se proposait d'aller au Danemark ?

— Personne n'en a parlé au quartier général.

— Bon, eh bien, je vais rentrer chez moi, déclara Arch Riker.

— Moi aussi, dit Qwilleran. J'ai l'intention d'offrir une tranche de filet mignon à Koko. Après tout, il m'a peut-être sauvé la vie.

— Ne vous faites pas d'illusion, protesta Bunsen. Il pourchassait tout simplement la chatte siamoise.

— Je l'ai laissée à la clinique vétérinaire, dit Qwilleran. Elle portait une blessure sur le côté. Tait lui a, sans doute, donné un coup, en la jetant dehors.

Toute la journée, Qwilleran avait flotté dans un état de surexcitation, mais en arrivant chez lui, il se sentit épuisé. Koko partageait cette réaction. Allongé sur le côté, les pattes inertes, une oreille cachée sous la tête, il ne donnait aucun signe de vie, sauf un regard vigilant de ses yeux mi-clos. Il ne toucha pas à son dîner.

Qwilleran se coucha tôt et rêva que Persée lui disait :

— Qwill, Koko et vous avez fait du bon travail dans l'affaire Tait. C'est une réussite *per se*, aussi, je vous charge de résoudre le meurtre de David Lyke.

— Les recherches peuvent nous conduire jusqu'au Japon, patron, répondait Qwilleran.

— N'hésitez pas à vous y rendre. Vous disposez d'un crédit illimité.

La moustache de Qwilleran frémit dans son sommeil. Celle du chat également. Koko rêvait, lui aussi.

Tôt le samedi matin, tandis que Qwilleran ronflait doucement, le téléphone se mit à sonner avec insistance. À demi réveillé, il prit le récepteur à tâtons et entendit une voix déclarer :

— On vous parle d'Aarhus, au Danemark, un appel pour Mr. James Qwilleran.

— Moi-même, répondit Qwilleran, d'une voix encore ensommeillée.

On lui passa son interlocuteur.

— Qwill ? C'est Harry. Nous venons d'apprendre la nouvelle.

— Déjà ?

— On l'a annoncée à la radio.

— C'est bien triste. C'était un gentil garçon.

— Je ne le connaissais pas, je ne connaissais qu'*elle*. Il a dû perdre la tête.

— Qui cela ?

— Qu'est-ce qui vous prend ? Êtes-vous bien réveillé ?

— Bien sûr. De quoi parlez-vous ?

— C'est bien Qwilleran qui est à l'appareil ?

— Je le crois. Excusez-moi, je suis un peu abruti. Vous me parlez bien du meurtre ?

— Quel meurtre ? cria Noyton.

— N'était-il pas question de David Lyke ?

— Je vous parlais de G. Verning Tait. Qu'est-il arrivé à David ?

— Il est mort. Il a été assassiné, lundi soir.

— David, mort ! Grand Dieu ! Qui l'a tué ?

— On l'ignore encore. Cela s'est passé dans son appartement.

— Mais qui a pu faire une chose pareille ? David était un garçon formidable !

— Qu'avez-vous donc appris à la radio ?

— L'arrestation de Tait. La famille de Mrs. Tait ne pouvait y croire, quand elle a entendu la nouvelle.

Qwilleran se redressa dans son lit :

— Connaissez-vous les parents de Mrs. Tait ?

— Je viens de les rencontrer. Des gens très bien. Son frère travaille avec moi, dans cette affaire dont je vous ai garanti la primeur.

— De quoi s'agit-il ?

— Je finance un projet fantastique de fabrication. Qwill, je vais devenir l'homme le plus riche du monde !

— Est-ce une nouvelle invention ?

— Une véritable découverte scientifique. Pendant que le reste du monde ne songe qu'à s'entre-tuer ou à faire la guerre des étoiles, les Danois sont en train d'accomplir un travail autrement utile. J'ignorais de quoi il s'agissait exactement, avant mon arrivée ici. Je lui ai seulement fait confiance, quand elle m'a affirmé à quel point le procédé était révolutionnaire.

— À qui avez-vous fait confiance ?

— À Mrs. Tait, bien sûr.

— Elle vous avait donc parlé de la découverte de son frère ?

— Le Pr. Arne Thorwaldson avait besoin d'une aide financière et elle savait que son mari ne pourrait commanditer l'affaire. Connaissant ma réputation, elle a pensé que cela avait une chance de m'intéresser. Naturellement, elle comptait sur une commission.

— Tait avait l'intention de partir pour le Danemark. Il espérait probablement investir l'argent de l'assurance dans l'affaire.

Il y eut des interférences sur la ligne, puis la voix de Noyton reprit :

— Je vous appellerai demain, dès que tout sera réglé chez le notaire. Allô ? Je vous entends mal. J'espère que l'on arrêtera l'assassin de David. À bientôt.

Bien que ce fût samedi, Qwilleran se rendit à son bureau pour travailler au prochain numéro du *Gai Logis*. Il était formellement décidé à ne pas céder la place à Fran Unger. Il espérait aussi croiser Persée et lui déclarer : « Je vous l'avais bien dit », mais le patron assistait à une conférence journalistique, à New York.

Au cours de la journée, Qwilleran téléphona à la clinique vétérinaire pour avoir des nouvelles de la chatte – qui paraissait se remettre de ses émotions – puis il composa le numéro de l'Atelier Middy pour inviter Cokey à dîner.

Lorsqu'il revint chez lui, en fin d'après-midi, il tomba sur une scène d'intense activité. Koko jouait avec sa souris. Le jeu tenait du hockey, du basket-ball, du tennis avec des éléments de lutte gréco-romaine. Le chat faisait glisser son jouet sur le parquet ciré, bondissait dessus, le lançait en l'air, le rattrapait pour l'envoyer à travers la pièce, le poursuivait, le saisissait entre ses pattes en se roulant sur le dos, le perdait à seule fin de pouvoir recommencer. Avec un spectateur, Koko avait tendance à en rajouter. Comme Qwilleran le regardait, il dribbla le jouet sur toute la longueur de la pièce, l'expédia en chandelle et le rattrapa avec adresse pour aller marquer un but directement sous le bahut espagnol.

Aussitôt, il se précipita pour regarder sous le meuble et releva la tête, avec un long miaulement.

— Aucun problème, le rassura Qwilleran, cette fois, je suis équipé.

D'un placard, il sortit le parapluie, fort opportunément oublié par Mrs. Hawkins, lors de sa visite. La première perquisition sous le meuble ne rapporta que des moutons, et Koko accentua le volume de ses revendications. Qwilleran se mit à quatre pattes et glissa une nouvelle fois le parapluie sous le meuble, récupérant ainsi le morceau de jade qui avait disparu quelques jours plus tôt. Les clameurs de Koko s'amplifièrent.

Le troisième essai ramena quelque chose de rose.

Pas exactement rose, se dit Qwilleran, mais presque… et cela lui parut vaguement familier. Soudain, il comprit ce que c'était et comment c'était venu là.

— Koko, demanda-t-il, avec sévérité, as-tu une explication à me fournir ?

Saisissant le téléphone, il composa rapidement un numéro.

— Cokey ? Ici, Qwill. Je vais être en retard pour venir vous chercher. Voulez-vous m'attendre au Club de la Presse ?... Non, je dois seulement terminer un petit travail urgent... Très bien, à tout à l'heure. J'aurai, peut-être, du nouveau.

Qwilleran se retourna vers le chat :

— Alors, Koko, vas-tu m'avouer la vérité ? Quand as-tu mangé cela ? Où l'as-tu trouvé ?

Quand il arriva au Club de la Presse, Cokey l'attendait dans le hall.

— Vous avez des ennuis, dit-elle, je le lis sur votre visage.

— Allons nous asseoir. Je vous expliquerai. J'attends un coup de téléphone.

Ils s'installèrent à une table recouverte d'une nappe à carreaux rouges et blancs ; elle était tachée et reprisée.

— Il vient d'y avoir un rebondissement inattendu au sujet du meurtre de David, commença-t-il. Koko m'a mis sur la voie. Vous souvenez-vous qu'il était dans l'appartement de David, ce soir-là ? Lorsque je l'ai ramené à la maison, il avait l'air bizarre. J'ai cru qu'il avait peur. En réalité, il souffrait d'une digestion difficile.

— Encore des fils de laine qui ne passaient pas ! dit Cokey.

— La laine aurait pu passer, mais il y avait autre chose dans le tissu. Après être rentré à la maison, il a dû rejeter ce qu'il avait avalé et il l'a caché sous le bahut espagnol. C'est là que je l'ai retrouvé, tout à l'heure.

— Ne me dites pas que vous avez vraiment reconnu sa provenance !

— Mais si, et je pense que vous en auriez fait autant. C'est un morceau de laine jaune rosé, avec des fils métalliques.

— Nathalie Noyton ! La robe tissée à la main qu'elle portait à la réception !

— Je suppose, donc, que Nathalie est venue dans l'appartement de David, lundi soir. De toute façon, c'est là un fait que la police devait savoir. Voilà pourquoi je suis allé porter ce bout de tissu au quartier général. C'est ce qui m'a retardé.

— Que vous a-t-on dit ?

— Deux inspecteurs sont partis aussitôt pour Lost Lake Hills. Notre chroniqueur judiciaire doit m'appeler, dès qu'il y aura du nouveau.

— Je me demande pourquoi Nathalie n'est pas allée elle-même faire une déposition à la police ?

— C'est ce qui m'inquiète. Si elle possède des informations et que l'assassin le sache, il pourrait essayer de lui imposer silence.

Dominant le brouhaha du samedi soir, une voix s'éleva du haut-parleur :

— On demande Mr. Qwilleran au téléphone.

— Je reviens tout de suite, dit-il à Cokey.

À son retour, sa mine s'était assombrie.

— Qu'y a-t-il, Qwill ? Une mauvaise nouvelle, dirait-on…

— La police est arrivée trop tard.

— Que voulez-vous dire ?

— Nathalie était déjà morte.

— Assassinée ?

— Non. Elle s'est suicidée. Une forte dose d'alcool et un somnifère.

— Mais… pourquoi ?

— La réponse est dans son journal. Elle était éperdument amoureuse de son décorateur et il n'était pas homme à repousser des avances.

— Cela, je le sais.

— Nathalie a cru que David était prêt à l'épouser, dès qu'elle aurait divorcé. Aussi a-t-elle accepté les conditions de son mari : pas de pension alimentaire, pas de garde des enfants. Cependant, la semaine dernière, elle a compris que David ne l'épouserait jamais. Quand Bunsen et moi nous sommes présentés chez elle, lundi matin, elle a refusé de nous recevoir. Elle était folle de désespoir.

— On peut la comprendre.

— Alors, elle a perdu la tête. Au cours d'une dernière explication, elle a tué David.

— Ainsi, c'était Nathalie !

— C'était Nathalie. Elle est rentrée chez elle et a renvoyé sa femme de chambre. Elle a laissé passer quarante-huit heures, avant d'en finir. Elle est morte depuis jeudi matin.

Il y eut un long silence. Au bout d'un moment, Qwilleran reprit :

— La police a trouvé sa robe, dans une armoire. Il manquait un morceau de frange à l'écharpe.

— Je n'ai plus faim, déclara Cokey. Allons faire un tour et parlons d'autre chose.

Ils se promenèrent en s'entretenant de Koko et du nouveau chat dont le nom était Yu ou Freya.

— J'espère qu'ils vont être heureux ensemble, dit Cokey.

— Je pense que nous allons tous être heureux ensemble, affirma Qwilleran. Je vais changer son nom et l'appeler Yom Yom. Je changerai aussi le vôtre.

Elle le considéra, d'un air rêveur.

— Vous comprenez, Koko n'aime pas que je vous appelle Cokey. Cela ressemble trop à son propre nom.

— Appelez-moi Al, dit Alacoque Wright, avec résignation.

La nouvelle de l'entreprise danoise créée par Harry Noyton parut le lundi matin dans le *Fluxion*. L'article était signé Jim Qwilleran.

« Harry Noyton, le financier et industriel bien connu, vient de s'assurer l'exclusivité mondiale de diffusion d'un procédé scientifique danois d'un intérêt général évident : il s'agit d'une bière sans calories, avec de la vitamine C. »

Décidément, je ne serai jamais un homme d'affaires, pensa Qwilleran en relisant l'article, les yeux ronds.

Le même jour, une petite cérémonie eut lieu au Club de la Presse, au cours de laquelle Qwilleran reçut une carte de journaliste honoraire pour son chat. Sur cette carte figurait une photographie d'identité de Koko, l'œil vif, les oreilles en alerte, les moustaches dressées.

— J'ai pris ce cliché dans l'appartement de Lyke, cette nuit-là, déclara Bunsen.

Lodge Kendall ajouta :

— Et ne croyez pas que ce fût une mince affaire que d'obtenir la signature du chef de la police sur ce document !

Quand il retourna à la Villa Véranda, Qwilleran entra dans l'appartement avec appréhension. Il avait ramené Yom Yom de la clinique vétérinaire à midi et les deux chats avaient eu quelques heures pour se flairer, s'observer et faire la paix.

Tout était silencieux, dans le salon. Douce et bien élevée, Yom Yom était assise sur le fauteuil vert. Son mince museau sombre dessinait un délicat triangle brun que surmontaient d'immenses yeux bleu-violet qui louchaient un peu. Koko était juché sur la table à thé, grand et majestueux, sa fourrure légèrement hérissée, autour du cou.

— Là je vois toute ta coquinerie, lui dit Qwilleran, tu n'as jamais été neurasthénique, tu as toujours su ce que tu faisais !

Avec un grognement, Koko sauta de la table pour aller rejoindre Yom Yom. Assis côte à côte, dans une pose identique, ils ressemblaient à un presse-livres, avec leurs deux queues gracieusement incurvées et leurs paires d'oreilles qui les coiffaient d'une couronne.

L'un et l'autre se faisaient un point d'honneur à ignorer Qwilleran.

Koko se pencha pour donner deux coups de langue affectueux sur le museau de Yom Yom. Après quoi, baissant la tête, les yeux fermés, il attendit et la petite chatte comprit cet appel. Consciencieusement, elle se mit à laver les oreilles de Koko à coups de langue rose.

LE CHAT QUI AIMAIT LA BROCANTE

CHAPITRE PREMIER

Le mauvais temps avait lancé ses premières offensives début décembre. D'abord, la ville avait été noyée sous des pluies diluviennes, puis un vent glacé s'était mis à souffler et maintenant la neige tombait en abondance. Le blizzard s'engouffra dans Canard Street et parut se renforcer, en passant devant le Club de la Presse, comme s'il nourrissait une rancune particulière envers les journalistes. Avec une précision malicieuse, les plus gros flocons vinrent atterrir dans le cou de l'homme qui attendait un taxi, devant l'entrée du Club.

D'une main, il releva maladroitement le col de son pardessus en tweed et s'efforça d'enfoncer son chapeau jusqu'aux oreilles. Il tenait sa main gauche plongée au fond de sa poche. Il n'y avait rien en lui de bien remarquable, en dehors de l'exubérance de sa moustache – et de sa sobriété : il était plus de minuit, neuf jours avant Noël, et cet homme, sortant du bar du Club de la Presse, n'était pas ivre.

Un taxi s'arrêta au bord du trottoir. La main toujours dans sa poche, il monta en voiture et donna l'adresse d'un hôtel de troisième ordre.

— Medford Manor ? Voyons, je peux prendre Zwinger Street et la voie express, dit le chauffeur, en baissant son drapeau, ou bien je peux emprunter les boulevards périphériques ?

— Zwinger Street, répondit l'homme.

Habituellement, il préférait les boulevards périphériques qui revenaient moins cher, mais Zwinger Street était plus rapide.

— Vous êtes journaliste, n'est-ce pas ? demanda le chauffeur.

L'autre fit oui de la tête.

— J'ai vu ça tout de suite à la façon dont vous êtes habillé. Ce n'est pas que les journalistes soient de mauvais bougres. J'en ramène souvent de leur Club. Ils ne sont pas généreux pour le pourboire, mais ce sont de braves types et on ne sait jamais si, un jour, on n'aura pas besoin d'un ami dans la presse, pas vrai ? dit-il, en se retournant, avec un sourire complice.

— Attention ! cria le passager, tandis que le taxi faisait une embardée sur la chaussée glissante.

— Êtes-vous au *Daily Fluxion* ou au *Morning Rampage* ? demanda le chauffeur.

— Au *Fluxion*.

Un feu rouge arrêta la circulation et le chauffeur en profita pour jeter un nouveau coup d'œil vers le siège arrière.

— J'ai vu votre photo dans le journal. Je me souviens de la moustache. Êtes-vous chroniqueur ?

L'homme acquiesça silencieusement. Ils se trouvaient dans un quartier populeux. Logements à bon marché et bars installés dans des demeures qui avaient, autrefois, abrité l'élite de la cité.

— Fermez votre portière, reprit le chauffeur, vous n'avez aucune idée de la racaille qui circule par ici, après la tombée de la nuit : ivrognes, drogués, trafiquants de coco et autres stupéfiants. C'était naguère un quartier chic. Aujourd'hui on l'appelle Came-Village.

— Came-Village ? répéta l'homme, en montrant le premier signe d'intérêt.

— Vous êtes journaliste et vous ne connaissez pas Came-Village ?

— Je ne suis pas ici depuis longtemps, dit-il, en tirant sur sa moustache avec sa main droite.

La gauche était toujours dans sa poche, quand il descendit à l'autre bout de la ville. Il entra dans le hall désert de Medford Manor et passa rapidement devant le bureau de la réception où un vieil employé somnolait, près du standard téléphonique. Il prit l'ascenseur jusqu'au sixième étage, longea le corridor et s'arrêta devant la porte 606. De sa main droite il tira une clef de la poche de son pantalon, ouvrit et entra.

Il referma doucement la porte, avant d'allumer le plafonnier. Puis il resta un moment immobile, examinant les lieux d'un œil attentif : le grand lit, le fauteuil, la commode encombrée, la porte de la salle de bains grande ouverte.

— Ça va bien, tous les deux, vous pouvez sortir, dit-il, en retirant la main de sa poche avec précaution. Je sais que vous êtes là. Venez.

Il y eut un craquement dans les ressorts du lit, suivi par le crissement d'un tissu qui se déchirait et un bruit feutré sur le sol. Entre les franges souples du dessus-de-lit, deux têtes surgirent.

— Petits imbéciles ! Vous êtes encore allés vous fourrer dans les ressorts du sommier !

Deux chats siamois s'extirpèrent de sous le lit. On vit d'abord deux têtes brunes, l'une plus triangulaire que l'autre, puis deux souples corps beiges, l'un plus mince que l'autre, et enfin deux longues queues sombres, l'une terminée par une nodosité. L'homme tenait un paquet enveloppé d'une serviette en papier détrempée.

— Regardez ce que je vous ai apporté : de la dinde !

Deux nez de velours noirs humèrent l'air, deux paires de moustaches se dressèrent et les chats poussèrent un miaulement à l'unisson.

— Chut ! La vieille sorcière de la chambre voisine va encore se plaindre, dit-il, en se mettant à découper les morceaux de volaille à l'aide d'un canif, pendant que les siamois arpentaient la pièce, queues dressées, en poussant leur duo discordant.

— Taisez-vous, dit-il, ce qui eut pour résultat de faire amplifier les miaulements, je ne sais vraiment pas pourquoi je me donne tout ce mal ! Il est contre les règlements de faire main basse sur le buffet du Club, sans parler des inconvénients de transport : j'ai la poche pleine de jus !

Sa voix fut couverte par un concert de clameurs indignées.

— Voulez-vous bien vous taire, tous les deux ! dit-il, au moment où le téléphone se mettait à sonner. Là, qu'est-ce que je vous disais !

Il se hâta de poser à terre le cendrier en verre rempli de dinde et alla décrocher.

— Mr. Qwilleran, dit la voix chevrotante de l'employé de la réception. Excusez-moi de vous déranger encore, mais Mrs. Mason, au 604, dit que vos chats…

— Je sais. Ils avaient faim. Ils vont se tenir tranquilles, maintenant.

— Si vous acceptiez de prendre une chambre sur cour… le 619 est vacant, vous pourriez demander à la réception, demain matin…

— Ce ne sera pas nécessaire. Nous partirons dès que j'aurai trouvé un appartement.

— J'espère que vous n'êtes pas fâché, Mr. Qwilleran, le directeur…

— Vous êtes tout excusé, Mr. McIldoony, une chambre d'hôtel n'est pas un logement convenable pour des chats.

Nous nous en irons avant Noël… du moins je l'espère, ajouta-t-il, en regardant, autour de lui, la pièce triste.

Il avait connu des gîtes plus fastueux au temps où il était jeune, célèbre et marié. Beaucoup d'eau avait passé sous les ponts depuis ses débuts de reporter criminel à New York. À l'heure actuelle, compte tenu de l'importance de ses dettes et du montant de ses appointements dans un journal du Middle West, Medford Manor était ce qu'il pouvait s'offrir de mieux. Son seul luxe était ces deux petits compagnons dont les goûts onéreux grevaient lourdement son budget. Les chats s'étaient calmés. Le plus gros dégustait la dinde, tête baissée, les yeux mi-clos. La petite femelle, assise un peu plus loin, attendait respectueusement son tour.

Le journaliste enleva son veston, défit sa cravate et rampa sous le lit pour essayer de colmater le trou fait dans la toile du sommier. Il y avait une modeste déchirure, au moment où il était venu s'installer là, quinze jours plus tôt, et elle n'avait cessé de s'élargir. Il avait écrit un essai, à moitié sérieux, sur le sujet pour la page humoristique du *Fluxion* : « Toute ouverture est un défi à la sensibilité féline ; pour un chat, c'est une question d'honneur que d'agrandir un trou et de se glisser à travers, pour voir ce qui se passe de l'autre côté… »

Ayant, tant bien que mal, réparé les dégâts, Qwilleran palpa ses poches à la recherche de sa pipe et sortit un paquet d'enveloppes. La première portait la marque postale du Connecticut et n'avait pas été ouverte, il ne savait que trop bien ce qu'elle contenait : encore une de ces maudites demandes d'argent ! La seconde – écrite à l'encre noire, avec des fioritures féminines –, il l'avait lue à plusieurs reprises. À regret, Elle décommandait leur rendez-vous pour la soirée de Noël. Avec tact, Elle expliquait que cet ami… un ingénieur… c'était si soudain… Qwill comprendrait.

Il froissa la missive et en fit une boule, avant de la jeter dans la corbeille à papier. Il s'était attendu à cette nouvelle : sa correspondante était jeune, les tempes et la moustache de Qwilleran grisonnaient de façon perceptible. Néanmoins, il était déçu. Il n'avait plus de cavalière à emmener à la soirée de réveillon du Club de la Presse, seule célébration de Noël à laquelle il comptait participer.

La troisième lettre était une note du rédacteur en chef rappelant à ses collaborateurs le concours annuel. En dehors des trois mille dollars en espèces, des prix viendraient récompenser les « mentions honorables » sous forme de vingt-cinq dindes surgelées offertes par la Cybernetic Poultry Farm Inc.

— … Qui s'attend à être ensuite aimée, choyée et célébrée par les rédacteurs du *Fluxion* jusqu'à ce que la mort nous sépare, dit Qwilleran, à haute voix.

— Yaô ! lança Koko, tout en continuant sa toilette.

La chatte prenait maintenant sa part du festin. Koko lui abandonnait toujours la moitié de la nourriture – ou au moins un bon quarante pour cent.

Qwilleran caressa la fourrure de Koko, douce comme de l'hermine, et s'émerveilla de sa nuance – du beige pâle au brun sombre –, l'une des réussites les plus spectaculaires de Dame Nature. Il alluma sa pipe et se laissa aller dans son fauteuil. Il aurait grand besoin de l'un de ces prix en espèces sonnantes. Il pourrait envoyer deux cents dollars dans le Connecticut et acheter des meubles. En disposant d'un mobilier, il serait plus facile de trouver un logement où l'on accepterait les chats.

Il lui restait assez de temps pour écrire un article susceptible de gagner le prix et de le faire publier avant la fin de l'année, car le rédacteur en chef était toujours à court de papier pendant la période des fêtes. Arch Riker avait réuni son équipe, la veille, en disant : « Je compte sur vous pour trouver des idées, les gars. » Mais il s'était heurté à l'expression morne des vétérans qui en ont trop vu.

Il s'aperçut que Koko le dévisageait avec attention.

— Pour gagner le prix, lui dit-il, il suffit d'exploiter une bonne idée.

— Yaô ! approuva Koko.

Le chat sauta sur le lit, en regardant son ami de ses yeux brillants de sympathie. Ils étaient bleu saphir en plein jour, mais dans cette pièce mal éclairée, ils paraissaient être d'onyx noir avec des éclats de diamant et de rubis.

— Ce qu'il me faut, c'est une histoire spectaculaire, sans vulgarité.

Les sourcils froncés, Qwilleran lissait sa moustache avec le tuyau de sa pipe. Il pensait non sans irritation à Jack Jaunti, un blanc-bec prétentieux qui tenait la rubrique dominicale. Il s'était fait engager comme valet de chambre par Percival Duxbury, à seule fin de pouvoir écrire un article sur la vie privée de l'homme le plus riche de la communauté. Cet exploit lui avait aliéné la sympathie des premières familles de la ville, mais la vente du journal avait sensiblement augmenté pendant deux semaines et le bruit courait que Jaunti allait se voir attribuer le premier prix. Qwilleran n'appréciait guère ces jeunes qui confondent toupet et savoir-faire.

— Enfin quoi, ce type ne sait même pas écrire ! dit-il à son auditoire attentif.

Koko le contemplait sans broncher. La chatte se mit à rôder en quête d'un jouet. Elle se dressa sur ses pattes de derrière pour examiner le contenu de la corbeille à papier et y puisa la lettre que le journaliste avait jetée, un moment plus tôt. Elle la prit entre ses dents et la lui porta sur les genoux.

— Merci, mais je l'ai déjà lue, dit-il, inutile de remuer le fer dans la plaie.

Il se pencha pour ouvrir le tiroir de la table de nuit et trouva une souris en caoutchouc qu'il lança à travers la pièce. La chatte bondit en avant, la renifla, fit le gros dos et retourna à la corbeille d'où elle retira une enveloppe froissée qu'elle porta à Qwilleran.

— Pourquoi vas-tu toujours farfouiller dans des ordures tout juste bonnes pour Came-Village, tu as de jolis jouets… Came-Village, dit-il en se tournant vers Koko, voilà une bonne idée : Noël à Came-Village, je vais écrire un article poignant sur ce sujet. Qui sait, avec un peu de chance, cela nous sortira peut-être de cette mouise.

Sa situation au journal était considérée comme confortable, pour un homme de plus de quarante-cinq ans, mais interroger des artistes ou des décorateurs sur l'art de composer un bouquet japonais ne correspondait pas à sa conception du métier de journaliste. Il brûlait du désir d'écrire des reportages sur des escrocs, des voleurs, des trafiquants de drogue.

Noël à Came-Village… Il avait déjà procédé à des enquêtes dans des quartiers malfamés et savait comment s'y prendre. Il suffisait d'un vieux costume et d'une barbe mal rasée pour s'introduire dans les tripots. Ensuite, il n'y avait qu'à écouter parler les gens. L'astuce serait de mettre une note de compassion dans l'article, pour relater les tragédies cachées derrière ces rebuts de la société et faire vibrer la corde sensible.

— Koko, dit-il, avant Noël, j'aurai fait pleurer toute la ville !

Le siamois fixait toujours Qwilleran en clignant des yeux. Celui-ci lui demanda d'une voix grave et impérative :

— Qu'est-ce que tu veux enfin ?

Il savait que le bol était rempli d'eau froide et que la sciure, dans le plat de la salle de bains, était propre. Koko se leva, gagna le bout du lit pour se frotter le menton, se retourna, fixant l'homme par-dessus son épaule. Puis, à nouveau, il se frotta le menton et ses crocs firent un bruit métallique sur la barre en cuivre.

— Qu'y a-t-il, Koko, que veux-tu ?

Le chat bâilla, s'étira et sauta sur la barre en se balançant, tel un équilibriste. Il remonta, ensuite, à la tête du lit, se dressa sur ses pattes, allongea le cou et appuya sa mâchoire sur l'interrupteur. Celui-ci cliqueta et la lumière s'éteignit. Alors, avec un grognement satisfait, Koko se mit en boule sur le lit et se prépara à dormir.

CHAPITRE DEUX

— *Noël à Came-Village*, dit Qwilleran au rédacteur en chef, qu'en pensez-vous ?

Assis à son bureau, Arch Riker dépouillait le courrier du vendredi et en écartait la plus grande partie. Perché au coin de la table, Qwilleran attendait la réaction de son vieil ami, sachant qu'il ne pourrait rien déceler sur son visage impassible.

— Came-Village, dit-il enfin, il y a peut-être quelque chose à en tirer. Comment vous y prendriez-vous ?

— J'irais me promener dans Zwinger Street et me mêlerais aux gens pour les amener à parler.

— Et ensuite ? demanda le rédacteur en chef, en se balançant sur son siège.

— C'est un sujet brûlant, j'y mettrais beaucoup de cœur.

Le *cœur* était le mot-clef du *Daily Fluxion*. De fréquents rappels invitaient les différents rédacteurs à mettre du sentiment dans leurs rubriques, y compris celle de la météorologie. Riker approuva.

— Cela plaira au patron et ça devrait nous attirer des lecteurs. Ma femme sera intéressée, c'est une cliente assidue de Came-Village.

Qwilleran sursauta :

— Rosie ? Vous voulez dire…

Riker continuait à se balancer, avec insouciance, dans son fauteuil.

— Oui, elle y a pris goût, il y a environ deux ans, et Dieu seul sait ce que cela me coûte !

Qwilleran mordit sa moustache pour dissimuler son désarroi. Il connaissait Rosie depuis des années, alors que Arch et lui débutaient dans le métier, à Chicago.

— Comment est-ce arrivé, Arch ? demanda-t-il avec douceur.

— Une amie l'a entraînée, un jour, à Came-Village et cela a suffi. Je commence moi-même à partager son vice. Figurez-vous que j'ai payé vingt-huit dollars une vieille théière en étain. C'est le genre de choses auxquelles je ne résiste pas : boîtes en étain, lanternes en étain travaillé…

— Hein ! De quoi diable parlez-vous ?

— De quoi parlez-vous vous-même, Qwill ? Il s'agit de la camelote, de la brocante, qu'imaginiez-vous ?

— Je pensais à la *came*, à la drogue, si vous préférez. N'est-ce pas ce que vous aviez en tête ?

— Pour votre information, Came-Village est le quartier où tous les brocanteurs de la ville se trouvent réunis pour vendre leur *camelote*.

— Mais… le chauffeur de taxi m'a dit que l'on y trouvait des trafiquants de drogue !

— Bah ! Vous savez ce qu'il faut penser des propos d'un chauffeur de taxi. Bien sûr, c'est un quartier en plein déclin et je ne nie pas qu'il puisse s'y dérouler certains trafics, la nuit venue, mais pendant la journée on y rencontre de nombreux amateurs d'antiquités, comme Rosie et ses amies. Votre ex-femme ne vous a-t-elle jamais emmené chez un brocanteur ?

— Je l'ai accompagnée, une fois, chez un antiquaire de New York, mais je n'aime pas les vieilleries.

— C'est dommage. Noël à Came-Village me paraît une bonne idée, mais il faut se cantonner à la brocante, le patron ne voudra jamais entendre parler d'un éventuel trafic de drogue.

— Pourquoi pas ? Je pourrais en tirer une émouvante histoire de Noël.

— Non, déclara catégoriquement Riker, ce n'est pas le genre de la maison. Pourquoi ne pas approfondir cette idée, Qwill, et écrire une série d'articles sur le monde de la brocante ?

— Je n'aime pas ça, je vous l'ai déjà dit.

— Vous changerez d'avis quand vous serez à Came-Village. Vous vous laisserez prendre, comme les autres.

Tout en parlant, il sortit son portefeuille et en tira une petite carte jaune.

— Tenez, voici une liste des brocanteurs intéressants de Came-Village. N'oubliez pas de me la rendre.

Qwilleran jeta un coup d'œil sur quelques noms : *Came-Lot*, *Les Trois Parques*, *La Belle Occase*, *Le Roi Lear*, *Au Bric-à-Brac*. Il eut une moue dédaigneuse.

— Écoutez, Arch, j'ai l'intention d'écrire quelque chose pour le concours, un papier qui prendra les lecteurs aux tripes. Que pourrais-je tirer d'un pareil sujet ? J'aurais de la chance en gagnant la vingt-cinquième dinde surgelée !

— Vous serez peut-être surpris. Came-Village regorge de pittoresque. Il y a justement une vente aux enchères, cet après-midi.

— Je déteste ça.

— Celle-ci promet d'être intéressante. On liquide tout le stock d'un brocanteur qui s'est tué, il y a deux mois.

— Les ventes aux enchères sont des attrape-nigauds, si vous voulez mon opinion.

— On trouve beaucoup de femmes seules, parmi les brocanteurs, veuves ou divorcées, c'est un point qui devrait retenir votre attention. Écoutez, mon vieux, je n'ai pas de temps à perdre pour vous vanter les perspectives d'un tel reportage. Vous en êtes officiellement chargé. Au travail.

— Très bien. Donnez-moi un bon pour un taxi. Allez et retour, dit Qwilleran, d'un air sombre.

Il prit le temps de se faire couper les cheveux et tailler la moustache, puis il appela un taxi qui le conduisit à Zwinger Street.

De jour, la rue offrait un aspect encore plus misérable. La plupart des vieilles demeures victoriennes et des hôtels particuliers étaient abandonnés. Certains avaient été transformés en maisons meublées, tandis que d'autres étaient défigurés par l'adjonction d'une devanture de magasin. Des détritus mêlés à de la neige sale bouchaient les caniveaux et des boîtes de conserve vides encombraient la chaussée.

— Ce quartier est une honte pour la ville, on devrait le raser, grommela le chauffeur de taxi.

— Soyez tranquille, cela ne tardera guère, répondit Qwilleran.

Il contempla la rue, sans enthousiasme excessif. Ainsi, tel était Noël à Came-Village ! À l'encontre des autres artères commerçantes de la ville, Zwinger Street n'offrait aucune décoration de circonstance. Ni éclairage spécial ni guirlandes. Les piétons étaient rares et les voitures circulaient rapidement, dans leur hâte à s'éloigner de ce quartier.

Une brusque bourrasque lui fit presser le pas. Le premier magasin qui se présenta était sombre et la porte fermée à clef. S'efforçant de regarder à l'intérieur, à travers la vitre, le journaliste aperçut une gigantesque sculpture en bois, représentant un arbre noueux sur les branches duquel se balançaient des singes grandeur nature. Il recula. À côté se trouvait la boutique baptisée *Les Trois Parques*. Elle était fermée, bien qu'une carte sur la porte invitât à entrer.

Le journaliste releva le col de son pardessus, en songeant qu'il avait eu tort de se faire couper les cheveux. Sans plus de succès, il essaya d'entrer à *La Belle Occase*. Le magasin appelé *Came-Lot* semblait n'avoir jamais été ouvert. Entre deux boutiques de brocanteurs, il découvrit une sorte de bazar aux vitres sales. L'une d'elles portait l'inscription POPOPOPOULOS *Fruits, tabac, articles divers*.

Il y entra pour acheter un paquet de tabac qui s'avéra tristement sec. De plus en plus morose, il passa devant un magasin de coiffure délabré et un dispensaire minable, avant d'atteindre une grande boutique d'antiquités à l'angle de la rue. Les scellés avaient été apposés sur la porte et une affiche annonçait la vente aux enchères. En regardant à travers la vitre, Qwilleran distingua des meubles poussiéreux, des pendules anciennes, des miroirs et des statues en marbre. Il vit aussi se refléter la silhouette d'un homme qui approchait en clopinant. Une voix grave dit sur un ton aimable :

— Cette boutique vous plaît-elle ?

En se retournant, il se trouva en face d'un ivrogne loqueteux et débonnaire, une couverture de cheval jetée sur le dos. L'homme reprit :

— Savez-vous ce que c'est ? De la crotte ! Oui, monsieur, de la crotte !

Il répéta le mot à plusieurs reprises en soufflant son haleine avinée sur le journaliste qui recula avec dégoût.

— Vous ne pouvez pas entrer, poursuivit l'ivrogne, la porte est fermée, depuis le meurtre.

Il dut lire une lueur d'intérêt dans les yeux de son interlocuteur, car il ajouta, en faisant le geste de plonger une arme imaginaire dans la poitrine de son vis-à-vis :

— Poignardé, monsieur !

— Allez-vous-en, murmura Qwilleran, en s'éloignant.

Un peu plus loin, il aperçut d'anciennes écuries transformées en atelier de réparation. Sans grand espoir, il essaya d'ouvrir la porte. Ses pressentiments ne l'avaient pas trompé. Il commençait à éprouver une impression de malaise, dans cette rue où tous les magasins paraissaient n'être là que pour servir de décor. Où pouvaient bien se trouver les commerçants ? Où étaient ces collectionneurs prêts à payer vingt-huit dollars pour une vieille théière en étain ? Les seuls êtres vivants en vue étaient deux enfants qui jouaient dans la neige, une vieille femme en noir, tenant un filet à provisions, et l'ivrogne, maintenant assis sur le bord du trottoir gelé.

Au même instant, Qwilleran leva les yeux et crut percevoir un mouvement derrière la vitrine bombée d'un petit immeuble à la façade fraîchement repeinte, dont la porte était ornée d'un bel heurtoir en cuivre. La maison avait un aspect résidentiel, mais une enseigne discrète indiquait : *Le Dragon Bleu*.

Il gravit huit marches de pierre et essaya de tourner la poignée de la porte. À sa surprise, elle s'ouvrit et il entra dans un magasin d'une élégance raffinée. Un tapis persan couvrait le parquet ciré, les murs étaient garnis de tapisseries chinoises. Un miroir doré, surmonté de trois plumes sculptées, était pendu au-dessus d'une table en acajou verni, portant un vase de porcelaine rempli de chrysanthèmes. Un parfum de bois exotique et de cire remplissait la pièce, et le silence environnant n'était coupé que par le tic-tac d'une pendule.

Stupéfait, Qwilleran se tenait immobile, lorsqu'il eut l'impression d'être épié. Il se retourna, mais ce n'était qu'une statue en ébène, représentant un esclave nubien, coiffé d'un turban, un éclair diabolique dans ses yeux de pierreries. Le journaliste avait maintenant conscience de l'irréalité de Came-Village. Il se trouvait dans un palais enchanté, au cœur d'une sombre forêt.

Une corde recouverte de velours bleu défendait l'accès d'un escalier, mais au fond de la pièce les portes étaient ouvertes, comme pour vous inviter à entrer, et Qwilleran pénétra, prudemment, dans une salle à haut plafond, remplie de meubles, de tableaux, d'argenterie et de porcelaine de Chine. Des lustres de cristal pendaient du plafond travaillé, le parquet craquait sous ses pas et il toussa, intimidé. Puis son regard fut attiré par une note de couleur, à la fenêtre. Il y vit un dragon en porcelaine bleue ; comme il s'en approchait, il buta sur ce qui lui parut être un pied dans une pantoufle brodée. Il recula précipitamment. Une silhouette féminine, enveloppée d'un long kimono de satin turquoise, se détachait sur un fauteuil à haut dossier sculpté ; le coude posé sur le bras du fauteuil, une main fine tenait un long fume-cigarette. Le visage semblait être fait de porcelaine opalescente et la tête portait une perruque d'un noir bleuté. Qwilleran poussa un soupir de soulagement en se félicitant de ne pas avoir renversé ce ravissant mannequin, lorsqu'il remarqua la fumée qui montait de la cigarette.

— Recherchez-vous quelque chose en particulier ? dit l'apparition.

Seules les lèvres remuaient, dans son masque impassible ; les grands yeux sombres, frangés de longs cils soulignés d'un trait noir, fixaient le nouveau venu sans rien exprimer.

— Non… je regardais seulement, dit-il avec gaucherie.

— Il y a deux autres pièces derrière et des peintures du XVIIIe siècle à la cave, indiqua-t-elle, d'une voix cultivée.

Il étudia son visage, en prenant mentalement des notes pour son article. Pommettes hautes, joues creuses, teint sans défaut, cheveux de jais coiffés à l'orientale, regard obsédant, boucles d'oreilles en jade. Elle pouvait avoir trente ans.

— Je suis rédacteur au *Daily Fluxion*, dit-il, en se ressaisissant. Je me propose d'écrire un reportage sur Came-Village.

— Je préfère ne pas m'exposer à la publicité, répliqua-t-elle, d'un ton glacial.

Trois fois seulement, au cours de ses vingt-cinq années de journalisme, il avait entendu quelqu'un décliner l'honneur d'être cité dans la presse, et les trois personnes avaient pour cela une bonne raison : peur de la loi, du chantage, d'une épouse acariâtre. Mais quel commerçant a jamais refusé le bénéfice d'une publicité gratuite ?

— Tous les autres magasins sont-ils fermés ?

— En principe, ils ouvrent à onze heures, mais les brocanteurs ne sont jamais ponctuels.

— Combien vaut ce dragon, en vitrine ?

— Il n'est pas à vendre. Vous intéressez-vous aux porcelaines chinoises ? J'ai une tasse bleu et blanc de l'époque Hsuan-Te.

— Non, je cherche seulement une histoire. Savez-vous quelque chose sur la vente aux enchères qui doit avoir lieu aujourd'hui ? Qui était le propriétaire de cette boutique ?

— Andrew Glanz, une autorité unanimement respectée en matière d'antiquités, dit-elle, d'une voix soudain plus basse.

— Quand est-il mort ?

— Le 16 octobre dernier.

— A-t-il été tué au cours d'un cambriolage ?

— Qu'est-ce qui vous fait penser qu'il s'agit d'un meurtre ?

— Je l'ai entendu dire et dans ce quartier… vous comprenez…

— Il a trouvé la mort au cours d'un accident.

— En voiture ?

— Non. Il est tombé d'une échelle, affirma-t-elle, en éteignant sa cigarette. Je préfère ne pas en parler. C'est encore trop… trop…

— Était-ce un de vos amis ? dit-il, en s'efforçant d'exprimer sa sympathie.

— Oui, mais si cela ne vous ennuie pas, Mr… Mr…

— Qwilleran.

— Un nom irlandais ? demanda-t-elle, en changeant délibérément de conversation.

— Non, écossais. Il s'écrit QW. Puis-je vous demander votre nom ?

— Duckworth. Miss Mary Duckworth, soupira-t-elle. J'ai des antiquités écossaises à côté. Voulez-vous les voir ?

Elle se leva pour lui montrer le chemin. Grande et mince, le kimono lui conférait une sorte de grâce tranquille.

— Ces chenets sont écossais, dit-elle, ainsi que ce plateau en cuivre. Aimez-vous le cuivre ? En général, les hommes l'apprécient.

L'attention de Qwilleran se porta sur un objet placé contre le mur, à l'extrémité de la pièce.

— Qu'est-ce que c'est ? s'enquit-il, en désignant un écusson en fer forgé d'environ un mètre de diamètre, surmonté par trois chats en colère.

— Je pense qu'il s'agit d'un détail ornemental d'une grille de fer. Il provient, sans doute, de la porte d'entrée d'un château et représente les armoiries de la famille.

— Mais c'est l'emblème des Mackintosh ! s'exclama Qwilleran, je reconnais la devise : « Ne touchez pas le chat sans mettre de gants. » Ma mère était une Mackintosh, ajouta-t-il, en tirant complaisamment sur sa moustache.

— Vous devriez l'acheter, suggéra Miss Duckworth.

— Qu'en ferais-je ? Je n'ai même pas d'appartement. Combien vaut-il ?

— Deux cents dollars, mais s'il vous plaît, je vous le laisserai pour cent vingt-cinq dollars. En fait, c'est ce que je l'ai payé.

Elle souleva la pièce pour la présenter sous un meilleur éclairage.

— Vous feriez une excellente affaire. Si vous le revendez un jour, vous en obtiendrez toujours au moins ce prix et peut-être plus. C'est le bon côté des antiquités.

Cela conviendrait parfaitement au-dessus d'une cheminée. Regardez, il reste des traces d'une décoration en émail.

Les yeux brillants, elle s'était animée pour vanter sa marchandise. Qwilleran se sentit mollir. Il commençait à considérer cette séduisante créature comme une cavalière possible pour la soirée de réveillon au Club de la Presse.

— Je vais réfléchir, dit-il, en se détournant à regret. Entre-temps, je dois assister à cette vente aux enchères. Savez-vous où je pourrais me procurer une photographie d'Andrew Glanz ?

— Quel genre d'article comptez-vous écrire ? demanda-t-elle, sa réserve première soudain revenue.

— Je décrirai seulement la vente, en donnant un aperçu sur la personnalité du défunt. S'il s'agit d'une autorité respectée…

— J'ai quelques photographies, dans mon appartement, au-dessus. Voulez-vous les voir ? dit-elle, après une courte hésitation.

Elle décrocha la corde en velours qui barrait l'escalier. Un berger allemand montait la garde et grondait d'un ton hostile, en haut du palier. Miss Duckworth l'enferma avant de conduire Qwilleran à travers un long couloir aux murs garnis de photographies. Il reconnut des notalibilités. Elle lui tendit trois photos de Glanz. Qwilleran en choisit une, montrant un homme jeune, au menton volontaire, avec une bouche ferme et des yeux intelligents. Un visage honnête et sympathique.

— Puis-je vous emprunter celle-ci ? Je la ferai reproduire et vous la rendrai aussitôt.

Elle acquiesça, d'un air triste.

— Vous avez un bel appartement, dit-il, en jetant un coup d'œil sur le salon tout en velours vieil or et soie bleue qui constituait un décor romantique. Je ne m'attendais pas à trouver un endroit pareil à Came-Village.

— Il serait souhaitable que des gens compétents achètent ces vieilles maisons et les restaurent. Jusqu'à présent, les seuls à suivre cette voie sont les Cobb. Ils ont un hôtel particulier près d'ici. Leur magasin est au rez-de-chaussée et les étages ont été divisés en appartements.

— Savez-vous s'ils en ont un à louer ?

— Oui, dit-elle, en baissant les yeux. Il y en a un de vacant.

— Je vais me renseigner, je cherche justement un logement.

— Mrs. Cobb est une femme charmante. Ne vous laissez pas impressionner par son mari.

— On ne m'intimide pas facilement.

Miss Duckworth se tourna vers l'escalier. Des clientes venaient d'entrer dans le magasin.

— Descendez, dit-elle, je fais sortir le chien et je vous rejoins.

En bas, deux femmes élégantes se promenaient parmi les meubles.

— Quelle ravissante boutique, s'émerveilla l'une.

— Il paraît qu'on y trouve d'anciennes verreries Steuben, ajouta l'autre.

— Oh ! Freda, regardez cette cafetière, ma grand-mère a exactement la même. Je me demande ce qu'elle coûte.

— Ici, ce n'est pas donné, mais il y a toujours des pièces de qualité. Ne vous montrez pas trop enthousiaste, vous y gagnerez sur le prix. On raconte que la propriétaire était l'amie d'Andy, murmura-t-elle.

— Vous voulez dire Andy… celui qui ?

— Oui. Vous savez comment il est mort ?

— Chut ! la voici, fit l'autre, avec un petit signe de tête.

Pendant que Mrs. Duckworth entrait, Qwilleran se dirigea vers le fond du magasin pour examiner de plus près l'écusson des Mackintosh. Il était massif et grossièrement travaillé. Il voulut le déplacer et fit la grimace. L'objet pesait au moins cinquante kilos. Et cependant, il se souvenait que la délicate Mrs. Duckworth l'avait soulevé sans effort apparent.

CHAPITRE TROIS

Vers midi, Zwinger Street montra quelques signes d'animation. Un pâle soleil hivernal avait percé les nuages et donnait un aspect plus souriant au quartier. Les rues étaient maintenant fréquentées. On y voyait un grand nombre de femmes et quelques hommes appartenant, manifestement, à la population locale. Qwilleran décida de prendre un rapide repas. Il dut se contenter d'un sandwich et d'un breuvage innommable qui prétendait être du café. Il en profita pour téléphoner au journal et demander qu'on lui envoie un photographe.

— Surtout pas P'tit Spooner, précisa-t-il, il est maladroit et il y a beaucoup d'objets fragiles ici.

— Vous me prenez au dépourvu, répondit Riker, il faudra vous contenter de celui qui sera disponible. Avez-vous acheté quelque chose ?

— Non, dit Qwilleran, en raccrochant avec brusquerie, adressant toutefois une pensée émue à l'écusson des Mackintosh.

Vers une heure, la foule commença à se rassembler. Andrew Glanz s'était établi dans un grand immeuble datant des années vingt, alors que le quartier commençait à devenir plus commercial. Du plafond de la boutique pendaient des chaises, des pots en cuivre et une grande quantité de lustres. Le magasin regorgeait de meubles entassés dans un fouillis hétéroclite pour laisser la place à des rangées de chaises pliantes. Un escalier étroit conduisait à une loggia d'où retombaient des tapis persans et des tapisseries anciennes. Partout des panonceaux rappelaient : « Si vous cassez quelque chose, vous devrez l'acheter. »

Des amateurs circulaient, examinaient la marchandise, soulevant un plat ou faisant sonner le cristal d'un verre. Qwilleran se fraya un passage, en écoutant d'une oreille attentive des bribes de conversation :

— Regardez ce cheval à bascule, j'avais le même au grenier et mon mari l'a brûlé dans la cuisinière !

— Si le petit homme est sur le pont, avec une ombrelle, c'est de la porcelaine de Canton, mais s'il est assis, dans une maison de thé, c'est du Nankin… à moins que ce ne soit le contraire ?

— Je ne vois l'épi nulle part, Dieu merci !

— Voici l'échelle d'Andy.

— Ma grand-mère avait une aiguière de Meissen, mais la sienne était bleue.

— Croyez-vous que l'épi sera mis en vente ?

À mesure que l'heure approchait, les gens prenaient place en face de l'estrade qui avait été dressée. Qwilleran trouva une chaise libre, à l'extrémité d'une rangée d'où il pouvait surveiller l'arrivée du photographe. Une femme bien en chair, portant autour du cou deux paires de lunettes attachées à des rubans, vint s'asseoir près de lui.

— C'est ma première vente aux enchères, lui confia-t-il, consentiriez-vous à venir en aide à un débutant ?

Elle semblait avoir été dessinée au compas : gros yeux en boule de loto, dans un visage lunaire. Elle sourit, en arrondissant la bouche :

— Ne vous grattez pas l'oreille pendant les enchères, ou vous vous retrouverez propriétaire d'un trumeau que vous ne comptiez pas acheter. J'ai bien cru que j'allais rater la vente. J'avais rendez-vous chez l'ophtalmo et j'ai dû attendre. Il m'a mis des gouttes dans les yeux, je n'y vois plus rien.

— Qu'est-ce que cet épi dont tout le monde parle ?

— Vous êtes au courant de l'accident d'Andy ?

— J'ai cru comprendre qu'il était tombé d'une échelle.

— C'est pire que cela, dit-elle avec une expression chagrine, pardonnez-moi, mais cette histoire me rend malade. Je préfère ne pas entrer dans les détails. Je vous ai pris, tout d'abord, pour un antiquaire.

— Je suis rédacteur au *Daily Fluxion*.

— Oh ! vraiment ? dit-elle, en secouant ses courts cheveux blancs et en levant sur lui un regard émerveillé. Allez-vous écrire un article sur cette vente ? Je suis Iris Cobb. Mon mari est le propriétaire du *Bric-à-Brac*.

— Oh ! n'est-ce pas vous qui avez un appartement à louer ?

— En cherchez-vous un ? Le mien vous plaira sûrement. Il est meublé en ancien.

Elle tourna les yeux vers la porte, en ajoutant :

— Je me demande si mon mari est là. J'y vois comme à travers un brouillard.

— Comment est-il ?

— Grand et bel homme, probablement mal rasé. Il porte une chemise en flanelle rouge.

— Il est au fond, près d'une vieille horloge.

— Je suis contente qu'il soit venu, il pourra pousser les enchères sans que j'aie à m'en occuper.

— Il parle à un homme habillé en Père Noël.

— C'est Ben Nicholas, un brocanteur qui occupe un appartement dans notre maison et qui est propriétaire du magasin appelé *Le Roi Lear*. (Avec un sourire affectueux, elle conclut :) C'est un vieil idiot.

— Y a-t-il quelqu'un d'autre que je devrais connaître ? Je vois un garçon blond, avec des béquilles. Il est tout de blanc vêtu.

— Russel Patch, le réparateur. Il ne porte que du blanc. Et cet homme maigre, devant nous, c'est Hollis Prantz, murmura-t-elle. Il a ouvert une nouvelle boutique nommée *Tech-Tiques*. Celui qui tient une serviette en cuir, c'est Robert Maus, l'attorney du district.

Qwilleran fut impressionné. La firme Hansblow, Maus et Castle était l'une des plus prestigieuses de la ville. Trois coups de marteau vinrent interrompre les conversations. Le commissaire-priseur s'avança sur l'estrade et prit la parole :

— Nous avons là un lot de belles marchandises et des acheteurs avisés, aussi je vous demande de formuler rapidement vos enchères. Évitez de jacasser, afin que j'entende les offres. Commençons. Voici un pichet de Bonnington, rêve de tout collectionneur. Un peu ébréché, mais qu'importe ! Qui m'en donne cinq ? L'enchère est à cinq. Six à ma gauche, l'enchère est à six. N'ai-je pas entendu sept ? Sept au fond, huit à ma droite, personne n'offre neuf ? Nous disons huit. Adjugé !

Des protestations s'élevèrent dans la salle.

— Trop rapides pour vous, braves gens. Allons, réveillez-vous, nous avons beaucoup de marchandises à liquider cet après-midi.

Toutes les soixante secondes, un nouvel article passait sous le marteau. Encrier d'argent, pot d'étain, figurines en biscuit, boîte à priser. Trois assistants s'affairaient sur les côtés, pendant que des porteurs allaient et venaient sur l'estrade.

— Voici un beau poêle en fonte émaillée, nous ne le porterons pas sur l'estrade, vos yeux de lynx l'auront déniché sur les marches de l'escalier. Qui m'en donne cinquante ?

Toutes les têtes se tournèrent vers le monstre ventru sur ses pieds arqués.

— J'ai cinquante. Qui dit soixante-quinze ? C'est une petite merveille. L'enchère est à cent dix. Cela vaut le double. L'enchère est à cent vingt. Encore un effort, cent trente ici. Un beau poêle comme ça ! L'enchère est à cent quarante. Nous disons cent cinquante. Adjugé à cent cinquante.

Le commissaire se pencha vers l'assistant qui inscrivait les ventes pour dire : « Vendu à C.C. Cobb. »

— Il est fou ! s'exclama Mrs. Cobb, nous ne retrouverons jamais notre argent. Je parie que Ben poussait les enchères pour s'amuser. Il le fait tout le temps, même quand il sait que C.C. ne lâchera pas.

— Avec votre permission, reprit le commissaire-priseur, nous allons procéder à la vente de quelques articles de bureau.

Il y avait là des classeurs, un magnétophone portatif, une machine à écrire, objets offrant peu d'intérêt pour les acheteurs présents. Mrs. Cobb fit une enchère hésitante sur le magnétophone et l'obtint pour une bouchée de pain.

— Voici une machine à écrire, vendue dans l'état où elle se trouve. Il manque une lettre, je pense que c'est le Z. Qui m'offre cinquante ? Ai-je entendu cinquante ? Je propose quarante ? J'attends à quarante ? Trente ? Qui dit trente ?

— Vingt ! cria Qwilleran, surpris lui-même de son audace.

— Adjugé à cet astucieux gentleman à la grosse moustache pour vingt dollars. Nous prendrons maintenant un petit repos de vingt minutes.

— Allons nous dégourdir les jambes, proposa Mrs. Cobb, en tirant familièrement le journaliste par la manche.

Comme ils se levaient, l'homme à la chemise rouge s'approcha.

— Pourquoi diable as-tu acheté ce stupide magnétophone ? demanda-t-il.

— Attends et tu verras, répondit sa femme, avec un léger sourire. Je te présente un rédacteur du *Fluxion*, il serait désireux de louer notre appartement.

— Je n'aime pas les journalistes, grommela Cobb, en s'éloignant.

— Mon mari est le brocanteur le plus désagréable de Came-Village, déclara Mrs. Cobb, avec fierté. N'est-ce pas qu'il est bel homme ?

Qwilleran cherchait une réponse pleine de tact, quand un remue-ménage se produisit, près de la porte. Le photographe du *Fluxion* venait d'arriver. P'tit Spooner mesurait un mètre quatre-vingt-dix et pesait près de cent quatre-vingts kilos, harnachement professionnel compris.

— Oh ! quel dommage, s'exclama Mrs. Cobb, ce doit être le vase de Sèvres qui s'est brisé, en tombant du piédestal Empire.

— Est-ce un objet de grande valeur ?

— Huit cents dollars environ.

— Gardez-moi cette chaise, dit Qwilleran, je reviens.

P'tit Spooner se tenait debout, visiblement mal à l'aise.

— Je n'y suis pour rien, affirma-t-il au journaliste, je me suis tenu à distance de cet idiot de vase.

Tout en parlant, il se retourna en accrochant un buste de Marie-Antoinette en marbre que Qwilleran rattrapa de justesse.

— Je vais monter en haut de l'escalier pour avoir une vue d'ensemble, dit le photographe.

— Faites attention, recommanda Qwilleran, si vous cassez quelque chose, vous devrez le payer.

Ayant repris sa place près de Mrs. Cobb, il lui expliqua :

— C'est le seul photographe de presse que je connaisse qui soit également agrégé de mathématiques, mais il est maladroit.

Le marteau résonna et la vente reprit, avec les articles les plus convoités : une bibliothèque anglaise, une commode Boule, une icône du XVIIe siècle, des candélabres florentins en bronze doré. De temps à autre, le flash du photographe crépitait.

— Et maintenant, voici deux magnifiques chaises Louis XV d'origine…

Il y eut un bruit. Quelqu'un cria : « Prenez garde ! » L'un des porteurs s'élança les bras tendus, juste à temps pour redresser un trumeau dont le sommet atteignait le plafond. Une seconde de plus et le miroir se serait écrasé sur l'assistance. P'tit Spooner se penchait par-dessus le balcon de la loggia. Rencontrant le regard inquiet de Qwilleran, il haussa les épaules, dans un geste d'impuissance.

— Je n'ai jamais vu autant d'incidents à une vente, dit Mrs. Cobb, cela me donne la chair de poule. Croyez-vous aux esprits ?

La salle était nerveuse et bruyante. Le commissaire-priseur éleva la voix en accentuant le rythme, agitant la main, le doigt tendu vers les acheteurs.

— Combien pour ce guéridon ? J'ai cinq cents ici. Ai-je entendu six cents ? Que vous arrive-t-il ? Ne voyez-vous pas qu'il a deux siècles ? J'en veux sept. Nous disons sept… Adjugé à sept cents dollars.

Le marteau frappa sur la table, tandis que l'excitation de la foule allait crescendo. Le guéridon fut prestement escamoté et le public attendit avec impatience l'article suivant. Il y eut une pause, tandis que le commissaire-priseur s'adressait à l'attorney dans une muette pantomime. Les deux hommes s'étant apparemment mis d'accord, un porteur vint poser un objet curieux sur l'estrade. D'une hauteur d'un mètre environ, il se composait d'une base carrée surmontée par une boule en cuivre, elle-même coiffée d'une pointe en acier ayant la forme d'un fer de lance.

— Le voilà, murmura une voix derrière Qwilleran, voilà l'épi.

Près de lui, Mrs. Cobb se couvrit le visage des deux mains, en gémissant :

— Ils n'auraient pas dû faire cela !

— Nous avons ici un épi ornemental provenant, sans doute, du toit d'une des vieilles maisons de Zwinger Street, annonça le commissaire. La boule est en cuivre massif. Combien m'en offre-t-on ?

Un silence lui répondit. Puis toute la salle se mit à chuchoter :

— Ça me donne froid dans le dos.

— Je n'aurais jamais cru qu'ils auraient le front de le mettre en vente !

— Qui me propose une enchère ? insista le commissaire.

— C'est de très mauvais goût !

— Est-ce qu'Andy est vraiment tombé dessus ?

— Comment, vous ne le saviez pas ? Il a été positivement empalé.

— Adjugé, lança le commissaire-priseur, vendu à C.C. Cobb.

— Oh non ! s'écria Mrs. Cobb.

À cet instant, on entendit un fracas épouvantable. Un lustre en bronze s'était détaché du plafond et venait de s'écraser sur le sol, manquant de peu Mr. Maus, l'attorney du district.

CHAPITRE QUATRE

Autrefois, cela avait été une splendide demeure victorienne en briques rouges, avec des colonnes blanches décorant le fronton. Aujourd'hui, les peintures avaient besoin d'être refaites et les marches s'écroulaient. C'était là que se trouvait la boutique des Cobb. Les baies vitrées de part et d'autre de l'entrée étaient garnies d'objets en verre de couleur et de tout un bric-à-brac. Après la vente, Qwilleran accompagna Mrs. Cobb chez elle.

— Jetez un coup d'œil dans notre magasin, pendant que je monte voir si l'appartement est présentable. Nous y avons entassé tant de meubles au cours des deux derniers mois !

— Il est donc vacant depuis octobre ? Qui était le dernier locataire ?

— Andy Glanz, dit-elle, d'un ton d'excuse. J'espère que vous ne voyez pas d'inconvénient à prendre sa suite.

Elle disparut dans l'escalier et Qwilleran entra dans une pièce de belles proportions, remplie d'objets variés, en plus ou moins bon état. La pièce suivante était encombrée de fragments architecturaux, cheminées et colonnes de marbre, vitraux, grilles en fer forgé, rampes d'escalier. Enfin, il se trouva dans une salle pleine de lits en cuivre, de berceaux anciens, de vieilles malles. Il y avait même un bar en acajou, avec une rampe en cuivre, provenant, de toute évidence d'un « saloon » du début du siècle. Derrière ce bar se tenait un homme en chemise rouge, mal rasé et beau garçon, qui se mit à surveiller le journaliste avec hostilité. Celui-ci l'ignora et prit un livre sur l'une des tables. Les lettres dorées de la couverture de cuir avaient été effacées par le temps. Il l'ouvrit pour lire le titre.

— Ne touchez pas à ce livre, grommela Cobb, ou alors achetez-le.

— Comment saurais-je si je veux l'acheter, sans même en avoir vu le titre ?

— Au diable le titre. Si le livre vous convient, prenez-le. Autrement, gardez les mains dans vos poches. Combien de temps croyez-vous que cette reliure ancienne résistera si tous les curieux se permettent de la tripoter ?

— Combien en voulez-vous ?

— Je ne crois pas que je sois décidé à le vendre. Pas à vous, en tout cas.

Des clients étaient entrés et écoutaient, amusés par la mine déconfite du journaliste qui sentit la colère le gagner.

— Qu'est-ce que cela signifie ? s'écria-t-il. Je suis un client comme un autre. Vous n'avez pas le droit de faire de discrimination. Je pourrais signaler le fait, on vous enlèverait votre patente. Cet endroit est un véritable nid à rats et la ville devrait le faire démolir. Et maintenant, combien voulez-vous pour ce vieux bouquin ?

— Quatre dollars, juste pour que vous fermiez votre grande gueule.

— Je vous en donne trois, répliqua Qwilleran, en posant les billets sur la table.

Cobb les ramassa, les rangea dans son portefeuille et remarqua à la cantonade :

— Il y a plus d'une façon de plumer un pigeon.

Qwilleran ouvrit le livre qu'il venait d'acheter. C'était *Les Œuvres du Révérend Dr. Ishamael Higginbotham, sur l'importance de la doctrine divine, expliquée avec clarté et une extrême brièveté.*

Mrs. Cobb fit irruption dans la pièce.

— J'espère que ce vieux sacripant ne vous a pas embobiné pour vous forcer la main, s'inquiéta-t-elle.

— Taisez-vous, madame, lui ordonna son mari dignement.

— Venez prendre une tasse de café, pendant que Cornball Cobb se consume de jalousie, proposa l'épouse.

Elle montra le chemin, montant l'escalier en ondulant de ses hanches rondes.

— Ne faites pas attention à C.C., dit-elle, par-dessus son épaule. C'est un petit plaisantin, mais il n'est pas méchant.

Le palier spacieux du premier étage était encombré d'un amoncellement de vieilles chaises, tables, buffets et armoires. Plusieurs portes donnaient accès aux logements privés.

— Notre appartement est de ce côté, indiqua Mrs. Cobb, en désignant une porte ouverte d'où parvenait la musique d'un poste de radio. Par ici, nous avons deux appartements plus petits. Ben Nicholas habite celui du devant. Pour lui, c'est pratique, car de sa fenêtre il peut surveiller son magasin. L'autre est plus tranquille parce qu'il donne sur la cour.

Qwilleran suivit Mrs. Cobb et entra dans une grande pièce carrée, avec quatre hautes fenêtres et une effarante collection de vieux meubles. Son regard alla d'un ancien orgue de salon à une paire de chaises dorées, s'attarda sur une table ronde à l'équilibre instable, drapée d'un châle brodé, supportant une lampe à huile.

— Vous aimez les antiquités, j'espère ? demanda l'hôtesse, avec anxiété.

— Pas précisément, répondit-il, dans un élan de sincérité. Qu'est-ce que cela représente ?

Il désignait un fauteuil équipé d'une armature métallique et d'un appui-tête en cuir.

— C'est un vieux fauteuil de dentiste, vraiment très confortable pour lire. On peut le manœuvrer avec les pieds.

Le tableau au-dessus de la cheminée est un bon primitif américain.

Avec une expression admirablement contrôlée, Qwilleran étudia le portrait d'une arrière-grand-mère vêtue de noir, aux lèvres minces et dont les yeux gris contemplaient le monde avec désapprobation.

— Vous avez remarqué le lit ? s'enquit Mrs. Cobb, enthousiaste. Il est vraiment unique. Il vient du New Jersey.

Le journaliste se retourna et resta sans parole. Le lit placé contre le mur avait la forme d'un cygne, une extrémité portait le cou et la tête sculptée de l'animal, et l'autre se terminait par une queue.

— Sybaritique, déclara-t-il avec froideur, et son hôtesse éclata de rire.

Une seconde pièce avait été divisée en cuisine, vestiaire et salle de bains.

— C.C. a installé la salle de bains lui-même, dit-elle. Il est adroit de ses mains. Aimez-vous faire la cuisine ?

— Non. Je prends la plupart de mes repas au Club de la Presse.

— La cheminée tire bien et vous pourrez brûler le bois qui est dans la remise. Est-ce que cela vous plaît ? Je loue généralement cent dix dollars par mois, mais pour vous ce sera quatre-vingt-cinq dollars.

Qwilleran regarda autour de lui et mordit sa moustache, en réfléchissant. Ce mobilier lui soulevait le cœur, mais le montant du loyer convenait parfaitement à sa situation économique.

— J'aurais besoin d'une table pour écrire, d'une bonne lampe de bureau et d'un endroit pour ranger mes livres.

— C'est facile. Je peux vous procurer tout cela.

Il essaya le lit et le trouva suffisamment confortable. Le châssis reposant sur le sol n'offrirait aucune tentation à deux chats fureteurs.

— J'ai oublié de vous en informer, j'ai deux chats siamois.

— Tant mieux. Ils nous débarrasseront de nos souris.

— Hum, je crains qu'ils ne les apprécient que sautées aux petits oignons !

— Comment s'appellent-ils ? demanda-t-elle, en riant de sa boutade.

— Koko et Yom Yom. Le véritable nom de Koko est Kao K'O Kung.

— Oh ! excusez-moi une minute, dit-elle, en sortant de la pièce en courant.

Elle revint quelques instants plus tard, en expliquant qu'elle avait un gâteau dans le four. Une bonne odeur de pommes cuites et de vanille vint, du reste, confirmer ses dires.

Pendant que Mrs. Cobb redressait les tableaux et essuyait la poussière, Qwilleran examina l'installation sanitaire. La salle de bains avait une baignoire archaïque, avec des pieds en forme de serres, des robinets désuets et quantité de tuyaux. Toutefois, dans la cuisine le réfrigérateur était neuf. Le vestiaire lui plut, car l'un des murs était entièrement revêtu d'étagères encastrées, garnies de volumes reliés en vieux cuir.

— Si vous désirez utiliser ces étagères pour un autre usage, nous enlèverons ces livres, promit Mrs. Cobb. Nous les avons trouvés au grenier. Ils appartenaient à l'homme qui a fait construire cette maison, il y a plus de cent ans. C'était un directeur de journal, bien connu pour ses idées abolitionnistes. Cette maison est historique.

Qwilleran nota quelques noms : Dostoïevski, Cherster-field, Emerson.

— Inutile de déménager ces livres, Mrs. Cobb. J'aimerai peut-être les parcourir.

— Alors, vous prenez l'appartement ? dit-elle, en souriant gaiement. Bravo ! Nous allons célébrer cela en buvant une tasse de café.

Un moment plus tard, Qwilleran était assis sur une chaise dorée, devant une table bancale, plongeant, avec délices, sa fourchette dans un gros gâteau recouvert de raisins secs. Mrs. Cobb regardait d'un air satisfait son futur locataire dévorer sa pâtisserie jusqu'à la dernière miette.

— Un peu plus ?

— Je ne devrais pas, dit-il, en considérant sa ceinture avec inquiétude.

— Oh ! vous n'avez pas de souci à vous faire pour votre ligne.

— Sans plus de manière, il attaqua la seconde portion de gâteau, pendant que Mrs. Cobb lui expliquait les joies de vivre dans une vieille maison.

— Nous avons un fantôme, annonça-t-elle gaiement. Une jeune femme aveugle qui a vécu dans cette maison et s'est tuée en tombant dans l'escalier. C.C. prétend qu'elle est fascinée par mes lunettes. Quand je vais me coucher, je les pose sur la table de chevet et, le matin, je les retrouve sur la commode ou sur le bord de la fenêtre. Un peu plus de café ?

— Merci. Il est très bon. Est-ce que vos lunettes se déplacent toutes les nuits ?

— Seulement quand la lune est pleine.

Elle parut songeuse et reprit :

— Avez-vous remarqué tous ces phénomènes qui se sont produits à la vente, cet après-midi ? Le vase de Sèvres, le lustre et ce trumeau… Je me demande…

— Quoi donc ?

— On aurait dit que l'esprit d'Andy protestait…

— Croyez-vous à ce genre de choses ?

— Je ne sais pas. Oui et non.

— Qu'est-ce qu'Andy pourrait essayer de nous communiquer ?

Qwilleran avait une expression d'amicale sympathie. Il possédait le don de s'attirer les confidences des personnes les plus réticentes. Mrs. Cobb gloussa :

— Il protestait probablement parce que le commissaire-priseur ne faisait pas assez monter les enchères !

— Tous les brocanteurs ont l'air de penser que la mort d'Andy est due à un accident, mais ce matin, j'ai rencontré quelqu'un qui prétendait que c'était un meurtre.

— Non. C'était bien un accident. La police l'a reconnu. Et cependant…

— Oui ?

— Eh bien, il est étrange qu'Andy ait été aussi distrait pour glisser et tomber sur cet épi. C'était un homme très prudent.

— J'aimerais en apprendre davantage sur lui, mais il faut que j'aille chercher mes bagages et les chats.

— Je suis bien contente que vous vous soyez décidé. Ce sera chic d'avoir un journaliste chez nous.

Elle lui remit la clef de la porte d'entrée et accepta un mois de loyer.

— Personne ne ferme les portes de l'étage, mais si vous désirez une clef, je vous en trouverai une.

— Aucune importance, je ne possède pas le moindre objet de valeur.

— De toute façon, Mathilda traverse les murs.

— Qui cela ?

— Mathilda, notre fantôme, dit-elle, en lui jetant un regard malicieux.

CHAPITRE CINQ

Les chats savaient qu'il allait se passer quelque chose. Quand Qwilleran revint à Medford Manor, tous deux étaient assis, l'un près de l'autre, l'air inquiets.

— Eh bien, mes enfants, nous allons changer de crémerie, annonça-t-il.

Du haut de l'armoire, il sortit la boîte en carton, avec des trous d'aération sur le côté, que Koko connaissait bien, pour l'avoir déjà utilisée deux fois. Il sauta, d'ailleurs, aussitôt dedans sans se faire prier, mais Yom Yom refusa d'approcher.

— Viens, ma jolie.

Transformée en morceau de plomb, elle s'aplatit sur le tapis, solidement ancrée par vingt petits crochets efficaces. Elle ne consentit à relâcher ses griffes qu'en voyant apparaître une boîte de conserve portant une étiquette bleue. Avec un miaulement gourmand, elle grimpa sur la commode.

— C'est un coup en traître, mais tu m'y as contraint. Nous ouvrirons le poulet une fois arrivés à Came-Village.

Lorsqu'il débarqua chez Mrs. Cobb, avec ses deux valises, ses quatre caisses de livres et sa boîte à chats, Qwilleran reconnut à peine l'appartement. Le fauteuil de dentiste et l'orgue de salon avaient disparu. Le poêle ventru, acheté à la vente, trônait dans un angle. Deux lampes avaient été ajoutées, l'une au chevet du lit, l'autre sur le bureau. La vieille femme rébarbative ornait toujours le dessus de la cheminée, mais un bureau ministre à rideau mobile, un grand bahut ouvert pour les livres et un fauteuil Morris démodé, à dossier inclinable, avec des coussins en cuir noir et souple, changeaient l'aspect de la pièce.

Dès qu'il eut ouvert la boîte en carton, Yom Yom sauta dehors et entama une course folle dans toutes les directions, pour finalement atterrir sur le haut du bahut. Koko émergea avec lenteur et circonspection. Il se mit à explorer l'appartement systématiquement et en détail, jetant un regard approbatif sur le velours rouge des deux chaises dorées, contournant trois fois le poêle, sans en découvrir l'utilité, montant sur la cheminée pour flairer le portrait primitif. L'ayant bien senti dans tous les sens, il se dressa et fit ses griffes sur un coin de la toile. Le tableau remua et glissa de travers. Satisfait, Koko adopta une pose avantageuse entre les deux chandeliers.

— Oh ! Qu'il est beau ! s'exclama Mrs. Cobb qui entrait avec une pile de serviettes de toilette. C'est Koko, n'est-ce pas ? Bonjour, Koko. Comment trouves-tu la maison, Koko ?

Elle s'approcha de lui, en agitant un doigt sous son nez et en parlant d'une voix de fausset, comme le font beaucoup de personnes en s'adressant aux animaux, ce qui déplaisait toujours à Koko. Il recula en la toisant avec méfiance.

— Vos chats vont se plaire ici, affirma-t-elle, en redressant le tableau. Ils pourront surveiller les pigeons de la cour.

Elle se dirigea vers la salle de bains pour y porter les serviettes et, dès qu'elle eut le dos tourné, Koko en profita pour faire ses griffes dans un coin du cadre, lui donnant une inclinaison à quarante-cinq degrés.

— Je vois que vous avez procédé à des changements, Mrs. Cobb, remarqua le journaliste.

— Juste après votre départ, un client est venu acheter le fauteuil de dentiste. J'espère qu'il ne vous manquera pas. J'ai mis le poêle pour garnir ce coin. À propos, que faites-vous pour votre linge ? Je peux m'en charger, si vous le désirez.

— Je ne voudrais pas vous donner de mal, chère madame.

— Pas du tout et, je vous en prie, appelez-moi Iris, dit-elle, en redressant l'embrasse des rideaux de velours vieil or. Voici ce que j'ai tiré d'un rideau de scène que C.C. a récupéré dans un théâtre en démolition, expliqua-t-elle.

— Est-ce vous qui avez décoré ce mur, derrière le lit ?

Le panneau était entièrement tapissé avec des pages jaunies de vieux livres.

— Non. C'est une idée d'Andy. Il était grand amateur de livres. Venez donc bavarder avec moi, dès que vous serez installé. Je vais faire du repassage. C.C. est parti expertiser une salle à manger.

Qwilleran rangea ses affaires, mit ses livres dans le bahut, plaça le coussin bleu des chats en haut du réfrigérateur – leur place favorite – et attira leur attention sur le « nouveau dictionnaire non abrégé » qui leur servait à faire leurs griffes. Puis il traversa le palier pour se rendre chez Mrs. Cobb. La première chose qu'il remarqua fut les numéros collés sur tous les meubles. Mrs. Cobb repassait dans une cuisine spacieuse. Elle l'invita à s'asseoir sur une chaise en paille (A 573-091), près d'une table en pitchpin (D 522-001).

— Vendez-vous les meubles de votre appartement ?

— Tout le temps. Mardi dernier, nous avons pris notre petit déjeuner sur une table ronde en chêne, le déjeuner sur un guéridon en citronnier et le dîner sur cette table en pitchpin.

— Cela doit poser problème de déménager en permanence.

— On s'y habitue. Pour le moment, on m'interdit de rien soulever. Je me suis fait un tour de reins, il y a deux mois.

— Comment avez-vous pu arranger si vite mon appartement ?

— Mon mari s'est fait aider par Mike Lombardo, le fils de l'épicier, un gentil garçon. Il pense que les brocanteurs sont un peu timbrés et il n'a pas tout à fait tort, naturellement.

— Mrs. Cobb…

— Vous pouvez m'appeler Iris.

— Moi, c'est Qwill.

— Oh ! c'est gentil, cela me plaît, dit-elle, en souriant au pyjama qu'elle pliait.

— Iris, j'aimerais que vous me parliez d'Andy. Cela m'aiderait pour écrire mon histoire sur la vente aux enchères.

Elle posa le fer électrique sur son socle et regarda devant elle.

— Andy était beau garçon. Il avait de la personnalité. Il était honnête et intelligent. Comme vous, il écrivait. J'ai toujours admiré les écrivains. Vous ne l'auriez jamais deviné, mais j'ai une licence d'anglais.

— Qu'écrivait Andy ?

— Surtout des articles pour les journaux spécialisés, mais il aurait pu écrire un roman. J'en écrirai un moi-même, un jour. On rencontre de tels phénomènes, dans ce métier.

— Que savez-vous de cet accident ? Comment est-ce arrivé ?

— Un soir d'octobre. Il avait dîné avec le Dragon…

— S'agit-il de Mrs. Duckworth ?

— Nous l'appelons le Dragon. Donc Andy avait dîné chez elle et il était retourné à son magasin. Ne le voyant pas revenir, elle est allée le chercher et l'a trouvé dans une mare de sang.

— A-t-elle appelé la police ?

— Non. Elle est montée ici, affolée, et C.C. a téléphoné à la police. Ils ont conclu qu'Andy était tombé de l'échelle, en essayant de décrocher un lustre en cristal du plafond. L'objet gisait sur le sol, en morceaux.

— Est-il exact qu'il soit tombé sur cet épi ?

— Oui. C'est incompréhensible. Andy était si soigneux, tatillon même ! Je ne parviens pas à croire que cet épi se soit trouvé là par hasard. Les brocanteurs se blessent parfois, mais cela n'arrivait jamais à Andy. Il se montrait toujours très prudent.

— Il avait peut-être bu un verre de trop avec Mrs. Duckworth.

— Il ne buvait pas. Il était assez collet monté. J'ai souvent pensé qu'il aurait fait un bon pasteur s'il ne s'était occupé d'antiquités, mais il s'y consacrait entièrement. Il était vraiment né pour ça.

— Ne pouvait-il s'agir d'un suicide ?

— Oh non ! Ce n'était pas son genre.

Qwilleran fuma sa pipe un moment, en silence, puis il demanda :

— Croyez-vous qu'il aurait pu être tué par un rôdeur ?

— Je l'ignore.

— Verriez-vous un motif à ce meurtre ?

À son tour, elle demeura silencieuse, en continuant à repasser.

— Je vais vous confier quelque chose, si vous me promettez de ne pas le répéter à C.C. Il se moquerait de moi… C'est au sujet de l'horoscope d'Andy. Je l'avais lu dans le journal. Il était né sous le signe du Verseau et l'on disait qu'il devait se méfier d'une tromperie. Je ne m'en suis avisée que le lendemain de sa mort.

— Ce n'est pas ce que l'on peut appeler une preuve évidente. Andy était-il fiancé avec Mrs. Duckworth ?

— Pas officiellement, mais ils se fréquentaient depuis longtemps, dit Iris, les yeux baissés.

— Elle est séduisante, reconnut Qwilleran, en pensant aux yeux du Dragon. Comment a-t-elle réagi après sa mort ?

— Elle a été très abattue et cela m'a surprise, car c'est un tel glaçon ! C.C. pensait qu'Andy l'avait peut-être laissée dans une situation intéressante, mais cela m'étonnerait. Andy était trop bien élevé.

— La chair est faible.

— En tout cas, il est mort avant la Toussaint, nous sommes presque à Noël, et elle est toujours aussi plate qu'une planche à repasser.

— Que va-t-on faire des biens d'Andy ?

— Je pense que Mr. Maus s'en occupe. Les parents d'Andy vivent quelque part dans le Nord.

— Quels étaient les sentiments des autres brocanteurs pour Andy ? Était-il aimé ?

— Tout le monde le respectait, mais certains pensaient qu'il poussait l'honnêteté trop loin.

— Que voulez-vous dire ?

— C'est difficile à expliquer. Dans ce milieu, il faut saisir toutes les occasions qui se présentent. On travaille dur et on n'est jamais sûr du lendemain. Il nous arrive d'avoir des difficultés pour payer les traites sur l'achat de cette maison parce que C.C. a utilisé son argent liquide pour acquérir un objet qui sera difficile à vendre, comme ce poêle, par exemple. Alors, le jour où l'on a la chance de tomber sur une bonne affaire, on ne la laisse pas échapper. Mais Andy trouvait ces pratiques immorales et il condamnait ceux qui en tiraient un profit exagéré. Il n'avait pas tort, sans doute, mais il allait trop loin. C'est la seule chose que l'on pouvait lui reprocher. Ne parlez pas de cela dans votre article. Au fond, c'était un être merveilleux, si plein de considération pour les autres, parfois de façon inattendue.

— Comment cela ?

— Eh bien, il était toujours très aimable avec Papa Popopopoulos, le marchand de fruits. La plupart d'entre nous ignorent ce vieil homme. Et puis, il y a Ann Peabody. Quand les brocanteurs avaient une réunion, Andy s'arrangeait pour qu'elle fût présente, au besoin il allait la chercher. Elle a quatre-vingt-dix ans et tient toujours sa boutique.

— Andy réussissait-il sur le plan financier ?

— Il se débrouillait, je suppose. Ses articles dans les journaux lui étaient payés et il donnait des cours sur les antiquités et l'histoire de l'art à l'Association des jeunes femmes chrétiennes. Dans ce métier, chacun doit avoir une autre corde à son arc… ou un oncle riche. C.C. est jalonneur. Il a travaillé ce matin, de bonne heure, malgré le froid. Il va où l'agence l'envoie. Il aime ce travail et cela nous aide souvent à joindre les deux bouts.

— Miss Duckworth a-t-elle aussi un autre métier ?

— Je doute qu'elle en ait besoin. Elle est riche. Son magasin renferme de très belles pièces et sa clientèle est choisie. Elle possède une table à jouer Sheraton pour laquelle je vendrais mon âme.

— Je dois avouer que j'ai été surpris de trouver une telle boutique à Came-Village.

— Je suppose qu'elle voulait être près de son amoureux.

— Mais n'est-il pas dangereux d'avoir des objets de prix dans un pareil quartier ?

— Vous êtes bien comme les autres ! Vous vous imaginez que Came-Village est mal fréquenté. C'est faux. Nous n'avons jamais d'ennuis.

— Il faut que j'aille travailler, soupira Qwilleran, en se levant.

En rentrant chez lui, il tourna l'interrupteur et chercha les chats des yeux, comme il le faisait toujours. Ils étaient là, chacun installé sur une chaise dorée, comme deux princes sur leur trône, leurs pattes brunes repliées sous leur poitrine claire, les oreilles noires dressées, comme deux petites couronnes.

— Eh bien, vous semblez vous plaire ici, tous les deux. Il ne vous a pas fallu longtemps pour vous sentir chez vous.

Koko se mit sur son séant en disant : « Yaô ! » et Yom Yom, qui louchait un peu, toisa Qwilleran de son air détaché, en murmurant quelque chose entre ses dents. Le journaliste ouvrit la machine à écrire pour essayer les touches de sa nouvelle acquisition. Le ruban était usé et la lettre manquante n'était pas le Z, mais le E. Il commença à écrire :

« L'-sprit d- f-u Andr-w Glanz planait sur Cam--Villag- quand l-s trésors d- c- connais-ur unanim-m-nt r-sp-cté fur-nt disp-rsés à la v-nt-aux -nchèr-s qui a -u li-u c-t après-midi. »

Il se lança dans une description de ce qu'il avait vu et travailla un bon moment, en se concentrant et en s'efforçant de ne pas penser à deux yeux sombres qui s'obstinaient à le hanter. Puis une protestation s'éleva de la gorge de Koko et presque aussitôt des pas retentirent dans l'escalier. Poussé par la curiosité, Qwilleran ouvrit la porte, en s'attendant à voir l'homme habillé en Père Noël. À sa place, il se trouva en face d'un visage sans sourcils, coiffé d'un bicorne napoléonien.

— Bonjour. Je suis le nouveau locataire. Mon nom est Jim Qwilleran.

— Soyez le bienvenu dans notre humble demeure, dit l'homme, en faisant un salut profond. Mais que voyons-nous là ? ajouta-t-il, en regardant à ses pieds.

Koko avait suivi le journaliste dans le vestibule et se frottait affectueusement sur les bottes de l'étranger.

— Je ne l'ai jamais vu se conduire ainsi, dit Qwilleran. Il n'est pas familier, quand il ne connaît pas son monde.

— Ils savent ! Ils savent ! Ben Nicholas est l'ami des oiseaux et des animaux.

— Je crois que vous avez un magasin près d'ici. J'écris une série d'articles sur Came-Village, pour le *Daily Fluxion*.

— Faites-nous la grâce de nous rendre visite. Nous avons bien besoin d'un peu de publicité.

— Je viendrai dès demain.

— Au plaisir de vous revoir. Un client nous attend, nous devons nous hâter.

Mrs. Cobb a raison, se dit Qwilleran, Ben Nicholas est un vieux fou ; mais cet homme excentrique plaisait, de toute évidence, à Koko. La maison ayant retrouvé son calme, Jim retourna à sa machine et fut de nouveau obsédé par les grands yeux noirs de Mrs. Duckworth.

Elle est myope, ou elle a peur, pensa-t-il soudain.

Un moment plus tard, il eut l'impression qu'un mouvement se produisait derrière lui. Tournant la tête, il aperçut la porte entrebâillée.

— Qui est là ? demanda-t-il.

N'obtenant pas de réponse, il se leva et tira le battant. Il n'y avait personne, mais à l'extrémité du palier, au milieu de l'amoncellement de meubles divers, il y eut un frémissement. Il se frotta les yeux et distingua le bout d'une queue noire.

— Koko, polisson ! Veux-tu sortir de là !

Il savait que c'était Koko, car la queue n'avait pas de nodosité. Le chat ignora l'injonction, comme il le faisait toujours, quand il estimait devoir s'occuper d'une affaire importante.

Qwilleran traversa le palier et vit disparaître le chat derrière l'orgue de salon. Il comprenait comment Koko était sorti. Ces vieilles maisons avaient des poignées de porte qui jouaient facilement et le chat n'avait eu qu'à sauter en s'accrochant, comme il en avait l'habitude, pour faire fonctionner le pêne. Le journaliste se pencha au-dessus d'une commode à tablette de marbre.

— Koko, viens, tu n'as rien à faire là, tu n'es pas chez toi !

Le chat s'était juché sur un tabouret de piano et respirait bruyamment. Les moustaches en arrière, il flairait un objet métallique orné d'une boule de cuivre surmontée d'un fer de lance. Qwilleran tressaillit : Koko était sorti de l'appartement pour aller directement à l'épi. Il l'inspectait de haut en bas, bouche ouverte, les crocs à nu, signe de répugnance.

Jim se baissa et saisit le chat qui se mit à hurler comme si on l'étranglait.

— Mrs. Cobb, cria Qwilleran à travers la porte ouverte de l'appartement voisin, j'ai changé d'avis ! Je voudrais une clef.

Pendant qu'elle fouillait dans un tiroir, Qwilleran lissa ses moustaches. Il éprouvait une bizarre sensation qu'il avait déjà ressentie lorsqu'il y avait du meurtre dans l'air.

CHAPITRE SIX

Ce soir-là, Qwilleran se pencha sur la bibliothèque de l'abolitionniste et, fasciné par un volume relié des numéros du *Libérateur*, il en oublia l'heure. Vers minuit, il se rendit compte qu'il n'avait rien pour le petit déjeuner du lendemain. Ayant remarqué un drugstore ouvert toute la nuit, non loin de là, il décida d'aller s'y ravitailler.

La neige tombait doucement et il se tint quelques minutes sur le pas de la porte, pour admirer le décor. La circulation était rare ; dans la pénombre, les vieilles maisons retrouvaient un charme désuet. La poudre blanche qui couvrait les portails faisait surgir des arabesques. Au premier carrefour, la rue était éclairée par la devanture d'une épicerie, du drugstore et d'un bar appelé *La Queue du Lion*, d'où un homme sortit, d'un pas incertain. Ben Nicholas émergea de sa boutique et se dirigea lentement vers le bar, en remuant les lèvres. Remontant son col, Qwilleran entra dans l'épicerie Lombardo. C'était une vieille boutique, avec des arbres de Noël à quatre dollars quatre-vingt-quinze, entassés dans un coin, et une odeur de cornichon, de saucisse et de fromage trop fait. Il acheta du café en poudre et des biscottes pour lui, de la viande hachée pour les chats. Il choisit aussi du fromage. Du cheddar pour lui, une crème de gruyère pour Yom Yom et une petite portion d'un fromage bleu inconnu pour Koko, en se demandant si ce produit local serait acceptable. Koko était habitué au roquefort authentique.

Au moment où il sortait du magasin, les yeux qui avaient hanté ses pensées toute la soirée se matérialisèrent devant lui. Le teint de porcelaine paraissait encore plus transparent et des flocons de neige perlaient au bout des longs cils. La jeune femme le regarda sans rien dire.

— Comme vous le voyez, je suis toujours là, dit-il, pour rompre le silence, je me suis installé chez les Cobb.

— Oh ! Vraiment, s'exclama-t-elle, d'un ton joyeux, comme si le fait de s'installer à Came-Village constituait une preuve de caractère.

— La vente a été pour moi une expérience intéressante. Il y avait beaucoup de brocanteurs, mais vous n'êtes pas venue.

— J'en avais l'intention. Au dernier moment, le courage m'a manqué.

— Miss Duckworth, commença Qwilleran, mettant les pieds dans le plat, je voudrais rendre hommage à Andrew Glanz, mais j'ai besoin d'informations. Voulez-vous m'aider ? Je sais que c'est un sujet pénible pour vous, cependant, sa mémoire mérite ce tribut.

— Si vous ne citez pas mon nom… dit-elle, en hésitant.

— Je vous le promets.

— Dans ce cas… Quand cela vous arrangerait-il ?

— Le plus tôt possible.

— Pouvez-vous venir chez moi, ce soir ? Je me couche toujours tard.

— Entendu. Je porte mes achats à la maison et je vous rejoins.

Un moment après, Qwilleran était assis sur un divan de velours dans le salon bleu et or, savourant l'arôme de la cire, mêlé à celui du bois de santal. Le chien était enfermé dans la cuisine.

— Ma famille désapprouve mon installation dans ce quartier et a insisté pour que je conserve Hepplewhite comme gardien, dit-elle. Il lui arrive de prendre son rôle trop au sérieux.

— Les avis semblent partagés au sujet de Came-Village. Est-ce vraiment un quartier malfamé ?

— Je n'ai jamais eu d'ennuis. Naturellement, je prends des précautions élémentaires, comme toute femme qui vit seule.

Elle apporta une cafetière sur un plateau d'argent. Qwilleran suivait ses gestes harmonieux avec admiration. Elle avait de longues jambes et la grâce féline qu'il admirait chez Koko. Quelle sensation elle produirait au Club de la Presse ! Elle portait un pantalon étroit et bien coupé, d'un joli ton de bleu, et un chemisier assorti, en cachemire.

— Avez-vous été mannequin ? demanda-t-il, tout à coup.

— Non, mais j'ai fait beaucoup de danse, classique et moderne.

Elle servit une seule tasse de café puis, au grand étonnement de Qwilleran, elle prit un flacon en cristal et se versa un verre de whisky.

— J'ai loué l'appartement cet après-midi et je me suis installé aussitôt, avec mes deux chats siamois, annonça-t-il.

— Réellement ? Vous n'avez pas l'air d'un homme à chats.

— Ils étaient orphelins. Je les ai adoptés. Le mâle d'abord, et la femelle ensuite.

— J'aimerais avoir un chat. Ils vont bien avec les antiquités. Ils sont si doux.

— Vous ne connaissez pas les siamois. Quand ils commencent à jouer, vous avez l'impression d'être pris dans un tourbillon.

— Maintenant que vous avez un appartement, vous devriez acheter l'écusson des Mackintosh. Il serait parfait au-dessus de la cheminée. Aimeriez-vous le prendre à l'essai ?

— Il est bien lourd à transporter. Je dois même dire que j'ai été surpris de voir avec quelle facilité vous l'avez manipulé ce matin.

— Je suis forte, c'est nécessaire dans ce métier.

— Que faites-vous pour vous distraire ? Des poids et haltères ?

— Je lis des livres sur les antiquités, dit-elle avec un petit rire, je vais à des conférences et à des expositions.

— Votre métier vous tient vraiment à cœur.

— Il y a quelque chose de mystique dans les antiquités. Cela va plus loin que la valeur intrinsèque d'un objet, sa beauté et son âge. Il a traversé des siècles au cours desquels des êtres humains l'ont aimé. Il acquiert ainsi une personnalité qui vous touche. C'est comme un vieil ami. Comprenez-vous ?

— Vous expliquez très bien, Miss Duckworth.

— Je m'appelle Mary.

— Si vous aimez autant votre domaine, Mary, pourquoi refusez-vous de faire partager votre passion à nos lecteurs ?

— Je vais vous le dire, reprit-elle, après une courte pause. Ma famille n'approuve pas ce que je fais, ni surtout que je vive ici. Mon père est banquier. En outre, il est anglais, vous voyez la combinaison ? Il a financé cette affaire, à condition que je ne provoque pas de scandale. C'est pourquoi je refuse toute publicité.

Elle servit une autre tasse de café à Qwilleran et se versa un second scotch.

— Offrez-vous toujours du café à vos invités, pendant que vous buvez du whisky millésimé ? demanda-t-il, d'un ton moqueur.

— Seulement lorsque ceux-ci sont des abstentionnistes intégraux, répondit-elle, avec un sourire ambigu.

— Comment savez-vous que j'en suis un ?

Elle plongea le nez dans son verre, avant de répondre :

— Parce que j'ai téléphoné à mon père cet après-midi, en lui demandant de contrôler vos lettres de créance. J'ai appris, ainsi, que vous avez été chroniqueur judiciaire à New York et Los Angeles et que vous avez écrit un important ouvrage sur la criminalité dans les villes.

— Est-ce là tout ?

— Non. Je sais aussi que vous avez eu des années difficiles, consécutives à un mariage malheureux, que vous vous êtes adonné à la boisson, pendant un certain temps, mais que vous en êtes guéri et enfin que vous travaillez au *Daily Fluxion* où vous réussissez fort bien.

Qwilleran rougit. Il avait l'habitude de se pencher sur la vie des autres. Voir sa propre existence mise à nu le déconcertait.

— Qui est votre père ?

— Puis-je vous faire confiance ? dit-elle, en croisant ses longues jambes.

Sans attendre sa réponse, elle déclara :

— C'est Percival Duxbury, de la Midwest National Bank.

— Duxbury ? Mais, alors, Duckworth n'est pas votre véritable nom ?

— Je l'ai pris à des fins professionnelles.

— Une Duxbury à Came-Village, dit-il à mi-voix, quel article cela ferait !

— Vous m'avez promis le silence !

— Soyez tranquille. Je n'ai qu'une parole. Mais, dites-moi, pourquoi Zwinger Street ? Vous pourriez aussi bien installer un magasin comme celui-ci en ville ?

— Je me suis éprise de ces vieilles demeures. Elles ont tant de caractère ! D'abord, j'ai été sensible à ce quartier qui résiste à la modernisation, mais après avoir vécu quelques mois ici, je me suis attachée aux gens qui le peuplent.

— Les brocanteurs ?

— Pas exactement. Les brocanteurs font ce métier avec passion et je les admire pour cela, bien qu'avec certaines réserves. Non, je parle des gens de la rue. Mon cœur va vers eux, les vieux, les solitaires, les étrangers, les illettrés… Est-ce que je vous choque ?

— Non. Vous me surprenez agréablement. Mais je crois comprendre. Les petites gens sont si humains !

— Ils sont authentiques et profondément individualistes ! Ma vie passée paraît tellement superficielle et vaine par comparaison ! J'aimerais faire quelque chose pour ce quartier, mais je ne sais pas si ce sera possible. Je ne possède pas de fortune personnelle et mon père ne se laissera pas convaincre aisément… Avez-vous faim ? demanda-t-elle, en changeant de ton.

Sans attendre de réponse, elle se leva et revint avec une assiette de canapés de caviar et de saumon.

— Si nous parlions d'Andy Glanz, reprit-il, quand ils se furent restaurés. Quel genre d'homme était-il ?

— Andy a beaucoup fait pour Came-Village. Il a donné des conférences et a amené les conservateurs de musées et les collectionneurs sérieux à s'aventurer dans Zwinger Street.

— Peut-on le considérer comme le chef de Came-Village ?

— À votre place, j'éviterais d'écrire cela. C.C. Cobb estime qu'il est le leader du quartier. C'est lui qui a ouvert la première boutique. Il a été, en quelque sorte, le promoteur de Came-Village.

— Comment décririez-vous le caractère d'Andy ?

— Il était d'une honnêteté scrupuleuse. Nous avons tous de menues fautes à nous reprocher sur ce plan, mais pas Andy. Il avait le sens des responsabilités et le courage de ses opinions. Un soir, nous passions en voiture, près d'une maison abandonnée, et il a vu de la lumière. Il est descendu et il a trouvé un homme en train de s'approprier des tuyaux de plomb.

— C'est illégal, je crois ?

— Les maisons promises à la démolition sont propriété de la ville. N'importe qui d'autre ne s'en serait pas mêlé, mais Andy n'a jamais craint de prendre position.

— Les autres brocanteurs partagent-ils votre admiration pour Andy ?

— Oui et non. Il existe toujours une certaine rivalité entre eux, même quand ils sont en bons termes.

— Andy avait-il d'autres amis que je pourrais interroger ?

— Mrs. McGuffey. C'est une institutrice en retraite. Andy l'a aidée à installer sa boutique.

— Andy s'entendait-il bien avec Cobb ?

— Il était diplomate et savait s'y prendre avec C.C. Mrs. Cobb l'aimait beaucoup. Du reste, Andy était adoré des femmes.

— Et Ben Nicholas ?

— Leurs relations étaient amicales, bien qu'Andy reprochât à Ben de passer trop de temps à *La Queue du Lion*.

— Ben boit-il ?

— Il aime le cognac, mais il ne dépasse jamais une certaine mesure. C'est un ancien acteur et il met un point d'honneur à ce que nul ne l'ignore.

— Que savez-vous du garçon blond qui marche avec des béquilles ?

— Russel Patch travaillait pour Andy et ils étaient grands amis. Brusquement ils se sont séparés et Russel s'est installé à son compte. Je n'ai jamais bien su la cause de leur querelle.

— Pourtant vous étiez l'amie intime d'Andy ? lança-t-il, brusquement.

Mary se leva et traversa la pièce, en quête de cigarettes. Elle trouva un paquet, revint s'asseoir et alluma sa cigarette au briquet tendu de Qwilleran. Après avoir tiré deux ou trois bouffées, elle soupira :

— Andy me manque tellement !

— Vous avez eu un choc et vous vivez repliée sur vous-même, avec votre chagrin. Vous devriez vous extérioriser. Pourquoi ne pas me raconter ce qui s'est passé cette nuit-là ? Cela vous ferait du bien.

À la chaleur de cette voix, les yeux sombres de Mary s'embuèrent. Au bout d'un moment, elle parla :

— Ce qui est terrible, c'est que nous nous étions querellés. Andy avait… fait quelque chose qui m'avait irritée. Il s'efforçait de me calmer, mais j'ai continué à lui adresser des reproches pendant tout le repas.

— Où avez-vous dîné ?

— Ici, j'avais préparé du bœuf bourguignon et le plat était raté. Nous avons eu cette discussion et, à neuf heures, il est retourné à son magasin. Il attendait une cliente qui devait revenir avec son mari pour voir un lustre. Il m'a quittée assez froidement. Après son départ, je me suis sentie malheureuse. Au bout d'une heure environ, j'ai voulu aller le voir. C'est alors que je l'ai trouvé…

— La boutique était-elle ouverte ?

— La porte de derrière n'était pas fermée, c'est par là que je suis passée. Ne me demandez pas de vous décrire ce que j'ai vu…

— Qu'avez-vous fait ?

— Je ne m'en souviens pas. Iris prétend que je suis arrivée chez elle en courant. C.C. a appelé la police. Il paraît qu'elle m'a ramenée à la maison et mise au lit.

Pris par leur conversation, ni l'un ni l'autre ne prêtèrent attention au grognement sourd venant de la cuisine – au début à peine un râle, émanant de la gorge du chien.

— Je ne sais pas pourquoi je vous ai raconté tout cela, reprit-elle, mais vous avez raison, je me sens mieux. Pendant des semaines, j'ai eu un horrible cauchemar, le même toutes les nuits. C'était si terrifiant que j'avais l'impression que c'était réel. J'en ai presque perdu la raison. Je pensais…

Ce fut alors que le chien se mit à aboyer furieusement.

— Que se passe-t-il ? s'inquiéta Mary, en sautant sur ses pieds.

Son regard avait repris son expression traquée. Qwilleran ouvrit la fenêtre et se pencha pour regarder dehors.

— Il y a une voiture de police, en haut de la rue. Je vais me renseigner, attendez-moi.

Quand il arriva sur les lieux, une ambulance était là, ainsi que deux voitures de police dont les phares éclairaient quelques rares curieux et une silhouette étendue sur le sol. Qwilleran sortit sa carte de presse et se présenta à l'un des officiers de police pour lui demander de quoi il s'agissait.

— Un ivrogne qui a pris trop d'antigel. Il ne boira plus maintenant.

Le journaliste s'approcha du corps et reconnut la couverture de cheval qu'il avait vue au début de la matinée. Il remonta chez Mary qui l'attendait, penchée à la fenêtre. Elle tremblait.

— Qu'y a-t-il ?

— Ce n'est qu'un ivrogne, dit-il, ne restez pas là, il fait froid. Vous devriez prendre du café bien chaud.

Il étudia son visage en silence, tandis qu'elle buvait le liquide brûlant.

— Vous me parliez d'un rêve obsédant, juste avant que le chien n'aboie.

— C'était un cauchemar atroce, murmura-t-elle, en frissonnant. Je suppose que j'éprouvais un sentiment de culpabilité, parce que je m'étais montrée désagréable avec Andy.

— Que rêviez-vous ?

— Eh bien… Je rêvais que j'avais poussé Andy sur cet épi.

— Il y a peut-être là un élément de vérité.

— Que voulez-vous dire ?

— Je soupçonne la mort d'Andy de ne pas être accidentelle.

— Pourtant, la police…

— A-t-on fait une enquête ? Avez-vous été interrogée ?

— L'accident semblait si évident, dit-elle, après avoir secoué négativement la tête. Où avez-vous pris cette idée saugrenue ?

— Un passant bavard a prétendu qu'il s'agissait d'un meurtre.

— C'est ridicule ! Pourquoi raconter une histoire pareille ?

— Je l'ignore, reconnut Qwilleran, qui vit les yeux de Mary s'agrandir, mais, par une étrange coïncidence, l'homme qui m'a raconté cela est maintenant en route pour la morgue.

Fût-ce cette déclaration ou la brusque sonnerie du téléphone, mais Mary se figea sur sa chaise.

— Voulez-vous que je réponde ? proposa-t-il, en consultant sa montre.

Elle acquiesça lentement de la tête. Il trouva l'appareil dans la bibliothèque.

— Allô ? Allô ?… On a raccroché, dit-il, en revenant au salon.

Puis, remarquant la pâleur de la jeune femme, il s'enquit :

— Avez-vous déjà reçu de semblables appels où personne ne répond ? Est-ce pour cette raison que vous vous couchez tard ?

— Non, j'ai toujours vécu la nuit, expliqua-t-elle, en sortant de sa torpeur. Mes amis le savent et l'un d'eux a dû m'appeler pour discuter du dernier film. Cela arrive souvent, mais voyant que je ne répondais pas, on n'a pas insisté.

Elle parlait trop vite et donnait trop de détails. Qwilleran restait sur ses doutes.

CHAPITRE SEPT

Tout en réfléchissant, Qwilleran s'enfonça jusqu'aux chevilles dans la neige molle pour regagner son logis. La mort du clochard pouvait n'avoir aucune signification particulière, mais la peur se reflétant dans les yeux de Mary était indiscutable, et son insistance à affirmer que la mort d'Andy était accidentelle laissait place à de multiples conjectures. S'il s'agissait d'un meurtre, il fallait un mobile, et Qwilleran éprouvait une curiosité grandissante pour cet homme, d'une intégrité telle qu'il s'érigeait en redresseur de torts. Il connaissait ce type d'hommes. Sous leur apparence de moralistes, c'étaient, en réalité, des brandons de discorde.

Il grimpa l'escalier des Cobb sur la pointe des pieds, ouvrit la porte avec sa grosse clef et se mit à la recherche des chats. Ils dormaient sur leur coussin bleu, en haut du réfrigérateur, enroulés en une seule boule d'où émergeaient un nez, une queue et trois oreilles. Un œil s'ouvrit et le regarda. Il ne put résister à la tentation de caresser les animaux. Leur fourrure était incroyablement soyeuse, surtout quand ils somnolaient, et le sommeil semblait assombrir leur pelage.

Peu après, il se glissa dans son propre lit, en espérant que ses confrères n'apprendraient jamais qu'il dormait dans un lit en forme de cygne. Il entendit, alors, un bruit sourd ressemblant au ronronnement d'un chat, mais plus fort, ou au roucoulement d'un pigeon, en plus guttural. Le bruit avait une régularité mécanique et semblait provenir de la cloison derrière son lit, celle que tapissaient des pages de vieux livres. Il écouta, attentivement d'abord, puis il s'assoupit, la monotonie du son finit par le bercer et il sombra dans un profond sommeil.

Il dormit bien, cette nuit-là. Il rêva de l'écusson des Mackintosh avec ses trois chats en colère et sa peinture rouge et bleu écaillée. Ses rêves agréables se déroulaient toujours en couleurs.

Le samedi matin, quand il commença à émerger à la réalité, il sentit un poids gênant sa respiration. Encore mal éveillé, il eut la vision d'un écusson qui tombait lourdement sur lui et le clouait sur son lit. Il se débattit et parvint à soulever les paupières. Son regard plongea dans deux yeux d'un bleu tirant sur le violet qui le considéraient en louchant un peu. Yom Yom était installée sur sa poitrine. Il poussa un soupir de soulagement et le mouvement dut plaire à la petite chatte car elle se mit à ronronner. Sortant une patte de velours noir, elle toucha tendrement sa moustache et se frotta la tête sur son menton rugueux.

Soudain un ordre impératif retentit. Assis sur la queue du cygne, Koko émettait un avis à haute et intelligible voix. Ou il réclamait son petit déjeuner, ou il déplorait les familiarités de Yom Yom avec le maître de maison. Koko avait un sens aigu de la hiérarchie.

L'eau gargouillait dans les radiateurs et, quand ils furent bien chauds, une odeur de pommes de terre se répandit dans toute la maison. Qwilleran se leva et prépara le bifteck haché des chats, Koko supervisant l'opération, du haut du réfrigérateur, tandis que Yom Yom courait dans l'appartement pour échapper à quelque invisible poursuivant. Comme il posait par terre l'assiette avec la viande, il entendit frapper à la porte. Toute souriante, Iris Cobb se tenait sur le seuil :

— J'espère que je ne vous ai pas tiré du lit, dit-elle, en considérant la robe de chambre rouge sombre, je vous ai entendu parler aux chats et j'ai pensé que vous étiez levé. Avez-vous bien dormi ?

— Oui, le lit est excellent.

— C.C. a ronflé comme un soufflet de forge, je n'ai pas fermé l'œil de la nuit. N'avez-vous besoin de rien ?

— Non. Tout va bien, sauf que ma brosse à dents a disparu. Je l'ai posée sur le lavabo, hier soir, elle n'y est plus ce matin.

— C'est Mathilda ! s'écria Iris, elle l'aura cachée quelque part, vous la retrouverez.

— Il faut que je fasse installer le téléphone le plus vite possible.

— Vous pouvez appeler la compagnie de notre appartement. Voulez-vous que je vous prépare le petit déjeuner ? J'ai fait des pains au lait pour C.C. avant qu'il ne sorte, il en reste encore.

Qwilleran accepta sans façon. Cinq minutes plus tard, il attaquait des œufs au bacon, en écoutant Iris bavarder.

— Vous rappelez-vous le fauteuil de dentiste qui était chez vous ? À l'origine, C.C. l'a trouvé dans la clinique d'un immeuble en démolition et Ben le lui a acheté pour cinquante dollars. Puis Ben l'a vendu à Andy soixante dollars. Ensuite, Russ en a donné soixante-quinze à Andy et a recouvert le siège. Quand C.C. l'a vu, il lui en a offert cent vingt-cinq dollars et, hier, nous l'avons vendu deux cent vingt dollars !

— Est-ce que les brocanteurs s'entendent bien entre eux ?

— Oh oui ! De temps en temps, il y a bien quelques petites discussions, comme le jour où Andy a renvoyé Russ parce qu'il s'était enivré, mais c'est vite oublié. Russ est ce beau blond que vous avez croisé. J'étais blonde, moi aussi, mes cheveux ont blanchi en une seule nuit, à la mort de mon premier mari. Je suppose que je devrais les teindre.

Après le déjeuner, Qwilleran appela la compagnie du téléphone pour demander qu'un appareil soit installé au 6331 Zwinger.

— Vous aurez à faire un dépôt de garantie de cinquante dollars, lui annonça une voix chantante.

— Cinquante dollars d'avance, vous n'y pensez pas !

— Vous êtes dans la zone treize, il faut un dépôt de garantie de cinquante dollars.

— Qu'est-ce que la zone a à voir là-dedans ? tonna Qwilleran, j'ai besoin d'un appareil immédiatement et je n'ai pas l'intention de vous verser cette garantie ridicule. Je suis reporter au *Daily Fluxion* et je vais faire un rapport immédiatement dans mon journal à ce sujet.

— Un moment, s'il vous plaît.

— Quel toupet, dit-il en se tournant vers Iris, ils réclament huit mois d'avance !

— C'est ce qui se produit tout le temps à Came-Village, soupira-t-elle, en hochant la tête.

— L'appareil sera installé cet après-midi. Aucune garantie n'est exigée. Nos excuses, monsieur, déclara la voix chantante.

Qwilleran piaffait encore d'indignation, en retournant chez lui. Il s'aperçut, alors, que la petite plume rouge qui ornait son chapeau en tweed, et à laquelle il avait la faiblesse de tenir, s'était volatilisée. Pourtant, il était certain de l'avoir encore, la veille, en rentrant.

Quand il descendit dans la rue, il faisait un temps maussade. Tout était gris, le ciel, la neige, les gens. Au même moment, une Jaguar blanche le dépassa et tourna sur la droite. Y voyant un signe du destin, Qwilleran la suivit. Des écuries avaient autrefois occupé l'emplacement du magasin de réparations de Russel Patch. Maintenant, le local était divisé en deux, petite boutique avec atelier d'une part, garage de l'autre. La Jaguar était garée au milieu de divers meubles dans leur dernier état de décrépitude. Une odeur de térébenthine et de laque flottait dans l'air.

Le journaliste entra dans la boutique où vint le rejoindre le jeune homme blond se balançant entre ses béquilles. Il était entièrement vêtu de blanc : pantalon blanc, chemise blanche à col ouvert, chaussettes blanches et chaussures de tennis. Qwilleran se présenta.

— Oui, je sais, dit Patch en souriant, je vous ai aperçu à la vente et les nouvelles se propagent vite, ici.

— Voilà ce que j'appelle une véritable boutique de brocanteur, déclara Qwilleran, en regardant autour de lui, les gens achètent-ils vraiment ce genre de meubles ?

— Mais naturellement. Tout ce que vous voyez ici va être restauré au goût du client. Je vais couper les pieds de ce buffet et le repeindre en mauve, avec des filets rouge magenta. Vieilli, avec de la terre de Sienne et recouvert d'un vernis bronze vénitien, il prendra place dans une villa de cent mille dollars à Lost Lake Hill.

— Depuis combien de temps exercez-vous ce métier ?

— Il n'y a que six mois que je suis à mon compte. Avant, j'ai travaillé quatre ans pour Andrew Glanz. Voulez-vous voir l'atelier.

Il précéda Qwilleran dans l'arrière-boutique où il revêtit un tablier blanc taché de brun et de rouge, ressemblant à ceux que portent les bouchers.

— Ce fauteuil à bascule moisissait dans un grenier depuis des années. Je l'ai entièrement refait. Ensuite, j'ai appliqué une première couche rouge et maintenant regardez.

Il enfila une paire de gants en plastique et commença à étendre un enduit noirâtre sur le fauteuil.

— Est-ce Andy qui vous a enseigné ce procédé ?

— Non. J'ai appris seul, répliqua Patch, d'un ton piqué.

— Selon la rumeur publique, c'était un grand bonhomme. Non seulement compétent, mais généreux et d'un esprit civique peu commun.

— Ou… i, admit Russel, mi-figue, mi-raisin.

— Tout le monde chante ses louanges.

Patch ne fit aucun commentaire. Il parut se concentrer sur son travail, mais Qwilleran remarqua qu'il serrait les mâchoires.

— Sa mort doit avoir été une grande perte pour Came-Village, insista-t-il, je regrette de n'avoir jamais eu l'occasion de le rencontrer.

— Je ne devrais peut-être pas dire cela, grommela brusquement l'autre, mais ce n'était pas un type commode à satisfaire.

— Expliquez-vous.

— Personne n'était assez habile à ses yeux.

— Était-ce un maniaque de la perfection ?

— Pour ça oui. Andy avait tout du saint professionnel. Il s'attendait à ce que tout le monde se conduise comme lui. Si je vous raconte cela, c'est que vous apprendrez probablement qu'Andy m'a renvoyé parce que j'avais bu. Rien de plus faux. C'est moi qui l'ai quitté, car je ne pouvais plus supporter son attitude.

— Il jouait les bons apôtres ?

— Ma foi oui, dans un certain sens. Tout le monde vous dira combien Andy était honnête. En fait, il l'était peut-être trop.

— Comment cela ?

— Supposons qu'en vous promenant à la campagne vous aperceviez un vieux lit en cuivre qui pourrit dans une grange. Vous frappez à la ferme et vous en offrez deux billets au fermier qui ne sera que trop heureux de s'en débarrasser. Vous avez de la veine, car après l'avoir nettoyé vous en tirez deux cents pour cent de bénéfice. Mais pas Andy, oh non, pas lui ! S'il pensait pouvoir vendre le lit deux cents dollars, il en offrait cent au fermier. Cette façon d'opérer gâchait le métier pour tous les autres brocanteurs. Du reste, un jour où nous étions ensemble, j'ai vu ce procédé lui retomber sur le nez. Le fermier était du genre soupçonneux. Il a déclaré que, si Andy lui offrait cent dollars, cela devait en valoir mille et il a refusé de vendre. Voulez-vous un autre exemple ? Prenez la récupération. Tout le monde la pratique, peu ou prou.

— Qu'entendez-vous par là ?

— Quand une maison est vouée à la démolition et qu'elle a été évacuée, il est possible d'y trouver des éléments récupérables, comme des cheminées, des lambris, des fragments architecturaux, alors, les brocanteurs vont les récupérer, avant que les démolisseurs n'interviennent.

— Est-ce légal ?

— Pas absolument, mais vous sauvez ainsi de la destruction des choses qui pourront servir et dont la ville ne veut pas. Les démolisseurs ne s'en préoccupent nullement. C'est pourquoi nous « récupérons » tous, certains plus que d'autres. Mais pas Andy. Il prétendait qu'une maison condamnée était propriété municipale et qu'il ne fallait pas y toucher. Il ne se contentait pas d'appliquer ses principes à lui-même et c'est quand il a dénoncé Cobb que je l'ai quitté.

— Prétendez-vous qu'Andy a signalé Cobb aux autorités ? insista Qwilleran, en lissant sa moustache.

— Oui. Cobb a écopé d'une forte amende qu'il n'a pu payer. Il aurait été en prison si Iris n'avait emprunté l'argent. C.C. a un fichu caractère, mais ce n'est pas un mauvais bougre et je pense que c'était un sale tour à lui jouer.

— Cobb sait-il qu'Andy l'a dénoncé ?

— Je ne crois pas que personne s'en soit douté. Cobb allait récupérer une rampe d'escalier à la maison Pringle. Il l'avait déclaré publiquement et, lorsque les flics sont venus le surprendre, cela a paru être une fâcheuse coïncidence, mais j'avais entendu Andy téléphoner.

Patch prit un tampon de laine de verre dans une boîte et commença à poncer soigneusement le dessus du fauteuil.

— Et dans sa vie privée, demanda Qwilleran, Andy avait-il les mêmes principes vertueux ?

— À ce sujet, adressez-vous au Dragon, riposta Russel en riant. Quant au reste, ne vous y trompez pas, je n'ai aucune rancune personnelle envers Andy. Si j'ai quelque chose sur le cœur, il faut que ça sorte, mais ensuite, tout est oublié.

Après avoir quitté Patch, Qwilleran se rendit au drugstore pour téléphoner et acheter une autre brosse à dents. Il appela son rédacteur en chef.

— Arch, je crois être tombé sur une histoire intéressante à Came-Village. Vous souvenez-vous de ce brocanteur qui s'est tué, au cours d'un accident, il y a deux mois ?

— Oui. C'est chez lui que j'avais acheté ma théière en étain.

— Il est soi-disant tombé d'une échelle sur un objet pointu, mais je commence à douter de toute cette histoire.

— Qwill, pour l'amour du ciel, ne transformez pas ce reportage nostalgique en aventure de la Série noire ! Le patron veut que nous insistions sur le côté « paix sur la terre aux hommes de bonne volonté » jusqu'après les fêtes de Noël.

— Il est tout de même curieux qu'un vieil ivrogne du quartier m'ait arrêté pour me dire qu'Andy avait été assassiné et que, douze heures plus tard, ce même ivrogne soit retrouvé mort, dans une des allées de Came-Village.

— C'est une fin qui attend souvent les ivrognes, vous devriez le savoir.

— Il y a autre chose. L'amie de cœur du bel Andy vit dans la terreur.

— Écoutez, mon vieux, ne pouvez-vous écrire tranquillement un reportage sur la brocante et vous chercher un logement convenable ?

— J'ai trouvé un appartement. Je me suis installé dans une maison hantée de Zwinger Street. Chez les Cobb.

— C'est là que nous avons découvert le lustre de notre salle à manger. Pourquoi ne vous contentez-vous pas de vivre en paix ? Oh ! à propos, n'oubliez pas de rendre visite aux *Trois Parques*. Vous m'en direz des nouvelles ! Quand aurons-nous votre premier article ?

— Lundi matin.

— Et surtout, qu'il soit gai !

CHAPITRE HUIT

Bien décidé à découvrir la vérité sur la mort d'Andy Glanz, Qwilleran continua sa tournée dans Zwinger Street. Il passa devant *Le Roi Lear* (fermé), *Le Dragon Bleu*, un magasin de peinture (désaffecté), un bouquiniste et parvint à une boutique intitulée *Ann Tique*, située en contrebas de l'allée et sentant le tapis mouillé et le bois pourri.

La vieille dame à cheveux blancs assise dans un fauteuil à bascule ressemblait à une aigrette déplumée. Elle regarda ce visiteur en continuant à se balancer.

— Je suis Jim Qwilleran, rédacteur au *Daily Fluxion*, dit-il de sa voix la plus courtoise.

— Non, je n'en ai plus depuis des années, répondit-elle, les gens préfèrent les manches en porcelaine, aujourd'hui.

— Quelle est votre spécialité, Mrs. Peabody ? insista-t-il, en haussant le ton et en jetant un coup d'œil sur les bibelots invraisemblables rassemblés sur une table.

— Non, monsieur, inutile de discuter. Si mes prix ne vous conviennent pas, tant pis. Quelqu'un d'autre achètera.

Après l'avoir saluée, le journaliste sortit et se rendit au bazar de Papa Popopopoulos, un peu plus loin. En ouvrant la porte, une odeur d'huile d'olive et de bananes trop mûres prenait à la gorge. Assis sur une caisse d'oranges, le marchand lisait un journal écrit dans sa langue maternelle.

— Il fait froid dehors, constata Qwilleran, en se frottant les mains.

— Tabac ? demanda l'autre.

— Non. Je suis seulement entré pour bavarder. À vrai dire, le paquet que je vous ai acheté, hier, était plutôt sec.

Popopopoulos se leva, avec un sourire aimable :

— Des fruits ? Jolis fruits ?

— Non, merci. Vous avez un commerce bien approvisionné. Depuis combien de temps êtes-vous installé à Came-Village ?

— Des grenades ? Jolies grenades…

— Pas aujourd'hui, dit Qwilleran, en gagnant la sortie.

Décidément, il ne tirerait rien des deux protégés d'Andy. Il remarqua, alors, le magasin des *Trois Parques*, dont la vitrine présentait une aiguière en cuivre, un huilier en porcelaine et l'inévitable rouet. Arch Riker pouvait s'extasier devant ces vieilleries, mais Qwilleran, quant à lui, n'avait nullement l'intention de se laisser séduire. Redressant les épaules, il entra dans le magasin. Dès qu'il eut ouvert la porte, ses narines palpitèrent. Il sentait… mais oui ! Une bonne odeur de soupe de poissons !

Trois femmes vêtues d'une blouse orange arrêtèrent leurs occupations pour le regarder. Pendant un instant, il ne sut que dire. Une petite brune, avec des yeux bleus et des fossettes, était assise devant une table où elle écrivait des cartes de Noël. Une grande rouquine, aux yeux verts et au sourire provocant, polissait un samovar en cuivre, enfin une jeune fille blonde, avec un nez retroussé et de jolies jambes, était grimpée sur une échelle et suspendait des guirlandes de Noël.

— Je suis reporter au *Daily Fluxion*, dit-il enfin.

— Oh oui ! nous le savons, répondirent-elles en chœur.

— Nous vous avons vu à la vente, ajouta la rouquine, d'une voix rauque, comment n'aurions-nous pas remarqué une moustache aussi conquérante ? Pardonnez-moi de ne pas me lever, j'ai le pied dans le plâtre pour m'être cassé le métatarse. Mon nom est Cluthra.

— Je suis Ambérina, dit la brune.

— Et moi Ivrène, dit la petite blonde, du haut de son perchoir.

— Yvy ! la soupe brûle ! s'écria la rousse, en humant l'air.

La jeune fille sauta de l'échelle et courut dans l'arrière-boutique.

— Voulez-vous prendre un bol de soupe avec nous ? proposa Ambérina.

Prêt à tout, il accepta.

— Ôtez votre pardessus, dit Cluthra, il fait chaud ici. Asseyez-vous. Une cigarette ?

— Je fume la pipe, répondit-il en pensant : « Si seulement les copains du journal me voyaient ! »

Tout en bourrant sa pipe et en prêtant une oreille distraite à deux conversations simultanées, il regarda autour de lui. Il nota au passage des soldats de plomb, des amours en plâtre, un vase de nuit en faïence et une table couverte d'objets en étain. Cela lui donna une idée. Arch Riker collectionnait les étains, c'était l'occasion de lui offrir un amusant cadeau de Noël.

— Ces vieilles boîtes à tabac sont-elles à vendre ? Combien vaut la petite, toute cabossée ?

— Nous en demandons dix, mais, si c'est pour vous, nous vous la laisserons à cinq, répondit Ambérina.

— Je la prends, déclara-t-il, en jetant une pièce de nickel sur la table, sans remarquer l'expression qui se peignit sur le visage des trois femmes.

La plus jeune était revenue et servait la soupe de poissons dans de vieux plats à barbe.

— Le Dragon vient de téléphoner, dit-elle au journaliste, elle vous demande de passer la voir.

— Comment sait-elle que je suis ici ?

— Tout se sait dans cette rue.

Qwilleran amena la conversation sur Andy.

— C'était un garçon formidable, affirma Cluthra, et sa voix rauque se fit plus tendre.

— J'ai cru comprendre que c'était un homme intellectuellement très brillant.

— Cluthra ne s'intéresse pas à cet aspect, ironisa la plus jeune, elle éveille toujours la brute chez l'homme.

— Ivy, es-tu devenue folle ?

— C'est toi qui le dis !

— On ne croirait jamais que nous sommes sœurs, intervint précipitamment Ambérina. La vérité est que nous avons la même mère, mais trois pères différents.

— Ce commerce vous fait-il vivre toutes les trois ?

— Seigneur, non ! J'ai un mari et je ne travaille ici que pour m'amuser. Ivy est encore étudiante aux beaux-arts et…

— Et Cluthra vit de la pension que lui verse son ex-mari, termina la plus jeune, sans tenir compte des regards mécontents de ses sœurs.

— Les affaires ont été mauvaises ce mois-ci, avoua la brune. Sylvia est la seule qui ait travaillé.

— Qui est Sylvia ?

— Une riche veuve, répondit la voix moqueuse, du haut de l'échelle.

— Sylvia vend du rustique.

— Où est son magasin ? Quel est le nom de sa boutique ?

— Sylvia Katzenhide. Sa boutique s'appelle *Rustica*. Si vous allez la voir, emportez des boules Quies, car c'est une redoutable bavarde.

Qwilleran quitta *Les Trois Parques* d'un pied léger. Avant de refermer la porte, il avait eu le temps d'entendre Ivy s'exclamer :

— Il est mignon tout plein, non ?

Il caressa sa moustache, hésitant à accepter l'invitation de Mary Duckworth. Il voulait d'abord se rendre chez la loquace Sylvia Katzenhide. Sa liste comportait aussi le nom de Mrs. McGuffey et il se promit d'avoir, tôt ou tard, une conversation privée avec la petite Ivy. Ce n'était qu'une gamine, mais elle avait la langue bien pendue.

Dans Zwinger Street, le soleil avait percé le brouillard et converti la neige en une sorte de gadoue, dans laquelle pataugeaient les piétons. Qwilleran accorda une pensée à Koko et Yom Yom. Heureux chats, au chaud sur leur coussin, le ventre bien rempli, sans question à se poser ni décision à prendre ! Il n'avait pas consulté Koko depuis longtemps et il décida, brusquement, d'aller le mettre à l'épreuve. Il s'agissait d'un jeu avec le *Dictionnaire non abrégé*. Le chat plantait ses griffes dans le livre et Qwilleran l'ouvrait à la page indiquée. Le mot en tête de la première colonne offrait habituellement une piste intéressante. Incroyable ? Bien sûr, et pourtant cela avait déjà réussi dans le passé. Il était peut-être temps de recommencer.

Il retourna chez lui et ouvrit la porte de son appartement. Aucun des chats n'était en vue. Cependant, quelqu'un était entré. Qwilleran remarqua certains changements. Les chandeliers en cuivre, sur la cheminée, avaient été remplacés par un petit cochon en porcelaine.

Ayant appelé les chats sans succès, il entreprit de les chercher dans tout l'appartement, ouvrant portes et tiroirs. Il se mit à genoux devant la cheminée et regarda par le conduit. Il était assez peu vraisemblable qu'ils fussent là, mais avec des siamois on pouvait s'attendre à tout.

Pendant qu'il était aplati, la tête dans l'âtre, il eut l'impression d'entendre bouger derrière lui. Il se retourna et vit les deux chats traverser nonchalamment le tapis, Koko quelques pas en avant et Yom Yom un peu en retrait, selon leur habitude. Leurs deux queues dressées en point d'exclamation, ils semblaient fiers de s'être soudain matérialisés, comme les chats savent le faire.

— Coquins que vous êtes ! s'écria Qwilleran, feignant l'indignation.

— Yaô ? répondit Koko, sur le mode interrogatif, ce qui signifiait : « Tu nous appelles, qu'y a-t-il pour déjeuner ? »

— Je vous ai cherchés partout, où diable étiez-vous cachés ?

Ils paraissaient venir de la salle de bains. Leurs yeux d'un bleu intense flambaient de satisfaction. Yom Yom tenait une brosse à dents dans son petit museau pointu. Elle la laissa tomber aux pieds de Jim.

— Tu es une bonne chatte. Où l'as-tu trouvée ? Sous la baignoire ?

Yom Yom s'assit d'un air satisfait et Qwilleran lui gratta la tête, sans remarquer l'expression lointaine de Koko.

— Viens ici, Koko, mon garçon, nous allons jouer ensemble, proposa-t-il, en frappant sur la couverture du dictionnaire pour donner le signal.

Koko sauta sur le gros livre et se mit en devoir de faire ses griffes. Puis il s'éloigna, en direction de la fenêtre, pour surveiller les pigeons.

— Le jeu, Koko, tu te souviens ? Allons, viens jouer, répéta le journaliste, en ouvrant le livre d'un doigt tentateur.

Koko ignora l'invitation. Il était trop occupé à regarder dehors. Qwilleran alla le chercher, en le prenant sous le ventre, et le posa devant les pages ouvertes.

— Allez, vas-y, à toi de commencer.

Mais Koko resta immobile, le dos arqué, les pattes raides, le regard d'une froideur insultante.

— D'accord, laisse tomber, tu n'es plus le chat que tu étais, retourne à tes pigeons.

Et Koko revint vers la fenêtre d'où il observa Ben Nicholas, dans la cour, donnant des miettes de pain aux oiseaux.

En descendant l'escalier, Qwilleran rencontra Iris Cobb.

— Vous amusez-vous à Came-Village ? demanda-t-elle, avec enjouement.

— J'ai découvert des informations intéressantes, répondit-il, et je ne comprends pas que la police n'ait jamais procédé à une enquête au sujet de la mort d'Andy.

Elle eut un geste d'ignorance, tandis qu'une voix mâle et sarcastique s'élevait du magasin.

— Je vais vous dire pourquoi : Came-Village est considéré comme un bas quartier et personne ne se soucie de ce qui s'y passe.

— Cette question exaspère mon mari, murmura Iris. Il est sans cesse en conflit avec la municipalité. Il a probablement raison. La police n'a été que trop heureuse de classer l'affaire. Mais sur quoi reposent vos soupçons ?

— Rien de précis encore, je trouve seulement qu'il y a trop de coïncidences.

— J'espère que vous vous trompez. Cette seule pensée me donne le frisson. Oh ! j'ai vendu les chandeliers en cuivre de votre appartement. À la place, je vous ai mis un petit cochon du Sussex très rare. La tête se soulève et l'on peut boire dedans.

— Merci.

Il fit quelques pas vers la porte et s'arrêta. Cette brosse à dents que Yom Yom lui avait rapportée était bleue et il venait de se souvenir que la sienne était verte.

CHAPITRE NEUF

Qwilleran se dirigea à grandes enjambées vers *Le Dragon Bleu*, en songeant à la Mary vulnérable de la nuit précédente. Ce fut une autre femme qui l'accueillit – la première, distante et impénétrable, dans son kimono japonais. Elle était seule dans son magasin, assise sur son fauteuil sculpté, un long nuage de fumée montant de sa cigarette.

— J'ai reçu votre message, dit-il, un peu décontenancé par cette réception. Désiriez-vous me voir ?

— Oui, je suis très ennuyée.

— Qu'y a-t-il ?

— Je me suis conduite comme une sotte, hier soir. Je crains d'avoir trop parlé.

— Vous avez été une délicieuse hôtesse et j'ai passé une fort agréable soirée.

— Ce n'est pas ce que je veux dire. J'ai eu tort de vous révéler ma situation de famille. J'aurais dû me souvenir du vilain tour que votre confrère Jack Jaunti a joué à mon père. Malheureusement, le scotch…

— Vous étiez détendue. Cela vous a fait du bien de vous confier. Je n'abuserai pas de vos confidences, je vous l'ai promis.

Mary Duckworth lui jeta un regard pénétrant. Il y avait quelque chose dans la moustache de cet homme qui convainquait les gens de sa sincérité. Elle poussa un soupir, en murmurant :

— Je vous crois, presque malgré moi…

— Puis-je m'asseoir ?

— Pardonnez mon impolitesse. Accepteriez-vous une tasse de café ?

— Non merci, je viens de manger une assiette de soupe, chez *Les Trois Parques*.

— De la soupe de poissons, je parie ? Leur boutique me rappelle toujours le marché aux poissons, dit Mary, avec dédain.

Qwilleran devina une rivalité qui l'amusa.

— Pas de mauvais rêves, cette nuit ?

— Non. Pour la première fois, depuis des semaines, j'ai bien dormi. Vous aviez raison, j'avais besoin de m'extérioriser. Je vous en suis reconnaissante, Qwill.

— Maintenant que vous vous sentez mieux, voulez-vous faire quelque chose pour moi ? Juste pour satisfaire ma curiosité.

— Que voulez-vous savoir ?

— Pouvez-vous me donner quelques détails supplémentaires sur la nuit de l'accident ? N'y voyez pas un intérêt morbide. C'est pure curiosité intellectuelle, je vous l'assure.

— Qu'y a-t-il à ajouter ? s'enquit-elle, en se mordant les lèvres, je vous ai tout dit.

— Auriez-vous la bonté de me dessiner un plan de la pièce où l'accident a eu lieu ?

Il tira de sa poche une feuille de papier et un stylo à bille qu'il lui tendit, puis il prit sa pipe et se mit à la remplir. Mary commença à tracer quelques traits, visiblement à contrecœur.

— C'était dans l'atelier, derrière la boutique d'Andy. La porte de service est là. À droite, il y a un grand placard, avec des casiers pour ranger les outils. Au fond de la pièce, se trouvaient des meubles en réparation.

— Et les lustres ?

— Ils étaient pendus au plafond. Il y en avait au moins une douzaine. Les lustres étaient la spécialité d'Andy.

— Où se trouvait l'échelle ?

— Au milieu de la pièce. Elle était tournée de ce côté, précisa-t-elle, en marquant l'endroit d'un X, et le lustre en cristal était par terre, en mille morceaux.

— À droite ou à gauche de l'échelle ?

— À droite.

— Dans quelle position était le corps ?

— À gauche de l'échelle.

— Face contre terre ?

Elle acquiesça. Qwilleran tira sur sa pipe, avant de reprendre.

— Andy était-il gaucher ou droitier ?

— Êtes-vous certain que votre journal ne vous a pas envoyé ici pour vous renseigner sur cet accident ?

— J'ai reçu pour instructions formelles du *Fluxion* de ne pas me mêler de cette affaire. Je suis ici pour écrire un reportage sur la brocante, mais je suppose que j'ai passé trop d'années dans une atmosphère criminelle et j'éprouve le besoin de contrôler les faits.

La jeune femme le dévisagea et croisa son regard calme et sérieux. Sa voix se fit plus douce, lorsqu'elle questionna à son tour :

— Vous regrettez votre ancien métier, n'est-ce pas, Qwill ? Les antiquités risquent de vous paraître bien fades, après ce que vous avez connu.

— Un journaliste doit pouvoir tout faire, répondit-il, avec un haussement d'épaules.

— Andy était droitier, dit-elle après une pause, cela fait-il une différence ?

Qwilleran étudia le dessin.

— L'échelle était là, le lustre brisé de ce côté et l'épi sur lequel il est tombé se trouvait…

— À gauche de l'échelle ?

— Oui.

— Au milieu de la pièce, par conséquent. N'était-ce pas un endroit bizarre pour un objet aussi dangereux ?

— Eh bien, il était presque à côté des autres objets. Comme tout le reste, cet épi a souvent changé de place. La veille de l'accident, il était sur le banc. Andy polissait la boule de cuivre.

— Savait-on qu'il possédait cet épi ?

— Oh ! oui, tout le monde prétendait qu'il avait mis la main sur un objet rare.

— Comment l'avait-il eu ?

— Andy l'avait acheté à Russel Patch. Russ l'avait récupéré dans une maison en démolition. Il était allé le chercher avec Cobb. C'est même comme cela qu'il s'est fracturé la jambe, en glissant sur le toit.

— Laissez-moi comprendre, coupa Qwilleran. Andy ne tolérait pas la récupération et cependant, il ne dédaignait pas d'acheter un objet provenant d'une telle source ?

Mary hocha la tête, sans répondre. Il fuma sa pipe en s'interrogeant sur cette jeune femme d'une candeur désarmante, par certains côtés, et si avertie, par d'autres. Fragile comme un roseau et forte comme un chêne, se cachant sous un faux nom, absolument sûre de certains détails et complètement perdue à propos d'autres. Alternativement compatissante et réservée.

— Êtes-vous parfaitement satisfaite de ce verdict de mort accidentelle ? demanda-t-il, enfin.

Elle ne répondit pas et son regard resta impénétrable.

— Cela aurait pu être un suicide, insista-t-il.

— Non !

— Ou un crime de rôdeur.

— Pourquoi ne laissez-vous pas les choses où elles sont ? s'impatienta Mary, en fixant Qwilleran de son regard égaré. Si des rumeurs commencent à circuler, Came-Village en souffrira. Ne comprenez-vous pas que c'est le seul endroit de la vieille ville où il ne se commet jamais de crime ? Les clients se sentent en sécurité ici et je veux que cela continue… Mais je suis folle d'imaginer que nous pourrions avoir un avenir, poursuivit-elle, avec amertume, la ville veut tout démolir pour construire un de ces gratte-ciel sans âme et en attendant le quartier est considéré comme insalubre. Les banques nous refusent des crédits pour le restaurer.

— Et votre père, souscrit-il à cette politique ?

— Il la trouve raisonnable. Personne ne pense à Came-Village comme à une communauté d'êtres vivants. C'est, tout au plus, une colonne dans les statistiques. Pourtant, si l'on se penchait sur ces vieilles maisons, on y trouverait de respectables familles d'immigrés, des vieux couples qui ne désirent pas s'exiler en banlieue, des petits commerçants, comme les Lombardo. Toutes les nationalités, toutes les races, tous les âges, y compris quelques éléments douteux qui ne font aucun mal à autrui, sont représentés ici. Mais les politiciens ont une mentalité à part. Ils refusent de mélanger les torchons avec les serviettes.

— Quelqu'un a-t-il tenté de s'opposer à eux ?

— C.C. a essayé, mais que peut un homme seul ?

— Avec votre nom et votre influence, Mary, vous devriez arriver à un résultat.

— Mon père ne me le permettrait pas. Savez-vous sous quelle rubrique je suis inscrite au registre du commerce ? Comme brocanteur. Cette chaise Chippendale, près de la cheminée, vaut deux mille dollars, mais je suis en classe C, comme brocanteur, parce que je suis établie à Came-Village !

— Quelqu'un devrait organiser cette communauté.

— Vous avez raison, sans doute. Came-Village n'a aucune voix au conseil municipal. Tenez, dit-elle, en se levant pour aller vers la vitrine, regardez ces poubelles. En principe, elles doivent être ramassées le jeudi. Nous sommes samedi et elles sont toujours là.

— Le temps a pu causer quelque retard.

— Vous parlez comme un bureaucrate ! Des excuses, c'est tout ce que nous obtenons.

Qwilleran l'avait suivie près de la fenêtre. Il la regarda avec un nouveau respect. Brusquement, il proposa :

— Êtes-vous libre pour dîner, ce soir ?

— Je vais dans ma famille, dit-elle, avec regret. C'est l'anniversaire de ma grand-mère, mais j'apprécie votre invitation.

Elle sortit un petit objet en argent d'un tiroir et le lui tendit :

— En souvenir de Came-Village, dit-elle. C'est un double-mètre. J'en offre à mes clients, car ils ont toujours des mesures à prendre.

— Je vois que vous n'avez pas encore vendu l'écusson des Mackintosh.

— Il vous attend. Je pense que vous êtes faits l'un pour l'autre. Quand un client rencontre un objet qui lui est destiné, il se produit une sorte d'étincelle, comme lorsqu'on tombe amoureux. J'ai vu ce coup de foudre entre vous et l'écusson.

Il lui jeta un regard surpris et constata qu'elle parlait sérieusement. Il tira sur sa moustache, en songeant que cent vingt-cinq dollars représentaient deux costumes neufs.

— Vous me le paierez après Noël, suggéra-t-elle, et vous en profiterez pendant les fêtes.

— Entendu, dit-il, soudain. Je vous laisse vingt dollars, à titre d'arrhes.

Il porta la lourde pièce jusqu'à la porte.

— Vous devriez demander à C.C. de vous aider ! lui cria-t-elle, tandis qu'il descendait péniblement les marches avec son fardeau.

Quand il arriva devant la porte des Cobb, il entendit la voix de C.C. hurler :

— Vous n'y connaissez rien, pourquoi ne pas l'admettre ?

— Si c'est du chêne, je veux bien manger mes béquilles ! Vous êtes le plus grand imposteur de toute la profession. Je vous en offre vingt dollars et pas un cent de plus.

Qwilleran monta son écusson tout seul. Les chats dormaient sur le fauteuil Morris et il ne les dérangea pas. Il posa son acquisition contre le mur et ressortit pour faire d'autres visites. Il décida de commencer par Sylvia Katzenhide.

En arrivant devant le magasin, il tint la porte pour permettre à un homme bien habillé de sortir, avec un énorme paquet enveloppé de papier journal. À l'intérieur, une cliente débattait le prix d'une chaise reposant sur une roue de brouette.

— Ma chère, lui disait la marchande, l'âge et la valeur intrinsèque n'ont aucune importance. Dans le rustique, tout n'est qu'esprit et boutade, plus une pichenette sur le nez. Ou vous pigez ou vous ne pigez pas, comme dirait mon fils.

Mrs. Katzenhide était une belle femme, pleine d'assurance, qui paraissait quarante ans, mais en avait certainement cinquante-cinq. Qwilleran avait rencontré des centaines de spécimens du même genre, comme auxiliaires dans des musées, toutes identiques dans leur costume tailleur en tweed bien coupé et leurs chaussures en crocodile. Celle-ci avait ajouté des bas en coton noir pour donner la touche d'excentricité nécessaire à Came-Village. Le journaliste se présenta :

— Puis-je vous demander comment vous avez été amenée à ouvrir cette boutique ?

— C'est une idée de mon fils. Il prétendait que cela me distrairait. Connaissiez-vous feu mon mari ? Il était président de la Chambre de Commerce. Mon fils étudie le droit.

— Mais pourquoi ici ? Vous auriez pu…

— Prendre quelque chose de plus distingué ? C'est ce que disent mes amis. Mais il faut s'y connaître pour faire ce métier et le rustique permet toutes les audaces. En outre, mon fils affirme que c'est ce que recherche le public, aujourd'hui. Du reste, tout ce qui est grossièrement exécuté, usé, sans attrait, se vend comme des petits pains.

— Alors, je suppose que vous n'avez rien acheté…

— À la vente aux enchères d'hier ? coupa-t-elle une nouvelle fois, seulement un petit chandelier, pour mon propre appartement. À la mort de mon mari, j'ai quitté la grande maison que nous avions à Lost Lake Hill et je me suis installée à la Tour des Horizons. J'ai un bel appartement et il n'est pas meublé en rustique, faites-moi confiance !

— Comment les autres brocanteurs considèrent-ils votre spécialité, avez-vous…

— De bons rapports ? Certainement. J'assiste à leurs réunions professionnelles et nous nous entendons fort bien. Quand je me suis installée, Andrew Glanz m'a prise sous son aile et m'a donné de précieux conseils. Ce fut un choc que la mort de ce garçon, soupira-t-elle. Le connaissiez-vous ?

— Non. Je ne l'ai jamais rencontré. Était-il…

— Écoutez, je vais vous le décrire. On avait toujours l'impression qu'il portait un habit et une cravate blanche, même quand il était en blue-jean pour nettoyer un meuble. Il était beau garçon et intelligent. Je n'ai jamais compris qu'il ne soit pas marié.

— N'était-il pas plus ou moins fiancé avec…

— Le Dragon ? Pas au sens strict, mais ils auraient formé un couple parfait. Quel dommage qu'il y ait eu cette autre femme…

— Vous voulez dire…

— Allons bon ! Voilà que je bavarde encore. Mon fils dit que je suis devenue une incorrigible cancanière depuis mon installation à Came-Village. Il a raison, je n'ajouterai plus un mot.

Et, en effet, elle se tut.

Tirant pensivement sur sa moustache, Qwilleran s'en alla vers la boutique appelée *Le Roi Lear*, visite qu'il ne devait pas tarder à regretter.

CHAPITRE DIX

Le Roi Lear se trouvait à côté du magasin des Cobb, dans le même pâté d'immeubles que *Le Dragon Bleu*, l'atelier de réparations de Russel Patch, la boutique d'Andy et un magasin qui fournissait à la communauté des livres de prières brodés et des panties noirs, garnis de dentelle rouge. Ben avait sa boutique dans une maison semblable à celle des Cobb, mais moitié moins grande et deux fois plus délabrée.

Qwilleran gravit les marches gelées. À travers les vitres sales, il distingua un mélange confus d'objets de toutes sortes, de meubles poussiéreux, de cuivres ternis, de verres malpropres et d'articles dépareillés. La seule chose qui retint son attention fut un chaton endormi sur un coussin de velours, le menton enfoui entre ses pattes. Il se trouvait au centre d'une table chargée de bibelots fragiles et Qwilleran imaginait avec quelle légèreté le petit animal avait dû se frayer un chemin entre les gobelets et les tasses à thé.

En voyant entrer son visiteur, Ben Nicholas se leva et tendit les bras dans un geste grandiloquent de bienvenue. Il portait un épais pull-over de sport qui accentuait ses formes rebondies. Sa tête était coiffée d'un chapeau haut de forme qu'il retira pour saluer.

— Comment vont les affaires ? s'enquit le journaliste.

— Mal, sans intérêt, ni profit.

Qwilleran prit un masque à gaz datant de la Grande Guerre et l'examina.

— Trésor historique, dit Ben, il est arrivé ici sur le *Mayflower*.

— En 1620 ? Voilà qui est curieux, en vérité ! J'ai appris que vous aviez fait du théâtre ?

Le petit homme replet se redressa de toute sa taille.

— Notre frère Laurence fut acclamé à Broadway, notre Gidberry fut salué par la critique, notre Bottom est resté inoubliable… mais que se passe-t-il, monsieur, vous pâlissez ?

Qwilleran fixait le chat sur son coussin.

— Un admirable exemple de l'art du taxidermiste. Vous plaît-il ?

— Absolument pas, protesta le journaliste, en se détournant. Quelle est votre spécialité ?

— Nous ne sommes qu'un vagabond de la nuit…

— Je vous en prie, cessez cette comédie. Si vous voulez de la publicité, répondez-moi sans détours. Avez-vous une spécialité ?

— Tout ce qui peut rapporter quelque argent.

— Depuis quand avez-vous ce commerce à Came-Village ?

— Depuis trop longtemps.

— Connaissiez-vous bien Andrew Glanz ?

— Noble, droit, vaillant, honnête compagnon. Ce fut un jour de deuil à Came-Village, quand saint Andrew connut son heure dernière.

Puis, changeant subitement de ton, il demanda :

— Et si nous allions prendre un verre à *La Queue du Lion* ?

— Non, merci, pas aujourd'hui.

À ce moment, un client qui était entré dans la boutique depuis quelques instants demanda, avec impatience :

— Avez-vous un anneau d'attelle ?

— Une minute, mon ami, nous sommes occupés.

— J'ai terminé, dit le journaliste. Un de nos photographes viendra vous voir lundi, pour prendre une photographie de vous dans votre boutique.

— Nous vous adressons nos humbles remerciements.

Nicholas souleva son chapeau haut de forme et le tint sur son cœur. Qwilleran remarqua une petite plume, plantée sur le chapeau. Il n'y avait pas le moindre doute : c'était *sa plume*. Il reconnaissait une lacération dans la tige, souvenir d'un coup de griffe de Koko, en jouant, la semaine précédente.

Il sortit lentement de la boutique et se tint immobile sur le haut des marches, en se demandant comment cette plume était venue sur le chapeau de Ben ? Soudain, Qwilleran ressentit un coup violent sur la tête et les épaules. Il tomba à genoux. Un bloc de neige et de glace détaché du toit venait de s'abattre sur lui. Ben Nicholas se précipita pour l'aider à se relever.

— C'est une véritable avalanche qui est tombée du sommet de la maison. Nous devrions poursuivre le propriétaire.

— Heureusement que je portais un chapeau, dit Qwilleran, en secouant la neige de ses vêtements.

— Venez boire un verre de cognac pour vous remettre.

— Non, merci. Je préfère rentrer à la maison.

Quand il eut regagné son appartement, non sans avoir gravi l'escalier avec difficulté, il fut accueilli par un Koko fou furieux. Yom Yom s'était réfugiée en haut du bahut, les épaules dressées comme une sauterelle effrayée. Koko arpentait la pièce de la porte à la table, du lit à la fenêtre, en clamant son indignation.

— Ainsi, on est venu installer le téléphone ? J'espère que tu as mordu les mollets du représentant de la compagnie, dit Qwilleran.

En remuant interrogativement les oreilles, Koko surveilla, avec intérêt, son maître qui composait le numéro du *Fluxion* et donnait des instructions pour avoir un photographe, le lundi matin. Puis le chat le conduisit à la cuisine, de sa démarche raide, toute queue dressée, et suivit la préparation du dîner : des foies de poulet mijotés dans du beurre, additionnés de crème et d'un soupçon de curry.

— Koko, j'ai rejoint le club des éclopés. Notre propriétaire a mal aux reins, Russel Patch a une jambe cassée, la rouquine a le pied dans le plâtre et voilà que je me suis foulé le genou ! Je n'irai pas danser le swing, ce soir, au Club de la Presse.

— Yaô ! miaula Koko, d'un ton compatissant.

Qwilleran passait toujours ses soirées du samedi soir au Club de la Presse, récemment encore, en compagnie d'une jeune femme qui écrivait avec de l'encre noire, mais c'était de l'histoire ancienne, maintenant. Il se rendit seul au Club. Comme il montait l'escalier, il rencontra Lodge Kendall, un de ses confrères, spécialisé dans les faits divers.

— Venez, je vous offre un verre.

— Impossible, Qwill, j'ai promis à ma femme de l'accompagner pour choisir un arbre de Noël.

— Une question, alors, quel est le quartier de la ville qui a le plus haut pourcentage de criminalité ?

— Le Strip et Sunshine Gardens se partagent cet honneur. Skyline Park commence, aussi, à poser un problème.

— Et Zwinger Street ?

— On n'entend guère parler de Zwinger Street.

— J'y ai loué un appartement.

— Vous devez avoir perdu la tête ! On n'y trouve que des taudis.

— Mais non ! Ce n'est pas si mal que ça.

— Ne déballez pas toutes vos affaires, car il est question de démolir le quartier, lança gaiement Kendall, en s'éloignant.

Qwilleran prit une assiette anglaise au buffet et la porta au bar étonnamment désert.

— Où sont tous les autres ? demanda-t-il à Bruno, le barman.

— Partis faire leurs achats de Noël. Les magasins restent ouverts jusqu'à neuf heures du soir.

— Êtes-vous jamais allé chez un brocanteur, Bruno ? Êtes-vous collectionneur ?

— Oh ! oui, je collectionne les fouets à champagne. J'en ai près de dix mille, avec le nom de tous les bars du pays.

— Ce n'est pas ce que je veux dire. Je parlais d'antiquités. Je viens d'acheter un écusson en fer forgé provenant d'un château écossais. Il doit bien avoir trois siècles.

— Voilà ce que je reproche aux antiquités, dit Bruno, en secouant la tête, elles sont si *vieilles* !

Qwilleran termina son verre et fut heureux de repartir pour Came-Village où l'on trouvait des sujets de conversation plus passionnants que des cadeaux de Noël ou des collections de fouets à champagne. Personne au club ne s'était aperçu qu'il boitait.

Arrivé devant la maison des Cobb, il leva les yeux vers le toit à la Mansart, dont la pente douce gardait toujours sa couverture de neige. Le toit de Mary également. Seul, celui de Ben, bien que de style identique, avait été nettoyé par cette avalanche.

Il trouva les chats sur leurs trônes dorés, selon les règles d'un protocole solidement établi : Yom Yom toujours à la gauche de Koko. Il leur découpa la tranche de jambon qu'il avait ramenée du buffet du Club, puis il s'installa devant sa machine à écrire et se mit au travail.

Koko sauta sur la table pour suivre avec curiosité le mécanisme du chariot. Qwilleran s'étant arrêté pour réfléchir sur une phrase, Koko en profita pour frotter son menton sur un levier et déclencher la marge.

Le journaliste eut deux autres distractions, au cours de la soirée. D'abord des piétinements et des coups sourds retentirent au-dessus de sa tête, ensuite, une odeur appétissante lui parvint, à travers le palier. Peu après, quelqu'un l'appela par son nom. Il alla ouvrir. Iris Cobb se tenait là avec un grand plateau de cuivre.

— Je vous ai entendu taper à la machine et j'ai pensé que vous aimeriez prendre une collation. Je viens de terminer mes pâtisseries de Noël.

Sur le plateau étaient disposés un service à café en porcelaine et deux tasses. Qwilleran fut irrité par cette interruption, mais la vue du gâteau au chocolat, fourré de frangipane, l'adoucit.

— J'ai passé la soirée devant mon fourneau, dit-elle, en entrant. Tous les brocanteurs sont en haut pour mettre au point la soirée de Noël. C.C. a aménagé le grenier pour ce genre de réunion. Il l'appelle *Le Paradis perdu*. Oh ! Mon Dieu, vous boitez ? Que vous est-il arrivé.

— Je me suis foulé le genou.

— Il faut faire attention, les genoux sont des articulations fragiles. Asseyez-vous sur le fauteuil Morris en étendant votre jambe sur ce tabouret. Je vais placer le plateau sur la table à thé entre nous.

Elle se laissa tomber de tout son poids sur une chaise qui craqua et ne remarqua pas Koko qui l'observait d'un œil critique, du haut de la cheminée. Pendant que Qwilleran dégustait le gâteau moelleux et encore tiède, Mrs. Cobb reprit :

— Je viens d'apprendre que vous étiez chroniqueur spécialisé dans les crimes.

— Plus maintenant. Qui vous a dit cela ?

— Le Dragon. J'étais allée lui emprunter de la cire. Elle m'a appris que vous vous étiez rendu célèbre à New York… aussi, j'ai craint… je me demandais si vous n'étiez pas là pour une enquête… Voyez-vous, je n'ai jamais imaginé que la chute d'Andy pouvait ne pas être accidentelle et je ne voudrais pas que vous ayez mal interprété ce que j'ai pu vous dire.

— Rassurez-vous, je ne m'occupe plus de ce genre de reportage, depuis bien longtemps.

— Je suis heureuse de l'apprendre, dit-elle, en se détendant. Est-ce que ce mur tapissé ne vous fatigue pas les yeux ? Avoir toutes ces pages de livres devant moi, quand je suis couchée, me rendrait folle. Elles ont été fixées avec une colle spéciale qui s'enlève facilement, aussi vous pouvez les retirer, si elles vous gênent.

— À vrai dire, j'aime assez ce mur déclara Qwilleran, en prenant une seconde tranche de gâteau. Il y a un mélange de Don Quichotte et de Samuel Pepys qui ne manque pas de saveur.

— Chacun ses goûts. Partez-vous pour Noël ? Je serais ravie de m'occuper de vos chats.

— Non. Je n'ai pas de projets. Juste une soirée au Club de la Presse pour le réveillon. Koko, s'écria-t-il, cesse de tourmenter Yom Yom ! Ils sont tous les deux coupés, mais Koko a parfois des jeux brutaux pour bien prouver qu'il est un garçon.

Iris sourit, en versant une seconde tasse de café.

— Si vous êtes seul pour Noël, vous devriez déjeuner avec nous. C.C. va préparer un grand arbre de Noël et mon fils viendra de Saint Louis. Il travaille chez un architecte. Son père – mon premier mari – était professeur. Je vous ai dit que j'avais une licence d'anglais, mais je ne lis plus. Dans ce métier, on n'a plus le temps de rien faire.

Elle continua son bavardage que Qwilleran écoutait distraitement. Il aurait préféré qu'elle se montrât moins envahissante. Il espérait qu'elle s'en irait, avant le départ des brocanteurs de leur *Paradis perdu.* Ses intentions étaient pures, il n'en doutait pas. Son exubérance n'était qu'un manque de tact. Elle n'était pas très intelligente et ses efforts pour le persuader que la mort d'Andy était accidentelle avaient quelque chose de pathétique. Devinait-elle que son mari pourrait se trouver impliqué, si le meurtre était prouvé ?

— … il est mort d'un empoisonnement alimentaire. Un cas très rare de botulisme, disait-elle.

— Qui ? demanda Qwilleran.

— Mon premier mari. Je savais qu'un événement tragique le guettait, je l'avais lu dans ses mains. Je sais lire les lignes de la main. Voulez-vous connaître votre avenir ?

Il tenta de refuser, mais elle s'empara de sa main droite et se pencha dessus.

— Une paume très intéressante remarqua-t-elle, après avoir chaussé ses lunettes.

Au même instant un concert de miaulements furieux éclata dans la pièce. Koko s'était jeté sur Yom Yom avec un hurlement sauvage. Yom Yom se mit à crier en rendant coup pour coup. Ensemble, les deux chats roulèrent sur le tapis, faisant voler des poils de tous les côtés. Mrs. Cobb sauta sur ses pieds, en s'écriant :

— Seigneur ! Ils vont s'entre-tuer !

Se mettant péniblement debout, Qwilleran claqua dans les mains et frappa la première croupe qui se présenta. Koko eut un grognement de colère, tandis que Yom Yom en profitait pour s'enfuir. Koko se lança à sa poursuite. La petite chatte sauta par-dessus le bureau, tourna autour du fauteuil Morris, passa sous la table à thé, Koko à ses trousses.

Ils firent ainsi plusieurs fois le tour de la pièce, Qwilleran vociférant, Iris Cobb gloussant, Yom Yom se réfugia sous la table à thé et Koko atterrit au-dessus. Qwilleran eut la chance d'attraper la cafetière, mais Koko patina sur le plateau, projetant en l'air le pot de crème et le sucrier.

— Le tapis ! s'écria Mrs. Cobb, une serviette, vite, je vais chercher une éponge mouillée.

Elle sortait en courant de l'appartement au moment où les brocanteurs commençaient à descendre du grenier.

— Que se passe-t-il ? demandèrent-ils, qui a-t-on assassiné ?

— Ce n'est qu'une querelle de famille, expliqua le journaliste, en désignant ses chats d'un signe de tête.

Koko et Yom Yom étaient tranquillement assis, l'un près de l'autre, sur le fauteuil Morris. La chatte paraissait douce et heureuse, tandis que Koko lui léchait affectueusement l'oreille.

CHAPITRE ONZE

Cobb ronfla encore, cette nuit-là. Son genou douloureux réveilla Qwilleran à trois heures du matin. Il avala un cachet d'aspirine et écouta les ronflements assourdis à travers la cloison. Il se prit à souhaiter n'être jamais venu à Came-Village. Toute la communauté semblait prédisposée aux accidents et le mal était contagieux. Pourquoi diable avait-il payé un mois de loyer d'avance ? Aucune importance, il resterait là pour écrire ce reportage, puis il s'en irait. Voilà tout. Il devait se concentrer sur ce sujet et cesser de s'inquiéter des activités passées du défunt brocanteur.

Il ressentit alors une sensation familière, à la racine de ses moustaches et il commença à discuter avec lui-même :

— *Il faut bien admettre qu'il y a quelque chose d'étrange dans la position du corps dans l'atelier d'Andy.*

— S'il a été assassiné, c'est sans doute, un crime de rôdeur.

— *Un voleur l'aurait frappé sur la tête et aurait pris la fuite. Or tout semble avoir été préparé, mis en scène.*

— Si tu t'imagines que cela a un rapport quelconque avec un acteur, tu t'égares. Ben n'est qu'un vieux bonhomme inoffensif qui aime les animaux. Koko l'a adopté du premier coup.

— *N'oublie pas cette avalanche qui s'est produite fort opportunément. Quant à Koko, il peut se montrer partial. Il n'aime pas Mrs. Cobb à cause de sa voix.*

— Cependant, il serait intéressant de savoir comment elle s'est donné ce tour de reins, il y a deux mois.

— *Tu fais fausse route. Elle n'a pas le tempérament d'une meurtrière. Ce serait plutôt le fait d'une femme froide, calculatrice, intelligente, comme Mary Duckworth.*

— Tu es injuste, elle peut se montrer douce et compatissante. En outre, elle n'a pas de mobile.

— *Vraiment ? Et sa dispute avec Andy ?*

— Ils se sont probablement querellés au sujet d'une autre femme. Mais est-ce suffisant pour tuer ?

— *Peut-être la menaçait-il ? Il se conduisait parfois de manière dogmatique et intolérante.*

— Je voudrais bien que tu me laisses dormir en paix.

Qwilleran finit par s'assoupir. Le matin, il fut réveillé par deux chats affamés qui jouaient à saute-mouton sur son lit, en évitant miraculeusement son genou douloureux. Les chats avaient, décidément, un sens particulier, se dit-il, qui les empêchait de faire du mal à ceux qu'ils aimaient. Il leur ouvrit une boîte de crabe, en guise de déjeuner.

Un peu plus tard dans la matinée, il était en train d'appliquer une serviette humide sur sa jambe quand on frappa à la porte. Avec un soupir exaspéré, il clopina à travers la pièce pour aller ouvrir. Une assiette de tartelettes aux airelles à la main, Iris Cobb se tenait là, prête à sortir, avec son manteau et son chapeau sur la tête.

— Voici votre petit déjeuner.

— Merci. Vous allez me faire engraisser.

— Comment va votre genou ?

— Ces sortes de douleurs sont toujours plus pénibles le matin. J'essaie des compresses froides.

— Voulez-vous venir dîner avec nous, ce soir, vers sept heures ? Ainsi, vous n'aurez pas besoin de sortir. C.C. vous racontera des histoires sur Came-Village.

Voyant Qwilleran hésiter, elle ajouta :

— Il y aura un rôti et de la purée, un repas tout simple, avec une salade, du roquefort et un gâteau à la noix de coco pour dessert.

— Je viendrai, promit-il.

Dès qu'il fut habillé, il descendit en boitant pour aller chercher le journal au drugstore. Au comptoir, il mangea deux œufs durs et se donna une mauvaise digestion en lisant la chronique de Jack Jaunti qui avait la moitié de son âge et se permettait d'écrire un article plein de sagesse et d'esprit du haut de son ignorance juvénile.

Il passa le reste de la journée à soigner son genou et à taper à la machine. Chaque fois qu'il levait la tête, Yom Yom venait se frotter au bas de son pantalon, tandis que Koko prenait un air concerné et ronronnait, lorsque Jim regardait dans sa direction.

À sept heures, des odeurs de cuisine montèrent chatouiller ses narines. Incapable de leur résister, il se leva pour aller chez ses voisins. En manches de chemise, sans cravate, C.C. était affalé dans un fauteuil, un verre de bière à la main. À l'arrivée de son invité, il grogna quelques mots de bienvenue, plus cordiaux que l'on ne pouvait s'y attendre. Iris avança une chaise :

— C'est du Charles II, dit-elle, la plus jolie pièce que nous possédions.

Elle lui montra d'autres trésors qu'il admira avec une réserve polie : une chouette empaillée, un portrait à l'huile d'une infante, un bureau d'apothicaire, avec deux douzaines de petits tiroirs que seul un apothicaire du siècle passé pouvait utiliser. Sur le dessus du bureau, une radio portative distillait de la musique pop. Jouant les hôtesses attentives, Mrs. Cobb servit un plateau avec des biscuits salés, des petits pâtés et des cocktails de jus de fruits.

— Qui essaies-tu d'impressionner avec tous ces chichis ? ricana son mari.

— Notre nouveau locataire, bien entendu.

C.C. tourna son beau visage mal rasé vers le journaliste :

— Si elle commence à vous appâter avec sa cuisine, méfiez-vous. Elle pourrait vous empoisonner, comme son premier mari.

Le ton était agressif, mais Qwilleran surprit un regard étonnamment affectueux.

— Si j'empoisonne jamais quelqu'un, ce sera Cornball Cobb. Voulez-vous entendre un témoignage accablant ?

Elle sortit le magnétophone acheté à la vente aux enchères, enroula la bande magnétique et appuya sur un bouton. Une succession de ronflements sonores se fit entendre.

— Vas-tu fermer ce maudit engin ? protesta C.C., plus amusé que vraiment fâché.

— Maintenant tu sais que tu ronfles, dit-elle, en riant. Tu ne voulais pas le reconnaître, en voilà la preuve formelle.

— C'est pour une pareille sottise que tu as dilapidé mon bel argent, péniblement gagné ?

— Cela servira de preuve, quand je demanderai le divorce pour cruauté mentale, dit-elle, en clignant de l'œil à l'adresse de leur convive.

— Quelle pitance nous as-tu préparée, ce soir ?

— Mon mari dénigre toujours ma cuisine, mais attendez de l'avoir vu à table !

— Je mange n'importe quoi, grogna-t-il, avec bonne humeur.

Une fois le repas commencé, il manifesta, en effet, un appétit remarquable.

— J'ai fait la connaissance des trois Parques, annonça Qwilleran.

— Que pensez-vous de la rousse ? s'enquit Cobb, entre deux bouchées. Si elle n'avait pas le pied dans le plâtre, elle vous aurait poursuivi jusque dans la rue.

— Je crois que vous avez rencontré Ben Nicholas, dit Iris, n'est-ce pas un drôle de type ?

— Il s'est mis en frais pour moi. Il m'a raconté qu'il avait joué la comédie à Broadway.

— La seule scène de Broadway où il se soit produit est le rayon des jouets des Grands Magasins Macy, ricana C.C.

— Ben adore jouer au Père Noël, ajouta sa femme, tous les ans, il endosse le costume et la barbe et se rend dans les hôpitaux pour enfants. Un jour, je l'ai vu ramasser un pigeon blessé pour le soigner.

— Il a un objet répugnant dans sa boutique, un chat naturalisé… soupira le journaliste.

— C'est une pelote à épingles. C'était à la mode, au début du siècle.

— Son magasin lui suffit-il pour vivre, ou a-t-il un autre métier ?

— Ben a été riche, dit C.C., il gagnait beaucoup d'argent, avant que les impôts augmentent autant.

Mrs. Cobb eut un regard surpris vers son mari. Celui-ci termina son dessert et repoussa son assiette.

— Je vais faire de la récupération, cette nuit. Personne ne désire venir avec moi ?

— Où allez-vous ?

— Dans un quartier en démolition. La vieille maison Ellsworth a de beaux lambris en chêne. Russ dit que l'on a déjà retiré les vitraux et une grande partie des boiseries. Il faut se dépêcher.

— J'aimerais mieux que tu ne sortes pas. Il fait froid et la neige glacée est traître. En outre, tu sais que c'est illégal.

— Bah ! Tout le monde le fait. D'où crois-tu que le Dragon a tiré son chandelier russe ?

— C.C. a été pris, une fois, et il a dû payer une amende sévère, mais cela ne lui a pas servi de leçon.

— Ah ! Cela ne se renouvellera pas. Quelqu'un avait prévenu la police et je sais qui c'est.

— Allons prendre le café au salon, suggéra Mrs. Cobb.

C.C. alluma un cigare et Qwilleran bourra sa pipe en disant :

— Je crois comprendre que Came-Village n'est guère soutenu par la municipalité.

— Mon bon monsieur, on dirait que nous sommes des pestiférés dont il faut se débarrasser, dit Cobb. Nous avons demandé un meilleur éclairage des rues et la ville a refusé, parce que Came-Village aura disparu avant dix ans. Alors, nous avons sollicité l'autorisation d'installer de vieux becs de gaz, à nos frais, mais la ville a encore opposé son veto. Nous avions des ormes magnifiques, dans cette rue ; la municipalité les ayant fait couper pour élargir la chaussée, nous avons planté de jeunes arbres sur le trottoir et devinez ce qui est arrivé ? On les a arrachés pour élargir encore la rue de soixante centimètres !

— Raconte à Qwill ce qui s'est passé pour les enseignes.

— Ah ! oui, les enseignes. Nous en fabriquions tous dans de vieux bois et les autorités nous les ont fait retirer, sous prétexte que c'était dangereux. Russ a installé une enseigne en cèdre, équarrie à la main et on la lui a fait enlever, savez-vous pourquoi ? Parce qu'elle dépassait d'un centimètre ! Oui, monsieur, la ville ne souhaite ni plus ni moins que le déclin de ce quartier, afin que les spéculateurs puissent racheter les terrains à bon compte.

— Nous projetons de faire une fête pour Noël, afin d'attirer les clients, mais nous nous heurtons à tant d'interdits !

— Il faut une autorisation pour décorer les rues. Pour placer des haut-parleurs dehors, il faut l'accord du Comité contre le bruit. Si vous proposez l'attribution d'un prix pour un concours de vitrines, vous avez contre vous la commission pour la répression des jeux. Si vous voulez servir des rafraîchissements, c'est la ligue antialcoolique, et zut !

— Le *Daily Fluxion* pourrait peut-être aplanir vos difficultés ? Nous avons une certaine influence sur le conseil municipal.

— Pour le moment, je m'en moque. Je vais faire de la récupération.

— Je vous aurais bien accompagné, si je n'étais handicapé avec ce genou.

— N'y va pas seul, C.C. Ben ne peut-il te donner un coup de main ?

— Ce flemmard ? Il ne serait même pas capable de tenir la torche.

— Alors demande à Mike. Il acceptera, si tu lui glisses la pièce. Il commence à neiger, j'aurais préféré que tu restes à la maison.

Sans autre salutation, Cobb s'en alla, équipé d'une lourde veste, de bottes et d'une casquette en laine. Après une dernière tasse de café, Qwilleran se leva et remercia son hôtesse pour son excellent dîner.

— Croyez-vous que le *Fluxion* pourrait faire quelque chose pour cette fête ? demanda-t-elle, en l'accompagnant jusqu'à la porte, après lui avoir remis un paquet pour les chats. Cela signifie beaucoup pour C.C. Il est comme un enfant à Noël et je n'aime pas qu'on lui brise le cœur.

— Je vais m'en occuper, dès demain.

— N'est-il pas magnifique, quand il défend sa cause ? Je n'oublierai jamais le jour où je l'ai accompagné à une réunion du conseil municipal. Il s'est levé et a exprimé son point de vue avec tant de chaleur que le maire l'a prié de s'asseoir et de se tenir tranquille. Alors, C.C. lui a dit : « Écoutez, mon vieux, ne le prenez pas sur ce ton, après tout, c'est moi qui paie votre salaire ! » J'ai été si fière de mon mari que j'en avais les larmes aux yeux.

Qwilleran retourna chez lui et ouvrit la porte. Les chats sautèrent de leurs chaises dorées, sachant déjà ce que contenait le paquet qu'il tenait à la main. Yom Yom se roula à ses pieds, tandis que Koko exprimait ses sentiments en termes claironnants. Jim se pencha pour caresser Koko. C'est alors qu'il aperçu un billet d'un dollar par terre, près de la fenêtre. Il était plié dans le sens de la longueur. Lui-même ne pliait jamais les billets de cette façon.

— D'où cela sort-il ? demanda-t-il aux chats ? Qui est venu ?

Il fallait que ce fût quelqu'un ayant une clef. Ce ne pouvait être les Cobb qu'il n'avait pas quittés de la soirée et en dehors de Ben… Quelle curiosité pousserait le vieil homme à entrer dans son appartement ? L'incident n'était pas grave en soi, mais il l'agaçait. Il retourna voir Iris.

— Quelqu'un s'est introduit chez moi. Pourrait-ce être Ben ? A-t-il une clef de mon appartement ?

— Seigneur non ! Pourquoi en aurait-il une ?

— Qui d'autre pourrait entrer ?

Une expression ravie parut sur le visage poupin d'Iris Cobb.

— Ne me le dites pas, je sais, dit Qwilleran, en fronçant les sourcils, Mathilda passe à travers les murs.

CHAPITRE DOUZE

Le lundi matin, Qwilleran ouvrit les yeux de bonne heure. La douleur au genou lui rappela où il se trouvait : à Came-Village, patrie des éclopés.

Puis le bruit qui l'avait éveillé reprit. Quelqu'un frappait doucement à sa porte. Tout en grimaçant, il enfila sa robe de chambre pour aller ouvrir.

Les traits tirés, les yeux battus, Iris Cobb se tenait devant lui, vêtue d'un gros manteau, une écharpe de laine autour de la tête.

— Excusez-moi de vous déranger, mais je suis très inquiète. C.C. n'est pas rentré.

— Quelle heure est-il ?

— Cinq heures. Jusqu'ici, il n'est jamais revenu après deux heures du matin.

Qwilleran se passa la main dans les cheveux, en essayant de se remémorer les événements de la nuit précédente.

— Croyez-vous que la police l'ait de nouveau pincé ?

— Dans ce cas, on m'aurait téléphoné. Ils l'ont fait, la dernière fois.

— Et ce garçon qui devait l'accompagner ?

— Je viens de voir sa mère. Il n'a pas accompagné C.C. Il est allé au cinéma.

— Voulez-vous que j'appelle la police ?

— Non. Il ne faut pas que l'on sache ce qu'il a été faire. Je crains qu'il n'ait eu un accident.

— Voulez-vous que j'aille voir si je peux le retrouver ?

— Vous feriez cela ? Oh merci ! Je viens avec vous.

— Je vous demande quelques minutes pour m'habiller.

— Mettez des vêtements chauds et des bottes. J'appelle un taxi. C.C. a pris la camionnette.

Cinq minutes plus tard, Qwilleran accroché au bras d'Iris s'efforçait de ne pas boiter, en l'escortant jusqu'à la rue couverte de neige où le taxi attendait.

— Je vais demander au chauffeur de s'arrêter un peu avant la maison abandonnée. Il semblerait bizarre de nous conduire là, à une heure pareille.

— Dans la quinzième rue ? s'étonna le chauffeur, mais il n'y a rien à cet endroit, tous les immeubles ont été évacués.

— Mon frère doit venir nous chercher en voiture, dit le journaliste. Nous avons un malade dans la famille.

Arrivé à destination, il remit au chauffeur le dollar qu'il avait trouvé dans son appartement et aida Mrs. Cobb à descendre de voiture. La nuit était sombre. Au loin, on voyait briller les lumières de la ville, mais dans ce quartier en démolition, les réverbères ne fonctionnaient plus. Ils attendirent que le taxi ait disparu pour se mettre en marche.

— C'est ici, dit-elle, en s'arrêtant, il y avait une grille en fer, mais elle a été récupérée par quelque brocanteur.

Sur le côté se trouvait une entrée pour les voitures et l'allée portait des traces de pneus.

— Je suppose qu'il s'est garé par-derrière, dit Qwilleran.

Ils avancèrent en marchant avec précaution sur le sol glissant.

— Oui. Voici sa camionnette ! s'écria-t-elle, il doit être là. N'entendez-vous rien ?

Ils se tinrent un moment immobile dans un silence de mort. Finalement, ils se décidèrent à pénétrer dans la maison par la porte de service.

— Je tiens à peine sur mes jambes, murmura-t-elle, j'ai un terrible pressentiment.

— Courage, dit son compagnon, en la guidant d'une main ferme.

Ils entrèrent dans ce qui avait été une grande cuisine, au milieu de laquelle se trouvaient une cheminée en marbre rose et une lampe en cuivre. Ils s'arrêtèrent encore pour écouter. On n'entendait toujours aucun bruit. Les pièces étaient froides et humides.

À l'aide d'une torche électrique, Qwilleran se fraya un passage à travers les gravats accumulés dans l'office et la salle à manger. Un trou béant indiquait d'où avait été enlevée la cheminée. Une porte vitrée ouvrait sur un vaste hall. Qwilleran entra le premier, Iris sur ses talons. La pièce était délabrée. Il promena le faisceau de sa lampe sur l'escalier dont la rampe avait été retirée. Contre le mur, on voyait des portes démontées et là… au pied de l'escalier…

— Le voilà ! cria Iris, en courant vers lui.

Un grand panneau de bois reposait sur le corps désarticulé.

— Oh ! mon Dieu ! Il est… il est…

— Il a peut-être perdu connaissance, attendez, laissez-moi l'examiner.

Le panneau de chêne sombre pesait terriblement lourd et il eut beaucoup de difficulté à le soulever et à le placer contre le mur. Mrs. Cobb pleurait doucement.

— Respire-t-il encore ? demanda-t-elle, avec angoisse.

— Il paraît bien mal en point.

— Il a dû glisser et il s'est blessé. Il est peut-être étendu là, dans le froid, depuis des heures.

Ni l'un ni l'autre n'entendirent des pas derrière eux. Soudain le hall fut éclairé par une torche puissante.

— Police, dit une voix officielle. Que faites-vous là ?

— Mon mari est blessé, gémit Mrs. Cobb. Je vous en prie, transportez-le vite à l'hôpital.

— Pourquoi êtes-vous ici ?

— Il n'y a pas de temps à perdre, appelez une ambulance, avant qu'il soit trop tard.

L'un des officiers de police s'approcha et se pencha sur le corps. Il se releva, en secouant la tête.

— Non ! Non ! On peut encore le sauver, cria-t-elle, je vous en supplie, dépêchez-vous !

— Tout est fini, madame. Je vais vous demander de nous accompagner. Vous ferez une déclaration au commissariat de police.

Mrs. Cobb poussa un long gémissement plaintif.

— Je suis journaliste au *Daily Fluxion*, dit Qwilleran en sortant sa carte de presse.

L'officier hocha la tête, ses manières s'adoucirent soudain.

— Voulez-vous nous suivre également ? On enregistrera votre déposition. Simple routine.

— Comment avez-vous été alertés ?

— Un chauffeur de taxi nous a signalé deux clients qu'il avait déposés dans la quinzième rue. Qu'est-il arrivé ? Cet homme est-il tombé dans l'escalier ?

— Il portait ce panneau de bois. Il a dû glisser.

— Je lui avais dit de ne pas sortir, balbutia Iris Cobb, entre deux sanglots.

Tournant son visage ravagé vers Qwilleran, elle ajouta :

— Que vais-je devenir sans ce merveilleux mari ?

CHAPITRE TREIZE

Après être allé au commissariat de police, Qwilleran ramena Iris à son domicile et appela Mary Duckworth pour qu'elle vienne auprès d'elle, pendant qu'il se rendait à son journal.

Avec une expression dégoûtée, accentuée par la courbe de ses moustaches, il jeta dix pages dactylographiées sur le bureau d'Arch Riker.

— Que se passe-t-il ?

— Sale journée. Je suis debout depuis cinq heures du matin. Mon propriétaire s'est tué en tombant dans un escalier.

— Vous parlez de Cobb ?

— Oui. Il était allé faire de la récupération, dans une maison abandonnée. Ne le voyant pas revenir, sa femme est venue me prévenir. Nous sommes partis à sa recherche et nous l'avons trouvé mort, au pied de l'escalier. Mrs. Cobb est anéantie.

— Je suis navré d'apprendre ça.

— C'était à la maison Ellsworth, dans la quinzième rue.

— Je connais. Hector Ellsworth a été maire de la ville, il y a vingt ans.

— Vraiment ? ricana Qwilleran, alors Cobb a perdu sa dernière bataille avec la municipalité. Ils l'ont eu, finalement ! Je commence à croire au monde des esprits.

— Allez-vous écrire un papier là-dessus ?

— C'est assez délicat. Cobb enfreignait la loi, en se trouvant là.

— Il faisait de la récupération ? Tous les brocanteurs en font.

— Oui. Mais Cobb avait été pris, une fois, la main dans le sac. Il a dû payer une forte amende et a reçu un avertissement dont il n'a pas tenu compte.

— Tout cela ne semble pas devoir fournir matière au conte de Noël souhaité par le patron.

— Qui sait ? Nous avons peut-être un rôle à jouer. Cobb voulait organiser une fête du quartier, pour Noël, et la ville lui mettait des bâtons dans les roues. Ne pourrions-nous intervenir auprès de la municipalité pour faire lever les interdictions et lui offrir une satisfaction posthume ? Sa veuve y serait sensible.

— Je vais demander au patron de téléphoner au maire En attendant, préparez un article que nous passerons demain. Nous aurons tous les antiquaires avec nous. Faites vibrer la corde sensible.

Qwilleran acquiesça. Les phrases se formaient déjà dans sa tête. Il s'arrêta à la bibliothèque du *Fluxion* pour consulter des fiches sur Hector Ellsworth et à la caisse pour toucher son chèque, puis il retourna à Came-Village.

Vêtue d'un élégant pantalon qui l'amincissait encore, Mary Duckworth le reçut à la porte de l'appartement des Cobb. Il remarqua une certaine excitation dans ses manières.

— Comment va Iris ?

— Je lui ai fait prendre un sédatif. Elle s'est endormie. Les funérailles doivent avoir lieu à Cleveland et je me suis chargée de retenir la place d'avion.

— Je vais aller chercher la camionnette. Elle est restée à la maison Ellsworth. Ainsi, je pourrai accompagner Iris à l'aéroport.

— Très bien. Je m'occupe de sa valise.

— Quand elle se réveillera, dites-lui que Came-Village aura sa fête de Noël, exactement comme C.C. le désirait.

— Je le sais, dit Mary. Le bureau du maire a téléphoné. Un délégué va venir pour rencontrer les commerçants, cet après-midi. Ensuite, ils se réuniront, en haut, ce soir.

— Au *Paradis perdu* ? J'aimerais assister à cette réunion.

— Ils seront ravis de vous accueillir parmi eux.

— Venez chez moi, je voudrais vous montrer quelque chose.

Dès qu'il eut ouvert la porte, les chats qui dormaient ensemble sur le fauteuil Morris levèrent la tête. Yom Yom se sauva précipitamment, mais Koko fit le gros dos, queue hérissée. Sa réaction devant cette étrangère était franchement hostile.

— Ai-je l'air d'un ogre ? demanda Mary.

— Koko sent Hepplewhite, répondit Qwilleran. Il sait que vous avez un gros chien. Les chats ont des antennes.

Après avoir jeté son pardessus sur le lit, il posa son chapeau sur le bureau et aperçut un petit objet près de la machine à écrire.

— C'est une broche faite avec des cheveux, constata Mary, en s'approchant.

Lissant ses moustaches du bout des doigts, Qwilleran fronça les sourcils.

— Des faits étranges se passent dans cette demeure. Hier, un esprit bienveillant m'a laissé un billet d'un dollar. Croyez-vous vraiment que ce soient là d'authentiques cheveux ?

— Mais oui, c'est un bijou-souvenir. On confectionnait jadis des bracelets, des bagues et des broches avec les cheveux d'un être cher qui venait de mourir.

— Mais qui peut avoir ce genre de chose, aujourd'hui ?

— Iris en possède une importante collection. Elle en porte même, parfois.

— Asseyez-vous, dit Qwilleran, en reposant la broche d'un air dégoûté, et laissez-moi vous raconter ce que j'ai découvert dans les fiches du *Fluxion* au sujet de la maison Ellsworth.

— Elle appartenait à un ancien maire de la ville, je crois.

— En effet. Il est mort à l'âge de quatre-vingt-douze ans, après s'être taillé une solide réputation d'excentrique. C'était un collectionneur enragé. Il ne jetait jamais rien. Durant ses vingt dernières années, il avait accumulé une étonnante collection de vieux journaux, de bouts de ficelle et de bouteilles de vinaigre. Il passait pour être très riche, mais une grosse partie de son prétendu magot n'a jamais été retrouvée. Voyez-vous où je veux en venir ?

Mary secoua la tête.

— Supposez que quelqu'un ait cherché le trésor caché dans cette maison, la nuit dernière. Supposez que C.C. soit arrivé sur ces entrefaites, pour récupérer les panneaux de bois qu'il convoitait. Supposez, alors, que les autres aient cru qu'il cherchait également le trésor…

— Ne pensez-vous pas que cela fait beaucoup de suppositions ?

— Il est peut-être tombé accidentellement, mais il a aussi pu être poussé par quelqu'un. C'est une éventualité qu'il ne faut pas écarter.

La jeune femme dévisagea Qwilleran avec curiosité.

— Est-ce vrai ce que m'a dit mon père, à votre sujet ? Avez-vous résolu deux meurtres, depuis que vous travaillez pour le *Fluxion* ?

— Eh bien… pas tout seul. J'ai été aidé, dit-il, en jetant un regard en direction de Koko qui semblait écouter de toutes ses oreilles.

— Croyez-vous vraiment que Cobb ait été assassiné ?

— Un homme avec sa personnalité devait s'attirer des ennemis.

— Son mauvais caractère n'était qu'un genre qu'il se donnait. Tout le monde le savait.

Mary se leva et regarda par la fenêtre pendant un moment, puis elle dit à voix basse, sans se retourner.

— J'ignore si cela a un rapport quelconque avec sa mort, mais quand C.C. sortait la nuit pour aller faire de la récupération, il ne se rendait pas toujours dans un immeuble en démolition.

— Vous pensez qu'il avait une intrigue amoureuse ?

— Je le sais.

— Quelqu'un que nous connaissons ?

— … l'une des trois Parques.

— Inutile de préciser laquelle, dit Qwilleran, avec un petit sourire. Iris se doute-t-elle de quelque chose ?

— Je ne le crois pas. De bien des manières, sa vue est mauvaise.

— Comment êtes-vous au courant ?

— Mrs. Katzenhide habite le même immeuble. Elle a vu C.C., le soir, à plusieurs reprises et nous savons tous qu'il ne venait pas discuter de la valeur des poinçons sur l'argenterie anglaise.

Qwilleran étudia le visage de Mary. Les yeux de la jeune femme brillaient avec un entrain nouveau.

— Que vous arrive-t-il, Mary ? Vous avez changé.

— J'ai l'impression d'avoir vécu sous un nuage et de voir soudain briller le soleil.

— Ne pouvez-vous m'en dire plus ?

— Pas maintenant. Plus tard. Il faut que je retourne près d'Iris.

Après son départ, Qwilleran jeta un coup d'œil sur la broche et un regard plein de suspicion sur les chats. Avec condescendance, Koko se laissait laver les oreilles par Yom Yom.

— Fini de jouer, mes gaillards, où avez-vous déniché cette horreur ?

Koko ouvrit de grands yeux innocents.

— Toi, je connais ta coquinerie ! C'est toi qui as découvert ce beau trophée et tu as poussé Yom Yom à le voler. Où est ta cachette ?

Koko se leva et sortit de la pièce avec dignité. Qwilleran le suivit dans la salle de bains.

— L'as-tu trouvé sous la baignoire ?

— Yaô ! miaula Koko, sans se compromettre.

Le journaliste essaya de se mettre à quatre pattes, mais son genou douloureux eut tôt fait de le décourager.

— Personne n'a jamais dû balayer sous ce monstre, depuis au moins cinquante ans, dit-il au chat qui s'était installé dans son plat, avec un regard absent.

Un peu plus tard, Qwilleran retourna à la maison Ellsworth pour chercher la camionnette des Cobb. Il en profita pour se livrer à quelques investigations. Du plâtre s'était répandu partout dans la maison. De gros objets avaient été traînés, laissant des traces noirâtres et des empreintes de pas se superposaient dans toutes les directions. Tous les brocanteurs de Came-Village étaient apparemment venus là, à un moment ou à un autre. Il était impossible d'en rien déduire. Néanmoins, il crut remarquer des empreintes de pattes de chien. Il retrouva la torche de Cobb, au milieu d'un monceau de gravats. Il monta, ensuite, au premier étage. Sur le palier, on distinguait trois différentes sortes de pas et, bien qu'on ne pût dire si les trois empreintes s'étaient produites en même temps, il était évident qu'elles étaient récentes.

Sortant une des feuilles de papier qu'il avait toujours dans sa poche, il releva ces traces. L'une d'elles présentait un dessin en forme d'arabesques, une autre une série de traits espacés, une troisième était barrée d'une croix. Ses propres bottes formaient des demi-cercles.

Il redescendit et monta dans la camionnette garée dans la cour. En faisant marche arrière, il s'aperçut que le véhicule laissait un rectangle gris, dans le champ de neige blanche. Il nota aussi un autre rectangle, tout près de là. Deux voitures avaient donc stationné dans la cour, durant la nuit de dimanche. Il ouvrit la portière, en remerciant le ciel et Mary de lui avoir fourni opportunément un mètre et alla mesurer la longueur et la largeur du second rectangle. Il était légèrement moins grand que celui laissé par la camionnette des Cobb.

Ces constatations ne le menaient pas bien loin. Même s'il découvrait le nom du propriétaire de cette deuxième voiture, rien ne permettait de le tenir pour responsable de la chute de C.C. Cependant, la nature de ces recherches avait quelque chose d'excitant et il repartit avec l'impression du devoir accompli. Une seconde impulsion lui fit rebrousser chemin. Il retourna dans la maison Ellsworth pour récupérer les deux objets sélectionnés par Cobb : la cheminée en marbre rose et la lampe en cuivre.

Dans la soirée, il accompagna Iris à l'aéroport.

— Je n'ai rien de noir à me mettre, dit-elle avec tristesse. C.C. aimait me voir porter des couleurs claires, surtout du rose.

— Vous pourrez acheter un vêtement à Cleveland, si vous estimez que c'est nécessaire. Qui allez-vous rencontrer là-bas ?

— Mon beau-frère et Dennis, mon fils, s'il peut venir de Saint Louis.

— Que fait-il ?

— Il a terminé ses études d'architecture en juillet dernier. Il vient d'avoir son premier emploi. Il n'a que vingt-deux ans et il est fiancé à une charmante jeune fille. Oh ! mon Dieu, dit-elle, tout à coup, j'ai oublié de donner leurs étrennes au facteur et au laitier. J'ai préparé deux enveloppes que j'ai laissées derrière la pendule de la cuisine. Si je ne revenais pas à temps, voulez-vous les leur remettre ? il y a aussi un petit présent pour Koko et Yom Yom, dans le premier tiroir de la commode Empire. Et n'oubliez pas de dire à Ben que je lui ferai son gâteau au rhum, dès que je reviendrai de… de Cleveland.

— Comment faites-vous le gâteau au rhum ? demanda Qwilleran, pour la distraire de ses pensées.

— Avec des œufs, de la farine, du beurre, des raisins secs et un verre de rhum.

— Rien ne peut surpasser ce gâteau à la noix de coco que vous aviez fait hier.

— C'était le dessert préféré de C.C., murmura-t-elle, en regardant fixement devant elle, sans rien ajouter de plus.

CHAPITRE QUATORZE

Lorsque Qwilleran revint de l'aéroport, dans la camionnette des Cobb, il vit un dos énorme s'extraire d'une Volkswagen.

— P'tit Spooner ! s'écria-t-il, avez-vous terminé ?

— J'ai tiré une vingtaine de clichés.

— J'ai une idée. Avez-vous votre objectif grand angle ? Vous pourriez prendre une photographie de mon appartement pour montrer comment vivent les gens à Came-Village.

L'escalier gémit sous le poids du photographe. Après un bref coup d'œil à la haute stature et à l'étrange attirail du nouveau venu, Yom Yom s'éclipsa promptement, tandis que Koko surveillait avec aplomb la suite des événements.

— Comment pouvez-vous vivre dans un pareil anachronisme ? demanda P'tit Spooner, promenant un regard désapprobateur autour de la pièce.

— On s'y habitue très bien, dit le journaliste, d'un air suffisant.

— Est-ce là un lit ? On dirait un bateau funéraire sur le Nil. Ces brocanteurs sont de véritables pilleurs de cimetières. L'un d'eux voulait que je photographie un chat mort, trois donzelles, avec toute leur quincaillerie, se pâmaient sur des bijoux funéraires provenant d'une tombe inca.

— Vous manquez d'entraînement, dit Qwilleran, avec l'autorité d'un homme qui est dans le bain depuis trois jours. Les antiquités ont du caractère, un certain sens de l'histoire. Voyez ce chevalet, vous vous demandez à qui il a appartenu, quel livre il a supporté, qui en a poli le bois, un valet anglais, un poète du Massachusetts ou un professeur de l'Ohio ?

— Vous n'êtes qu'une bande de nécrophiles, soupira P'tit Spooner, complètement écœuré. Ciel ! Même ce chat ! s'écria-t-il, en voyant Yom Yom faire une entrée triomphale avec une petite souris morte dans la gueule.

— Veux-tu lâcher ça tout de suite ? cria Qwilleran, en bondissant sur ses pieds.

La chatte obéit et partit se cacher, en lui lançant un regard de reproche. Il ramassa la souris et alla la jeter aux toilettes.

Après le départ de P'tit Spooner, Qwilleran s'assit devant sa machine à écrire, sensible au silence inhabituel qui planait sur toute la maison, les chats dormaient ; la radio des Cobb était muette, Ben vaquait à ses occupations. En bas, la boutique était fermée. Quand la sonnette retentit, il sursauta. Il descendit ouvrir et se trouva devant un homme vêtu d'un costume gris.

— Excusez-moi de vous déranger, dit-il. Mon nom est Hollis Prantz. J'ai un magasin à côté. Je viens d'apprendre les mauvaises nouvelles. Je crois que Mrs. Cobb est partie.

— Elle est allée à Cleveland pour l'enterrement.

— Voici pourquoi je suis venu. C.C. avait mis quelques vieux appareils de radio de côté pour moi. Je pense pouvoir les vendre pendant la fête, demain. Mrs. Cobb sera certainement heureuse de s'en débarrasser.

— Voulez-vous jeter un coup d'œil dans la boutique ?

— Oh ! les appareils ne sont pas dans le magasin. Cobb les gardait chez lui.

— Très bien, montons. Je vais vous aider à les chercher.

— Je peux me débrouiller seul. Je ne voudrais pas vous déranger.

— Nullement. J'ai besoin de me dégourdir les jambes.

Il surveilla le brocanteur, pendant qu'il faisait le tour de l'appartement, retournant sans cesse vers le bureau d'apothicaire, sur lequel se trouvaient des chandeliers, une chouette empaillée, des boîtes en étain et la radio des Cobb.

— Ce qui m'intéresse, dit Prantz, ce sont les pièces détachées anciennes, poste à galène, radio alimentée par batterie. Il n'est pas facile de s'en procurer. Eh bien, je suis navré de vous avoir dérangé pour rien.

— Je viendrai vous voir dans votre magasin, promit Qwilleran, en le raccompagnant.

Dès qu'il fut parti, il téléphona à Mary :

— Que savez-vous d'Hollis Prantz ?

— Pas grand-chose. Il est nouveau dans la rue. Il est spécialisé dans les antiquités… techniques !

— J'ai remarqué sa boutique. On dirait un atelier de réparation pour postes de radio ou de télévision.

— Il a des théories d'avant-garde.

— À quel sujet ?

— Sur la façon d'accélérer artificiellement le vieillissement des antiquités. Franchement, je n'ai pas encore pu décider s'il était un génie prophétique ou un psychopathe !

— Était-il en termes amicaux avec les Cobb ?

— Oh ! il essaie de se mettre bien avec tout le monde. Pourquoi ?

— Il vient de venir. Il m'a invité à lui rendre visite. À propos, êtes-vous jamais allée à la maison Ellsworth ?

— Non. Mais je sais où elle se trouve.

— Quand vous allez faire de la récupération, emmenez-vous Hepplewhite avec vous ?

— Mais je ne fais jamais de récupération ! Je ne m'intéresse qu'au XVIIIe siècle anglais.

Après cette conversation, Qwilleran se mit à la recherche de Koko.

— Viens, garçon, j'ai besoin de toi, dit-il, à haute voix.

Koko ne répondit pas, mais Yom Yom fixait la troisième étagère des livres dans le bahut, ce qui signifiait qu'il était pelotonné derrière les biographies. C'était là que Qwilleran avait découvert Koko, pour la première fois, sur une étagère, entre la vie de Van Gogh et celle de Léonard de Vinci.

Il extirpa le chat de sa cachette et lui mit son collier. Koko ne l'avait pas porté depuis l'automne dernier, mais il le reconnut aussitôt et il se laissa faire, en ronronnant.

— Yom Yom va garder la maison, pendant que nous jouerons au détective, lui expliqua Qwilleran.

Dès que la porte de l'appartement fut ouverte, Koko bondit comme un lapin vers le mobilier entassé sur le palier et avant que le journaliste ait pu le retenir, il s'était glissé au milieu des chaises, sous un buffet, autour d'un rouet et, sa laisse s'étant enchevêtrée, il tirait dessus pour aller sentir l'épi, caché au milieu de ce fouillis.

— Tu te crois malin, n'est-ce pas ? dit Qwilleran, en peinant pour libérer la laisse et sortir le chat.

Quelques instants plus tard, il entraînait un Koko récalcitrant chez les Cobb.

— C'est ici que nous allons commencer nos investigations.

Koko renifla d'abord un coin du tapis oriental élimé, avant d'y faire ses griffes. Puis, à la grande satisfaction du journaliste, il se dirigea directement vers le bureau d'apothicaire, ne s'arrêtant que pour se frotter le dos contre un seau à charbon en cuivre, rempli de magazines. Sur le bureau, Koko flaira, avec intérêt, une enveloppe qui venait d'arriver par la poste.

— As-tu découvert quelque chose ? demanda Qwilleran, en se précipitant pour regarder.

Mais ce n'était que la note du téléphone.

Ensuite, Koko se dressa sur ses pattes de derrière pour inspecter les rangées de petits tiroirs, vingt-quatre en tout, avec des boutons en porcelaine. Il en choisit un pour se frotter le menton. Les crocs blancs cliquetèrent sur la céramique. Plein d'espoir, Qwilleran ouvrit le tiroir ainsi désigné. Il contenait une collection de fausses dents en bois. Déçu, le journaliste ouvrit les autres tiroirs et trouva des petites cuillères en argent, un pince-nez, des bijoux démodés et quelques bracelets en cheveux. La plupart des tiroirs étaient vides.

Pendant qu'il était ainsi occupé, une plume vola devant lui. Grimpé sur la tablette supérieure du bureau, Koko s'expliquait avec la chouette empaillée.

— J'aurais dû m'en douter ! Descends de là immédiatement et ne touche pas cet oiseau !

Koko sauta à terre et sortit de l'appartement d'un air hautain en remorquant le journaliste au bout de sa laisse.

— Tu me déçois, lui dit celui-ci. Tu étais meilleur à ce genre d'exercice. Essayons le grenier.

La pièce avait été aménagée comme une vieille grange. Murs tapissés de panneaux en bois, meubles rustiques, lampe à huile, banc et table de ferme. Un bœuf en carton-pâte, relique d'une boucherie du XIXe siècle, contemplait la pièce du haut d'une solive et dans un angle, une poule blanche couvait dans un nid de paille.

Au centre de la pièce, des chaises de tous styles étaient placées en cercle. Qwilleran fut fasciné par leur état de vétusté. Koko se dirigea, sans hésiter, vers la poule blanche.

— Je ne sais pas ce qui t'arrive, mon pauvre Koko, dit Qwilleran, en tirant sur la laisse, les pigeons, les chouettes, les poules, je dois te donner trop de volaille à manger. Viens, partons.

Koko descendit allègrement l'escalier en poussant des clameurs pour entrer dans l'appartement. Yom Yom lui répondit sur le même ton, à travers la porte.

— Oh ! Non, nous n'avons pas terminé. Nous avons une dernière exploration à faire et cette fois, essaie d'être objectif.

Dans l'appartement de Ben, les meubles étaient rassemblés sans souci de décor. Toutes les surfaces utiles étaient encombrées de petits objets de peu de valeur ; la longue écharpe tricotée de Ben pendait, enroulée, de façon incongrue, autour du lustre, ses franges balayant le sol poussiéreux. Les nombreux chapeaux de Ben, y compris le haut-de-forme et le capuchon de Père Noël, étaient éparpillés sur tous les meubles.

Qwilleran remarqua que la disposition de l'appartement était la même que chez lui, avec en plus un grand balcon donnant sur la rue. L'oreille tendue, il visita chaque pièce, trouva de la vaisselle sale dans l'évier de la cuisine et une mare d'eau dans la salle de bains. Dans le vestiaire, encombré jusqu'au plafond de boîtes et de cartons, il chercha les bottes, mais Ben devait les avoir aux pieds.

— Pas d'indices, ici, dit-il, en se dirigeant vers la porte.

Avant de sortir, il récupéra sa plume rouge et se retourna pour appeler Koko.

— Quant à toi, tu ne m'aides plus. C'est une erreur de t'avoir donné une compagne. Tu perds tes dons.

Il ne s'était pas aperçu que Koko, assis comme un écureuil, tirait sur les franges de la longue écharpe de Ben.

CHAPITRE QUINZE

Quand vint l'heure de la réunion au *Paradis perdu*, Qwilleran eut quelque mal à monter jusqu'au deuxième étage. Bien que son genou allât mieux dans la journée, la douleur revenait avec la tombée de la nuit et il atteignit son but en boitant assez bas.

Les brocanteurs étaient assis en cercle, ce qui lui permit d'examiner leurs pieds. Il dénombra des bottes en velours, une seule paire de bottillons en daim, des bottes d'homme en cuir d'une blancheur immaculée et tout un assortiment de bottes en caoutchouc. Il prit le premier siège vacant et se trouva entre le plâtre de Cluthra et les béquilles de Russel Patch.

— Nous ressemblons à un convoi en route pour Lourdes, remarqua la rouquine, avec un sourire fraternel, que vous est-il arrivé ?

— J'ai été renversé par une avalanche qui tombait d'un toit.

— Je ne me serais pas donné le mal de gravir toutes ces marches, une par une, si je n'avais appris que vous seriez présent.

— Comment s'est passée la séance avec le photographe ?

— Votre acolyte est un véritable géant, dit-elle, avec admiration.

— J'espère qu'il n'a rien cassé.

— Seulement un petit pot en faïence.

— On envoie toujours des éléphants dans les magasins de porcelaine, constata Qwilleran.

Il s'efforça d'examiner les semelles des chaussures, autour de lui, mais toutes étaient solidement plantées sur le sol. Il se tourna vers Russel Patch pour demander :

— Vous avez des bottes magnifiques, comment avez-vous réussi à en trouver de blanches ?

— Je les ai fait faire sur mesure, répondit le jeune homme, en soulevant sa jambe valide.

— Même les semelles sont blanches, s'étonna Qwilleran, en jetant un coup d'œil satisfait sur le dessous des bottes. Avez-vous pu récupérer quelque chose à la maison Ellsworth ?

— Non. Les placards de la cuisine avaient été enlevés avant que j'aie pu y aller et rien d'autre ne m'intéressait.

Il ment, pensa Qwilleran, tous ces brocanteurs mentent. Ce sont des comédiens, incapables de démêler la réalité de leur imagination.

— Que pouvez-vous faire avec des placards de cuisine ? demanda-t-il.

— Ceux qui sont vraiment anciens font d'excellents revêtements pour les installations stéréophoniques. Personnellement, j'ai tout un mur tapissé de la sorte, avec un équipement électronique qui m'a coûté près de vingt mille dollars. Il y a trente-six haut-parleurs. Aimez-vous la musique ? J'ai des enregistrements de tout genre, opéra, symphonie, musique de chambre, jazz classique.

— Cela doit représenter un investissement considérable, dit le journaliste, intrigué par la fortune apparente de ce jeune homme.

— Inestimable. Venez, un jour, chez moi. Je vous le montrerai. Je vis au-dessus de ma boutique.

— Êtes-vous propriétaire des murs ?

— Eh bien, pas encore. J'ai commencé par louer, mais j'ai apporté tant d'améliorations que je serai obligé d'acheter.

Vêtue d'une courte jupe écossaise, Mary Duckworth fit son entrée. Elle s'assit sur une chaise de cuisine en paille et croisa ses jambes, découvrant ses genoux fins et racés.

— Grand Dieu ! Elle est venue, chuchota d'une voix sourde la rousse à l'oreille de Qwilleran, ne la laissez pas s'approcher de moi, je vous en prie. Elle serait capable de me casser l'autre pied. Vous savez qu'elle m'a fait tomber, délibérément, une urne en fer forgé sur le métatarse ?

— Mary a fait une chose pareille ?

— Cette femme est capable de tout, dit-elle, entre ses dents. Je voudrais la voir partir de Came-Village. Sa boutique détonne, ici. Ces meubles précieux causent un préjudice sérieux à tout le monde.

Elle fut interrompue par un concert d'applaudissements saluant l'entrée de Ben Nicholas, le chef surmonté d'un tricorne d'amiral. La réunion commença. Sylvia Katzenhide résuma les plans pour la fête du quartier.

— La ville va bloquer la circulation et décorer les deux extrémités de la rue avec des anges en plastique et des guirlandes lumineuses.

— Ne pourrait-on ouvrir le *Bric-à-Brac* ? demanda Qwilleran. Je ne voudrais pas que Mrs. Cobb perdît le bénéfice de cette journée. Je suis volontaire pour tenir moi-même la boutique pendant deux heures.

— Vous êtes un amour, déclara Cluthra, en lui serrant le bras. Mes sœurs et moi serons heureuses de prendre la relève.

Quelqu'un proposa d'envoyer des fleurs à l'enterrement de Cobb et comme on procédait à une collecte, un bruit retentissant se produisit en dessous. C'était un torrent de musique pop émis sur un mode fracassant. Tous se regardèrent avec stupéfaction, pendant quelques secondes, puis tout le monde parla en même temps :

— Que se passe-t-il ?

— On dirait une radio…

— Qui est en bas ?

— Personne !

— D'où cela vient-il ?

— Qui a pu entrer ? La porte est fermée, n'est-ce pas ?

Qwilleran fut le premier à se mettre debout.

— Descendons, dit-il, en décrochant un marteau de forgeron pendu au mur.

Les deux autres hommes présents à la réunion le suivirent. Russ sur ses béquilles et Ben fermant la marche, un tisonnier à la main. Le bruit venait de chez les Cobb. La porte bâillait, mais l'appartement était plongé dans l'obscurité. Qwilleran entra, chercha l'interrupteur et éclaira la pièce.

— Qui est là ? demanda-t-il, avec autorité.

Il n'y eut pas de réponse. La musique provenait du poste à transistor, posé sur le bureau d'apothicaire. Les trois hommes fouillèrent l'appartement.

— Il n'y a personne, constata le journaliste, en fermant la porte.

Les sourcils froncés, il regardait le dessus du bureau. Les papiers étaient en désordre. Il ramassa par terre la note du téléphone, un carnet d'adresses et une petite plume grise. Les trois hommes quittaient les lieux quand les femmes commencèrent à s'aventurer dans l'escalier :

— Pouvons-nous descendre ? Que s'est-il passé ?

— Le poste de radio semble s'être mis en marche tout seul, dit Russ, comment est-ce possible ?

Après le départ des brocanteurs, Ben ayant regagné *La Queue du Lion*, Qwilleran ouvrit la porte de son appartement et chercha les chats. Il trouva Yom Yom sur le réfrigérateur, les yeux brillants, les oreilles en alerte. Ses yeux et ses oreilles étaient trop grands pour son petit museau pointu. Koko buvait de l'eau dans son bol, la queue traînant sur le sol, comme toujours, lorsqu'il avait très soif.

— Bravo, Koko, dit Qwilleran, comment t'y es-tu pris ? As-tu fait un pacte avec Mathilda ?

La queue de Koko s'agita légèrement sur le sol, tandis qu'il continuait à boire.

Le journaliste se promena dans son appartement, examinant chaque pièce d'un œil spéculatif. Il savait Koko parfaitement capable de pousser un bouton de radio en appuyant dessus, mais comment cet Houdini félin s'arrangeait-il pour sortir de l'appartement ? Il tira le lit au milieu de la pièce, cherchant un orifice dans la plinthe. Il regarda dans la salle de bains, en quête d'une trappe, mais ne trouva rien. La cuisine comportait une fenêtre coupée dans le mur, pour la ventilation et qui aurait été facilement accessible du haut du réfrigérateur, mais elle était fermée par un loquet.

Le téléphone sonna.

— Bonsoir Qwill, dit Mary Duckworth, avez-vous soigné votre genou ? Vous paraissiez en souffrir ce soir.

— J'ai mis des compresses froides jusqu'à ce que l'enflure disparaisse.

— Ce qu'il vous faudrait, maintenant, c'est une lampe chauffante. Puis-je vous proposer la mienne ?

— Je vous remercie. J'accepte volontiers.

En prévision de la séance avec la lampe chauffante, Qwilleran enfila un short qui avait survécu à une saison de week-ends à la campagne et s'admira, dans le grand miroir du vestiaire, rentrant le ventre, bombant le torse. Il avait toujours pensé que le kilt écossais lui aurait admirablement convenu. Ses jambes étaient droites, solides, musclées, suffisamment velues – juste assez pour paraître viriles – l'enflure de son genou gauche, qui avait porté atteinte à la perfection de sa plastique, avait maintenant disparu.

— Je vais avoir une invitée, dit-il aux chats. Je vous demande à tous deux d'être discrets, pas de concerts bruyants, ni de poursuites éperdues.

Koko ferma les yeux et retroussa sa moustache, avec ce qui ressemblait à un sourire complice. Yom Yom affectait l'indifférence, en léchant un poil qui s'était hérissé sur sa poitrine. Quand Mary arriva, un panier au bras, Koko la toisa avec une froideur distante.

— Il n'a pas l'air fou de joie, remarqua-t-elle, mais du moins est-il poli, aujourd'hui.

— Il s'habituera à vous, quand il vous aura vue plusieurs fois.

De son panier, elle sortit un gâteau aux fruits confits et une cafetière électrique qu'elle brancha. Puis elle disposa la lampe à infra-rouge sur le genou de Qwilleran, avant de prendre place dans le fauteuil à bascule. Aussitôt, l'aspect fruste du fauteuil disparut. Qwilleran se demanda comment il avait pu le trouver peu esthétique, jusqu'alors.

— Avez-vous une idée sur ce qui a pu provoquer tout ce bruit chez les Cobb ? demanda-t-elle.

— Encore une de ces bizarreries qui se produisent dans cette maison. Savez-vous pourquoi Hollis Prantz n'est pas venu à la réunion ?

— La plupart des brocanteurs sont restés chez eux. Ils se doutaient, sans doute, qu'il y aurait une collecte pour des fleurs.

— Prantz est venu cet après-midi. Il cherchait de vieux postes de radio que Cobb était censé avoir mis de côté à son intention. Est-ce que cela vous paraît plausible ?

— Mais oui. La plupart des marchands gagnent de l'argent en se vendant des objets entre eux. La lampe n'est-elle pas trop près de votre jambe ? s'inquiéta-t-elle.

Un sifflement dans la cuisine annonça que le café était prêt. Le bruit effraya Yom Yom qui partit se cacher, mais Koko décida, aussitôt, d'aller voir de plus près ce qui se passait. Avec un mélange de fierté et d'excuse Qwilleran expliqua :

— Koko est un chat courageux, mais Yom Yom est craintive. Dans le doute, elle prend la fuite.

— Je n'ai jamais possédé de chats, lui confia Mary, en versant le café, mais je les ai étudiés, pour la grâce de leurs mouvements, au temps où je faisais de la danse.

— Personne ne possède un chat, ce serait plutôt lui qui vous possède. Il consent à partager votre vie sur une base de droits égaux et de respect mutuel… bien que les chats en général, et les siamois en particulier, aient l'art et la manière de s'imposer à vous.

— Certains animaux sont presque humains… goûtez-moi ce gâteau, Qwill.

— Koko a quelque chose de plus que les humains. Il possède un sixième sens qui lui permet d'avoir accès à des informations que les hommes ne pourraient déceler sans de laborieuses recherches, dit Qwilleran, en espérant, au fond de lui-même, que cette affirmation n'était pas sans fondement.

Mary se retourna pour admirer le phénomène. Assis sur son derrière, une patte en l'air, Koko procédait à sa toilette. Il s'interrompit, sa langue rose pointée dans son museau sombre, pour répondre, avec insolence, au regard de la jeune femme. Puis, ayant terminé ses ablutions, il se mit en devoir de faire ses griffes. Sautant sur le lit, il se dressa sur ses pattes de derrière et griffa le mur, là où les pages de livres commençaient à donner des signes de fatigue.

— Assez, descends de là, polisson ! cria Qwilleran.

Koko obéit, mais seulement après avoir terminé et en prenant son temps.

— J'ai eu le tort de lui donner un vieux dictionnaire pour faire ses griffes, expliqua le journaliste, maintenant il s'imagine avoir le droit d'utiliser toutes les pages imprimées, à cette fin. Parfois, je suis convaincu qu'il sait lire. Un jour, il a démasqué une collection de faux tableaux.

— Êtes-vous sérieux ?

— Absolument. Au fait, existe-t-il beaucoup de fausses pièces parmi les antiquités ?

— Pas dans ce pays. Un commerçant peu scrupuleux peut vendre une reproduction d'un meuble Chippendale du XIXe siècle pour une pièce du XVIIIe, ou un artiste habile peut peindre, sur une vieille toile, un tableau qu'il baptisera « primitif américain », mais, à ma connaissance, il n'existe pas de faux sur une grande échelle. Aimez-vous ce gâteau ? C'est un de mes amis qui l'a confectionné. Robert Maus.

— L'attorney du district ?

— Le connaissez-vous ? C'est un merveilleux cuisinier.

— N'était-il pas le conseiller d'Andy ? Un personnage bien important pour s'être occupé d'une affaire aussi mince que la succession d'un brocanteur de Came-Village, remarqua Qwilleran.

— Robert est un collectionneur enragé et un de mes bons amis. Il a représenté Andy par pure courtoisie.

— N'a-t-il jamais été intrigué par la nature de l'accident d'Andy ?

— Continuez-vous à entretenir cette idée folle ?

Agacé, il décida de frapper un grand coup. Il était las d'entendre chanter les louanges d'Andy par toutes les femmes de Came-Village.

— Savez-vous que c'est Andy qui a dénoncé Cobb à la police quand celui-ci a récolté une amende ?

— Non et je ne peux croire…

— Pourquoi s'en est-il pris à Cobb et non à Russ ou aux autres ? Avait-il un motif de rancune personnelle contre Cobb ?

— Je ne…

— Il se peut qu'Andy ait menacé Cobb d'ouvrir les yeux d'Iris sur ses incartades extraconjugales. Je regrette de le constater, Mary, mais votre ami Andy était un intrigant, ou alors il avait un intérêt personnel dans l'affaire. Il considérait peut-être que C.C. venait chasser sur ses propres terres en rendant visite à Cluthra.

— Ainsi, vous avez aussi découvert cela, murmura Mary, en rougissant.

— Excusez-moi, je ne voulais pas vous embarrasser.

— Je savais qu'Andy voyait Cluthra, dit-elle, en haussant les épaules, c'est la raison de notre querelle, la nuit où il s'est tué. Andy et moi n'étions pas vraiment liés l'un à l'autre… je devenais, sans doute, trop possessive.

— Quand Andy vous a quittée, cette nuit-là, par où est-il passé ?

— Il est descendu par l'escalier de service. Il a traversé l'allée et il est entré dans son magasin par la porte de derrière.

— Combien de temps s'est-il écoulé avant que vous alliez le rejoindre ?

— Oh ! environ une heure, je crois.

— Durant ce laps de temps, les clients avec qui il avait rendez-vous ont pu venir et s'en aller, en ignorant qu'Andy était mort. Avant leur arrivée quelqu'un a très bien pu suivre Andy dans son magasin. Je sais que Russel Patch habite à côté. Qui vit avec lui ?

— Un de ses amis, Stanley. Il est coiffeur.

— Savez-vous d'où Russ tire ses revenus ? Il possède un équipement électronique d'une grande valeur, il a une Jaguar, il porte des vêtements et des chaussures sur mesure…

— Je sais seulement qu'il travaille beaucoup. Je l'entends manier ses outils, jusqu'à trois heures du matin, parfois.

— Je me demande pour quelle raison il m'a menti, ce soir. Il a prétendu ne pas être allé à la maison Ellsworth et pourtant, je jurerais avoir vu l'empreinte de ses bottes, dans le grand salon.

— Les brocanteurs n'aiment pas révéler l'origine de leurs marchandises. Cela va contre les règles de poser des questions à ce sujet et si vous le faites, nul ne se sent tenu de vous dire la vérité.

— Vraiment ? Et qui a décrété les subtilités de cette étiquette ?

— Les mêmes autorités qui donnent aux journalistes le droit de fouiller la vie privée des individus, répliqua Mary, avec un charmant sourire.

— Touché !

Ils se regardèrent, en silence, puis Mary reprit :

— Vous ai-je dit que j'ai retrouvé, au fond d'une poche, un billet de vingt dollars que j'avais ramassé dans l'atelier d'Andy, le soir où…

— Sur les lieux de l'accident ? Vous rendez-vous compte que c'est peut-être un indice important ? Était-il plié ?

— Oui. En long et en deux.

— Andy avait-il l'habitude de plier les billets de cette façon ?

— Non. Il avait un portefeuille. Ses billets n'étaient jamais pliés.

— Koko, veux-tu laisser cette lampe tranquille, dit Qwilleran, en se retournant.

Le chat s'était glissé sous la table et jouait avec le fil d'une lampe en opaline rose. Au même moment, le journaliste ressentit cette impression d'être sur le point de découvrir un fait important et il lissa ses moustaches avec le tuyau de sa pipe.

— Mary, dit-il, qui étaient les clients d'Andy, ce soir-là ?

— Je l'ignore. Il m'a seulement dit qu'une dame de la ville allait revenir avec son mari pour choisir un lustre.

— Mais si Andy était en train de décrocher le lustre, quand il est tombé, cela signifie que les clients l'avaient acheté, comprenez-vous ? Ils devaient donc logiquement être présents, au moment de l'accident. Pourquoi n'ont-ils pas prévenu la police ? Qui étaient-ils ?

— Je pense qu'il vaut mieux que je vous dise tout, soupira Mary. Voyez-vous, je suis allée deux fois voir Andy. La première fois, il y avait quelqu'un avec lui et je me suis retirée, sans rien dire.

— Avez-vous reconnu la personne qui était là ?

— Oui, mais j'ai eu peur d'en parler…

— Qui avez-vous vu, Mary ?

— J'ai vu Andy et C.C. Ils se disputaient. J'ai eu peur que C.C. ne m'ait aperçue. C'est affreux à dire, mais j'ai été soulagée d'apprendre son accident, ce matin.

— Vous a-t-il jamais donné une raison de le craindre ?

— Pas vraiment… mais… c'est alors que ces mystérieux appels téléphoniques ont commencé.

— J'en étais sûr ! dit Qwilleran. J'ai toujours pensé que cet appel téléphonique avait quelque chose de louche, l'autre soir. Combien d'appels avez-vous reçus ?

— Environ un par semaine, toujours la même voix, certainement déguisée. On aurait dit un numéro mélodramatique.

— Que vous disait-on ?

— Des phrases stupides et grandiloquentes, de vagues allusions à la mort d'Andy et des prédictions de danger. Maintenant que C.C. n'est plus là, j'ai l'impression que ces appels vont s'arrêter.

— N'en soyez pas trop convaincue. Il y a eu une troisième personne dans la boutique d'Andy, cette nuit-là. Le possesseur du billet de vingt dollars. C.C. ne pliait pas son argent de cette façon, je m'en suis assuré… Je me demande comment Ben Nicholas plie ses billets…

— Qwill… dit-elle, avec inquiétude, supposez que vous trouviez quelque chose indiquant qu'il y a eu meurtre, vous préviendriez la police, n'est-ce pas ?

— Naturellement.

— Il y aurait une enquête. Comme c'est moi qui ai trouvé le corps, j'aurais à témoigner. Qwill, ce serait la fin de tout pour moi, avoua-t-elle, en se laissant glisser de son fauteuil pour s'agenouiller près de lui. La publicité… mon père… vous savez ce qui se passe… ce sont les journaux que je redoute le plus… Je vous en prie, laissez les choses comme elles sont. Andy n'est plus. Rien ne le ramènera, ne faites pas d'enquête. Qwill, je vous en prie…

Elle lui prit la main, levant vers lui ses grands yeux implorants. Qwilleran se pencha vers elle.

— Mary, je ne puis…

— Je vous en supplie, Qwill, faites cela pour moi, chuchota-t-elle, sa bouche près de la sienne.

Il y eut un moment de silence durant lequel le temps suspendit son vol, puis on entendit :

— Grrrowrre Yaô !

— Pffft…

— Grrrrov… Yaô !

— Koko ! cria Qwilleran.

— Ouaô… ô…

— Yom Yom ! Assez !

— Grou Yaô… ô… !

— Koko arrête !

CHAPITRE SEIZE

Qwilleran rêva des chutes du Niagara, cette nuit-là. Quand le fracas de la cascade eut réussi à l'éveiller, il regarda autour de lui, dans l'obscurité de la pièce. On entendait le grondement de l'eau jaillissant comme un torrent, puis un gargouillis tumultueux et le silence retomba.

Il s'assit dans son lit pour mieux écouter. Au bout d'un moment le bruit reprit, un peu moins assourdissant que dans son rêve… petit à petit son esprit ensommeillé identifia la nature de ce vacarme. La tuyauterie défectueuse d'une vieille maison ! Mais pourquoi se manifestait-elle au milieu de la nuit ? Il se rendit à tâtons jusqu'à la salle de bains et éclaira la pièce.

Koko se tenait sur le lavabo, actionnant de la patte le robinet en porcelaine démodé sur lequel il suffisait d'appuyer pour faire jaillir l'eau. Le chat surveillait la manœuvre d'un regard fasciné. Assis au bord de la baignoire, Yom Yom fermait à demi les yeux, sous la clarté soudaine de la lampe. Une fois encore, Koko posa la patte sur le levier et regarda l'eau cascader, gargouiller et disparaître.

— Petit monstre, s'écria Qwilleran, comment as-tu découvert ce mécanisme ?

Il ne savait s'il devait se fâcher de ce réveil brutal ou admirer les aptitudes mécaniques de son chat. Malgré ses récriminations, il traîna Koko hors de la salle de bains et l'installa sur les coussins du fauteuil Morris.

Koko lécha sa fourrure, comme si elle avait été contaminée par un contact particulièrement répugnant.

Annonciateur de mauvais temps, le jour commençait à teinter de gris sale le ciel d'hiver. Tout en ouvrant une boîte de crabe pour ses chats, Qwilleran fit les plans pour la journée. En premier lieu, il désirait découvrir comment Ben Nicholas pliait ses billets. Il aurait aussi voulu savoir comment sa plume rouge avait pu passer de son chapeau en tweed sur le haut-de-forme de Ben. Il avait posé la question à Koko, mais celui-ci s'était contenté de cligner de l'œil. Quant à l'avalanche, Mary lui avait expliqué que le grenier de Ben était chauffé.

Il n'avait pas exactement promis à Mary de ne plus s'occuper de l'affaire. Il était sur le point de céder à sa prière quand Koko avait créé une diversion en se battant avec Yom Yom. Plus tard, il lui avait seulement dit : « Ayez confiance en moi, Mary, je ne ferai rien qui puisse vous blesser. » Elle avait souri et, dans l'ensemble, cela avait été une bonne soirée. Elle avait même accepté son invitation de l'accompagner à la soirée du Club de la Presse, en précisant qu'elle irait en tant que Mary Duxbury – et non comme Mary Duckworth, brocanteur – au cas où les journalistes la reconnaîtraient.

Qwilleran se trouvait placé en face d'un dilemme : abandonner ses investigations, c'était se soustraire à son sens des responsabilités, les poursuivre, c'était porter un préjudice grave à Came-Village ; ce mal-aimé de la municipalité avait plus besoin d'un défenseur que d'un détracteur.

Quand il sortit, le temps virait à l'humidité que le froid rendait plus pénétrante. Il ne faisait pas bon flâner dans les rues. Il se dirigea d'abord vers *Le Roi Lear*, mais la boutique était fermée. Pour la première fois depuis son arrivée à Came-Village, il vit le magasin appelé *Tech-Tiques* ouvert. Il y entra et Hollis Prantz surgit de l'arrière-boutique, un pinceau à la main.

— Je suis en train de vernir des étagères, expliqua-t-il, je me prépare pour le grand jour.

— Ne vous dérangez pas pour moi, dit le journaliste, en regardant autour de lui avec perplexité.

Il voyait des tubes cathodiques datant de plus de quinze ans, des postes de radio préhistoriques, un générateur d'automobile remontant à 1935.

— Dites-moi la vérité, espérez-vous gagner votre vie avec ça ?

— Personne ne gagne sa vie dans ce métier, répliqua Prantz, en souriant, nous avons tous besoin d'une autre source de revenus. Personnellement, je dispose d'une petite rente. J'ai été victime d'une crise cardiaque, l'année dernière, et j'ai dû prendre une retraite anticipée. Je dois me ménager.

— Que faisiez-vous avant ?

— J'étais peintre-décorateur. Rien de bien excitant.

— Qu'est-ce qui vous a donné l'idée des antiquités techniques qui sont, je crois, votre spécialité ?

— Eh bien, de nos jours, les gens collectionnent n'importe quoi, en partie parce qu'il est difficile de trouver de bonnes antiquités, mais aussi parce qu'un certain snobisme pousse à se montrer original à tout prix. Dans ce cas, pourquoi ne pas se tourner vers les premiers spécimens de la technique automobile et de l'industrie électronique ? À ce sujet, j'ai une théorie, basée sur l'un des phénomènes de notre temps, l'accélération du vieillissement. Plus vite un objet se démode et plus rapidement il devient une pièce de collection. Autrefois, il fallait un siècle pour obtenir cette promotion. Aujourd'hui, trente ans suffisent. J'espère que bientôt vingt et même quinze ans suffiront pour accéder à ce stade.

N'écrivez pas cela, ajouta-t-il, cette conception n'est encore que théorique.

Qwilleran frissonna en se retrouvant dans la rue. Le temps ne se réchauffait décidément pas. Hollis Prantz avait accepté de lui faire la monnaie de cinq dollars et il avait pu constater que le brocanteur pliait ses billets en deux, mais non en long. Cependant, quelque chose en lui sonnait faux.

— Mr. Qwilleran ! Mr. Qwilleran !

Des pas précipités le firent se retourner. Enveloppée dans un manteau d'opossum, secouant ses longues mèches blondes, Ivy, la plus jeune des trois Parques, se tenait devant lui, hors d'haleine.

— Je descends de l'autobus. J'avais un cours ce matin. Alliez-vous à notre magasin ?

— Non, je me rends chez Mrs. McGuffey.

— N'y allez pas, on étouffe chez elle.

— Les affaires sont les affaires, Ivy. Êtes-vous prête pour les fêtes ?

— Devinez ce que va m'apporter le Père Noël… Un chevalet !

— C'est une chance de vous avoir rencontrée, dit Qwilleran. J'aimerais décorer mon appartement pour Noël, mais je n'ai pas de dons artistiques et avec ce maudit genou…

— Je serais ravie de vous aider. Désirez-vous un bon vieil arbre de Noël ou quelque chose de plus moderne ?

— Un arbre ne résisterait pas trois minutes chez moi. J'ai deux chats turbulents. Je pensais acheter quelques guirlandes chez Lombardo.

— J'ai une agrafeuse au magasin. Je peux venir tout de suite.

Lorsque Ivy arriva chez Qwilleran, la guirlande en feuilles de cèdre – représentant un investissement de dix dollars – était posée au milieu de la pièce, tandis que

Koko et Yom Yom exécutaient la danse du scalp tout autour. La petite chatte eut tôt fait de se retirer, à la vue de la jeune visiteuse, mais Koko s'assit et la considéra avec méfiance.

Avant de procéder à la décoration, Qwilleran offrit un verre de Coca-Cola à la jeune fille qui s'installa dans le fauteuil à bascule en tirant vainement sur sa minijupe.

— Où vous et vos sœurs avez-vous déniché ces prénoms inhabituels ?

— Oh ! Vous ne le savez pas ? Ce sont les noms de différentes sortes de verres. Notre mère était folle d'Art Nouveau, mais quand j'aurai dix-huit ans, je changerai de prénom et irai étudier les beaux-arts à Paris – si du moins mes sœurs n'ont pas dilapidé tout l'argent que ma mère a laissé. Elles sont mes tutrices légales.

— Vous paraissez beaucoup vous amuser toutes les trois dans votre magasin.

— Croyez-vous ? Elles sont assez mesquines avec moi. Cluthra ne me laisse pas de liberté et Ambérina est jalouse de mes dons artistiques. Elle voulait que j'étudie la comptabilité.

— Qui vous offre le chevalet ?

— C'est Tom, le mari d'Ambérina. C'est un chou. Je pense qu'il est amoureux de moi, mais surtout ne répétez cela à personne.

— Bien entendu. Je suis flatté de la confiance que vous me témoignez. Que pensez-vous de tous ces accidents qui se produisent à Came-Village ?

— Cluthra prétend que le Dragon lui a écrasé le pied exprès. Elle veut la poursuivre en justice et lui réclamer cinq mille dollars de dommages et intérêts.

— Un chiffre astronomique. Et ces morts récentes…

— Pauvre C.C. ! Il avait un sale caractère, mais il me faisait de la peine. Sa femme n'était vraiment pas gentille avec lui. Vous savez qu'elle a tué son premier mari ? Naturellement, on n'a jamais pu le prouver.

— Et Andy, le connaissiez-vous ?

— C'était un ange. J'étais folle de lui. Quelle horrible façon de mourir !

— Pensez-vous qu'il aurait pu être assassiné ?

Ivy ouvrit de grands yeux et arrondit la bouche, avec une expression extasiée devant cette perspective.

— Peut-être que le Dragon…

— Mais voyons, Mary Duckworth était amoureuse de lui, elle n'aurait pu lui vouloir du mal.

La jeune fille réfléchit quelques secondes, avant de déclarer sur un ton péremptoire :

— Elle ne l'aimait pas. C'est une sorcière. Cluthra l'a dit et chacun sait que les sorcières ne peuvent tomber amoureuses.

— Je dois reconnaître que Came-Village renferme une étonnante collection de personnalités peu banales. Que savez-vous de Russel Patch ?

— Je l'aimais bien, avant qu'il ne se teigne les cheveux. Je croirais assez qu'il est mêlé à certains trafics tels que… Oh ! je ne sais pas.

— Et son ami ?

— Stan, le coiffeur ? Il a un magasin ultra-chic à la Tour des Horizons, vous savez, cet immeuble où vivent toutes les riches veuves et les femmes entretenues. Elles racontent tous leurs petits secrets à Stan et lui font des cadeaux fabuleux. Il coiffe Cluthra. Elle affirme que ses cheveux ont leur teinte naturelle, mais je vois bien que les racines sont grises, quand ils commencent à pousser.

— Sylvia Katzenhide loge également dans cet immeuble, n'est-ce pas ?

— Oui. Cluthra dit qu'elle gagne ce qu'elle veut avec le chantage. Sylvia sait quelque chose sur chacun, ici.

— Y compris Ben Nicholas et Hollis Prantz ?

— Je l'ignore. Mais je pense que Ben se drogue. Quant à l'autre, je n'ai pas encore découvert ses activités secrètes.

Plus tard, quand les guirlandes furent posées sur le mur, autour de la cheminée, et qu'Ivy fut repartie avec son agrafeuse, Qwilleran dit à Koko :

— Aujourd'hui, ce n'est plus la vérité qui sort de la bouche des enfants, mais les pires élucubrations !

En outre, cette expérience lui avait coûté dix dollars pour une décoration qui ne servait qu'à souligner le caractère grincheux de la dame au portrait. Il décida de lui substituer l'écusson des Mackintosh, dès qu'il pourrait avoir une aide pour le monter sur la cheminée.

Avant de s'en aller porter sa copie au journal, il donna deux coups de téléphone qui lui valurent des invitations. Il expliqua à Cluthra qu'il aimerait voir comment vivait un brocanteur. À Russel Path, il déclara qu'il avait un chat siamois appréciant la musique, puis il alla confier à Ben qu'il aimerait avoir une expérience personnelle sur l'art de la récupération.

Dans l'après-midi, en pénétrant dans les bureaux du *Daily Fluxion*, il les trouva froids et dénués de tout caractère.

— Avez-vous vu comment nous avons présenté votre papier sur la vente aux enchères, dans le numéro d'aujourd'hui ? demanda Arch Riker, le patron a beaucoup apprécié votre article.

— La dernière page tout entière ! Mazette, je n'en attendais pas autant, dit Qwilleran, en posant les feuilles dactylographiées sur le bureau. Voici le deuxième volet, vous aurez l'autre, demain. Ce matin, j'ai interrogé un brocanteur qui vend des « antiquités techniques ».

— Rosie m'en a parlé. Il est nouveau à Came-Village.

— Ou bien il est un peu fou ou il raconte des histoires. Il prétend qu'il a le cœur fragile, mais vous devriez le voir grimper l'escalier quatre à quatre. Par ailleurs, j'ai découvert des indices intéressants concernant la mort d'Andrew Glanz et de Cobb.

— Pour l'amour du ciel, Qwill, la police n'y voit que des accidents, faites-en autant.

— C'est précisément ce qui a éveillé mon attention. Tout le monde à Came-Village est trop empressé à affirmer que ces deux morts sont accidentelles.

— Il faut comprendre leur point de vue. Came-Village n'a pas besoin de s'attirer ce genre de publicité. Bon. J'ai du travail et je ne peux pas épiloguer là-dessus toute la journée.

— Si un crime a été commis, il doit être dénoncé.

— Soit, si vous voulez faire une enquête, allez-y, mais agissez pour votre propre compte et attendez que Noël soit passé. Vu la façon dont votre série d'articles est partie, vous avez une bonne chance de gagner le premier prix.

À son retour à Came-Village, Qwilleran s'aperçut qu'Ivy faisait courir le bruit qu'il était un détective privé opérant avec l'aide de deux chats siamois dressés pour attaquer.

— Est-ce vrai ? lui demanda une femme, qui tenait une boutique spécialisée dans la vente de chaises.

— Je le voudrais bien, soupira-t-il, je ne suis qu'un pauvre journaliste besogneux.

— Je vous vois en Renaissance italienne, dit la marchande, en fermant à demi les yeux. Tout le monde ressemble à un style de chaise. Cette jolie petite Sheraton est une danseuse de ballet et cette Chippendale est le portrait de mon propriétaire. Vous êtes une Renaissance italienne. Réfléchissez-y un moment et tous vos amis se transformeront en chaises.

— Voilà une théorie qui plairait à Ionesco !

Après l'avoir quittée, il fut soulagé de rencontrer Mrs. McGuffey. Elle au moins paraissait avoir les deux pieds sur terre. Il lui demanda ce qu'elle faisait en attendant les clients.

— Je lis. C'est une occupation idéale pour une ancienne institutrice. S'il y a un livre sur l'histoire américaine ou sur les antiquités que vous aimeriez consulter, n'hésitez pas à m'en avertir.

— Avez-vous quelque chose sur Came-Village ? Je suis spécialement intéressé par la maison des Cobb.

— C'est la plus belle de la rue. Elle a été construite en 1855 par William Towne Spencer, le fameux abolitionniste. Il avait deux frères, plus jeunes, James et Philip, qui firent bâtir, tout à côté, des répliques plus modestes de cette demeure. Il avait aussi une sœur restée fille, Mathilda, aveugle de naissance, qui mourut à l'âge de trente-deux ans, en tombant dans l'escalier de la maison de son frère.

Elle s'exprimait avec une autorité convaincante.

— J'ai déjà remarqué que les habitants de Came-Village sont enclins à faire des chutes mortelles. Il est curieux que cette habitude remonte aussi loin.

— Pauvre Mrs. Cobb ! soupira son interlocutrice, en secouant tristement la tête. Je me demande si elle sera capable de tenir le magasin, sans l'aide de son mari.

— Il s'était adjugé le rôle de champion de Came-Village.

— Oui, dans un sens… Cependant, entre nous, je le détestais. Il était mal élevé. On ne doit pas se conduire ainsi, dans une société civilisée. À mon avis, la communauté a surtout perdu à la mort d'Andrew Glanz. C'était un beau garçon, plein de promesses et un fin lettré. Je le dis avec d'autant plus de fierté que c'est moi qui lui ai appris à lire, il y a vingt-cinq ans. C'était déjà un brillant sujet. Je savais qu'il deviendrait écrivain.

— Je crois qu'il rédigeait des articles sur les antiquités.

— Oui. Il a également écrit un roman qui m'inspire un sentiment bizarre. Il m'en a fait lire les dix premiers chapitres. Je n'ai pas voulu le décourager, naturellement, mais… je crains de ne pas être d'accord sur le côté sordide du Nouveau Roman… pourtant c'est ce qui se vend, aujourd'hui, me dit-on.

— Dans quel milieu se situait l'action ?

— Ah ! le cadre était parfaitement authentique : une communauté de brocanteurs similaire à la nôtre, mais l'intrigue comprenait toutes sortes de personnages déplaisants, alcooliques, joueurs, homosexuels, prostituées, drogués, adultères. Oh ! mon Dieu, si notre quartier ressemblait à ce monde, je n'hésiterais pas à fermer ma boutique sur-le-champ.

— Vous ne croyez donc pas qu'il y ait rien de semblable à Came-Village ?

— Certes non ! Rien du tout ! Sauf… (elle baissa la voix, en voyant entrer un client), je ne voudrais pas que vous colportiez ce bruit, mais on raconte que le vieil homme qui tient le magasin de fruits est un bookmaker et qu'il accepte des paris clandestins. Je vous en prie, ne parlez pas de cela dans votre journal.

— Excusez-moi, dit le client. Avez-vous des beurriers en faïence ?

— Un instant, répondit la marchande, avec un gracieux sourire.

— Qu'est-il advenu du manuscrit d'Andy ? demanda Qwilleran, en se dirigeant vers la porte.

— Je crois qu'il l'a remis à son amie, Mrs. Duckworth. Elle lui avait demandé à le voir, mais il a voulu que sa vieille institutrice le lise d'abord, conclut-elle, la mine triomphante.

CHAPITRE DIX-SEPT

Une pluie glaciale s'était mise à tomber. Qwilleran se hâta vers *Le Dragon Bleu* aussi vite que sa jambe le lui permettait.

— Je vais accompagner Ben Nicholas dans une expédition de récupération, annonça-t-il à Mary.

— Où vous emmène-t-il ?

— Dans un vieux théâtre de Zwinger Street. Il est fermé, mais il connaît un moyen de pénétrer à l'intérieur, par l'entrée des artistes. Tout ce que je désire, c'est avoir une expérience de l'opération, afin de pouvoir écrire un article sur les gens qui risquent de se faire arrêter pour sauver de la destruction des éléments architecturaux historiques. Je pense que ces pratiques devraient être encouragées et non pas sanctionnées.

— Qwill ! Vous parlez comme un véritable brocanteur ! s'exclama Mary avec admiration, on vous a converti !

— Je sais reconnaître une bonne histoire quand j'en vois une. En attendant, verriez-vous un inconvénient à me confier le manuscrit du roman d'Andy ? Mrs. McGuffey m'en a parlé et comme il y est question de Came-Village…

— Le manuscrit ? Mais je ne l'ai pas. Andy m'a seulement permis de lire le premier chapitre.

— Alors, qu'est-il devenu ?

— Je n'en ai aucune idée. Robert Maus le sait peut-être.
— Voulez-vous lui téléphoner pour le lui demander ?
Elle consulta sa montre et répondit :
— C'est une mauvaise heure pour l'appeler. Il doit être occupé à préparer son dîner. Est-ce si urgent ?
Néanmoins, elle composa le numéro.
— William ? Puis-je parler à Mr. Maus ?... de la part de Mary Duxbury... C'est ce que je craignais...
Se tournant vers Qwilleran, elle expliqua :
— Son valet de chambre m'apprend que Bob est occupé à la préparation d'une sauce hollandaise et ne peut être dérangé.
— Dites-lui que le *Daily Fluxion* est sur le point de publier des rumeurs fâcheuses sur l'un de ses clients.
L'attorney vint au téléphone. Il répondit qu'il ignorait tout du manuscrit. Il n'avait rien trouvé de tel dans les papiers d'Andrew Glanz.
— Alors, où peut-il être ? demanda Qwilleran à Mary, quand elle eut raccroché. N'aurait-il pas été détruit par quelqu'un qui aurait des raisons de vouloir empêcher sa publication ? Qu'y avait-il dans le chapitre que vous avez lu ?
— Il était question d'une femme qui voulait empoisonner son mari. Le lecteur entrait immédiatement dans le vif du sujet.
— Pour quelle raison Andy ne vous a-t-il pas fait lire la suite ?
— Il était singulièrement discret sur ce point, mais, sans doute, tous les auteurs le sont-ils plus ou moins, avant la publication de leurs œuvres.
— Je me demande si tous les personnages sont aussi imaginaires que semble le croire Mrs. McGuffey. Il se pourrait que ce soit un roman à clef sur Came-Village, mettant ainsi certaines gens dans une situation difficile.
— Andy n'aurait jamais fait une chose pareille. Il était si délicat.

Qwilleran serra les dents. Si délicat, si honnête, si intelligent ! Il connaissait le refrain par cœur.

— Vous apparaissiez peut-être vous-même dans le cours de l'histoire, cela expliquerait la raison pour laquelle Andy ne vous a pas permis de lire plus avant. Le portrait fait de vous aurait pu être transparent et vous mettre dans une position intenable à l'égard de votre famille.

— Non, dit Mary, les yeux brillants, jamais Andy n'aurait agi avec une telle perfidie.

— On ne sait jamais, dit Qwilleran, en se levant pour partir. À propos, Hollis Pranz prétend qu'il était peintre-décorateur, avant de prendre une retraite anticipée à cause de son cœur, mais il est aussi agile qu'une chèvre. Je l'ai trouvé occupé à vernir une étagère, cet après-midi.

— Il vernissait par un jour pareil ? Cela ne séchera jamais ! Si vous le faites par temps humide, la couche restera toujours collante.

— En êtes-vous sûre ?

— Certaine. On croit que c'est sec, mais chaque fois que le temps se remet à l'humidité, la surface se ramollit.

— Faute curieuse pour un professionnel, remarqua Qwilleran, en tirant sur sa moustache.

— Pour quelqu'un qui prétend avoir travaillé dans le métier, c'est une erreur incroyable.

En fin d'après-midi, la pluie se transforma en neige poudreuse, aussi légère et inconsistante qu'un brouillard. Qwilleran alla s'acheter une casquette à oreilles et emprunta la torche électrique des Cobb, en prévision de son expédition nocturne. Mais il devait d'abord se rendre chez Russel Patch pour écouter son électrophone. Il retourna chez lui et équipa Koko de sa laisse et de son collier.

— Cette visite, expliqua-t-il, à son complice ronronnant, n'a pas uniquement un but culturel. Je veux que tu flaires pour voir si tu ne trouves rien d'intéressant.

Déboutonnant son pardessus, il y abrita le chat pour traverser la rue. Ils entrèrent tous les deux dans la boutique et Russ les conduisit à l'appartement, par un escalier en colimaçon. En haut, le sol était dallé de grandes tuiles noires et blanches. Une douzaine de statues en marbre, posées sur un piédestal blanc, se profilaient contre les murs peints, certains en noir, d'autres en rouge vif.

Russel présenta son ami, un jeune homme timide, portant un gros diamant à l'annulaire. De son côté, Qwilleran présenta Koko qui se tenait maintenant agrippé à son épaule. Le chat considéra les deux étrangers, puis se détourna pour regarder autour de lui.

Une musique moderne emplissait la pièce, le genre de dissonances qui avait toujours rendu Qwilleran nerveux. Elle provenait de toutes les directions.

— Aimez-vous la musique baroque ? demanda Russ, ou préférez-vous un autre genre ?

— Koko aime mieux une musique plus douce.

— Stan, veux-tu mettre une sonate de Schubert ?

Les haut-parleurs étaient dissimulés dans de vieux placards de cuisine transformés en bahut de la Renaissance italienne et Koko ne fut pas long à les repérer.

— Stan, sers-nous quelque chose à boire, reprit Russel. Dites, ce chat n'a pas l'air méchant du tout. On m'avait dit qu'il était sauvage.

— Si l'on vous a aussi raconté que j'étais détective privé, c'est un mensonge.

— Tant mieux. Je n'aimerais pas voir quelqu'un déterrer les vilaines petites histoires qui peuvent courir dans Came-Village. Nous avons travaillé assez dur pour en donner une autre image.

— J'ai appris que votre ami Andy écrivait un roman sur le quartier.

— Oui, je le savais, admit Russ, en riant, je ne lui avais pas caché qu'à mon avis il perdait son temps.

— Ce qui est curieux, c'est que le manuscrit a disparu.

— Il l'a probablement déchiré. Je vous ai déjà expliqué qu'Andy était un perfectionniste.

Qwilleran accepta le verre de soda qu'il avait demandé et se tourna vers Stan :

— Êtes-vous également antiquaire ?

— Je suis coiffeur pour dames, répondit Stan, d'une voix douce.

— Un métier lucratif, paraît-il.

— Je ne me plains pas.

— Si vous voulez savoir d'où Stan tire ses véritables revenus, il joue à la Bourse, intervint Russ.

— Peut-on vraiment gagner de l'argent de cette façon-là ?

— C'est très simple, expliqua Stan, je laisse une somme à la disposition de mon agent de change et je double mon capital tous les ans.

— Sans blague ? s'étonna Qwilleran, en allumant pensivement sa pipe.

Il s'évertuait à faire un rapide calcul mental : s'il gagnait l'un des premiers prix au concours du *Fluxion*, il pourrait ainsi arriver à se faire : deux, quatre, huit, seize, trente-deux mille dollars en cinq ans. Il perdait peut-être son temps à vouloir découvrir des crimes insoupçonnés…

Koko avait fait le tour de la pièce et se trouvait maintenant blotti près d'une bouche de chaleur, ignorant complètement Schubert.

— J'aimerais tenter une expérience, dit Russ. J'ai des enregistrements de musique électronique atteignant les hautes fréquences. Voyons comment ce chat réagira. Les animaux perçoivent les ultrasons inaudibles pour les oreilles humaines.

— Allez-y, déclara imprudemment Qwilleran.

La musique de Schubert prit fin. Les trente-six haut-parleurs firent, alors, entendre un concert de sons sifflants, percutants qui heurtaient les tympans. Au premier accord, Koko dressa les oreilles. Une seconde plus tard, il était sur ses pattes. Il semblait affolé. Il se mit à galoper dans la pièce.

— Il n'aime pas cela, constata le journaliste, non sans inquiétude.

La musique se poursuivit en une suite de soupirs, d'échos et de vibrations spasmodiques. Koko se lança dans une course folle et se jeta contre un mur.

— Il vaut mieux arrêter cette expérience.

— Splendide ! s'écria Russel, Sam, as-tu jamais rien vu de pareil ?

Des haut-parleurs sortit un son si inhumain qu'il parut frapper le chat qui s'arrêta dans son élan, puis il repartit de plus belle et atterrit sur le meuble de stéréo.

— Arrêtez immédiatement cette musique ridicule, protesta Qwilleran.

Il était trop tard, Koko avait fait un nouveau bond en avant et s'était jeté sur la tête de Russel Patch, toutes griffes dehors. Il lui laboura le crâne jusqu'à ce que le hurlement qui sortit de la gorge de l'homme lui ait fait lâcher prise. Russ porta la main à sa tempe. Elle ruisselait de sang.

— Tu ne l'as pas volé, affirma paisiblement Stan, en allant arrêter la musique.

Quelques minutes plus tard, Qwilleran ramena Koko à la maison. Bien que le chat parût avoir retrouvé son calme, il le sentait trembler contre lui.

— Pardonne-moi, mon garçon, c'était vraiment un sale tour à te jouer.

Il posa Koko par terre avec douceur. Yom Yom accourut pour le renifler, mais Koko l'ignora. Il but longuement, puis il se dressa sur ses pattes et se frotta contre la jambe du journaliste. Celui-ci se baissa pour le prendre dans ses bras et se promena dans l'appartement, avec le chat sur l'épaule, en attendant l'heure de son rendez-vous suivant.

Ayant enfermé les chats, il se disposait à partir quand un miaulement déchirant retentit derrière la porte close. Tandis qu'il descendait lentement, les cris devenaient plus forts et attendrissants. Tous les griefs de Qwilleran sur la suffisance de Koko s'évanouirent. Le chat avait besoin de lui. Avec une joie intérieure intense, il retourna chercher son ami pour l'emmener chez Cluthra.

CHAPITRE DIX-HUIT

À sept heures et demie, Qwilleran prit un taxi pour se rendre, avec Koko, à la Tour des Horizons et monta en ascenseur jusqu'au dix-septième étage. Koko n'avait rien contre les ascenseurs qui s'élevaient. Il refusait seulement de prendre ceux qui s'enfonçaient dans le sol sous lui.

Enveloppé dans un affriolant déshabillé de velours vert pâle, garni de plumes d'autruche, Cluthra vint leur ouvrir.

— Je ne savais pas que vous amèneriez un ami, dit-elle, avec son rire guttural.

— Koko a eu une forte émotion, je n'ai pas voulu le laisser.

Il lui raconta la cruelle expérience de Russel Patch avec la musique électronique.

— Méfiez-vous toujours des jeunes gens vêtus de blanc, déclara-t-elle, ils ont quelque chose à cacher.

Elle le fit entrer dans un confortable salon entièrement tendu de tissu à dessins abstraits, avec des rideaux et fauteuils assortis, dans des tons chauds de beige, brun et or qui contribuaient à donner à la pièce une atmosphère ouatée. Des violons jouaient en sourdine une musique passionnée. Le parfum capiteux de Cluthra flottait dans l'air.

Qwilleran regarda le graphisme nerveux, mouvementé, des motifs linéaires qui caractérisent les dessins abstraits et essaya d'en évaluer le nombre : dix mille ? cent mille ? un demi-million ?

— Voulez-vous prendre un verre ? demanda Cluthra, avec un regard conspirateur.

— Seulement du soda avec beaucoup de glace.

— Mon cher, je peux faire mieux pour mon reporter favori, dit-elle, en lui offrant un liquide rose, pétillant et puissamment aromatisé.

Qwilleran renifla avec circonspection.

— Sirop de cerises anglaises, fait à la maison, expliqua-t-elle. Les hommes l'apprécient parce que la saveur en est amère.

Il en but une gorgée. Le goût n'était pas mauvais. Il était même fort agréable, à la réflexion.

— Est-ce vous qui le préparez ?

— Grand Dieu ! Non. C'est une de mes clientes. Elle a étudié les herbes médicinales et concocte ce breuvage, avec du genièvre, de la livèche, de la molène et je ne sais quoi d'autre.

Qwilleran avait pris place dans un fauteuil à haut dossier droit et Koko s'était installé en rond sur ses genoux.

— Vous avez choisi le seul siège inconfortable de la maison, constata Cluthra, en tapotant les coussins du divan à côté d'elle.

— Avec ce genou douloureux, je suis mieux ainsi, dit-il, ce qui était plus ou moins vrai.

— Vous nous avez tous joués, reprit-elle, sur un ton faussement accusateur, vous n'êtes pas du tout journaliste, mais je vous aime bien quand même.

— Si c'est votre jeune sœur qui vous a raconté cette histoire, n'en croyez pas un mot. Je ne suis qu'un chroniqueur mal payé du *Fluxion*, avec une curiosité morbide pour les morts soudaines. Ivy a beaucoup d'imagination.

À propos, saviez-vous qu'Andy écrivait un roman sur Came-Village ?

— Quand Andy venait me voir, nous ne discutions pas de littérature.

— Connaissez-vous bien Hollis Prantz ?

— Que le ciel me préserve des hommes qui portent des gilets de laine boutonnés sur le devant !

Qwilleran but encore un peu de la boisson fraîche. L'appartement était bien chauffé. Sur ses genoux, Koko reposait comme un coussin de fourrure, mais pendant qu'il bavardait, le chat s'éveilla et glissa doucement à terre, au grand soulagement de Jim, dont les jambes commençaient à s'ankyloser. Koko parut se fondre dans ce décor beige et brun. Le journaliste s'essuya le front. Il avait l'impression de suffoquer. La température de serre, jointe aux dessins lui brouillait la vue. En regardant la moquette beige unie, il voyait se reproduire les tracés géométriques indéfiniment répétés. Il ferma les yeux.

— Vous ne vous sentez pas bien, mon cher ?

— J'ai les yeux fatigués et il fait un peu chaud ici.

— Voulez-vous vous allonger sur le divan ? Inutile de vous gêner avec moi.

Il contempla les coussins profonds, sans bouger. Derrière la chevelure rousse de Cluthra, il aperçut Koko qui s'était silencieusement faufilé sur le divan.

— Enlevez votre veston et mettez-vous à l'aise, insista-t-elle, avec un sourire tentateur, en battant des paupières.

Il se prit à regretter d'être venu. Il détestait les tapisseries abstraites. Depuis quelque temps, ses yeux lui faisaient mal (il aurait peut-être besoin de lunettes ?) et ces dessins lui blessaient la vue. Ou était-ce la boisson ? Genièvre, livèche, molène ? Que diable était la molène ? Soudain Cluthra éternua. Qwilleran en profita pour changer de conversation.

— On enterre ce pauvre C.C. demain.

— C'était un vrai homme, dit Cluthra, en fermant à demi les paupières, on n'en rencontre plus beaucoup comme lui, croyez-moi.

Elle éternua à nouveau et sortit un petit mouchoir de sa poche.

— Excusez-moi, je ne sais pas ce qui me prend.

Le journaliste commençait à s'en douter. Koko avait le nez enfoui dans les plumes d'autruche.

— Iris s'en remet mal, dit-il.

Cluthra essuya ses yeux qui pleuraient et devenaient rouges, avant de répondre, avec un curieux accent nasal :

— Iris n'aura blus de broblèmes avec ses lunettes. C.C. se lebait la nuit bour les cacher.

— Dites-moi, Cluthra, ne seriez-vous pas allergique aux poils de chat ?

La visite se termina brusquement et ce fut avec le sentiment de l'avoir échappé belle que Qwilleran se retrouva dans la rue, loin de cette tapisserie abstraite et de cette femme volcanique.

— Rebenez me boir seul, la brochaine bois ! cria Cluthra, dans l'escalier.

Il ramena Koko à la maison et revêtit des vêtements chauds pour son rendez-vous suivant. Il prit cependant le temps de regarder dans le dictionnaire : « Molène – Herbe de saint Fiacre, de la famille des scrofulariacées, plante médicinale » Pour soulager quelle maladie ? On ne le précisait pas. Il ouvrit une boîte de crevettes pour permettre à Koko de se remettre de ses émotions.

À l'heure dite, il trouva Ben qui l'attendait sur le bord du trottoir, dans une camionnette grise toute rouillée, avec un fil de fer en guise d'antenne de radio et des phares fixés par un seul écrou. Le conducteur était emmitouflé dans une épaisse couverture, un casque d'aviateur sur la tête.

Le moteur toussa, avant de consentir à se mettre en marche. Heureusement, il n'y avait pas loin à aller pour se trouver devant le théâtre Garrick, dans le quartier en démolition, au milieu des autres immeubles abandonnés.

— Pauvre Garrick, grommela Ben, d'un ton morose, nous t'avons connu en des jours plus glorieux. Les grands noms du théâtre se sont tous produits ici. Puis il y eut le vaudeville, le cinéma muet, le cinéma parlant, les films italiens, les films d'épouvante et puis rien. Aujourd'hui, seul Benjamin X. Nicolas joue, devant une salle vide et reçoit les applaudissements des pigeons.

Qwilleran tenait la canne pointue dont se servent les brocanteurs pour fouiller le sol. Les deux hommes avaient une torche électrique à la main. Ben conduisit le journaliste par l'entrée des artistes, jusque sur la scène. Qwilleran dirigea le faisceau de sa lampe sur le plafond. Tout ce qui restait de la grandeur passée du Garrick étaient les fresques peintes sur le dôme. Roméo et Juliette, Antoine et Cléopâtre. S'il n'y avait rien d'autre à récupérer, pourquoi Ben l'avait-il amené là ? Il ne tarda pas à le savoir. Le vieil acteur avait pris place au centre de la scène et la représentation commença.

— Mes amis, Romains, chers compatriotes, déclama Ben, sur un ton passionné

— … *patriotes*, répéta l'écho.

— Prêtez-moi l'oreille.

— … *oua l'oreille*, lança l'écho.

— Hélas, dit Ben, quand il eut terminé sa tirade sous les applaudissements de Qwilleran, hélas, nous sommes nés trop tard, dans un monde trop vieux… Allons, au travail ! Que désire notre cœur ? Fragments architecturaux, sculptures de marbre ? Pas tant de bruit ! Les scélérats ont tout enlevé, sauf ceci, dit-il, en faisant sonner une grille de chauffage. Cet ornement de bronze attend notre bon plaisir.

À l'aide de sa canne pointue, le journaliste effrita l'encastrement de plâtre et put facilement dégager la grille noircie. Un nuage de poussière saisit les deux hommes à la gorge.

— Allons-nous-en, hoqueta Qwilleran, entre deux quintes de toux.

— Attendez, voici un autre trésor, dit Ben, en dirigeant sa lampe sur une rangée de loges, au balcon.

Toutes avaient été dépouillées de leur décoration à l'exception d'une seule, sur la gauche, qui portait encore sa couronne sculptée, supportée par des amours soufflant dans des trompettes.

— Combien cela peut-il valoir ? demanda Qwilleran.

— Au moins cent dollars et le double pour un collectionneur.

— Comment le décrocher ?

— D'autres y sont parvenus, sus à l'ouvrage ! lança Ben, en montrant le chemin pour monter au balcon.

— Éclairez-moi avec les deux torches, dit Qwilleran, je vais voir ce que je peux faire avec la canne.

Il se pencha sur la balustrade et examina la sculpture. Sous lui, le sol de la loge craqua.

— Couche-toi, O Macduff ! lança Ben.

— Dirigez la lumière au-dessus du balcon, dit Qwilleran, je travaille dans l'ombre.

Puis il s'arrêta, sa canne en l'air. Il avait vu quelque chose dans la poussière, sur le sol. Il se retourna pour regarder Ben et fut aveuglé par les deux lampes. Le pressentiment d'un danger le fit plonger au fond de la loge. Il y eut un craquement sinistre et un nuage de poussière s'éleva, tandis que le balcon s'effondrait sur le parterre, en dessous. Deux rayons lumineux dansèrent, un instant, contre les murs et le plafond.

— Que diable s'est-il passé ? gémit-il, en suffoquant. Le balcon s'est détaché.

— Les Dieux étaient avec nous ! cria Ben d'une voix enrouée par l'émotion ou la poussière.

— Donnez-moi une lampe et sortons.

Ils retournèrent à Came-Village, avec la grille en bronze sur le siège arrière. Qwilleran gardait le silence, en songeant à ce qu'il avait vu dans la poussière et au danger auquel il venait d'échapper.

— Notre représentation a manqué de chaleur, ce soir, constata Ben d'un ton penaud. Il faisait trop froid. Venez jusqu'au bar pour assister à un spectacle qui vous réjouira le cœur.

La Queue du Lion avait été une banque vers 1920 et offrait une reproduction en miniature d'un temple romain, aujourd'hui profané par une enseigne au néon et des panneaux vitrés. À l'intérieur, malgré la hauteur de plafond, la pièce était pleine de bruit et de fumée. Un assortiment d'habitués remplissaient la moitié des tables et le bar, hommes en vêtements de travail et spécimens plus dépenaillés qui hantaient les rues de Came-Village, après la tombée de la nuit.

Quand Ben fit son entrée, il fut salué par des cris et des applaudissements. Il sourit gracieusement et leva la main pour réclamer le silence.

— Ce soir, nous aurons une courte scène de *Richard III* et une tournée générale en l'honneur de Shakespeare !

Avec un calme olympien, son écharpe lui battant les talons, il fendit la foule et disparut derrière une porte, pour reparaître bientôt en haut d'un petit balcon.

— *Voici l'hiver de notre déplaisir*… commença-t-il, d'une voix claironnante, imposant silence à toute la salle.

— *Moi, le mal équarri, à qui*
La majesté de l'amour fait défaut…

poursuivit la voix du balcon, saluée, cette fois, par quelques éclats de rire.

— *J'ai résolu de me révéler scélérat*
Et d'exécrer leurs vaines amusettes

conclut-il enfin, sur le mode mélodramatique.

L'acteur salua avec humilité, sous les applaudissements assourdissants, tandis que le barman remplissait les verres. Lorsqu'il redescendit, Ben jeta sur le comptoir une poignée de billets pliés dans le sens de la longueur.

— Le roi Richard ou l'oncle Charly, quelle différence cela fait-il ? dit-il à Qwilleran, d'un air sombre. Les jours des vrais comédiens sont finis. N'importe quel petit rigolo est un « artiste » au même titre qu'un toréador, un équilibriste ou un de ces joueurs de guitare électrique à cheveux longs. Bientôt ce seront les équipes de base-ball et les poseurs de briques ! Oui, monsieur, tout est sens dessus dessous !

Cependant l'auditoire altéré en redemandait encore.

— Pardonnez-nous, murmura Ben, en se dirigeant vers le balcon, noblesse oblige !

Le journaliste sortit discrètement en se demandant d'où Ben tirait les fonds nécessaires pour acheter les applaudissements qu'il venait quémander à *La Queue du Lion* et s'il avait su que la loge du Garrick était dangereuse ?

En rentrant chez lui, Qwilleran trouva les chats endormis sur leur coussin qui relevait leurs moustaches en un demi-sourire.

Il alla se coucher l'esprit inquiet. Quel était le secret de Ben ? Était-il aussi fou qu'il le paraissait ? Sa soudaine richesse avait-elle un rapport avec la maison Ellsworth ? Ben s'y était rendu, il en était sûr. Il en avait lu la preuve dans les empreintes en forme d'arabesque, laissées par ses bottes, dans la poussière. Cependant, l'accueil que Ben avait reçu à *La Queue du Lion* indiquait que l'auditoire était habitué à ses largesses. Il se souvint de la réflexion de C.C. « La seule scène de Broadway où Ben se soit jamais produit est le rayon de jouets des Grands Magasins Macy », mais quelques minutes plus tard, Cobb s'était contredit : « Ben a gagné beaucoup d'argent, autrefois. » En entendant cette remarque, Iris avait regardé son mari avec surprise. Ben avait-il trouvé un trafic lucratif lui permettant d'acheter les applaudissements d'un public et Cobb le savait-il ? Autant de questions auxquelles il était impossible de répondre.

Délibérément, Qwilleran tourna ses pensées vers un sujet plus agréable : la soirée de Noël, au Club de la Presse. Il se représentait les chroniqueurs mondains – et Jack Jaunti – ouvrant de grands yeux, quand il entrerait avec Mary à son bras et il voyait déjà la meute de ses confrères affecter un air indifférent, sans pouvoir s'empêcher d'être impressionnés par le nom prestigieux des Duxbury. Il se dit qu'il faudrait couronner la soirée par un cadeau de Noël pour Mary. Mais que peut-on offrir à la fille d'un millionnaire ?

Soudain, une idée lui vint, si lumineuse qu'il se redressa et s'assit dans son lit. Si le *Daily Fluxion* acceptait de coopérer, Came-Village pourrait même être sauvé. Se disant que son premier travail, demain matin, serait d'appeler le directeur du journal, il s'endormit, l'oreiller relevant sa moustache dans un demi-sourire.

En s'éveillant, le mercredi matin, Qwilleran eut vaguement conscience d'une gêne sous son aisselle. C'était Yom Yom, tapie sous les couvertures, dans l'abri le plus sûr qu'elle ait pu trouver. Mais, alors qu'elle courait se cacher, Koko allait examiner la source du bruit qui l'avait effrayée. Ses pattes de derrière sur une chaise, celles de devant sur le bord de la fenêtre, il observa les grêlons qui rebondissaient sur les vitres.

— Orage de grêle ! dit Qwilleran, il ne manquait plus que cela pour ruiner la fête du quartier.

Koko s'éloigna de la fenêtre et fit lever Yom Yom en la pourchassant hors du lit.

Vers onze heures, le temps se radoucit et le soleil parut. Came-Village brillait comme un bijou. Les maisons étaient métamorphosées en palais de cristal. Fils téléphoniques, réverbères, scintillaient sous leurs franges de givre et même des vieilles boîtes de conserve paraissaient belles.

À midi, les brocanteurs s'attroupèrent dans Zwinger Street. Des anges s'envolaient des lampadaires et des guirlandes traversaient la rue dans toute sa largeur. Ben Nicholas, en costume de Père Noël, haranguait la foule, sur une estrade, devant son magasin. P'tit Spooner était là, avec sa caméra. Le *Morning Rampage* lui-même avait dépêché un photographe. Qwilleran se mêla à la foule, jusqu'à l'heure de prendre son tour de garde au « Bric-à-Brac ». Il y trouva Cluthra.

— Cette chaise est très ancienne, disait-elle à un client. Elle porte encore sa peinture d'origine, à vingt-sept dollars nous ne gagnons rien dessus, je vous le garantis. Chez un antiquaire, vous la paieriez facilement soixante-cinq dollars.

Le client capitula, remplit un chèque et quitta la boutique, tout fier de son acquisition.

Cluthra se tourna vers Qwilleran pour lui expliquer la façon de déchiffrer les prix.

— Vous lisez les numéros de référence à l'envers et vous demandez un peu plus ou un peu moins que le prix marqué, selon la tête du client. Méfiez-vous de cette chaise, elle a un pied cassé, et n'oubliez pas que vous êtes autorisé à étrangler tous les gens qui vous parleront du grenier de leur grand-mère.

Il y avait plus de curieux que d'acheteurs parmi la foule qui déambulait dans la rue. Qwilleran décida de tenir un journal de bord, au bénéfice de Mrs. Cobb.

« Vendu deux verres bleus en vitrine : 18,50 dollars – Une dame cherche des candélabres Sheffield. – Vendu une boîte à ouvrage 30 dollars. – Un homme demande des anneaux d'attelle. – Embrassé une cliente et lui ai vendu une chope en étain 35 dollars. »

La cliente en question s'était précipitée sur lui, avec un petit rire :

— Qwill ! Que faites-vous là ?

— Rosie Riker ! Comment allez-vous ? Je suis si heureux de vous voir.

— Que devenez-vous donc ? Je disais justement ce matin à mon mari de vous inviter à dîner, un de ces soirs. Vous permettez que je m'assoie une minute ? Je marche depuis au moins trois heures, je suis rompue !

— Pas sur cette chaise, le pied est cassé. Avez-vous trouvé quelque chose ?

— Je cherche un cadeau de Noël pour Arch. Comment vont vos chats ?

— Fort bien. Koko est de plus en plus brillant. Il ouvre les portes, allume et éteint la lumière et apprend à taper à la machine.

— Vous n'êtes pas sérieux !

— Il se frotte le menton sur les touches et fait fonctionner le chariot, pas toujours au moment opportun, je dois le reconnaître.

— Il se nettoie les dents. Le vétérinaire nous a dit que les chats procédaient de cette manière… Combien vaut ce pichet ?

Partagé entre deux sentiments contradictoires – les intérêts de Mrs. Cobb et son amitié pour Rosie – Qwilleran rabattit deux dollars sur le prix marqué.

— J'ai beaucoup aimé votre article sur la vente aux enchères.

— Ce que je n'ai pas écrit est encore plus passionnant.

— Qu'est-ce donc ? Arch ne me raconte jamais rien !

Qwilleran reconstitua la nuit de l'accident et conclut :

— Je ne peux croire qu'Andy ait glissé de son échelle. Il aurait fallu être acrobate pour tomber sur l'épi, comme il l'a fait. En outre, il attendait des clients, ce soir-là, et ceux-ci auraient dû être présents, au moment de l'accident, puisqu'il était occupé à décrocher le lustre qu'il devait leur montrer. Et…

— Qwill, interrompit Rosie, en pâlissant, je crois connaître les clients en question. Quand est-ce arrivé ?

— À la mi-octobre. Le 16, pour être précis.

— Je ne voulais pas acheter ce lustre sans l'avis de mon mari. Nous sommes allés le voir, après dîner. Andy devait ouvrir spécialement pour nous. En fait, nous avons trouvé porte close. Après avoir attendu un moment, nous avons remarqué un autre lustre, du même genre, à la boutique des Cobb et nous l'avons acheté.

— Le *Bric-à-Brac* était ouvert à cette heure tardive ?

— Non, mais quelqu'un montait les marches et nous avons demandé si les Cobb ne pourraient venir un instant. Mrs. Cobb est descendue. Je n'ai appris l'accident survenu à Andy que quinze jours plus tard et je n'ai pas fait le rapprochement.

— Qui était la personne que vous avez vue, sur les marches des Cobb ?

— Un autre brocanteur, celui qui tient la boutique appelée *Le Roi Lear*… Le lustre des Cobb nous convenait davantage, il était en étain, alors que celui d'Andy était en cuivre, ce qui aurait été moins dans le style de notre salle à manger.

— En cuivre, dites-vous ? Ce n'était donc pas un lustre en cristal ?

— Oh ! non. Le cristal n'irait pas du tout chez nous.

C'est alors que Qwilleran embrassa Rosie Riker. Plus tard, il nota encore sur le livre :

« Vendu un plat de faïence : 75 dollars – Un client casse un gobelet. Lui ai compté 4,50 dollars. Me suis montré sans merci – Vendu la grille en bronze du théâtre

Garrick 45 dollars – VENDU LE BUREAU À RIDEAU MOBILE 750 dollars ! »

La cliente qui se présenta pour acheter ce bureau manquait d'expérience. Qwilleran le comprit à son enthousiasme et à son élégance vestimentaire.

— Le marchand à côté me signale que vous avez un bureau à rideau mobile, il m'en faut absolument un.

— Celui que nous avons est chez un client qui est peu disposé à s'en dessaisir.

— Peu importe le prix. Il me le faut avant Noël. Je vais vous faire un chèque. Mon chauffeur viendra le chercher demain.

Qwilleran se sentit très fier, ce soir-là. Personnellement, il avait encaissé près de mille dollars pour le compte de Mrs. Cobb. En outre, il avait obtenu des informations de Rosie Riker, renforçant sa théorie sur la mort d'Andy. Enfin, il avait abordé, avec le directeur de son journal, une question importante qui avait produit une forte impression. Si son projet était mis en application – et le patron pensait que c'était possible – bien des problèmes se trouveraient résolus pour un tas de gens.

Après dîner, il retirait ses objets personnels des casiers du bureau quand il entendit des pas traînants dans l'escalier. Il ouvrit la porte et salua son voisin, toujours déguisé en Père Noël.

— Ben, combien vaut un bureau à rideau mobile ? Il n'y a pas de prix marqué sur celui que j'utilise et je l'ai vendu sept cent cinquante dollars, fauteuil compris.

— Oh ! c'est une excellente affaire pour le vendeur, digne d'un professionnel, dit le brocanteur, en se dirigeant vers son appartement. Voulez-vous partager un excellent fromage et un verre de cognac en notre compagnie ?

— J'accepte volontiers le fromage, dit Qwilleran qui venait de terminer une boîte de ragoût peu appétissant.

Son hôte enleva une bouilloire en cuivre posée sur le divan et le journaliste put s'asseoir. Ensuite, Ben apporta du fromage et des biscuits salés, dans une assiette ancienne, puis il se laissa tomber dans un fauteuil qui gémit sous son poids.

— Nous sommes épuisés, nos pauvres os n'en peuvent plus, soupirait-il, d'un air écœuré, en buvant son cognac dans une tasse à thé fêlée.

Il avait retiré sa barbe blanche. Avec son nez, ses joues rouges et ses gros sourcils postiches, il ressemblait à un vieux clown.

— Voici une semaine que je suis à Came-Village, dit Qwilleran, et franchement je n'ai pas encore compris comment vous autres, brocanteurs, gagniez votre vie.

— Nous nous débrouillons, nous nous débrouillons.

— Comment vous procurez-vous votre marchandise ? D'où vient-elle ?

Ben montra du doigt une tête d'ange en plâtre, le nez écrasé :

— Voyez, l'un des joyaux de la façade du théâtre Garrick. Pièce authentique, avec la fiente, garantie d'origine, des pigeons du voisinage.

Pendant une demi-heure, le journaliste harcela le vieil homme de questions auxquelles celui-ci répondit dans un langage châtié, mais sans jamais révéler le moindre renseignement. À la fin, il se décida à partir. Il allait balayer de la main quelques miettes tombées sur le divan quand il remarqua un long poil blanc qu'il ramassa pendant que Ben avait le dos tourné.

Une fois chez lui, il l'examina de plus près. Aucun doute sur sa provenance. Huit centimètres de long, un peu frisé à l'extrémité. Il saisit le téléphone et composa un numéro.

— Mary ? J'ai découvert quelque chose. Passez un manteau et venez.

Puis il se tourna vers les chats nonchalamment étendus sur leurs chaises dorées.

— Eh bien, vous deux, que pensez-vous de cela ?

Koko se gratta l'oreille avec la patte de dernière et Yom Yom se lécha l'épaule droite.

CHAPITRE DIX-NEUF

Qwilleran entendit Ben Nicholas quitter la maison et, peu après, le pas léger de Mary retentit dans l'escalier. Elle examina sa trouvaille avec surprise.

— Savez-vous ce que c'est ?

— On dirait un poil de brosse particulièrement long.

— C'est un poil de la moustache d'un chat. Je l'ai trouvé sur le divan de Ben. Ou bien mes deux lascars ont découvert un moyen de pénétrer dans l'appartement voisin, ou Mathilda a l'esprit facétieux !

— Il est marbré, blanc et brun.

— Par conséquent il appartient à Yom Yom. Ceux de Koko sont d'un blanc pur.

— Avez-vous une idée sur la façon dont ils peuvent traverser les murs ? s'enquit Mary.

Qwilleran la pria de le suivre dans le vestiaire.

— J'ai vérifié la salle de bains et la cuisine. Il n'y a aucune issue. La seule possibilité est ici, derrière ces étagères.

Koko leur avait emboîté le pas et frottait avec ardeur son menton contre les livres de l'étagère inférieure.

— Ce sont de magnifiques reliures, constata Mary. Iris pourrait les vendre un bon prix à des amateurs.

Un miaulement étouffé retentit. Qwilleran se baissa à temps pour voir disparaître le bout de la queue du chat, entre deux volumes – précisément à l'endroit où il avait retiré l'exemplaire du *Libérateur*.

— Koko, sors de là tout de suite ! ordonna-t-il, c'est sale, là derrière.

— Yaô, répondit Koko, d'une voix lointaine.

— On dirait qu'il est tombé dans un puits, dit Mary.

Le journaliste arracha les livres à deux mains, les jetant en tas, près de lui.

— Qwill, faites attention à votre jambe. Laissez-moi vous aider.

Elle s'agenouilla près de lui et se pencha pour regarder sous l'étagère.

— Il y a un trou dans ce mur !

— Qu'y a-t-il derrière ? Prenez cette torche…

— Je vois un autre mur, à environ soixante centimètres. On dirait un couloir étroit.

— Mary… Cette maison a été construite par William Towne Spencer et à l'époque, beaucoup d'abolitionnistes…

— … avaient des pièces secrètes…

— … pour cacher les esclaves en fuite.

Mary enfouit à nouveau la tête sous l'étagère.

— Le panneau glisse sur toute sa hauteur. En fait, c'est une véritable porte dérobée. Oh ! il y a un morceau de tissu… et une brosse à dents !

— Yaô ! dit Koko, en réapparaissant brusquement.

— Pouvez-vous refermer ce panneau complètement ?

— Non, il semble faussé.

— Je parie que Koko l'a ouvert avec ses griffes et bien entendu Yom Yom l'aura suivi. C'est elle qui allait et venait avec des objets… Bon, eh bien, voilà toujours un mystère de résolu. Si nous prenions une tasse de café ?

— Merci. Je dois rentrer préparer mes cadeaux de Noël… Mais… vous videz vos tiroirs, ajouta-t-elle, en regardant le bureau. Comptez-vous partir ?

— C'est le bureau qui s'en va. Je l'ai vendu sept cent cinquante dollars, cet après-midi.

— Qwill, c'est impossible, il vaut tout au plus deux cents dollars.

Il lui montra son carnet et le résultat de sa journée au *Bric-à-Brac*, et conclut avec fierté :

— Ce n'est pas mal pour un débutant.

— Vous auriez dû m'envoyer la cliente qui cherchait des candélabres Sheffield, dit-elle, en lisant les annotations. Qui vous a demandé des anneaux d'attelle ? Personne n'en achète plus, aujourd'hui.

— Qu'est-ce que c'est ?

— Cela fait partie du collier d'un cheval. Les gens les considéraient comme des porte-bonheur à une certaine époque… Qui est la cliente que vous avez embrassée ? Voilà une curieuse façon de vendre un pichet d'étain !

— Il s'agit de l'épouse de mon rédacteur en chef. Oh ! cela me fait penser que j'ai acheté un cadeau pour Arch Riker – une petite plaisanterie –, voulez-vous me faire un paquet plus élégant ? demanda-t-il, en lui tendant la boîte à tabac en étain.

— J'espère que les Parques ne vous l'ont pas comptée dix dollars, dit-elle, en lisant le prix sur le couvercle.

— Dix dollars ? répéta Qwilleran, saisi… Euh ! elles m'en ont demandé dix, mais je ne leur en ai donné que cinq.

— Ce n'est pas une mauvaise affaire. La plupart des magasins les font à sept dollars cinquante.

Digérant son humiliation, Qwilleran l'accompagna en bas de l'escalier. En passant devant la porte ouverte de Ben, il remarqua :

— Ben m'a emmené à *La Queue du Lion*, hier soir. Il a dépensé son argent comme s'il avait une presse à fabriquer les billets chez lui.

— Il doit avoir fait une bonne affaire, répondit Mary, en haussant les épaules. Une fois par an, un brocanteur a un coup de veine… il vend un bureau à dessus coulissant pour sept cent cinquante dollars ! C'est une des grandes vérités du commerce des antiquités.

— Figurez-vous que j'ai accompagné Nicholas faire de la récupération au théâtre Garrick, la nuit dernière, mais tout ce qui restait était un ornement au-dessus d'une loge et j'ai failli me briser les os en essayant de le décrocher.

— Ben aurait dû vous prévenir, tout le monde sait, depuis des années, que cette loge est dangereuse. Les architectes de la ville en ont condamné l'accès en 1940. On l'appelle « la loge interdite ».

— Croyez-vous que Ben s'en doutait ?

— Tout le monde est au courant, c'est pour cela que l'ornement n'a pas été retiré. Même Russ Patch y a renoncé, tant le risque est grand, et pourtant c'est un casse-cou.

Qwilleran remonta pensivement l'escalier. En haut des marches, il trouva les deux chats assis dans une pose identique, leur queue sagement rangée, en une courbe gracieuse.

— Je reconnais bien là votre coquinerie ! leur lança Qwilleran. Je suppose que vous vous êtes donné du bon temps à passer à travers les murs, comme une paire de fantômes !

Koko se frotta le menton contre la rampe, en faisant cliqueter ses crocs.

— As-tu besoin de te nettoyer les dents ? C'est entendu, je te conduirai chez le vétérinaire, après les fêtes.

Le chat s'approcha en ronronnant. Qwilleran caressa sa fourrure douce et soyeuse.

— Ne joue pas les innocents, ça ne prend pas. Qu'as-tu encore comploté derrière mon dos ? Que projettes-tu encore ?

Qwilleran posa cette question le mercredi soir. Le jeudi matin, il en connut la réponse.

Au lever du jour, il se retourna dans son lit et se retrouva le nez dans la fourrure. Yom Yom partageait son oreiller. Elle ouvrit un œil et ronronna de plaisir. De la cuisine, retentit un cri familier : « Yaôuh », le bonjour matinal de Koko, combiné avec un appel au réveil, suivi par deux bonds feutrés, quand le chat sauta du réfrigérateur sur la table et le sol. En entrant dans la pièce, il s'arrêta au milieu du tapis et étendit ses pattes de devant, son arrière-train dressé, en s'étirant longuement, les oreilles aplaties, puis il tendit très soigneusement sa patte de derrière gauche. Ensuite, il s'approcha du lit et réclama son petit déjeuner de sa voix de baryton.

Le journaliste ne se leva pas, mais agita la main. Koko fit un saut de côté et se frotta la tête contre le pied du lit. Après quoi il traversa la pièce pour aller se gratter le dos contre le bahut et sur le bord du fauteuil Morris.

— Où veux-tu en venir ? demanda Qwilleran, en regardant Koko se diriger vers le poêle ventru, l'étudier sous tous ses angles et choisir la poignée de la porte, pour la mordiller. Le loquet grinça et la porte s'ouvrit. Aussitôt, le chat introduisit une patte inquisitrice à l'intérieur.

Dans un éclair, Qwilleran sauta hors de son lit et se pencha sur le tiroir à cendres. Il était rempli de feuilles de papier dactylographiées et liées par un ruban. Elles avaient été tapées avec une machine à écrire où manquait la lettre E.

CHAPITRE VINGT

Dans le petit jour de l'avant-veille de Noël, Qwilleran commença à lire le roman d'Andy.

L'héroïne discutable de l'histoire était une femme évaporée et bavarde qui projetait de remplir le verre de son alcoolique de mari avec du tétrachlorure de carbone, afin d'être libre d'épouser un séduisant gigolo.

Il en avait lu six chapitres quand un chauffeur en livrée et deux aides vinrent prendre livraison du bureau. Après quoi il eut juste le temps de se raser, de s'habiller et de se rendre en ville. À regret, il remit le manuscrit dans le tiroir du poêle.

Au *Fluxion*, le rendez-vous avec le directeur dura plus longtemps qu'il ne l'avait prévu. Il se termina même par une invitation à déjeuner au Club de la Presse avec quelques importantes personnalités. Le repas se prolongea. Lorsqu'il regagna Came-Village, en fin d'après-midi, Qwilleran avait tout lieu d'être satisfait.

L'état de son genou lui permettait de grimper lestement les marches, mais en entrant dans le vestibule de l'immeuble, il s'arrêta. La boutique des Cobb était ouverte. Iris essuyait la poussière d'un buffet en hêtre.

— Je ne vous attendais pas si tôt, dit-il.

— J'ai pensé que je devais revenir pour ouvrir le magasin au moment des fêtes. Dieu sait si j'ai besoin d'un peu d'argent. Mon fils Dennis m'a accompagnée.

— Nous avons vendu de la marchandise pour vous, hier. J'ai bien regretté de me séparer de mon bureau à dessus coulissant, mais une cliente me l'a payé sept cent cinquante dollars.

Iris manifesta plus de gratitude que d'étonnement.

— Dites-moi, avez-vous de vieux postes de radio de côté, pour Hollis Prantz ?

— De vieux postes ? Non, nous n'avons jamais rien eu de ce genre.

Qwilleran termina le roman d'Andy, dans la soirée. Il correspondait à ce qu'il en attendait. Les personnages comprenaient un mari volage, une veuve joyeuse, une pauvre petite fille riche, dirigeant incognito une boutique prétentieuse et, dans les derniers chapitres, une institutrice en retraite qui était naïve jusqu'à la stupidité. Pour faire bonne mesure, Andy avait aussi introduit un tenancier d'une maison de jeu, une nymphette, un drogué, un politicien taré et un détective privé qui paraissait être le porte-parole des platitudes de l'auteur.

Pourquoi Andy avait-il caché son manuscrit dans le tiroir à cendres du poêle ?

Au cours de sa lecture, Qwilleran fut interrompu par la visite d'un jeune homme qui se présenta comme étant le fils d'Iris.

— Ma mère m'a dit que vous aviez besoin d'un bureau. Si vous voulez bien m'aider, je pourrais vous porter celui qui est chez elle et dont elle n'a que faire.

— Comment va votre mère ?

— Assez mal. Elle a pris un cachet, avant d'aller se mettre au lit.

Ils transportèrent le bureau d'apothicaire et Qwilleran demanda à Dennis de l'aider à placer l'écusson des

Mackintosh au-dessus de la cheminée, à la place du portrait de la femme revêche.

Puis il se replongea dans le roman d'Andy. Il en avait rarement lu d'aussi mauvais. L'auteur n'avait pas le sens des dialogues, ni de compassion pour ses personnages. En revanche, le journaliste se passionna sur la façon dont fonctionnait le trafic des stupéfiants. L'un des brocanteurs de l'histoire vendait aussi bien de la marijuana que des buffets en acajou ou de la porcelaine de Sèvres. Chaque fois qu'un client entrait pour demander une théière de Quimper, il voulait, en réalité, se procurer de la drogue.

Lire quatre cents pages où manque la lettre E impose aux yeux une rude épreuve et Qwilleran souffrait d'une violente migraine quand il arriva à la fin du manuscrit. Appuyant la tête contre le coussin du fauteuil Morris, il ferma les paupières. Théière de Quimper… Il n'en avait jamais entendu parler, mais il y avait tant de choses qu'il ignorait, avant de venir à Came-Village. Cochon du Sussex, chandelier de Sheffield, anneau d'attelle.

Anneau d'attelle ! Il dut réprimer du doigt un frémissement de sa moustache. Plus personne n'achetait des anneaux d'attelle, avait dit Mary, et cependant, deux fois en un court espace de temps, il avait entendu demander cet article tombé en désuétude.

La première fois, c'était au *Roi Lear* et Ben avait paru enclin à renvoyer sèchement le client. Hier, la même demande avait été adressée au *Bric-à-Brac*, les deux boutiques étaient voisines, il était aisé de les confondre.

Chassant de son esprit ces pensées inopportunes, Qwilleran fit des projets pour le lendemain. Le 24 décembre serait une journée bien remplie, que terminerait la soirée au Club de la Presse. Il avait un autre rendez-vous avec le directeur de son journal, et un autre déjeuner avec Arch Riker. Le matin, une manœuvre de haute tactique devrait lui permettre de résoudre un des problèmes de Came-Village.

Le jour suivant, il fut réveillé avant l'aube par un éclairage alternatif. Debout à la tête du lit, Koko se frottait les dents avec délices sur l'interrupteur.

Jim se leva, ouvrit une boîte de bœuf en gelée pour les chats, prit un bain et s'habilla. Dès qu'il pensa que le service du personnel était ouvert, il téléphona au *Fluxion* pour demander qu'on lui envoyât un commissionnaire, à onze heures précises.

— Choisissez le plus minable que vous ayez sous la main, précisa-t-il, de préférence un garçon qui ait un gros rhume de cerveau.

En attendant l'arrivée de cet auxiliaire, Qwilleran rangea ses papiers et ses crayons dans le bureau d'apothicaire. L'un des grands tiroirs du bas contenait le magnétophone portatif d'Iris et il le lui rapporta.

— Je n'en veux plus, dit-elle, avec un pâle sourire. Je ne peux même pas en supporter la vue. Gardez-le, s'il peut vous être de quelque utilité.

Le jeune garçon qui arriva du *Daily Fluxion* était hirsute, sous-alimenté et mal habillé. La plupart de ses collègues répondaient à ce signalement, mais celui-ci battait tous les records du genre.

— Mince ! s'écria-t-il en voyant l'appartement, payez-vous un loyer pour loger dans cette piaule ou bien le journal vous paie-t-il pour habiter ici ?

— Cela ne te regarde pas, répliqua Qwilleran, en sortant son portefeuille. Fais simplement ce que je te dis. Voici dix dollars, va…

— Eh ! mais je connais ces matous, ce sont des chamois. Il paraît qu'ils sont méchants. Est-ce qu'ils mordent ?

— Seulement les commissionnaires du *Fluxion* et ce sont des siamois et non des chamois. Maintenant, écoute-moi bien, voilà dix dollars, va au magasin appelé *Le Roi Lear* et demande des anneaux d'attelle.

— Des quoi ?

— Le marchand est piqué, alors ne t'étonne pas de ce qu'il peut dire ou faire. Ne lui raconte pas que tu me connais ou que tu travailles au *Fluxion*. Demande-lui simplement s'il a des anneaux d'attelle, en lui montrant ton argent. Tu me ramèneras ce qu'il t'aura donné

Cinq minutes plus tard, le jeune garçon revint en disant.

— Dix balles pour ce zinzin, vous devez être sonné, non ?

— Je crois que tu as raison, reconnut Qwilleran, d'un ton penaud, en regardant l'anneau que lui tendait le jeune commissionnaire.

C'était un échec, mais le frémissement de ses moustaches lui disait qu'il était sur la bonne voie et il refusa de se laisser décourager.

À midi, il retrouva, comme convenu, Arch Riker au Club de la Presse et lui offrit la boîte à tabac savamment enveloppée dans une feuille de l'édition de 1864 du *Harper's Weekly*.

— C'est magnifique ! Vous n'auriez pas dû me faire un cadeau aussi somptueux. Diable, je ne vous ai rien acheté, Qwill, alors, c'est moi qui offre le déjeuner, dit le rédacteur en chef.

Dans l'après-midi, Qwilleran passa une heure satisfaisante avec le directeur du *Fluxion* et revint à Came-Village trois heures avant son rendez-vous avec Mary.

Il prit le manuscrit d'Andy et relut le chapitre sur le trafic de drogue. À six heures, il se leva et changea de costume. Mettant la main dans la poche de son veston, il trouva le mètre offert par Mary et un morceau de papier plié en deux. Il alla regarder par la fenêtre. Les deux camionnettes étaient garées dans la cour. Il descendit sans bruit et, après s'être assuré que personne ne pouvait le voir, il mesura les deux véhicules.

C'était bien ce qu'il pensait. Les dimensions correspondaient à celles inscrites sur la feuille de papier. En faisant le tour de la camionnette de Ben, il constata que le pare-chocs avant gauche manquait.

Il savait exactement ce qui lui restait à faire, maintenant. Après avoir acheté une bouteille du meilleur cognac de Lombardo, il gravit les marches du *Roi Lear*. La boutique était fermée

Il s'arrêta au *Bric-à-Brac*.

— Savez-vous où est Ben ? demanda-t-il à Iris, j'aimerais lui rendre son invitation.

— Il doit être à l'hôpital des enfants malades. Il y va tous les ans pour jouer les pères Noël.

En haut, les chats attendaient. Ils étaient assis très droits dans une attitude signifiant : « Nous avons quelque chose à communiquer. »

Tous les deux regardaient leur ami droit dans les yeux. Yom Yom en louchant un peu, Koko avec une expression d'intensité. Ils ne réclamaient pas à manger. C'était quelque chose de plus important.

— Qu'y a-t-il ? leur demanda-t-il, qu'essayez-vous de me dire ?

Koko tourna la tête et regarda fixement un petit objet brillant près du bahut.

— *Qu'est-ce que c'est ?* murmura Qwilleran, bien qu'il connût la réponse. Il savait de quoi il s'agissait.

Il ramassa le morceau de papier d'argent, le posa sur son bureau et alluma la lampe. À première vue, on aurait dit l'enveloppe d'un paquet de chewing-gums. C'était un long rectangle, aussi mince qu'une lame de rasoir.

Comme il commençait à ouvrir le paquet, Koko sauta sur le bureau pour le surveiller. Sur ses élégantes pattes brunes, il marcha sur les crayons, gommes, briquet qui se trouvaient là et posa la patte sur le bouton de mise en route du magnétophone portatif.

— RRRReu… Phte… Rrrrreuh… Phte…

Qwilleran ferma le mécanisme pour arrêter ce bruit déplaisant. Au même instant, il entendit des pas dans l'escalier. Le Père Noël avait du mal à monter.

— Venez boire un verre, dit Qwilleran, j'ai une bonne bouteille de cognac.

— Digne seigneur, nous n'aurons garde de refuser.

Il entra avec ses grosses bottes noires doublées de fourrure. Ses yeux brillants et son haleine indiquaient clairement qu'il ne revenait pas directement de l'hôpital des enfants malades.

— Ho ! Ho ! Ho ! lança-t-il, à l'adresse des deux chats.

Yom Yom se sauva sur le haut du bahut, mais Koko dévisagea le visiteur.

— Joyeux Noël, dit à voix claironnante le Père Noël.

Koko se mit à faire le gros dos, les oreilles couchées en arrière ; les crocs à nu, il cracha, puis sauta sur la table pour suivre le déroulement des événements, d'un air hautement désapprobateur. De son perchoir, il voyait le fauteuil Morris dans lequel Qwilleran s'était assis pour boire son café et le fauteuil à bascule où le Père Noël sirotait son cognac. Il découvrait aussi la table à thé sur laquelle était placée une assiette contenant des huîtres fumées.

— Buvons à la mémoire de notre vieil ami Cobb, où qu'il puisse être, à présent, proposa Qwilleran.

— À la santé de ce pauvre diable perfide, répondit Ben, en levant son verre.

— Vous ne semblez pas avoir beaucoup apprécié le caractère de notre défunt propriétaire.

— Le sage est fou et le fou est sage, déclara sentencieusement le vieil acteur.

— J'aimerais savoir ce qui s'est passé au cours de cette nuit, à la maison Ellsworth. Cobb a-t-il été victime d'une crise cardiaque ou bien a-t-il glissé dans l'escalier ? Il avait neigé dans la soirée, n'est-ce pas ?

Son nez rouge plongé dans son verre, Ben ne répondit pas.

— Du moins, après minuit, insista Qwilleran. Vous en souvenez-vous ? Où étiez-vous, cette nuit-là ?

— Oh ! il neigeait et ventait fort, dit Ben, en faisant la grimace.

— Je me suis rendu à la maison Ellsworth, le lendemain. J'ai constaté qu'il n'y avait pas de neige sous la voiture des Cobb. Ce qui est curieux, c'est qu'une autre voiture avait dû stationner là, au même moment, car on voyait la trace sèche sur le sol. Je peux même dire que le second véhicule avait un pare-chocs en moins, ajouta-t-il, en s'arrêtant pour attendre la réaction de Ben.

— Coquin, tu es bien renseigné ! remarqua Ben, sur un ton malicieux.

Le journaliste fit une autre tentative pour prendre son interlocuteur en défaut, sans plus de succès. Le vieil acteur jouait mieux que lui à ce petit jeu. Qwilleran jeta un coup d'œil à sa montre. Il devait encore se raser et s'habiller, avant d'aller chercher Mary. Il essaya encore une fois :

— Je me demande s'il est exact qu'un trésor soit caché dans la maison Ellsworth et si…

Un bruit venant de la table l'interrompit :

— Rrrrreu… Pfeu… Rrrreu… Pfeu…

— Koko, assez !

Le chat sauta à terre et grimpa d'un seul bond sur la cheminée.

— S'il est vrai que cette maison recèle un trésor, Cobb a pu mettre la main dessus…

— Rrrreu… Pfeu… Rrrreu… Pfeu…

— Et quelqu'un survenant à ce moment précis aurait pu le pousser dans l'escalier, afin de garder le magot, poursuivit Qwilleran qui eut l'impression qu'une lueur s'allumait dans les yeux de Ben.

— Rrrreu… Peu… Rrrreu ; Pfeu… Koa keskispasse, dit le magnétophone.

Puis il y eut un blanc et la voix de Cobb s'éleva distinctement :

— Croyez-vous que j'aie un bandeau sur les yeux ? Je sais où vous voulez en venir… Vous ne vous en tirerez pas comme ça… Tous ces gens qui viennent me réclamer des anneaux d'attelle. Mon œil ! Je sais où se font les livraisons. Vieux bandit ! Au Garrick, quelle rigolade !

Ben laissa tomber son verre et se leva pesamment.

— Non, attendez, il faut écouter la suite, dit Qwilleran, en se levant à son tour, tandis que la voix de Cobb poursuivait :

— Si vous vous imaginez que je vais continuer à trimer à trois dollars cinquante de l'heure, pendant que vous en gagnez dix, avec un seul paquet…

À la fois triomphant et médusé, le journaliste se retourna pour regarder le magnétophone, tandis que la bande continuait à se dérouler.

— Non, la comédie est terminée. C'est à moi de jouer et de tirer les ficelles, mon vieux Ben !

Il y eut un éclair rouge dans la pièce. Du coin de l'œil, Qwilleran vit Ben s'élancer en direction de la cheminée. Il pivota sur lui-même à l'instant où son adversaire saisissait le tisonnier. Au même moment, la grosse botte noire du Père Noël se prit dans la table à thé qui se renversa. Sans quitter le costume rouge des yeux, le journaliste empoigna une chaise dont le dossier lui resta dans la main.

Pendant une seconde, les deux hommes se firent face, Ben prenant appui sur ses deux jambes pour brandir le tisonnier, Qwilleran tenant un dérisoire morceau de bois vermoulu… Soudain éclata un bruit de ferraille. L'écusson des Mackintosh glissa de la cheminée et s'abattit sur la tête de Ben qui s'écroula en lâchant son arme. Qwilleran esquissa un pas de côté, patina sur une huître et tomba lourdement sur son genou droit, en poussant un cri de douleur.

La scène de violence se mua en un tableau pétrifié. Le Père Noël était étendu inanimé sur le sol. Qwilleran s'efforçait de retrouver son souffle et Koko se penchait sur une huître fumée.

Après que la police eut arrêté Ben et pendant qu'Iris et Dennis mettaient la pièce en ordre, le téléphone sonna. Qwilleran se dirigea vers l'appareil en boitant.

— Que se passe-t-il, Qwill ? demanda Mary, avec anxiété, je viens d'entendre la sirène de la police et j'ai vu que l'on emmenait Ben. Qu'y a-t-il ?

— Tout va mal, y compris mon genou.

— Vous fait-il encore souffrir ?

— Hélas ! C'est l'*autre* ! Je suis immobilisé. Je ne sais plus ce qu'il adviendra de notre sortie.

— Ne vous tracassez pas, j'arrive. Je passerai la soirée avec vous.

Elle apparut, vêtue d'une robe de velours bleu, des paquets dans les bras.

— Racontez-moi tout, dit-elle.

— Nous avons démasqué un assassin. Grâce à votre mètre, j'ai pu prouver que Ben se trouvait sur les lieux de l'accident de Cobb.

— Je n'arrive pas à le croire. A-t-il reconnu avoir tué C.C. ?

— Pas en ces termes. Il a seulement admis avoir souhaité bon voyage à son propriétaire, en le poussant dans l'escalier.

— Mais pour quelle raison ?

— C.C. le faisait chanter. Ben vendait de l'héroïne. Il rencontrait son fournisseur dans le théâtre abandonné et dissimulait la marchandise dans des paquets de chewing-gums.

— Comment avez-vous découvert tout cela ?

— Les chats m'ont apporté un de ces paquets de chez Ben. Le papier d'argent les a probablement attirés. Le roman d'Andy m'a, aussi, fourni un indice. Les drogués donnaient le mot de passe à Ben en lui demandant des anneaux d'attelle.

— C'était un arrangement astucieux.

— Cependant, les clients se trompaient parfois de boutique et C.C. a éventé le subterfuge. Le plus extraordinaire de l'histoire est qu'il s'en est expliqué avec Ben en prétendant toucher une part des bénéfices. La conversation a été enregistrée sur le magnétophone. Je suppose que Koko l'a mis en marche pendant que Cobb discutait avec Ben.

— Quelle extraordinaire coïncidence !

— Extraordinaire, oui, mais si vous connaissiez mieux Koko, vous ne seriez pas si sûre que ce soit une coïncidence. Cela a dû se passer le dimanche matin, pendant qu'Iris était à la messe et que je faisais mes courses.

— Koko tu es un héros ! dit-elle au chat, qui se prélassait sur le lit, et tu vas avoir ta récompense : du canard en gelée ! J'ai pris sur moi de commander le dîner. On va nous livrer de chez *Toledo*.

— Parfait ! Mais il ne faut rien donner aux chats. Ils ont mangé une boîte entière d'huîtres fumées et je crains qu'ils ne soient malades.

Il regarda Koko d'un air spéculatif et ajouta :

— Il y a une chose que nous ne saurons jamais : comment l'écusson des Mackintosh est-il tombé de la cheminée à point nommé ?

Koko se retourna pour lécher sa fourrure, plus sombre sur le dos. Le téléphone carillonna.

— C'est probablement un de nos reporters. J'ai demandé que l'on me tienne au courant, dès que la police aurait plus de détails.

— Oui, Lodge, c'est moi. Des nouvelles ?... C'est ce que je pensais... Oui, je l'ai rencontré... Non, je n'en parlerai pas.

Quand il raccrocha, Qwilleran se retint de dire à Mary que la brigade des stupéfiants surveillait Came-Village depuis trois mois et qu'Hollis Prantz était un de ses agents. Il ne lui livra rien non plus de la confession complète de Ben.

Lorsque le dîner arriva du restaurant le plus fameux de la ville, Mary sortit ses cadeaux. Une boîte de langouste pour les chats, une paire de candélabres écossais en bronze doré pour Qwilleran.

— J'ai une surprise pour vous, Mary, dit-il, mais avant, je dois vous apprendre de pénibles nouvelles. La mort d'Andy n'était pas accidentelle. Il a été la première victime de Ben.

— Mais... pourquoi ?

— Ben craignait qu'Andy ne le dénonçât. Andy avait, lui aussi, découvert d'où Ben tirait ses ressources. Le vieil acteur était en danger de perdre la chose au monde à laquelle il tenait le plus : un auditoire, même s'il devait acheter ses applaudissements. Dans la nuit du 16 octobre, il a vu Cobb sortir de chez Andy. Il s'est glissé dans la boutique et a provoqué le prétendu accident.

— A-t-il également tué ce pauvre clochard, dans l'allée ?

— Non. Ben a nié être responsable de cette mort-là. Pour une fois, la police avait raison.

— Que va-t-il se passer, maintenant ? Il y aura une enquête, je serai citée comme témoin...

— Soyez sans inquiétude. J'ai tout arrangé. Je viens de passer deux jours à rencontrer des personnalités influentes, parmi lesquelles des conseillers municipaux et votre père.

— Mon père ?

— C'est un type bien, votre père. La ville va nommer un comité pour la préservation de certains quartiers sous les auspices du *Fluxion* et avec l'appui financier de la banque de votre père. Il a accepté d'en être le président d'honneur, mais c'est vous, Mary, qui allez être chargée d'organiser le programme.

— Moi ?

— Oui, vous. Il est grand temps que vous mettiez à profit vos connaissances et votre enthousiasme. En outre, la récupération va être légalisée et réglementée. Il faudra une autorisation et...

— Qwill ! Vous avez fait tout cela pour Came-Village ?

— Non. C'est pour vous, Mary. Enfin, si vous acceptez de contribuer au succès de Came-Village, je pense que vous ne serez plus jamais importunée par ces appels téléphoniques. Quelqu'un voulait vous effrayer, pour vous chasser du quartier. Je pense savoir de qui il s'agit, mais je préfère ne pas prononcer de nom.

L'expression ravie et reconnaissante de Mary fut pour Jim le plus beau cadeau de Noël, bien supérieur aux candélabres et même au prix de mille dollars qu'il était pratiquement certain d'avoir gagné. Cette satisfaction fut malheureusement de courte durée. Les yeux de Mary s'assombrirent.

— Si seulement Andy était là, soupira-t-elle, comme il...

— Koko, cria Qwilleran, veux-tu descendre immédiatement !

Le chat était sur le lit occupé à faire ses griffes sur le mur tapissé d'Andy.

— Il s'en est pris à ce maudit mur depuis notre arrivée ici, maugréa le journaliste. Les coins commencent à partir en lambeaux.

Mary regarda le lit, puis se leva d'un air intrigué et traversa la pièce. Koko s'enfuit.

— Qwill... venez voir, dit-elle, en tirant sur l'une des pages de *Don Quichotte*.

Qwilleran claudiqua pour la rejoindre.

— Il y a quelque chose de collé, là-dessous, remarqua-t-elle, en s'efforçant de détacher le feuillet. Mais... on dirait...

— Des billets de banque !

Sous la page que Mary tenait à la main se trouvaient trois billets de cent dollars. Qwilleran arracha un feuillet de Samuel Pepys et découvrit trois autres billets.

— Iris m'a dit qu'Andy avait utilisé une colle spéciale. Maintenant, nous savons pourquoi.

— Où Andy a-t-il eu cet argent ? s'écria Mary, en décollant une autre page. Tout ce mur est tapissé de billets. Comment Andy...

— Il avait un second métier, lui aussi. Voyez-vous, Mary, c'est lui qui finançait l'officine de paris clandestins de Papa Popopopoulos.

— Ce n'est pas possible ! Andy était si... cependant, pourquoi cachait-il son argent ?

— La raison est facile à deviner, dit Qwilleran. Lorsqu'on ne peut avouer la source de ses revenus...

Il avait parlé aussi doucement que possible, mais Mary éclata en sanglots. Il posa une main sur son épaule et comprit qu'elle était prête à se laisser consoler.

Ni l'un ni l'autre ne remarquèrent Koko qui s'était glissé sur le lit. Dressé sur ses pattes de derrière, il frotta son museau contre le mur, allongea le cou et atteignit l'interrupteur. La pièce fut plongée dans la pénombre. De toute façon, personne ne se préoccupa des deux petites silhouettes pâles qui grimpaient silencieusement sur la table pour faire un sort au canard en gelée.

TABLE DES MATIÈRES

Imprimé en Allemagne par
GGP Media GmbH
à Pößneck en septembre 2018

PKJ • www.pocketjeunesse.fr
POCKET JEUNESSE

FSC www.fsc.org
MIXTE
Papier issu de
sources responsables
FSC® C003309

10/18, une marque d'Univers Poche,
est un éditeur qui s'engage pour
la préservation de son environnement
et qui utilise du papier fabriqué à partir
de bois provenant de forêts gérées
de manière responsable.